# HISTOIRE DE MA VIE I

*Du même auteur*
*dans la même collection*

CONTES D'UNE GRAND-MÈRE
HISTOIRE DE MA VIE (2 vol.)
LETTRES D'UN VOYAGEUR
LA MARE AU DIABLE
MAUPRAT
LA PETITE FADETTE

GEORGE SAND

# HISTOIRE DE MA VIE I

*Présentation et notes*
*par*
Damien ZANONE

GF Flammarion

ISBN : 2-08-071139-3

# PRÉSENTATION

On aimerait que, peu à peu, la mémoire littéraire apprenne à situer *Histoire de ma vie* de George Sand à la place qui lui convient – non loin des *Confessions* de Rousseau, des *Mémoires d'outre-tombe* de Chateaubriand et de la *Vie de Henry Brulard* de Stendhal, comme l'un des quatre textes autobiographiques majeurs qui, en France, ont inventé des modèles littéraires pour l'écriture de soi. Le moment est certainement venu de le constater, comme y invite un cadre de lecture devenu propice. En ces années 2000, en effet, deux phénomènes commencés il y a une trentaine d'années se rejoignent et s'accordent pour nous presser de lire et d'admirer *Histoire de ma vie* : d'une part, l'intérêt toujours plus grand pour les formes de la littérature autobiographique ; d'autre part, la redécouverte et remise en valeur de l'œuvre de George Sand, dans son étendue et son importance. Il se trouve qu'*Histoire de ma vie* est un texte essentiel pour l'intelligence de son auteur autant que pour une meilleure compréhension des enjeux de l'écriture autobiographique : il est donc temps d'en faire plus largement partager le bonheur de lecture grâce à la commodité d'une édition en format de poche.

George Sand est un personnage à ce point multiple dans la variété de ses engagements et de ses rôles (romancière prolifique, artiste bohème, grande amoureuse, héroïne au prix du scandale, militante socialiste, châtelaine campagnarde…) que sa notoriété, restée toujours très forte, a pris des aspects divers : elle hésite en tout cas à se fixer sur son œuvre ou sur sa vie. Ses contemporains ont su tenir la part à peu près égale entre les deux ; la stature de romancière, particulièrement, avait de quoi leur en imposer : plus de quatre-vingt-dix romans [1] dont la publication rapprochée a été guettée par un public insatiable pendant une quarantaine d'années (d'*Indiana*, le premier texte qu'elle assuma seule en 1832, jusqu'à sa mort en 1876). La postérité, pendant longtemps, a délaissé cette œuvre romanesque énorme, taxée d'idéalisme avec la condescendance qu'on accorde à l'inactuel. Le volontarisme moral de George Sand, en effet, prête le flanc aux critiques. Tout en se consacrant, comme Balzac, à la description de la société sortie de la Révolution (avec ses individus qui peinent à s'inventer un destin : proclamés autonomes, ils sont captifs encore des attaches anciennes et existent dans le déchirement), le roman sandien veut croire en certains remèdes et, à l'horizon de ses intrigues, maintient un idéal de fusion (par l'amour, le partage social, l'utopie nostalgique ou encore la musique, autant de tentatives d'accomplissement). La postérité, donc, a reproché à ce discours romanesque d'indexer constamment la représentation sociale sur des valeurs morales ou spirituelles : romantisme démodé… En revanche, et comme par un effet de compensation, un autre aspect qui fait reconnaître à George Sand la qualité de « romantique » a connu la promotion indéfinie d'un processus de mythification : non pas la générosité de son œuvre (l'idéalisme), mais celle de sa vie (l'amour). Pendant longtemps, on a beaucoup moins lu Sand, mais on n'a jamais cessé de rêver sur sa vie. Sans doute, la vie de George Sand, dans la réduction opérée par la vulgate sentimentale, s'est-elle à peu près jouée entre une gondole et un piano (amante de Musset, amante de Chopin) ; il n'empêche ; même réduite à ces quelques vignettes, cette vie n'a jamais dérogé au rang de splendide souvenir dans l'imaginaire culturel commun.

La célébrité de George Sand, heureusement, a les moyens de sortir de cette espèce d'aliénation où la maintient trop complaisamment le face-à-face bloqué entre sa vie et son œuvre. Ces moyens, *Histoire de ma vie* les donne en rendant nulle et non avenue une telle distinction : récit de cette vie, le livre est, dans le même temps, un *opus* majeur de cette œuvre. Lire *Histoire de ma vie*, c'est donc replacer notre attention sur George Sand écrivain – écrivaine – sans perdre l'attrait que peut susciter le caractère à bien des égards

1. Selon le décompte de B. Didier dans *George Sand écrivain, « Un grand fleuve d'Amérique »*, PUF, « Écrivains », 1998, p. 2.

exceptionnel de son existence ; c'est saisir l'occasion de voir se réaliser la rencontre des faits et des mots et de comprendre comment, de là, est né le prestige international de celle qui fut, pour son siècle, l'emblème de la femme de lettres. Qu'au moins la séduction de la vie de Sand éveille la curiosité et amène des lecteurs nombreux à découvrir un tel ouvrage !

### *George Sand en 1847*

L'honnêteté, au demeurant, commande de dire que Sand n'a pas écrit *Histoire de ma vie* pour satisfaire toutes les curiosités… Sur ses amours, glorieuses ou obscures, l'autobiographe glisse, est au mieux allusive :

> C'est une *histoire de ma vie* (*non des confessions*), écrit-elle à une amie en cours de rédaction, le public est trop ignoble pour que je lui fasse l'honneur soit de m'accuser, soit de me justifier de quoi que ce soit devant lui. […] J'ai assez à raconter de ma vie morale (*d'artiste*), et intellectuelle, sans faire du public mon confident intime [2].

Le ton de l'assertion concernant le public peut étonner si on le rapproche de celui, tout de sympathie expansive, qui caractérise généralement les adresses aux lecteurs dans *Histoire de ma vie* : mais c'est justement que Sand veut choisir et créer son mode de relation avec le lecteur et, en aucun cas, ne souhaite se le laisser imposer par les circonstances extérieures, surtout pour cette occasion privilégiée de rencontre avec lui qu'est, dans la vie d'un écrivain, le moment autobiographique. Ce moment, pour George Sand, est venu en 1847.

Elle a alors quarante-trois ans ; ses romans (la forme dominante de son écriture, mais pas la seule) se comptent déjà par dizaines (*Le Château des désertes* auquel elle travaille en 1847 serait le trente-troisième) [3] et le retentissement de certains d'entre eux (*Indiana*, *Lélia*, *Mauprat*, *Consuelo*, *Le Meunier d'Angibault*, *La Mare au diable*…) a installé son nom parmi ceux des écrivains dont l'audience est la plus large (Balzac, Hugo, Dumas et Sue). Pour qui se mettait à l'écoute

2. Lettre à Charlotte Mariani du 22 décembre 1847, *Correspondance*, t. VIII Classiques Garnier, 1971, p. 207.

3. D'après J. Barry, *George Sand ou le Scandale de la liberté*, Le Seuil, « Points-Essais », 1982, p. 374.

de la rumeur produite par les gazettes, sa réputation avait quelque chose de sulfureux : attribut inévitable et moindre mal dans une époque où il en fallait si peu pour qu'une femme sortît des normes voulues par le code moral dominant, où le seul fait d'être célèbre valait comme critère suffisant de « scandale ». Sand laissa dire ce qui était : qu'elle aimait fumer et porter, parfois, le costume masculin ; que son mariage s'était défait de manière publique et qu'avant et après cette séparation en 1836, elle avait eu des amants... Dès 1839, par exemple, Balzac sanctionnait la notoriété scandaleuse (pléonasme d'époque) de son amie George à travers le personnage de Camille Maupin qui, dans *Béatrix*, la fictionnalisait à peine : « cet être amphibie, qui n'est ni homme ni femme, qui fume comme un housard, écrit comme un journaliste [4] », y tonnait le curé de la petite ville de Guérande, épouvanté par le surgissement parmi ses ouailles de ce nouveau prototype humain...

Sans doute la femme qui se met à la rédaction d'*Histoire de ma vie* en 1847 entend-elle rectifier bien des contours d'une image publique qui lui a échappé et que ses contemporains ont trop vite figée dans un rôle stéréotypé. Écrivant sur soi, elle peut se réapproprier son image : gommer les traits grossiers de la caricature en révélant la richesse de l'étoffe intérieure, la subtilité des lignes qui dessinent sa personnalité vraie. Cette volonté d'une expression exigeante de soi, l'écrivaine l'éprouve depuis longtemps ; elle sait que sa personnalité ne se réduit pas aux quelques rôles, loués ou blâmés, que la société de son époque réserve aux femmes. Non seulement ses lettres témoignent de cette propension à écrire sur soi (puisque Sand s'empare complètement de l'unique forme d'écriture personnelle que l'usage autorise à son sexe) [5], mais aussi d'autres écrits, plus délibérément littéraires et publics, comme les *Lettres d'un voyageur* (1837) et *Un hiver à Majorque* (1842) : écrits réputés « semi-autobiographiques » dans la mesure où le « je » narrateur n'y coïncide pas exactement avec la personne de l'auteur, mais qui sont déjà des

4. H. de Balzac, *Béatrix*, Gallimard, « Folio », 1979 [1839], p. 82. « Housard » est une autre graphie de « hussard », soldat de cavalerie réputé brutal, sans délicatesse.

5. La correspondance de G. Sand, disponible grâce à l'énorme travail de G. Lubin, compte vingt-six volumes : *Correspondance*, Classiques Garnier, 1964-1991, 25 vol. ; Tusson (Charente), Du Lérot, 1995 pour le t. XXVI.

mises en forme élaborées de séquences d'existence (l'argument du voyage protégeant leur légitimité littéraire). Par ailleurs, George Sand semble avoir longuement mûri l'idée de produire un récit continu de soi : il existe, dès 1834-1835, des lettres d'elle à ses éditeurs évoquant de manière précise l'intention d'écrire des « Mémoires » ; mais le projet reste alors sans suite. Enfin, cette volonté ancienne, mais latente, se trouve soudainement réactualisée en 1847 par des circonstances externes qui, cette fois, vont être décisives. À ce moment-là, la romancière est vraiment prête à devenir autobiographe.

### *Rédaction et publication (1847-1855)*

Réputée libre parce qu'elle était menée hors du « grand convoi social » (*Béatrix*), l'existence de George Sand représentait, en 1847, une valeur : cotée dans l'imaginaire du public, elle avait de quoi séduire les éditeurs et les amener à débloquer des capitaux importants. Annoncer et publier l'autobiographie d'un personnage aussi célèbre et étonnant, c'était, en effet, une « grande affaire [6] ». En ce XIXe siècle qui a découvert que la production et la diffusion des livres pouvaient prendre les contours d'un marché où se jouent d'assez fortes sommes d'argent, un écrivain renommé doit savoir négocier un contrat. Sachant la forte demande autobiographique la concernant, Sand va en obtenir un avantageux pour *Histoire de ma vie*.

Lorsque, en avril 1847, elle inscrit les quelques lignes qui resteront comme épigraphe à son ouvrage, elle sait que les mois à venir vont beaucoup la solliciter financièrement, même si elle ignore à quel point. Il s'agit pour elle de faire face à ses obligations familiales : doter largement sa fille Solange, qui en mai doit épouser le sculpteur Jean-Baptiste Clésinger ; et aussi doter Augustine, la cousine éloignée qu'elle a adoptée depuis peu, et qui devrait s'unir au peintre Théodore Rousseau. Ce

6. Les spécialistes ont volontiers assumé le mot « affaire » pour caractériser le déclenchement des tractations éditoriales qui ont encouragé Sand à se lancer dans la rédaction d'*Histoire de ma vie* : voir G. Lubin, dans son introduction à *Histoire de ma vie* dans les *Œuvres autobiographiques* de Sand (t. I, Gallimard, « Bibliothèque de la Pléiade », 1970, p. XV), et B. Didier, *George Sand écrivain*..., *op. cit.*, p. 380.

second mariage ne se fera pas, mais le premier, catastrophique en tout point, se révélera ruineux : criblé de dettes, Clésinger persiste dans un train de vie dispendieux auquel il associe sa jeune épouse. Il attend tout du soutien de sa belle-mère, en réclame toujours plus, jusqu'à ce que, très vite, le drame éclate en une scène d'une violence rare, dès le mois de juillet ; le « couple diabolique » est alors banni du giron familial, mais n'en demeure pas moins à charge [7].

Heureusement, en face de ce besoin, la sollicitation des éditeurs est aussi forte que généreuse. George Sand est stimulée et conseillée par son ami l'éditeur Pierre-Jules Hetzel qui lui fait partager sa conviction que le moment est favorable pour accueillir des Mémoires de sa main. N'ayant pas, à cette époque, la position suffisante pour prendre en charge une affaire si importante, Hetzel crée les conditions propices à son amie en négociant pour elle un contrat avec Charles Delatouche (homme d'affaires fortuné qui n'a rien à voir avec l'écrivain Henri Delatouche dont il est abondamment question dans *Histoire de ma vie*). Le 21 décembre 1847, le contrat est signé, par lequel Sand cède l'ouvrage qu'elle est en train d'écrire contre la somme de cent trente mille francs [8].

Depuis l'automne 1847, malgré la tourmente familiale et ses conséquences (fin des huit années de liaison avec Chopin qui a pris le parti de Solange contre sa mère), l'écrivaine s'est vraiment attelée au travail d'*Histoire de ma vie*. À Nohant, tout en menant les tractations avec Delatouche, elle se plonge dans les archives familiales, trace les perspectives de son ouvrage et commence à rédiger. Jusqu'à la troisième semaine de février 1848, elle s'y consacre assidûment. Mais alors, la révolution parisienne du 24 février (abdication de Louis-Philippe, fin de la monarchie de Juillet, proclamation de la IIe République) l'arrache à ce travail solitaire pour la projeter dans une autre sorte d'hyperactivité. Arrivée à Paris le 1er mars, elle y est pendant trois mois la « Muse de la révolution », rédigeant les très officiels « Bulletins de la République » qui expriment la voix du Gouvernement provisoire, polémiquant avec les adversaires de tout bord, théorisant sur les enjeux politiques et sociaux : « Madame Sand était alors

7. Ces affres sont détaillées dans plusieurs lettres de juillet 1847 (*Correspondance*, *op. cit.*, t. VIII).

8. Le contrat *in extenso* est reproduit par G. Lubin dans son édition, t. I, p. XXIX-XXXIII.

une manière d'homme politique [9] », selon le dire ironique et réticent d'un des témoins privilégiés de l'époque, Tocqueville. Pour George Sand comme pour tous ceux qui ont partagé son enthousiasme du printemps 1848, cet élan va retomber vite et l'idéal se casser net. Sans attendre le coup fatal de la fin juin (quand la bourgeoisie républicaine, alliée aux élites traditionnelles, massacra les ouvriers parisiens qui voulaient que la révolution devînt sociale), elle est complètement déçue, déjà, après le 15 mai : quand, profitant d'une manifestation de rue mal maîtrisée de leurs adversaires, les forces conservatrices, dominantes dans la nouvelle Assemblée élue (la première à l'être au suffrage universel masculin), ont démantelé les organisations socialistes et incarcéré leurs principaux chefs de file, ceux dont la militante républicaine se sent proche. Le rôle de muse doit être dépouillé : le 17 mai, Sand retourne à Nohant, à l'écriture, à ses « moutons » (« Pourquoi je reviens à mes moutons » : tel sera, en septembre suivant, le titre, ironique et amer, donné à la préface du roman écrit en août, *La Petite Fadette*). À l'égard de la scène politique, elle se retranche dans la position d'une spectatrice sceptique.

Le 1er juin 1848, elle reprend *Histoire de ma vie*, geste que dramatise le texte même de l'ouvrage : la première page du chapitre 8 de la IIe partie est tout entière consacrée à dire le bouleversement moral créé par l'événement politique. La rédaction est prolongée dans les mois et bientôt dans les années qui suivent : Sand n'a pas à se presser puisque, malgré ses instances, Charles Delatouche ne trouve jamais le moment propice à la publication (pour des raisons tour à tour politiques et économiques) et la remet toujours à plus tard. Aussi mène-t-elle à bien d'autres entreprises littéraires en parallèle (en particulier trois des plus fameux « romans champêtres » : *La Petite Fadette*, *François le Champi*, *Les Maîtres sonneurs*). *Histoire de ma vie* n'est plus le seul manuscrit à occuper son écritoire, mais il ne la quitte jamais : régulièrement, elle le reprend, le corrige et le complète. Durant cette longue période, l'écrivaine a pu découvrir ce qu'a fait, dans un genre comparable, un glorieux prédécesseur : les *Mémoires d'outre-tombe* paraissent en feuilleton dans le journal *La Presse* d'octobre 1848 à juillet 1850, alors que Chateaubriand vient de mourir.

9. A. de Tocqueville, *Souvenirs*, Gallimard, « Folio », 1978, p. 211.

Enfin, le dénouement advient en 1854. Depuis l'année précédente, l'auteur s'était remise plus intensément à son ouvrage, si l'on en croit la note qu'elle place au début du chapitre 9 de la IVe partie et datant de 1853-1854 la rédaction à partir de cet endroit. En août, Charles Delatouche renonce à se charger de la publication : il vend ses droits à Émile de Girardin, le patron de *La Presse*, qui veut recommencer pour *Histoire de ma vie* ce qui avait « marché » avec les *Mémoires d'outre-tombe* : une publication en feuilleton. Celle-ci va s'étendre sur cent trente-huit numéros, du 5 octobre 1854 au 17 août 1855. Une première édition en volumes paraît au fur et à mesure, dans la foulée (1854-1855) ; une deuxième édition l'année suivante (1855-1856).

On retiendra surtout de cette histoire éditoriale la longue durée d'écriture qu'elle a engendrée et autorisée : sept ans. Cette durée se trouve à plusieurs reprises inscrite dans le livre par le jeu d'indications qui, en note ou dans le corps du texte, tiennent lieu, en quelque sorte, de journal de la rédaction. Elle est éprouvée par l'auteur comme quelque chose de remarquable : la romancière était habituée à des éditeurs avides et pressés, resserrant toujours les échéances, ainsi qu'elle s'en plaint quand elle évoque ce labeur forcé dans *Histoire de ma vie*, dans le chapitre 9 de la Ve partie (soit en V, 9, selon l'abréviation que nous adoptons dorénavant pour désigner des chapitres dans l'ouvrage). Ici, pour l'aventure autobiographique, l'expérience fut inverse et le temps dilaté d'une manière dont l'auteur s'étonne et qu'elle prend plaisir à souligner (voir en IV, 13 : « j'écrivais il y a sept ans, aux premières pages de ce livre » ; « après sept ans d'un travail cent fois interrompu »). Cette longue durée a eu deux conséquences au moins, qui ont marqué l'ouvrage en profondeur : elle a permis, sur le texte, un travail indéfini de reprises et de corrections (ajouts ou suppressions), dont Béatrice Didier a montré l'importance en évaluant la chronologie et l'ampleur des ratures que porte le manuscrit [10] ; elle a aussi, en un sens, permis à la vie de s'inviter dans le texte. En effet, de l'automne 1847 au printemps 1855 (la « Conclusion » est de juin), des événements nombreux ont fait évoluer les rap-

10. B. Didier, *George Sand écrivain…*, *op. cit.*, p. 392-420. Le manuscrit d'*Histoire de ma vie* est éparpillé en trois lieux : la bibliothèque historique de la Ville de Paris, la bibliothèque de l'Institut (fonds Spœlberch de Lovenjoul) et la Bibliothèque nationale de France (surtout ces deux derniers).

ports au monde, aux êtres et à l'expression de soi de la femme qui écrit. Et il ne s'agit pas simplement du fait qu'il se passe toujours beaucoup de choses en sept ans. Dans le cas de George Sand, c'est le moment de certaines expériences décisives : familiale et affective (déchirement prolongé avec sa fille pendant toute cette période ; séparation d'avec Chopin et mort de celui-ci ; naissance, puis mort, à l'âge de cinq ans, de sa petite-fille Nini à laquelle elle s'était passionnément attachée) ; politique (la révolution de 1848, avec son cycle complet d'espérances, de réalisations et de désillusions, qui paraît déjà loin en 1854-1855) ; littéraire aussi (la parution des *Mémoires d'outre-tombe*). Sans doute ce dernier événement, à la différence des autres, ne touche-t-il pas à l'être profond de l'écrivain, mais il concerne très directement son activité de ces années-là, et la lecture du texte de Chateaubriand constitue forcément, dans la coulisse de la rédaction d'*Histoire de ma vie*, un acte majeur du travail d'écriture de l'autobiographe.

Dans les années 1840, George Sand est encore la « scandaleuse » par l'amour, rôle provoquant qu'est venu étoffer son activité de militante politique. Dans les années 1850, elle s'installe définitivement dans la position de « bonne dame de Nohant ». *Histoire de ma vie* est à la charnière de ces deux pans d'existence retenus comme des rôles distincts, voire hétérogènes, par le public : ce passage de l'un à l'autre est une des histoires implicites que raconte le livre.

### *Après Rousseau et Chateaubriand, réinventer l'enjeu autobiographique*

On sait que l'écriture de soi n'a pas forcément l'ambition d'être un geste d'abord littéraire : l'exemple de précédents fameux le montre, comme celui des *Confessions* de saint Augustin, dont l'écho est important depuis le XVIIe siècle, ou encore celui des vies de mystiques rédigées par eux-mêmes, comme celle de Mme Guyon. L'émergence d'une tradition littéraire de l'autobiographie se fait dans la France des années 1770 à 1850 autour de quatre grands textes qui contribuent, chacun de manière distincte, à inventer un modèle pour cette forme d'écriture. On peut se permettre de concentrer en quelques formulations schématiques les traits marquants de ces modèles. Il y a : Rousseau, dont la singularité inquiète se veut tour à tour en sécession parmi les hommes et emblématique de l'humanité ; Chateaubriand, dont la volonté d'héroïsme historique butte sur l'obsession indépassable du temps ; Stendhal, dont le vœu de sincérité atteint un degré de scrupules tel qu'il devient un défi à la possibilité d'écrire sur soi. Quant à George Sand, quelle est sa volonté, son ambition ? Qu'est-ce qui caractérise sa prise de parole autobiographique par rapport à celle de ses prédécesseurs ?

Les précédents littéraires sont pour elle au nombre de deux, puisqu'elle ignore le cas de Stendhal dont la *Vie de Henry Brulard* ne paraîtra qu'en 1890. Le prestige des modèles élaborés par Rousseau et par Chateaubriand est à ce point intimidant qu'échapper à leur emprise relève du défi. Écrire une autobiographie à la date où Sand le fait, c'est se mettre dans leur succession immédiate, savoir qu'on sera lu à cette aune : c'est une épreuve de vérité qui peut confirmer une personnalité littéraire puissante – ou au contraire en montrer les limites. Sand situe l'enjeu à ce niveau. Rousseau et Chateaubriand sont deux auteurs qu'elle lit depuis longtemps – depuis son adolescence, dit la narratrice d'*Histoire de ma vie*. Le premier, comme auteur de *La Nouvelle Héloïse* et des *Confessions*, a produit les textes phares de la nouvelle sensibilité littéraire dont participe George Sand. Le second continue d'exister après sa mort avec ses *Mémoires d'outre-tombe* ; publiée en feuilleton à un rythme qui fait concurrence à l'avancée de la rédaction d'*Histoire de ma vie*, cette œuvre met le point d'orgue monumental à une entreprise littéraire tout entière vouée à édifier la fascination d'un destin dans le prestige du verbe. Sans doute d'autres influences existent-elles : la narratrice d'*Histoire de ma vie* montre qu'elle a lu les *Confessions* de saint Augustin ou les *Essais* de Montaigne en leur rendant des hommages appuyés. Mais, sans conteste, les contours que Rousseau et Chateaubriand ont donnés à la parole autobiographique forment l'horizon de référence immédiat de celle qui, pendant sept années au milieu du XIX^e^ siècle, élabore un récit continu de soi.

Pourtant, « ni Rousseau, ni Chateaubriand » : on a justement pu résumer à partir de cette formule concise les prémices sandiennes de la démarche autobiographique [11]. Luttant contre l'aimantation des modèles obligés, Sand a créé un

11. Ch. Planté, « *Histoire de ma vie* de George Sand : histoire d'une romancière ou autobiographie de tout le monde ? », *Revue des lettres et de traduction*, Université Saint-Esprit de Kaslik (Liban), n° 7, 2001, p. 295.

espace pour sa parole en signifiant une double rupture par rapport à eux.

À la différence de « Jean-Jacques » (modèle lyrique dont il lui coûte de se déprendre), elle ne dira pas tout : « je dois commencer par dire nettement que je veux *taire* et non *arranger* ni *déguiser* plusieurs circonstances de ma vie » (IV, 13). Cet avertissement ne vient pas au début du livre mais au moment où le récit aborde la vie indépendante de la femme qui, à vingt-sept ans, sort du « grand convoi social » pour s'installer seule à Paris et entrer en littérature. Le détail de ses démêlés et autres brouilles avec ses « ennemis » (mot qu'elle-même met entre guillemets comme peu pertinent) ne trouvera pas de place dans le récit de sa vie, et encore moins le détail de ses amours. Que n'en eût fait autant « le grand Rousseau » : « qui peut lui pardonner d'avoir confessé Mme de Warens en même temps que lui ? » (I, 1). L'écriture de soi, dans *Histoire de ma vie*, contrôle toujours étroitement la manière dont elle peut devenir une écriture des autres ; il s'agit de ne jamais faire mentir la maxime de « charité » énoncée en épigraphe. Par la même occasion, seront déçues les curiosités vulgaires qui associent au nom de George Sand un parfum de scandale : non seulement le texte ne dira pas les amours (au point de briller, parfois, dans l'art de la contorsion allusive) [12], mais, plus profondément, il taira la sexualité, ne dira rien des émois sensuels du corps. Les deux prédécesseurs masculins, eux, s'étaient permis de tirer de belles pages des impressions de l'éveil de leur corps pubère ; une femme déjà (Mme Roland dans ses *Mémoires*) l'avait fait de manière explicite : mais elle avait vécu et écrit dans un autre siècle.

Sand n'exprime pas ses réticences à l'égard des *Mémoires d'outre-tombe* comme elle le fait pour les *Confessions*, à l'occa-

12. Évocation de « l'être absent » pour désigner sans le nommer Aurélien de Sèze, l'amant platonique dont le rôle est crucial dans les premières années du mariage (IV, 12) ; transformation en camaraderie d'« apprentis littéraires » de la liaison avec Jules Sandeau (IV, 15) ; récit du fameux séjour à Venise de 1833-1834 en y nommant à peine Musset (une seule fois : sous prétexte que la maladie qu'il fit alors illustre la réalité du « mauvais air » de la ville aquatique, en V, 3) ; rôle éthéré de muse et de garde-malade avec Chopin (huit ans d'existence partagée ne permettant pas le silence, en V, 12). Il y a même une dénégation de la nature de sa relation avec l'avocat Michel de Bourges (V, 9).

sion de développements circonstanciés (en I, 1 et en IV, 13). Elle reste à leur endroit dans le registre de l'allusion, ne nommant même pas le titre de l'ouvrage mais le laissant deviner quand elle dit sa réserve à l'égard des exemples littéraires où les « vanteries » sont « revêtues des formes du lyrisme » et ne proposent que des « modèles hors de portée ». Le reproche est à la fois esthétique et moral, Sand n'admettant pas que le souci du beau puisse se détacher de celui du bien. Lorsque cela advient, elle y détecte un aristocratisme de mauvais aloi qui, moralement et politiquement, lui est antipathique : « dans des conditions plus humbles, et sous des formes plus vulgaires, on peut accomplir un devoir sérieux, plus immédiatement utile à ses semblables, en se communiquant à eux sans symbole, sans auréole et sans piédestal » (I, 1). Stylisation excessive et amoralité : Sand a articulé plus nettement ces griefs (qui n'empêchent pas l'admiration) auprès de ses correspondants, dans des lettres qui montrent que c'est directement l'auteur d'*Histoire de ma vie* qui lit les *Mémoires d'outre-tombe* :

> ils me sont bien utiles pour m'enseigner *comment il ne faut pas poser*. Certes je ne ferai jamais rien d'aussi beau, mais je ne ferai rien d'aussi froid et d'aussi guindé. C'est une grande et belle nature de gentilhomme, mais une nature d'homme qui n'a rien de sympathique, rien d'humain pour ainsi dire [13].

Le « ni Rousseau, ni Chateaubriand » est pourtant moins radical que ces déclarations de principes veulent le dire : il est sans doute utile de se choisir des contre-modèles, mais le rapport avec eux est toujours dialectique. À certains égards, la démarche autobiographique de George Sand peut être considérée comme une synthèse originale entre les voies montrées par ses prédécesseurs.

13. Lettre à Pierre-Jules Hetzel de décembre 1848, *Correspondance*, *op. cit.*, t. VIII, p. 757. Ailleurs : « Je lis les *Mémoires d'outre-tombe*, et je m'impatiente de tant de grandes poses et de draperies. C'est un ouvrage *sans moralité*. [...] L'âme y manque, et moi qui ai tant aimé l'auteur, je me désole de ne pouvoir aimer l'homme », lettre à Hortense Allart du 18 décembre 1848, *ibid.*, p. 735-736.

*L'autobiographie d'une génération*

L'imprégnation rousseauiste est aussi inévitable que remarquable. Sa dénégation peut même en être tenue pour une reconnaissance implicite : tant il est vrai qu'il faudra attendre le XXe siècle (Gide et *Si le grain ne meurt*) pour que les autobiographes cessent de s'effaroucher des impudeurs littéraires dont l'auteur des *Confessions* a montré l'exemple. Comme Chateaubriand avant elle, Sand dit qu'elle n'imitera pas Rousseau en cela : c'est comme une mise au point obligée de toute autobiographie au XIXe siècle, mais cela ne disqualifie pas entièrement le modèle, loin de là. L'influence des *Confessions* (et aussi de l'*Émile*) est par exemple très sensible dans le traitement du récit d'enfance. Plus profondément, Sand hérite de la tension féconde qui habitait la parole autobiographique de Rousseau : affirmation d'une singularité farouche (« je connais les hommes [...] j'ose croire n'être fait comme aucun de ceux qui existent ») ; prétention à une exemplarité universelle (être « une pièce de comparaison » : « j'ai résolu de faire faire à mes lecteurs un pas de plus dans la connaissance des hommes »). Dans ce sillage, mais de manière moins conflictuelle, Sand aussi affirme la certitude que son récit de soi aura une pertinence universelle : « Je raconte ici une histoire intime. L'humanité a son histoire intime dans chaque homme » (I, 14) ; « la vie de l'individu n'est-elle pas le résumé de la vie collective ? » (I, 4). À ce titre, *Histoire de ma vie* serait l'histoire de la vie de tout le monde [14].

Mais, alors que le programme de cette exemplarité est surtout anthropologique chez Rousseau, il est aussi historique chez Sand. Et cela la rapproche de Chateaubriand : héritiers de la Révolution et de l'Empire, les femmes et les hommes du XIXe siècle ont en commun d'avoir intégré l'histoire publique comme une dimension immédiate et déterminante de leur histoire personnelle. Le sort individuel comme la vie collective appartiennent à l'histoire (« *tout est l'histoire* », I, 4) : la donnée historique, absente chez Rousseau, s'invite dans

14. Ch. Planté a proposé de la qualifier d'« autobiographie de tout le monde » (« *Histoire de ma vie* de George Sand : histoire d'une romancière ou autobiographie de tout le monde ? », art. cit., p. 295). Il ne faut pas voir, dans l'emploi de cette expression, un hommage à l'*Autobiographie de tout le monde* de Gertrude Stein dont le projet, facétieux et mondain, n'a rien à voir avec celui de Sand.

l'autobiographie. Le phénomène a été parfaitement assumé par Chateaubriand, à tel point qu'il a fondu, formellement, l'apport de l'autobiographie rousseauiste dans une autre tradition d'écriture, celle des Mémoires historiques, écrits par de grands serviteurs de l'État. Les *Mémoires d'outre-tombe* narrent, dans un même mouvement, l'histoire d'une vie et l'histoire du monde pendant cette vie. Le « je » qui s'y exprime est comme le héros de référence dont le destin rend lisible, de manière concentrée, la geste de l'époque tout entière : « si j'étais destiné à vivre, je représenterais dans ma personne, représentée dans mes mémoires, […] l'épopée de mon temps [15] ». George Sand autobiographe retient aussi la leçon historique : l'humanité dont elle retrace l'histoire intime à travers son cas n'est pas une catégorie intemporelle ; c'est l'ensemble de ses contemporains de la première moitié du XIXe siècle, c'est sa génération.

« J'ai lieu de croire que mon histoire intellectuelle est celle de la génération à laquelle j'appartiens » (III, 8) : cette conviction, dans *Histoire de ma vie*, se mue en principe d'écriture. Le texte, qui s'est par ailleurs présenté comme un récit de « la vie intérieure » (I, 1), a pour ambition de proposer l'autobiographie d'une génération. Pour répondre à cet enjeu, la narratrice-personnage revêt deux rôles : elle se fait à la fois le porte-parole et l'héroïne de sa génération. D'une part, le « je » qui énonce le texte cède volontiers la place à un « nous » qui prend en charge le destin collectif de ceux qui ont vécu la même histoire et de ceux qui la lisent : « mon lecteur doit remarquer que je me préoccupe beaucoup plus de lui faire repasser et commenter sa propre existence, celle de nous tous, que de l'intéresser à la mienne propre » (III, 8). D'autre part, à force d'offrir cette exemplarité généreuse, le personnage acquiert une forme d'héroïsme : cumulant, dans son expérience individuelle, les épreuves politiques et morales de tout un demi-siècle, elle retrouve par là, implicitement, un statut d'exception. *Histoire de ma vie* n'est finalement pas l'histoire de la vie de tout monde ; tout le monde n'a pas la vie de George Sand.

15. F.R. de Chateaubriand, *Mémoires d'outre-tombe*, Classiques Garnier, 1989-1998, 4 vol., t. I, p. 846.

*Le pacte d'énonciation solidaire*

Une des particularités les plus remarquables de l'autobiographie de George Sand se situe ainsi dans la manière dont l'auteur noue une relation de parole originale avec les lecteurs. Elle apporte une déclinaison spécifique à ce qu'on s'accorde à nommer « pacte autobiographique » depuis Philippe Lejeune, en proposant ce qu'on pourra désigner comme un pacte d'énonciation solidaire. Il est formulé dans les deux premiers chapitres, avant d'être réactivé à plusieurs reprises dans la suite [16].

Le maître-mot qui anime ce pacte est en effet solidarité : « toutes les existences sont solidaires les unes des autres » (I, 14) ; et c'est ce qui fait leur valeur car c'est là le fondement de leur éminente dignité morale : « La source la plus vivante et la plus religieuse du progrès de l'esprit humain, c'est, pour parler la langue de mon temps, la notion de *solidarité* » (I, 1). L'idéalisme militant qui soutient l'invention de fictions par la romancière concerne aussi l'engagement autobiographique : celui-ci n'est acceptable qu'en tant qu'il sera un geste d'exploration de la solidarité humaine. C'est pourquoi il faut d'abord soumettre l'énonciation à cette règle : l'écriture de soi ne vaut que dans l'économie d'un échange où on met en partage ses expériences, ses souffrances et ses espoirs. En perspective, il y aura, au plan individuel, une consolation, et, au plan collectif, la construction d'un devenir commun. L'enjeu est à la fois moral et politique. Le récit de soi a pour obligation de porter une parole solidaire ; en retour, cela impose l'autobiographie comme une obligation.

En effet, le pacte que propose Sand ne la concerne pas seule. Pour édifier l'histoire intime de l'humanité, chacun doit apporter sa pierre, car chacun, socialement incarné, diffère. Trop nombreux sont ceux qui « passent parmi nous sans se révéler » (I, 1). L'auteur d'*Histoire de ma vie* inscrit son texte dans une perspective collective d'appropriation par tous de la parole autobiographique. Elle montre la voie, lance un appel : « Artisans, qui commencez à tout comprendre, paysans, qui commencez à savoir écrire [...], échappez à l'oubli [...]. Écrivez votre histoire, vous tous qui avez com-

16. Essentiellement en I, 14 et IV, 13 ; mais aussi, à mesure qu'*Histoire de ma vie* approche de sa fin et qu'il faut en préciser l'envoi, en redire les destinataires : V, 7 ; V, 13.

pris votre vie et sondé votre cœur. Ce n'est pas à d'autres fins que j'écris la mienne » (I, 2). Le « mien », le « tien », le « sien »…, tout sentiment de propriété semble devoir s'abolir dans le dépassement d'une mise en partage. « La vie d'un ami, c'est la nôtre » (I, 1) écrit d'abord Sand, avant d'actualiser cet axiome en l'adaptant à soi d'une façon saisissante : « écoutez ; ma vie, c'est la vôtre » (I, 2).

Ainsi, la parole autobiographique de George Sand est extrêmement socialisée, tendue vers l'écoute de lecteurs appelés à la recevoir avec sympathie. La scène où, dans le livre, la jeune fille se confesse à l'abbé de Prémord (IV, 1) peut en fournir l'illustration de référence : l'héroïne se livre avec effusion à celui qui s'est présenté comme un « ami » plutôt que comme un « juge », qui ne pose pas de questions mais laisse venir à lui la parole de l'autre, la reçoit avec des larmes sensibles qui absolvent. En vis-à-vis, l'ouvrage montre d'autres scènes de confession qui sont autant de contre-modèles pour son énonciation : auprès du curé de La Châtre (IV, 5) ou du « vieux bourru » de Paris (IV, 8), l'effort de se dire est en butte à une curiosité inquisitrice en même temps qu'impatiente de réaffirmer des normes préconçues. Le texte d'*Histoire de ma vie* ne se contente pas de condamner en termes sévères ce modèle traditionnel de la confession (IV, 2) : il le subvertit complètement de manière à échapper à son emprise et à inventer une autre modalité de l'échange pour le discours sur soi.

Écrites à la veille de la révolution de 1848, de cette révolution qui a voulu faire de la fraternité le terme fort de la devise républicaine [17], les pages programmatiques du début d'*Histoire de ma vie* font retentir en ses plus beaux accents l'ardeur « quarante-huitarde ». Le lyrisme que promet le livre ne servira pas la singularité inquiète d'un individu ; il célébrera, à travers les efforts de cet individu, les retrouvailles de tous dans l'enthousiasme démocratique.

### *Le « sacre » de l'autobiographe*

Tout entière, l'autobiographie sandienne apparaît comme un discours adressé au lecteur : le texte se rend disponible

17. L'historien M. David a consacré un ouvrage à la question : *Le Printemps de la fraternité. Genèse et vicissitudes 1830-1851*, Aubier, « Collection historique », 1992.

pour que la mise en partage d'expériences débouche sur la construction, menée ensemble (auteur et lecteurs), de nouvelles valeurs. On ne peut qu'admirer la solidité de la position d'énonciation que s'est construite Sand pour fonder et légitimer sa prise de parole. Dans l'économie d'un échange, elle aspire à produire, à travers le récit de sa vie, un discours dont la portée va concerner tous ses contemporains. On est bien, au moment où elle entreprend *Histoire de ma vie*, dans cet âge d'or du « sacre de l'écrivain » que Paul Bénichou a identifié comme un signe distincuf du romantisme français : c'est le moment (les années 1830-1840), bientôt brisé par les désillusions de 1848, où la littérature détient le pouvoir spirituel dominant. Les écrivains s'expriment au nom de ce sacerdoce, revêtant les traits sublimés du « Poète » : celui-ci, « chercheur, interprète et guide, est au centre du monde de l'esprit [18] ». En inventant, pour *Histoire de ma vie*, un modèle d'énonciation solidaire, George Sand entre avec assurance dans un tel rôle, elle accomplit une mission. C'est comme à un sacre de l'autobiographe qu'elle procède, puisqu'elle proclame que c'est par cette démarche que la mission sera le mieux remplie.

De là cette impression très forte qui se dégage du livre : l'autorité de celle qui s'y exprime, détentrice d'un véritable magistère verbal. On peut identifier, dans la forme même du texte, de nombreux éléments pour valider la justesse de l'impression. Par exemple, la dynamique rhétorique de cette littérature : la narration articule étroitement récit et discours, le premier débouchant constamment sur le second, lequel s'échauffe parfois au point de laisser transparaître une certaine oralité. Celle-ci dit le souci de performance immédiate d'une parole chargée de convaincre, de toucher. C'est pourquoi cette oralité perce dans les moments stratégiques où il s'agit de faire passer des argumentations auprès du lecteur. Le verbe écrit emprunte alors à d'autres modèles : à celui de la parole oratoire (voir le jeu rhétorique des questions-réponses qui martèle quelques vérités essentielles en IV, 13 : « et qu'on ne dise pas qu'il est facile d'écrire sa vie quand on en retranche l'exposé de certaines applications essentielles de la volonté. Non, cela n'est pas facile » ; « il est impossible de s'accuser sans accuser le prochain [...]. C'est ce qui est arrivé

18. P. Bénichou, *Le Sacre de l'écrivain 1750-1830. Essai sur l'avènement d'un pouvoir spirituel laïque dans la France moderne*, Gallimard, « NRF », 1996 [José Corti, 1973], p. 276.

à Rousseau, et cela est mal. Oui, cela est mal ») ; à celui de la conversation (« je ne crois pas du tout (mais du tout) à ceux qui prétendent s'être toujours trouvés d'accord avec le *moi* de la veille », I, 1).

Un autre signe qui montre la souveraineté que l'autobiographe puise dans son magistère, c'est l'expansion de son discours en de multiples digressions. La narration, en effet, est toujours prête à s'ouvrir sur une argumentation : la description de jeux enfantins fait observer la précocité du sentiment de la propriété chez les êtres et occasionne deux pages de réflexion sur « l'idée communiste » (III, 3) ; le rappel des premiers éléments reçus du catéchisme entraîne trois pages sur le sentiment religieux et sa crispation dans la dévotion (III, 3). Huit pages sur le statut des domestiques en société démocratique tirent la leçon des mécomptes de la grand-mère qui, vieillissante, est passée sous la coupe de sa femme de chambre Julie (III, 6) ; cinq pages sur les jésuites, pour rendre hommage à l'influence bénéfique qu'eut sur elle l'abbé de Prémord, membre de cette compagnie, et pour justifier ainsi l'hostilité que, politiquement, elle éprouve contre « cette secte éprise de pouvoir » (IV, 4). Il est possible que cette tendance au discours – parlera-t-on de tendance au prêche [19] ? – ait été renforcée, dans la phase tardive de la rédaction d'*Histoire de ma vie*, par la perspective d'une édition en feuilleton dans *La Presse* : ce mode d'édition accentuant encore la fonction de tribune publique que, *a priori*, le texte assumait déjà. Mais ce procédé digressif est trop présent pour trouver son explication dans un élément conjoncturel, car, avant tout, il est évidemment intégré comme un procédé poétique. Il a sa légitimité dans la tradition littéraire (inévitablement, c'est le souvenir de Montaigne qui se devine en I, 1 : « je pourrai donc parler sans ordre et sans suite ») ; il a aussi, en IV, 13, son illustration la plus belle à force d'amplification majestueuse. La narration glisse alors en un mouvement continu et néanmoins contrôlé, du peu d'aisance financière de la jeune femme arrivée à Paris à la nécessité de s'habiller en homme ; du port du costume masculin aux anecdotes qui s'ensuivent, dont la rencontre avec le vieux M. Rollinat ; de ce dernier à l'évocation de son fils, François, fidèle ami de Sand ; d'où une méditation sur l'amitié et sur

19. Peut-être le fera-t-on pour les trois pages où, sous prétexte de justifier son goût pour les travaux d'aiguille, la narratrice disserte pour défendre une morale du travail (IV, 9)…

les conditions de sa possibilité entre homme et femme ; d'où une fin de chapitre sur l'amour. C'est peut-être le refus de traiter de ce dernier sentiment à l'aide de confidences intimes qui explique l'inflation des digressions à partir de cette fin de la IV^e partie de l'ouvrage (car on pourra compter dans leur nombre les portraits d'amis de la V^e partie) : le départ dans la digression aurait alors valeur de fuite, quand le scrupule d'exactitude voudrait attirer le récit sur un terrain qu'interdit la narratrice. À proportion que la matière diégétique se rétrécit pour cause de non-dits (qui sont les amants de l'héroïne quand, en rupture de ban, elle mène une vie indépendante dans le Paris littéraire ?), les digressions sur les conditions matérielles de ce mode de vie viennent pallier les lacunes.

Plus largement, on appréciera ce que révèlent tous ces développements discursifs : l'ambition d'un ouvrage qui ne veut passer à côté d'aucun sujet sans le traiter. Refaisant le parcours qui l'a conduite à maturité, la narratrice veut faire partager la somme de ses expériences et l'auteur en tirer les leçons, « en vue d'un enseignement fraternel » (I, 1). La compétence de celle qui écrit *Histoire de ma vie*, toujours étendue à force de digressions, ne semble pas connaître de limites. Rien ne lui échappe, en particulier, des questions morales et sociales, le départ constant du particulier (récit) vers le général (discours) signalant la volonté de l'auteur de satisfaire une veine moraliste [20] et une préoccupation politique. Le livre dispose ainsi l'amplitude nécessaire pour accueillir la diversité du monde et du siècle.

## *Une fable politique*

*Histoire de ma vie* nous parle d'une époque (la charnière des XVIII^e et XIX^e siècles, les cinquante premières années du XIX^e) qui semble n'en pas finir d'opérer une transition, où les principes révolutionnaires ont aboli les cadres de l'Ancien

20. Par exemple, dans le détail, quand l'évocation du personnage du grand-oncle débouche sur une observation générale (« j'ai souvent remarqué que tout est bon dans les personnes bonnes, même leurs défauts apparents », I, 15) ou, de façon plus globale, dans la manière assez constante dont le récit d'enfance se double d'un discours sur l'enfance, le personnage central étant tour à tour « je » et « l'enfant ».

Régime, sans réussir à donner naissance à des structures durables (en politique, mais aussi dans le domaine social ou dans celui des valeurs morales). En un siècle difficile à déchiffrer, le sceptre conféré par le « sacre de l'écrivain » est lourd à porter :

> ce siècle, ce triste et grand siècle où nous vivons s'en va, ce nous semble, à la dérive ; il glisse sur la pente des abîmes, et j'en entends qui me disent : "Où allons-nous ? Vous qui regardez souvent l'horizon, qu'y découvrez-vous ? [...]" Je ne puis répondre à ces cris de détresse. Je ne suis pas illuminée du rayon prophétique (V, 13).

Pourtant, dans une certaine mesure, *Histoire de ma vie* est, en soi, une réponse. La confusion et le chahut du siècle trouvent, dans l'autobiographie individuelle édifiée en vue de la solidarité, une forme qui parvient à les dire et à les subjuguer : peu à peu, en suivant l'histoire de la jeune Aurore qui deviendra George, on voit se dessiner les lignes de force qui donnent son aspect au siècle et celui-ci devient plus lisible. Le livre prend ainsi la valeur d'une fable politique.

Il l'est, à vrai dire, de deux manières : volontaire, mais aussi subie. Car, au plan de l'énonciation, c'est l'histoire qui rattrape le livre plus que celui-ci ne la soumet. Dans les sept années que dure la rédaction intermittente d'*Histoire de ma vie*, il y a, rappelons-le, les grandeurs et malheurs de l'année 1848, bientôt sanctionnés par la mise à mort de la République en 1852. L'autobiographe, malgré la part qu'elle y a prise, ne fera pas le récit des événements de 1848 (trop douloureux encore et trop délicats à exposer dans la période répressive qui dure encore en 1854) ; mais, de toute façon, ceux-ci se sont invités d'eux-mêmes. L'ouverture du chapitre 8 de la IIe partie est impressionnante dans la manière dont elle montre que la crise politique risque de se propager, pour l'autobiographie, en une crise de l'énonciation, le pacte de solidarité se trouvant menacé. Datée du 1er juin 1848, cette page dresse un constat :

> J'ai beaucoup appris, beaucoup vécu, beaucoup vieilli durant ce court intervalle [...].
>
> Si j'eusse fini mon livre avant cette révolution, c'eût été un autre livre, celui d'un solitaire, d'un enfant généreux, j'ose le dire, car je n'avais étudié l'humanité que sur des individus souvent exceptionnels [...].
>
> Mon livre sera donc triste si je reste sous l'impression que j'ai reçue dans ces derniers temps. Mais qui sait ? le temps marche vite (p. 127-128).

Solidaire ou solitaire ? La narratrice ne semble plus trop savoir que penser d'elle-même dans sa position à l'égard des autres, des lecteurs. La tonalité affective annoncée est incertaine (« qui sait ? ») : la parole autobiographique vacille et va faire effort pour retrouver son assurance. En amont du texte, dans cette inquiétude de l'énonciation, s'entend la présence du politique dans *Histoire de ma vie.* Cette présence se prolonge, bien évidemment, dans le contenu même de l'énoncé.

La vie de George Sand, telle qu'elle est reconfigurée dans ce livre, apparaît comme un emblème de celle menée par les « enfants du siècle » (pour reprendre l'expression de Musset dans le roman que lui a inspiré, précisément, sa relation avec Sand). La proposition de lecture avancée par Jean-Christophe Cavallin pour Chateaubriand est ici partiellement opérante : comme « l'homme des *Mémoires d'outre-tombe* », la femme d'*Histoire de ma vie* construit la représentation de son caractère et de son destin à la manière d'une allégorie historique, figure en laquelle se lit l'aventure de son époque [21]. Il y a, en effet, comme une amplification d'existence dans ce livre puisque, au-delà d'une vie, celui-ci prétend narrer bien davantage.

Le signe le plus spectaculaire en est qu'il faut lire plus de vingt chapitres pour enfin trouver le récit de la naissance de l'auteur et encore quelques autres pour que la narration s'appuie sur des souvenirs personnels. Un critique facétieux avait résumé l'opinion dominante des lecteurs de *La Presse* en 1854 en disant que le livre eût dû s'intituler « *Histoire de ma vie avant ma naissance* [22] ». Pendant un long premier quart de l'ouvrage, l'auteur s'est employée à faire connaître ses antécédents en parcourant l'existence de sa grand-mère (paternelle), de sa mère et surtout en détaillant celle de son père, mort alors qu'elle n'avait que quatre ans. Le fait textuel le plus remarquable, en termes de composition, est l'insertion massive des lettres que, pendant sa brève existence de

21. À propos de Chateaubriand, J.-Ch. Cavallin parle d'« une pratique de lecture de soi dérivant elle-même d'une philosophie concevant toute grande individualité comme un type universalisable, c'est-à-dire comme une figure des destinées historiques et spirituelles de l'humanité tout entière », *Chateaubriand mythographe. Autobiographie et allégorie dans les « Mémoires d'outre-tombe »*, H. Champion, 2000, p. 18.

22. A. de Pontmartin, *Nouvelles Causeries littéraires*, Michel Lévy, 1855, p. 360.

trente ans, ce père envoya à sa mère. Avec le discours d'encadrement qui les présente, elles font la matière à peu près exclusive d'une quinzaine de chapitres. Littérairement, cette citation énorme, démesurée presque (à mi-parcours, l'auteur est amenée à s'en justifier avec fermeté : I, 14) vaut comme un acte de piété filiale impressionnant où l'enquête sur le père devient une entreprise de résurrection. Par l'enchâssement de cette biographie, l'autobiographie fait exemplairement accueil à la présence des autres : car, au-delà du cercle familial, c'est un tableau historique très vaste que Sand dresse en amont de son existence. « Enfant du siècle », elle naît, dans le livre, après que des pages nombreuses ont fait revivre les coteries mondaines et littéraires du XVIII^e^ siècle (vie de la grand-mère) et même les champs de bataille du temps de Louis XV (vie de l'arrière-grand-père, le maréchal de Saxe), la vie du petit peuple de Paris durant la Révolution (vie de la mère) et surtout la geste militaire des armées de la République et de l'Empire (vie du père). Bref, cette histoire familiale est une histoire nationale. Quand naît la petite Aurore Dupin, en 1804, son entrée dans cette famille est une entrée sur la scène nationale. Famille et nation sont pareillement déchirées : tel est la clé du drame que développe *Histoire de ma vie* quand l'héroïne apparaît. Les membres de cette famille, en effet, fournissent les rôles pour la représentation dans un espace concentré des dissensions politiques et des bouleversements sociaux sortis de la Révolution. Exemplairement prénommée Aurore, l'héroïne est le fruit d'un mariage révolutionnaire en ce qu'il n'eût pas été concevable vingt ans plus tôt et redeviendra très improbable quelques années plus tard : sur les champs de bataille napoléoniens, en Italie, se sont rencontrés Maurice Dupin et Sophie Delaborde. Lui, jeune officier, est issu d'un secteur brillant (même s'il est un peu marginal) de la société du XVIII^e^ siècle : son grand-père est le fameux maréchal de Saxe, bâtard du roi de Pologne et tenu pour le premier homme de guerre de son siècle. Elle, qui suit les armées comme la maîtresse d'un général, sort d'un petit peuple urbain de boutiquiers très modestes (gens qui ne laissent pas d'archives, se désespère l'autobiographe qui aimerait pouvoir en dire plus, car seuls les riches en produisent) et a probablement, pour survivre à la misère des années révolutionnaires, dû compter avec ses charmes.

Cette ascendance contrastée fournit un thème majeur à *Histoire de ma vie*, indéfiniment exploré comme enjeu moral et politique, aussi bien pour l'identité de son héroïne que pour les failles hypocrites que la condition de celle-ci révélera dans la société où elle vivra. Cette société, très rapidement après la Révolution, a voulu rétablir les classes comme des compartiments étanches et contraindre Aurore Dupin à renoncer à une partie d'elle-même. Après la disparition précoce de son père, l'enfant devient l'enjeu politique d'un affrontement interminable et complet (moral et social) entre la grand-mère et la mère. Toujours, l'une lui demande d'oublier l'autre ; le moindre détail de l'éducation (jeux, bonnes manières, toilettes...) lui fait éprouver son être comme une occasion de déchirement. En 1847 encore, alors qu'elle commence *Histoire de ma vie* et qu'une nouvelle révolution approche, Sand doit lutter contre cette pression sociale aliénante. Dès la première page de l'ouvrage, elle dément les biographes qui croient la flatter en lui attribuant des titres de noblesse qu'elle n'a pas et en ne faisant valoir que son ascendance paternelle. La remarque dit plus qu'un agacement circonstanciel ; elle exprime une exaspération qui se prolonge depuis longtemps. La volonté de corriger publiquement de telles assertions, c'est-à-dire d'assumer une vérité réputée honteuse par les bien-pensants, compte vraiment parmi les raisons décisives qui poussent au geste autobiographique et le fonde comme un engagement politique. Dès 1843, on en trouve témoignage dans une lettre à un ami où elle résume à grands traits son histoire familiale et son enfance. Rappelant que, sans doute, sa mère avait vécu dans un état réprouvé par la société, elle salue le courage de son père de l'avoir choisie pour femme :

> il avait un grand cœur, lui ; il comprit que cette belle créature pouvait encore aimer, et il l'épousa contre le gré et presque sous des malédictions de sa famille. Longtemps pauvre avec elle, il aima jusqu'aux enfants qu'elle avait eus avant lui. Née dans leur mansarde, j'ai commencé par la misère, la vie errante et pénible des camps, le désordre d'une existence folle, aventureuse, pleine d'enthousiasme et de souffrances. Après cela ma grand-mère qui était bonne comme un ange au fond, pardonna, oublia et reçut dans ses bras son fils, sa femme et les enfants. Je fus faite *demoiselle* et héritière. Mais je n'oubliai jamais que le sang plébéien coulait dans mes veines, et ceux qui m'ont inventé de charmantes biographies, me faisant gratuitement comtesse et marquise, parlant de mon bisaïeul le maréchal de Saxe et de mon trisaïeul le roi de Pologne, ont toujours oublié de

faire mention de ma mère la comparse, et de mon grand-père le marchand d'oiseaux. Je le leur apprendrai si j'écris jamais des mémoires [23].

Cette histoire à laquelle l'autobiographie donne tout son développement – il fut beaucoup reproché à Sand de ne pas enfouir dans le silence absolu le passé délicat de sa mère – a vertu exemplaire : s'y dit le très difficile accouchement du XIXe siècle, sa très lente libération des valeurs anciennes au prix d'un combat dont toute l'existence de la narratrice porte témoignage, dessinant la trajectoire idéale qui conduit à la fraternité de 1848.

Légitimités politique et poétique ne font qu'une pour l'autobiographe et permettent la fierté de la déclaration : « le sang des rois se trouva mêlé dans mes veines au sang des pauvres et des petits » (I, 2). *Histoire de ma vie* est, ainsi, une sorte de fable politique pour temps démocratique : elle conte le cheminement douloureux et courageux vers une réconciliation.

*« La vie intérieure, la vie de l'âme »*

Au projet énoncé dans le chapitre 1 (« raconter la vie intérieure, la vie de l'âme, c'est-à-dire de son propre esprit et de son propre cœur ») font écho les pages qui, dans la Ve partie, donnent à cette entreprise le retentissement mystique d'une quête : « Ceci est l'histoire de ma vie, ma véritable histoire. Tout le reste n'en a été que l'accident et l'apparence » (V, 7). Quel est ce « ceci » qui contient l'essentiel ? C'est la « recherche de la vérité abstraite », qui la fait avancer sur « la route de [sa] pensée, clairvoyance, raison, poésie ou sentiment ». La remarque vient dans des pages où Sand décrit le « tourment des choses divines » qui a toujours été le sien (quand bien même les certitudes de son adolescence sont perdues depuis longtemps) : elle s'avoue « moitié *mystique* [...], moitié artiste ». Dans l'exacte continuité de ces préoccupations, elle s'apprête à évoquer son initiation à la politique, dans le milieu des années 1830 :

23. Lettre à Charles Poncy du 23 décembre 1843, *Correspondance*, *op. cit.*, t. VI, p. 327-328. Sand poursuit cette confidence en explicitant ce dont le lecteur de *Consuelo* se doute : dans ce roman l'évocation de l'enfance bohémienne de l'héroïne emprunte beaucoup à sa mémoire propre.

J'approche du moment où ma vue s'ouvrit sur une perspective nouvelle, la politique. J'y fus conduite comme je pouvais l'être, par une influence du sentiment. C'est donc une histoire de sentiment, c'est trois ans de ma vie que j'ai à raconter.

Un tel exemple est remarquable pour la manière dont il met en valeur le souci de la narratrice de produire le récit de sa vie sur le modèle de l'itinéraire intérieur, de la quête : quête de la vérité du monde, de la vie, de soi. Suivant la progression de son héroïne, d'Aurore qui deviendra George, le récit rend hommage à sa ténacité à ne jamais quitter la route de la pensée, route des interrogations et des remises en cause, route de la formation de soi et de la compréhension des autres.

De là certaines des particularités les plus frappantes de la composition d'*Histoire de ma vie*, confirmées par le découpage du récit en cinq grandes parties qui associent, dans leurs titres, périodisation et thématisation (« Du mysticisme à l'indépendance. 1819-1832 »). Ainsi s'explique, en particulier, l'extraordinaire promotion du récit d'enfance. Il fait suite à l'énorme reprise narrative des archives familiales, à la minutieuse et passionnée reconstitution de la vie du père : élément préalable de l'enquête sur l'identité par une investigation de l'hérédité. Puisque celle-ci a d'emblée été évaluée comme une détermination décisive, la narratrice s'y plonge au point que sa recherche apparaît bientôt comme l'abandon de soi à un imaginaire de la filiation des plus féconds [24]. Au milieu de la II^e^ partie de l'ouvrage, le récit de soi commence alors que le récit du monde (et de la famille) est déjà largement enclenché. Déterminations héréditaires et historiques se sont surimposées pour précéder l'apparition de la narratrice-personnage sur la scène [25]. Le récit de la naissance de l'héroïne ne fait pas le commencement de la représentation :

24. Cet aspect d'*Histoire de ma vie*, reprise et variation des mêmes modèles d'existence au fil des générations, a été étudié en profondeur par I. Pannier (« *Histoire de ma vie* de George Sand : une écriture de la filiation », thèse de doctorat, Université Paris VII, 2000).

25. Ch. Planté a mis en valeur, dans l'histoire et l'hérédité, deux des déterminations majeures qui fondent l'identité du personnage d'Aurore-George : « le livre vise à dépasser l'individu singulier, appuyé sur la conviction de sa triple détermination, héréditaire, historique et anthropologique » (« *Histoire de ma vie* de George Sand… », art. cit., p. 296).

il fait le surgissement du personnage dont l'existence vient mettre à l'épreuve un monde déjà constitué. Sans doute est-ce là un rôle que se reconnaît George Sand, la narratrice : mais le chemin aura été long pour qu'Aurore Dupin, le personnage concerné, le comprenne. C'est pourquoi l'enfance et la jeunesse (l'« adolescence », puisque le mot, rare à l'époque, surtout pour les jeunes filles, est fortement présent dans *Histoire de ma vie*) méritent d'être privilégiées par le récit. Rousseau et Chateaubriand avaient fait à l'enfance les honneurs littéraires de l'autobiographie ; Sand va plus loin en élaborant de ses premières années une évocation précise, ancrée dans les images et les sensations, fussent-elles ténues. C'est un regard neuf qui essaie le monde, l'éprouve. Le point de vue est apparemment fragile, il est en fait très exigeant : il donne toute sa mesure, par exemple, lorsqu'il se porte sur un événement aussi immense que la présence des troupes d'occupation françaises en Espagne, du fait de Napoléon : l'enfant est là, âgée de quatre ans, avec sa mère qui a suivi le père aux armées ; peu à peu, elle complexifie le spectacle, comprend qu'elle y est partie prenante, maîtrise tous les enjeux [26]. La prétention à l'universalité de l'autobiographie sandienne se construit dès ce témoignage de l'enfance (où elle invite à plusieurs reprises les lecteurs à reconnaître leurs propres souvenirs dans ceux qu'elle livre comme siens) : c'est pourquoi le texte constitue progressivement une topique du récit d'enfance et, plus spécifiquement, du récit d'enfance au féminin (les jeux, la poupée, les déguisements, les contes de fées…).

La recherche continue de la vérité intérieure passe évidemment, pour la narratrice, par la maîtrise de son identité féminine. En 1837, les *Lettres d'un voyageur* montraient déjà le souci d'un approfondissement de soi par la littérature, mais elles étaient énoncées par un « je » masculin. L'auteur d'*Histoire de ma vie* s'en souvient et reconnaît les limites de l'entreprise : « je voulais faire le propre roman de ma vie et n'en être pas le personnage réel, mais le personnage pensant et analysant » (V, 7). La féminité est maintenant littérairement assumée : *Histoire de ma vie* montre comment l'identité de son héroïne est problématisée et indéfiniment affinée par son parcours dans un espace social et affectif tout entier

26. Avec *Ce que savait Maisie* (1896), Henry James, grand lecteur de Sand, ne fera qu'approfondir une telle donnée.

polarisé par la différence des sexes. L'espace est exclusivement féminin d'abord, au point d'en devenir aliénant (dans le déchirement de la grand-mère et de la mère, dans le mimétisme généralisé du couvent). À force de volonté, et n'en déplaise aux interdits de Montaigne touchant l'inaptitude des femmes à l'amitié (anathème dont la jeune fille est hantée : IV, 13), l'héroïne découvre la possibilité de dialogue et d'échange égal avec les hommes (conversations avec le précepteur Deschartes, pourtant gêné par le sexe de son élève ; émulation littéraire avec des *alter ego* masculins dans le quartier Latin du début des années 1830). L'écrivaine entraîne le lecteur là où nul écrivain (fût-il Balzac) n'a pu le convaincre : dans l'espace d'un regard intérieur pour explorer la filiation fille-mère et la mémoire des lignées familiales féminines ; pour évoquer sans fantasme la vie d'un couvent et les amitiés qui en sortent ; pour suggérer les contraintes des charges domestiques dans l'isolement campagnard.

Si le monde, dans certains domaines, est polarisé en groupes binaires, la représentation qu'en offre *Histoire de ma vie* ne l'est jamais longtemps : la narratrice ayant tôt fait de le nuancer, de découvrir sa complexité afin de trouver par où faire passer sa route. On admirera ainsi l'extraordinaire subtilité à laquelle atteint la caractérisation de certains personnages – en particulier la grand-mère et la mère, ainsi que l'enfant Aurore dans les relations qu'elle entretient avec elles. Tout est là perpétuellement mouvant, difficile et beau, chaleureux et dur, violent et rasséréné. Le texte interdit constamment au lecteur de régler le cas d'un personnage en lui collant quelque étiquette ; toujours les caractères sont rendus ambivalents à force de mise en valeur des différents éléments (moraux, affectifs, sociaux, idéologiques) qui se croisent en eux. C'est le cas, par exemple, de Deschartes, souvent grotesque mais finalement insaisissable jusqu'à sa disparition du livre, ou bien de Rose, la femme de chambre qui bat l'enfant et n'en demeure pas moins une figure de la bonté, ou encore de sœur Hélène, l'ancienne montagnarde écossaise devenue sœur converse à Paris par le prodige d'une mysticité abrupte.

Au gré de ce parcours parmi des êtres complexes, l'héroïne elle-même devient un nœud de tensions contradictoires au point que son unité risque de se perdre. Si la situation de la narratrice (George) s'est tellement éloignée de celle de son personnage (Aurore), c'est moins à cause du nombre des années (pas si élevé après tout, Sand a cinquante ans en 1854) que de la rupture dans le mode de vie. Il n'y a pas eu seulement des deuils dans sa vie, mais aussi des pages brutalement tournées qui ont fait disparaître des personnes proches. La femme de lettres réputée scandaleuse sait bien que, sur sa route, elle a laissé beaucoup de gens qui n'ont pas voulu la suivre, par exemple les amies qui l'ont côtoyée au couvent ou jeune mariée. De l'une d'elles : « si elle existe, si elle se souvient de moi, si elle sait que George Sand est la même personne qu'Aurore Dupin, elle doit soupirer, détourner les yeux et nier même qu'elle m'ait aimée » (III, 12). D'une autre : elle vit « dans un milieu où je suis considérée très probablement comme un suppôt de l'Antéchrist » (III, 13). D'Aurore à George, apparemment, il y a eu mutation d'être.

La continuité de soi a cependant un havre où s'incarner : Nohant. Quand tant d'éléments se disloquent et disparaissent dans l'existence racontée par *Histoire de ma vie*, quand l'identité se cherche à travers de multiples rôles, Nohant résiste et devient progressivement le symbole de la permanence. Exhaussé au rang de monument de soi par l'autobiographe, Nohant acquiert une essence littéraire : il est légué aux lecteurs pour être un lieu privilégié de leur imaginaire et devenir un archétype de maison d'écrivain.

*L'invention de soi comme artiste*

Telle est la leçon biographique d'*Histoire de ma vie*. La difficulté de la vie de George Sand, sa complexité ne sont pas celles d'intrigues sentimentales trop nombreuses mais celles d'une recherche intérieure exigeante et constamment gênée par les obstacles : « mon histoire par elle-même est fort peu intéressante. Les faits y jouent le moindre rôle, les réflexions la remplissent. Personne n'a plus rêvé et moins agi que moi dans sa vie ; vous attendiez-vous à autre chose de la part d'un romancier ? » (I, 2). Son identité, l'héroïne en découvre progressivement, au fil de sa quête, le lieu d'exercice et de fixation : l'écriture. C'est là qu'est l'accomplissement de soi.

Pour désigner sa qualité, la narratrice retient un terme englobant : artiste. Aurore devient George au début des années 1830 [27] : Sand fait son entrée sur la scène littéraire au

27. « Comment Aurore devint George ? » : tel est le titre donné par J.-L. Diaz à un article où il étudie le moment de cette mutation. Dans *George Sand. Une correspondance*, Saint-Cyr-sur-Loire, Christian Pirot éditeur, 1994, p. 18-49.

moment que l'histoire retient comme celui de l'explosion du romantisme, c'est-à-dire de la mythification de l'artiste, de l'exaltation de la figure de celui (ou de celle) qui est capable d'une création absolue où se rencontrent vision du monde et inscription de soi. Dans les pages où Sand motive la décision qui la fit, en 1831-1832, renoncer au conformisme matrimonial à Nohant pour essayer une vie indépendante à Paris, le choix d'existence ne semble finalement qu'une actualisation d'essence : « Et puis, malgré moi, je me sentais artiste, sans avoir jamais songé à me dire que je pouvais l'être » (IV, 12). Le récit prolonge cette intuition en rappelant le souvenir de la découverte, faite dans ses premiers moments parisiens, des autres arts (au Louvre, à l'Opéra) ; toute de sympathie compréhensive devant les œuvres des grands maîtres, l'héroïne y éprouve une confirmation : oui, elle est artiste.

Si la narratrice de 1847 n'a plus de doute à ce sujet, le personnage des années 1810 et 1820 a dû cheminer longtemps avant de découvrir l'identité (morale, spirituelle, esthétique, sociale) de l'artiste et de la reconnaître comme sienne. Dans l'autobiographie, à peine le texte commencé (I, 1), ce sentiment intime de soi est posé comme un thème majeur à travers les pages étonnantes et nombreuses qui magnifient la figure de l'oiseau. Complaisamment, la narratrice dit « la sympathie des oiseaux » qui la caractérise comme un « don », lequel mérite d'être décrit avec détails. Cette métaphore de l'artiste en oiseau est au fondement d'une mythologie personnelle : le grand-père maternel était « maître oiselier » et ainsi c'est du peuple, de la mère réputée indigne, que vient le ferment le plus précieux, le génie artistique. La préséance est à ceux qui, « oiseaux », « pauvres » et « petits », ne fixent pas leur mémoire dans des archives : avant que le chapitre 2 évoque les ancêtres du père (un roi, un maréchal), le premier a déjà conté l'histoire d'« Agathe » et de « Jonquille », les deux fauvettes, ou encore celle du rouge-gorge. Telle est l'hérédité de prédilection.

Histoire d'une vie d'artiste, donc. Les premières émotions esthétiques sont à rechercher (comme y invite Béatrice Didier) [28] dans le prodige des perceptions sensorielles initiales de l'enfant que l'autobiographe consigne et réinterprète avec une sorte de piété, par un acte de fidélité à soi, à l'enfance, à l'art. La littérature est précocement là, reçue par

28. B. Didier, *George Sand écrivain…*, *op. cit.*, p. 425.

tradition orale avant d'être lue : « souvenirs de prières, chansons, comptines, contes et fables », *Histoire de ma vie* les repasse avec une « précision vivante » à laquelle n'atteignent pas beaucoup d'autobiographies, observe Christine Planté [29]. Le goût du récit est bientôt, très vite, un goût d'en produire autant que d'en entendre ou d'en lire : dès le chapitre des premiers souvenirs, l'héroïne imite les contes entendus (dont les lecteurs de romans sandiens savent combien ils ont laissé de trace dans le langage romanesque de l'auteur) en composant ses « romans entre quatre chaises » (II, 11) ; plus tard, alors qu'elle ne maîtrise pas encore vraiment l'alphabet, la petite fille invente un système de signes pour écrire et c'est déjà en praticienne expérimentée qu'elle apprécie les contes de Mme d'Aulnoy et de Perrault quand elle en entreprend la lecture (II, 15). Ensuite, il y aura les essais d'écriture à douze ans (III, 8), les succès de la jeune dramaturge improvisée au couvent (IV, 4)… Tout au long d'*Histoire de ma vie*, on peut suivre, ainsi, les jalons progressifs de cette appropriation de l'écriture au service d'une « tendance à la fabulation infinie [30] ». Celle-ci prend l'aspect d'un dialogue inépuisable avec « Corambé », la figure tutélaire inventée par l'enfant en quête d'idéal religieux et que l'adulte maintient à son usage comme un mythe personnel : elle y incarne, en soi, le principe de la fabulation (romanesque) qui se confond avec le déroulement intérieur d'une recherche (spirituelle). Comme le dit la narratrice lorsqu'elle introduit son lecteur au culte de Corambé (III, 8), « vie poétique » et « vie morale » ne sont qu'une seule et même chose. C'est là la leçon dominante d'*Histoire de ma vie*. Avec l'invention d'une mise en partage de la parole autobiographique, George Sand continue, « moitié mystique, moitié artiste », à explorer pour le comprendre le génie propre de son écriture : les raisons qui font que sa rencontre avec les autres advient sur le terrain de la fabulation infinie.

Damien ZANONE.

29. Ch. Planté, « *Histoire de ma vie* de George Sand… », art. cit., p. 301.

30. *Ibid.*, p. 308.

## NOTE SUR LA PRÉSENTE ÉDITION

D'abord parue en feuilleton dans cent trente-huit numéros de *La Presse* du 5 octobre 1854 au 17 août 1855, *Histoire de ma vie* a été, au fur et à mesure, imprimée en volumes : Victor Lecou et Cadot, 1854-1855, 20 vol. in-8. Cette édition originale a été reprise l'année suivante : Michel Lévy frères, 1855-1856, 10 vol. in-12.

La présente édition reprend le texte de l'édition de 1876, la dernière revue par l'auteur (et publiée aussitôt après sa mort) : Calmann-Lévy, 1876, 4 vol. in-18. Ce texte n'est pas en tout point exactement identique à ceux que donnent les deux autres éditions actuellement disponibles d'*Histoire de ma vie* :

– l'édition proposée par les éditions Christian Pirot (10 vol. annoncés, dont 7 parus à ce jour : Saint-Cyr-sur-Loire, Christian Pirot éditeur, « Voyage immobile », 7 vol., 1993-2000) reproduit le texte de l'édition originale de 1854-1855 ;

– l'édition procurée par Georges Lubin (dans *Œuvres autobiographiques*, Gallimard, « Bibliothèque de la Pléiade », 2 vol., 1970-1971) peut être tenue, en termes scientifiques, comme l'édition de référence : elle reprend le texte de l'édition de 1876 et l'enrichit par la présentation, en annexe, d'un choix très étendu de variantes, relevées dans les éditions antérieures ainsi que sur le manuscrit. Cependant, le texte que nous proposons présentera quelques différences avec celui établi par G. Lubin : celui-ci, en effet, a poussé le zèle philologique jusqu'à rectifier, en quelques endroits, le texte sandien lorsqu'il y trouvait des défaillances par rapport à la réalité (reconstituée par la recherche documentaire qu'il avait menée). Cela concerne essentiellement l'inscription de noms propres de personnages dans le texte. D'une part, G. Lubin a corrigé des inexactitudes graphiques (rétablissant « Auribeau » plutôt qu'« Oribeau », « Stapss » plutôt que « Stabs », « Prunelé » plutôt que « Prunelet »...). D'autre part, et surtout, il s'est permis de rendre leurs noms à certains personnages que l'autobiographe avait pourtant choisi de maintenir dans l'anonymat : noms de famille entiers des compagnes de couvent pour lesquelles l'auteur avait préféré la simple initiale ; désignation de personnages – de personnes, si l'on veut – dont le nom avait été tu (dans le cas d'un proviseur du lycée Henry-IV) ou masqué (dans celui du maître d'écriture pour lequel Sand a inventé le patronyme de... Lubin), par un souci de discrétion que justifiait le principe de « charité » énoncé par l'auteur en épigraphe (les méthodes de ces personnages étant durement condamnées ou moquées dans le texte). Nous nous en tenons donc, pour notre part, au texte de l'édition de 1876, sans modifications.

La présente édition n'est pas intégrale : l'esthétique de l'abondance caractéristique de certains écrivains du XIXe siècle s'accommode difficilement des contraintes des éditions contemporaines en format de poche. Nous pensons cependant, avec les deux volumes ici proposés, préserver largement la matière de cette abondance et, en tout cas, en restituer l'esprit. Dans ce souci, nous avons évité de disséminer des coupes nombreuses et courtes : l'effet eût été, alors, celui d'un texte troué, proche de l'anthologie, dont le principe, esthétiquement, ne nous convenait pas. C'est pourquoi nous avons préféré opérer quelques coupes très larges mais en nombre limité, dont nous marquons ostensiblement les contours. Retrancher certains ensembles cohérents de texte permet de préserver, comme texte publié, un ensemble lui-même cohérent, et autorise mieux la liberté des lecteurs qui voudraient avoir accès aux éléments retranchés : ils savent, en connaissance de cause, à quels endroits d'autres éditions se reporter.

Le texte intégral d'*Histoire de ma vie* compte cinq parties rassemblant soixante-douze chapitres, plus une conclusion et un appendice. Dans l'édition que nous proposons, les coupes (dûment indiquées, répétons-le) se concentrent dans les Ire, IIe et V[e] parties ; elles font disparaître entièrement quatorze chapitres et, dans des proportions très variables, en concernent également seize autres. Les blocs cohérents auxquels il a été renoncé sont : dans les deux premières parties, l'exploration biographique de la lignée paternelle (vie du maréchal de Saxe, vie de la grand-mère) et, plus particulièrement, la reconstitution de la vie du père qui est faite à travers l'énorme citation des lettres que celui-ci envoya à sa mère et à son épouse. Dans la Ve partie, les coupes concernent les trois chapitres que la narratrice réserve, comme pour des portraits détachés, à l'évocation de quelques-uns de ses amis artistes les plus célèbres (Marie Dorval, Delacroix, Sainte-Beuve...), ainsi que les deux chapitres consacrés à sa relation, dans le milieu des années 1830, avec l'avocat Michel de Bourges (qu'elle surnomme « Éverard ») et à l'initiation politique (républicaine) à laquelle cette rencontre donne l'éveil.

L'ensemble de ce que nous maintenons a sa cohérence dans le suivi continu de « la vie intérieure, la vie de l'âme » dont l'autobiographe fait le fil rouge de sa narration ; ce que nous avons enlevé y concourt aussi, certes, de manière signifiante, mais cependant plus digressive. Notre plus grand souci a été de rendre *Histoire de ma vie* un texte plus commodément accessible : dans ce but, les deux présents volumes donnent de cette œuvre, nous l'espérons, une proposition de lecture juste, ample et convaincante.

# Histoire de ma vie I

*Charité envers les autres ;*
*Dignité envers soi-même ;*
*Sincérité devant Dieu.*

Telle est l'épigraphe du livre que j'entreprends.

*15 avril 1847*

# Première partie

## *Histoire d'une famille, de Fontenoy à Marengo*

# I *

*Pourquoi ce livre ? – C'est un devoir de faire profiter les autres de sa propre expérience. –* Lettres d'un voyageur. – Confessions *de J.-J. Rousseau. – Mon nom et mon âge. – Reproches à mes biographes. – Antoine Delaborde, maître paulmier et maître oiselier. – Affinités mystérieuses. – Éloge des oiseaux. – Histoire d'*Agathe *et de* Jonquille. *– L'oiselier de Venise.*

Je ne pense pas qu'il y ait de l'orgueil et de l'impertinence à écrire l'histoire de sa propre vie, encore moins à choisir, dans les souvenirs que cette vie a laissés en nous, ceux qui nous paraissent valoir la peine d'être conservés. Pour ma part, je crois accomplir un devoir, assez pénible même, car je ne connais rien de plus malaisé que de se définir et de se résumer en personne.

L'étude du cœur humain est de telle nature, que plus on s'y absorbe, moins on y voit clair ; et pour certains esprits actifs, se connaître est une étude fastidieuse et toujours incomplète. Pourtant je l'accomplirai, ce devoir ; je l'ai toujours eu devant les yeux ; je me suis toujours promis de ne pas mourir sans avoir fait ce que j'ai toujours conseillé aux autres de faire pour eux-mêmes : une étude sincère de ma propre nature et un examen attentif de ma propre existence.

Une insurmontable paresse (c'est la maladie des esprits trop occupés et celle de la jeunesse par consé-

* Cette première partie de l'ouvrage a été écrite en 1847 (NdA).

quent) m'a fait différer jusqu'à ce jour d'accomplir cette tâche ; et, coupable peut-être envers moi-même, j'ai laissé publier sur mon compte un assez grand nombre de biographies pleines d'erreurs, dans la louange comme dans le blâme. Il n'est pas jusqu'à mon nom qui ne soit une fable dans certaines de ces biographies, publiées d'abord à l'étranger et reproduites en France avec des modifications de fantaisie[1]. Questionnée par les auteurs de ces récits, appelée à donner les renseignements qu'il me plairait de fournir, j'ai poussé l'apathie jusqu'à refuser à des personnes bienveillantes le plus simple indice. J'éprouvais, je l'avoue, un dégoût mortel à occuper le public de ma personnalité, qui n'a rien de saillant, lorsque je me sentais le cœur et la tête remplis de personnalités plus fortes, plus logiques, plus complètes, plus idéales, de types supérieurs à moi-même, de personnages de roman en un mot[2]. Je sentais qu'il ne faut parler de soi au public qu'une fois en sa vie, très sérieusement, et n'y plus revenir.

Quand on s'habitue à parler de soi, on en vient facilement à se vanter, et cela, très involontairement sans doute, par une loi naturelle de l'esprit humain, qui ne peut s'empêcher d'embellir et d'élever l'objet de sa contemplation. Il y a même de ces vanteries naïves dont on ne doit pas s'effrayer lorsqu'elles sont revêtues des formes du lyrisme, comme celles des poètes, qui ont, sur ce point, un privilège spécial et consacré. Mais l'enthousiasme de soi-même qui inspire ces audacieux élans vers le ciel n'est pas le milieu où l'âme puisse se poser pour parler longtemps d'elle-même aux hommes. Dans cette excitation, le sentiment de ses propres faiblesses lui échappe. Elle s'identifie avec la Divinité, avec l'idéal qu'elle embrasse ; s'il se trouve en elle quelque retour vers le regret et le repentir, elle l'exagère jusqu'à la poésie du désespoir et du remords ; elle devient Werther, ou Manfred, ou Faust, ou Hamlet, types sublimes au point de vue de l'art, mais qui, sans le secours de l'intelligence philosophique, sont devenus parfois de funestes exemples ou des modèles hors de portée [3].

Que ces grandes peintures des plus puissantes émotions de l'âme des poètes restent pourtant à jamais vénérées ! et disons bien vite qu'on doit pardonner aux grands artistes de s'être drapés ainsi des nuages de la foudre ou des rayons de la gloire [4]. C'est leur droit, et en nous donnant le résultat de leurs plus sublimes émotions, ils ont accompli leur mission souveraine. Mais disons aussi que dans des conditions plus humbles, et sous des formes plus vulgaires, on peut accomplir un devoir sérieux, plus immédiatement utile à ses semblables, en se communiquant à eux sans symbole, sans auréole et sans piédestal.

Il est certainement impossible de croire que cette faculté des poètes qui consiste à idéaliser leur propre existence et à en faire quelque chose d'abstrait et d'impalpable soit un enseignement bien complet. Utile et vivifiant, il l'est sans doute ; car tout esprit s'élève avec celui des rêveurs inspirés, tout sentiment s'épure ou s'exalte en les suivant à travers ces régions de l'extase ; mais il manque à ce baume subtil, versé par eux sur nos défaillances, quelque chose d'assez important, la réalité.

Eh bien, il en coûte à un artiste de toucher à cette réalité, et ceux qui s'y complaisent sont vraiment bien généreux ! Pour ma part, j'avoue que je ne puis porter aussi loin l'amour du devoir, et que ce n'est pas sans un grand effort que je vais descendre dans la prose de mon sujet.

J'ai toujours trouvé qu'il était de mauvais goût non seulement de parler beaucoup de soi, mais encore de s'en entretenir longtemps avec soi-même [5]. Il y a peu de jours, peu de moments dans la vie des êtres ordinaires où ils soient intéressants ou utiles à contempler. Je me suis sentie pourtant dans ces jours et dans ces heures-là quelquefois comme tout le monde, et j'ai pris la plume alors pour épancher quelque vive souffrance qui me débordait, ou quelque violente anxiété qui s'agitait en moi. La plupart de ces fragments n'ont jamais été publiés, et me serviront de jalons pour l'examen que je vais faire de ma vie. Quelques-uns seulement ont pris une forme à demi confidentielle, à demi littéraire, dans des lettres publiées à certains intervalles et datées de divers lieux. Elles ont été réunies sous le titre de *Lettres d'un voyageur*[6]. À l'époque où j'écrivis ces lettres, je ne me sentis pas trop effrayée de parler de moi-même, parce que ce n'était pas ouvertement et littéralement de moi-même que je parlais alors. Ce *voyageur* était une sorte de fiction, un personnage convenu, masculin comme mon pseudonyme, vieux quoique je fusse encore jeune ; et dans la bouche de ce triste pèlerin, qui en somme était une sorte de héros de roman, je mettais des impressions et des réflexions plus personnelles que je ne les aurais risquées dans un roman, où les conditions de l'art sont plus sévères.

J'avais besoin alors d'exhaler certaines agitations, mais non le besoin d'occuper de moi mes lecteurs. Je l'ai peut-être moins encore aujourd'hui, ce besoin puéril chez l'homme et dangereux tout au moins chez l'artiste. Je dirai pourquoi je ne l'ai pas, et aussi pourquoi je vais pourtant écrire ma propre vie comme si je l'avais, comme on mange par raison sans éprouver aucun appétit.

Je ne l'ai pas, parce que je me trouve arrivée à un âge de calme où ma personnalité n'a rien à gagner à se produire, et où je n'aspirerais qu'à la faire oublier, à l'oublier moi-même entièrement, si je ne suivais que mon instinct, et si je ne consultais que mon goût. Je ne cherche plus le mot des énigmes qui ont tourmenté ma jeunesse ; j'ai résolu en moi bien des problèmes qui m'empêchaient de dormir. On m'y a aidée, car à moi seule je n'aurais vraisemblablement rien éclairci.

Mon siècle a fait jaillir les étincelles de la vérité qu'il couve ; je les ai vues, et je sais où en sont les foyers principaux, cela me suffit. J'ai cherché jadis la lumière dans des faits de psychologie. C'était absurde. Quand j'ai compris que cette lumière était dans des principes, et que ces principes étaient en moi sans venir de moi, j'ai pu, sans trop d'effort ni de mérite, entrer dans le repos de l'esprit. Celui du cœur ne s'est point fait et ne se fera jamais. Pour ceux qui sont nés compatissants, il y aura toujours à aimer sur la terre, par conséquent à plaindre, à servir, à souffrir. Il ne faut donc point chercher l'absence de douleur, de fatigue et d'effroi, à quelque âge que ce soit de la vie, car ce serait l'insensibilité, l'impuissance, la mort anticipée. Quand on a accepté un mal incurable, on le supporte mieux.

Dans ce calme de la pensée et dans cette résignation du sentiment, je ne saurais avoir d'amertume contre le genre humain qui se trompe, ni d'enthousiasme pour moi-même qui me suis trompée si longtemps. Je n'ai donc aucun attrait de lutte, aucun besoin d'expansion qui me porte à parler de mon présent ou de mon passé.

Mais j'ai dit que je regardais comme un devoir de le faire, et voici pourquoi :

Beaucoup d'êtres humains vivent sans se rendre un compte sérieux de leur existence, sans comprendre et presque sans chercher quelles sont les vues de Dieu à leur égard, par rapport à leur individualité aussi bien que par rapport à la société dont ils font partie. Ils passent parmi nous sans se révéler, parce qu'ils végètent sans se connaître, et, bien que leur destinée, si mal développée qu'elle soit, ait toujours son genre d'utilité ou de nécessité conforme aux vues de la Providence, il est fatalement certain que la manifestation de leur vie reste incomplète et moralement inféconde pour le reste des hommes.

La source la plus vivante et la plus religieuse du progrès de l'esprit humain, c'est, pour parler la langue de mon temps, la notion de *solidarité* *. Les hommes de tous les temps l'ont senti instinctivement ou distinctement, et toutes les fois qu'un individu s'est trouvé investi du don plus ou moins développé de manifester sa propre vie, il a été entraîné à cette manifestation par le désir de ses proches ou par une voix intérieure non

* On eût dit *sensibilité* au siècle dernier, *charité* antérieurement, *fraternité* il y a cinquante ans (NdA).

moins puissante. Il lui a semblé alors remplir une obligation, et c'en était une, en effet, soit qu'il eût à raconter les événements historiques dont il avait été le témoin, soit qu'il eût fréquenté d'importantes individualités, soit enfin qu'il eût voyagé et apprécié les hommes et les choses extérieures à un point de vue quelconque[7].

Il y a encore un genre de travail personnel qui a été plus rarement accompli, et qui, selon moi, a une utilité tout aussi grande, c'est celui qui consiste à raconter la vie intérieure, la vie de l'âme, c'est-à-dire l'histoire de son propre esprit et de son propre cœur, en vue d'un enseignement fraternel. Ces impressions personnelles, ces voyages ou ces essais de voyage dans le monde abstrait de l'intelligence ou du sentiment, racontés par un esprit sincère et sérieux peuvent être un stimulant, un encouragement, et même un conseil et un guide pour les autres esprits engagés dans le labyrinthe de la vie. C'est comme un échange de confiance et de sympathie qui élève la pensée de celui qui raconte et de celui qui écoute. Dans la vie intime, un mouvement naturel nous porte à ces sortes d'expansions à la fois humbles et dignes. Qu'un ami, un frère vienne nous avouer les tourments et les perplexités de sa situation, nous n'avons pas de meilleur argument pour le fortifier et le convaincre que des arguments tirés de notre propre expérience, tant nous sentons alors que la vie d'un ami c'est la nôtre, comme la vie de chacun est celle de tous. « J'ai souffert les mêmes maux, j'ai traversé les mêmes écueils, et j'en suis sorti ; donc tu peux guérir et vaincre. » Voilà ce que l'ami dit à l'ami, ce que l'homme enseigne à l'homme. Et lequel de nous, dans ces moments de désespoir et d'accablement où l'affection et le secours d'un autre être sont indispensables, n'a pas reçu une forte impression des épanchements de cette âme dans laquelle il allait épancher la sienne ?

Certes alors c'est l'âme la plus éprouvée qui a le plus de pouvoir sur l'autre. Dans l'émotion, nous ne cherchons guère l'appui du sceptique railleur ou superbe. C'est vers un malheureux de notre espèce, souvent même vers un plus malheureux que nous, que nous tournons nos regards et que nous tendons nos mains. Si nous le surprenons dans un moment de détresse, il connaîtra la pitié et pleurera avec nous. Si nous l'invoquons lorsqu'il est dans l'exercice de sa force et de sa raison, il nous instruira et nous sauvera peut-être ; mais à coup sûr il n'aura d'action sur nous qu'autant qu'il nous comprendra, et pour qu'il nous comprenne il faut qu'il ait à nous faire une confidence en retour de la nôtre.

Le récit des souffrances et des luttes de la vie de chaque homme est donc l'enseignement de tous ; ce serait le salut de tous si chacun savait juger ce qui l'a fait souffrir et connaître ce qui l'a sauvé. C'est dans cette vue sublime et sous l'empire d'une foi ardente que saint Augustin écrivit ses *Confessions*, qui furent celles de son siècle et le secours efficace de plusieurs générations de chrétiens.

Un abîme sépare les *Confessions* de Jean-Jacques Rousseau de celles du Père de l'Église. Le but du philosophe du dix-huitième siècle semble plus personnel, partant moins sérieux et moins utile. Il s'accuse afin d'avoir l'occasion de se disculper, il révèle des fautes ignorées afin d'avoir le droit de repousser des calomnies publiques. Aussi c'est un monument confus d'orgueil et d'humilité qui parfois nous révolte par son affectation, et souvent nous charme et nous pénètre par sa sincérité. Tout défectueux et parfois coupable que peut être cet illustre écrit, il porte avec lui de graves enseignements, et plus le martyr s'abîme et s'égare à la poursuite de son idéal, plus ce même idéal nous frappe et nous attire.

Mais on a trop longtemps jugé les *Confessions* de Jean-Jacques au point de vue d'une apologie purement individuelle. Il s'est rendu complice de ce mauvais résultat en le provoquant par les préoccupations personnelles mêlées à son œuvre. Aujourd'hui que ses amis et ses ennemis personnels ne sont plus, nous jugeons l'œuvre de plus haut. Il ne s'agit plus guère pour nous de savoir jusqu'à quel point l'auteur des

*Confessions* fut injuste ou malade, jusqu'à quel point ses détracteurs furent impies ou cruels. Ce qui nous intéresse, ce qui nous éclaire et nous influence, c'est le spectacle de cette âme inspirée aux prises avec les erreurs de son temps et les obstacles de sa destinée philosophique, c'est le combat de ce génie épris d'austérité, d'indépendance et de dignité, avec le milieu frivole, incrédule ou corrompu qu'il traversait, et qui, réagissant sur lui à toute heure, tantôt par la séduction, tantôt par la tyrannie, l'entraîna tantôt dans l'abîme du désespoir, et tantôt le poussa vers de sublimes protestations.

Si la pensée des *Confessions* était bonne, s'il y avait devoir à se chercher des torts puérils et à raconter des fautes inévitables, je ne suis pas de ceux qui reculeraient devant cette pénitence publique. Je crois que mes lecteurs me connaissent assez, en tant qu'écrivain, pour ne pas me taxer de couardise. Mais, à mon avis, cette manière de s'accuser n'est pas humble, et le sentiment public ne s'y est pas trompé. Il n'est pas utile, il n'est pas édifiant de savoir que Jean-Jacques a volé trois livres dix sous à mon grand-père[8], d'autant plus que le fait n'est pas certain *. Pour moi, je me souviens d'avoir pris dans mon enfance dix sous dans la bourse de ma grand-mère pour les donner à un pauvre, et même de l'avoir fait en cachette et avec plaisir. Je trouve qu'il n'y a point là sujet de se vanter ni de

* Voici le fait comme je l'ai trouvé dans les notes de ma grand-mère : « Francueil, mon mari, disait un jour à Jean-Jacques : "Allons aux Français, voulez-vous ? – Allons, dit Rousseau, *cela nous fera toujours bâiller une heure ou deux.*" C'est peut-être la seule repartie qu'il ait eue en sa vie ; encore n'est-elle pas énormément spirituelle. C'est peut-être ce soir-là que Rousseau vola 3 livres 10 sols à mon mari. Il nous a toujours semblé qu'il y avait eu de l'affectation à se vanter de cette escroquerie ; Francueil n'en a gardé aucun souvenir, et même il pensait que Rousseau l'avait inventée pour montrer les susceptibilités de sa conscience et pour empêcher qu'on ne crût aux fautes dont il ne se confesse pas. Et puis d'ailleurs, quand cela serait, bon Jean-Jacques ! il vous faudrait aujourd'hui faire claquer votre fouet un peu plus fort pour nous faire seulement dresser les oreilles ! » (NdA).

s'accuser. C'était tout simplement une bêtise, car, pour les avoir, je n'avais qu'à les demander.

Or la plupart de nos fautes, à nous autres honnêtes gens, ne sont rien de plus que des bêtises, et nous serions bien bons de nous en accuser devant des gens malhonnêtes qui font le mal avec art et préméditation. Le public se compose des uns et des autres. C'est lui faire un peu trop la cour que de se montrer pire que l'on n'est, pour l'attendrir ou pour lui plaire.

Je souffre mortellement quand je vois le grand Rousseau s'humilier ainsi et s'imaginer qu'en exagérant, peut-être en inventant ces péchés-là, il se disculpe des vices de cœur que ses ennemis lui attribuaient. Il ne les désarma certainement pas par ses *Confessions* ; et ne suffit-il pas, pour le croire pur et bon, de lire les parties de sa vie où il oublie de s'accuser ? Ce n'est que là qu'il est naïf, on le sent bien.

Qu'on soit pur ou impur, petit ou grand, il y a toujours vanité, vanité puérile et malheureuse, à entreprendre sa propre justification. Je n'ai jamais compris qu'un accusé pût répondre quelque chose sur les bancs du crime. S'il est coupable, il le devient encore plus par le mensonge, et son mensonge dévoilé ajoute l'humiliation et la honte à la rigueur du châtiment. S'il est innocent, comment peut-il s'abaisser jusqu'à vouloir le prouver ?

Et encore là il s'agit de l'honneur et de la vie. Dans le cours ordinaire de l'existence, il faut, ou s'aimer tendrement soi-même, ou avoir quelque projet sérieux à faire réussir, pour s'attacher passionnément à repousser la calomnie qui atteint tous les hommes, même les meilleurs, et pour vouloir absolument prouver l'excellence de soi. C'est parfois une nécessité de la vie publique ; mais dans la vie privée on ne prouve point sa loyauté par des discours ; et, comme nul ne peut prouver qu'il ait atteint à la perfection, il faut laisser à ceux qui nous connaissent le soin de nous absoudre de nos travers et d'apprécier nos qualités.

Enfin, comme nous sommes solidaires les uns des autres, il n'y a point de faute isolée. Il n'y a point d'erreur dont quelqu'un ne soit la cause ou le complice, et il est impossible de s'accuser sans accuser le prochain, non pas seulement l'ennemi qui nous attaque, mais encore parfois l'ami qui nous défend. C'est ce qui est arrivé à Rousseau, et cela est mal. Qui peut lui pardonner d'avoir confessé madame de Warens en même temps que lui[9] ?

Pardonne-moi, Jean-Jacques, de te blâmer en fermant ton admirable livre des *Confessions* ! Je te blâme, et c'est te rendre hommage encore, puisque ce blâme ne détruit pas mon respect et mon enthousiasme pour l'ensemble de ton œuvre[10].

Je ne fais point ici un ouvrage d'art, je m'en défends même, car ces choses ne valent que par la spontanéité et l'abandon, et je ne voudrais pas raconter ma vie comme un roman. La forme emporterait le fond.

Je pourrai donc parler sans ordre et sans suite, tomber même dans beaucoup de contradictions[11]. La nature humaine n'est qu'un tissu d'inconséquences, et je ne crois point du tout (mais du tout) à ceux qui prétendent s'être toujours trouvés d'accord avec le *moi* de la veille.

Mon ouvrage se ressentira donc par la forme de ce laisser-aller de mon esprit, et, pour commencer, je laisserai là l'exposé de ma conviction sur l'utilité de ces *Mémoires*, et je le compléterai par l'exemple du fait, au fur et à mesure du récit que je vais commencer.

Qu'aucun de ceux qui m'ont fait du mal ne s'effraie, je ne me souviens pas d'eux ; qu'aucun amateur de scandale ne se réjouisse, je n'écris pas pour lui.

Je suis née l'année du couronnement de Napoléon, l'an XII de la République française (1804). Mon nom n'est pas Marie-Aurore de Saxe, marquise de Dudevant, comme plusieurs de mes biographes l'ont découvert, mais Amantine-Lucile-Aurore Dupin, et mon mari, M. François Dudevant, ne s'attribue aucun titre[12]. Il n'a jamais été que sous-lieutenant d'infanterie, et il n'avait que vingt-sept ans quand je l'ai épousé. En faisant de lui un vieux colonel de l'Empire, on l'a confondu avec M. Delmare, personnage d'un de mes romans [13]. Il est vraiment trop facile de faire la biographie d'un romancier, en transportant les fictions de ses contes dans la réalité de son existence. Les frais d'imagination ne sont pas grands.

On nous a peut-être confondus aussi, lui et moi, avec nos parents. Marie-Aurore de Saxe était ma grand-mère, le père de mon mari était colonel de cavalerie sous l'Empire. Mais il n'était ni rude ni grognon ; c'était le meilleur et le plus doux des hommes.

À ce propos, et j'en demande bien pardon à mes biographes ; mais, au risque de me brouiller avec eux et de payer leur bienveillance d'ingratitude, je le ferai : je ne trouve ni délicat, ni convenable, ni honnête, que pour m'excuser de n'avoir pas persévéré à vivre sous le toit conjugal, et d'avoir plaidé en séparation, on accuse mon mari de torts dont j'ai absolument cessé de me plaindre depuis que j'ai reconquis mon indépendance. Que le public, à ses moments perdus, s'entretienne des souvenirs d'un procès de ce genre, et qu'il en ait gardé une impression plus ou moins favorable à l'un ou à l'autre, cela ne se peut empêcher ; et il n'y a pas à s'en soucier de part ni d'autre, quand on a cru devoir affronter et subir la publicité de pareils débats. – Mais les écrivains qui s'attachent à raconter la vie d'un autre écrivain, ceux surtout qui sont prévenus en sa faveur et qui veulent le grandir ou le réhabiliter dans l'opinion publique, ceux-là ne devraient pas agir contre son sentiment et sa pensée, en frappant d'estoc et de taille autour de lui. La tâche d'un écrivain en pareil cas est celle d'un ami, et les amis ne doivent point manquer aux égards qui sont, après tout, de morale publique. Mon mari est vivant et ne lit ni mes écrits ni ceux qu'on fait sur mon compte. C'est une raison de plus pour moi de désavouer les attaques dont il est l'objet à propos de moi. Je n'ai pu vivre avec lui, nos caractères et nos idées différaient essentiellement. Il avait des motifs pour ne point consentir à une séparation légale, dont il éprouvait pourtant le besoin, puisqu'elle existait de fait. Des conseils imprudents l'ont engagé à provoquer des débats publics qui nous ont contraints à nous accuser l'un l'autre. Triste résultat d'une législation imparfaite et que l'avenir amendera. Depuis que la séparation a été prononcée et maintenue, je me suis hâtée d'oublier mes griefs, en ce sens que toute récrimination publique contre lui me semble de mauvais goût, et ferait croire à une persistance de ressentiments dont je ne suis pas complice.

Ceci posé, on devine que je ne transcrirai point dans mes Mémoires les pièces de mon procès. Ce serait me faire ma tâche trop pénible que d'y donner place aux rancunes puériles et aux souvenirs amers. J'ai beaucoup souffert de tout cela ; mais je n'écris pas pour me plaindre et pour me faire consoler. Les douleurs que j'aurais à raconter à propos d'un fait purement personnel n'auraient aucune utilité générale. Je ne raconterai que celles qui peuvent atteindre tous les hommes. Encore une fois donc, amateurs de scandale, fermez mon livre dès la première page, il n'est pas fait pour vous.

Ceci est probablement tout ce que j'aurai à conclure de mon mariage, et je l'ai dit tout de suite pour obéir à un arrêt de ma conscience. Il n'est pas prudent, je le sais, de désavouer des biographes bien disposés en votre faveur, et qui peuvent vous menacer d'une édition revue et corrigée ; mais je n'ai jamais été prudente en quoi que ce soit, et je n'ai point vu que ceux qui se donnaient la peine de l'être fussent plus épargnés que moi. À chances égales, il faut agir selon l'impulsion de son vrai caractère.

Je laisse là le chapitre du mariage jusqu'à nouvel ordre, et je reviens à celui de ma naissance.

Cette naissance qui m'a été reprochée si souvent et si singulièrement des deux côtés de ma famille est un fait assez curieux en effet, et qui m'a parfois donné à réfléchir sur la question des races [14].

Je soupçonne mes biographes étrangers particulièrement d'être fort aristocrates, car ils m'ont tous gratifiée d'une illustre origine, sans vouloir tenir compte, eux qui devaient être si bien informés, d'une tache assez visible dans mon blason.

On n'est pas seulement l'enfant de son père, on est aussi un peu, je crois, celui de sa mère. Il me semble même qu'on l'est davantage, et que nous tenons aux entrailles qui nous ont portés, de la façon la plus immédiate, la plus puissante, la plus sacrée. Or, si mon père était l'arrière-petit-fils d'Auguste II, roi de Pologne, et si, de ce côté, je me trouve d'une manière illégitime, mais fort réelle, proche parente de Charles X et de Louis XVIII [15], il n'en est pas moins vrai que je tiens au peuple par le sang, d'une manière tout aussi intime et directe ; de plus, il n'y a point de bâtardise de ce côté-là.

Ma mère était une pauvre enfant du vieux pavé de Paris ; son père, Antoine Delaborde, était *maître paulmier* [16] et *maître oiselier*, c'est-à-dire qu'il vendit des serins et des chardonnerets sur le quai aux Oiseaux, après avoir tenu un petit estaminet avec billards, dans je ne sais quel coin de Paris, où, du reste, il ne fit point ses affaires. Le parrain de ma mère avait, il est vrai, un nom illustre dans la partie des oiseaux ; il s'appelait Barra ; et ce nom se lit encore au boulevard du Temple, au-dessus d'un édifice de cages de toutes dimensions, où sifflent toujours joyeusement une foule de volatiles que je regarde comme autant de parrains et de marraines, mystérieux patrons avec lesquels j'ai toujours eu des affinités particulières [17].

Expliquera qui voudra ces affinités entre l'homme et certains êtres secondaires dans la création. Elles sont tout aussi réelles que les antipathies et les terreurs insurmontables que nous inspirent certains animaux inoffensifs. Quant à moi, la sympathie des oiseaux m'est si bien acquise, que mes amis en ont été souvent frappés comme d'un fait prodigieux. J'ai fait à cet égard des éducations merveilleuses ; mais les oiseaux sont les seuls êtres de la création sur lesquels j'aie jamais exercé une puissance fascinatrice, et s'il y a de la fatuité à s'en vanter, c'est à eux que j'en demande pardon.

Je tiens ce *don* de ma mère, qui l'avait encore plus que moi, et qui marchait toujours dans notre jardin accompagnée de pierrots effrontés, de fauvettes agiles et de pinsons babillards, vivant sur les arbres en pleine liberté, mais venant becqueter avec confiance les mains qui les avaient toujours nourris. Je gagerais bien qu'elle tenait cette influence de son père, et que celui-ci ne s'était point fait oiselier par un simple hasard de situation, mais par une tendance naturelle à se rapprocher des êtres avec lesquels l'instinct l'avait mis en relation. Personne n'a refusé à Martin, à Carter et à Van Amburg une puissance particulière sur l'instinct des animaux féroces [18]. J'espère qu'on ne me contestera pas trop mon savoir-faire et mon savoir-vivre avec les bipèdes emplumés qui jouaient peut-être un rôle fatal dans mes existences antérieures.

Plaisanterie à part, il est certain que chacun de nous a une prévention marquée, quelquefois même violente, pour ou contre certains animaux. Le chien joue un rôle exorbitant dans la vie de l'homme, et il y a bien là quelque mystère qu'on n'a pas sondé entièrement. J'ai eu une servante qui avait la passion des cochons, et qui s'évanouissait de désespoir quand elle les voyait passer entre les mains du boucher ; tandis que moi, élevée à la campagne, rustiquement même, et devant m'être habituée à voir ces animaux qu'on nourrit chez nous en grand nombre, j'en ai toujours eu une terreur puérile, insurmontable, jusqu'au point de perdre la tête si je me vois entourée de cette gent immonde [19] : j'aimerais cent fois mieux me voir au milieu des lions et des tigres.

C'est peut-être que tous les types, départis chacun spécialement à chaque race d'animaux, se retrouvent dans l'homme. Les physionomistes ont constaté des ressemblances physiques ; qui peut nier les ressemblances morales ? N'y a-t-il pas parmi nous des renards, des loups, des lions, des aigles, des hannetons, des mouches ? La grossièreté humaine est souvent basse et féroce comme l'appétit du pourceau, et c'est ce qui me cause le plus de terreur et de dégoût chez l'homme. J'aime le chien, mais pas tous les chiens. J'ai même des antipathies marquées contre certains caractères d'individus de cette race. Je les aime un peu rebelles, hardis, grondeurs et indépendants. Leur gourmandise à tous me chagrine. Ce sont des êtres excellents, admirablement doués, mais incorrigibles sur certains points où la grossièreté de la brute reprend trop ses droits. L'homme-chien n'est pas un beau type.

Mais l'oiseau, je le soutiens, est l'être supérieur dans la création. Son organisation est admirable. Son vol le place matériellement au-dessus de l'homme, et lui crée une puissance vitale que notre génie n'a pu encore nous faire acquérir. Son bec et ses pattes possèdent une adresse inouïe. Il a des instincts d'amour conjugal, de prévision et d'industrie domestique ; son nid est un chef-d'œuvre d'habileté, de sollicitude et de luxe délicat. C'est la principale espèce où le mâle aide la femelle dans les devoirs de la famille, et où le père s'occupe, comme l'homme, de construire l'habitation, de préserver et de nourrir les enfants. L'oiseau est chanteur, il est beau, il a la grâce, la souplesse, la vivacité, l'attachement, la morale, et c'est bien à tort qu'on en a fait souvent le type de l'inconstance. En tant que l'instinct de fidélité est départi à la bête, il est le plus fidèle des animaux. Dans la race canine si vantée, la femelle seule a l'amour de la progéniture, ce qui la rend supérieure au mâle ; chez l'oiseau, les deux sexes, doués d'égales vertus, offrent l'exemple de l'idéal dans l'hyménée. Qu'on ne parle donc pas légèrement des oiseaux. Il s'en faut de fort peu qu'ils ne nous valent ; et comme musiciens et poètes, ils sont naturellement mieux doués que nous. L'homme-oiseau, c'est l'artiste.

Puisque je suis sur le chapitre des oiseaux (et pourquoi ne l'épuiserais-je pas, puisque je me suis permis une fois pour toutes les interminables digressions ?), je citerai un trait dont j'ai été témoin et que j'aurais voulu raconter à Buffon, ce doux poète de la nature[20]. J'élevais deux fauvettes de différents nids et de différentes variétés : l'une à poitrine jaune, l'autre à corsage gris. La poitrine jaune, qui s'appelait *Jonquille*, était de quinze jours plus âgée que la poitrine grise, qui s'appelait *Agathe*. Quinze jours pour une fauvette (la fauvette est le plus intelligent et le plus précoce de nos petits oiseaux), cela équivaut à dix ans pour une jeune personne. Jonquille était donc une fillette fort gentille, encore maigrette et mal emplumée, ne sachant voler que d'une branche à l'autre, et même ne mangeant point seule ; car les oiseaux que l'homme élève se développent beaucoup plus lentement que ceux qui s'élèvent à l'état sauvage. Les mères fauvettes sont beaucoup plus sévères que nous, et Jonquille aurait mangé seule quinze jours plus tôt, si j'avais eu la sagesse de l'y forcer en l'abandonnant à elle-même et en ne cédant pas à ses importunités.

Agathe était un petit enfant insupportable. Elle ne faisait que remuer, crier, secouer ses plumes naissantes et tourmenter Jonquille, qui commençait à réfléchir et à se poser des problèmes, une patte rentrée sous le duvet de sa robe, la tête enfoncée dans les épaules, les yeux à demi fermés.

Pourtant elle était encore très petite fille, très gourmande, et s'efforçait de voler jusqu'à moi pour manger à satiété, dès que j'avais l'imprudence de la regarder.

Un jour, j'écrivais je ne sais quel roman qui me passionnait un peu[21] ; j'avais placé à quelque distance la branche verte sur laquelle perchaient et vivaient en bonne intelligence mes deux élèves. Il faisait un peu frais. Agathe, encore à moitié nue, s'était serrée et blottie sous le ventre de Jonquille, qui se prêtait à ce rôle de mère avec une complaisance généreuse. Elles se tinrent tranquilles toutes les deux pendant une demi-heure, dont je profitai pour écrire, car il était rare qu'elles me permissent tant de loisir dans la journée.

Mais enfin l'appétit se réveilla, et Jonquille, sautant sur une chaise, puis sur ma table, vint effacer le dernier mot au bout de ma plume, tandis qu'Agathe, n'osant quitter la branche, battait des ailes et allongeait de mon côté son bec entrouvert avec des cris désespérés.

J'étais au milieu de mon dénouement, et pour la première fois je pris de l'humeur contre Jonquille. Je lui fis observer qu'elle était d'âge à manger seule, qu'elle avait sous le bec une excellente pâtée dans une jolie soucoupe, et que j'étais résolue à ne point fermer les yeux plus longtemps sur sa paresse. Jonquille, un peu piquée et têtue, prit le parti de bouder et de retourner sur sa branche. Mais Agathe ne se résigna pas de même, et se tournant vers elle, lui demanda à manger avec une insistance incroyable. Sans doute elle lui parla avec une grande éloquence, ou si elle ne savait pas encore bien s'exprimer, elle eut dans la voix des accents à déchirer un cœur sensible. Moi, barbare, je regardais et j'écoutais sans bouger, étudiant l'émotion très visible de Jonquille, qui semblait hésiter et se livrer un combat intérieur fort extraordinaire.

Enfin elle s'arme de résolution, vole d'un seul élan jusqu'à la soucoupe, crie un instant, espérant que la nourriture viendra d'elle-même à son bec ; puis elle se décide et entame la pâtée. Mais, ô prodige de sensibilité ! elle ne songe pas à apaiser sa propre faim, elle remplit son bec, retourne à la branche, et fait manger Agathe avec autant d'adresse et de propreté que si elle eût été déjà mère.

Depuis ce moment Agathe et Jonquille ne m'importunèrent plus, et la petite fut nourrie par l'aînée, qui s'en tira bien mieux que moi, car elle la rendit propre, luisante, grasse, et sachant se servir elle-même beaucoup plus vite que je n'y serais parvenue. Ainsi cette pauvrette avait fait de sa compagne une fille adoptive, elle qui n'était encore qu'une enfant, et elle n'avait appris à se nourrir elle-même que poussée et vaincue par un sentiment de charité maternelle envers sa compagne *.

Un mois après, Jonquille et Agathe, toujours inséparables, quoique de même sexe et de variétés différentes, vivaient en pleine liberté sur les grands arbres de mon jardin. Elles ne s'écartaient pas beaucoup de la

* Il paraît que cette prodigieuse histoire est la chose la plus ordinaire du monde, car, depuis que j'ai écrit ce volume, nous en avons vu d'autres exemples. Une couvée de rossignols de muraille, élevée par nous, et commençant à peine à savoir manger, nourrissait avec tendresse tous les petits oiseaux de son espèce que l'on plaçait dans la même cage (NdA).

maison, et elles élisaient leur domicile de préférence sur la cime d'un grand sapin. Elles étaient longuettes, lisses et fraîches. Tous les jours, comme c'était la belle saison et que nous mangions en plein air, elles descendaient à tire-d'aile sur notre table, et se tenaient autour de nous comme d'aimables convives, tantôt sur une branche voisine, tantôt sur notre épaule, tantôt volant au-devant du domestique qui apportait les fruits, pour les goûter sur l'assiette avant nous.

Malgré leur confiance en nous tous, elles ne se laissaient prendre et retenir que par moi, et à quelque moment que ce fût de la journée, elles descendaient du haut de leur arbre à mon appel, qu'elles connaissaient fort bien, et ne confondaient jamais avec celui des autres personnes. Ce fut une grande surprise pour un de mes amis qui arrivait de Paris que de m'entendre appeler des oiseaux perdus dans les hautes branches, et de les voir accourir immédiatement. Je venais de parier avec lui que je les ferais obéir, et comme il n'avait pas assisté à leur éducation, il crut un instant à quelque diablerie.

J'ai eu aussi un rouge-gorge qui, pour l'intelligence et la mémoire, était un être prodigieux ; un milan royal, qui était une bête féroce pour tout le monde, et qui vivait avec moi dans de tels rapports d'intimité qu'il se perchait sur le bord du berceau de mon fils, et, de son grand bec, tranchant comme un rasoir, il enlevait délicatement et avec un petit cri tendre et coquet les mouches qui se posaient sur le visage de l'enfant. Il y mettait tant d'adresse et de précaution qu'il ne le réveilla jamais. Ce monsieur était pourtant d'une telle force et d'une telle volonté qu'il s'envola un jour après avoir roulé sous lui et brisé une cage énorme où on l'avait mis, parce qu'il devenait dangereux pour les personnes qui lui déplaisaient. Il n'y avait point de chaîne dont il ne coupât les anneaux fort lestement, et les plus grands chiens en avaient une terreur insurmontable.

Je n'en finirais pas avec l'histoire des oiseaux que j'ai eus pour amis et pour compagnons. À Venise, j'ai vécu tête à tête avec un sansonnet plein de charmes, qui s'est noyé dans le canaletto, à mon grand désespoir ; ensuite avec une grive que j'y ai laissée et dont je ne me suis pas séparée sans douleur. Les Vénitiens ont un grand talent pour élever les oiseaux, et il y avait, dans un coin de rue, un jeune gars qui faisait des merveilles en ce genre. Un jour il mit à la loterie et gagna je ne sais combien de sequins. Il les mangea dans la journée dans un grand festin qu'il donna à tous ses amis en guenilles. Puis, le lendemain, il revint s'asseoir dans son coin, sur les marches d'un abordage, avec ses cages pleines de pies et de sansonnets qu'il vendait tout instruits aux passants, et avec lesquels il s'entretenait avec amour du matin au soir. Il n'avait aucun chagrin, aucun regret d'avoir fait manger son argent à ses amis. Il avait trop vécu avec les oiseaux pour n'être pas artiste. C'est ce jour-là qu'il me vendit mon aimable grive cinq sous. Avoir pour cinq sous une compagne belle, bonne, gaie, instruite, et qui ne demande qu'à vivre un jour avec vous pour vous aimer toute sa vie, c'est vraiment trop bon marché ! Ah ! les oiseaux ! qu'on les respecte peu et qu'on les apprécie mal !

Je me suis passé la fantaisie d'écrire un roman où les oiseaux jouent un rôle assez important et où j'ai essayé de dire quelque chose sur les affinités et les influences occultes. C'est *Teverino*[22], auquel je renvoie mon lecteur, ainsi que je le ferai souvent quand je ne voudrai pas redire ce que j'ai mieux développé ailleurs. Je sais bien que je n'écris pas pour le genre humain. Le genre humain a bien d'autres affaires en tête que de se mettre au courant d'une collection de romans et de lire l'histoire d'un individu étranger au monde officiel. Les gens de mon métier n'écrivent jamais que pour un certain nombre de personnes placées dans des situations ou perdues dans des rêveries analogues à celles qui les occupent. Je ne craindrai donc pas d'être outrecuidante en priant ceux qui n'ont rien de mieux à faire de relire certaines pages de moi pour compléter celles qu'ils ont sous les yeux.

Ainsi, dans *Teverino*, j'ai inventé une jeune fille ayant pouvoir, comme la première Ève, sur les oiseaux de la création, et je veux dire ici que ce n'est point là une pure fantaisie ; pas plus que les merveilles qu'on raconte en ce genre du poétique et admirable *imposteur* Apollonius de Tyane[23], ne sont des fables contraires à l'esprit du christianisme. Nous vivons dans un temps où l'on n'explique pas bien encore les causes naturelles qui ont passé jusqu'ici pour des miracles, mais où l'on peut déjà constater que rien n'est miracle ici-bas, et que les lois de l'univers, pour n'être pas toutes sondées et définies, n'en sont pas moins conformes à l'ordre éternel.

Mais il est temps de clore ce chapitre des oiseaux et d'en revenir à celui de ma naissance.

## II

*De la naissance et du libre arbitre. – Frédéric-Auguste. – Aurore de Kœnigsmark. – Maurice de Saxe. – Aurore de Saxe. – Le comte de Horn. – Mesdemoiselles Verrières et les beaux esprits du dix-huitième siècle. – M. Dupin de Francueil. – Madame Dupin de Chenonceaux. – L'abbé de Saint-Pierre.*

Donc, le sang des rois se trouva mêlé dans mes veines au sang des pauvres et des petits ; et comme ce qu'on appelle la fatalité, c'est le caractère de l'individu ; comme le caractère de l'individu, c'est son organisation ; comme l'organisation de chacun de nous est le résultat d'un mélange ou d'une parité de races, et la continuation, toujours modifiée, d'une suite de types s'enchaînant les uns aux autres ; j'en ai toujours conclu que l'hérédité naturelle, celle du corps et de l'âme, établissait une solidarité assez importante entre chacun de nous et chacun de ses ancêtres.

Car nous avons tous des ancêtres, grands et petits, plébéiens et patriciens ; ancêtres signifie *patres*, c'est-à-dire une suite de pères, car le mot n'a point de singulier. Il est plaisant que la noblesse ait accaparé ce mot à son profit, comme si l'artisan et le paysan n'avaient pas une lignée de pères derrière eux, comme si on ne pouvait porter le titre sacré de père à moins d'avoir un blason, comme si enfin les pères légitimes se trouvaient moins rares dans une classe que dans l'autre.

Ce que je pense de la noblesse de race, je l'ai écrit dans le *Piccinino*, et je n'ai peut-être fait ce roman que pour faire les trois chapitres où j'ai développé mon sentiment sur la noblesse [24]. Telle qu'on l'a entendue jusqu'ici, elle est un préjugé monstrueux, en tant qu'elle accapare au profit d'une classe de riches et de puissants la religion de la famille, principe qui devrait être cher et sacré à tous les hommes. Par lui-même ce principe est inaliénable, et je ne trouve pas complète cette sentence espagnole : *Cada uno es hijo de sus obras* [25]. C'est une idée généreuse et grande que d'être le fils de ses œuvres et de valoir autant par ses vertus que le patricien par ses titres. C'est cette idée qui a fait notre grande révolution ; mais c'est une idée de réaction, et les réactions n'envisagent jamais qu'un côté des questions, le côté que l'on avait trop méconnu et sacrifié. Ainsi, il est très vrai que chacun est le fils de ses œuvres ; mais il est également vrai que chacun est le fils de ses pères, de ses ancêtres, *patres et matres.* Nous apportons en naissant des instincts qui ne sont qu'un résultat du sang qui nous a été transmis, et qui nous gouverneraient comme une fatalité terrible, si nous n'avions pas une certaine somme de volonté qui est un don tout personnel accordé à chacun de nous par la justice divine.

À ce propos (ce sera encore une digression), je dirai que, selon moi, nous ne sommes pas absolument libres, et que ceux qui ont admis le dogme affreux de la prédestination auraient dû, pour être logiques et ne pas outrager la bonté de Dieu, supprimer l'atroce fiction de l'enfer, comme je la supprime, moi, dans mon âme et dans ma conscience. Mais nous ne sommes pas non plus absolument esclaves de la fatalité de nos instincts. Dieu nous a donné à tous un certain instinct assez puissant pour les combattre, en nous donnant le raisonnement, la comparaison, la faculté de mettre à profit l'expérience, de nous *sauver* enfin, que ce soit par l'amour bien entendu de soi-même, ou par l'amour de la vérité absolue.

On objecterait en vain les idiots, les fous, et une certaine variété d'homicides qui sont sous l'empire d'une monomanie furieuse et qui rentrent, par conséquent, dans la catégorie des fous et des idiots. Toute règle a son exception qui la confirme, toute combinaison, si parfaite qu'elle soit, a ses accidents. Je suis convaincue qu'avec le progrès des sociétés et l'éducation meilleure du genre humain, ces funestes accidents disparaîtront, de même que la somme de fatalité que nous apportons avec nous en naissant, devenant le résultat d'une meilleure combinaison d'instincts transmis, sera notre force et l'appui naturel de notre logique acquise, au lieu de créer des luttes incessantes entre nos penchants et nos principes.

C'est peut-être trancher un peu hardiment des questions qui ont occupé pendant des siècles la philosophie et la théologie que d'admettre, comme j'ose le faire, une somme d'esclavage et une somme de liberté. Les religions ont cru qu'elles ne pouvaient s'établir sans admettre ou sans rejeter le libre arbitre d'une manière absolue. L'Église de l'avenir comprendra, je crois, qu'il faut tenir compte de la fatalité, c'est-à-dire de la violence des instincts, de l'entraînement des passions. Celle du passé l'avait déjà pressenti, puisqu'elle avait admis un purgatoire, un moyen terme entre l'éternelle damnation et l'éternelle béatitude. La théologie du genre humain perfectionnée admettra les deux principes, fatalité et liberté. Mais comme nous en avons fini, je l'espère, avec le manichéisme, elle admettra un troisième principe qui sera la solution de l'antithèse, la *grâce*.

Ce principe, elle ne l'inventera pas, elle ne fera que le conserver ; car c'est, dans son antique héritage, ce qu'elle aura de meilleur et de plus beau à exhumer. La grâce, c'est l'action divine, toujours fécondante et toujours prête à venir au secours de l'homme qui l'implore. Je crois à cela, et ne saurais croire à Dieu sans cela.

L'ancienne théologie avait esquissé ce dogme à l'usage d'hommes plus naïfs et plus ignorants que nous, et par suite aussi de l'insuffisance des lumières du temps. Elle avait dit, *tentations de Satan*, *libre arbitre*, et *secours de la grâce* pour vaincre Satan. Ainsi, trois termes qui ne s'équilibrent pas, deux contre un, liberté absolue du choix et secours de la toute-puissance de Dieu pour résister à la fatalité, à la tentation du diable, qui doit céder, être terrassé facilement. Si cela eût été vrai, comment donc expliquer l'imbécillité humaine qui continuait à satisfaire ses passions et à se donner au diable, malgré la certitude des flammes éternelles, lorsqu'il lui était si facile de prendre, avec toute la liberté de son esprit et l'appui de Dieu, le chemin de l'éternelle félicité ?

Apparemment ce dogme n'a jamais bien persuadé les hommes ; ce dogme parti d'un sentiment austère, enthousiaste, courageux ; ce dogme téméraire jusqu'à l'orgueil et empreint de la passion du progrès, mais sans tenir compte de l'essence même de l'homme ; ce dogme farouche dans son résultat et tyrannique dans ses arrêts, puisqu'il condamne logiquement à l'éternelle haine de Dieu l'insensé qui a librement choisi le culte du mal ; ce dogme-là n'a jamais sauvé personne : les saints n'ont gagné le ciel que par l'amour. La peur n'a pas empêché les faibles de rouler dans l'enfer catholique.

En séparant absolument l'âme du corps, l'esprit de la matière, l'Église catholique devait méconnaître la puissance de la tentation et décréter qu'elle avait son siège dans l'enfer. Mais si la tentation est en nous-mêmes, si Dieu a permis qu'elle y fût, en traçant la loi qui relie le fils à la mère, ou la fille au père, tous les enfants à l'un ou à l'autre, parfois à l'un autant qu'à l'autre : parfois aussi à l'aïeul, ou à l'oncle, ou au bisaïeul (car tous ces phénomènes de ressemblance, tantôt physique, tantôt morale, tantôt physique et morale à la fois, peuvent se constater chaque jour dans les familles) ; il est certain que la tentation n'est pas un élément maudit d'avance, et qu'elle n'est pas l'influence d'un principe abstrait placé en dehors de nous pour nous éprouver et nous tourmenter.

Jean-Jacques Rousseau croyait que nous étions tous nés bons, éducables, et il supprimait ainsi la fatalité ; mais alors comment expliquait-il la perversité générale qui s'emparait de chaque homme au berceau pour le corrompre et inoculer en lui l'amour du mal ? Lui aussi croyait au libre arbitre pourtant ! Il me semble que quand on admet cette liberté absolue de l'homme, il faut, en voyant le mauvais usage qu'il en fait, arriver absolument à douter de Dieu, ou à proclamer son inaction, son indifférence, et nous replonger, pour dernière conséquence désespérée, dans le dogme de la prédestination ; c'est un peu l'histoire de la théologie durant les derniers siècles.

En admettant que l'éducabilité ou la sauvagerie de nos instincts soit ce que je l'ai dit, un héritage qu'il ne nous appartient pas de refuser, et qu'il nous est fort inutile de renier, le mal éternel, le mal en tant que principe fatal, est détruit ; car le progrès n'est point enchaîné par le genre de fatalité que j'admets. C'est une fatalité toujours modifiable, toujours modifiée, excellente et sublime parfois, car l'héritage est parfois un don magnifique auquel la bonté de Dieu ne s'oppose jamais. La race humaine n'est plus une cohue d'êtres isolés allant au hasard, mais un assemblage de lignes qui se rattachent les unes aux autres et qui ne se brisent jamais d'une manière absolue quand même les noms périssent (médiocre accident dont les nobles seuls s'embarrassent) ; l'influence des conquêtes intellectuelles du temps s'exerce toujours sur la partie libre de l'âme, et quant à l'action divine, qui est l'âme même de ce progrès, elle va toujours vivifiant l'esprit humain, qui se dégage ainsi peu à peu des liens du passé et du péché originel de sa race.

Ainsi le mal physique quitte peu à peu notre sang, comme l'esprit du mal quitte notre âme. Tant que nos générations imparfaites luttent encore contre elles-mêmes, la philosophie peut être indulgente et la religion miséricordieuse. Elles n'ont pas le droit de tuer l'homme pour un acte de démence, de le damner pour un faux point de vue. Lorsqu'elles auront à tracer un dogme nouveau pour des êtres plus forts et plus purs, elles n'auront que faire d'y introduire l'inquisiteur des ténèbres, le bourreau de l'éternité, Satan le chauffeur. La peur n'aura plus d'action sur les hommes (elle n'en a déjà plus). La *grâce* suffira, car ce qu'on a appelé la grâce, c'est l'action de Dieu manifestée aux hommes par la foi.

Devant cet affreux dogme de l'enfer auquel l'esprit humain se refuse, devant la tyrannie d'une croyance qui n'admettait ni pardon ni espoir au-delà de la vie, la conscience humaine s'est révoltée. Elle a brisé ses entraves. Elle a brisé la société avec l'Église, la tombe de ses pères avec les autels du passé. Elle a pris son vol, elle s'est égarée pour un instant, mais elle retrouvera sa route, ne vous en inquiétez pas.

Me voici encore une fois bien loin de mon sujet, et mon histoire court le risque de ressembler à celle des sept châteaux du roi de Bohême[26]. Eh bien ! que vous importe, mes bons lecteurs ? mon histoire par elle-même est fort peu intéressante. Les faits y jouent le moindre rôle, les réflexions la remplissent. Personne n'a plus rêvé et moins agi que moi dans sa vie ; vous attendiez-vous à autre chose de la part d'un romancier ?

Écoutez ; ma vie, c'est la vôtre ; car, vous qui me lisez, vous n'êtes point lancés dans le fracas des intérêts de ce monde, autrement vous me repousseriez avec ennui. Vous êtes des rêveurs comme moi. Dès lors tout ce qui m'arrête en mon chemin vous a arrêtés aussi. Vous avez cherché, comme moi, à vous rendre raison de votre existence, et vous avez posé quelques conclusions. Comparez les miennes aux vôtres. Pesez et prononcez. La vérité ne sort que de l'examen.

Nous nous arrêterons donc à chaque pas, et nous examinerons chaque point de vue. Ici, une vérité m'est apparue, c'est que le culte idolâtrique de la famille est faux et dangereux, mais que le respect et la solidarité dans la famille sont nécessaires. Dans l'antiquité, la famille jouait un grand rôle. Puis le rôle s'exagéra son importance, la noblesse se transmit comme un privilège, et les barons du moyen âge prirent de leur race une telle idée, qu'ils eussent méprisé les augustes familles des patriarches si la religion n'en eût consacré et sanctifié la mémoire. Les philosophes du dix-huitième siècle ébranlèrent le culte de la noblesse, la Révolution le renversa ; mais l'idéal religieux de la famille fut entraîné dans cette destruction, et le peuple qui avait souffert de l'oppression héréditaire, le peuple qui riait des blasons, s'habitua à se croire uniquement fils de ses œuvres ; le peuple se trompa, il a ses ancêtres tout comme les rois. Chaque famille a sa noblesse, sa gloire, ses titres : le travail, le courage, la vertu ou l'intelligence. Chaque homme doué de quelque distinction naturelle la doit à quelque homme qui l'a précédé, ou à quelque femme qui l'a engendré. Chaque descendant d'une ligne quelconque aurait donc des exemples à suivre s'il pouvait regarder derrière lui, dans son histoire de famille. Il y trouverait de même des exemples à éviter. Les illustres lignages en sont remplis ; et ce ne serait pas une mauvaise leçon pour l'enfant que de savoir de la bouche de sa nourrice les vieilles traditions de race qui faisaient l'enseignement du jeune noble au fond de son château.

Artisans, qui commencez à tout comprendre, paysans, qui commencez à savoir écrire, n'oubliez donc plus vos morts. Transmettez la vie de vos pères à vos fils, faites-vous des titres et des armoiries, si vous voulez, mais faites-vous-en tous ! La truelle, la pioche ou la serpe sont d'aussi beaux attributs que le cor, la tour ou la cloche. Vous pouvez vous donner cet amusement si bon vous semble. Les industriels et les financiers se le donnent bien !

Mais vous êtes plus sérieux que ces gens-là. Eh bien, que chacun de vous cherche à tirer et à sauver de l'oubli les bonnes actions et les utiles travaux de ses aïeux, et qu'il agisse de manière que ses descendants lui rendent le même honneur. L'oubli est un monstre stupide qui a dévoré trop de générations. Combien de héros à jamais ignorés parce qu'ils n'ont pas laissé de quoi se faire élever une tombe ! combien de lumières éteintes dans l'histoire parce que la noblesse a voulu être le seul flambeau et la seule histoire des siècles écoulés ! Échappez à l'oubli, vous tous qui avez autre chose en l'esprit que la notion bornée du présent isolé. Écrivez votre histoire, vous tous qui avez compris votre vie et sondé votre cœur. Ce n'est pas à autres fins que j'écris la mienne, et que je vais raconter celle de mes parents.

[…]

[*La suite du chapitre fait un retour généalogique sur l'ascendance paternelle (celle qu'irrigue le « sang des rois ») en se consacrant surtout à évoquer la vie de la grand-mère, Aurore de Saxe, fille naturelle mais légitimée du maréchal de Saxe, lui-même fils naturel d'Auguste II, roi de Pologne. Ce récit suit Aurore de Saxe jusqu'à son second mariage (son éducation à Saint-Cyr ; un éphémère premier mariage de quelques semaines, non consommé, avec le comte de Horn, bientôt tué en duel), heureux, avec M. Dupin de Francueil, âgé de trente-deux ans de plus qu'elle, homme fortuné et ami des philosophes. Ce parcours biographique est l'occasion d'un tableau du* XVIII*e siècle mondain et littéraire avec, en particulier, un hommage appuyé à Mme Dupin de Chenonceaux, belle-mère de Dupin de Francueil (deuxième épouse du père de celui-ci) : à l'orée d'*Histoire de ma vie*, c'est le portrait d'une femme qui vivait parmi les philosophes et était « plus avancée que la plupart d'entre eux ». Cette amie de Rousseau (« elle est peut-être la seule à laquelle il rende justice dans ses* Confessions *») prônait la cause des femmes et celle de l'égalité sociale entre tous les individus.*]

# III

*Une anecdote sur J.-J. Rousseau. – Maurice Dupin, mon père. – Deschartres, mon précepteur. – La tête du curé. – Le* libéralisme *d'avant la Révolution. – La visite domiciliaire. – Incarcération. – Dévouement de Deschartres et de mon père. –* Nérina.

[...]

[*Le chapitre commence par une anecdote, la rencontre que la grand-mère fit une fois de Jean-Jacques Rousseau, évoquée par la citation d'un récit écrit qu'elle en fit. Puis le récit retrouve l'histoire de la grand-mère : la naissance de son fils Maurice (reprise du prénom du maréchal de Saxe), le 13 janvier 1778 ; son veuvage, après dix ans de mariage avec M. Dupin « qui avait cessé de s'appeler Francueil depuis la mort de son père » (le couple s'était établi à Châteauroux) ; ayant payé les dettes de son défunt mari, « elle se trouva ruinée, c'est-à-dire à la tête de 75 000 livres de rente. »*]

La révolution devait restreindre bientôt ses ressources à de moindres proportions, et elle ne prit pas tout de suite son parti aussi aisément de ce second coup de fortune ; mais au premier, elle s'exécuta bravement, et, bien que je ne puisse comprendre qu'on ne soit pas immensément riche avec 75 000 livres de rente, comme tout est relatif, elle accepta cette *pauvreté* avec beaucoup de vaillance et de philosophie. En cela, elle obéissait à un principe d'honneur et de dignité qui était bien selon ses idées : au lieu que les confiscations révolutionnaires ne purent jamais prendre dans son esprit une autre forme que celle du vol ou du pillage.

Après avoir quitté Châteauroux, elle habita, rue du Roi-de-Sicile, un *petit appartement*, dans lequel, si j'en juge par la quantité et la dimension des meubles qui garnissent aujourd'hui ma maison, il y avait encore de quoi se retourner. Elle prit, pour faire l'éducation de son fils, un jeune homme que j'ai connu vieux, et qui a été aussi mon précepteur. Ce personnage, à la fois sérieux et comique, a tenu trop de place dans notre vie de famille et dans mes souvenirs, pour que je n'en fasse pas une mention particulière.

Il s'appelait François Deschartres, et comme il avait porté le petit collet en qualité de professeur au collège du cardinal Lemoine, il entra chez ma grand-mère avec le costume et le titre d'abbé. Mais, à la révolution, qui vint bientôt chicaner sur toute espèce de titres, l'abbé Deschartres devint prudemment le citoyen Deschartres. Sous l'Empire, il fut M. Deschartres, maire du village de Nohant ; sous la Restauration, il eût volontiers repris son titre d'abbé, car il n'avait pas varié dans son amour pour les formes du passé. Mais il n'avait jamais été dans les ordres, et d'ailleurs il ne put se délivrer d'un sobriquet que j'avais attaché à son omnicompétence et à son air important ; on ne l'appelait plus dès lors que le *grand homme*.

Il avait été joli garçon, il l'était encore lorsque ma grand-mère se l'attacha : propret, bien rasé, l'œil vif et le mollet saillant. Enfin, il avait une très bonne tournure de gouverneur. Mais je suis sûre que jamais personne, même dans son meilleur temps, n'avait pu le regarder sans rire, tant le mot *cuistre* était clairement écrit dans toutes les lignes de son visage et dans tous les mouvements de sa personne.

Pour être complet, il eût dû être ignare, gourmand et lâche. Mais loin de là, il était fort savant, très sobre et follement courageux. Il avait toutes les grandes qualités de l'âme, jointes à un caractère insupportable et à un contentement de lui-même qui allait jusqu'au délire. Il avait les idées les plus absolues, les manières les plus rudes, le langage le plus outrecuidant. Mais quel dévouement, quel zèle, quelle âme généreuse et sensible ! Pauvre *grand homme* ! comme je t'ai pardonné toutes tes persécutions ! Pardonne-moi de même, dans l'autre vie, tous les mauvais tours que je t'ai joués, toutes les détestables espiègleries par lesquelles je me suis vengée de ton étouffant despotisme ; tu m'as appris fort peu de chose, mais il en est une que je te dois et qui m'a bien servie : c'est de réussir, malgré les bouillonnements de mon indépendance naturelle, à supporter longtemps les caractères les moins supportables et les idées les plus extravagantes.

Ma grand-mère, en lui confiant l'éducation de son fils, ne pressentait point qu'elle faisait emplette du tyran, du sauveur et de l'ami de toute sa vie.

À ses heures de liberté, Deschartres continuait à suivre des cours de physique, de chimie, de médecine et de chirurgie. Il s'attacha beaucoup à M. Desault, et devint, sous le commandement de cet homme remarquable, un praticien fort habile pour les opérations chirurgicales. Plus tard, lorsqu'il fut le fermier de ma grand-mère et le maire du village, sa science le rendit fort utile au pays, d'autant plus qu'il l'exerçait pour l'amour de Dieu, sans rétribution aucune. Il était de si grand cœur qu'il n'était point de nuit noire et orageuse, point de chaud, de froid, ni d'heure indue qui l'empêchassent de courir, souvent fort loin, par des chemins perdus, pour porter du secours dans les chaumières. Son dévouement et son désintéressement étaient vraiment admirables. Mais comme il fallait qu'il fût ridicule autant que sublime en toutes choses, il poussait l'intégrité de ses fonctions jusqu'à battre ses malades quand ils revenaient guéris lui apporter de l'argent. Il n'entendait pas plus raison sur ce chapitre des présents, et je l'ai vu dix fois faire dégringoler l'escalier à de pauvres diables, en les assommant à coups de canards, de dindons et de lièvres apportés par eux en hommage à leur sauveur. Ces braves gens humiliés et maltraités s'en allaient le cœur gros, disant : « Est-il méchant, ce brave cher homme ! » Quelques-uns ajoutaient en colère : « En voilà un que je tuerais, s'il ne m'avait pas sauvé la vie ! » Et Deschartres de vociférer, du haut de l'escalier, d'une voix de stentor : « Comment, canaille, malappris, butor, misérable ; je t'ai rendu service et tu veux me payer ! Tu ne veux pas être reconnaissant ! Tu veux être quitte envers moi ! Si tu ne te sauves pas bien vite, je vais te rouer de coups et te mettre pour quinze jours au lit. Et tu seras bien obligé alors de m'envoyer chercher ! »

Malgré ses bienfaits, le pauvre *grand homme* était aussi haï qu'estimé, et ses vivacités lui attirèrent parfois de mauvaises rencontres dont il ne se vanta pas. Le paysan berrichon est endurant jusqu'à un certain moment où il fait bon d'y prendre garde.

Mais je vais toujours anticipant sur l'ordre des temps dans ma narration. Qu'on me le pardonne ! Je voulais placer, à propos des études anatomiques de l'abbé Deschartres, une anecdote qui n'est point couleur de rose. Ce sera encore un anachronisme de quelques années ; mais les souvenirs me pressent un peu confusément, me quittent de même, et j'ai peur d'oublier tout à fait ce que je remettrais au lendemain.

Sous la Terreur, bien qu'assidu à veiller sur mon père et sur les intérêts de ma grand-mère, il paraît que sa passion le poussait encore de temps en temps vers les salles d'hôpitaux et les amphithéâtres de dissection. Il y avait bien assez de drames sanglants de par le monde en ce temps-là, mais l'amour de la science l'empêchait de faire beaucoup de réflexions philosophiques sur les têtes que la guillotine envoyait aux carabins [27]. Un jour cependant il eut une petite émotion qui le dérangea fort de ses observations. Quelques têtes humaines venaient d'être jetées sur une table de laboratoire, avec ce mot d'un élève qui en prenait assez bien son parti : *Fraîchement coupées* ! On préparait une affreuse chaudière où ces têtes devaient bouillir pour être dépouillées et disséquées ensuite. Deschartres prenait les têtes une à une et allait les y plonger : « C'est la tête d'un curé, dit l'élève en lui passant la dernière, elle est tonsurée. » Deschartres la regarde et reconnaît celle d'un de ses amis qu'il n'avait pas vu depuis quinze jours et qu'il ne savait pas dans les prisons. C'est lui qui m'a raconté cette horrible aventure. « Je ne dis pas un mot ; je regardais cette pauvre tête en cheveux blancs. Elle était calme et belle encore, elle avait l'air de me sourire. J'attendis que l'élève eût le dos tourné pour lui donner un baiser sur le front. Puis je la mis dans la chaudière comme les autres et je la disséquai pour moi. Je l'ai gardée quelque temps, mais il vint un moment où cette relique devenait trop dangereuse. Je l'enterrai dans un coin du jardin. Cette rencontre me fit tant de mal que je fus bien longtemps sans pouvoir m'occuper de la science. »

Passons vite à des historiettes plus gaies.

Mon père prenait fort mal ses leçons. Deschartres n'aurait osé le maltraiter, et quoique partisan outré de l'*ancienne méthode*, du martinet et de la férule, l'amour extrême de ma grand-mère pour son fils lui interdisait les moyens efficaces. Il essayait, à force de zèle et de ténacité, de remplacer ce puissant levier de l'intelligence, selon lui, le fouet ! Il prenait avec lui les leçons d'allemand, de musique, de tout ce qu'il ne pouvait lui enseigner à lui seul, et il se faisait son répétiteur en l'absence des maîtres. Il se consacra même, par dévouement, à faire des armes et à lui faire étudier les passes entre les leçons du professeur. Mon père, qui était paresseux et d'une santé languissante à cette époque, se réveillait un peu de sa torpeur à la salle d'armes ; mais quand Deschartres s'en mêlait, ce pauvre Deschartres qui avait le don de rendre ennuyeuses des choses plus intéressantes, l'enfant bâillait et s'endormait debout. « Monsieur l'abbé, lui dit-il un jour naïvement et sans malice, est-ce que quand je me battrai pour tout de bon, ça m'amusera davantage ?

– Je ne le crois pas, mon ami », répondit Deschartres ; mais il se trompait. Mon père eut de bonne heure l'amour de la guerre et même la passion des batailles. Jamais il ne se sentait si à l'aise, si calme et si doucement remué intérieurement que dans une charge de cavalerie.

Mais ce futur brave fut d'abord un enfant débile [28] et terriblement gâté. On l'éleva, à la lettre, dans du coton, et comme il fit une maladie de croissance, on lui permit d'en venir à cet état d'indolence, qu'il sonnait son domestique pour lui faire ramasser son crayon ou sa plume. Il en rappela bien [29], Dieu merci, et l'élan de la

France, lorsqu'elle courut aux frontières, le saisit un des premiers et fit de sa subite transformation un miracle entre mille.

Quand la Révolution commença à gronder, ma grand-mère, comme les aristocrates éclairés de son temps, la vit approcher sans terreur. Elle était trop nourrie de Voltaire et de Jean-Jacques Rousseau pour ne pas haïr les abus de la cour. Elle était même des plus ardentes contre la coterie de la reine, et j'ai trouvé des cartons pleins de couplets, de madrigaux et de satires sanglantes contre Marie-Antoinette et ses favoris. Les gens comme il faut copiaient et colportaient ces libelles. Les plus honnêtes sont écrits de la main de ma grand-mère, peut-être quelques-uns sont-ils de sa façon ; car c'était du meilleur goût de composer quelque épigramme sur les scandales triomphants, et c'était l'opposition philosophique du moment qui prenait cette forme toute française. Il y en avait vraiment de bien hardies et de bien étranges. On mettait dans la bouche du peuple et on rimait dans l'argot des halles des chansons inouïes sur la naissance du Dauphin, sur les dilapidations et les galanteries de l'*Allemande*, on menaçait la mère et l'enfant du fouet et du pilori. Et qu'on ne pense pas que ces chansons sortissent du peuple. Elles descendaient du salon à la rue. J'en ai brûlé de tellement obscènes, que je n'aurais osé les lire jusqu'au bout, et celles-là écrites de la main d'abbés que j'avais connus dans mon enfance, et sortant du cerveau de marquis de bonne race, ne m'ont laissé aucun doute sur la haine profonde et l'indignation délirante de l'aristocratie à cette époque. Je crois que le peuple eût pu ne pas s'en mêler, et que s'il ne s'en fût pas mêlé, en effet, la famille de Louis XVI aurait pu avoir le même sort et ne pas prendre rang parmi les martyrs.

Au reste, je regrette fort l'accès de pruderie qui me fit, à vingt ans, brûler la plupart de ces manuscrits. Venant d'une personne aussi chaste, aussi sainte que ma grand-mère, ils me brûlaient les yeux ; j'aurais dû pourtant me dire que c'était des documents historiques qui pouvaient avoir une valeur sérieuse. Plusieurs étaient peut-être uniques, ou du moins fort rares. Ceux qui me restent sont connus, et ont été cités dans plusieurs ouvrages.

Je crois que ma grand-mère eut une grande admiration pour Necker et ensuite pour Mirabeau. Mais je perds la trace de ses idées politiques à l'époque où la révolution devint pour elle un fait accablant et un désastre personnel.

Entre tous ceux de sa classe, elle était peut-être la personne qui s'attendît le moins à être frappée dans cette grande catastrophe ; et, en fait, en quoi sa conscience pouvait-elle l'avertir qu'elle avait mérité collectivement de subir un châtiment social ? Elle avait adopté la croyance de l'égalité autant qu'il était possible dans sa situation. Elle était à la hauteur de toutes les idées avancées de son temps. Elle acceptait le contrat social avec Rousseau ; elle haïssait la superstition avec Voltaire ; elle aimait même les utopies généreuses ; le mot de république ne la fâchait point. Par nature, elle était aimante, secourable, affable, et voyait volontiers son égal dans tout homme obscur et malheureux. Que la révolution eût pu se faire sans violence et sans égarement, elle l'eût suivie jusqu'au bout sans regret et sans peur ; car c'était une très grande âme, et, toute sa vie, elle avait aimé et cherché la vérité.

Mais il faut être plus que sincère, plus que juste, pour accepter les convulsions inévitables attachées à un bouleversement immense. Il faut être enthousiaste, aventureux, héroïque, fanatique même du règne de Dieu. Il faut que le *zèle de sa maison nous dévore*[30] pour subir l'atteinte et le spectacle des effrayants détails de la crise. Chacun de nous est capable de consentir à une amputation pour sauver sa vie ; bien peu peuvent sourire dans la torture.

À mes yeux, la Révolution est une des phases actives de la vie évangélique. Vie tumultueuse, sanglante, terrible à certaines heures, pleine de convulsions, de délires et de sanglots. C'est la lutte violente du principe de l'égalité prêché par Jésus, et passant, tantôt comme un flambeau radieux, tantôt comme une torche ardente, de main en main, jusqu'à nos jours, contre le vieux monde païen qui n'est pas détruit, qui ne le sera pas de longtemps, malgré la mission du Christ et tant d'autres missions divines, malgré tant de bûchers, d'échafauds et de martyrs.

Mais l'histoire du genre humain se complique de tant d'événements imprévus, bizarres, mystérieux ; les voies de la vérité s'embranchent à tant de chemins étranges et abrupts, les ténèbres se répandent si fréquentes et si épaisses sur ce pèlerinage éternel, l'orage y bouleverse si obstinément les jalons de la route, depuis l'inscription laissée sur le sable jusqu'aux Pyramides ; tant de sinistres dispersent et fourvoient les pâles voyageurs, qu'il n'est pas étonnant que nous n'ayons pas encore eu d'histoire vraie bien accréditée, et que nous flottions dans un labyrinthe d'erreurs. Les événements d'hier sont aussi obscurs pour nous que les épopées des temps fabuleux, et c'est aujourd'hui seulement que des études sérieuses font pénétrer quelque lumière dans ce chaos.

Alors, quoi d'étonnant dans le vertige qui s'empara de tous les esprits à l'heure de cette inextricable mêlée où la France se précipita en 93 ? Lorsque tout alla par représailles, que chacun fut, de fait ou d'intention, tour à tour victime et bourreau, et qu'entre l'oppression subie et l'oppression exercée il n'y eut pas le temps de la réflexion ou la liberté du choix, comment la passion eût-elle pu s'abstraire dans l'action, et l'impartialité dicter des arrêts tranquilles ? Des âmes passionnées furent jugées par des âmes passionnées, et le genre humain s'écria comme au temps des vieux hussites[31] : « C'est aujourd'hui le temps du deuil, du zèle et de la fureur. »

Quelle foi eût-il donc fallu pour se résoudre joyeusement à être, soit à tort, soit à raison, le martyr du principe ? L'être à tort, par suite d'une de ces fatales méprises que la tourmente rend inévitables, était encore le plus difficile à accepter ; car la foi manquait de lumière suffisante et l'atmosphère sociale était trop troublée pour que le soleil s'y montrât à la conscience individuelle. Toutes les classes de la société étaient pourtant éclairées de ce soleil révolutionnaire jusqu'au jour des états généraux. Marie-Antoinette, la première tête de la contre-révolution de 92, était révolutionnaire dans son intérieur, et pour son profit personnel, en 88, à Trianon, comme Isabelle l'est aujourd'hui sur le trône d'Espagne, comme le serait Victoria d'Angleterre[32], si elle était forcée de choisir entre l'absolutisme et sa liberté individuelle. La liberté ! tous l'appelaient, tous la voulaient avec passion, avec fureur. Les rois la demandaient pour eux-mêmes aussi bien que le peuple.

Mais vinrent ceux qui la demandaient pour tous, et qui, par suite du choc de tant de passions opposées, ne purent la donner à personne.

Ils le tentèrent. Que Dieu les absolve des moyens qu'ils furent réduits à employer. Ce n'est pas à nous, pour qui ils ont travaillé, à les juger du haut de notre inaction inféconde*.

Dans cette épopée sanglante, où chaque parti revendique pour lui-même les honneurs et les mérites du martyre, il faut bien reconnaître qu'il y eut, en effet, des martyrs dans les deux camps. Les uns souffrirent pour la cause du passé, les autres pour celle de l'avenir ; d'autres encore, placés à la limite de ces deux principes, souffrirent sans comprendre ce qu'on châtiait en eux. Que la réaction du passé se fût faite, ils eussent été persécutés par les hommes du passé, comme ils le furent par les hommes de l'avenir.

C'est dans cette position étrange que se trouva la noble et sincère femme dont je raconte ici l'histoire. Elle n'avait point songé à émigrer, elle continuait à élever son fils et à s'absorber dans cette tâche sacrée.

Elle acceptait même la réduction considérable que la crise publique avait apportée dans ses ressources. Des débris de ce qu'elle appelait les débris de sa fortune première, elle avait acheté environ 300 000 livres la terre de Nohant, peu éloignée de Châteauroux ; ses relations et ses habitudes de vie la rattachaient au Berry.

* 1847 (NdA).

Elle aspirait à se retirer dans cette province paisible, où les passions du moment s'étaient encore peu fait sentir, lorsqu'un événement imprévu vint la frapper.

[...]

[*Grand péril : la grand-mère Aurore est emprisonnée (au couvent des Anglaises, sur la montagne Sainte-Geneviève, « qui avait été converti en maison d'arrêt ») parce que, suite à une dénonciation, il fut découvert qu'elle avait dissimulé chez elle des objets de valeur (contrevenant ainsi à un décret qui prohibait l'enfouissement de richesses retirées à la circulation). L'inquiétude est renforcée, surtout, du fait de documents très compromettants que conservait la grand-mère (complexité politique des temps de troubles publics : cette admiratrice de Voltaire et de Rousseau avait fait un don d'argent pour venir en aide au comte d'Artois émigré, frère du roi et futur Charles X, et en avait gardé des attestations). Une intervention décisive et très courageuse de Deschartres, aidé de Maurice Dupin qui a quinze ans, sauve la situation (de nuit, ils parviennent à entrer dans l'appartement pourtant scellé et à détruire les documents) ; grâce à eux, la perquisition qui a lieu un mois après l'arrestation ne trouve rien de compromettant ; cependant Aurore de Saxe reste emprisonnée.*]

[...] Pendant quelque temps, mon père put voir sa mère un instant chaque jour au parloir des Anglaises. Il attendait ce bienheureux instant dans le cloître, par un froid glacial, et Dieu sait qu'il fait froid dans ce cloître, que j'ai arpenté dans tous les sens durant trois ans de ma vie, car j'ai été élevée dans ce même couvent. Il l'attendait souvent durant plusieurs heures, vu que, dans les commencements surtout, les consignes changeaient chaque jour selon le caprice des concierges, et peut-être suivant le vœu du gouvernement révolutionnaire, qui craignait les communications trop fréquentes et trop faciles entre les détenus et leurs parents. En d'autres temps, l'enfant mince et débile eût pris là une fluxion de poitrine. Mais les vives émotions nous font une autre santé, une autre organisation. Il n'eut pas seulement un rhume, et apprit bien vite à ne plus *s'écouter*, à ne plus se plaindre à sa mère de ses petites souffrances et de ses moindres contrariétés, comme il avait eu coutume de le faire. Il devint tout d'un coup ce qu'il devait être toujours, et l'enfant gâté disparut pour ne plus reparaître. Lorsqu'il voyait arriver à la grille sa pauvre mère toute pâle, tout effrayée du temps qu'il avait passé à l'attendre, toute prête à fondre en larmes en touchant ses mains froides, et à le conjurer de ne plus venir plutôt que de s'exposer à ces souffrances, il était honteux de la mollesse dans laquelle il s'était laissé bercer, ils se reprochait d'avoir consenti à ce développement extrême de sollicitude, et, connaissant enfin par lui-même ce que c'est que de trembler et de souffrir pour ce qu'on aime, il niait qu'il eût attendu, il assurait n'avoir pas eu froid, et, par un effort de sa volonté, il arrivait réellement à ne plus sentir le froid.

Ses études étaient bien interrompues ; il n'était plus question de maîtres de musique, de danse et d'escrime. Le bon Deschartres lui-même, qui aimait tant à enseigner, n'avait pas plus de cœur à donner ses leçons que l'élève à les prendre ; mais cette éducation-là en valait bien une autre, et le temps qui formait le cœur et la conscience de l'homme n'était pas perdu pour l'enfant.

## IV

*Sophie-Victoire-Antoinette Delaborde. – La mère Cloquart et ses filles à l'hôtel de ville. – Le couvent des Anglaises. – Sur l'adolescence. – En dehors de l'histoire officielle, il y a une histoire intime des nations. – Recueil de lettres sous la Terreur.*

Je suspendrai un instant ici l'histoire de ma lignée paternelle pour introduire un nouveau personnage qu'un étrange rapprochement place dans la même prison à la même époque.

J'ai parlé d'Antoine Delaborde, le maître *paulmier* et le maître *oiselier* ; c'est-à-dire qu'après avoir tenu un billard, mon grand-père maternel vendit des oiseaux. Si je n'en dis pas davantage sur son compte, c'est que je n'en sais pas davantage. Ma mère ne parlait presque pas de ses parents, parce qu'elle les avait peu connus, et perdus lorsqu'elle était encore enfant. Qui était son grand-père paternel ? Elle n'en savait rien, ni moi non plus. Et sa grand-mère ? Pas davantage. Voilà où les généalogies plébéiennes ne peuvent lutter contre celles des riches et des puissants de ce monde. Eussent-elles produit les êtres les meilleurs ou les plus pervers, il y a impunité pour les uns, ingratitude envers les autres. Aucun titre, aucun emblème, aucune peinture ne conserve le souvenir de ces générations obscures qui passent sur la terre et n'y laissent point de traces. Le pauvre meurt tout entier, le mépris du riche scelle sa tombe et marche dessus sans savoir si c'est même de la poussière humaine que foule son pied dédaigneux.

Ma mère et ma tante m'ont parlé d'une grand-mère maternelle qui les avait élevées et qui était bonne et pieuse. Je ne pense pas que la révolution les ruina. Elles n'avaient rien à perdre, mais elles y souffrirent, comme tout le peuple, de la rareté et de la cherté du pain. Cette grand-mère était royaliste, Dieu sait pourquoi, et entretenait ses deux petites-filles dans l'horreur de la Révolution. Le fait est qu'elles n'y comprenaient goutte, et qu'un beau matin on vint prendre l'aînée, qui avait alors quinze ou seize ans et qui s'appelait Sophie-Victoire (et même Antoinette, comme la reine de France), pour l'habiller tout de blanc, la poudrer, la couronner de roses et la mener à l'hôtel de ville. Elle ne savait pas elle-même ce que cela signifiait : mais les notables plébéiens du quartier, tout fraîchement revenus de la Bastille et de Versailles, lui dirent : « Petite citoyenne, tu es la plus jolie fille du district ; on va te faire brave, voilà le citoyen Collot-d'Herbois, acteur du Théâtre-Français, qui va t'apprendre un compliment en vers avec les gestes ; voici une couronne de fleurs ; nous te conduirons à l'hôtel de ville, tu présenteras ces fleurs et diras ce compliment aux citoyens Bailly et La Fayette, et tu auras bien mérité de la patrie. »

Victoire s'en fut gaiement remplir son rôle au milieu d'un chœur d'autres jolies filles, moins gracieuses qu'elle apparemment, car elles n'avaient rien à dire ni à présenter aux héros du jour ; elles n'étaient là que pour le coup d'œil.

La mère Cloquart (la bonne maman de Victoire) suivit sa petite-fille avec Lucie, la sœur cadette, et toutes deux bien joyeuses et bien fières, se faufilant dans une foule immense, réussirent à entrer à l'hôtel de ville et à voir avec quelle grâce la perle du district débitait son compliment et présentait sa couronne. M. de La Fayette en fut tout ému, et prenant la couronne, il la plaça galamment et paternellement sur la tête de Victoire en lui disant : « Aimable enfant, ces fleurs conviennent à votre visage plus qu'au mien. » On applaudit, on prit place à un banquet offert à La Fayette et à Bailly. Des danses se formèrent autour des tables, les belles jeunes filles des districts y furent entraînées ; la foule devint si compacte et si bruyante, que la bonne mère Cloquart et la petite Lucie, perdant de vue la triomphante Victoire, n'espérant plus la rejoindre et craignant d'être étouffées, sortirent sur la place pour l'attendre ; mais la foule les en chassa. Les cris d'enthousiasme leur firent peur. Maman Cloquart n'était pas brave : elle crut que Paris allait s'écrouler sur elle, et elle se sauva avec Lucie, pleurant, et criant que Victoire serait étouffée ou massacrée dans cette gigantesque farandole.

Ce ne fut que vers le soir que Victoire revint les trouver dans leur pauvre petite demeure, escortée d'une bande de patriotes des deux sexes, qui l'avaient si bien protégée et respectée, que sa robe blanche n'était pas seulement chiffonnée.

À quel événement politique se rattache cette fête donnée à l'hôtel de ville ? Je n'en sais rien. Ni ma mère ni ma tante n'ont jamais pu me le dire ; probablement qu'en y jouant un rôle elles n'en savaient rien non plus. Autant que je puis le présumer, ce fut lorsque

La Fayette vint annoncer à la commune que le roi était décidé à revenir dans sa bonne ville de Paris[33].

Probablement à cette époque les petites citoyennes Delaborde trouvèrent la révolution charmante. Mais plus tard elles virent passer une belle tête ornée de longs cheveux blonds au bout d'une pique, c'était celle de la malheureuse princesse de Lamballe[34]. Ce spectacle leur fit une impression épouvantable, et elles ne jugèrent plus la révolution qu'à travers cette horrible apparition.

Elles étaient alors si pauvres, que Lucie travaillait à l'aiguille, et que Victoire était comparse dans un petit théâtre[35]. Ma tante a nié depuis ce dernier fait, et, comme elle était la franchise même, elle l'a nié certainement de bonne foi. Il est possible qu'elle l'ait ignoré ; car, dans cet orage où elles étaient emportées comme deux pauvres petites feuilles qui tournoient sans savoir où elles sont, dans cette confusion de malheurs, d'épouvantes et d'émotions incomprises, si violentes parfois, qu'elles avaient, à de certaines époques, tout à fait détruit le sens de la mémoire chez ma mère, il est possible que les deux sœurs se soient perdues de vue pendant un certain temps. Il est possible qu'ensuite Victoire, craignant les reproches de la grand-mère, qui était dévote, et l'effroi de Lucie, qui était prudente et laborieuse, n'ait pas osé avouer à quelles extrémités la misère ou l'imprévoyance de son âge l'avaient réduite. Mais le fait est certain, parce que Victoire ma mère me l'a dit, et dans des circonstances que je n'oublierai jamais : je raconterai cela en son lieu, mais je dois prier le lecteur de ne rien préjuger avant ma conclusion.

Je ne sais en quel endroit il arriva à ma mère, sous la Terreur, de chanter une chanson séditieuse contre la République. Le lendemain on vint faire une perquisition chez elle. On y trouva cette chanson manuscrite, qui lui avait été donnée par un certain abbé Borel. La chanson était séditieuse en effet ; mais elle n'en avait chanté qu'un seul couplet qui l'était fort peu. Elle fut arrêtée sur-le-champ avec sa sœur Lucie (Dieu sait pourquoi !) et incarcérée d'abord à la prison de la

Bourbe, et puis dans une autre, et puis transférée enfin aux Anglaises, où elle était probablement à la même époque que ma grand-mère.

Ainsi deux pauvres petites filles du peuple étaient là, ni plus ni moins que les dames les plus qualifiées de la cour et de la ville. Mademoiselle Contat[36] y était aussi, et la supérieure des religieuses anglaises, madame Canning, s'était intimement liée avec elle. Cette célèbre actrice avait des accès de piété tendre et exaltée. Elle ne rencontrait jamais madame Canning dans les cloîtres sans se mettre à genoux devant elle et lui demander sa bénédiction. La bonne religieuse, qui était pleine d'esprit et de savoir-vivre, la consolait et la fortifiait contre les terreurs de la mort, l'emmenait dans sa cellule et la prêchait sans l'épouvanter, trouvant en elle une belle et bonne âme où rien ne la scandalisait. C'est elle-même qui a raconté cela à ma grand-mère devant moi, lorsque j'étais au couvent, et qu'au parloir elles repassaient ensemble les souvenirs de cette étrange époque.

Au milieu d'un si grand nombre de détenues, souvent renouvelées par le *départ* * des unes et l'arrestation des autres, si Marie-Aurore de Saxe et Victoire Delaborde ne se connurent pas ou ne se remarquèrent pas, il n'y a rien d'étonnant. Le fait est que leurs souvenirs mutuels ne datèrent point de cette époque. Mais qu'on me laisse faire ici un aperçu de roman. Je suppose que Maurice se promenât dans le cloître, tout transi et battant la semelle contre le mur en attendant l'heure d'embrasser sa mère ; je suppose aussi que Victoire errât dans le cloître et remarquât ce bel enfant ; elle qui avait déjà dix-neuf ans ; elle eût dit, si on lui eût appris que c'était là le petit-fils du maréchal de Saxe : « Il est joli garçon ; quant au maréchal de Saxe, je ne le connais pas… » Et je suppose encore qu'on eût dit à Maurice : « Vois cette pauvre jolie fille, qui n'a jamais entendu parler de ton aïeul, et dont le père vendait des

* *Départ* signifiait là alors la guillotine (NdA).

oisillons en cage, c'est ta future femme... » Je ne sais ce qu'il eût répondu alors, mais voilà le roman engagé.

Qu'on n'y croie pas, pourtant. Il est possible qu'ils ne se soient jamais rencontrés dans ce cloître, et il n'est pourtant pas impossible qu'ils s'y soient regardés et salués en passant, ne fût-ce qu'une fois. La jeune fille n'aura pas fait grande attention à un écolier ; le jeune homme, tout préoccupé de ses chagrins personnels, l'aura peut-être vue, mais il l'aura oubliée l'instant d'après. Le fait est qu'ils ne se sont souvenus de cette rencontre ni l'un ni l'autre lorsqu'ils ont fait connaissance en Italie, dans une autre tempête, plusieurs années après.

Ici l'existence de ma mère disparaît entièrement pour moi, comme elle avait disparu pour elle-même dans ses souvenirs. Elle savait seulement qu'elle était sortie de prison comme elle y était entrée, sans comprendre comment et pourquoi. La grand-mère Cloquart n'ayant pas entendu parler de ses petites-filles depuis plus d'un an, les avait crues mortes. Elle était bien affaiblie quand elle les vit reparaître devant elle ; car, au lieu de se jeter d'abord dans leurs bras, elle eut peur et les prit pour deux spectres.

Je reprendrai leur histoire où il me sera possible de la retrouver. Je retourne à celle de mon père, que, grâce à ses lettres, je perds rarement de vue.

Les rapides entrevues qui servaient de consolation à la mère et au fils furent brusquement interrompues. Le gouvernement révolutionnaire prit une mesure de rigueur contre les proches parents des détenus, en les exilant hors de l'enceinte de Paris et en leur interdisant d'y mettre les pieds jusqu'à nouvel ordre. Mon père alla s'établir à Passy avec Deschartres, et il y passa plusieurs mois.

Cette seconde séparation fut plus déchirante encore que la première. Elle était plus absolue, elle détruisait le peu d'espérances qu'on avait pu conserver. Ma grand-mère en fut navrée, mais elle réussit à cacher à son fils l'angoisse qu'elle éprouva en l'embrassant avec la pensée que c'était pour la dernière fois.

Quant à lui, il n'eut point des pressentiments aussi sombres, mais il fut accablé. Ce pauvre enfant n'avait jamais quitté sa mère, il n'avait jamais connu, jamais prévu la douleur. Il était beau comme une fleur, chaste et doux comme une jeune fille. Il avait seize ans, sa santé était encore délicate, son âme exquise. À cet âge, un garçon élevé par une tendre mère est un être à part dans la création. Il n'appartient pour ainsi dire à aucun sexe ; ses pensées sont pures comme celles d'un ange ; il n'a point cette puérile coquetterie, cette curiosité inquiète, cette personnalité ombrageuse qui tourmentent souvent le premier développement de la femme. Il aime sa mère comme la fille ne l'aime point et ne pourra jamais l'aimer. Noyé dans le bonheur d'être chéri sans partage et choyé avec adoration, cette mère est pour lui l'objet d'une sorte de culte. C'est de l'amour, moins les orages et les fautes où plus tard l'entraînera l'amour d'une autre femme. Oui, c'est l'amour idéal, et il n'a qu'un moment dans la vie de l'homme. La veille il ne s'en rendait pas encore compte et vivait dans l'engourdissement d'un doux instinct ; le lendemain ce sera un amour troublé ou distrait par d'autres passions, ou en lutte peut-être avec l'attrait dominateur de l'amante.

Un monde d'émotions nouvelles se révélera alors à ses yeux éblouis ; mais s'il est capable d'aimer ardemment et noblement cette nouvelle idole, c'est qu'il aura fait avec sa mère le saint apprentissage de l'amour vrai.

Je trouve que les poètes et les romanciers n'ont pas assez connu ce sujet d'observation, cette source de poésie qu'offre ce moment rapide et unique dans la vie de l'homme. Il est vrai que, dans notre triste monde actuel, l'adolescent n'existe pas, ou c'est un être élevé d'une manière exceptionnelle. Celui que nous voyons tous les jours est un collégien mal peigné, assez mal appris, infecté de quelque vice grossier qui a déjà détruit dans son être la sainteté du premier idéal. Ou si, par miracle, le pauvre enfant a échappé à cette peste des écoles, il est impossible qu'il ait conservé la chasteté de l'imagination et la sainte ignorance de son âge.

En outre, il nourrit une haine sournoise contre les camarades qui ont voulu l'égarer, ou contre les geôliers qui l'oppriment. Il est laid, même lorsque la nature l'a fait beau ; il porte un vilain habit, il a l'air honteux et ne vous regarde point en face. Il dévore en secret de mauvais livres, et pourtant la vue d'une femme lui fait peur. Les caresses de sa mère le font rougir. On dirait qu'il s'en reconnaît indigne. Les plus belles langues du monde, les plus grands poèmes de l'humanité, ne sont pour lui qu'un sujet de lassitude, de révolte et de dégoût ; nourri, brutalement et sans intelligence, des plus purs aliments, il a le goût dépravé et n'aspire qu'au mauvais. Il lui faudra des années pour perdre les fruits de cette détestable éducation, pour apprendre sa langue en oubliant le latin qu'il sait mal et le grec qu'il ne sait pas du tout, pour former son goût, pour avoir une idée juste de l'histoire, pour perdre ce cachet de laideur qu'une enfance chagrine et l'abrutissement de l'esclavage ont imprimé sur son front, pour regarder franchement et porter haut la tête. C'est alors seulement qu'il aimera sa mère ; mais déjà les passions s'emparent de lui, et il n'aura jamais connu cet amour angélique dont je parlais tout à l'heure et qui est comme une pause pour l'âme de l'homme, au sein d'une oasis enchanteresse, entre l'enfance et la puberté.

Ceci n'est point une conclusion que je prends contre l'éducation universitaire[37]. En principe, je reconnais les avantages de l'éducation en commun. En fait, telle qu'on la pratique aujourd'hui, je n'hésite pas à dire que tout vaut mieux, en fait d'éducation, même celle des enfants gâtés à domicile.

Au reste, il ne s'agit pas ici de conclure sur un fait particulier. Une éducation comme celle que reçut mon père ne saurait servir de type. Elle fut à la fois trop belle et trop défectueuse. Brisée deux fois, la première par une maladie de langueur, la seconde par les émotions de la terreur révolutionnaire, et par l'existence précaire et décousue qui en fut la suite, elle ne fut jamais complétée. Mais telle qu'elle fut, elle produisit un homme d'une candeur, d'une vaillance et d'une bonté incomparables. La vie de cet homme fut un roman de guerre et d'amour, terminé à trente ans par une catastrophe imprévue. Cette mort prématurée le laisse à l'état de jeune homme dans la pensée de ceux qui l'ont connu, et un jeune homme doué d'un sentiment héroïque, dont toute la vie se renferme dans une période héroïque de l'histoire, ne peut être une physionomie sans intérêt et sans charme. Quel beau sujet de roman pour moi que cette existence, si les principaux personnages n'eussent été mon père, ma mère et ma grand-mère ! Mais, quoi qu'on fasse, quoique dans ma pensée rien ne soit plus sérieux que certains romans qu'on écrit avec amour et religion, il ne faut mettre dans un roman ni les êtres qu'on aime, ni ceux qu'on hait. J'aurai beaucoup à dire là-dessus, et j'espère répondre franchement à quelques personnes qui m'ont accusée d'avoir voulu les peindre dans mes livres. Mais ce n'est point ici le lieu, et je me borne à dire que je n'eusse pas osé faire de la vie de mon père le sujet d'une fiction ; plus tard on comprendra pourquoi.

Je ne pense pas d'ailleurs que cette existence eût été plus intéressante avec les ornements de la forme littéraire. Racontée telle qu'elle est, elle signifie davantage et résume, par quelques faits très simples, l'histoire morale de la société qui en fut le milieu.

Tout ce préambule n'est à autre fin que d'expliquer pourquoi je vais rapporter une série de lettres qui, sans avoir grande apparence de couleur historique, en ont cependant une réelle. Tout concourt à l'histoire, *tout est l'histoire*, même les romans qui semblent ne se rattacher en rien aux situations politiques qui les voient éclore. Il est donc certain que les détails réels de toute existence humaine sont des traits de pinceau dans le tableau général de la vie collective. Lequel de nous, trouvant un fragment d'écriture du temps passé, fût-ce un acte de sèche procédure, fût-ce une lettre insignifiante, ne l'a examiné, retourné, commenté, pour en tirer quelque lumière sur les mœurs et coutumes de nos aïeux ! Chaque siècle, chaque moment a sa manière, son expression, son sentiment, son goût, sa préoccupation.

L'histoire de la législation se fait avec de vieux titres, l'histoire des mœurs avec de vieilles lettres.

Mon fils s'est amusé à écrire, pour ne pas le publier, bien entendu, un roman burlesque avec commentaires *scientifiques*, plus burlesques encore. Au milieu d'une lettre de haute intrigue, un de ses personnages écrit à un autre : « Ô ciel ! envoie-moi vingt-sept aunes de velours vert. » Ce velours vert nous a fait rire au coin du feu, et l'auteur assure qu'il y a un mystère bien profond dans cette apostrophe. Nous ne demandons pas mieux ; mais j'en tire un exemple : que cette lettre fût une véritable lettre datée du règne de Louis XIV seulement, et qu'elle nous tombât sous la main : tout de suite nous voilà sérieusement intrigués par ce velours. Et que faisait-on dans ce temps-là de vingt-sept aunes de velours vert ? un habillement, un meuble, une portière ? Était-ce un objet de grand luxe ou d'un usage commun ? quel en était le prix ? où le fabriquait-on ? quelles classes de la société le consommaient plus particulièrement ? On regretterait de n'avoir pas ce détail ; car si on l'avait, on se reporterait par la pensée à tout un état de choses, à la situation du commerce, au sort des ouvriers, au luxe des mœurs, aux différences du bien-être : voilà donc qu'on établit une échelle qui touche à toute base et à tout sommet du problème économique ; que l'on compare le passé au présent, et que l'on arrive à des conclusions qui intéressent le problème social.

L'histoire se sert donc de tout, d'une note de marchand, d'un livre de cuisine, d'un mémoire de blanchisseuse. Et voilà comment vingt-sept aunes de velours vert peuvent intéresser l'histoire de l'humanité. Ceci peut servir de note à l'estimable ouvrage dont j'ai tiré cet exemple *.

Je vais donc citer textuellement une série de lettres écrites par mon père âgé de seize ans, à sa mère, détenue aux Anglaises sous la Terreur, et j'avertis le

* L'*Inconnu, roman inconnu* de Maurice Sand (NdA).

lecteur qu'il n'y a rien de varié et rien de dramatique dans la situation personnelle que ces lettres constatent. Elles ne constatent, au contraire, que la morne situation de deux âmes déchirées de douleur. Mais elles sont datées de 94, c'est là leur valeur historique. Et, quant à leur valeur morale, on en jugera après les avoir lues. C'est un monument d'innocence, d'amour filial, et de cet état angélique de l'âme qui caractérise le véritable adolescent.

[…]

[*Recueil de quarante-sept lettres (certaines très courtes) du père à la grand-mère emprisonnée, envoyées depuis son exil de Passy. La grand-mère reste incarcérée, en tout, neuf mois : du 26 novembre 1793 au 22 août 1794 ; sa libération intervient quelques semaines après la journée du 9 thermidor (27 juillet) qui voit la chute de Robespierre. Cependant, en note, George Sand fait un éloge de ce dernier (pourtant honni du père et de la grand-mère) : « Soyons justes enfin, et ne craignons plus de le dire : Robespierre est le plus grand homme de la Révolution et un des plus grands hommes de l'histoire »*.]

# V

*Après la Terreur. – Fin de la prison et de l'exil. – Idée malencontreuse de Deschartres. – Nohant. – Les bourgeois terroristes. – État moral des classes aisées. – Passion musicale. – Paris sous le Directoire.*

Enfin, le 4 fructidor (août 1794), madame Dupin fut réunie à son fils. Le terrible drame de la Révolution disparut un instant à leurs yeux. Tout entiers au bonheur de se retrouver, cette tendre mère et cet excellent enfant, oubliant tout ce qu'ils avaient souffert, tout ce qu'ils avaient perdu, tout ce qu'ils avaient vu, tout ce qui pouvait advenir encore, regardèrent ce jour comme le plus beau de leur vie.

Dans son empressement d'aller embrasser son fils à Passy, madame Dupin n'ayant pas encore de certificats qui lui permissent de passer la barrière de Paris, et craignant d'être signalée à la porte Maillot, s'habilla en paysanne et alla prendre un bateau vers le quai des Invalides pour traverser la Seine et gagner Passy à pied. C'était pour elle une course prodigieuse, car de sa vie elle ne sut marcher. Soit habitude d'inaction, soit faiblesse organique des jambes, elle n'avait jamais été au bout d'une allée de jardin sans être épuisée de fatigue : et cependant elle était bien faite, dégagée, d'une santé excellente, et d'une beauté fraîche et calme qui avait toutes les apparences de la force.

Elle marcha pourtant sans y songer et si vite que Deschartres, dont le costume répondait au sien, avait peine à la suivre. Mais au passage du bateau, une futile circonstance pensa leur attirer de nouveaux malheurs. Le bateau se trouva plein de gens du peuple qui remarquèrent la blancheur du teint et des mains de ma grand-mère. Un brave volontaire de la République en fit tout haut la remarque. « Voilà, dit-il, une petite maman de bonne mine et qui n'a pas travaillé souvent. » Deschartres, ombrageux et malhabile à se contenir, lui répondit par un Qu'est-ce que cela te fait ? qui fut mal accueilli. En même temps une des femmes du bateau mit la main sur un paquet bleu, qui sortait de la poche de Deschartres et l'élevant en l'air : « Voilà ! dit-elle, ce sont des aristocrates qui s'enfuient ; si c'étaient des gens comme nous, ils ne brûleraient pas de la cire. » Et une autre continuant lestement l'inventaire des poches du pauvre pédagogue, y saisit un rouleau d'eau de Cologne qui attira aux deux fugitifs une grêle de quolibets inquiétants.

Ce bon Deschartres, qui, malgré sa rudesse, était rempli d'attentions délicates, trop délicates dans la circonstance, avait cru faire merveille en se précautionnant pour ma grand-mère, et à son insu, de ces petites recherches de la civilisation qu'elle n'aurait point trouvées alors à Passy, ou qu'elle n'eût pu s'y procurer sans donner l'éveil aux voisins.

Il maudit son inspiration en voyant qu'elle allait devenir funeste à l'objet de ses soins ; mais incapable de temporiser, il se leva au milieu du bateau, grossissant sa voix, montrant les poings et menaçant de jeter dans la rivière quiconque insulterait *sa commère*. Les hommes ne firent que rire de ses bravades, mais le batelier lui dit d'un ton dogmatique : « Nous éclaircirons cette affaire-là au débarqué. » Et les femmes de crier *bravo* et de menacer avec énergie les aristocrates déguisés.

Déjà le gouvernement révolutionnaire se relâchait ouvertement du rigoureux système de la veille ; mais le peuple n'abjurait pas encore ses droits et était prêt à se faire justice lui-même.

Alors ma grand-mère, par une de ces inspirations du cœur qui sont si puissantes chez les femmes, alla s'asseoir entre deux véritables commères qui l'injuriaient vivement, et leur prenant les mains : « Aristocrate ou non, leur dit-elle, je suis une mère qui n'a pas vu son fils depuis six mois, qui a cru qu'elle ne le reverrait jamais, et qui va l'embrasser au risque de la vie. Voulez-vous me perdre ? Eh bien, dénoncez-moi, tuez-moi au retour si vous voulez ; mais ne m'empêchez pas de voir mon fils aujourd'hui ; je remets mon sort entre vos mains.

– Va, va, citoyenne, répondirent aussitôt ces braves femmes, nous ne te voulons point de mal. Tu as raison de te fier à nous, nous aussi nous avons des enfants et nous les aimons. »

On abordait. Le batelier et les hommes du bateau, qui ne pouvaient digérer l'attitude de Deschartres, voulurent faire des difficultés pour l'empêcher de passer outre, mais les femmes avaient pris ma grand-mère sous leur protection. « Nous ne voulons pas de cela, dirent-elles aux hommes, respect au sexe ! N'inquiétez pas cette citoyenne. Quant à son valet de chambre (c'est ainsi qu'elles qualifièrent le pauvre Deschartres), qu'il la suive. Il fait ses embarras, mais il n'est pas plus ci-devant que vous. »

Madame Dupin embrassa ces bonnes commères en pleurant, Deschartres prit le parti de rire de son aventure, et ils arrivèrent sans encombre à la petite maison de Passy, où Maurice, qui ne les attendait pas encore, faillit mourir de joie en embrassant sa mère. Je ne sais plus quel jour fut révoqué le décret contre les exilés, mais ce fut presque immédiatement après ; ma grand-mère se mit en règle, j'ai encore ses certificats de résidence et de civisme, ce dernier motivé principalement sur ce que ses domestiques et Antoine, son valet de pied, à leur tête, s'étaient, de l'aveu de toute la section, portés bravement à la prise de la Bastille. C'étaient là de grandes leçons pour l'orgueil des *ci-devant*.

Mais ma grand-mère, sans admettre entièrement les conséquences sociales de ses idées philosophiques, n'avait point de préjugés qui la fissent rougir de devoir sa réintégration civique à la belle conduite de son domestique. Elle partit pour Nohant au commencement de l'an III [38] avec son fils, Deschartres, Antoine et mademoiselle Roumier, une vieille bonne qui avait élevé mon père, et qui mangeait toujours *avec les maîtres*. Nérina et Tristan ne furent point oubliés [39].

L'autre jour, pendant que j'écrivais dans ce recueil de souvenirs l'histoire de Nérina, mon fils Maurice retrouvait au fond d'un grenier de notre maison la plaque du collier de cette intéressante petite bête, avec cette inscription : « Je m'appelle Nérina, j'appartiens à madame Dupin, à Nohant près La Châtre. » Nous avons recueilli cet objet comme une relique. En 96, je retrouve dans les lettres de mon père la postérité de Nérina, composée de Tristan le pauvre enfant de la Terreur, le compagnon d'exil, plus *Spinette* et *Belle*, ses sœurs puînées. Nérina avait fini ses jours sur les genoux de sa maîtresse. Elle a été enterrée dans notre jardin sous un rosier : *encavée*, comme disait le vieux jardinier, qui, en puriste berrichon, n'eût jamais appliqué le verbe *enterrer* à autre créature qu'à *chrétien baptisé*.

Nérina mourut jeune pour avoir eu une existence trop agitée. Tristan eut une longévité extraordinaire.

Par une coïncidence bizarre, son caractère tendre et mélancolique répondait à son nom, et autant sa mère avait été active et inquiète, autant il fut calme et recueilli. Ma grand-mère le préféra toujours à toute la postérité de Nérina, et on conçoit qu'après avoir traversé de grandes crises, on s'attache à tous les êtres, aux animaux même qui les ont traversées avec nous. Tristan fut donc choyé particulièrement et vécut presque tout le reste de la vie de mon père, car il existait encore dans les jours de ma première enfance, et je me souviens d'avoir joué avec lui, bien qu'il ne jouât pas volontiers et eût habituellement la figure d'un chien qui s'absorbe dans la contemplation du passé.

Je ne sais plus bien les dates de l'histoire que je raconte ; mais je vois qu'au 1er brumaire de l'an III (octobre 1794) ma grand-mère recevait des administrateurs du district de La Châtre une lettre avec l'épigraphe : *Unité, indivisibilité de la République, liberté, égalité, fraternité ou la mort*. La République était moralement morte, on en conservait les formules.

« À la citoyenne Dupin.

« Nous t'adressons copie du contrat de vente que t'a consenti Piaron, le 3 août dernier (vieux style), et le mémoire nominatif des demandes qu'il te fait, etc.

Salut et fraternité. »

(Suivent trois signatures de gros bourgeois.)

Comme ils étaient contents, ces bons bourgeois, ces grands enfants émancipés de la veille, de tutoyer la modeste châtelaine de Nohant, et de traiter de Piaron tout court l'ex-seigneur, celui qu'ils avaient appelé naguère M. le comte de Serennes ! Ma grand-mère en souriait et ne s'en trouvait point offensée. Mais elle remarquait que les paysans ne tutoyaient point ces messieurs, et elle savait gré à son menuisier de la tutoyer sans façon. Elle y voyait une préférence d'amitié dont elle jouissait avec un peu de malice.

Un jour qu'elle était avec son fils dans la maisonnette de ce menuisier, alors percepteur de sa commune, républicain hardi et intelligent, qui fut pendant toute sa vie notre ami dévoué et dont j'ai reçu le dernier soupir, deux bourgeois de La Châtre passèrent devant la porte, fort avinés, et trouvèrent brave d'insulter une femme et un enfant, de les menacer de la guillotine, et de se donner des airs de Robespierre au petit pied, eux qui mentalement, avec toute leur caste, venaient de tuer Robespierre et la Révolution. Mon père, qui n'avait que seize ans, se précipita vers eux, saisit un de leurs chevaux à la bride, et les somma de descendre pour se battre avec lui. Godard, le menuisier-percepteur, vint à son aide, armé d'un grand compas dont il voulait, disait-il, mesurer ces messieurs. Les messieurs ne répondirent point à la provocation et piquèrent des deux[40]. Ils étaient ivres, c'est ce qui les excuse. Ils sont aujourd'hui * ardents conservateurs et dynastiques[41] : mais ils sont vieux, c'est ce qui les absout.

Leur colère s'expliquait, au reste, par un motif particulier. L'un d'eux, nommé par le district administrateur des revenus de Nohant pendant l'exécution de la loi sur les suspects, avait jugé à propos de se les approprier en grande partie et de présenter des comptes erronés tant à la République qu'à ma grand-mère. Celle-ci plaida et l'amena à restitution. Mais ce procès dura deux ans, et pendant tout ce temps ma grand-mère, ne touchant que les revenus de Nohant qui ne s'élevaient pas alors à quatre mille francs, et devant payer de l'argent emprunté en 93 pour subvenir aux emprunts forcés et dons patriotiques dits volontaires, se trouva réduite à une gêne extrême. Pendant plus d'une année, on ne vécut que du revenu du jardin, qui fournissait au marché pour 12 ou 15 francs de légumes chaque semaine. Peu à peu sa position se liquida et fut améliorée ; mais, à partir de la Révolution, son revenu ne s'éleva jamais à 15 000 livres de rente.

Grâce à un ordre admirable et à une grande résignation aux habitudes modestes qu'il lui fallut prendre,

* 1847 (NdA).

elle fit face à tout, et je lui ai souvent entendu dire en riant qu'elle n'avait jamais été aussi riche que depuis qu'elle était pauvre.

Je dirai quelques mots de cette terre de Nohant où j'ai été élevée, où j'ai passé presque toute ma vie et où je souhaiterais pouvoir mourir.

Le revenu en est peu considérable, l'habitation est simple et commode. Le pays est sans beauté, bien que situé au centre de la vallée Noire, qui est un vaste et admirable site. Mais précisément cette position centrale dans la partie la plus nivelée et la moins élevée du pays, dans une large veine de terres à froment, nous prive des accidents variés et du coup d'œil étendu dont on jouit sur les hauteurs et sur les pentes. Nous avons pourtant de grands horizons bleus et quelque mouvement de terrain autour de nous, et, en comparaison de la Beauce et de la Brie, c'est une vue magnifique ; mais, en comparaison des ravissants détails que nous trouvons en descendant jusqu'au lit caché de la rivière, à un quart de lieue de notre porte, et des riantes perspectives que nous embrassons en montant sur les coteaux qui nous dominent, c'est un paysage nu et borné.

Quoi qu'il en soit, il nous plaît et nous l'aimons. Ma grand-mère l'aima aussi, et mon père y vint chercher de douces heures de repos à travers les agitations de sa vie. Ces sillons de terres brunes et grasses, ces gros noyers tout ronds, ces petits chemins ombragés, ces buissons en désordre, ce cimetière plein d'herbes, ce petit clocher couvert de tuiles, ce porche de bois brut, ces grands ormeaux délabrés, ces maisonnettes de paysan entourées de leurs jolis enclos, de leurs berceaux de vigne et de leurs vertes chènevières, tout cela devient doux à la vue et cher à la pensée quand on a vécu si longtemps dans ce milieu calme, humble et silencieux.

Le château, si château il y a (car ce n'est qu'une médiocre maison du temps de Louis XVI), touche au hameau et se pose au bord de la place champêtre sans plus de faste qu'une habitation villageoise. Les feux de la commune, au nombre de deux ou trois cents, sont fort dispersés dans la campagne ; mais il s'en trouve une vingtaine qui se resserrent auprès de la maison, comme qui dirait porte à porte, et il faut vivre d'accord avec le paysan, qui est aisé, indépendant, et qui entre chez vous comme chez lui. Nous nous en sommes toujours bien trouvés, et, bien qu'en général les propriétaires aisés se plaignent du voisinage des ménageots [42], il n'y a pas tant à se plaindre des enfants, des poules et des chèvres de ces voisins-là, qu'il n'y a à se louer de leur obligeance et de leur bon caractère.

Les gens de Nohant, tous paysans, tous petits propriétaires (on me permettra bien d'en parler et d'en dire du bien, puisque, par exception, je prétends que le paysan peut être bon voisin et bon ami) [43], sont d'une humeur facétieuse sous un air de gravité. Ils ont de bonnes mœurs, un reste de piété sans fanatisme, une grande décence dans leur tenue et dans leurs manières, une activité lente mais soutenue, de l'ordre, une propreté extrême, de l'esprit naturel et de la franchise. Sauf une ou deux exceptions, je n'ai jamais eu que des relations agréables avec ces honnêtes gens. Je ne leur ai pourtant jamais fait la cour, je ne les ai point avilis par ce qu'on appelle des *bienfaits*. Je leur ai rendu des services et ils se sont acquittés envers moi selon leurs moyens, de leur plein gré, et dans la mesure de leur bonté ou de leur intelligence. Partant, ils ne me doivent rien, car tel petit secours, telle bonne parole, telle légère preuve d'un dévouement vrai valent autant que tout ce que nous pouvons faire. Ils ne sont ni flatteurs ni rampants, et chaque jour je leur ai vu prendre plus de fierté bien placée, plus de hardiesse bien entendue, sans que jamais ils aient abusé de la confiance qui leur était témoignée. Ils ne sont point grossiers non plus. Ils ont plus de tact, de réserve et de politesse que je n'en ai vu régner toujours parmi ceux qu'on appelle les gens bien élevés.

Telle était l'opinion de ma grand-mère sur leur compte. Elle vécut vingt-huit ans parmi eux et n'eut jamais qu'à s'en louer. Deschartres, avec son caractère irritable et son amour-propre chatouilleux, n'eut pas avec eux la vie aussi douce, et je l'ai toujours entendu déclamer contre la ruse, la friponnerie et la stupidité du paysan. Ma grand-mère réparait ses bévues, et lui, par le zèle et l'humanité qui vivaient au fond de son cœur, il se fit pardonner ses prétentions ridicules et les emportements injustes de son tempérament[44].

J'aurai à revenir souvent sur le chapitre des *gens de campagne*, comme ils s'intitulent eux-mêmes ; car depuis la Révolution, l'épithète de paysan leur est devenue injurieuse, synonyme de butor et de malappris.

Ma grand-mère passa plusieurs années à Nohant, occupée à continuer avec Deschartres l'éducation de mon père, et à mettre de l'ordre dans sa situation matérielle.

[...]

[*Sand évoque ensuite la « situation morale » de la grand-mère et des gens de sa classe à l'égard de la politique : « fatigue du malheur » et affaiblissement de « l'amour de la communauté », perte de « l'habitude de s'associer à l'intérêt général ». Les « meilleurs » d'entre les contemporains, comme la grand-mère, se retirent dans l'espace privé. Par ailleurs, dissolution morale dans la période dite thermidorienne et sous le Directoire : « l'esprit public s'en allait. Il ne vivait plus que dans les armées ». La grand-mère et le père, à Nohant, se tiennent en retrait de l'agitation politique.*]

[...] Ils attendaient les événements, elle, les jugeant avec une impartialité philosophique ; lui, désirant l'indépendance de la patrie et le règne des théories incomplètes mais généreuses des écrivains du dix-huitième siècle. Bientôt il devait aller chercher à l'armée le dernier souffle de cette vie républicaine, et comme sa mère était quelquefois effrayée des aspirations qui lui échappaient, elle cherchait à l'en distraire par les douces jouissances de l'art et l'attrait de distractions permises.

Quelques mots sur la personne de mon père avant de le faire parler en 96. Depuis 1794, il avait beaucoup étudié avec Deschartres, mais il n'était pas devenu fort en fait d'études classiques. C'était une nature d'artiste, et il n'y avait que les leçons de sa mère qui lui profitassent. La musique, les langues vivantes, la déclamation, le dessin, la littérature avaient pour lui un attrait passionné. Il ne mordait ni aux mathématiques, ni au grec, et médiocrement au latin. La musique l'emporta toujours sur tout le reste. Son violon fut le compagnon de sa vie. Il avait en outre une voix magnifique et chantait admirablement. Il était tout instinct, tout cœur, tout élan, tout courage, tout confiance ; aimant tout ce qui était beau et s'y jetant tout entier sans s'inquiéter du résultat plus que des causes. Beaucoup plus républicain d'instinct, sinon de principes, que sa mère, il personnifia admirablement la phase chevaleresque des premières guerres de l'Empire[45].

[...]

[*Sont insérées, dans la suite du chapitre, des lettres de Maurice à sa mère, envoyées alors qu'il séjourne à Paris pendant l'automne 1796. Sand observe, à propos du trajet que fait son père et qui lui deviendra si familier par la suite : « Aujourd'hui nous allons de Nohant à Paris en dix heures ; alors, il fallait huit ou dix jours.* »]

# VI

## *Le Maréchal de Saxe*

Mes amis, à mesure qu'ils lisent ces pages imprimées, me font des questions et des observations plus ou moins fondées. En voici une à laquelle je crois devoir m'arrêter un instant avant de passer outre.

Pourquoi, me dit-on, avez-vous si peu parlé du maréchal de Saxe ? N'était-ce pas la plus remarquable figure et la plus frappante destinée de ce passé que vous évoquez comme une base de votre récit ? Ne savez-vous pas sur le compte de ce héros quelque fait particulier qui ait échappé à l'histoire ? Votre grand-mère n'avait-elle pas quelque tradition domestique qui jetterait du jour sur ce caractère étrange et assez mystérieux encore pour la postérité ?

Non, en vérité, ma grand-mère ne savait rien de particulier qu'elle voulût ou pût dire sur le compte de son père. Elle n'avait que deux ans lorsqu'elle le perdit, et, dans ses vagues souvenirs, ou dans les récits de sa mère, elle avait reculé devant son embrassade au milieu d'un dîner, parce qu'il exhalait une odeur de beurre rance qui répugnait à la précoce délicatesse de son odorat. Sa mère lui expliqua que le héros aimait à la passion le beurre fort, et que pour le satisfaire on n'en trouvait jamais d'assez nauséeux. En fait de cuisine, tous ses goûts étaient à l'avenant. Il aimait le pain dur et les légumes presque crus. C'était une grâce d'état pour un homme qui passa les trois quarts de sa vie à la guerre.

Ma grand-mère croyait se rappeler aussi qu'il lui avait apporté un énorme mouton de parfilage d'or ; et plus tard on lui avait montré ce mouton, en lui disant que c'était un cadeau du célèbre comte de Lowendahl[46], et que le maréchal l'avait apporté de sa part. Cela coûtait deux ou trois mille francs et valait parfilé * cinq ou six cents francs. Étrange fantaisie de prodigalité, qui consistait à donner aux femmes et aux enfants une somme quelconque, payée trois ou quatre fois sa valeur pour montrer qu'on avait de l'argent à perdre pour leur plaire[47].

Voilà tout ce que ma grand-mère avait vu de son père, et ce n'est pas d'un intérêt bien grand.

Maurice de Saxe appartient désormais à l'histoire. [...]

[*Portrait biographique du maréchal de Saxe, énonçant un jugement nuancé et mené avec de longues citations*

* C'est-à-dire *effiloché*. Ce travail des femmes consistait à séparer l'or de la soie pour le vendre (NdA).

*d'historiens et de lettres du maréchal (puisque Sand a rapidement épuisé, au début du chapitre, tout ce qu'elle sait par « tradition familiale » de ce personnage, tout ce qui relève du « particulier [...] échappé à l'histoire »).*]

# VII

*Suite de l'histoire de mon père. – Persistance des idées philosophiques. – Description de La Châtre. –* Robert, chef de brigands. – Les Brigands *de Schiller. – Le théâtre bourgeois de La Châtre en 1798. – La conscription. – La Tour d'Auvergne, premier grenadier de France.*

## AVERTISSEMENT

Certaines réflexions viennent inévitablement au courant de la plume quand on parle du passé : on le compare avec le présent, et ce présent, le moment où l'on écrit, c'est déjà le passé pour ceux qui vous lisent au bout de quelques années. L'écrivain a quelquefois aussi envisagé l'avenir. Ses prédictions se trouvent déjà réalisées ou démenties quand son œuvre paraît. Je n'ai rien voulu changer aux réflexions et aux prévisions qui me vinrent durant ces derniers temps. Je crois qu'elles font déjà partie de mon histoire et de celle de tous. Je me bornerai à mettre leur date en note [48].

Je continuerai l'histoire de mon père, puisqu'il est, sans jeu de mots, le véritable auteur de l'histoire de ma vie. Ce père que j'ai à peine connu, et qui est resté dans ma mémoire comme une brillante apparition, ce jeune homme artiste et guerrier, est resté tout entier vivant dans les élans de mon âme, dans les fatalités de mon organisation, dans les traits de mon visage. Mon être est un reflet, affaibli sans doute, mais assez complet, du sien. Le milieu dans lequel j'ai vécu a amené les modifications. Mes défauts ne sont donc pas son ouvrage absolument, et mes qualités sont un bienfait des instincts qu'il m'a transmis. Ma vie extérieure a autant différé de la sienne que l'époque où elle s'est développée ; mais eussé-je été garçon et eussé-je vécu vingt-cinq ans plus tôt, je sais et je sens que j'eusse agi et senti en toutes choses comme mon père.

[…]

[*Évocation de la vie de Maurice Dupin en 1797 et 1798 : sachant que son attrait pour la carrière militaire ne rencontre pas l'approbation de sa mère, « il parlait d'être artiste, de composer de la musique, de faire représenter des opéras ou exécuter des symphonies. On retrouvera ce désir marchant de compagnie avec son ardeur militaire, de même que son violon fit souvent campagne avec son sabre ». Avec un groupe d'amis de La Châtre, il forme une troupe de théâtre amateur et tient le rôle-titre de* Robert, chef de brigands, *pièce française de 1792, dérivée des* Brigands *de Schiller. « Drame détestable », nous dit la narratrice, la pièce vaut comme « un échantillon de couleur historique » : « c'est le système jacobin dans son essence ». L'analyse très détaillée de la pièce débouche sur une réflexion sur l'attitude des révolutionnaires les plus radicaux, les jacobins « montagnards ».*]

Depuis trente ans on nous pose ainsi la question : Eussiez-vous été royaliste, girondin ou jacobin ? – À coup sûr, répondrai-je, j'eusse été jacobin, car il n'est pas probable que mon intelligence se fût élevée au-dessus des idées que faisaient naître les faits. À l'heure qu'il est, quelque chose qui arrivât, je ne serais pas jacobin, mais je ne serais ni girondin, ni royaliste. Vous voyez bien que c'est une question insoluble quand on la pose ailleurs que dans le passé. Quand nous serons à la fois plus intelligents et plus humains que la Montagne, nous condamnerons la Montagne. Nous sommes déjà assez humains pour détester la guillotine et les proscriptions, sommes-nous assez habiles pour sauver une révolution qui suivrait les mêmes phases et rencontrerait les mêmes obstacles ? J'en doute. Ce qui rassure la conscience à l'endroit de l'avenir, c'est que les révolutions ne se copient pas les unes les autres, et que l'humanité ne repasse jamais par les mêmes chemins. Elle le voudrait en vain : la loi de la vie s'y oppose.

Laissons donc à d'autres le souci de conclure sur une hypothèse qui ne se réalisera jamais. Tout ce qui a été dit, tout ce qui sera dit, observé, raconté, analysé sur les événements de notre histoire, sera utile à ceux qui auront un jour à prononcer sur ses erreurs et sur ses bienfaits.

[...]

[*Sand fait une analyse détaillée, très politique, de la pièce* Robert, chef de brigands.]

Mais au milieu des irrésolutions de ma grand-mère pour la carrière de son fils, arriva cette fameuse loi du 2 vendémiaire an VII (23 septembre 1798), proposée par Jourdan, et qui déclarait tout Français soldat par droit et par devoir pendant une époque déterminée de sa vie.

La guerre, endormie un moment, menaçait d'éclater de nouveau sur tous les points. La Prusse hésitait dans sa neutralité, la Russie et l'Autriche armaient avec ardeur. Naples enrôlait toute sa population. L'armée française était décimée par les combats, les maladies et la désertion. La loi de la conscription imaginée et adoptée, le Directoire la mit à exécution sur-le-champ en ordonnant une levée de deux cent mille conscrits. Mon père avait vingt ans.

Depuis longtemps son cœur bondissait d'impatience ; l'inaction lui pesait, le jeune homme s'agitait et faisait des vœux pour qu'un gouvernement *stable*, comme disait sa mère, lui permît de servir. Il faisait bon marché, lui, de la stabilité des choses. Quand les réquisitions forcées venaient lui enlever son unique cheval, il frappait du pied en disant : « Si j'étais militaire, j'aurais le droit d'être cavalier ; je prendrais à l'ennemi des chevaux pour la France, au lieu de me voir mettre à pied comme un être inutile et faible. » Soit instinct aventureux et chevaleresque, soit séduction des idées nouvelles, soit insouciance de tempérament, soit plutôt, comme ses lettres le prouvent assez en toute occasion, le bon sens d'un esprit clair et calme, jamais il ne regretta l'ancien régime et l'opulence de ses premières années. La gloire était pour lui un mot vague, mystérieux, qui l'empêchait de dormir, et quand sa mère s'attachait à lui prouver qu'il n'y a pas de gloire véritable à servir une *mauvaise cause*, il n'osait pas discuter, mais il soupirait profondément et se disait que toute cause est bonne pourvu qu'on ait son pays à défendre et le joug étranger à repousser. Probablement ma grand-mère le sentait aussi, car elle admirait beaucoup les grands faits d'armes de l'armée républicaine, et elle connaissait Jemmapes et Valmy sur le bout du doigt, tout aussi bien que Fontenoy et l'ancien Fleurus [49] : mais elle ne pouvait concilier sa logique avec l'effroi de perdre son unique enfant. Elle l'aurait bien voulu voir pourvu d'un régiment, à condition qu'il n'y aurait jamais de guerre. L'idée qu'il pût un jour manger à la gamelle et coucher en plein champ lui faisait dresser les cheveux sur la tête. À la pensée d'une bataille, elle se sentait mourir. Je n'ai jamais vu de femme si courageuse pour elle-même, si faible pour les autres ; si calme dans les dangers personnels, si pusillanime pour les dangers de ceux qu'elle aimait. Quand j'étais enfant, elle m'endoctrinait si bien au stoïcisme, que j'aurais eu honte de crier devant elle en me faisant du mal ; mais si elle en était témoin, c'était elle alors, la chère femme, qui jetait les hauts cris. Toute sa vie s'écoula dans cette contradiction touchante ; et comme tout ce qui est bon produit quelque chose de bon, comme ce qui vient du cœur agit toujours sur le cœur, sa tendre faiblesse ne produisait pas sur ses enfants un effet contraire à celui où tendaient ses enseignements. On puisait plus de courage dans la volonté de lui épargner de la douleur et de l'effroi en lui cachant de petites souffrances, qu'on n'en aurait peut-être eu si elle n'en eût pas manqué en les voyant. Ma mère était tout le contraire. Rude à elle-même et aux autres, elle avait le précieux sang-froid, l'admirable présence d'esprit qui apportent le secours et inspirent la confiance. Ces deux façons d'agir sont bonnes apparemment quoique diamétralement opposées. D'où l'on pourra conclure tout ce qu'on voudra. Quant à moi, je n'ai pas trouvé les théories applicables dans l'éducation des enfants. Ce sont des créatures si mobiles, que si on ne se fait pas mobile comme elles (quand on le peut), elles vous échappent à chaque heure de leur développement.

Mon père avait été appelé à Paris dans les derniers jours de l'an VI pour régler quelques intérêts, et, dans les premiers jours de l'an VII, cette terrible loi de la conscription vint le frapper d'un choc électrique et décider de sa vie. J'ai assez indiqué les agitations de la mère et les secrets désirs de l'enfant. Je le laisserai maintenant parler lui-même.

[...]

[*Après avoir cité et commenté une première lettre de son père (écrite par celui-ci à sa mère), Sand réaffirme son intention de donner large place à cette correspondance dans la suite, comme les derniers mots du chapitre le légitiment encore.*]

Je reprends la transcription de ces chères lettres, et je ne puis me persuader que mon lecteur les trouve trop longues ou trop nombreuses. Quant à moi, lorsque je sens qu'en les publiant j'arrache parfois à l'oubli quelque détail qui honore l'humanité, je me réconcilie avec ma tâche et je goûte un plaisir que ne m'ont jamais donné les fictions du roman.

# VIII

*Suite des lettres. – Enrôlement volontaire. – Élan militaire de la jeunesse en 1798. – Lettre de La Tour d'Auvergne. – La gamelle. – Cologne. – Le général d'Harville. – Caulaincourt. – Le capitaine Fleury. – Amour de la patrie. – Durosnel.*

[...]

[*À partir de ce chapitre et jusqu'au dixième de la II*e *partie, les sommaires placés à l'en-tête des chapitres suffiront au lecteur pour suivre le contenu de l'ouvrage :* Histoire de ma vie *accueille la longue « suite des lettres » (indication qui ouvre chacun des sommaires) écrites par le père à la grand-mère. Ces lettres sont envoyées des différents champs de bataille européens ; elles permettent de suivre la carrière militaire de Maurice Dupin et, à travers elle, les principaux mouvements des guerres menées par la France de 1798 à 1807, sous la République (Directoire et Consulat) et au commencement de l'Empire. Un vaste tableau est ainsi esquissé, en même temps qu'est ressaisie la trajectoire « héroïque » de celui qui « est, sans jeu de mots, le véritable auteur de l'histoire de ma vie ». Les lettres ne constituent pas la matière textuelle unique de ces chapitres car le souci de les rendre parfaitement intelligibles amène assez souvent la narratrice à intervenir. Ces interventions consistent à opérer des liens entre elles et à les contextualiser : d'une part en apportant d'éventuelles précisions sur la progression de la carrière de leur auteur ; d'autre part, et surtout, en rappelant les circonstances historiques (militaires et politiques) qui font le cadre dont elles sortent.*

*Dans les chapitres à venir, consacrés à cette « suite des lettres », nous ne rétablirons le texte que lorsqu'il fournira un contenu différent de celui que nous venons de décrire.*]

## IX

*Suite des lettres. – Le premier de l'an à Cologne. – Courses en traîneau. – Les baronnes allemandes. – La chanoinesse. – La revue. – Les glaces du Rhin. – Le carnaval. – Un duel burlesque. – Le hussard rouge. – Portrait de mon père. – Appétit des dames allemandes. – Le billet de logement. – Graves occupations des jeunes gens de l'état-major.*

[…]

## X

*Suite des lettres. – Maulnoir. – Saint-Jean. – Vie de garnison. – Excursion. – La campagne d'Égypte. – Aventure. – La* petite maison. – *Départ de Cologne.*

[…]

## XI

*Suite des lettres. – La conduite. – Ehrenbreistein. – Les bords du Rhin. – Thionville. – L'arrivée au dépôt. – Bienveillance des officiers. – Le fourrier professeur de belles manières. – La manœuvre. – Le premier grade. – Singulière coutume à Thionville. – Un pieux mensonge.*

[…]

## XII

*Suite des lettres. – Entrée en campagne. – Le premier coup de canon. – Passage de la Linth. – Le champ de bataille. – Une bonne action. – Glaris. – Rencontre avec M. de La Tour d'Auvergne sur le lac de Constance. – Ordener. – Lettre de ma grand-mère à son fils. – La vallée du Rheinthal.*

[…]

## XIII

*Suite des lettres. – Le général Brunet. – Désappointement. – Le commandant Lochet. – Le serment des troupes à la constitution de l'an VIII. – Lettre de ma grand-mère après le 18 brumaire. – Lettre de La Tour d'Auvergne. – Retour à Paris. – Présentation à Bonaparte. – Campagne d'Italie. – Passage du Saint-Bernard. – Le fort de Bard.*

[…]

## XIV

*Court résumé. – Bataille de Marengo. – Turin, Milan en 1800. – Brigands sur les routes. – Mission.*

Mais si je continue l'histoire de mon père, on me dira peut-être que je tarde bien à tenir la promesse que j'ai faite de raconter ma propre histoire. Faut-il que je rappelle ici ce que j'ai dit au commencement de mon livre ? Tout lecteur a la mémoire courte, et au risque de me répéter, je résumerai de nouveau ma pensée sur le travail que j'ai entrepris.

Toutes les existences sont solidaires les unes des autres, et tout être humain qui présenterait la sienne isolément, sans la rattacher à celle de ses semblables, n'offrirait qu'une énigme à débrouiller. La solidarité est bien plus évidente encore lorsqu'elle est immédiate comme celle qui rattache les enfants aux parents, les amis aux amis du passé et du présent, les contemporains aux contemporains de la veille et du jour même. Quant à moi (comme quant à vous tous), mes pensées, mes croyances et mes répulsions, mes instincts comme mes sentiments seraient un mystère à mes propres yeux, et je ne pourrais les attribuer qu'au hasard, qui n'a jamais rien expliqué en ce monde, si je ne relisais pas dans le passé la page qui précède celle où mon individualité est inscrite dans le livre universel. Cette individualité n'a par elle seule ni signification ni importance aucune. Elle ne prend un sens quelconque qu'en devenant une parcelle de la vie générale, en se fondant avec l'individualité de chacun de mes semblables, et c'est par là qu'elle devient de l'histoire.

En outre de cette vérité banale et que personne, j'imagine, ne contestera, j'ai exposé la grande influence que j'attribue à l'hérédité d'organisation, et qui me paraît une vérité aussi banale que l'autre. Je n'ai pas conclu et je me garderais bien de conclure que cette hérédité dût entraîner une fatalité absolue ; mais elle a assez d'influence sur nous pour empêcher que notre liberté soit absolue. Les mêmes instincts, les mêmes tendances produisent des résultats différents, parce que le milieu que nous traversons n'est jamais identique au milieu traversé par ceux qui nous ont précédés. Il y a encore cette distinction à faire, que toute tendance, même dangereuse en apparence, peut être dirigée vers le bien ; que l'instinct de la violence peut devenir la férocité ou la bravoure, selon les enseignements et les circonstances ; de même que celui de la tendresse peut devenir le dévouement ou la faiblesse. Identité d'éléments, diversité infinie dans la combinaison de ces éléments, c'est la loi invariable qui préside à toutes choses dans l'univers, et il est impossible de rien comprendre sans constater cette loi. L'affaire de la raison et de la conscience humaine, c'est de trouver un équilibre et une harmonie entre ces deux termes, l'identité et la diversité. C'est l'action de Dieu dans la création universelle, c'est la logique de l'homme dans le gouvernement de sa propre existence.

Ceci posé, et pour n'y plus revenir, j'affirme que je ne pourrais pas raconter et expliquer ma vie sans avoir raconté et fait comprendre celle de mes parents. C'est aussi nécessaire dans l'histoire des individus que dans l'histoire du genre humain. Lisez à part une page de la Révolution ou de l'Empire, vous n'y comprendrez rien si vous ne connaissez toute l'histoire antérieure de la Révolution et de l'Empire ; et pour comprendre la Révolution et l'Empire, encore vous faut-il connaître toute l'histoire de l'humanité. Je raconte ici une histoire intime. L'humanité a son histoire intime dans chaque homme. Il faut donc que j'embrasse une période d'environ cent ans pour raconter quarante ans de ma vie.

Je ne puis coordonner sans cela mes souvenirs. J'ai traversé l'Empire et la Restauration. J'étais trop jeune au commencement pour comprendre par moi-même l'histoire qui se faisait sous mes yeux et qui s'agitait autour de moi : j'ai compris alors tantôt par persuasion, tantôt par réaction, à travers les impressions de mes parents. Eux, ils avaient traversé l'ancienne monarchie et la Révolution. Sans leurs impressions, les miennes eussent été beaucoup plus vagues, et il est douteux que j'eusse conservé des premiers temps de ma vie un souvenir aussi net que celui que j'ai. – Or, ces premières impressions, quand elles ont été vives, ont une importance énorme, et tout le reste de notre vie n'en est souvent que la conséquence rigoureuse.

## SUITE DE L'HISTOIRE DE MON PÈRE

[…]

# Deuxième partie

## *Mes premières années*
## 1800-1810

# I

*Mission. – La Tour d'Auvergne. – Parme. – Bologne. – Occupation de Florence. – Georges La Fayette.*

[…]

# II

*Rome. – Entrevue avec le pape. – Tentative simulée d'assassinat. – Monsignor Consalvi. – Asola. – Première passion. – La veille de la bataille. – Passage du Mincio. – Maurice prisonnier. – Délivrance. – Lettre d'amour. – Rivalités et ressentiments entre Brune et Dupont. – Départ pour Nohant.*

[…]

[*Le passage qui suit vient après la citation d'une lettre datée d'Asola, en Italie, en décembre 1800. Maurice y évoque pour sa mère la rencontre amoureuse qu'il vient de faire avec une femme « bien aimable et bien charmante » : « Qu'il est doux d'être aimé, d'avoir une bonne mère, de bons amis, une belle maîtresse, un peu de gloire, de beaux chevaux et des ennemis à combattre ! j'ai de tout cela, et de tout cela, ce qui est le meilleur, c'est ma bonne mère ».*]

Il y a dans certaines existences un moment où nos facultés de bonheur, de confiance et d'ivresse atteignent leur apogée. Puis, comme si notre âme n'y pouvait plus suffire, le doute et la tristesse étendent sur nous un nuage qui nous enveloppe à jamais ; ou bien est-ce la destinée qui s'obscurcit en effet, et sommes-nous condamnés à descendre lentement la pente que nous avons gravie avec l'audace de la joie ?

Pour la première fois le jeune homme venait de ressentir les atteintes d'une passion durable. Cette femme dont il vient de parler avec un mélange d'enthousiasme et de légèreté, cette gracieuse amourette qu'il croyait peut-être pouvoir oublier comme il avait oublié la chanoinesse[1] et plusieurs autres, allait s'emparer de toute sa vie et l'entraîner dans une lutte contre lui-même, qui fit le tourment, le bonheur, le désespoir et la grandeur de ses huit dernières années. Dès cet instant, ce cœur naïf et bon, ouvert jusque-là à toutes les impressions extérieures, à une immense bienveillance, à une foi aveugle dans l'avenir, à une ambition qui n'a rien de personnel et qui s'identifie avec la gloire de la patrie ; ce cœur, qu'une seule affection presque passionnée, l'amour filial, avait rempli et conservé dans sa précieuse unité, fut partagé, c'est-à-dire déchiré entre deux amours presque inconciliables. La mère heureuse et fière, qui ne vivait que de cet amour, fut tourmentée et brisée par une jalousie naturelle au cœur de la femme, et qui fut d'autant plus inquiète et poignante, que l'amour maternel avait été l'unique passion de sa vie. À cette angoisse intérieure qu'elle ne s'avoua jamais, mais qui fut trop certaine, et que toute autre femme eût fait naître en elle, se joignit l'amertume des préjugés froissés, préjugés respectables et sur lesquels je veux m'expliquer avant d'aller plus loin.

Mais d'abord il faut dire que cette femme charmante que le jeune homme avait rêvée à Milan et conquise à Asola, cette Française qui avait été en prison au couvent des Anglaises dans le même temps que ma grand-mère, n'était autre que ma mère, Sophie-Victoire-Antoinette Delaborde ; je lui donne ces trois noms de baptême, parce que, dans le cours agité de sa vie, elle les porta successivement ; et ces trois noms sont eux-mêmes comme un symbole de l'esprit du temps. Dans son enfance on préféra probablement pour elle le nom d'Antoinette, celui de la reine de France. Durant les conquêtes de l'Empire, le nom de Victoire prévalut naturellement. Depuis son mariage avec elle, mon père l'appela toujours Sophie. Tout est significatif et emblématique (et le plus naturellement du monde) dans les détails en apparence les plus fortuits de la vie humaine [2].

Sans doute ma grand-mère eût préféré pour mon père une compagne de son rang ; mais elle l'a dit et écrit elle-même, elle ne se fût pas sérieusement affligée pour ce qu'on appelait dans son temps et dans son monde une mésalliance. Elle ne faisait pas de la naissance plus de cas qu'il ne faut, et, quant à la fortune, elle savait s'en passer, et trouver dans son économie et dans ses privations personnelles de quoi remédier aux dépenses qu'entraînèrent les postes plus brillants que lucratifs qu'occupa son fils. Mais elle ne put qu'à grand-peine accepter une belle-fille dont la jeunesse avait été livrée par la force des choses à des hasards effrayants. C'était là le point délicat à trancher ; et l'amour, qui est la suprême sagesse et la suprême grandeur d'âme quand il est sincère et profond, le trancha résolument dans l'âme de mon père. Un jour vint où ma grand-mère se rendit ; mais nous n'y sommes point encore, et j'ai à raconter bien des douleurs avant d'en venir à cette époque de mon récit.

Je ne connais que très imparfaitement l'histoire de ma mère avant son mariage [3]. Je dirai plus tard comment certaines personnes crurent agir prudemment et dans mon intérêt en me racontant des choses que j'aurais mieux fait d'ignorer, et dont rien ne m'a prouvé l'authenticité. Mais, fussent-elles toutes vraies, un fait subsiste devant Dieu, c'est qu'elle fut aimée de mon père, et qu'elle le mérita apparemment, puisque son deuil, à elle, ne finit qu'avec sa vie.

Mais le principe d'aristocratie a tellement pénétré au fond du cœur humain, que, malgré nos révolutions, il existe encore sous toutes les formes. Il faudra encore bien du temps pour que le principe chrétien de l'égalité morale et sociale domine les lois et l'esprit des sociétés. Le dogme de la rédemption est pourtant le symbole du principe de l'expiation et de la réhabilitation. Nos sociétés reconnaissent ce principe en théorie religieuse, et non en fait ; il est trop grand, trop beau pour elles. Et pourtant ce quelque chose de divin qui est au fond de nos âmes nous porte, dans la pratique de la vie individuelle, à violer l'aride précepte de l'aristocratie morale ; et notre cœur, plus fraternel, plus égalitaire, plus miséricordieux, partant plus juste et plus chrétien que notre esprit, nous fait aimer souvent des êtres que la société répute indignes et dégradés.

C'est que nous sentons que cette condamnation est absurde, c'est qu'elle fait horreur à Dieu ; d'autant plus que, pour ce qu'on appelle le monde, elle est hypocrite et ne porte en rien sur la question fondamentale du bien et du mal. Le grand révolutionnaire Jésus nous a dit un jour une parole sublime ; c'est qu'il y avait plus de joie au ciel pour la recouvrance d'un pécheur que pour la persévérance de cent justes, et le retour de l'enfant prodigue n'est pas un frivole apologue, je pense. Pourtant il y a encore une prétendue aristocratie de vertu, qui, fière de ses privilèges, n'admet pas que les égarements de la jeunesse puissent être rachetés. Une femme née dans l'opulence, élevée avec soin au couvent, sous l'œil de respectables matrones, surveillée comme une plante sous cloche, établie dans le monde avec toutes les conditions de la prudence, du bien-être, du calme, du respect de soi et de la crainte du contrôle des autres, n'a pas grand-peine et peut-être pas grand mérite à mener une vie sage et réglée, à donner de bons exemples, à professer des principes austères. Et encore, je me trompe ; car si la nature lui a donné une âme ardente, au milieu d'une société qui n'admet pas la manifestation de ses facultés et de ses passions, elle aura encore beaucoup de peine et de mérite à ne pas froisser cette société. Eh bien, à plus forte raison, l'enfant pauvre et abandonnée, qui vient au monde avec sa beauté pour tout patrimoine, est-elle, pour ainsi dire, innocente de tous les entraînements que subira sa jeunesse, de tous les pièges où tombera son inexpérience. Il semble que la prudente matrone serait placée en ce monde pour lui ouvrir ses bras, la consoler, la purifier et la réconcilier avec elle-même. À quoi sert d'être meilleur et plus pur que les autres, si ce n'est pour rendre la bonté féconde et la vertu contagieuse ? Il n'en est point ainsi pourtant ! Le monde est là qui défend à la femme estimée de tendre la main à celle qui ne l'est point, et de la faire asseoir à ses côtés : le monde, ce faux arbitre, ce code menteur et impie d'une prétendue décence et d'une prétendue moralité ! Sous peine de perdre sa bonne renommée, il faut que la femme pure détourne ses regards de la pécheresse, et si elle lui tend les bras, le monde, l'aréopage des fausses vertus et des faux devoirs, lui fermera les siens.

Je dis les fausses vertus et les faux devoirs, parce que ce ne sont pas les femmes vraiment pures, ce ne sont pas les matrones vraiment respectées qui ont exclusivement à statuer sur les mérites de leurs sœurs égarées. Ce n'est pas une réunion de gens de bien qui fait l'opinion. Tout cela est un rêve. L'immense majorité des femmes du monde est une majorité de femmes perdues. Tous le savent, tous l'avouent, et pourtant personne ne blâme et ne soufflette ces femmes impudentes quand elles blâment et soufflettent des femmes moins coupables qu'elles.

Lorsque ma grand-mère vit son fils épouser ma mère, elle fut désespérée ; elle eût voulu dissoudre de ses larmes le contrat qui cimentait cette union ; mais ce ne fut pas sa raison qui la condamna froidement, ce fut son cœur maternel qui s'effraya des suites. Elle craignit pour son fils les orages et les luttes d'une association si audacieuse, comme elle avait craint pour lui les fatigues et les dangers de la guerre. Elle craignit aussi le blâme qui allait s'attacher à lui de la part d'un certain monde. Elle souffrit dans cet orgueil de moralité qu'une vie exempte de blâme légitimait en elle ; mais il ne lui fallut pas beaucoup de temps pour voir qu'une nature privilégiée secoue aisément ses ailes et peut élever son vol dès qu'on lui ouvre l'espace. Elle fut bonne et affectueuse pour la femme de son fils.

Pourtant la jalousie marternelle resta et le calme ne se fit guère. Si cette tendre jalousie fut un crime, à Dieu seul appartient de le condamner, car il échappe à la sévérité des hommes, à celle des femmes surtout.

Depuis Asola, c'est-à-dire depuis la fin de l'année 1800, jusqu'à l'époque de ma naissance en 1804, mon père aussi devait souffrir mortellement du partage de son âme entre une mère chérie et une femme ardemment aimée. C'est en 1804 seulement qu'il trouva plus de calme et de force dans la conscience d'un devoir accompli, lorsqu'il eut épousé cette femme, que bien des fois il avait essayé de sacrifier à sa mère.

En attendant que je le suive, en le plaignant et en l'admirant, dans ces combats intérieurs, je vais le reprendre à Asola [...].

[...]

## III

*Incidents romanesques. – Malheureux expédient de Deschartres. – L'auberge de la* Tête-Noire. *– Chagrins de famille. – Courses au Blanc, à Argenton, à Courcelles, à Paris. – Suite du roman. – Le général***. – L'oncle de Beaumont. – Résumé de l'an IX.*

[...]

## IV

*1802. – Fragments de lettres. – Les* beaux *du beau monde. – Projets de mariage. – Études musicales. – Les Anglais à Paris. – Retour du luxe. – Fête du concordat. – La cérémonie à Notre-Dame. – Attitude des généraux. – Deschartres à Paris. – Départ pour Charleville. – Les bêtes féroces. – Épreuves maçonniques et réception. – Retour des préjugés nobiliaires dans certains esprits. – Réponse à Deschartres. – Consulat à vie. – Déboires de la fonction d'aide de camp en temps de paix. – Disgrâce et mécontentement des états-majors.*

[...]

## V

*Résumé de l'an X. – Le concordat et M. Thiers. – Esprit religieux sous la République. – Scepticisme de Napoléon. – Le culte de l'Être suprême. – Le concordat et la Restauration. – Vote sur le consulat à vie. – Mon père. – La religion de l'amour.*

[...]

[*Au terme d'un chapitre consacré à la question religieuse (appréciée dans son lien avec les enjeux politiques et moraux), Sand dresse un nouveau portrait de son père et évoque la relation que, comme narratrice qui relit et cite ses lettres, elle entretient avec sa mémoire.*]

Qu'on n'attribue pas à la présomption ce coup d'œil jeté par moi sur les événements d'un passé encore débattu dans l'opinion des contemporains. C'est le droit de tous, puisque cette histoire d'hier est déjà celle de chacun de nous. Pour moi, c'est celle de mon père, c'est la mienne par conséquent.

En relisant ses lettres, écrites sous l'impression irréfléchie mais sincère du moment, je ne puis me défendre d'examiner et de juger à mon point de vue ce qu'il a jugé au sien.

Mon père n'avait pas la prétention d'être philosophe, malgré l'éducation philosophique qu'il avait reçue. Il se croyait indifférent à toute religion, à toute doctrine, et comme tous les hommes de son âge, comme ceux de son époque surtout, il se laissait aller sans réflexion à la vie extérieure. Il est bien évident, néanmoins, qu'il avait, au fond de l'âme, une foi complète aux idées de christianisme progressif qui ont défrayé depuis lors les modernes écoles philosophiques.

Mon père est mort à trente ans : dans mes vagues souvenirs comme dans le souvenir tendre et presque enthousiaste de ses amis, il reste donc à l'état de jeune homme, et moi, qui me fais vieille, je vois en lui, par la mémoire et l'imagination, un enfant comme mon fils, lequel approche déjà de l'âge que mon père avait à la fin du consulat, quand je vins au monde[4]. Je reçois pourtant encore, en lisant sa vie écrite par lui-même au jour le jour, dans ses entretiens familiers avec sa mère, les profonds enseignements qu'il m'eût donnés s'il eût vécu. Et pour les bien comprendre, à travers le temps et la tombe qui nous séparent, je suis forcée de commenter tout ce qui s'agite en lui et autour de lui. Je le vois se résumer à son insu, à toutes les époques de sa vie qui touchent à la vie générale, et le contrecoup qu'il en reçoit me paraît, à travers l'enjouement apparent de son esprit, d'une portée très sérieuse, non seulement pour moi, mais pour tout le monde.

Ainsi je le vois dès l'enfance traiter le patriciat de *chimère* et la pauvreté de *leçon utile*. Souffrant de la Révolution jusqu'au fond des entrailles en sentant sous le couteau sa mère adorée, je le vois ne jamais maudire les idées mères de la Révolution, et tout au contraire approuver et bénir la chute des privilèges. Je le vois aimer sa patrie *comme Tancrède*[5], regarder la guerre et la gloire comme la proclamation des conquêtes morales de la philosophie, et s'écrier : « Ah ! ma mère ! qui eût dit à tes amis les philosophes qu'un jour leurs idées feraient de moi, fils de financier, un soldat au service d'une république, et que ces idées seraient à la pointe de nos sabres ? » Je le vois plus naïf, plus conséquent, plus chrétien et plus philosophe encore, aimer une pauvre fille enrichie un instant par un malheur plus grand que la pauvreté ; reconnaître que son amour l'a purifiée, et lutter contre les plus vives douleurs pour la réhabiliter en dépit du monde. Je le vois pousser le respect et l'amour de la famille jusqu'à briser le cœur de sa mère et le sien propre plutôt que de ne pas légitimer par le mariage les enfants de son amour. Toute cette conduite-là n'est pas d'un athée, et si l'expression est légère et dédaigneuse quand il parle du culte officiel, je vois, au fond de l'âme, les principes tenaces et victorieux de la religion de l'Évangile.

## VI

*Suite des amours. – Rencontre avec les Turcs. – Aventure de M***. – Séparation douloureuse. – Excentricités du général. – Retour à Paris. – Caulaincourt, Ordener, d'Harville.* – Ces dames. – *Le beau monde. – La faveur. – MM. de Vitrolles, Cambacérès, Lebrun. – M. Hékel. – Eugène Beauharnais et lady Georgina. – Poisson d'avril. – Ma tante paternelle.*

[...]

# VII

*Séjour à Nohant, retour à Paris et départ pour Charleville. – Bonaparte à Sedan. – Attitude du général Dupont devant Bonaparte. – Le camp de Boulogne. – Coup de vent à la mer. – Canonnade avec les Anglais. – Le général Bertrand. – Fête donnée à madame Soult au camp d'Ostrohow. – Le général Bisson. – Boutades contre Deschartres. – Adresse de l'armée à Bonaparte pour le prier d'accepter la couronne impériale. – Ma mère au camp de Montreuil. – Retour à Paris. – Mariage de mon père. – Ma naissance.*

[...]

[*Arrive le moment où Maurice Dupin devient « le véritable auteur de l'histoire de ma vie » : sa fille va naître. La narratrice vient de citer une lettre courte et indifférente que Maurice a adressée à sa mère le jour de son mariage et dans laquelle il lui tient l'événement caché :*]

Mon pauvre père avait à la fois la vie et la mort dans l'âme ce jour-là. Il venait de remplir son devoir envers une femme qui l'avait sincèrement aimé et qui allait le rendre père une fois de plus. J'ai dit qu'elle avait déjà mis au monde et perdu plusieurs enfants durant cette union [6], et qu'au moment d'en voir naître encore un, il avait voulu sanctifier son amour par un engagement indissoluble. Mais s'il était heureux et fier d'avoir obéi à cet amour qui était devenu sa conscience même, il avait la douleur de tromper sa mère et de lui désobéir en secret, comme font les enfants qu'on opprime et qu'on maltraite. Là fut toute sa faute ; car, loin d'être opprimé et maltraité, il eût pu tout obtenir de la tendresse inépuisable de cette bonne mère en frappant un grand coup et en lui disant la vérité.

Il n'eut pas ce courage, et ce ne fut pas certes par manque de franchise ; mais il fallait soutenir une de ces luttes où il savait qu'il serait vaincu. Il fallait entendre des plaintes déchirantes et voir couler ces larmes dont la seule pensée troublait son repos. Il se sentait faible à cet endroit-là, et qui oserait l'en blâmer sévèrement ? Il y avait déjà deux ans qu'il était décidé à épouser ma mère et qu'il lui faisait jurer chaque jour qu'elle y consentirait de son côté. Il y avait deux ans qu'au moment de tenir à Dieu la promesse qu'il avait faite, il avait reculé épouvanté par l'ardente affection et le désespoir un peu jaloux qu'il avait rencontrés dans le cœur maternel. Il n'avait pu calmer sa mère durant ces deux années, où de continuelles absences amenaient pour elle de continuels déchirements, qu'en lui cachant la force de son amour et l'avenir de fidélité qu'il s'était créé. Combien il dut souffrir le jour où, sans rien avouer à ses parents, à ses meilleurs amis, il conféra le nom de sa mère à une femme digne par son amour de le porter, mais que sa mère devait si difficilement s'habituer à lui voir partager ! Il le fit pourtant, il fut triste, il fut épouvanté, et il n'hésita pas. Au dernier moment, Sophie Delaborde, vêtue d'une petite robe de basin [7] et n'ayant au doigt qu'un mince filet d'or, car leurs finances ne leur permirent d'acheter un véritable anneau de six francs qu'au bout de quelques jours, Sophie, heureuse et tremblante, intéressante dans sa grossesse, et insouciante de son propre avenir, lui offrit de renoncer à cette consécration du mariage qui ne devait rien ajouter, rien changer, disait-elle, à leur amour. Il insista avec force, et quand il fut revenu avec elle de la mairie, il mit sa tête dans ses mains et donna une heure à la douleur d'avoir désobéi à la meilleure des mères. Il essaya de lui écrire, il ne put lui envoyer que les dix lignes qui précèdent [8] et qui, malgré ses efforts, trahissent son effroi et ses remords. Puis il envoya sa lettre, demanda pardon à sa femme de ce moment donné à la nature, prit dans ses bras ma sœur Caroline, l'enfant d'une autre union [9], jura de l'aimer autant que celui qui allait naître, et prépara son départ pour Nohant, où il voulait aller passer huit jours avec l'espérance de pouvoir tout avouer et tout faire accepter.

Mais ce fut une vaine espérance. Il parla d'abord de la grossesse de Sophie, et tout en caressant mon frère Hippolyte, l'enfant de la *petite maison* [10], il fit allusion à la douleur qu'il avait éprouvée en apprenant la naissance de cet enfant, dont la mère lui était devenue forcément étrangère. Il parla du devoir que l'amour exclusif d'une femme impose à un honnête homme, et de la honte qu'il y aurait à abandonner une telle femme après des preuves d'un immense dévouement de sa part. Dès les premiers mots, ma grand-mère fondit en larmes, et sans rien écouter, sans rien discuter, elle se servit de son argument accoutumé, argument d'une tendre perdifie et d'une touchante personnalité : « Tu aimes une femme plus que moi, lui dit-elle, donc tu ne m'aimes plus ! Où sont les jours de Passy, où sont tes sentiments exclusifs pour ta mère ? Que je regrette ce temps où tu m'écrivais : *Quand tu me seras rendue, je ne te quitterai plus d'un jour, plus d'une heure !* Que ne suis-je morte comme tant d'autres en 93 ! Tu m'aurais conservée dans ton cœur, telle que j'y étais alors, je n'y aurais jamais eu de rivale ! »

Que répondre à un amour si passionné ? Maurice pleura, ne répondit rien et renferma son secret.

Il revint à Paris sans l'avoir trahi, vécut calme et retiré dans son modeste intérieur. Ma bonne tante Lucie était à la veille de se marier avec un officier ami de mon père [11], et ils se réunissaient avec quelques amis pour de petites fêtes de famille. Un jour qu'ils avaient formé quelques quadrilles, ma mère avait ce jour-là une jolie robe couleur de rose, et mon père jouait sur son fidèle violon de Crémone (je l'ai encore, ce vieux instrument au son duquel j'ai vu le jour) une contredanse de sa façon ; ma mère un peu souffrante quitta la danse et passa dans sa chambre. Comme sa figure n'était point altérée et qu'elle était sortie fort tranquillement, la contredanse continua. Au dernier *chassez-huit*, ma tante Lucie entra dans la chambre de ma mère, et tout aussitôt s'écria : « Venez, venez, Maurice, vous avez une fille. – Elle s'appellera Aurore, comme ma pauvre mère qui n'est pas là pour la bénir, mais qui la bénira un jour », dit mon père en me recevant dans ses bras.

C'était le 5 juillet 1804[12], l'an dernier de la République, l'an premier de l'Empire.

« Elle est née *en musique* et *dans le rose* ; elle aura du bonheur », dit ma tante.

## VIII

*Date de ce travail. – Mon signalement. – Opinion naïve de ma mère sur le mariage civil et le mariage religieux. – Le corset de madame Murat. – Disgrâce absolue des états-majors. – Déchirement de cœur. – Diplomatie maternelle.*

Tout ce qui précède a été écrit sous la monarchie de Louis-Philippe[13]. Je reprends ce travail le 1er juin 1848[14], réservant pour une autre phase de mon récit ce que j'ai vu et ressenti durant cette lacune.

J'ai beaucoup appris, beaucoup vécu, beaucoup vieilli durant ce court intervalle, et mon appréciation actuelle de toutes les idées qui ont rempli le cours de ma vie se ressentira peut-être de cette tardive et rapide expérience de la vie générale. Je n'en serai pas moins sincère envers moi-même ; mais Dieu sait si j'aurai la même foi naïve, la même ardeur confiante qui me soutenaient intérieurement !

Si j'eusse fini mon livre avant cette révolution, c'eût été un autre livre, celui d'un solitaire, d'un enfant généreux, j'ose le dire, car je n'avais étudié l'humanité que sur des individus souvent exceptionnels et toujours examinés par moi à loisir. Depuis j'ai fait, de l'œil, une campagne dans le monde des faits, et je n'en suis point revenue telle que j'y étais entrée. J'y ai perdu les illusions de la jeunesse, que, par un privilège dû à ma vie de retraite et de contemplation, j'avais conservées plus tard que de raison.

Mon livre sera donc triste si je reste sous l'impression que j'ai reçue dans ces derniers temps. Mais qui sait ? le temps marche vite, et, après tout, l'humanité n'est pas différente de moi, c'est-à-dire qu'elle se décourage et se ranime avec une grande facilité. Dieu me préserve de croire, comme Jean-Jacques Rousseau, que je vaux mieux que mes contemporains et que j'ai acquis le droit de les maudire ! Jean-Jacques était malade quand il voulait séparer sa cause de celle de l'humanité. Nous avons tous souffert plus ou moins en ce siècle de la maladie de Jean-Jacques Rousseau. Tâchons d'en guérir avec l'aide de Dieu !

Le 5 juillet 1804 je vins au monde, mon père jouant du violon et ma mère ayant une jolie robe rose. Ce fut l'affaire d'un instant. J'eus du moins cette part de bonheur que me prédisait ma tante Lucie de ne point faire souffrir longtemps ma mère [15]. Je vins au monde fille légitime, ce qui aurait fort bien pu ne pas arriver si mon père n'avait pas résolument marché sur les préjugés de sa famille, et cela fut un bonheur aussi, car sans cela ma grand-mère ne se fût peut-être pas occupée de moi avec autant d'amour qu'elle le fit plus tard, et j'eusse été privée d'un petit fonds d'idées et de connaissances qui a fait ma consolation dans les ennuis de ma vie.

J'étais fortement constituée, et, durant toute mon enfance, j'annonçais devoir être fort belle, promesse que je n'ai point tenue. Il y eut peut-être de ma faute, car à l'âge où la beauté fleurit, je passais déjà les nuits à lire et à écrire. Étant fille de deux êtres d'une beauté parfaite, j'aurais dû ne pas dégénérer, et ma pauvre mère, qui estimait la beauté plus que tout, m'en faisait souvent de naïfs reproches. Pour moi, je ne pus jamais m'astreindre à soigner ma personne. Autant j'aime l'extrême propreté, autant les recherches de la mollesse m'ont toujours paru insupportables.

Se priver de travail pour avoir l'œil frais, ne pas courir au soleil quand ce bon soleil de Dieu vous attire irrésistiblement, ne point marcher dans de bons gros sabots de peur de se déformer le cou-de-pied, porter des gants, c'est-à-dire renoncer à l'adresse et à la force de ses mains, se condamner à une éternelle gaucherie, à une éternelle débilité, ne jamais se fatiguer quand tout nous commande de ne point nous épargner, vivre enfin sous une cloche pour n'être ni hâlée, ni gercée, ni flétrie avant l'âge, voilà ce qu'il me fut toujours impossible d'observer. Ma grand-mère renchérissait encore sur les réprimandes de ma mère, et le chapitre des chapeaux et des gants fit le désespoir de mon enfance ; mais, quoique je ne fusse pas volontairement rebelle, la contrainte ne put m'atteindre. Je n'eus qu'un instant de fraîcheur et jamais de beauté. Mes traits étaient cependant assez bien formés, mais je ne songeai jamais à leur donner la moindre expression. L'habitude contractée, presque dès le berceau, d'une rêverie dont il me serait impossible de me rendre compte à moi-même, me donna de bonne heure l'*air bête*. Je dis le mot tout net, parce que toute ma vie, dans l'enfance, au couvent, dans l'intimité de la famille, on me l'a dit de même, et qu'il faut bien que cela soit vrai.

Somme toute, avec des cheveux, des yeux, des dents et aucune difformité, je ne fus ni laide ni belle dans ma jeunesse, avantage que je considère comme sérieux à mon point de vue, car la laideur inspire des préventions dans un sens, la beauté dans un autre. On attend trop d'un extérieur brillant, on se méfie trop d'un extérieur qui repousse. Il vaut mieux avoir une bonne figure qui n'éblouit et n'effraye personne, et je m'en suis bien trouvée avec mes amis des deux sexes.

J'ai parlé de ma figure, afin de n'avoir plus du tout à en parler. Dans le récit de la vie d'une femme, ce chapitre, menaçant de se prolonger indéfiniment, pourrait effrayer le lecteur ; je me suis conformée à l'usage, qui est de faire la description extérieure du personnage que l'on met en scène, et je l'ai fait dès le premier mot qui me concerne, afin de me débarrasser complètement de cette puérilité dans tout le cours de mon récit ; j'aurais peut-être pu ne pas m'en occuper du tout ; j'ai consulté l'usage, et j'ai vu que des hommes très sérieux, en racontant leur vie, n'avaient pas cru devoir s'y soustraire. Il y aurait donc eu peut-être une apparence de prétention à ne pas payer cette petite dette à la curiosité souvent un peu niaise du lecteur.

Je désire pourtant qu'à l'avenir on se dérobe à cette exigence des curieux, et que si on est absolument forcé de tracer son portrait, on se borne à copier sur son passeport le signalement rédigé par le commissaire de police de son quartier, dans un style qui n'a rien d'emphatique ni de compromettant. Voici le mien : yeux noirs, cheveux noirs, front ordinaire, teint pâle, nez bien fait, menton rond, bouche moyenne, taille quatre pieds dix pouces [16], signes particuliers, aucun.

Mais justement à ce propos je dois dire ici une circonstance assez bizarre ; c'est qu'il n'y a pas plus de deux ou trois ans que je sais positivement qui je suis. J'ignore quels motifs ou quelles rêveries portèrent plusieurs personnes, qui prétendaient m'avoir *vue naître*, à me dire que, pour des raisons de famille faciles à deviner dans un mariage secret, on ne m'avait pas attribué légalement mon âge véritable. Selon cette version, je serais née à Madrid, en 1802 ou 1803, et l'acte de naissance qui porte mon nom aurait été, en réalité, celui d'un autre enfant né depuis, et mort peu de temps après.

Comme les registres de l'état civil n'avaient pas encore acquis à cette époque la rigoureuse exactitude que l'habitude de la législation nouvelle leur a donnée depuis, comme dans le mariage de mon père il y eut en effet des irrégularités singulières dont je vais bientôt parler, et qu'il serait impossible de commettre aujourd'hui, le récit qui m'abusa n'était pas aussi invraisemblable qu'on pourrait le croire. En outre, comme en me faisant cette révélation prétendue, on m'avait assuré que mes parents ne me diraient pas la vérité sur ce point, je m'abstins toujours de les interroger et demeurai persuadée que j'étais née à Madrid et que j'avais un an ou deux de plus que mon âge présumé. À cette époque je lus rapidement la correspondance de mon père avec ma grand-mère, et une lettre mal datée, intercalée mal à propos dans le recueil de 1803, me confirma dans mon erreur. Cette lettre, qu'on trouvera à sa place véritable, ne m'abusa plus, lorsque au moment de transcrire cette correspondance, je pus y porter un examen plus attentif. Enfin un ensemble de lettres sans intérêt pour le lecteur, mais très intéressantes pour me fixer sur ce point, lettres que je n'avais jamais classées et jamais lues, me donnent enfin la certitude de mon identité. Je suis bien née à Paris le 5 juillet 1804, je suis bien *moi-même*, en un mot, ce qui ne laisse pas que de m'être agréable, car il y a toujours quelque chose de gênant à douter de son nom, de son âge et de son pays. Or j'ai subi ce doute pendant une quinzaine d'années sans savoir que j'avais dans quelques vieux tiroirs inexplorés de quoi le dissiper entièrement. Il est vrai que là, comme dans tout, j'ai porté une habitude de paresse naturelle pour ce qui me concerne personnellement, et que j'aurais pu mourir sans savoir si j'avais vécu en *personne* ou à la place d'un autre, si l'idée ne m'était venue d'écrire ma vie, et d'en approfondir le commencement.

Mon père avait fait publier ses bans à Boulogne-sur-Mer, et il contracta mariage à Paris à l'insu de sa mère ; ce qui ne serait point possible aujourd'hui le fut alors, grâce au désordre et à l'incertitude que la Révolution avait apportés dans les relations. Le nouveau code laissait quelques moyens d'éluder les actes respectueux, et le cas d'*absence* avait été rendu fréquemment et facilement supposable par l'émigration. C'était un moment de transition entre l'ancienne société et la nouvelle, et les rouages des lois civiles ne fonctionnaient pas avec régularité. Je ne rapporterai pas les détails, pour ne pas ennuyer le lecteur par des points de droit fort arides, bien que j'aie toutes les pièces sous les yeux. Certainement il y eut absence ou insuffisance de certaines formalités qui seraient indispensables aujourd'hui, et qui apparemment n'étaient pas jugées alors d'une importance absolue.

Ma mère était au moral un exemple de cette situation transitoire. Tout ce qu'elle avait compris de l'acte civil de son mariage, c'est qu'il assurait la légitimité de ma naissance. Elle était pieuse et le fut toujours, sans aller jusqu'à la dévotion ; mais ce qu'elle avait cru dans son enfance, elle devait le croire toute sa vie, sans s'inquiéter des lois civiles et sans penser qu'un acte par-devant le citoyen municipal pût remplacer un sacrement. Elle ne se fit donc pas scrupule des irrégularités qui facilitèrent son mariage civil, mais elle le porta si loin quand il fut question du mariage religieux, que ma grand-mère, malgré ses répugnances, fut obligée d'y assister. Cela eut lieu plus tard, comme je le dirai.

Jusque-là ma mère ne se crut point complice d'un acte de rébellion envers la mère de son mari ; et quand on lui disait que madame Dupin était fort irritée contre elle, elle avait coutume de répondre : « Vraiment, c'est bien injuste, et elle ne me connaît guère ; dites-lui donc que je n'épouserai jamais son fils à l'église tant qu'elle ne le voudra pas. »

Mon père, voyant qu'il ne vaincrait jamais ce préjugé naïf et respectable, croyance vraie au fond, car, à moins de nier Dieu, il faut vouloir que la pensée de Dieu intervienne dans une consécration comme celle du mariage, mon père avait le plus grand désir de faire consacrer le sien. Jusque-là, il tremblait que Sophie, ne se regardant pas comme engagée par sa conscience, n'en vînt à tout remettre en question. Il ne doutait point d'elle, il n'en pouvait pas douter sous le rapport de l'attachement et de la fidélité. Mais elle avait des accès de fierté terrible quand il lui laissait entrevoir l'opposition de sa mère. Elle ne parlait de rien moins que d'aller au loin vivre de son travail avec ses enfants, et de montrer par là qu'elle ne voulait recevoir ni aumône ni pardon de cette orgueilleuse *grande dame*, dont elle se faisait une bien fausse et bien terrible idée.

Lorsque Maurice voulait lui persuader que le mariage contracté était indissoluble, et que sa mère viendrait à y souscrire tôt ou tard : « Eh non, disait-elle, votre mariage civil ne prouve rien, puisqu'il permet le divorce. L'Église ne le permet pas. Nous ne sommes donc pas mariés, et ta mère n'a rien à me reprocher. Il me suffit que notre fille (j'étais née alors) ait un sort assuré. Mais quant à moi, je ne te demande rien, et je n'ai à rougir devant personne. »

Ce raisonnement plein de force et de simplicité, la société ne le ratifiait pas, il est vrai. Elle le ratifierait encore moins aujourd'hui qu'elle s'est assise définitivement sur une base civile. Mais à l'époque où ces choses se passaient, on avait déjà vu tant d'ébranlements et de prodiges qu'on ne savait pas bien sur quel terrain l'on marchait. Ma mère avait les idées du peuple sur tout cela. Elle ne jugeait ni les causes ni les effets de ces nouvelles bases de la société révolutionnaire. « Cela changera encore, disait-elle, j'ai vu le temps où il n'y avait pas d'autre mariage que le mariage religieux. Tout à coup on a prétendu que celui-là ne valait rien et ne compterait plus. On en a inventé un autre qui ne durera pas et qui ne peut pas compter. »

Il a duré, mais en se modifiant d'une manière essentielle. Le divorce a été permis, puis aboli, et à présent on parle de le rétablir* [17]. Jamais moment n'a été plus mal choisi pour soulever une aussi grave question, et bien que j'aie des idées arrêtées à cet égard, si j'étais de l'Assemblée, je demanderais l'ordre du jour. On ne peut pas régler le sort et la religion de la famille dans un moment où la société est dans le désordre moral, pour ne pas dire dans l'anarchie. Aussi, lorsqu'il sera question de discuter cela, l'idée religieuse et l'idée civile vont se trouver encore une fois aux prises, au lieu de chercher cet accord sans lequel la loi n'a point de sens et n'atteint pas son but. Que le divorce soit rejeté, ce sera la consécration d'un état de choses contraire à la morale publique. Qu'il soit adopté, il le sera de telle manière et dans de telles circonstances qu'il ne servira

* J'écris ceci le 2 juin 1848. J'ignore quelle sera la solution du projet présenté à l'Assemblée nationale par le ministre Crémieux (NdA).

point la morale et ajoutera à la dissolution du pacte religieux de la famille. Je dirai mon opinion quand il faudra, et je reviens à mon récit.

Mon père avait vingt-six ans, ma mère en avait trente lorsque je vins au monde. Ma mère n'avait jamais lu Jean-Jacques Rousseau et n'en avait peut-être pas beaucoup entendu parler, ce qui ne l'empêcha pas d'être ma nourrice, comme elle l'avait été et comme elle le fut de tous ses autres enfants[18]. Mais, pour mettre de l'ordre dans le cours de ma propre histoire, il faut que je continue à suivre celle de mon père, dont les lettres me servent de jalons, car on peut bien imaginer que mes propres souvenirs ne datent pas encore de l'an XII.

[...]

## IX

*Suite des lettres. – La cérémonie du couronnement. – Lettres de ma grand-mère et d'un officier civil. – L'abbé d'Andrezel. – Suite des lettres. – Le marquis de S***. – Un passage des* Mémoires *de Marmontel. – Ma première entrevue avec ma grand-mère. – Caractère de ma mère. – Son mariage à l'église. – Ma tante Lucie et ma cousine Clotilde. – Mon premier séjour à Chaillot.*

[...]

[*La fin du chapitre conclut sur la citation de la longue « suite des lettres » et précise le tableau de la situation familiale quand y apparaît la petite Aurore, future narratrice d'*Histoire de ma vie :]

Ici se terminent les lettres de mon père à sa mère. Sans doute il lui en écrivit beaucoup d'autres durant les quatre années qu'il vécut encore et qui amenèrent de fréquentes séparations à la reprise de la guerre[19]. Mais la suite de leur correspondance a disparu, j'ignore pourquoi et comment. Je ne puis donc consulter pour la suite de l'histoire de mon père que ses états de service, quelques lettres écrites à sa femme et les vagues souvenirs de mon enfance.

Ma grand-mère se rendit à Paris dans le courant de ventôse[20] avec l'intention de faire rompre le mariage de son fils, espérant même qu'il y consentirait, car jamais elle ne l'avait vu résister à ses larmes. Elle arriva d'abord à Paris à son insu, ne lui ayant pas fixé le jour de son départ et ne l'avertissant pas de son arrivée, comme elle en avait l'habitude. Elle commença par aller trouver M. Desèze[21], qu'elle consulta sur la validité du mariage. M. Desèze trouva l'affaire *neuve* comme la législation qui l'avait rendue possible[22]. Il appela deux autres avocats célèbres, et le résultat de la consultation fut qu'il y avait matière à procès, parce qu'il y a toujours matière à procès dans toutes les affaires de ce monde, mais que le mariage avait neuf chances contre dix d'être validé par les tribunaux, que mon acte de naissance me constituait légitime, et qu'en supposant la rupture du mariage, l'intention comme le devoir de mon père serait infailliblement de remplir les formalités voulues et de contracter de nouveau mariage avec la mère de l'enfant qu'il avait voulu légitimer.

Ma grand-mère n'avait peut-être jamais eu l'intention formelle de plaider contre son fils. En eût-elle conçu le projet, elle n'en aurait certes pas eu le courage. Elle fut probablement soulagée de moitié de sa douleur en renonçant à ses velléités hostiles, car on double son propre mal en tenant rigueur à ce qu'on aime. Elle voulut cependant passer encore quelques jours sans voir son fils, sans doute afin d'épuiser les résistances de son propre esprit et de prendre de nouvelles informations sur sa belle-fille. Mais mon père découvrit que sa mère était à Paris ; il comprit qu'elle savait tout et me chargea de plaider sa cause. Il me prit dans ses bras, monta dans un fiacre, s'arrêta à la porte de la maison où ma grand-mère était descendue, gagna en peu de mots les bonnes grâces de la portière, et me confia à cette femme, qui s'acquitta de la commission ainsi qu'il suit :

Elle monta à l'appartement de ma bonne maman, et, sous le premier prétexte venu, demanda à lui parler. Introduite en sa présence, elle lui parla de je ne sais quoi, et, tout en causant, elle s'interrompit pour lui dire : « Voyez donc, madame, la jolie petite fille dont je suis grand-mère ! Sa nourrice me l'a apportée aujourd'hui, et j'en suis si heureuse que je ne peux pas m'en séparer un instant. – Oui, elle est très fraîche et très forte », dit ma grand-mère en cherchant sa bonbonnière. Et tout aussitôt la bonne femme, qui jouait fort bien son rôle, me déposa sur les genoux de la bonne maman, qui m'offrit des friandises et commença à me regarder avec une sorte d'étonnement et d'émotion. Tout à coup elle me repoussa en s'écriant : « Vous me trompez, cette enfant n'est pas à vous ; ce n'est pas à vous qu'elle ressemble !... Je sais, je sais ce que c'est !... »

Effrayée du mouvement qui me chassait du sein maternel, il paraît que je me mis non à crier, mais à pleurer de vraies larmes qui firent beaucoup d'effet. « Viens, mon pauvre cher amour, dit la portière en me reprenant, on ne veut pas de toi, allons-nous-en. »

Ma pauvre bonne maman fut vaincue. « Rendez-la-moi, dit-elle. Pauvre enfant, tout cela n'est pas sa faute ! Et qui a apporté cette petite ? – Monsieur votre fils lui-même, madame ; il attend en bas, je vais lui reporter sa fille. Pardonnez-moi si je vous ai offensée ; je ne savais rien, je ne sais rien, moi ! J'ai cru vous faire plaisir, vous faire une belle surprise... – Allez, allez, ma chère, je ne vous en veux pas, dit ma grand-mère ; allez chercher mon fils et laissez-moi l'enfant. »

Mon père monta les escaliers quatre à quatre. Il me trouva sur les genoux, contre le sein de ma bonne maman, qui pleurait en s'efforçant de me faire rire. On ne m'a pas raconté ce qui se passa entre eux, et comme je n'avais que huit ou neuf mois, il est probable que je n'en tins pas note. Il est probable aussi qu'ils pleurèrent ensemble et s'aimèrent d'autant plus. Ma mère, qui m'a raconté cette première aventure de ma vie, m'a dit que lorsque mon père me ramena auprès d'elle, j'avais dans les mains une belle bague avec un gros rubis, que ma bonne maman avait détachée de son doigt en me chargeant de la mettre à celui de ma mère, ce que mon père me fit observer religieusement*.

Quelques temps se passèrent encore cependant avant que ma grand-mère consentît à voir sa belle-fille ; mais déjà le bruit se répandait que son fils avait fait un mariage *disproportionné*, et le refus qu'elle faisait de la recevoir devait nécessairement amener des inductions fâcheuses contre ma mère, contre mon père par conséquent. Ma bonne maman fut effrayée du tort que sa répugnance pouvait faire à son fils. Elle reçut la tremblante Sophie, qui la désarma par sa soumission naïve et ses tendres caresses. Le mariage religieux fut célébré sous les yeux de ma grand-mère, après quoi un repas de famille scella officiellement l'adoption de ma mère et la mienne.

Je dirai plus tard, en consultant mes propres souvenirs, qui ne peuvent me tromper, l'impression que ces deux femmes si différentes d'habitudes et d'opinions produisaient l'une sur l'autre. Il me suffira de dire, quant à présent, que, de part et d'autre, les procédés furent excellents, que les doux noms de mère et de fille furent échangés, et que si le mariage de mon père fit un petit scandale entre les personnes d'un entourage intime assez restreint, le monde que mon père fréquentait ne s'en occupa nullement, et accueillit ma mère sans lui demander compte de ses aïeux ou de sa fortune. Mais elle n'aima jamais le monde et ne fut présentée à la cour de Murat que contrainte et forcée, pour ainsi dire, par les fonctions que mon père remplit plus tard auprès de ce prince[23].

Ma mère ne se sentit jamais ni humiliée ni honorée de se trouver avec des gens qui eussent pu se croire au-

* Je porte toujours cette bague (NdA).

dessus d'elle. Elle raillait finement l'orgueil des sots, la vanité des parvenus, et, se sentant peuple jusqu'au bout des ongles, elle se croyait plus noble que tous les patriciens et les aristocrates de la terre. Elle avait coutume de dire que ceux de sa race avaient le sang plus rouge et les veines plus larges que les autres, ce que je croirais assez, car si l'énergie morale et physique constitue en réalité l'excellence des races, on ne saurait nier que cette énergie ne soit condamnée à diminuer dans celles qui perdent l'habitude du travail et le courage de la souffrance. Cet aphorisme ne serait certainement pas sans exception, et l'on peut ajouter que l'excès du travail et de la souffrance énerve l'organisation tout aussi bien que l'excès de la mollesse et de l'oisiveté. Mais il est certain, en général, que la vie part du bas de la société et se perd à mesure qu'elle monte au sommet, comme la sève dans les plantes.

Ma mère n'était point de ces intrigantes hardies, dont la passion secrète est de lutter contre les préjugés de leur temps, et qui croient se grandir en s'accrochant, au risque de mille affronts, à la fausse grandeur du monde. Elle était mille fois trop fière pour s'exposer même à des froideurs. Son attitude était si réservée qu'elle semblait timide ; mais si on essayait de l'encourager par des airs protecteurs, elle devenait plus que réservée, elle se montrait froide et taciturne. Son maintien était excellent avec les personnes qui lui inspiraient un respect fondé ; elle était alors prévenante et charmante ; mais son véritable naturel était enjoué, taquin, actif, et par-dessus tout ennemi de la contrainte. Les grands dîners, les longues soirées, les visites banales, le bal même, lui étaient odieux. C'était la femme du coin du feu ou de la promenade rapide et folâtre ; mais, dans son intérieur, comme dans ses courses, il lui fallait l'intimité, la confiance, des relations d'une sincérité complète, la liberté absolue de ses habitudes et de l'emploi de son temps. Elle vécut donc toujours retirée, et plus soigneuse de s'abstenir de connaissances gênantes que jalouse d'en faire d'avantageuses. C'était bien là le fond du caractère de mon père, et, sous ce rapport, jamais époux ne furent mieux assortis. Ils ne se trouvaient heureux que dans leur petit ménage. Partout ailleurs ils étouffaient de mélancoliques bâillements, et ils m'ont légué cette secrète sauvagerie qui m'a rendu toujours le monde insupportable et le *home* nécessaire.

Toutes les démarches que mon père avait faites, avec beaucoup de tiédeur, il faut l'avouer, n'aboutirent à rien. Il avait eu mille fois raison de le dire, il n'était pas fait pour gagner ses éperons en temps de paix, et les campagnes d'antichambre ne lui réussissaient pas. La guerre seule pouvait le faire sortir de l'impasse de l'état-major.

Il retourna au camp de Montreuil avec Dupont[24]. Ma mère l'y suivit au printemps de 1805, et y passa deux ou trois mois au plus, durant lesquels ma tante Lucie prit soin de ma sœur et de moi. Cette sœur, dont j'aurai à parler plus tard et dont j'ai déjà signalé l'existence, n'était pas fille de mon père. Elle avait cinq ou six ans de plus que moi et s'appelait Caroline. Ma bonne petite tante Lucie avait, je l'ai dit, épousé M. Maréchal, officier retraité, dans le même temps que ma mère épousait mon père. Une fille était née de leur union cinq ou six mois après ma naissance. C'est ma chère cousine Clotilde, la meilleure amie peut-être que j'ai jamais eue. Ma tante demeurait alors à Chaillot, où mon oncle avait acheté une petite maison, alors en pleine campagne, et qui serait aujourd'hui en pleine ville[25]. Elle louait pour nous promener l'âne d'un jardinier du voisinage. On nous mettait sur du foin dans les paniers destinés à porter les fruits et les légumes au marché. Caroline dans l'un, Clotilde et moi dans l'autre. Il paraît que nous goûtions fort « cette façon d'aller ».

Pendant ce temps-là, l'empereur Napoléon, occupé d'autres soins et s'amusant à d'autres chevauchées, s'en allait en Italie mettre sur sa tête la couronne de fer. *Guai a chi la tocca !* avait dit le grand homme. L'Angleterre, l'Autriche et la Russie résolurent d'y toucher, et l'empereur leur tint parole[26].

Au moment où l'armée réunie au rivage de la Manche attendait avec impatience le signal d'une descente en Angleterre, l'empereur, voyant sa fortune trahie sur les mers, changea tous ses plans dans une nuit : une des ces nuits d'inspiration où la fièvre se faisait froide dans ses veines, et le découragement d'une entreprise tout-puissant pour une entreprise nouvelle dans son esprit.

# X

*Campagne de 1805. – Lettres de mon père à ma mère. – Affaire d'Haslach. – Lettre de Nuremberg. – Belles actions de la division Gazan et de la division Dupont sur les rives du Danube. – Belle conduite de Mortier. – Lettre de Vienne. – Le général Dupont. – Mon père passe dans la ligne avec le grade de capitaine et la croix. – Campagne de 1806 et 1807. – Lettres de Varsovie et de Rosemberg. – Suite de la campagne de 1807. – Radeau de Tilsitt. – Retour en France. – Voyage en Italie. – Lettres de Venise et de Milan. – Fin de la correspondance avec ma mère et commencement de ma propre histoire.*

[…]

[*À défaut des lettres de Maurice Dupin à sa mère, Sand cite celles qu'il écrivit à son épouse : la carrière du jeune officier et le récit des guerres auxquelles il prend part restent, ainsi, au centre du texte. La fin du chapitre, cependant, annonce l'émergence d'un autre objet, désormais prééminent dans le récit : c'est le « commencement de ma propre histoire », comme le mentionne le sommaire. Le texte sandien peut désormais être livré sans interruption (il n'y en aura pas avant la dernière partie de l'ouvrage)* :]

J'ai cru pouvoir mettre sous les yeux du lecteur une très rapide analyse des événements de la guerre et de l'histoire, puisque là seulement je pouvais suivre mon père, à défaut de lettres plus suivies et plus détaillées. Je n'abuserai pas plus longtemps de ce moyen de combler les lacunes qui se rencontrent dans sa vie. Et d'ailleurs, cette vie si pure et si généreuse touche à sa fin ; je n'aurai plus de lui qu'une affreuse catastrophe à raconter. Désormais je vais être guidée par mes propres souvenirs, et comme je n'ai pas la prétention d'écrire l'histoire de mon temps en dehors de la mienne propre, je ne dirai de la campagne d'Espagne que ce que j'en ai vu par mes yeux, à une époque où les objets extérieurs, étranges et incompréhensibles pour moi, commençaient à me frapper comme des tableaux mytérieux. On me permettra de rétrograder un peu, et de prendre ma vie au moment où je commence à la sentir.

## XI

*Premiers souvenirs. – Premières prières. – L'œuf d'argent des enfants. – Le père Noël. – Le système de J.-J. Rousseau. – Le bois de lauriers. – Polichinelle et le réverbère. – Les romans entre quatre chaises. – Jeux militaires. – Chaillot. – Clotilde. – L'empereur. – Les papillons et les fils de la Vierge. – Le roi de Rome. – Le flageolet.*

Il faut croire que la vie est une bien bonne chose en elle-même, puisque les commencements en sont si doux, et l'enfance un âge si heureux. Il n'est pas un de nous qui ne se rappelle cet âge d'or comme un rêve évanoui, auquel rien ne saurait être comparé dans la suite. Je dis un rêve, en pensant à ces premières années où nos souvenirs flottent incertains et ne ressaisissent que quelques impressions isolées dans un vague ensemble. On ne saurait dire pourquoi un charme puissant s'attache pour chacun de nous à ces éclairs du souvenir insignifiants pour les autres.

La mémoire est une faculté qui varie selon les individus, et qui, n'étant complète chez aucun, offre mille inconséquences. Chez moi, comme chez beaucoup d'autres personnes, elle est extraordinairement développée sur certains points, extraordinairement infirme sur certains autres. Je ne me rappelle qu'avec effort les petits événements de la veille, et la plupart des détails m'échappent même pour toujours. Mais quand je regarde un peu loin derrière moi, mes souvenirs remontent à un âge où la plupart des autres individus ne peuvent rien retrouver dans leur passé. Cela tient-il essentiellement à la nature de cette faculté en moi, ou à une certaine précocité dans le sentiment de la vie ?

Peut-être sommes-nous doués tous à peu près également sous ce rapport, et peut-être n'avons-nous la notion nette ou confuse des choses passées qu'en raison du plus ou moins d'émotion qu'elles nous ont causé ? Certaines préoccupations intérieures nous rendent presque indifférents à des faits qui ébranlent le monde autour de nous. Il arrive aussi que nous nous rappelons mal ce que nous avons peu compris. L'oubli n'est peut-être que de l'inintelligence ou de l'inattention.

Quoi qu'il en soit, voici le premier souvenir de ma vie, et il date de loin. J'avais deux ans, une bonne me laissa tomber de ses bras sur l'angle d'une cheminée, j'eus peur et je fus blessée au front. Cette commotion, cet ébranlement du système nerveux ouvrirent mon esprit au sentiment de la vie, et je vis nettement, je vois encore, le marbre rougeâtre de la cheminée, mon sang qui coulait, la figure égarée de ma bonne. Je me rappelle distinctement aussi la visite du médecin, les sangsues qu'on me mit derrière l'oreille, l'inquiétude de ma mère, et la bonne congédiée pour cause d'ivrognerie. Nous quittâmes la maison, et je ne sais où elle était située ; je n'y suis jamais retournée depuis ; mais si elle existe encore, il me semble que je m'y reconnaîtrais.

Il n'est donc pas étonnant que je me rappelle parfaitement l'appartement que nous occupions rue Grange-Batelière un an plus tard. De là datent mes souvenirs précis et presque sans interruption. Mais depuis l'accident de la cheminée jusqu'à l'âge de trois ans, je ne me retrace qu'une suite indéterminée d'heures passées dans mon petit lit sans dormir, et remplies de la contemplation de quelque pli de rideau ou de quelque fleur au papier des chambres ; je me souviens aussi que le vol des mouches et leur bourdonnement m'occupaient beaucoup, et que je voyais souvent les objets doubles, circonstance qu'il m'est impossible d'expliquer, et que plusieurs personnes m'ont dit avoir éprouvée aussi dans la première enfance. C'est surtout la flamme des bougies qui prenait cet aspect devant mes yeux, et je me rendais compte de l'illusion sans pouvoir m'y soustraire. Il me semble même que cette illusion était un des pâles amusements de ma captivité dans le berceau, et cette vie du berceau m'apparaît extraordinairement longue et plongée dans un mol ennui.

Ma mère s'occupa de fort bonne heure de me développer, et mon cerveau ne fit aucune résistance, mais il ne devança rien ; il eût pu être très tardif si on l'eût laissé tranquille. Je marchais à dix mois ; je parlai assez tard, mais une fois que j'eus commencé à dire quelques mots, j'appris tous les mots très vite, et à quatre ans je savais très bien lire, ainsi que ma cousine Clotilde, qui fut enseignée comme moi par nos deux mères alternativement. On nous apprenait aussi des prières, et je me souviens que je les récitais sans broncher d'un bout à l'autre, et sans y rien comprendre, excepté ces mots qu'on nous faisait dire quand nous avions la tête sur le même oreiller : *Mon dieu, je vous donne mon cœur.* Je ne sais pourquoi je comprenais cela plus que le reste, car il y a beaucoup de métaphysique dans ce peu de paroles, mais enfin je le comprenais, et c'était le seul endroit de ma prière où j'eusse une idée de Dieu et de moi-même.

Quant au *Pater*, au *Credo*, et à l'*Ave Maria*, que je savais très bien en français, excepté *donnez-nous notre pain de chaque jour*, j'aurais aussi bien pu les réciter en latin comme un perroquet, ils n'eussent pas été plus inintelligibles pour moi.

On nous exerçait aussi à apprendre par cœur les fables de La Fontaine, et je les sus presque toutes, que c'était encore lettres closes pour moi. J'étais si lasse de les réciter que je fis, je crois, tout mon possible pour ne les comprendre que fort tard, et ce ne fut que vers l'âge de quinze ou seize ans que je m'aperçus de leur beauté.

On avait l'habitude autrefois de remplir la mémoire des enfants d'une foule de richesses au-dessus de leur portée. Ce n'est pas le petit travail qu'on leur impose que je blâme. Rousseau, en le retranchant tout à fait dans l'*Émile*[27], risque de laisser le cerveau de son élève s'épaissir au point de n'être plus capable d'apprendre ce qu'il lui réserve pour un âge avancé. Il est bon d'habituer l'enfance d'aussi bonne heure que possible à un exercice modéré mais quotidien des diverses facultés de l'esprit. Mais on se hâte trop de lui servir des choses exquises. Il n'existe point de littérature à l'usage des petits enfants. Tous les jolis vers qu'on a faits en leur honneur sont maniérés et farcis de mots qui ne sont point de leur vocabulaire. Il n'y a guère que les chansons des berceuses qui parlent réellement à leur imagination. Les premiers vers que j'aie entendus sont ceux-ci, que tout le monde connaît sans doute, et que ma mère me chantait de la voix la plus fraîche et la plus douce qui se puisse entendre :

*Allons dans la grange*
*Voir la poule blanche*
*Qui pond un bel œuf d'argent*
*Pour ce cher petit enfant.*

La rime n'est pas riche, mais je n'y tenais guère, et j'étais vivement impressionnée par cette poule blanche et par cet œuf d'argent que l'on me promettait tous les soirs, et que je ne songeais jamais à demander le lendemain matin. La promesse revenait toujours, et l'espérance naïve revenait avec elle. Ami lecteur, t'en souviens-tu [28] ? Car à toi aussi, pendant des années, on a promis cet œuf merveilleux qui n'éveillait pas ta cupidité, mais qui te semblait, de la part de la bonne poule, le présent le plus poétique et le plus gracieux. Et qu'aurais-tu fait de l'œuf d'argent si on te l'eût donné ? Tes mains débiles n'eussent pu le porter, et ton humeur inquiète et changeante se fût bientôt lassée de ce jouet insipide. Qu'est-ce qu'un œuf, qu'est-ce qu'un jouet qui ne se casse point ? mais l'imagination fait de rien quelque chose, c'est sa nature, et l'histoire de cet œuf d'argent est peut-être celle de tous les biens matériels qui éveillent notre convoitise. Le désir est beaucoup, la possession peu de chose.

Ma mère me chantait aussi une chanson de ce genre la veille de Noël ; mais comme cela ne revenait qu'une fois l'an, je ne me la rappelle pas [29]. Ce que je n'ai pas oublié, c'est la croyance absolue que j'avais à la descente par le tuyau de la cheminée du petit père Noël, bon vieillard à barbe blanche, qui, à l'heure de minuit, devait venir déposer dans mon petit soulier un cadeau que j'y trouverais à mon réveil. Minuit ! cette heure fantastique que les enfants ne connaissent pas, et qu'on leur montre comme le terme impossible de leur veillée ! Quels efforts incroyables je faisais pour ne pas m'endormir avant l'apparition du petit vieux ! J'avais à la fois grande envie et grand-peur de le voir : mais jamais je ne pouvais me tenir éveillée jusque-là, et le lendemain, mon premier regard était pour mon soulier, au bord de l'âtre. Quelle émotion me causait l'enveloppe de papier blanc, car le père Noël était d'une propreté extrême, et ne manquait jamais d'empaqueter soigneusement son offrande. Je courais pieds nus m'emparer de mon trésor. Ce n'était jamais un don bien magnifique, car nous n'étions pas riches. C'était un petit gâteau, une orange, ou tout simplement une belle pomme rouge. Mais cela me semblait si précieux que j'osais à peine le manger. L'imagination jouait encore là son rôle, et c'est toute la vie de l'enfant.

Je n'approuve pas du tout Rousseau de vouloir supprimer le merveilleux, sous prétexte de mensonge. La raison et l'incrédulité viennent bien assez vite d'elles-mêmes. Je me rappelle fort bien la première année où le doute m'est venu sur l'existence réelle du père Noël. J'avais cinq ou six ans, et il me sembla que ce devait être ma mère qui mettait le gâteau dans mon soulier. Aussi me parut-il moins beau et moins bon que les autres fois, et j'éprouvais une sorte de regret de ne pouvoir plus croire au petit homme à barbe blanche. J'ai vu mon fils y croire plus longtemps ; les garçons sont plus simples que les petites filles. Comme moi, il faisait de grands efforts pour veiller jusqu'à minuit. Comme moi, il n'y réussissait pas, et comme moi, il trouvait, au jour, le gâteau merveilleux pétri dans les cuisines du paradis ; mais, pour lui aussi, la première année où il douta fut la dernière de la visite du bonhomme. Il faut servir aux enfants les mets qui conviennent à leur âge, et ne rien devancer. Tant qu'ils ont besoin du merveilleux, il faut leur en donner. Quand ils commencent à s'en dégoûter, il faut bien se garder de prolonger l'erreur et d'entraver le progrès naturel de leur raison.

Retrancher le merveilleux de la vie de l'enfant, c'est procéder contre les lois mêmes de la nature. L'enfance n'est-elle pas chez l'homme un état mystérieux et plein de prodiges inexpliqués ? D'où vient l'enfant ? Avant de se former dans le sein de sa mère, n'avait-il pas une existence quelconque dans le sein impénétrable de la Divinité ? La parcelle de vie qui l'anime ne vient-elle pas du monde inconnu où elle doit retourner ? Ce développement si rapide de l'âme humaine dans nos premières années, ce passage étrange d'un état qui ressemble au chaos à un état de compréhension et de sociabilité, ces premières notions du langage, ce travail incompréhensible de l'esprit qui apprend à donner un nom, non pas seulement aux objets extérieurs, mais à l'action, à la pensée, au sentiment, tout cela tient au miracle de la vie, et je ne sache pas que personne l'ait expliqué. J'ai toujours été émerveillée du premier verbe que j'ai entendu prononcer aux petits enfants. Je comprends que le substantif leur soit enseigné, mais les verbes, et surtout ceux qui expriment les affections ! La première fois qu'un enfant sait dire à sa mère qu'il l'aime, par exemple, n'est-ce pas comme une révélation supérieure qu'il reçoit et qu'il exprime ? Le monde extérieur où flotte cet esprit en travail ne peut lui avoir donné encore aucune notion distincte des fonctions de l'âme. Jusque-là il n'a vécu que par les besoins, et l'éclosion de son intelligence ne s'est faite que par les sens. Il voit, il veut toucher, goûter, et tous ces objets extérieurs dont pour la plupart il ignore l'usage, et ne peut comprendre ni la cause ni l'effet, doivent passer d'abord devant lui comme une vision énigmatique. Là commence le travail intérieur. L'imagination se remplit de ces objets ; l'enfant rêve dans le sommeil, et il rêve aussi sans doute quand il ne dort pas. Du moins, il ne sait pas, pendant longtemps, la différence de l'état de veille à l'état de sommeil. Qui peut dire pourquoi un objet nouveau l'égaye ou l'effraye ? Qui lui inspire la notion vague du beau et du laid ? Une fleur, un petit oiseau ne lui font jamais peur, un masque difforme, un animal bruyant l'épouvantent. Il faut donc qu'en frappant ses sens cet objet de sympathie ou de répulsion révèle à son entendement quelque idée de confiance ou de terreur qu'on n'a pu lui enseigner ; car cet attrait ou cette répugnance se manifestent déjà chez l'enfant qui n'entend pas encore le langage humain. Il y a donc chez lui quelque chose d'antérieur à toutes les notions que l'éducation peut lui donner, et c'est là le mystère qui tient à l'essence de la vie dans l'homme.

L'enfant vit tout naturellement dans un milieu pour ainsi dire surnaturel, où tout est prodige en lui, et où tout ce qui est en dehors de lui doit, à la première vue, lui sembler prodigieux. On ne lui rend pas service en hâtant sans ménagement et sans discernement l'appréciation de toutes les choses qui le frappent. Il est bon qu'il la cherche lui-même et qu'il l'établisse à sa manière durant la période de sa vie où, à la place de son innocente erreur, nos explications, hors de portée pour lui, le jetteraient dans des erreurs plus grandes encore, et peut-être à jamais funestes à la droiture de son jugement, et, par suite, à la moralité de son âme.

Ainsi on aura beau chercher quelle première notion de la Divinité on pourra donner aux enfants, on n'en trouvera pas une meilleure pour eux que l'existence de ce vieux bon Dieu qui est au ciel, et qui voit tout ce qui se fait sur la terre. Plus tard il sera temps de leur faire comprendre que Dieu est l'être infini, sans figure idolâtrique, et que le ciel n'est pas plus la voûte bleue qui nous enveloppe que la terre où nous vivons et que le sanctuaire même de notre pensée. Mais à quoi bon essayer de faire percer le symbole à l'enfant, pour qui tout symbole est une réalité ? Cet éther infini, cet abîme de la création, ce ciel enfin où gravitent les mondes, l'enfant le voit plus beau et plus grand que nos définitions ne l'étendraient dans sa pensée, et nous le rendrions plus fou que sage si nous voulions lui faire concevoir la mécanique de l'univers, alors que le sentiment de la beauté de l'univers lui suffit.

La vie de l'individu n'est-elle pas le résumé de la vie collective [30] ? Quiconque observe le développement de l'enfant, le passage à l'adolescence, à la virilité, et toutes nos transformations jusqu'à l'âge mûr, assiste à l'histoire abrégée de la race humaine, laquelle a eu aussi son enfance, son adolescence, sa jeunesse et sa virilité [31]. Eh bien, qu'on se reporte aux temps primitifs de l'humanité, on y voit toutes les notions humaines prendre la forme du merveilleux, et l'histoire, la science naissante, la philosophie et la religion écrites en symboles que la raison moderne traduit ou interprète. La poésie, la fable même sont la vérité, la réalité relatives de ces temps primitifs. Il est donc dans la loi éternelle que l'homme ait sa véritable enfance, comme l'humanité a eu la sienne, comme l'ont encore les populations que notre civilisation n'a fait qu'effleurer. Le sauvage vit dans le merveilleux : ce n'est ni un idiot, ni un fou, ni une brute, c'est un poète et un enfant. Il ne procède que par poèmes et par chants comme nos anciens, à qui le vers semblait être plus naturel que la prose, et l'ode que le discours.

L'enfance est donc l'âge des chansons, et on ne saurait trop lui en donner. La fable, qui n'est qu'un symbole, est la meilleure forme pour introduire en lui le sentiment du beau et du poétique, qui est la première manifestation du bon et du vrai.

Les fables de La Fontaine sont trop fortes et trop profondes pour le premier âge. Elles sont pleines d'excellentes leçons de morale, mais il ne faudrait pas de formules de morale au premier âge ; c'est l'engager dans un labyrinthe d'idées où il s'égare, parce que toute morale implique une idée de société, et que l'enfant ne peut se faire aucune idée de la société. J'aime mieux pour lui les notions religieuses sous forme de poésie et de sentiment. Quand ma mère me disait qu'en lui désobéissant je faisais pleurer la sainte Vierge et les anges dans le ciel, mon imagination était vivement frappée. Ces êtres merveilleux et toutes ces larmes provoquaient en moi une terreur et une tendresse infinies. L'idée de leur existence m'effrayait, et tout aussitôt l'idée de leur douleur me pénétrait de regret et d'affection.

En somme, je veux qu'on donne du merveilleux à l'enfant tant qu'il l'aime et le cherche, et qu'on le lui laisse perdre de lui-même sans prolonger systématiquement son erreur dès que le merveilleux n'étant plus son aliment naturel, il s'en dégoûte, et vous avertit par ses questions et ses doutes qu'il veut entrer dans le monde de la réalité.

Ni Clotilde ni moi n'avons gardé aucun souvenir du plus ou moins de peine que nous eûmes pour apprendre à lire. Nos mères nous ont dit depuis qu'elles en avaient eu fort peu à nous enseigner ; seulement elles signalaient un fait d'entêtement fort ingénu de ma part. Un jour que je n'étais pas disposée à recevoir ma leçon d'alphabet, j'avais répondu à ma mère : « Je sais bien dire *A*, mais je ne sais pas dire *B*. » Il paraît que ma résistance dura fort longtemps ; je nommais toutes les lettres excepté la seconde, et quand on me demandait pourquoi je la passais sous silence, je répondais imperturbablement : « C'est que je ne connais pas le *B.* »

Le second souvenir que je me retrace de moi-même, et qu'à coup sûr, vu son peu d'importance, personne n'eût songé à me rappeler, c'est la robe et le voile blanc que porta la fille aînée du vitrier le jour de sa première communion. J'avais alors environ trois ans et demi ; nous étions dans la rue Grange-Batelière, au troisième, et le vitrier, qui occupait une boutique en bas, avait plusieurs filles qui venaient jouer avec ma sœur[32] et avec moi. Je ne sais plus leurs noms et ne me rappelle spécialement que l'aînée, dont l'habit blanc me parut la plus belle chose du monde. Je ne pouvais me lasser de l'admirer, et ma mère ayant dit tout d'un coup que son blanc était tout jaune et qu'elle était fort mal arrangée, cela me fit une peine étrange. Il me sembla qu'on me causait un vif chagrin en me dégoûtant de l'objet de mon admiration.

Je me souviens qu'une autre fois, comme nous dansions une ronde, cette même enfant chanta :

*Nous n'irons plus au bois,*
*Les lauriers sont coupés.*

Je n'avais jamais été dans les bois, que je sache, et peut-être n'avais-je jamais vu de lauriers. Mais apparemment je savais ce que c'était, car ces deux petits vers me firent beaucoup rêver. Je me retirai de la danse pour y penser, et je tombai dans une grande mélancolie. Je ne voulus faire part à personne de ma préoccupation, mais j'aurais volontiers pleuré, tant je me sentais triste et privée de ce charmant bois de lauriers où je n'étais entrée en rêve que pour en être aussitôt dépossédée. Explique qui pourra les singularités de l'enfance, mais celle-là fut si marquée chez moi, que je n'en ai jamais perdu l'impression mystérieuse. Toutes les fois qu'on me chanta cette ronde, je sentis la même tristesse me gagner, et je ne l'ai jamais entendu chanter depuis par des enfants sans me retrouver dans la même disposition de regret et de mélancolie. Je vois toujours ce bois avant qu'on y eût porté la cognée, et, dans la réalité, je n'en ai jamais vu d'aussi beau ; je le vois jonché de ses lauriers fraîchement coupés, et il me semble que j'en veux toujours aux Vandales qui m'en ont bannie pour jamais. Quelle était donc l'idée du poète naïf qui commençait ainsi la plus naïve des danses ?

Je me rappelle aussi la jolie ronde de *Giroflée, girofla*, que tous les enfants connaissent, et où il est question encore d'un bois mystérieux où l'on va *seulette*, et où l'on rencontre le *roi*, la *reine*, le *diable* et l'*amour*, êtres également fantastiques pour les enfants. Je ne me souviens pas d'avoir eu peur du diable, je pense que je n'y croyais pas et qu'on m'empêchait d'y croire, car j'avais l'imagination très impressionnable et je m'effrayais facilement.

On me fit présent, une fois, d'un superbe polichinelle, tout brillant d'or et d'écarlate. J'en eus peur d'abord, surtout à cause de ma poupée, que je chérissais tendrement et que je me figurais en grand danger auprès de ce petit monstre. Je la serrai précieusement dans l'armoire, et je consentis à jouer avec polichinelle ; ses yeux d'émail qui tournaient dans leurs orbites au moyen d'un ressort le plaçaient pour moi dans une sorte de milieu entre le carton et la vie. Au moment de me coucher, on voulut le serrer dans l'armoire auprès de la poupée, mais je ne voulus jamais y consentir, et on céda à ma fantaisie, qui était de le laisser dormir sur le poêle : car il y avait un petit poêle dans notre chambre, qui était plus que modeste, et dont je vois encore les panneaux peints à la colle et la forme en carré long. Un détail que je me rappelle aussi, bien que depuis l'âge de quatre ans je ne sois jamais rentrée dans cet appartement, c'est que l'alcôve était un cabinet fermé par des portes à grillage de laiton sur un fond de toile verte. Sauf une antichambre qui servait de salle à manger et une petite cuisine, il n'y avait pas d'autres pièces que cette chambre à coucher, qui servait de salon pendant le jour. Mon petit lit était placé le soir en dehors de l'alcôve, et quand ma sœur, qui était alors en pension, couchait à la maison, on lui arrangeait un canapé à côté de moi. C'était un canapé vert en velours d'Utrecht. Tout cela m'est encore présent, quoiqu'il ne me soit rien arrivé de remarquable dans cet appartement : mais il faut croire que mon esprit s'y ouvrait à un travail soutenu sur lui-même, car il me semble que tous ces objets sont remplis de mes rêveries, et que je les ai usés à force de les voir. J'avais un amusement particulier avant de m'endormir, c'était de promener mes doigts sur le réseau de laiton de la porte de l'alcôve qui se trouvait à côté de mon lit. Le petit son que j'en tirais me paraissait une musique céleste, et j'entendais ma mère dire : « Voilà Aurore qui joue du grillage. »

Je reviens à mon polichinelle qui reposait sur le poêle, étendu sur le dos et regardant le plafond avec ses yeux vitreux et son méchant rire. Je ne le voyais plus, mais, dans mon imagination, je le voyais encore, et je m'endormis très préoccupée du genre d'existence de ce vilain être qui riait toujours et qui pouvait me suivre des yeux dans tous les coins de la chambre. La nuit, je fis un rêve épouvantable : polichinelle s'était levé, sa bosse de devant, revêtue d'un gilet de paillon rouge, avait pris feu sur le poêle, et il courait partout, poursuivant tantôt moi, tantôt ma poupée qui fuyait éperdue, tandis qu'il nous atteignait par de longs jets de flamme. Je réveillai ma mère par mes cris. Ma sœur, qui dormait près de moi, s'avisa de ce qui me tourmentait, et porta le polichinelle dans la cuisine, en disant que c'était une vilaine poupée pour un enfant de mon âge. Je ne le revis plus. Mais l'impression imaginaire que j'avais reçue de la brûlure me resta pendant quelque temps, et, au lieu de jouer avec le feu comme jusque-là j'en avais eu la passion, la seule vue du feu me laissa une grande terreur.

Nous allions alors à Chaillot voir ma tante Lucie, qui y avait une petite maison et un jardin. J'étais paresseuse à marcher et voulais toujours me faire porter par notre ami Pierret, pour qui, de Chaillot au boulevard, j'étais un poids assez incommode. Pour me décider à marcher le soir au retour, ma mère imagina de me dire qu'elle allait me laisser seule au milieu de la rue. C'était au coin de la rue de Chaillot et des Champs-Élysées, et il y avait une petite vieille femme qui en ce moment allumait le réverbère. Bien persuadée qu'on ne m'abandonnerait pas, je m'arrêtai, décidée à ne point marcher, et ma mère fit quelques pas avec Pierret pour voir comment je prendrais l'idée de rester seule. Mais comme la rue était à peu près déserte, l'allumeuse de réverbère avait entendu notre contestation, et se tournant vers moi, elle me dit d'une voix cassée : « Prenez garde à moi, c'est moi qui ramasse les méchantes petites filles, et je les enferme dans mon réverbère pour toute la nuit. »

Il semblait que le diable eût soufflé à cette bonne femme l'idée qui pouvait le plus m'effrayer. Je ne me souviens pas d'avoir éprouvé une terreur pareille à ce qu'elle m'inspira. Le réverbère, avec son réflecteur étincelant, prit aussitôt à mes yeux des proportions fantastiques, et je me voyais déjà enfermée dans cette prison de cristal, consumée par la flamme que faisait jaillir à volonté le polichinelle en jupons. Je courus après ma mère en poussant des cris aigus. J'entendais rire la vieille, et le grincement du réverbère qu'elle remontait me causa un frisson nerveux, comme si je me sentais élevée au-dessus de terre et pendue avec la lanterne infernale.

Quelquefois nous prenions le bord de l'eau pour aller à Chaillot. La fumée et le bruit de la pompe à feu[33] me causaient une épouvante dont je ressens encore l'impression.

La peur est, je crois, la plus grande souffrance morale des enfants : les forcer à voir de près ou à toucher l'objet qui les effraye est un moyen de guérison que je n'approuve pas. Il faut plutôt les en éloigner et les en distraire ; car le système nerveux domine leur organisation, et quand ils ont reconnu leur erreur, ils ont éprouvé une si violente angoisse à s'y voir contraints, qu'il n'est plus temps pour eux de perdre le sentiment de la peur. Elle est devenue en eux un mal physique que leur raison est impuissante à combattre. Il en est de même des femmes nerveuses et pusillanimes. Les encourager dans leur faiblesse est un grand tort ; mais la brusquer trop en est un pire, et la contrainte provoque souvent chez elles de véritables attaques de nerfs, bien que les nerfs ne fussent pas en jeu sérieusement au commencement de l'épreuve.

Ma mère n'avait point cette cruauté : quand nous passions devant la pompe à feu, voyant que je pâlissais et ne pouvais plus me soutenir, elle me mettait dans les bras du bon Pierret. Il cachait ma tête dans sa poitrine, et j'étais rassurée par la confiance qu'il m'inspirait. Il vaut mieux trouver au mal moral un remède moral, que de forcer la nature et d'essayer d'apporter au mal physique une épreuve physique plus pénible encore.

C'est dans la rue Grange-Batelière que j'eus entre les mains un vieux abrégé de mythologie que je possède encore et qui est accompagné de grandes planches gravées, les plus comiques qui se puissent imaginer. Quand je me rappelle l'intérêt et l'admiration avec lesquels je contemplais ces images grotesques, il me semble encore les voir telles qu'elles m'apparaissaient alors. Sans lire le texte, j'appris bien vite, grâce aux images, les principales données de la fabulation antique, et cela m'intéressait prodigieusement. On me menait quelquefois aux ombres chinoises de l'éternel Séraphin [34] et aux pièces féeriques du boulevard. Enfin ma mère et ma sœur me racontaient les contes de Perrault, et quand ils étaient épuisés, elles ne se gênaient pas pour en inventer de nouveaux qui ne me paraissaient pas les moins jolis de tous. Avec cela on me parlait du paradis et on me régalait de ce qu'il y avait de plus frais et de plus joli dans l'allégorie catholique ; si bien que les anges et les amours, la bonne Vierge et la bonne fée, les polichinelles et les magiciens, les diablotins du théâtre et les saints de l'Église se confondant dans ma cervelle, y produisaient le plus étrange gâchis poétique qu'on puisse imaginer.

Ma mère avait des idées religicuses que le doute n'effleura jamais, vu qu'elle ne les examina jamais. Elle ne se mettait donc nullement en peine de me présenter comme vraies ou comme emblématiques les notions de merveilleux qu'elle me versait à pleines mains, artiste et poète qu'elle était elle-même sans le savoir, croyant dans sa religion à tout ce qui était beau et bon, rejetant tout ce qui était sombre et menaçant, et me parlant des trois Grâces ou des neuf Muses avec autant de sérieux que des vertus théologales ou des vierges sages.

Que ce soit éducation, insufflation ou prédisposition, il est certain que l'amour du roman s'empara de moi passionnément avant que j'eusse fini d'apprendre à lire [35]. Voici comment :

Je ne comprenais pas encore la lecture des contes de fées, les mots imprimés, même dans le style le plus élémentaire, ne m'offraient pas grand sens, et c'est par le récit que j'arrivais à comprendre ce qu'on m'avait fait lire. De mon propre mouvement, je ne lisais pas, j'étais paresseuse par nature et n'ai pu me vaincre qu'avec de grands efforts. Je ne cherchais dans les livres que les images ; mais tout ce que j'apprenais par les yeux et par les oreilles entrait en ébullition dans ma petite tête, et j'y rêvais au point de perdre souvent la notion de la réalité et du milieu où je me trouvais. Comme j'avais eu longtemps la manie de jouer au poêle avec le feu, ma mère, qui n'avait pas de servante et que je vois toujours occupée à coudre, ou à soigner le pot-au-feu, ne pouvait se débarrasser de moi qu'en me retenant souvent dans la prison qu'elle m'avait inventée, à savoir, quatre chaises avec une chaufferette sans feu au milieu, pour m'asseoir quand je serais fatiguée, car nous n'avions pas le luxe d'un coussin. C'étaient des chaises garnies en paille, et je m'évertuais à les dégarnir avec mes ongles ; il faut croire qu'on les avait sacrifiées à mon usage. Je me rappelle que j'étais encore si petite, que pour me livrer à cet amusement j'étais obligée de monter sur la chaufferette ; alors je pouvais appuyer mes coudes sur les sièges, et je jouais des griffes avec une patience miraculeuse ; mais, tout en cédant ainsi au besoin d'occuper mes mains, besoin qui m'est toujours resté, je ne pensais nullement à la paille des chaises ; je composais à haute voix d'interminables contes que ma mère appelait mes romans. Je n'ai aucun souvenir de ces plaisantes compositions, ma mère m'en a parlé mille fois, et longtemps avant que j'eusse la pensée d'écrire. Elle les déclarait souverainement ennuyeuses, à cause de leur longueur et du développement que je donnais aux digressions. C'est un défaut que j'ai bien conservé, à ce qu'on dit ; car, pour moi, j'avoue que je me rends peu compte de ce que je fais, et que j'ai aujourd'hui, tout comme à quatre ans, un laisser-aller invincible dans ce genre de création.

Il paraît que mes histoires étaient une sorte de pastiche de tout ce dont ma petite cervelle était obsédée. Il y avait toujours un canevas dans le goût des contes de fées, et pour personnages principaux, une bonne fée, un bon prince et une belle princesse. Il y avait peu de méchants êtres, et jamais de grands malheurs. Tout s'arrangeait sous l'influence d'une pensée riante et optimiste comme l'enfance. Ce qu'il y avait de curieux, c'était la durée de ces histoires et une sorte de suite, car j'en reprenais le fil là où il avait été interrompu la veille. Peut-être ma mère, écoutant machinalement et comme malgré elle ces longues divagations, m'aidait-elle à son insu à m'y retrouver. Ma tante se souvient aussi de ces histoires, et s'égaye à ce souvenir. Elle se rappelle m'avoir dit souvent : « Eh bien, Aurore, est-ce que ton prince n'est pas encore sorti de la forêt ? Ta princesse aura-t-elle bientôt fini de mettre sa robe à queue et sa couronne d'or ? – Laisse-la tranquille, disait ma mère, je ne peux travailler en repos que quand elle commence ses romans entre quatre chaises. »

Je me rappelle d'une manière plus nette l'ardeur que je prenais aux jeux qui simulaient une action véritable. J'étais maussade pour commencer. Quand ma sœur ou la fille aînée du vitrier venaient me provoquer aux jeux classiques de pied de bœuf ou de main chaude, je n'en trouvais aucun à mon gré, ou je m'en lassais vite. Mais avec ma cousine Clotilde ou les autres enfants de mon âge, j'arrivais d'emblée aux jeux qui flattaient ma fantaisie. Nous simulions des batailles, des fuites à travers ces bois qui jouaient un si grand rôle dans mon imagination. Et puis l'une de nous était perdue, les autres la cherchaient et l'appelaient. Elle était endormie sous un arbre, c'est-à-dire sous le canapé. On venait à son aide ; l'une de nous était la mère des autres ou le général, car l'impression militaire du dehors pénétrait forcément jusque dans notre nid, et plus d'une fois j'ai fait l'empereur et j'ai commandé sur le champ de bataille. On mettait en lambeaux les poupées, les bonshommes et les ménages, et il paraît que mon père avait l'imagination aussi jeune que nous, car il ne pouvait souffrir cette représentation microscopique des scènes d'horreur qu'il voyait à la guerre. Il disait à ma mère : « Je t'en prie, donne un coup de balai au champ de bataille de ces enfants ; c'est une manie, mais cela me fait mal de voir par terre ces bras, ces jambes et toutes ces guenilles rouges. »

Nous ne nous rendions pas compte de notre férocité, tant les poupées et les bonshommes souffraient patiemment le carnage. Mais en galopant sur nos coursiers imaginaires et en frappant de nos sabres invisibles les meubles et les jouets, nous nous laissions emporter à un enthousiasme qui nous donnait la fièvre. On nous reprochait nos jeux de garçons, et il est certain que ma cousine et moi nous avions l'esprit avide d'émotions viriles. Je me retrace particulièrement un jour d'automne où le dîner étant servi, la nuit s'était faite dans la chambre. Ce n'était pas chez nous, mais à Chaillot, chez ma tante, à ce que je puis croire, car il y avait des rideaux de lit, et chez nous il n'y en avait pas. Nous nous poursuivions l'une l'autre à travers les arbres, c'est-à-dire sous les plis du rideau, Clotilde et moi ; l'appartement avait disparu à nos yeux, et nous étions véritablement dans un sombre paysage à l'entrée de la nuit. On nous appelait pour dîner, et nous n'entendions rien. Ma mère vint me prendre dans ses bras pour me porter à table, et je me rappellerai toujours l'étonnement où je fus en voyant les lumières, la table et les objets réels qui m'environnaient. Je sortais positivement d'une hallucination complète et il me coûtait d'en sortir si brusquement. Quelquefois, étant à Chaillot, je croyais être chez nous à Paris, et réciproquement. Il me fallait faire souvent un effort pour m'assurer du lieu où j'étais, et j'ai vu ma fille enfant subir cette illusion d'une manière très prononcée.

Je ne crois pas avoir revu cette maison de Chaillot depuis 1808, car, après le voyage d'Espagne[36], je n'ai plus quitté Nohant jusqu'après l'époque où mon oncle vendit à l'État sa petite propriété, qui se trouvait sur l'emplacement destiné au palais du roi de Rome. Que je me trompe ou non, je placerai ici ce que j'ai à dire de cette maison, qui était alors une véritable maison de campagne, Chaillot n'étant point bâti comme il l'est aujourd'hui.

C'était l'habitation la plus modeste du monde, je le comprends aujourd'hui que les objets restés dans ma mémoire m'apparaissent avec leur valeur véritable. Mais à l'âge que j'avais alors c'était un paradis. Je pourrais dessiner le plan du local et celui du jardin, tant ils me sont restés présents. Le jardin était surtout pour moi un lieu de délices, car c'était le seul que je connusse. Ma mère, qui, malgré ce qu'on disait d'elle alors à ma grand-mère, vivait dans une gêne voisine de la pauvreté, et avec une économie et un labeur domestiques dignes d'une femme du peuple, ne me menait pas aux Tuileries étaler des toilettes que nous n'avions pas, et me maniérer en jouant au cerceau ou à la corde sous les regards des badauds. Nous ne sortions de notre triste réduit que pour aller quelquefois au théâtre, dont ma mère avait le goût prononcé, ainsi que je l'avais déjà, et le plus souvent à Chaillot, où nous étions toujours reçues à grands cris de joie. Le voyage à pied et le passage par la pompe à feu me contrariaient bien d'abord, mais à peine avais-je mis le pied dans le jardin, que je me croyais dans l'île enchantée de mes contes. Clotilde, qui pouvait s'ébattre là au grand soleil toute la journée, était bien plus fraîche et plus enjouée que moi. Elle me faisait les honneurs de son Éden avec ce bon cœur et cette franche gaieté qui ne l'ont jamais abandonnée. Elle était certes la meilleure de nous deux, la mieux portante et la moins capricieuse : aussi je l'adorais en dépit de quelques algarades que je provoquais toujours et auxquelles elle répondait par des moqueries qui me mortifiaient beaucoup. Ainsi, quand elle était mécontente de moi, elle jouait sur mon nom d'Aurore et m'appelait *horreur*, injure qui m'exaspérait. Mais pouvais-je bouder longtemps en face d'une charmille verte et d'une terrasse toute bordée de pots de fleurs ? C'est là que j'ai vu les premiers fils de la Vierge, tout blancs et brillants au soleil d'automne ; ma sœur y était ce jour-là, car ce fut elle qui m'expliqua doctement comme quoi la sainte Vierge filait elle-même ces jolis fils sur sa quenouille d'ivoire. Je n'osais pas les briser et je me faisais bien petite pour passer dessous.

Le jardin était un carré long, fort petit en réalité, mais qui me semblait immense, quoique j'en fisse le tour deux cents fois par jour. Il était régulièrement dessiné à la mode d'autrefois ; il y avait des fleurs et des légumes ; pas la moindre vue, car il était tout entouré de murs ; mais il y avait au fond une terrasse sablée à laquelle on montait par des marches en pierre, avec un grand vase de terre cuite classiquement bête de chaque côté, et c'était sur cette terrasse, lieu idéal pour moi, que se passaient nos grands jeux de bataille, de fuite et de poursuite.

C'est là aussi que j'ai vu des papillons pour la première fois et de grandes fleurs de tournesol qui me paraissaient avoir cent pieds de haut. Un jour, nous fûmes interrompues dans nos jeux par une grande rumeur au-dehors. On criait Vive l'empereur, on marchait à pas précipités, on s'éloignait, et les cris continuaient toujours. L'empereur passait en effet à quelque distance, et nous entendions le trot des chevaux et l'émotion de la foule. Nous ne pouvions pas voir à travers le mur, mais ce fut bien beau dans mon imagination, je m'en souviens, et nous criâmes de toutes nos forces : *Vive l'empereur !* transportées d'un enthousiasme sympathique.

Savions-nous ce que c'était que l'empereur ? Je ne m'en souviens pas, mais il est probable que nous en entendions parler sans cesse. Je m'en fis une idée distincte peu de temps après, je ne saurais dire précisément l'époque, mais ce devait être à la fin de 1807.

Il passait la revue sur le boulevard, et il était non loin de la Madeleine, lorsque, ma mère et Pierret ayant réussi à pénétrer jusqu'auprès des soldats, Pierret m'éleva dans ses bras au-dessus des shakos [37] pour que je pusse le voir. Cet objet qui dominait la ligne des têtes frappa machinalement les yeux de l'empereur, et ma mère s'écria : « Il t'a regardée, souviens-toi de ça, ça te portera bonheur ! » Je crois que l'empereur entendit ces paroles naïves, car il me regarda tout à fait, et je crois voir encore une sorte de sourire flotter sur son visage pâle, dont la sévérité froide m'avait effrayée d'abord. Je n'oublierai donc jamais sa figure et surtout cette expression de son regard qu'aucun portrait n'a pu rendre. Il était à cette époque assez gras et blême. Il avait une redingote sur son uniforme, mais je ne saurais dire si elle était grise ; il avait son chapeau à la main au moment où je le vis, et je fus comme magnétisée un instant par ce regard clair, si dur au premier moment, et tout à coup si bienveillant et si doux. Je l'ai revu d'autres fois, mais confusément, parce que j'étais moins près et qu'il passait plus vite [38].

J'ai vu aussi le roi de Rome enfant dans les bras de sa nourrice [39]. Il était à une fenêtre des Tuileries et il riait aux passants ; en me voyant il se mit à rire encore plus, par l'effet sympathique que les enfants produisent les uns sur les autres. Il tenait un gros bonbon dans sa petite main, et il le jeta de mon côté. Ma mère voulut le ramasser pour me le donner, mais le factionnaire qui surveillait la fenêtre ne voulut pas permettre qu'elle fît un pas au-delà de la ligne qu'il gardait. La gouvernante lui fit en vain signe que le bonbon était pour moi et qu'il fallait me le donner. Cela n'entrait probablement pas dans la consigne de ce militaire, et il fit la sourde oreille. Je fus très blessée du procédé, et je m'en allai demandant à ma mère pourquoi ce soldat était si malhonnête. Elle m'expliqua que son devoir était de garder ce précieux enfant, et d'empêcher qu'on ne l'approchât de trop près, parce que des gens malintentionnés pourraient lui faire du mal. Cette idée que quelqu'un pût vouloir faire du mal à un enfant me parut exorbitante ; mais à cette époque j'avais neuf ou dix ans, car le petit roi *in partibus* en avait deux tout au plus, et cette anecdote n'est qu'une digression par anticipation.

Un souvenir qui date de mes quatre premières années est celui de ma première émotion musicale. Ma mère avait été voir quelqu'un dans un village près de Paris, je ne sais lequel. L'appartement était très élevé, et de la fenêtre, étant trop petite pour voir le fond de la rue, je ne distinguais que le faîte des maisons environnantes et beaucoup d'étendue de ciel. Nous passâmes là une partie de la journée, mais je ne fis attention à rien, tant j'étais préoccupée du son d'un flageolet[40] qui joua tout le temps une foule d'airs qui me parurent admirables. Le son partait d'une des mansardes les plus élevées, et même d'assez loin, car ma mère, à qui je demandai ce que c'était, l'entendait à peine. Pour moi, dont l'ouïe était apparemment plus fine et plus sensible à cette époque, je ne perdais pas une seule modulation de ce petit instrument, si aigu de près, si doux à distance, et j'en étais charmée. Il me semblait l'entendre dans un rêve. Le ciel était pur et d'un bleu étincelant, et ces délicates mélodies semblaient planer sur les toits et se perdre dans le ciel même. Qui sait si ce n'était pas un artiste d'une inspiration supérieure, qui n'avait en ce moment d'autre auditeur attentif que moi ? Ce pouvait bien être aussi un marmiton qui étudiait l'air de la *Monaco* ou des *Folies d'Espagne*[41]. Quoi qu'il en soit, j'éprouvais d'indicibles jouissances musicales, et j'étais véritablement en extase devant cette fenêtre, où, pour la première fois, je comprenais vaguement l'harmonie des choses extérieures, mon âme étant également ravie par la musique et par la beauté du ciel.

# XII

*Intérieur de mes parents. – Mon ami Pierret. – Départ pour l'Espagne. – Les poupées. – Les Asturies. – Les liserons et les ours. – La tache de sang. – Les pigeons. – La pie parlante.*

Tous mes souvenirs d'enfance sont bien puérils, comme l'on voit, mais si chacun de mes lecteurs fait un retour sur lui-même en me lisant, s'il se retrace avec plaisir les premières émotions de sa vie, s'il se sent redevenir enfant pendant une heure, ni lui ni moi n'aurons perdu notre temps ; car l'enfance est bonne, candide, et les meilleurs êtres sont ceux qui gardent le plus ou qui perdent le moins de cette candeur et de cette sensibilité primitives.

J'ai très peu de souvenir de mon père avant la campagne d'Espagne [42]. Il était si souvent absent que je dus le perdre de vue pendant de longs intervalles. Il a pourtant passé auprès de nous l'hiver de 1807 à 1808, car je me rappelle vaguement de tranquilles dîners à la lumière, et un plat de friandise, à coup sûr fort modeste, car il consistait en vermicelle cuit dans du lait sucré, que mon père faisait semblant de vouloir manger tout entier pour s'amuser de ma gourmandise désappointée. Je me rappelle aussi qu'il faisait, avec sa serviette, nouée et roulée de diverses manières, des figures de moine, de lapin et de pantin qui me faisaient beaucoup rire. Je crois qu'il m'eût horriblement gâtée, car ma mère était forcée de s'interposer entre nous pour qu'il n'encourageât pas tous mes caprices au lieu de les réprimer. On m'a dit que, pendant le peu de temps qu'il pouvait passer dans sa famille, il s'y trouvait si heureux qu'il ne voulait pas perdre sa femme et ses enfants de vue, qu'il jouait avec moi des jours entiers, et qu'en grand uniforme il n'avait nullement honte de me porter dans ses bras, au milieu de la rue et sur les boulevards.

À coup sûr, j'étais très heureuse, car j'étais très aimée ; nous étions pauvres, et je ne m'en apercevais nullement. Mon père touchait pourtant alors des appointements qui eussent pu nous procurer de l'aisance, si les dépenses qu'entraînaient ses fonctions d'aide de camp de Murat n'eussent dépassé ses recettes. Ma grand-mère se privait elle-même pour le mettre sur le pied de luxe insensé qu'on exigeait de lui, et encore laissa-t-il des dettes de chevaux, d'habits et d'équipements. Ma mère fut souvent accusée d'avoir ajouté par son désordre à ces embarras de famille. J'ai le souvenir si net de notre intérieur à cette époque, que je puis affirmer qu'elle ne méritait en rien ces reproches. Elle faisait elle-même son lit, balayait l'appartement, raccommodait ses nippes et faisait la cuisine. C'était une femme d'une activité et d'un courage extraordinaires. Toute sa vie elle s'est levée avec le jour et couchée à une heure du matin, et je ne me rappelle pas l'avoir vue oisive chez elle un seul instant. Nous ne recevions personne en dehors de notre famille et de l'excellent ami Pierret, qui avait pour moi la tendresse d'un père et les soins d'une mère.

C'est le moment de faire l'histoire et le portrait de cet homme inappréciable que je regretterai toute ma vie. Pierret était fils d'un petit propriétaire champenois, et dès l'âge de dix-huit ans il était employé au trésor, où il a toujours occupé un emploi modeste. C'était le plus laid des hommes, mais cette laideur était si bonne qu'elle appelait la confiance et l'amitié. Il avait un gros nez épaté, une bouche épaisse et de très petits yeux ; ses cheveux blonds frisaient obstinément, et sa peau était si blanche et si rose qu'il parut toujours jeune. À quarante ans, il se mit fort en colère parce qu'un commis de la mairie, où il servait de témoin au mariage de ma sœur, lui demanda de très bonne foi s'il avait atteint l'âge de majorité. Il était pourtant assez grand et assez gros, et sa figure était toute ridée, à cause d'un tic nerveux qui lui faisait faire perpétuellement des grimaces effroyables. C'était peut-être ce tic même qui empêchait qu'on pût se faire une idée juste de l'espèce de visage qu'il pouvait avoir. Mais je crois que c'était surtout l'expression candide et naïve de cette physionomie dans ses rares instants de repos qui prêtait à l'illusion. Il n'avait pas la moindre parcelle de ce qu'on appelle de l'esprit ; mais, comme il jugeait tout avec son cœur et sa conscience, on pouvait bien lui demander conseil sur les affaires les plus délicates de la vie. Je ne crois pas qu'il ait jamais existé un homme plus pur, plus loyal, plus dévoué, plus généreux et plus juste, et son âme était d'autant plus belle, qu'il n'en connaissait pas la beauté et la rareté. Croyant à la bonté des autres, il ne s'est jamais douté qu'il fût une exception.

Il avait des goûts fort prosaïques. Il aimait le vin, la bière, la pipe, le billard et le domino. Tout le temps qu'il ne passait pas avec nous, il le passait dans un estaminet de la rue du Faubourg-Poissonnière, à l'enseigne du *Cheval blanc*. Il y était comme dans sa famille, car il le fréquenta pendant trente ans, et il y porta jusqu'à son dernier jour son inépuisable enjouement et son incomparable bonté. Sa vie s'est donc écoulée dans un cercle bien obscur et fort peu varié. Il s'y est trouvé heureux, et comment ne l'eût-il pas été ? Quiconque l'a connu l'a aimé, et jamais l'idée du mal n'a effleuré son âme honnête et simple.

Il était pourtant fort nerveux, et par conséquent colère[43] et susceptible ; mais il fallait que sa bonté fût bien irrésistible, car il n'a jamais réussi à blesser personne. On n'a pas idée des brusqueries et des algarades que j'ai eu à essuyer de lui. Il frappait du pied, roulait ses petits yeux, devenait rouge et se livrait aux plus fantastiques grimaces, tout en vous adressant dans un langage peu parlementaire les plus véhéments reproches. Ma mère avait coutume de n'y pas faire la moindre attention. Elle se contentait de dire : « Ah ! voilà Pierret en colère, nous allons voir de belles grimaces ! » et aussitôt Pierret, oubliant le ton tragique, se mettait à rire. Elle le taquinait beaucoup, et il n'est pas étonnant qu'il perdît souvent patience. Dans ses dernières années, il était devenu plus irascible encore, et il ne se passait guère de jour qu'il ne prît son chapeau et ne sortît de chez elle en lui déclarant qu'il n'y remettrait jamais les pieds ; mais il revenait le soir sans se rappeler la solennité de ses adieux du matin.

Quant à moi, il s'arrogeait un droit de paternité qui eût été jusqu'à la tyrannie s'il lui eût été possible de réaliser ses menaces. Il m'avait vue naître et il m'avait sevrée. Cela est assez remarquable pour donner une idée de son caractère. Ma mère, étant épuisée de fatigue, mais ne pouvant se résoudre à braver mes cris et mes plaintes, et craignant aussi que je fusse mal soignée la nuit par une bonne, était arrivée à ne plus dormir, dans un moment où elle en avait grand besoin. Voyant cela, un soir, de sa propre autorité, Pierret vint me prendre dans mon berceau et m'emporta chez lui, où il me garda quinze ou vingt nuits, dormant à peine, tant il craignait pour moi, et me faisant boire du lait et de l'eau sucrée avec autant de sollicitude, de soin et de propreté qu'une berceuse eût pu le faire. Il me rapportait chaque matin à ma mère pour aller à son bureau, puis au *Cheval blanc* ; et chaque soir il venait me reprendre, me portant ainsi à pied devant tout le quartier, lui grand garçon de vingt-deux ou vingt-trois ans, et ne se souciant guère d'être remarqué. Quand ma mère faisait mine de résister et de s'inquiéter, il se fâchait tout rouge, lui reprochait son imbécile faiblesse, car il ne choisissait pas ses épithètes, il le disait lui-même avec grand contentement de sa manière d'agir : et quand il me rapportait, ma mère était forcée d'admirer combien j'étais proprette, fraîche et de bonne humeur. Il est si peu dans les goûts et dans les facultés d'un homme, et surtout d'un homme d'estaminet comme Pierret, de soigner un enfant de dix mois, que c'est merveille non qu'il l'ait fait, mais que l'idée lui en soit venue. Enfin je fus sevrée par lui, et il en vint à bout à son honneur, ainsi qu'il l'avait annoncé.

On pense bien qu'il me regarda toujours comme un petit enfant, et j'avais environ quarante ans qu'il me parlait toujours comme à un marmot. Il était très exigeant sur le chapitre non de la reconnaissance, il n'avait jamais songé à se faire valoir en quoi que ce soit, mais sur celui de l'amitié. Et quand on l'éprouvait en lui demandant pourquoi il voulait être tant aimé, il ne savait répondre que ceci : « C'est que je vous aime. » Et il disait cette douce parole d'un ton de fureur et avec une contraction nerveuse qui lui faisaient grincer les dents. Si, en écrivant trois mots à ma mère, j'oubliais une seule fois d'adresser quelque amitié à Pierret, et que je vinsse à le rencontrer sur ces entrefaites, il me tournait le dos et refusait de me dire bonjour. Les explications et les excuses ne servaient de rien. Il me traitait de mauvais cœur, de mauvais enfant, et il me jurait une rancune et une haine éternelles. Il disait cela d'une manière si comique qu'on eût cru qu'il jouait une sorte de parade, si on n'eût vu de grosses larmes rouler dans ses yeux. Ma mère, qui connaissait cet état nerveux, lui disait : « Taisez-vous donc, Pierret, vous êtes fou » ; et même elle le pinçait fortement pour que ce fût plus vite fini. Alors il revenait à lui-même et daignait écouter ma justification. Il ne fallait qu'un mot du cœur et une caresse pour l'apaiser et le rendre heureux, aussitôt qu'on avait réussi à la lui faire entendre.

Il avait fait connaissance avec mes parents dès les premiers jours de mon existence, et d'une manière qui les avait liés tout d'un coup. Une parente à lui demeurait rue Meslay, sur le même carré que ma mère. Cette femme avait un enfant de mon âge qu'elle négligeait, et qui, privé de son lait, criait tout le jour. Ma mère entra dans la chambre où le petit malheureux mourait de besoin, le fit téter, et continua à le secourir ainsi sans rien dire. Mais Pierret, en venant voir sa parente, surprit ma mère dans cette occupation, en fut attendri, et se dévoua à elle et aux siens pour toujours.

À peine eut-il vu mon père qu'il se prit également pour lui d'une affection immense. Il se chargea de toutes ses affaires, y mit de l'ordre, le débarrassa des créanciers de mauvaise foi, l'aida par sa prévoyance à satisfaire peu à peu les autres ; enfin il le délivra de tous les soins matériels qu'il était peu capable de débrouiller sans le secours d'un esprit rompu aux affaires de détail et toujours occupé du bien-être d'autrui. C'est lui qui lui choisissait ses domestiques, qui réglait ses mémoires, qui touchait ses recettes et lui faisait parvenir de l'argent à coup sûr, en quelque lieu que l'imprévu de la guerre l'eût porté. Mon père ne partait jamais pour une campagne sans lui dire : « Pierret, je te recommande ma femme et mes enfants, et si je ne reviens pas, songe que c'est pour toute ta vie. » Pierret prit cette recommandation au sérieux, car toute sa vie nous fut consacrée après la mort de mon père. On voulut bien incriminer ces relations domestiques, car qu'y a-t-il de sacré en ce monde, et quelle âme peut être jugée pure par celles qui ne le sont pas ? mais à quiconque a été digne de comprendre Pierret, une semblable supposition paraîtra toujours un outrage à sa mémoire. Il n'était pas assez séduisant pour rendre ma mère infidèle, même par la pensée. Il était trop consciencieux et trop probe pour ne pas s'éloigner d'elle, s'il eût senti en lui-même le danger de trahir, même mentalement, la confiance dont il était si fier et si jaloux. Par la suite, il épousa la fille d'un général sans fortune, et ils firent très bon ménage ensemble, cette personne étant estimable et bonne, à ce que j'ai toujours entendu dire à ma mère, que j'ai vue en relations affectueuses avec elle.

Quand notre voyage en Espagne fut résolu, ce fut Pierret qui fit tous nos préparatifs. Ce n'était pas une entreprise fort prudente de la part de ma mère, car elle était grosse de sept à huit mois. Elle voulait m'emmener, et j'étais encore un personnage assez incommode. Mais mon père annonçait un séjour de quelque temps à Madrid, et ma mère avait, je crois, quelque soupçon jaloux. Quel que fût le motif, elle s'obstina à l'aller rejoindre, et se laissa séduire, je crois, par l'occasion. La femme d'un fournisseur de l'armée, qu'elle connaissait, partait en poste et lui offrait une place dans sa calèche pour la conduire jusqu'à Madrid.

Cette dame avait pour tout protecteur dans cette occurrence un petit jockey de douze ans. Nous voici donc en route ensemble, deux femmes dont une enceinte, et deux enfants dont je n'étais pas le plus déraisonnable et le plus insoumis.

Je ne crois pas avoir eu de chagrin en me séparant de ma sœur, qui restait en pension, et de ma cousine Clotilde ; comme je ne les voyais pas tous les jours, je ne me faisais pas l'idée de la durée plus ou moins longue d'une séparation que je voyais recommencer toutes les semaines. Je ne regrettai pas non plus l'appartement, quoique ce fût à peu près mon univers, et que je n'eusse encore guère existé ailleurs, même par la pensée. Ce qui me serra véritablement le cœur pendant les premiers moments du voyage, ce fut la nécessité de laisser ma poupée dans cet appartement désert, où elle devait s'ennuyer si fort.

Le sentiment que les petites filles éprouvent pour leur poupée est véritablement assez bizarre, et je l'ai ressenti si vivement et si longtemps que, sans l'expliquer, je puis aisément le définir. Il n'est aucun moment de leur enfance où elles se trompent entièrement sur le genre d'existence de cet être inerte qu'on leur met entre les mains, et qui doit développer en elles le sentiment de la maternité, pour ainsi dire avec la vie. Du moins, quant à moi, je ne me souviens pas d'avoir jamais cru que ma poupée fût un être animé : pourtant j'ai ressenti pour certaines de celles que j'ai possédées une véritable affection maternelle. Ce n'était pas précisément de l'idolâtrie, quoique l'usage de faire aimer ces sortes de fétiches aux enfants soit un peu sauvage ; je ne me rendais pas bien compte de ce que c'était que cette affection, et je crois que si j'eusse pu l'analyser, j'y aurais trouvé quelque chose d'analogue, relativement, à ce que les catholiques fervents éprouvent en face de certaines images de dévotion. Ils savent que l'image n'est pas l'objet même de leur adoration, et pourtant ils se prosternent devant l'image, ils la parent, ils l'encensent, ils lui font des offrandes. Les anciens n'étaient pas plus idolâtres que nous, quoi qu'on en ait dit. En aucun temps les hommes éclairés n'ont adoré ni la statue de Jupiter ni l'idole de Mammon[44] ; c'est

Jupiter et Mammon qu'ils révéraient sous les symboles extérieurs. Mais en tout temps, aujourd'hui comme jadis, les esprits incultes ont été assez empêchés de faire une distinction bien nette entre le dieu et l'image.

Il en est ainsi des enfants en général. Ils sont entre le réel et l'impossible. Ils ont besoin de soigner ou de gronder, de caresser ou de briser ce fétiche d'enfant ou d'animal qu'on leur donne pour jouet, et dont on les accuse à tort de se dégoûter trop vite. Il est tout simple, au contraire, qu'ils s'en dégoûtent. En les brisant, ils protestent contre le mensonge. Un instant ils ont cru trouver la vie dans cet être muet qui bientôt leur montre ses muscles de fil de laiton, ses membres difformes, son cerveau vide, ses entrailles de son ou de filasse. Et le voilà qui souffre l'examen, qui se soumet à l'autopsie, qui tombe lourdement au moindre choc et se brise d'une façon ridicule. Comment l'enfant aurait-il pitié de cet être qui n'excite que son mépris ? Plus il l'a admiré dans sa fraîcheur et dans sa nouveauté, plus il le dédaigne quand il a surpris le secret de son inertie et de sa fragilité.

J'ai aimé à casser les poupées, et les faux chats, et les faux chiens, et les faux petits hommes, tout comme les autres enfants. Mais il y a eu par exception certaines poupées que j'ai soignées comme de vrais enfants. Quand j'avais déshabillé la petite personne, si je voyais ses bras vaciller sur les épingles qui les retenaient aux épaules et ses mains de bois se détacher de ses bras, je ne pouvais me faire aucune illusion sur son compte, et je la sacrifiais vite aux jeux impétueux et belliqueux ; mais si elle était solide et bien faite, si elle résistait aux premières épreuves, si elle ne se cassait pas le nez à sa première chute, si ses yeux d'émail avaient une espèce de regard dans mon imagination, elle devenait ma fille, je lui rendais des soins infinis, et je la faisais respecter des autres enfants avec une jalousie incroyable.

J'avais aussi des jouets de prédilection, un entre autres que je n'ai jamais oublié et qui s'est perdu à mon grand regret, car je ne l'ai point brisé, et il se peut qu'il fût effectivement aussi joli qu'il me le paraît dans mes souvenirs.

C'était une pièce de surtout de table [45] assez ancienne, car elle avait servi de jouet à mon père dans son enfance, le surtout entier n'existant plus apparemment à cette époque. Il l'avait retrouvée chez ma grand-mère en fouillant dans une armoire, et, se rappelant combien ce jouet lui avait plu, il me l'avait apportée. C'était une petite Vénus en biscuit de Sèvres portant deux colombes dans ses mains. Elle était montée sur un piédestal, lequel tenait à un petit plateau ovale doublé d'une glace et entouré de découpures de cuivre doré. Dans cette garniture se trouvaient des tulipes qui servaient de chandeliers, et quand on y allumait de petites bougies, la glace, qui figurait un bassin d'eau vive, reflétait les lumières, et la statue, et les jolis ornements dorés de la garniture. C'était pour moi tout un monde enchanté que ce joujou, et quand ma mère m'avait raconté pour la dixième fois le charmant conte de Gracieuse et Percinet [46], je me mettais à composer en imagination des paysages ou des jardins magiques, dont je croyais saisir la répétition dans un lac. Où les enfants trouvent-ils la vision des choses qu'ils n'ont jamais vues [47] ?

Lorsque nos paquets pour le voyage en Espagne furent terminés, j'avais une poupée chérie qu'on m'eût sans doute laissé emporter. Mais ce ne fut pas mon idée. Il me sembla qu'elle se casserait ou qu'on me la prendrait si je ne la laissais dans ma chambre, et après l'avoir déshabillée et lui avoir fait une toilette de nuit fort recherchée, je la couchai dans mon petit lit et j'arrangeai les couvertures avec beaucoup de soin. Au moment de partir, je courus lui donner un dernier regard, et comme Pierret me promettait de venir lui faire manger la soupe tous les matins, je commençai à tomber dans l'état de doute où sont les enfants sur la réalité de ces sortes d'êtres. État vraiment singulier où la raison naissante, d'une part, et le besoin d'illusion, de l'autre, se combattent dans leur cœur avide d'amour maternel. Je pris les deux mains de ma poupée et je les lui joignis sur la poitrine. Pierret m'observa que c'était l'attitude d'une morte. Alors je lui élevai les mains jointes au-dessus de la tête dans une attitude de désespoir ou d'invocation, à laquelle j'attribuais très sérieusement une idée superstitieuse. Je pensais que c'était un appel à la bonne fée, et qu'elle serait protégée en restant dans cette posture tout le temps de mon absence. Aussi Pierret dut me promettre de ne pas la lui faire perdre. Il n'y a rien de plus vrai au monde que cette folle et poétique histoire d'Hoffmann intitulée le *Casse-noisette*. C'est la vie intellectuelle de l'enfant prise sur le fait. J'en aime même cette fin embrouillée qui se perd dans le monde des chimères. L'imagination des enfants est aussi riche et aussi confuse que ces brillants rêves du conteur allemand.

Sauf la pensée de ma poupée qui me poursuivit quelque temps, je ne me rappelle rien du voyage jusqu'aux montagnes des Asturies. Mais je ressens encore l'étonnement et la terreur que me causèrent ces grandes montagnes. Les brusques détours de la route au milieu de cet amphithéâtre dont les cimes fermaient l'horizon m'apportaient à chaque instant une surprise pleine d'angoisses. Il me semblait que nous étions enfermés dans ces montagnes, qu'il n'y avait plus de route et que nous ne pourrions ni continuer ni retourner. J'y vis pour la première fois, sur les marges du chemin, du liseron en fleur. Ces clochettes roses délicatement rayées de blanc me frappèrent beaucoup. Ma mère m'ouvrait instinctivement et tout naïvement le monde du beau en m'associant dès l'âge le plus tendre à toutes ses impressions. Ainsi, quand il y avait un beau nuage, un grand effet de soleil, une eau claire et courante, elle me faisait arrêter en me disant : « Voilà qui est joli, regarde. » Et tout aussitôt ces objets, que je n'eusse peut-être pas remarqués de moi-même, me révélaient leur beauté, comme si ma mère avait eu une clef magique pour ouvrir mon esprit au sentiment inculte mais profond qu'elle en avait elle-même. Je me souviens que notre compagne de voyage ne comprenait rien aux naïves admirations que ma mère me faisait partager, et qu'elle disait souvent : « Oh ! mon Dieu, madame Dupin, que vous êtes drôle avec votre petite fille ! » Et pourtant je ne me rappelle pas que ma mère m'ait jamais fait *une phrase*. Je crois qu'elle en eût été bien empêchée, car c'est à peine si elle savait écrire à cette époque, et elle ne se piquait point d'une vaine et inutile orthographe. Et pourtant elle parlait purement, comme les oiseaux chantent sans avoir appris à chanter. Elle avait la voix douce et la prononciation distinguée. Ses moindres paroles me charmaient ou me persuadaient.

Comme elle était véritablement infirme sous le rapport de la mémoire et n'avait jamais pu enchaîner deux faits dans son esprit, elle s'efforçait de combattre en moi cette infirmité, qui, à bien des égards, a été héréditaire. Aussi me disait-elle à chaque instant : « Il faudra te souvenir de ce que tu vois là », et chaque fois qu'elle a pris cette précaution, je me suis souvenue en effet. Ainsi, en voyant les liserons en fleur, elle me dit : « Respire-les, cela sent le bon miel ; et ne les oublie pas ! » C'est donc la première révélation de l'odorat que je me rappelle, et par un lien de souvenirs et de sensations que tout le monde connaît, sans pouvoir l'expliquer, je ne respire jamais des fleurs de liseron-vrille sans voir l'endroit des montagnes espagnoles et le bord du chemin où j'en cueillis pour la première fois.

Mais quel était cet endroit ? Dieu le sait ! Je le reconnaîtrais en le voyant. Je crois que c'était du côté de Pancorbo.

Une autre circonstance que je n'oublierai jamais et qui eût frappé tout autre enfant est celle-ci : nous étions dans un endroit assez aplani, et non loin des habitations. La nuit était claire, mais de gros arbres bordaient la route et y jetaient par moments beaucoup d'obscurité. J'étais sur le siège de la voiture avec le jockey. Le postillon ralentit ses chevaux, se retourna et cria au jockey : *Dites à ces dames de ne pas avoir peur, j'ai de bons chevaux*. Ma mère n'eut pas besoin que cette parole lui fût transmise ; elle l'entendit, et s'étant penchée à la portière, elle vit aussi bien que je les voyais trois personnages, deux sur un côté de la route, l'autre en face, à dix pas de nous environ. Ils paraissaient petits et se tenaient immobiles. « Ce sont des voleurs, cria ma mère, postillon, n'avancez pas, retournez, retournez ! Je vois leurs fusils. »

Le postillon, qui était français, se mit à rire, car cette vision de fusils lui prouvait bien que ma mère ne savait guère à quels ennemis nous avions affaire. Il jugea plus prudent de ne pas la détromper, fouetta ses chevaux et passa résolument au grand trot devant ces trois flegmatiques personnages, qui ne se dérangèrent pas le moins du monde et que je vis distinctement, mais sans pouvoir dire ce que c'était. Ma mère, qui les vit à travers sa frayeur, crut distinguer des chapeaux pointus, et les prit pour une sorte de militaires. Mais quand les chevaux, excités et très effrayés pour leur compte, eurent fourni une assez longue course, le postillon les mit au pas, et descendit pour venir parler à ses voyageuses. « Eh bien, mesdames, dit-il en riant toujours, avez-vous vu leurs fusils ? Ils avaient bien quelque mauvaise idée, car ils se sont tenus debout tout le temps qu'ils nous ont vus. Mais je savais que mes chevaux ne feraient pas de sottise. S'ils nous avaient versés dans cet endroit-là, ce n'eût pas été une bonne affaire pour nous. – Mais enfin, dit ma mère, qu'est-ce que c'était donc ? – C'étaient trois grands ours de montagne, sauf votre respect, ma petite dame. »

Ma mère eut plus peur que jamais, elle suppliait le postillon de remonter sur ses chevaux et de nous conduire bride abattue jusqu'au plus prochain gîte ; mais cet homme était apparemment habitué à de telles rencontres, qui seraient sans doute bien rares aujourd'hui en plein printemps sur les voies de grande communication. Il nous dit que ces animaux n'étaient à craindre qu'en cas de chute, et il nous conduisit au relais sans encombre.

Quant à moi, je n'eus aucune peur, j'avais connu plusieurs ours dans mes boîtes de Nuremberg. Je leur avais fait dévorer certains personnages malfaisants de mes romans improvisés, mais ils n'avaient jamais osé attaquer ma bonne princesse, aux aventures de laquelle je m'identifiais certainement sans m'en rendre compte.

On ne s'attend pas sans doute à ce que je mette de l'ordre dans des souvenirs qui datent de si loin. Ils sont très brisés dans ma mémoire, et ce n'est pas ma mère qui eût pu m'aider par la suite à les enchaîner, car elle se souvenait moins que moi. Je dirai seulement, dans l'ordre où elles me viendront, les principales circonstances qui m'ont frappée [48].

Ma mère eut une autre frayeur moins bien fondée, dans une auberge qui avait pourtant fort bonne mine. Je me retrace ce gîte parce que j'y remarquai pour la première fois ces jolies nattes de paille nuancées de diverses couleurs, qui remplacent les tapis chez les peuples méridionaux. J'étais bien fatiguée, nous voyagions par une chaleur étouffante, et mon premier mouvement fut de me jeter tout de mon long sur la natte en entrant dans la chambre qui nous était ouverte. Probablement nous avions déjà eu sur cette terre d'Espagne bouleversée par l'insurrection des gîtes moins confortables, car ma mère s'écria : « À la bonne heure ! voici des chambres très propres, et j'espère que nous pourrons dormir. » Mais au bout de quelques instants, étant sortie dans le corridor, elle fit un grand cri et rentra précipitamment. Elle avait vu une large tache de sang sur le plancher, et c'en était assez pour lui faire croire qu'elle était dans un coupe-gorge.

Madame Fontanier (voici que le nom de notre compagne de voyage me revient) se moqua d'elle, mais rien ne put la décider à se coucher qu'elle n'eût examiné furtivement la maison. Ma mère était d'une poltronnerie d'un genre assez particulier. Sa vive imagination lui présentait à chaque instant l'idée de dangers extrêmes ; mais en même temps sa nature active et sa présence d'esprit remarquable lui inspiraient le courage de réagir, d'examiner, de voir de près les objets qui l'avaient épouvantée, afin de se soustraire au péril, ce qu'elle eût fait fort adroitement, je n'en doute pas. Enfin elle était de ces femmes qui, en ayant toujours peur de quelque chose parce qu'elles craignent la mort, ne perdent jamais la tête, parce qu'elles ont pour ainsi dire le génie de la conservation.

La voilà donc qui s'arme d'un flambeau et qui veut emmener madame Fontanier à la découverte ; celle-ci, qui n'était ni aussi craintive ni aussi brave, ne s'en souciait guère. Je me sentis alors prise d'un grand instinct de courage qui avait peu de mérite, puisque je n'avais pas compris pourquoi ma mère avait peur : mais enfin, la voyant se lancer toute seule dans une expédition qui faisait reculer sa compagne, je m'attachai résolument à son jupon, et le jockey, qui était un drôle fort malin, n'ayant peur de quoi que ce soit, et se moquant de toutes gens et de toutes choses, nous suivit avec un autre flambeau. Nous allâmes ainsi à la découverte sur la pointe du pied, pour ne pas éveiller la méfiance des hôtes, que nous entendions rire et causer dans la cuisine. Ma mère nous montra en effet la tache de sang auprès d'une porte où elle colla son oreille, et son imagination était tellement excitée, qu'elle crut entendre des gémissements. « Je suis sûre, dit-elle au jockey, qu'il y a là quelque malheureux soldat français égorgé par ces méchants Espagnols. » Et, d'une main tremblante mais résolue, elle ouvrit la porte et se trouva en présence de trois énormes cadavres... de porcs fraîchement assassinés pour la provision de la maison et la consommation des voyageurs.

Ma mère se mit à rire et revint se moquer de sa frayeur avec madame Fontanier. Quant à moi, j'eus plus peur de la vue de ces cochons sanglants et ouverts, si vilainement pendus à la muraille, avec leur nez grillé touchant la terre, que de tout ce que j'aurais pu m'imaginer.

Je ne me fis pourtant pas pour cela une idée nette de la mort, et il me fallut un autre spectacle pour comprendre ce que c'était. J'avais pourtant tué beaucoup de monde dans mes romans entre quatre chaises et dans mes jeux militaires avec Clotilde. Je connaissais le mot et non la chose, j'avais fait la morte moi-même sur le champ de bataille avec mes compagnes amazones, et je n'avais senti aucun déplaisir d'être couchée par terre et de fermer les yeux pendant quelques instants. J'appris tout de bon ce que c'est dans une autre auberge, où l'on m'avait donné un pigeon vivant, sur quatre ou cinq qu'on destinait à notre dîner ; car, en Espagne, c'est, avec le porc, le fond de la nourriture des voyageurs, et, en ce temps de guerre et de misère, c'était du luxe que d'en trouver à discrétion. Ce pigeon me causa des transports de joie et de tendresse ; je n'avais jamais eu un si beau joujou, et un joujou vivant, quel trésor ! Mais il me prouva bientôt qu'un être vivant est un joujou incommode, car il voulait toujours s'enfuir, et aussitôt que je lui laissais la liberté pour un instant, il s'échappait et il me fallait le poursuivre dans toute la chambre. Il était insensible à mes baisers, et j'avais beau l'appeler des plus doux noms, il ne m'entendait pas. Cela me lassa, et je demandai où l'on avait mis les autres pigeons. Le jockey me répondit qu'on était en train de les tuer. « Eh bien, dis-je, je veux qu'on tue aussi le mien. » Ma mère voulut me faire renoncer à cette idée cruelle, mais je m'y obstinai jusqu'à pleurer et à crier, ce qui lui causa une grande surprise. « Il faut, dit-elle à madame Fontanier, que cette enfant ne se fasse aucune idée de ce qu'elle demande. Elle croit que mourir, c'est dormir. » Elle me prit alors par la main, et m'emmena avec mon pigeon dans la cuisine où l'on égorgeait ses frères. Je ne me rappelle pas comment on s'y prenait, mais je vis le mouvement de l'oiseau qui mourait violemment et la convulsion finale. Je poussai des cris déchirants, et, croyant que mon oiseau déjà tant aimé avait subi le même sort, je versais des torrents de larmes. Ma mère, qui l'avait sous son bras, me le montra vivant, et ce fut pour moi une joie extrême. Mais quand on nous servit à dîner les cadavres des autres pigeons, et qu'on me dit que c'était les mêmes êtres que j'avais vus si beaux avec leurs plumes luisantes et leur doux regard, j'eus horreur de cette nourriture et n'y voulus pas toucher.

Plus nous avancions dans notre trajet, plus le spectacle de la guerre devenait terrible. Nous passâmes la nuit dans un village qui avait été brûlé la veille, et où il ne restait dans l'auberge qu'une salle avec un banc et une table. Il n'y avait absolument à manger que des oignons crus, dont je me contentai, mais auxquels ma mère ni sa compagne ne purent se résoudre à toucher. Elles n'osaient pas voyager la nuit. Elles la passèrent sans fermer l'œil, et je dormis sur la table, où elles m'avaient fait un lit vraiment trop bon avec les coussins de la calèche.

Il m'est impossible de dire à quelle époque précise de la guerre d'Espagne nous nous trouvions. Je ne me suis jamais occupée de le savoir à l'époque où mes parents eussent pu mettre de l'ordre dans mes souvenirs, et je n'en ai plus aucun en ce monde qui puisse m'y aider. Je pense que nous étions parties de Paris dans le courant d'avril 1808, et que l'événement terrible du 2 mai éclata à Madrid pendant que nous traversions l'Espagne pour nous y rendre [49]. Mon père était arrivé à Bayonne le 27 février. Il écrivait quelques lignes des environs de Madrid, le 18 mars, à ma mère, et c'est vers cette époque que j'ai dû voir l'empereur à Paris, à son retour de Venise et avant son départ pour Bayonne ; car quand je le vis, le soleil baissait et me venait dans les yeux, et nous rentrions chez nous pour dîner. Quand nous quittâmes Paris, il ne faisait pas chaud ; mais à peine fûmes-nous en Espagne que la chaleur nous accabla. Si j'avais été à Madrid pendant l'événement du 2 mai, une pareille catastrophe m'eût sans doute vivement frappée, puisque je me rappelle de bien moindres circonstances.

En voici une qui me fixe presque, c'est la rencontre que nous fîmes vers Burgos, ou vers Vitoria, d'une reine qui ne pouvait être que la reine d'Étrurie [50]. Or, l'on sait que le départ de cette princesse fut la première cause du mouvement du 2 mai à Madrid. Nous la rencontrâmes probablement peu de jours après, comme elle se dirigeait sur Bayonne, où le roi Charles IV l'appelait, afin de réunir toute sa famille sous la serre de l'aigle impériale.

Comme cette rencontre me frappa beaucoup, je puis la raconter avec quelques détails. Je ne saurais dire en quel lieu c'était, sinon que c'était dans une sorte de village où nous nous étions arrêtées pour dîner. Il y avait dans l'auberge un relais de poste, et, au fond de la cour, un assez grand jardin où je vis des tournesols qui me rappelèrent ceux de Chaillot. Et pour la première fois je vis recueillir la graine de cette plante, et l'on me dit qu'elle était bonne à manger. Il y avait dans un coin de cette même cour une pie en cage, et cette pie parlait, ce qui fut pour moi un autre sujet d'étonnement. Elle disait en espagnol quelque chose qui signifiait probablement *mort aux Français*, ou peut-être *mort à Godoy*[51]. Je n'entendais distinctement que le premier mot, qu'elle répétait avec affectation et avec un accent vraiment diabolique, *Muera, muera*… Et le jockey de madame Fontanier m'expliquait qu'elle était en colère contre moi et qu'elle me souhaitait la mort. J'étais si étonnée d'entendre parler un oiseau, que mes contes de fées me parurent plus sérieux que je n'avais peut-être cru jusqu'alors. Je ne me rendis pas du tout compte de cette parole mécanique dont le pauvre oiseau ne comprenait pas le sens : puisqu'il parlait, il devait penser et raisonner, selon moi, et j'eus très peur de cette espèce de génie malfaisant qui frappait du bec les barreaux de sa cage, en répétant toujours : *Muera, muera !*

## XIII

*La reine d'Étrurie. – Madrid. – Le palais de Godoy. – Le lapin blanc. – Les jouets des Infants. – Le prince Fanfarinet. – Je passe aide de camp de Murat. – Sa maladie. – Le faon de biche. – Weber. – Première solitude. – Les mameluks. – Les* orblutes. – *L'écho. – Naissance de mon frère. – On s'aperçoit qu'il est aveugle. – Nous quittons Madrid.*

Mais je fus distraite par un nouvel événement. Une grande voiture, suivie de deux ou trois autres, venait d'entrer dans la cour, et on changeait de chevaux avec une précipitation extraordinaire. Les gens du village essayaient d'entrer dans la cour en criant : *La reina, la reina !* Mais l'hôte et d'autres personnes les repoussaient en disant : « Non, non, ce n'est pas la reine. » On relaya si vite que ma mère, qui était à la fenêtre, n'eut pas le temps de descendre pour s'assurer de ce que c'était. D'ailleurs on ne laissait pas approcher des voitures, et les maîtres de l'hôtellerie paraissaient être dans la confidence, car ils assuraient aux gens du dehors que ce n'était pas la reine, et pourtant une femme de la maison me porta tout auprès de la principale voiture en me disant : *Voyez la reine !*

Ce fut pour moi une assez vive émotion, car il y avait toujours des rois et des reines dans mes romans, et je me représentais des êtres d'une beauté, d'un éclat et d'un luxe extraordinaires. Or la pauvre reine que je voyais là était vêtue d'une petite robe blanche très étriquée, à la mode du temps, et très jaunie par la poussière. Sa fille, qui me parut avoir huit ou dix ans, était vêtue comme elle, et toutes deux me parurent très brunes et assez laides, du moins c'est l'impression qui m'en est restée. Elles avaient l'air triste et inquiet. Dans mon souvenir, elles n'avaient ni suite ni escorte. Elles fuyaient plutôt qu'elles ne partaient, et j'entendis ensuite ma mère, qui disait d'un ton d'insouciance : « C'est encore une reine qui se sauve. » Ces pauvres reines sauvaient en effet leurs personnes, en laissant l'Espagne livrée à l'étranger. Elles allaient à Bayonne chercher auprès de Napoléon une protection qui ne leur manqua point en tant que sécurité matérielle, mais qui fut le sceau de leur déchéance politique. On sait que cette reine d'Étrurie était fille de Charles IV et infante d'Espagne. Elle avait épousé son cousin, le fils du vieux duc de Parme. Napoléon, voulant s'emparer du duché, avait donné en retour aux jeunes époux la Toscane avec le titre de royaume. Ils étaient venus à Paris en 1801 rendre hommage au premier consul, et ils y avaient été reçus avec de grandes fêtes. On sait aussi que la jeune reine, ayant abdiqué au nom de son fils, était revenue à Madrid au commencement de 1804 pour prendre possession du nouveau royaume de Lusitanie, que la victoire devait lui assurer dans le nord du Portugal. Mais tout était désormais remis en question, grâce à l'impuissance politique de Charles IV et au peu de loyauté de cette politique dirigée par le prince de la Paix. Nous allions nous engager dans cette formidable guerre contre la nation espagnole, qui nous arrivait comme par un décret de la fatalité, et qui devait imposer spontanément à Napoléon la nécessité de s'emparer de toutes ces royales personnes, au moment où d'elles-mêmes elles venaient implorer son appui. La reine d'Étrurie et ses enfants suivirent le vieux Charles IV, la reine Marie-Louise et le prince de la Paix à Compiègne.

Lorsque je vis cette reine, elle était déjà sous la protection française. Étrange protection qui l'arrachait à l'amour traditionnel du peuple espagnol, consterné de voir partir ainsi tous les membres de la famille royale, au milieu d'une lutte décisive et terrible avec l'étranger. À Aranjuez, le 17 mars, le peuple, malgré sa haine pour Godoy, avait voulu retenir Charles IV ; à Madrid, le 2 mai, il avait voulu retenir l'infant don François de Paule et la reine d'Étrurie. À Vitoria, le 16 avril, il avait voulu retenir Ferdinand. En toutes ces occasions, il avait essayé de dételer les chevaux, et de garder malgré eux ces princes pusillanimes et insensés qui le méconnaissaient et le fuyaient par crainte les uns des autres ; mais entraînés par la destinée, ils avaient résisté, les uns aux menaces, les autres aux prières du peuple. Où couraient-ils ainsi ? À la captivité de Compiègne et de Valençay [52].

On pense bien qu'à l'époque où je vis la scène que j'ai rapportée, je ne compris rien à l'incognito effrayé de cette reine fugitive, mais je me suis toujours rappelé sa physionomie sombre, qui semblait trahir à la fois la crainte de rester et la crainte de partir. C'était bien la situation où son père et sa mère avaient dû se trouver à

Aranjuez en présence d'un peuple qui ne voulait ni les garder ni les laisser fuir. La nation espagnole était lasse de ses imbéciles souverains ; mais, tels qu'ils étaient, elle les préférait à l'homme de génie qui n'était pas Espagnol. Elle semblait avoir pris pour devise, en tant que nation, le mot énergique que Napoléon disait dans un sens plus restreint : *Qu'il faut laver son linge sale en famille.*

Nous arrivâmes à Madrid dans le courant de mai ; nous avions tant souffert en route que je ne me rappelle rien des derniers jours de notre voyage. Pourtant nous atteignîmes notre but sans catastrophe, ce qui est presque miraculeux ; car déjà l'Espagne était soulevée sur plusieurs points, et partout grondait l'orage prêt à éclater. Nous suivions la ligne protégée par les armées françaises, il est vrai ; mais nulle part les Français eux-mêmes n'étaient en sûreté contre de nouvelles vêpres siciliennes [53] ; et ma mère, portant un enfant dans son sein, un autre dans ses bras, n'avait que trop de sujets de crainte.

Elle oublia ses terreurs et ses souffrances en voyant mon père ; et quant à moi, la fatigue qui m'accablait se dissipa en un instant à l'aspect des magnifiques appartements où nous venions nous installer. C'était dans le palais du prince de la Paix, et j'entrais là véritablement en plein dans la réalisation de mes contes de fées. Murat occupait l'étage inférieur de ce même palais, le plus riche et le plus confortable de Madrid, car il avait protégé les amours de la reine et de son favori, et il y régnait plus de luxe que dans la maison du roi légitime. Notre appartement était situé, je crois, au troisième étage. Il était immense, tout tendu en damas de soie cramoisie. Les corniches, les lits, les fauteuils, les divans, tout était doré et me parut en or massif, toujours comme dans les contes de fées. Il y avait d'énormes tableaux qui me faisaient peur. Ces grosses têtes qui semblaient sortir du cadre et me suivre des yeux me tourmentaient passablement. Mais j'y fus bientôt habituée. Une autre merveille pour moi, ce fut une glace *psyché*, où je me voyais marcher sur les tapis, et où je ne me reconnus pas d'abord, car je ne m'étais jamais vue ainsi de la tête aux pieds, et je ne me faisais pas une idée de ma taille, qui était même, relativement à mon âge, assez petite. Pourtant je me trouvai si grande que j'en fus effrayée.

Peut-être ce beau palais et ces riches appartements étaient-ils de fort mauvais goût, malgré l'admiration qu'ils me causaient. Ils étaient du moins fort malpropres et remplis d'animaux domestiques, entre autres de lapins, qui couraient et entraient partout sans que personne y fît attention. Ces tranquilles hôtes, les seuls qu'on n'eût point dépossédés, avaient-ils l'habitude d'être admis dans les appartements, ou, profitant de la préoccupation générale, avaient-ils passé de la cuisine au salon ? Il y en avait un, blanc comme la neige, avec des yeux de rubis, qui se mit tout de suite à agir très familièrement avec moi. Il s'était installé dans l'angle de la chambre à coucher, derrière la psyché, et notre intimité s'établit bientôt là sans conteste. Il était pourtant assez maussade, et plusieurs fois il égratigna la figure des personnes qui voulaient le déloger ; mais il ne prit jamais d'humeur contre moi, et il dormait sur mes genoux ou sur le bord de ma robe des heures entières pendant que je lui racontais mes plus belles histoires.

J'eus bientôt à ma disposition les plus beaux jouets du monde, des poupées, des moutons, des ménages, des lits, des chevaux, tout cela couvert d'or fin, de franges, de housses et de paillons ; c'étaient les joujoux abandonnés par les infants d'Espagne et déjà à moitié cassés par eux. J'achevai assez lestement leur besogne, car ces jouets me parurent grotesques et déplaisants. Ils devaient être cependant d'un prix véritable, car mon père sauva deux ou trois petits personnages en bois peint, qu'il apporta à ma grand-mère comme des objets d'art. Elle les conserva quelque temps, et tout le monde les admirait. Mais, après la mort de mon père, je ne sais comment ils retombèrent entre mes mains, et je me rappelle un petit vieillard en haillons qui devait être d'une vérité et d'une expression remarquables, car il me faisait peur. Cette habile représentation d'un pauvre vieux mendiant tout décharné et tendant la main s'était-elle glissée par hasard parmi les brillants hochets des infants d'Espagne ? C'est toujours un étrange jouet dans les mains d'un fils de roi que la personnification de la misère, et il y aurait de quoi le faire réfléchir.

D'ailleurs les jouets ne m'occupèrent pas à Madrid comme à Paris. J'avais changé de milieu. Les objets extérieurs m'absorbaient, et même j'y oubliai les contes de fées, tant ma propre existence prit pour moi-même une apparence merveilleuse.

J'avais déjà vu Murat à Paris ; j'avais joué avec ses enfants, mais je n'avais gardé de lui aucun souvenir. Probablement je l'avais vu en habit comme tout le monde ; à Madrid, tout doré et empanaché, comme il m'apparut, il me fit une grande impression. On l'appelait le *prince*, et comme dans les drames féeriques et les contes les princes jouent toujours le premier rôle, je crus voir le fameux *prince Fanfarinet*[54]. Je l'appelai même ainsi tout naturellement, sans me douter que je lui adressais une épigramme. Ma mère eut beaucoup de peine à m'empêcher de lui faire entendre ce maudit nom, que je prononçais toujours en l'apercevant dans les galeries du palais. On m'habitua à l'appeler *mon prince* en lui parlant, et il me prit en grande amitié.

Peut-être avait-il exprimé quelque déplaisir de voir un de ses aides de camp lui amener femme et enfants au milieu des terribles circonstances où il se trouvait, et peut-être voulait-on que tout cela prît à ses yeux un aspect militaire. Il est certain que toutes les fois qu'on me présenta devant lui, on me fit endosser l'uniforme. Cet uniforme était une merveille. Il est resté longtemps chez nous après que j'ai été trop grande pour le porter. Ainsi je peux m'en souvenir minutieusement. Il consistait en un dolman de casimir blanc tout galonné et boutonné d'or fin, une pelisse pareille garnie de fourrure noire et jetée sur l'épaule, et un pantalon de casimir amarante avec des ornements et broderies d'or à la hongroise. J'avais aussi les bottes de maroquin rouge à éperons dorés, le sabre, le ceinturon de ganses de soie cramoisie à canons et aiguillettes d'or émaillés, la sabretache avec un aigle brodé en perles fines, rien n'y manquait. En me voyant équipée absolument comme mon père, soit qu'il me prît pour un garçon, soit qu'il voulût bien faire semblant de s'y tromper, Murat, sensible à cette petite flatterie de ma mère, me présenta en riant aux personnes qui venaient chez lui comme son aide de camp, et nous admit dans son intimité.

Elle n'eut pas beaucoup de charmes pour moi, car ce bel uniforme me mettait au supplice. J'avais appris à le très bien porter, il est vrai, à faire traîner mon petit sabre sur les dalles du palais, à faire flotter ma pelisse sur mon épaule de la manière la plus convenable ; mais j'avais chaud sous cette fourrure, j'étais écrasée sous ces galons, et je me trouvais bien heureuse lorsqu'en rentrant chez nous ma mère me remettait le costume espagnol du temps, la robe de soie noire, bordée d'un grand réseau de soie, qui prenait au genou et tombait en franges sur la cheville, et la mantille plate en crêpe noir bordée d'une large bande de velours. Ma mère sous ce costume était d'une beauté surprenante. Jamais Espagnole véritable n'avait eu une peau brune aussi fine, des yeux noirs aussi veloutés, un pied si petit et une taille si cambrée.

Murat tomba malade ; on a dit que c'était par suite de débauches, mais ce n'est point vrai. Il avait une inflammation d'entrailles, comme une grande partie de notre armée d'Espagne, et il souffrait de violentes douleurs, quoiqu'il ne fût point alité. Il se croyait empoisonné et ne subissait pas son mal avec beaucoup de patience, car ses cris faisaient retentir ce triste palais où l'on ne dormait d'ailleurs que d'un œil. Je me souviens d'avoir été réveillée par l'effroi de mon père et de ma mère la première fois qu'il rugit ainsi au milieu de la nuit. Ils pensaient qu'on l'assassinait. Mon père se jeta hors du lit, prit son sabre et courut, presque nu, à l'appartement du prince. J'entendis les cris de ce pauvre héros, si terrible à la guerre, si pusillanime hors du champ de bataille : j'eus grand-peur et je jetai les hauts cris à mon tour. Il paraît que j'avais fini par comprendre ce que c'est que la mort, car je m'écriais en sanglotant : *On tue mon prince Fanfarinet !* Il sut ma douleur et m'en aima davantage. À quelques jours de là, il monta dans notre appartement vers minuit et approcha de mon berceau. Mon père et ma mère étaient avec lui. Ils revenaient d'une partie de chasse et rapportaient un petit faon de biche, que Murat plaça lui-même à côté de moi. Je m'éveillai à demi et vis cette jolie petite tête de faon qui se penchait languissamment contre mon visage. Je jetai mes bras autour de son cou et me rendormis sans pouvoir remercier le prince. Mais le lendemain matin, en m'éveillant, je vis encore Murat auprès de mon lit. Mon père lui avait dit le spectacle qu'offraient l'enfant et la petite bête endormis ensemble, et il avait voulu le voir. En effet, ce pauvre petit animal, qui n'avait peut-être que quelques jours d'existence et que les chiens avaient poursuivi la veille, était tellement vaincu par la fatigue, qu'il s'était arrangé dans mon lit pour dormir comme eût pu le faire un petit chien. Il était couché en rond contre ma poitrine, il avait la tête sur l'oreiller, ses petites jambes étaient repliées comme s'il eût craint de me blesser, et mes deux bras étaient restés enlacés à son cou comme je les y avais mis en me rendormant. Ma mère m'a dit que Murat regrettait en cet instant de ne pouvoir montrer un groupe si naïf à un artiste. Sa voix m'éveilla, mais on n'est pas courtisan à quatre ans, et mes premières caresses furent pour le faon, qui semblait vouloir me les rendre, tant la chaleur de mon petit lit l'avait rassuré et apprivoisé.

Je le gardai quelques jours et je l'aimais passionnément. Mais je crois bien que la privation de sa mère le fit mourir, car un matin je ne le revis plus, et on me dit qu'il s'était sauvé. On me consola en m'assurant qu'il retrouverait sa mère et qu'il serait heureux dans les bois.

Notre séjour à Madrid dura tout au plus deux mois, et pourtant il me parut extrêmement long. Je n'avais aucun enfant de mon âge pour me distraire et j'étais souvent seule durant une grande partie de la journée. Ma mère était forcée de sortir avec mon père et de me confier à une servante madrilène qu'on lui avait recommandée comme très sûre, et qui pourtant prenait la clef des champs aussitôt que mes parents étaient dehors. Mon père avait un domestique nommé Weber, qui était bien le meilleur homme du monde, et qui venait souvent me garder à la place de Térésa ; mais ce brave Allemand, qui ne savait presque pas de mots français, me parlait un langage inintelligible, et il sentait si mauvais, que, sans me rendre compte de la cause de mon malaise, je tombais en défaillance quand il me portait dans ses bras. Il n'osait pas trahir le peu de soin que ma bonne prenait de moi, et quant à moi, je ne songeais nullement à m'en plaindre. Je croyais Weber chargé de veiller sur moi, et je n'avais qu'un désir, c'est qu'il restât dans l'antichambre et me laissât seule dans l'appartement. Aussi ma première parole était de lui dire : *Weber, je t'aime bien, va-t'en.* Et Weber, docile comme un Allemand, s'en allait en effet. Quand il vit que je me tenais fort tranquille dans ma solitude, il lui arriva souvent de m'y enfermer et d'aller voir ses chevaux, qui probablement le recevaient mieux que moi. Je connus donc pour la première fois le plaisir, étrange pour un enfant, mais vivement senti par moi, de me trouver seule, et, loin d'en être contrariée ou effrayée, j'avais comme du regret en voyant revenir la voiture de ma mère. Il faut que j'aie été bien impressionnée par mes propres contemplations, car je me les rappelle avec une grande netteté, tandis que j'ai oublié mille circonstances extérieures probablement beaucoup plus intéressantes. Dans celles que j'ai rapportées, les souvenirs de ma mère ont entretenu ma mémoire ; mais, dans ce que je vais dire, je ne puis être aidée de personne.

Aussitôt que je me voyais seule dans ce grand appartement que je pouvais parcourir librement, je me mettais devant la psyché, et j'y essayais des poses de théâtre. Puis je prenais mon lapin blanc, et je voulais le contraindre à en faire autant : ou bien je faisais le simulacre de l'offrir en sacrifice aux dieux, sur un tabouret qui me servait d'autel. Je ne sais pas où j'avais vu, soit sur la scène, soit dans une gravure, quelque chose de semblable. Je me drapais dans ma mantille pour faire la prêtresse, et je suivais tous mes mouvements. On pense bien que je n'avais pas le moindre sentiment de coquetterie ; mon plaisir venait de ce que, voyant ma personne et celle du lapin dans la glace, j'arrivais, avec l'émotion du jeu, à me persuader que je jouais une scène à quatre, soit deux petites filles et deux lapins. Alors le lapin et moi nous adressions en pantomime des saluts, des menaces, des prières aux personnages de la psyché. Nous dansions le boléro avec eux, car, après les danses du théâtre, les danses espagnoles m'avaient charmée, et j'en singeais les poses et les grâces avec la facilité qu'ont les enfants à imiter ce qu'ils voient faire. Alors j'oubliais complètement que cette figure dansant dans la glace fût la mienne, et j'étais étonnée qu'elle s'arrêtât quand je m'arrêtais.

Quand j'avais assez dansé et mimé ces ballets de ma composition, j'allais rêver sur la terrasse. Cette terrasse, qui s'étendait sur toute la façade du palais, était fort large et fort belle. La balustrade était en marbre blanc, si je ne me trompe pas, et devenait si chaude au soleil que je ne pouvais y toucher. J'étais trop petite pour voir par-dessus, mais dans l'intervalle des balustres je pouvais distinguer tout ce qui se passait sur la place. Dans mes souvenirs cette place est magnifique. Il y avait d'autres palais ou de grandes belles maisons tout autour, mais je n'y vis jamais la population, et je ne crois pas l'avoir aperçue durant tout le temps que je passai à Madrid. Il est probable qu'après l'insurrection du 2 mai on ne laissa plus circuler les habitants autour du palais du général en chef. Je n'y vis donc jamais que des uniformes français et quelque chose de plus beau encore pour mon imagination, les mameluks de la garde [55], dont un poste occupait l'édifice situé en face de nous. Ces hommes cuivrés, avec leurs turbans et leur riche costume oriental, formaient des groupes que je ne pouvais me lasser de regarder. Ils amenaient boire leurs chevaux à un grand bassin situé au milieu de la place, et c'était un coup d'œil dont, sans m'en rendre compte, je sentais vivement la poésie.

À ma droite, tout un côté de la place était occupé par une église d'une architecture massive, du moins elle se retrace ainsi à ma mémoire, et surmontée d'une croix plantée dans un globe doré. Cette croix et ce globe étincelant au coucher du soleil, se détachant sur un ciel plus bleu que je ne l'avais jamais vu, sont un spectacle que je n'oublierai jamais, et que je contemplais jusqu'à ce que j'eusse dans les yeux ces boules rouges et bleues que par un excellent mot, dérivé du latin, nous appelons, dans notre langage du Berry, les *orblutes* *. Ce mot devrait passer dans la langue moderne. Il doit avoir été français, quoique je ne l'aie trouvé dans aucun auteur. Il n'a point d'équivalent, et il exprime parfaitement un phénomène que tout le monde connaît et qui ne s'exprime que par des périphrases inexactes.

Ces *orblutes* m'amusaient beaucoup, et je ne pouvais pas m'en expliquer la cause toute naturelle. Je prenais plaisir à voir flotter devant mes yeux ces brûlantes couleurs qui s'attachaient à tous les objets, et qui persistaient lorsque je fermais les yeux. Quand l'*orblute* est bien complète, elle vous représente exactement la forme de l'objet qui l'a causée ; c'est une sorte de mirage. Je voyais donc le globe et la croix de feu se dessiner partout où se portaient mes regards, et je m'étonne d'avoir tant répété impunément ce jeu assez dangereux pour les yeux d'un enfant. Mais je découvris bientôt sur la terrasse un autre phénomène, dont jusque-là je n'avais eu aucune idée. La place était souvent déserte, et, même en plein jour, un morne silence régnait dans le palais et aux environs. Un jour, ce silence m'effraya, et j'appelai Weber que je vis passer sur la place. Weber ne m'entendit pas, mais une voix toute semblable à la mienne répéta le nom de Weber à l'extrémité du balcon.

Cette voix me rassura, je n'étais plus seule ; mais, curieuse de savoir qui s'amusait à me contrefaire, je rentrai dans l'appartement, croyant y trouver quel-

* Pour que le mot fût bon, il faudrait changer une lettre et dire *orbluces* (NdA).

qu'un. J'y étais absolument seule comme à l'ordinaire. Je revins sur la terrasse, et j'appelai ma mère ; la voix répéta le mot d'une voix très douce, mais très nette, et cela me donna beaucoup à penser. Je grossis ma voix, j'appelai mon propre nom, qui me fut rendu aussitôt, mais plus confusément. Je le répétai sur un ton plus faible, et la voix revint faible, mais plus distincte, et comme si l'on me parlait à l'oreille. Je n'y comprenais rien, j'étais persuadée que quelqu'un était avec moi sur la terrasse ; mais ne voyant personne, et regardant vainement à toutes les fenêtres qui étaient fermées, j'étudiai ce prodige avec un plaisir extrême. L'impression la plus étrange pour moi était d'entendre mon propre nom répété avec ma propre voix. Alors il me vint à l'esprit une explication bizarre. C'est que j'étais double, et qu'il y avait autour de moi un autre *moi* que je ne pouvais pas voir, mais qui me voyait toujours, puisqu'il me répondait toujours. Cela s'arrangea aussitôt dans ma cervelle comme une chose qui devait être, qui avait toujours été, et dont je ne m'étais pas encore aperçue ; je comparai ce phénomène à celui de mes *orblutes*, qui m'avait d'abord étonnée tout autant, et auquel je m'étais habituée sans le comprendre. J'en conclus que toutes choses et toutes gens avaient leur reflet, leur double, leur autre *moi*, et je souhaitai vivement de voir le mien. Je l'appelai cent fois, je lui disais toujours de venir auprès de moi. Il répondait : *Viens là, viens donc*, et il me semblait s'éloigner ou se rapprocher quand je changeais de place. Je le cherchai et l'appelai dans l'appartement, il ne me répondit plus ; j'allai à l'autre bout de la terrasse, il fut muet ; je revins au milieu, et, depuis ce milieu jusqu'à l'extrémité du côté de l'église, il me parla et répondit à mon *Viens donc* par un *Viens donc* tendre et inquiet. Mon autre moi se tenait donc dans un certain endroit de l'air ou de la muraille, mais comment l'atteindre et comment le voir ? Je devenais folle sans m'en douter.

Je fus interrompue par l'arrivée de ma mère, et je ne saurais dire pourquoi, loin de la questionner, je lui cachai ce qui m'agitait si fort. Il faut croire que les enfants aiment le mystère de leurs rêveries, et il est certain que je n'avais jamais voulu demander l'explication de mes *orblutes.* Je voulais découvrir le problème toute seule, ou peut-être avais-je été déçue de quelque autre illusion par des explications qui m'en avaient ôté le charme secret. Je gardai le silence sur ce nouveau prodige, et pendant plusieurs jours, oubliant les ballets, je laissai mon pauvre lapin dormir tranquille, et la psyché répéter l'image immobile des grands personnages représentés dans les tableaux. J'avais la patience d'attendre que je fusse seule pour recommencer mon expérience ; mais enfin ma mère étant rentrée sans que j'y fisse attention, et m'entendant m'égosiller, vint surprendre le secret de mon amour pour le grand soleil de la terrasse. Il n'y avait plus à reculer ; je lui demandai où était le quelqu'un qui répétait toutes mes paroles, et elle me dit : *C'est l'écho.*

Bien heureusement pour moi, elle ne m'expliqua pas ce que c'était que l'écho. Elle n'avait peut-être jamais songé à s'en rendre compte ; elle me dit que c'était une *voix qui était dans l'air*, et l'inconnu garda pour moi sa poésie. Pendant plusieurs autres jours, je pus continuer à jeter mes paroles au vent. Cette voix de l'air ne m'étonnait plus, mais me charmait encore ; j'étais satisfaite de pouvoir lui donner un nom, et de lui crier : « Écho, es-tu là ? M'entends-tu ? Bonjour, écho ! »

Tandis que la vie de l'imagination est si développée chez les enfants, la vie du sentiment est-elle plus tardive ? Je ne me souviens pas d'avoir songé à ma sœur, à ma bonne tante, à Pierret ou à ma chère Clotilde durant mon séjour à Madrid. J'étais pourtant déjà capable d'aimer, puisque j'avais déjà une si vive tendresse pour certaines poupées et pour certains animaux. Je crois que l'indifférence avec laquelle les enfants quittent les personnes qui leur sont chères tient à l'impossibilité où ils sont d'apprécier la durée du temps. Quand on leur parle d'un an d'absence, ils ne savent pas si un an est beaucoup plus long qu'un jour, et on leur établirait inutilement la différence par des chiffres. Je crois que les chiffres ne disent rien du tout à leur esprit. Lorsque ma mère me parlait de ma sœur, il me semblait que je l'avais quittée la veille, et pourtant le temps me semblait long. Il y a dans le défaut d'équilibre des facultés de l'enfant mille contradictions qu'il nous est difficile d'expliquer après que l'équilibre est établi.

Je crois que la vie du sentiment ne se révéla en moi qu'au moment où ma mère accoucha à Madrid. On m'avait bien annoncé l'arrivée prochaine d'un petit frère ou d'une petite sœur, et depuis plusieurs jours je voyais ma mère étendue sur une chaise longue. Un jour on m'envoya jouer sur la terrasse, et on ferma les portes vitrées de l'appartement ; je n'entendis pas la moindre plainte ; ma mère supportait très courageusement le mal physique et mettait ses enfants au monde très promptement ; pourtant cette fois elle souffrit plusieurs heures, mais on ne m'éloigna d'elle que peu d'instants, après lesquels mon père m'appela et me montra un petit enfant. J'y fis à peine attention. Ma mère était étendue sur un canapé, elle avait la figure si pâle et les traits tellement contractés, que j'hésitai à la reconnaître. Puis, je fus prise d'un grand effroi et je courus l'embrasser en pleurant. Je voulais qu'elle me parlât, qu'elle répondît à mes caresses, et comme on m'éloignait encore pour lui laisser du repos, je me désolai longtemps, croyant qu'elle allait mourir et qu'on voulait me le cacher. Je retournai pleurer sur la terrasse, et on ne put m'intéresser au nouveau-né. Ce pauvre petit garçon avait des yeux d'un bleu clair fort singulier. Au bout de quelques jours, ma mère se tourmenta de la pâleur de ses prunelles, et j'entendis souvent mon père et d'autres personnes prononcer avec anxiété le mot *cristallin*. Enfin au bout d'une quinzaine, il n'y avait plus à en douter, l'enfant était aveugle. On ne voulut pas le dire à ma mère positivement. On la laissa dans une sorte de doute. On émettait timidement devant elle l'espérance que ce cristallin se reformerait dans l'œil de l'enfant. Elle se laissa consoler, et le pauvre infirme fut aimé et choyé avec autant de joie que si son existence n'eût pas été un malheur pour lui et pour les siens. Ma mère le nourrissait, et il n'avait guère que deux semaines lorsqu'il fallut se remettre en route pour la France à travers l'Espagne en feu.

# XIV

*Dernière lettre de mon père. – Souvenirs d'un bombardement et d'un champ de bataille. – Misère et maladie. – La soupe à la chandelle. – Embarquement et naufrage.* – Leopardo. – *Arrivée à Nohant. – Ma grand-mère. – Hippolyte. – Deschartres. – Mort de mon frère. – Le vieux poirier. – Mort de mon père. – Le revenant. – Ursule. – Une affaire d'honneur. – Première notion de la richesse et de la pauvreté. – Portrait de ma mère.*

## LETTRE
## DE MON PÈRE À SA MÈRE

*Madrid, 12 juin 1808.*

Après de longues souffrances, Sophie est accouchée ce matin d'un gros garçon qui siffle comme un perroquet. La mère et l'enfant se portent à merveille. Avant la fin du mois le prince part pour la France, le médecin de l'empereur, qui a soigné Sophie, dit qu'elle sera en état de voyager dans douze jours avec son enfant. Aurore se porte très bien. J'emballerai le tout dans une calèche que je viens d'acquérir à cet effet, et nous prendrons la route de Nohant, où je compte bien arriver vers le 20 juillet, *par la fraîcheur*, et rester le plus longtemps possible. Cette idée, ma bonne mère, me comble de joie. Je me nourris de l'espoir assuré de notre réunion, du charme de notre intérieur, sans affaires, sans inquiétudes, sans distractions pénibles ! Il y a si longtemps que je désire ce bonheur complet !

Le prince m'a dit hier qu'il allait passer quelque temps à Barèges avant que d'aller à sa destination. De mon côté j'allongerai ma courroie jusque vers les eaux de Nohant, auxquelles nous ferons subir préalablement le miracle des noces de Cana. Je crois que Deschartres se chargera volontiers du prodige.

Je réserve le baptême de mon nouveau-né pour les fêtes de Nohant. Belle occasion pour sonner les cloches et faire danser le village ! Le maire inscrira mon fils au nombre des Français, car je ne veux point qu'il ait jamais rien à démêler avec les notaires et les prêtres castillans.

Je ne conçois pas que mes deux dernières lettres aient été interceptées. Elles étaient d'une bêtise à leur faire trouver grâce devant la police la plus rigide. Je te faisais la description d'un sabre africain dont j'ai fait l'acquisition. Il y avait deux pages d'explications et de citations. Tu verras cette merveille, ainsi que l'indomptable *Leopardo d'Andalousie*, que je prierai Deschartres d'équiter un peu, après avoir toutefois frappé d'avance une réquisition sur tous les matelas de sa commune pour garnir le manège qu'il aura choisi. Adieu, ma bonne mère, je te manderai le jour de mon départ et celui de mon arrivée. J'espère que ce sera plus tôt encore que je ne te le dis. Sophie partage vivement mon impatience de t'embrasser. Aurore veut partir à l'instant même, et s'il était possible nous serions déjà en route.

Cette lettre si gaie, si pleine de contentement et d'espérance, est la dernière que ma grand-mère ait reçue de son fils. On verra bientôt à quelle épouvantable catastrophe allaient aboutir tous ces projets de bonheur, et combien peu de jours étaient comptés à mon pauvre père pour savourer cette réunion tant rêvée et si chèrement achetée des objets de son affection. On comprendra, par la nature de cette catastrophe, ce qu'il y a de fatal et d'effrayant dans les plaisanteries de cette lettre à propos de l'*indomptable Leopardo d'Andalousie*.

C'était Ferdinand VII, le prince des Asturies, alors plein de prévenances pour Murat et ses officiers, qui avait fait don de ce terrible cheval à mon père, à la suite d'une mission que celui-ci avait remplie, je crois, près de lui à Aranjuez. Ce fut un présent funeste et dont ma mère, par une sorte de fatalisme ou de pressentiment, se méfiait et s'effrayait sans pouvoir décider mon père à s'en défaire au plus vite, bien qu'il avouât que c'était le seul cheval qu'il ne pût monter sans une sorte d'émotion. C'était pour lui une raison de plus pour vouloir s'en rendre maître, et il trouvait du plaisir à le vaincre. Pourtant il lui arriva un jour de dire : « Je ne le crains pas, mais je le monte mal, parce que je m'en méfie, et il le sent. »

Ma mère prétendait que Ferdinand le lui avait donné avec l'espérance qu'il le tuerait. Elle prétendait aussi que, par haine contre les Français, le chirurgien de Madrid qui l'avait accouchée avait crevé les yeux de son enfant. Elle s'imaginait avoir vu, dans l'accablement qui suivit le paroxysme de sa souffrance, ce chirurgien appuyer ses pouces sur les deux yeux du nouveau-né, et qu'il avait dit entre ses dents : *Celui-là ne verra pas le soleil de l'Espagne*.

Il est possible que ce fût une hallucination de ma pauvre mère, et pourtant, au point où en étaient les choses à cette époque, il est également possible que le fait se soit accompli, comme elle avait cru le voir, dans un moment rapide où le chirurgien se serait trouvé seul dans l'appartement avec elle, et comptant sans doute qu'elle était hors d'état de le voir et de l'entendre ; mais on pense bien que je ne prends pas sur moi la responsabilité de cette terrible accusation.

On a vu dans la lettre de mon père qu'il ne s'aperçut pas d'abord de la cécité de cet enfant, et j'ai souvenance d'avoir entendu Deschartres la constater à Nohant hors de sa présence et de celle de ma mère. On redoutait encore alors de leur enlever un faible et dernier espoir de guérison.

Ce fut dans la première quinzaine de juillet que nous partîmes. Murat allait prendre possession du trône de Naples. Mon père avait un congé. J'ignore s'il accompagna Murat jusqu'à la frontière et si nous voyageâmes avec lui. Je me souviens que nous étions en calèche et je crois que nous suivions les équipages de Murat, mais je n'ai aucun souvenir de mon père jusqu'à Bayonne.

Ce que je me rappelle le mieux, c'est l'état de souffrance, de soif, de dévorante chaleur et de fièvre où je fus tout le temps de ce voyage. Nous avancions très lentement à travers les colonnes de l'armée. Il me revient maintenant que mon père devait être avec nous, parce que, comme nous suivions un chemin assez étroit dans des montagnes, nous vîmes un énorme serpent qui le traversait presque en entier d'une ligne noire. Mon père fit arrêter, courut en avant et le coupa en deux avec son sabre. Ma mère avait voulu en vain le retenir, elle avait peur, selon son habitude.

Pourtant une autre circonstance me fait penser qu'il n'était avec nous que par intervalles, et qu'il rejoignait Murat de temps en temps. Cette circonstance est assez frappante pour s'être gravée dans ma mémoire ; mais comme la fièvre me tenait dans un assoupissement presque continuel, ce souvenir est isolé de tout ce qui pourrait me faire préciser l'événement dont je fus témoin. Étant un soir à une fenêtre avec ma mère, nous vîmes le ciel, encore éclairé par le soleil couchant, traversé de feux croisés, et ma mère me dit : « Tiens, regarde, c'est une bataille, et ton père y est peut-être. »

Je ne me faisais point d'idée de ce que c'était qu'une bataille véritable. Ce que je voyais me représentait un immense feu d'artifice, quelque chose de riant et de triomphal, une fête ou un tournoi. Le bruit du canon et ces grandes courbes de feu me réjouissaient. J'assistais à cela comme à un spectacle, en mangeant une pomme verte. Je ne sais à qui ma mère dit alors : « Que les enfants sont heureux de ne rien comprendre ! » Comme je ne sais pas quelle route les opérations de la guerre nous forcèrent de suivre, je ne saurais dire si cette bataille fut celle de Medina del Rio-Seco [56], ou un épisode moins important de la belle campagne de Bessières. Mon père, attaché à la personne de Murat, n'avait point affaire sur ce champ de bataille, et il n'est pas probable qu'il y fût. Mais ma mère s'imaginait sans doute qu'il pouvait avoir été envoyé en mission.

Que ce fût l'affaire de Rio-Seco, ou la prise de Torquemada, il est certain que notre voiture avait été mise en réquisition pour porter des blessés ou des personnes plus précieuses que nous, et que nous fîmes un bout de chemin en charrette avec des bagages, des vivandières et des soldats malades. Il est certain aussi que nous longeâmes le champ de bataille le lendemain ou le surlendemain, et que je vis une vaste plaine couverte de débris informes assez semblables, en grand, au carnage de poupées, de chevaux et de chariots que j'exécutais avec Clotilde à Chaillot et dans la maison de la rue Grange-Batelière. Ma mère se cachait le visage et l'air était infecté. Nous ne passions pas assez près de ces objets sinistres pour que je pusse me rendre compte de ce que c'était, et je demandais pourquoi on avait semé là tant de chiffons. Enfin la roue heurta quelque chose qui se brisa avec un craquement étrange. Ma mère me retint au fond de la charrette pour m'empêcher de regarder, c'était un cadavre. J'en vis ensuite plusieurs autres épars sur le chemin, mais j'étais si malade, que je ne me souviens pas d'avoir été vivement impressionnée par ces horribles spectacles.

Avec la fièvre, j'éprouvai bientôt une autre souffrance qui ne se concilie pas souvent avec le désordre de la vie, et dont pourtant tous les soldats malades avec lesquels nous voyagions éprouvaient aussi les angoisses : c'était la faim, une faim excessive, maladive, presque animale. Ces pauvres gens, pleins de soins et de sollicitude pour nous, m'avaient communiqué un mal qui explique ce phénomène, et qu'une petite-maîtresse n'avouerait pas avoir subi même dans son enfance. Mais la vie a ses vicissitudes, et quand ma mère se désolait de voir mon petit frère et moi dans cet état, les soldats et les cantinières lui disaient en riant : « Bah ! ma petite dame, ce n'est rien, c'est un brevet de santé pour toute la vie de vos enfants ; c'est le véritable baptême des *enfants de la giberne.* »

La gale, puisqu'il faut l'appeler par son nom, avait commencé par moi, elle se communiqua à mon frère, puis à ma mère plus tard, et à d'autres personnes auxquelles nous apportâmes ce triste fruit de la guerre et de la misère, heureusement affaibli en nous par des soins extrêmes et un sang pur.

En quelques jours, notre sort avait bien changé. Ce n'était plus le palais de Madrid, les lits dorés, les tapis d'Orient et les courtines de soie ; c'étaient des charrettes immondes, des villages incendiés, des villes bombardées, des routes couvertes de morts, des fossés où nous cherchions une goutte d'eau pour étancher une soif brûlante, et où l'on voyait tout à coup surnager des caillots de sang. C'était surtout l'horrible faim et une disette de plus en plus menaçante. Ma mère supportait tout cela avec un grand courage, mais elle ne pouvait vaincre le dégoût que lui inspiraient les oignons crus, les citrons verts et la graine de tournesol, dont je me contentais sans répugnance : quelle nourriture d'ailleurs pour une femme qui allaitait son nouveau-né !

Nous traversâmes un camp français, je ne sais où, et, à l'entrée d'une tente, nous vîmes un groupe de soldats qui mangeaient la soupe avec un grand appétit ; ma mère me poussa au milieu d'eux en les priant de me laisser manger à leur gamelle. Ces braves gens me mirent aussitôt à même et me firent manger à discrétion en souriant d'un air attendri. Cette soupe me parut excellente, et quand elle fut à moitié dégustée, un soldat dit à ma mère avec quelque hésitation : « Nous vous engagerions bien à en manger aussi, mais vous ne pourriez peut-être pas, parce que le goût est un peu fort. » Ma mère approcha et regarda la gamelle. Il y avait du pain et du bouillon très gras, mais certaines mèches noircies surnageaient, c'était une soupe faite avec des bouts de chandelle.

Je me souviens de Burgos et d'une ville (celle-là ou une autre) où les aventures du *Cid* étaient peintes à fresque sur les murailles. Je me souviens aussi d'une superbe cathédrale où les hommes du peuple avaient un genou en terre pour prier, le chapeau sur l'autre genou, et un petit paillasson rond sous celui qui touchait le sol. Enfin je me souviens de Vitoria et d'une servante dont les longs cheveux noirs inondés de vermine flottaient sur son dos. J'eus un ou deux jours de bien-être à la frontière d'Espagne, le temps était rafraîchi, la fièvre et la misère avaient cessé. Mon père était décidément avec nous. Nous avions repris possession de notre calèche pour faire le reste du voyage, les auberges étaient propres, il y avait des lits et toutes sortes d'aliments dont nous avions apparemment été privés assez longtemps, car ils me parurent tout nouveaux, entre autres des gâteaux et des fromages. Ma mère me fit une toilette à Fontarabie, et j'éprouvai un soulagement extrême à prendre un bain. Elle me soignait à sa manière, et, au sortir du bain, elle m'enduisait de soufre de la tête aux pieds, puis elle me faisait avaler des boulettes de soufre pulvérisé dans du beurre et du sucre [57]. Ce goût et cette odeur dont je fus imprégnée pendant deux mois m'ont laissé une grande répugnance pour tout ce qui me les rappelle.

Nous trouvâmes apparemment des personnes de connaissance à la frontière, car je me rappelle un grand dîner et des politesses qui m'ennuyèrent beaucoup ; j'avais retrouvé mes facultés et mon appréciation des objets extérieurs. Je ne sais quelle idée eut ma mère de vouloir retourner par mer à Bordeaux. Peut-être étaitelle brisée par la fatigue des voitures, peut-être s'imaginait-elle, dans son instinct médical, qu'elle suivait toujours, que l'air de la mer délivrerait ses enfants et ellemême du poison de la pauvre Espagne. Apparemment le temps était beau et l'Océan tranquille, car c'était une nouvelle imprudence que de se risquer en chaloupe sur les côtes de Gascogne, dans ce golfe de Biscaye toujours si agité. Quel que fût le motif, une chaloupe pontée fut louée, la calèche y fut descendue, et nous partîmes comme pour une partie de plaisir. Je ne sais où nous nous embarquâmes ni quelles gens nous accompagnèrent jusqu'au rivage en nous prodiguant de grands soins. On m'y donna un gros bouquet de roses, que je gardai tout le temps de la traversée pour me préserver de l'odeur du soufre.

Je ne sais combien de temps nous côtoyâmes le rivage ; je retombai dans mon sommeil léthargique, et cette traversée ne m'a laissé d'autres souvenirs que ceux du départ et de l'arrivée. Au moment où nous approchions de notre but, un coup de vent nous éloigna du rivage, et je vis le pilote et ses deux aides livrés à une grande anxiété. Ma mère recommença à avoir peur, mon père se mit à la manœuvre : mais, comme nous étions enfin entrés dans la Gironde, nous heurtâmes je ne sais quel récif, et l'eau commença à entrer dans la cale. On se dirigea précipitamment vers la rive, mais la cale se remplissait toujours et la chaloupe sombrait visiblement. Ma mère, prenant ses enfants avec elle, était entrée dans la calèche ; mon père la rassurait en lui disant que nous avions le temps d'aborder avant d'être engloutis. Pourtant le pont commençait à se mouiller, et il ôta son habit et prépara un châle pour attacher ses deux enfants sur son dos : « Sois tranquille, disait-il à ma mère, je te prendrai sous mon bras, je nagerai de l'autre, et je vous sauverai tous trois, sois-en sûre. »

Nous touchâmes enfin la terre, ou plutôt un grand mur en pierres sèches surmonté d'un hangar. Il y avait derrière ce hangar quelques habitations, et à l'instant même plusieurs hommes vinrent à notre secours. Il était temps, la calèche sombrait aussi avec la chaloupe, et une échelle nous fut jetée fort à propos. Je ne sais ce qu'on fit pour sauver l'embarcation, mais il est certain qu'on en vint à bout. Cela dura plusieurs heures, pendant lesquelles ma mère ne voulut pas quitter le rivage ; car mon père, après nous avoir mises en sûreté, était redescendu sur la chaloupe pour sauver nos effets d'abord, et puis la voiture, et enfin la chaloupe. Je fus frappée alors de son courage, de sa promptitude et de sa force. Quelque expérimentés que fussent les matelots et les gens de l'endroit, ils admiraient l'adresse et la résolution de ce jeune officier qui, après avoir sauvé sa famille, ne voulait pas abandonner son patron avant d'avoir sauvé sa barque, et qui dirigeait tout ce petit sauvetage avec plus d'à-propos qu'eux-mêmes. Il est vrai qu'il avait fait son apprentissage au camp de Boulogne ; mais en toutes choses il agissait de sang-froid et avec une rare présence d'esprit. Il se servait de son sabre comme d'une hache ou d'un rasoir pour couper et tailler, et il avait pour ce sabre (probablement c'était le sabre africain dont il parle dans sa dernière lettre) un amour extraordinaire ; car, dans le premier moment d'incertitude où nous nous étions trouvés, en abordant, pour savoir si la chaloupe et la calèche sombreraient immédiatement ou si nous aurions le temps de sauver quelque chose, ma mère avait voulu l'empêcher d'y redescendre en lui disant : « Eh ! laisse aller tout ce que nous avons au fond de l'eau, plutôt que de risquer de te noyer » ; et il lui avait répondu : « J'aimerais mieux risquer cela que d'abandonner mon sabre. » C'était en effet le premier objet qu'il eût retiré. Ma mère se tenait pour satisfaite d'avoir sa fille à ses côtés et son fils dans ses bras. Pour moi, j'avais sauvé mon bouquet de roses flétries avec le même amour que mon père avait mis à nous sauver tous. J'avais fait grande attention à ne pas le lâcher en sortant de la calèche à demi submergée, et en grimpant à l'échelle de sauvetage ; c'était mon idée comme celle de mon père était pour son sabre.

Je ne me souviens pas d'avoir éprouvé la moindre frayeur dans toutes ces rencontres. La peur est de deux sortes. Il y en a une qui tient au tempérament, une autre à l'imagination. Je ne connus jamais la première, mon organisation m'ayant douée d'un sang-froid tout semblable à celui de mon père. Ce mot de *sang-froid* exprime positivement la tranquillité que nous tenons d'une disposition physique et dont par conséquent nous n'avons pas à tirer vanité. Quant à la frayeur qui résulte d'une excitation maladive de l'imagination, et qui n'a pour aliments que des fantômes, j'en fus obsédée pendant toute mon enfance. Mais quand l'âge et la raison eurent dissipé ces chimères, je retrouvai l'équilibre de mes facultés et ne connus jamais aucun genre de peur.

Nous arrivâmes à Nohant dans les derniers jours d'août. J'étais retombée dans ma fièvre, je n'avais plus faim. La gale faisait des progrès, une petite bonne espagnole que nous avions prise en route, et qui s'appelait Cécilia, commençait aussi à ressentir les effets de la contagion, et ne me touchait qu'avec répugnance. Ma mère était à peu près guérie déjà, mais mon pauvre petit frère, dont les boutons ne paraissaient plus, était encore plus malade et plus accablé que moi. Nous étions deux masses inertes, brûlantes, et je n'avais pas plus conscience que lui de ce qui s'était passé autour de moi depuis le naufrage de la Gironde.

Je repris mes sens en entrant dans la cour de Nohant. Ce n'était pas aussi beau, à coup sûr, que le palais de Madrid, mais cela me fit le même effet, tant une grande maison est imposante pour les enfants élevés dans de petites chambres.

Ce n'était pas la première fois que je voyais ma grand-mère, mais je ne me souviens pas d'elle avant ce jour-là. Elle me parut très grande, quoiqu'elle n'eût que cinq pieds, et sa figure blanche et rosée, son air imposant, son invariable costume composé d'une robe de soie brune à taille longue et à manches plates, qu'elle n'avait pas voulu modifier selon les exigences de la mode de l'Empire, sa perruque blonde et crêpée en touffe sur le front, son petit bonnet rond avec une cocarde de dentelle au milieu, firent d'elle pour moi un être à part et qui ne ressemblait en rien à ce que j'avais vu.

C'était la première fois que nous étions reçues à Nohant, ma mère et moi. Après que ma grand-mère eut embrassé mon père, elle voulut embrasser ma mère aussi ; mais celle-ci l'en empêcha en lui disant : « Ah ! ma chère maman, ne touchez ni à moi ni à ces pauvres enfants. Vous ne savez pas quelles misères nous avons subies, nous sommes tous malades. »

Mon père, qui était toujours optimiste, se mit à rire, et me mettant dans les bras de ma grand-mère :

« Figure-toi, lui dit-il, que ces enfants ont une petite éruption de boutons, et que Sophie, qui a l'imagination très frappée, s'imagine qu'ils ont la gale.

– Gale ou non, dit ma grand-mère en me serrant contre son cœur, je me charge de celui-là. Je vois bien que ces enfants sont malades, ils ont la fièvre très fort tous les deux. Ma fille, allez vite vous reposer avec votre fils, car vous avez fait là une campagne au-dessus des forces humaines ; moi, je soignerai la petite. C'est trop de deux enfants sur les bras dans l'état où vous êtes. »

Elle m'emporta dans sa chambre, et sans aucun dégoût de l'état horrible où j'étais, cette excellente femme, si délicate et si recherchée pourtant, me déposa sur son lit. Ce lit et cette chambre, encore frais à cette époque, me firent l'effet d'un paradis. Les murs étaient tendus de toile de Perse à grands ramages ; tous les meubles étaient du temps de Louis XV. Le lit, en forme de corbillard avec de grands panaches aux quatre coins, avait de doubles rideaux et une quantité de lambrequins découpés, d'oreillers et de garnitures dont le luxe et la finesse m'étonnèrent. Je n'osais m'installer dans un si bel endroit, car je me rendais compte du dégoût que je devais inspirer, et j'en avais déjà ressenti l'humiliation. Mais on me la fit vite oublier par les soins et les caresses dont jc fus l'objet. La première figure que je vis après celle de ma grand-mère, fut un gros garçon de neuf ans qui entra avec un énorme bouquet de fleurs, et qui vint me le jeter à la figure d'un air amical et enjoué. Ma grand-mère me dit : « *C'est Hippolyte*, embrassez-vous, mes enfants. » Nous nous embrassâmes sans en demander davantage, et je passai bien des années avec lui sans savoir qu'il était mon frère ; c'était l'enfant de la petite maison.

Mon père le prit par le bras et le conduisit à ma mère, qui l'embrassa, le trouva superbe, et lui dit : « Eh bien, il est à moi aussi, comme Caroline est à toi. » Et nous fûmes élevés ensemblc, tantôt sous ses yeux, tantôt sous ceux de ma grand-mère.

Deschartres m'apparut aussi ce jour-là pour la première fois[58]. Il avait des culottes courtes, des bas blancs, des guêtres de nankin, un habit noisette très long et très carré et une casquette à soufflet. Il vint gravement m'examiner, et comme il était très bon médecin, il fallut bien le croire quand il déclara que j'avais la gale. Mais la maladie avait perdu son intensité, et ma fièvre ne venait que d'un excès de fatigue. Il recommanda à mes parents de nier cette gale que nous apportions, afin de ne pas jeter l'effroi et la consternation dans la maison. Il déclara devant les domestiques que c'était une petite éruption fort innocente, et elle ne se communiqua qu'à deux autres enfants, qui, surveillés et soignés à temps, furent promptement guéris, sans savoir de quel mal.

Pour moi, au bout de deux heures de repos dans le lit de ma grand-mère, dans cette chambre fraîche et aérée où je n'entendais plus l'agaçant bourdonnement des moustiques de l'Espagne, je me sentis si bien que j'allai courir dans le jardin avec Hippolyte. Je me souviens qu'il me tenait par la main avec une sollicitude extrême, croyant qu'à chaque pas j'allais tomber ; j'étais un peu humiliée qu'il me crût si petite fille, et je lui montrai bientôt que j'étais un garçon très résolu. Cela le mit à l'aise, et il m'initia à plusieurs jeux fort agréables, entre autres à celui de faire ce qu'il appelait des pâtés à la crotte. Nous prenions du sable fin ou du terreau, que nous trempions dans l'eau et que nous dressions, après l'avoir bien pétri sur de grandes ardoises en lui donnant la forme de gâteaux. Ensuite il portait tout cela furtivement dans le four, et comme il était fort taquin déjà, il se réjouissait de la colère des servantes qui, en venant retirer le pain et les galettes, juraient et jetaient dehors nos étranges ragoûts cuits à point.

Je n'avais jamais été malicieuse, car, de ma nature, je ne suis point fine. Fantasque et impérieuse, parce que j'étais fort gâtée par mon père, je n'avais de préméditation et de dissimulation en rien. Hippolyte vit bientôt mon faible, et pour me punir de mes caprices et de mes colères, il se mit à me taquiner cruellement. Il me dérobait mes poupées et les enterrait dans le jardin, puis il y mettait une petite croix et me les faisait déterrer. Il les pendait aux branches la tête en bas, et leur faisait endurer mille supplices que j'avais la simplicité de prendre au sérieux et qui me faisaient répandre de véritables larmes. Aussi j'avoue que je le détestais fort souvent ; mais je n'ai jamais été capable de rancune, et quand il venait me chercher pour jouer, je ne savais pas lui résister.

Ce grand jardin et ce bon air de Nohant m'eurent bientôt rendu la santé. Ma mère me bourrait toujours de soufre, et je me soumettais à ce traitement parce qu'elle avait sur moi un ascendant de persuasion complet. Pourtant ce soufre m'était odieux, et je lui disais de me fermer les yeux et de me pincer le nez pour me le faire avaler. Pour me débarrasser ensuite de ce goût, je cherchais les aliments les plus acides, et ma mère, qui avait toute une médecine d'instinct ou de préjugé dans la tête, croyait que les enfants ont la divination de ce qui leur convient. Voyant que je rongeais toujours des fruits verts, elle mit des citrons à ma disposition, et j'en étais si avide que je les mangeais avec la peau et les pépins, comme on mange des fraises. Ma grande faim était passée, et, pendant cinq ou six jours, je me nourris exclusivement de citrons. Ma grand-mère s'effrayait de cet étrange régime, mais cette fois Deschartres, m'observant avec attention et voyant que j'allais de mieux en mieux, pensa que la nature m'avait fait deviner effectivement ce qui devait me sauver.

Il est certain que je fus promptement guérie et que je n'ai jamais fait d'autre maladie. Je ne sais si la gale est en effet, comme le disaient nos soldats, un brevet de santé, mais il est certain que toute ma vie j'ai pu soigner des maladies réputées contagieuses, et de pauvres galeux dont personne n'osait approcher, sans que j'aie attrapé un bouton. Il me semble que je soignerais impunément des pestiférés, et je pense qu'à quelque chose malheur est bon, moralement du moins, car je n'ai jamais vu de misères physiques dont je n'aie pu vaincre en moi le dégoût. Ce dégoût est violent cependant, et j'ai été bien souvent près de m'évanouir en voyant des plaies et des opérations repoussantes, mais j'ai toujours pensé alors à ma gale et au premier baiser de ma grand-mère, et il est certain que la volonté et la foi peuvent dominer les sens, quelque affectés qu'ils soient.

Mais tandis que je reprenais à vue d'œil, mon pauvre petit frère Louis dépérissait rapidement. La gale avait disparu, mais la fièvre le rongeait. Il était livide, et ses pauvres yeux éteints avaient une expression de tristesse indicible. Je commençai à l'aimer en le voyant souffrir. Jusque-là je n'avais pas fait grande attention à lui, mais quand il était étendu sur les genoux de ma mère, si languissant et si faible qu'elle osait à peine le toucher, je devenais triste avec elle et je comprenais vaguement l'inquiétude, la chose que les enfants sont le moins portés à ressentir.

Ma mère s'attribuait le dépérissement de son enfant. Elle craignait que son lait ne lui fût un poison, et elle s'efforçait de reprendre de la santé pour lui en donner. Elle passait toutes ses journées au grand air, avec l'enfant couché à l'ombre auprès d'elle dans des coussins et des châles bien arrangés. Deschartres lui conseilla de faire beaucoup d'exercice, afin d'avoir de l'appétit, et de réparer la qualité de son lait par de bons aliments. Elle commença aussitôt un petit jardin dans un angle du grand jardin de Nohant, au pied d'un gros poirier qui existe encore. Cet arbre a toute une histoire si bizarre qu'elle ressemble à un roman, et que je n'ai sue que longtemps après.

Le 8 septembre, un vendredi, le pauvre petit aveugle, après avoir gémi longtemps sur les genoux de ma mère, devint froid, rien ne put le réchauffer. Il ne remuait plus. Deschartres vint, l'ôta des bras de ma mère, il était mort. Triste et courte existence, dont, grâce à Dieu, il ne s'est pas rendu compte.

Le lendemain on l'enterra, ma mère me cacha ses larmes. Hippolyte fut chargé de m'emmener au jardin toute la journée. Je sus à peine et ne compris que faiblement et dubitativement ce qui se passait dans la maison. Il paraît que mon père fut vivement affecté, et que cet enfant, malgré son infirmité, lui était tout aussi cher que les autres. Le soir, après minuit, ma mère et mon père, retirés dans leur chambre, pleuraient ensemble, et il se passa alors entre eux une scène étrange que ma mère m'a racontée avec détails une vingtaine d'années plus tard. J'y avais assisté en dormant.

Dans sa douleur et l'esprit frappé des réflexions de ma grand-mère, mon père dit à ma mère : « Ce voyage d'Espagne nous aura été bien funeste, ma pauvre Sophie. Lorsque tu m'écrivais que tu voulais venir m'y rejoindre, et que je te suppliais de n'en rien faire, tu croyais voir là une preuve d'infidélité ou de refroidissement de ma part ; et moi, j'avais le pressentiment de quelque malheur. Qu'y avait-il de plus téméraire et de plus insensé que de courir ainsi, grosse à pleine ceinture, à travers tant de dangers, de privations, de souffrances et de terreurs de tous les instants ? C'est un miracle que tu y aies résisté ; c'est un miracle qu'Aurore soit vivante. Notre pauvre garçon n'eût peut-être pas été aveugle s'il était né à Paris. L'accoucheur de Madrid m'a expliqué que, par la position de l'enfant dans le sein de la mère, les deux poings fermés et appuyés contre les yeux, la longue pression qu'il a dû éprouver par ta propre position dans la voiture, avec ta fille souvent assise sur tes genoux, a nécessairement empêché les organes de la vue de se développer.

– Tu me fais des reproches maintenant, dit ma mère ; il n'est plus temps. Je suis au désespoir. Quant au chirurgien, c'est un menteur et un scélérat. Je suis persuadée que je n'ai pas rêvé quand je lui ai vu écraser les yeux de mon enfant. »

Ils parlèrent longtemps de leur malheur, et peu à peu ma mère s'exalta beaucoup dans l'insomnie et dans les larmes. Elle ne voulait pas croire que son fils fût mort de dépérissement et de fatigue ; elle prétendait que la veille encore il était en pleine voie de guérison, et qu'il avait été surpris par une convulsion nerveuse. « Et maintenant, dit-elle en sanglotant, il est dans la terre, ce pauvre enfant ! Quelle terrible chose que d'ensevelir ainsi ce qu'on aime, et de se séparer pour toujours du corps d'un enfant qu'un instant auparavant on soignait et on caressait avec tant d'amour ! on vous l'ôte, on le cloue dans une bière, on le jette dans un trou, on le couvre de terre, comme si l'on craignait qu'il n'en sortît ! Ah ! c'est horrible, et je n'aurais pas dû me laisser arracher ainsi mon enfant ; j'aurais dû le garder, le faire embaumer.

– Et quand on songe, dit mon père, que l'on enterre souvent des gens qui ne sont pas morts ! Ah ! il est bien vrai que cette manière chrétienne d'ensevelir les cadavres est ce qu'il y a de plus sauvage au monde.

– Les sauvages, dit ma mère, ils le sont moins que nous. Ne m'as-tu pas raconté qu'ils étendent leurs morts sur des claies et qu'ils les suspendent desséchés sur des branches d'arbre ? J'aimerais mieux voir le berceau de mon petit enfant mort accroché à un des arbres du jardin que de penser qu'il va pourrir dans la terre ! Et puis, ajouta-t-elle frappée de la réflexion qui était venue à mon père, s'il n'était pas mort, en effet ? Si on avait pris une convulsion pour l'agonie, si M. Deschartres s'était trompé ! car enfin, il me l'a ôté, il m'a empêchée de le frotter encore et de le réchauffer, disant que je hâtais sa mort. Il est si rude, ton Deschartres ! Il me fait peur, et je n'ose lui résister ! Mais c'est peut-être un ignorant qui n'a pas su distinguer une léthargie de la mort. Tiens, je suis si tourmentée que j'en deviens folle, et que je donnerais tout au monde pour ravoir mon enfant mort ou vivant. »

Mon père combattit d'abord cette pensée, mais peu à peu elle le gagna aussi, et regardant à sa montre : « Il n'y a pas de temps à perdre, dit-il ; il faut que j'aille chercher cet enfant ; ne fais pas de bruit, ne réveillons personne, je te réponds que dans une heure tu l'auras. »

Il se lève, s'habille, ouvre doucement les portes, va prendre une bêche et court au cimetière, qui touche à notre maison et qu'un mur sépare du jardin ; il approche de la terre fraîchement remuée et commence à creuser. Il faisait sombre, et mon père n'avait pas pris de lanterne. Il ne put voir assez clair pour distinguer la bière qu'il découvrait, et ce ne fut que quand il l'eut débarrassée en entier, étonné de la longueur de son travail, qu'il la reconnut trop grande pour être celle de l'enfant. C'était celle d'un homme de notre village qui était mort peu de jours auparavant. Il fallut creuser à côté, et là, en effet, il retrouva le petit cercueil. Mais, en travaillant à le retirer, il appuya fortement le pied sur la bière du pauvre paysan, et cette bière, entraînée par le vide plus profond qu'il avait fait à côté, se dressa devant lui, le frappa à l'épaule et le fit tomber dans la fosse. Il a dit ensuite à ma mère qu'il avait éprouvé un instant de terreur et d'angoisse inexprimable en se trouvant poussé par ce mort, et renversé dans la terre sur la dépouille de son fils. Il était brave, on le sait de reste, et il n'avait aucun genre de superstition. Pourtant il eut un mouvement de terreur, et une sueur froide lui vint au front. Huit jours après, il devait prendre place à côté du paysan, dans cette même terre qu'il avait soulevée pour en arracher le corps de son fils.

Il recouvra vite son sang-froid, et répara si bien le désordre que personne ne s'en aperçut jamais. Il rapporta le petit cercueil à ma mère et l'ouvrit avec empressement. Le pauvre enfant était bien mort, mais ma mère se plut à lui faire elle-même une dernière toilette. On avait profité de son premier abattement pour l'en empêcher. Maintenant, exaltée et comme ranimée par ses larmes, elle frotta de parfums ce petit cadavre, elle l'enveloppa de son plus beau linge et le replaça dans son berceau pour se donner la douloureuse illusion de le regarder dormir encore.

Elle le garda ainsi caché et enfermé dans sa chambre toute la journée du lendemain, mais la nuit suivante, toute vaine espérance étant dissipée, mon père écrivit avec soin le nom de l'enfant et la date de sa naissance et de sa mort sur un papier qu'il plaça entre deux vitres et qu'il ferma avec de la cire à cacheter tout autour.

Étranges précautions qui furent prises avec une apparence de sang-froid, sous l'empire d'une douleur exaltée. L'inscription ainsi placée dans le cercueil, ma mère couvrit l'enfant de feuilles de roses, et le cercueil fut recloué et porté dans le jardin, à l'endroit que ma mère cultivait elle-même, et enseveli au pied du vieux poirier.

Dès le lendemain ma mère se remit avec ardeur au jardinage, et mon père l'y aida. On s'étonna de leur voir prendre cet amusement puéril, en dépit de leur tristesse. Eux seuls savaient le secret de leur amour pour ce coin de terre. Je me souviens de l'avoir vu cultivé par eux pendant le peu de jours qui séparèrent cet étrange incident de la mort de mon père. Ils y avaient planté de superbes reines-marguerites qui y ont fleuri pendant plus d'un mois. Au pied du poirier ils avaient élevé une butte de gazon avec un petit sentier en colimaçon, pour que j'y pusse monter et m'y asseoir. Combien de fois j'y suis montée en effet, combien j'y ai joué et travaillé sans me douter que c'était un tombeau ! Il y avait autour de jolies allées sinueuses, bordées de gazon, de plates-bandes de fleurs et des bancs ; c'était un jardin d'enfant, mais complet, et qui s'était créé là comme par magie, mon père, ma mère, Hippolyte et moi y travaillant sans relâche pendant cinq ou six journées, les dernières de la vie de mon père, les plus paisibles peut-être qu'il ait goûtées, et les plus tendres dans leur mélancolie. Je me souviens qu'il apportait sans cesse de la terre et du gazon dans des brouettes, et qu'en allant chercher ces fardeaux, il nous mettait, Hippolyte et moi, dans la brouette, prenant plaisir à nous regarder, et faisant semblant de nous verser, pour nous voir crier ou rire, selon notre humeur du moment.

Quinze ans plus tard mon mari fit changer la disposition générale de notre jardin. Déjà le petit jardin de ma mère avait disparu depuis longtemps. Il avait été abandonné pendant mon séjour au couvent, et planté de figuiers. Le poirier avait grossi, et il fut question de l'ôter parce qu'il se trouvait rentrer un peu dans une allée dont on ne pouvait changer l'alignement. J'obtins grâce pour lui. On creusa l'allée, et une plate-bande de fleurs se trouva placée sur la sépulture de l'enfant. Quand l'allée fut finie, assez longtemps après même, le jardinier dit un jour, d'un air mystérieux, à mon mari et à moi, que nous avions bien fait de respecter cet arbre. Il avait envie de parler et ne se fit pas beaucoup prier pour nous dire le secret qu'il avait découvert. Quelques années auparavant, en plantant ses figuiers, sa bêche avait heurté contre un petit cercueil. Il l'avait dégagé de la terre, examiné et ouvert. Il y avait trouvé les ossements d'un petit enfant. Il avait cru d'abord que quelque infanticide avait été caché en ce lieu, mais il avait trouvé le carton écrit intact entre les deux vitres, et il y avait lu les noms du pauvre petit Louis et les dates si rapprochées de sa naissance et de sa mort. Il n'avait guère compris, lui dévot et superstitieux, par quelle fantaisie on avait ôté de la terre consacrée ce corps qu'il avait vu porter au cimetière, mais enfin il en avait respecté le secret ; il s'était borné à le dire à ma grand-mère, et il nous le disait maintenant pour que nous avisassions à ce qu'il y avait à faire. Nous jugeâmes qu'il n'y avait rien à faire du tout. Faire reporter ces ossements dans le cimetière, c'eût été ébruiter un fait que tout le monde n'eût pas compris, et qui, sous la Restauration, eût pu être exploité contre ma famille par les prêtres. Ma mère vivait, et son secret devait être gardé et respecté. Ma mère m'a raconté le fait ensuite, et a été satisfaite que les ossements n'eussent pas été dérangés.

L'enfant resta donc sous le poirier, et le poirier existe encore. Il est même fort beau, et au printemps il étend un parasol de fleurs rosées sur cette sépulture ignorée. Je ne vois pas le moindre inconvénient à en parler aujourd'hui. Ces fleurs printanières lui font un ombrage moins sinistre que le cyprès des tombeaux. L'herbe et les fleurs sont le véritable mausolée des enfants, et, quant à moi, je déteste les monuments et les inscriptions : je tiens cela de ma grand-mère, qui n'en voulut jamais pour son fils chéri, disant avec raison que les grandes douleurs n'ont point d'expression, et que les arbres et les fleurs sont les seuls ornements qui n'irritent point la pensée.

Il me reste à raconter des choses bien tristes, et quoiqu'elles ne m'aient point affectée au-delà des facultés très limitées qu'un enfant peut avoir pour la douleur, je les ai toujours vues si présentes aux souvenirs et aux pensées de ma famille, que j'en ai ressenti le contrecoup toute ma vie.

Quand le petit jardin mortuaire fut à peu près établi, l'avant-veille de sa mort, mon père engagea ma grand-mère à faire abattre les murs qui entouraient le grand jardin, et dès qu'elle y eut consenti, il se mit à l'ouvrage à la tête des ouvriers. Je le vois encore au milieu de la poussière, un pic de fer à la main, faisant crouler ces vieux murs qui tombaient presque d'eux-mêmes avec un bruit dont j'étais effrayée.

Mais les ouvriers finirent l'ouvrage sans lui. Le vendredi 17 septembre [59], il monta son terrible cheval pour aller faire visite à nos amis de La Châtre. Il y dîna et y passa la soirée. On remarqua qu'il se forçait un peu pour être enjoué comme à l'ordinaire ; et que, par moments, il était sombre et préoccupé. La mort récente de son enfant lui revenait dans l'âme, et il faisait généreusement son possible pour ne pas communiquer sa tristesse à ses amis. C'étaient ceux-là mêmes avec lesquels il avait joué sous le Directoire *Robert, chef de brigands* [60]. Il dînait avec M. et madame Duvernet.

Ma mère était toujours jalouse, et surtout, comme il arrive dans cette maladie, des personnes qu'elle ne connaissait pas. Elle eut du dépit de voir qu'il ne rentrait pas de bonne heure, et ainsi qu'il le lui avait promis, et elle montra naïvement son chagrin à ma grand-mère. Déjà elle lui avait confessé cette faiblesse, et déjà ma grand-mère l'avait raisonnée. Ma grand-mère n'avait pas connu les passions, et les soupçons de ma mère lui paraissaient fort déraisonnables. Elle eût dû y compatir un peu pourtant, elle qui avait porté la jalousie dans l'amour maternel ; mais elle parlait à son impétueuse belle-fille un langage si grave, que celle-ci en était souvent effrayée. Elle la grondait même, toujours dans une forme douce et mesurée, mais avec une certaine froideur qui l'humiliait et la réduisait sans la guérir.

Ce soir-là elle réussit à la mater complètement en lui disant que si elle tourmentait ainsi Maurice, Maurice se dégoûterait d'elle, et chercherait peut-être alors hors de son intérieur le bonheur qu'elle en aurait chassé. Ma mère pleura, et, après quelques révoltes, se soumit pourtant, et promit de se coucher tranquillement, de ne pas aller attendre son mari sur la route, enfin de ne pas se rendre malade, elle qui avait été récemment éprouvée par tant de fatigue et de chagrin. Elle avait encore beaucoup de lait, elle pouvait, au milieu de ses agitations morales, faire une maladie, éprouver des accidents qui lui ôteraient tout d'un coup la beauté et les apparences de la jeunesse. Cette dernière considération la frappa plus que toute la philosophie de ma grand-mère. Elle céda à cet argument. Elle voulait être belle pour plaire à son mari. Elle se coucha et s'endormit comme une personne raisonnable. Pauvre femme, quel réveil l'attendait !

Vers minuit, ma grand-mère commençait pourtant à s'inquiéter sans en rien dire à Deschartres, avec qui elle prolongeait sa partie de piquet, voulant embrasser son fils avant de s'endormir. Enfin minuit sonna, et elle était retirée dans sa chambre, lorsqu'il lui sembla entendre dans la maison un mouvement inusité. On agissait avec précaution pourtant, et Deschartres, appelé par Saint-Jean, était sorti avec le moins de bruit possible ; mais quelques portes ouvertes, un certain embarras de la femme de chambre, qui avait vu appeler Deschartres sans savoir de quoi il s'agissait, mais qui, à la physionomie de Saint-Jean, avait pressenti quelque chose de grave, et, plus que tout cela, l'inquiétude déjà éprouvée, précipitèrent l'épouvante de ma grand-mère. La nuit était sombre et pluvieuse, et j'ai déjà dit que ma grand-mère, quoique d'une belle et forte organisation, soit par faiblesse naturelle des jambes, soit par mollesse excessive dans sa première éducation, n'avait jamais pu marcher. Quand elle avait fait lentement le tour de son jardin, elle était accablée pour tout le jour. Elle n'avait marché qu'une fois en sa vie, pour aller surprendre son fils à Passy en sortant de prison. Elle marcha pour la seconde fois le 17 septembre 1808. Ce fut pour aller relever son cadavre à une lieue de la maison, à l'entrée de La Châtre. Elle partit seule, en petits souliers de prunelle, sans châle, comme elle se trouvait en ce moment-là. Comme il s'était passé un peu de temps avant qu'elle surprît dans la maison l'agitation qui l'avait avertie, Deschartres était arrivé avant elle. Il était déjà auprès de mon pauvre père, il avait déjà constaté la mort.

Voici comment ce funeste accident était arrivé :

Au sortir de la ville, cent pas après le pont qui en marque l'entrée, la route fait un angle. En cet endroit, au pied du treizième peuplier, on avait laissé ce jour-là un monceau de pierres et de gravats. Mon père avait pris le galop en quittant le pont. Il montait le fatal *Leopardo.* Weber, à cheval aussi, le suivait à dix pas en arrière. Au détour de la route, le cheval de mon père heurta le tas de pierres dans l'obscurité. Il ne s'abattit pas, mais effrayé et stimulé sans doute par l'éperon, il se releva par un mouvement d'une telle violence, que le cavalier fut enlevé et alla tomber à dix pieds en arrière. Weber n'entendit que ces mots : *À moi, Weber !... je suis mort !* Il trouva son maître étendu sur le dos. Il n'avait aucune blessure apparente ; mais il s'était rompu les vertèbres du cou, il n'existait plus. Je crois qu'on le porta dans l'auberge voisine et que des secours lui vinrent promptement de la ville pendant que Weber, en proie à une inexprimable terreur, était venu au galop chercher Deschartres. Il n'était plus temps, mon père n'avait pas eu le temps de souffrir. Il n'avait eu que celui de se rendre compte de la mort subite et implacable qui venait le saisir au moment où sa carrière militaire s'ouvrait enfin devant lui brillante et sans obstacle ; où, après une lutte de huit années, sa mère, sa femme et ses enfants enfin acceptés les uns par les autres et réunis sous le même toit, le combat terrible et douloureux de ses affections allait cesser et lui permettre d'être heureux.

Au lieu fatal, terme de sa course désespérée, ma pauvre grand-mère tomba comme suffoquée sur le corps de son fils. Saint-Jean s'était hâté de mettre les chevaux à la berline, et il arriva pour y placer Deschartres, le cadavre et ma grand-mère, qui ne voulut pas s'en séparer. C'est Deschartres qui m'a raconté dans la suite cette nuit de désespoir, dont ma grand-mère n'a jamais pu parler. Il m'a dit que tout ce que l'âme humaine peut souffrir sans se briser, il l'avait souffert durant ce trajet où la pauvre mère, pâmée sur le corps de son fils, ne faisait entendre qu'un râle semblable à celui de l'agonie.

Je ne sais point ce qui se passa jusqu'au moment où ma mère apprit cette effroyable nouvelle. Il était six heures du matin et j'étais déjà levée ; ma mère s'habillait, elle avait une jupe et une camisole blanche, et elle se peignait. Je la vois encore, au moment où Deschartres entra chez elle sans frapper, la figure si pâle et si bouleversée que ma mère comprit tout de suite. « Maurice ! s'écria-t-elle, où est Maurice ? » Deschartres ne pleurait pas. Il avait les dents serrées, il ne pouvait prononcer que des paroles entrecoupées : « Il est tombé… Non, n'y allez pas, restez ici, pensez à votre fille… Oui, c'est grave, très grave… » Et enfin, faisant un effort qui pouvait ressembler à une cruauté brutale, mais qui était tout à fait indépendant de la réflexion, il lui dit avec un accent que je n'oublierai de ma vie : *Il est mort !* puis il eut comme une espèce de rire convulsif, s'assit, et fondit en larmes.

Je vois encore dans quel endroit de la chambre nous étions. C'est celle que j'habite encore et dans laquelle j'écris le récit de cette lamentable histoire. Ma mère tomba sur une chaise derrière le lit. Je vois sa figure livide, ses grands cheveux noirs épars sur sa poitrine, ses bras nus que je couvrais de baisers ; j'entends ses cris déchirants. Elle était sourde aux miens et ne sentait pas mes caresses. Deschartres lui dit : « Voyez donc cette enfant et vivez pour elle. »

Je ne sais plus ce qui se passa. Sans doute les cris et les larmes m'eurent bientôt brisée. L'enfance n'a pas la force de souffrir. L'excès de la douleur et de l'épouvante m'anéantit et m'ôta le sentiment de ce qui se passait autour de moi. Je ne retrouve le souvenir qu'à dater de plusieurs jours après, lorsqu'on me mit des habits de deuil. Ce noir me fit une impression très vive. Je pleurai pour m'y soumettre, j'avais porté cependant la robe et le voile noirs des Espagnoles. Mais sans doute je n'avais jamais eu de bas noirs, car ces bas me causèrent une grande terreur. Je prétendis qu'on me mettait des jambes de mort, et il fallut que ma mère me montrât qu'elle en avait aussi. Je vis le même jour ma grand-mère, Deschartres, Hippolyte et toute la maison en deuil. Il fallut qu'on m'expliquât que c'était à cause de la mort de mon père, et je dis alors à ma mère une parole qui lui fit beaucoup de mal. « Mon papa, lui dis-je, est donc encore mort aujourd'hui ? »

J'avais pourtant compris la mort, mais apparemment je ne la croyais pas éternelle. Je ne pouvais me faire l'idée d'une séparation absolue, et je reprenais peu à peu mes jeux et ma gaieté avec l'insouciance de mon âge. De temps en temps, voyant ma mère pleurer à la dérobée, je m'interrompais pour lui dire de ces naïvetés qui la brisaient : « Mais quand mon papa aura fini d'être mort, il reviendra bien te voir ? » La pauvre femme ne voulait pas me détromper complètement. Elle me disait seulement que nous resterions bien longtemps comme cela à l'attendre, et elle défendait aux domestiques de me rien expliquer. Elle avait au plus haut point le respect de l'enfance, que l'on met trop de côté dans des éducations plus complètes et plus savantes.

Cependant la maison était plongée dans une morne tristesse et le village aussi, car personne n'avait connu mon père sans l'aimer. Sa mort répandit une véritable consternation dans le pays, et les gens même qui ne le connaissaient que de vue furent vivement affectés de cette catastrophe.

Hippolyte fut très ébranlé par un spectacle qu'on ne lui avait pas dérobé avec autant de soin qu'on l'avait fait pour moi. Il avait déjà neuf ans, et il ne savait pas encore que mon père était le sien. Il eut beaucoup de chagrin, mais à son chagrin l'image de la mort mêla une sorte de terreur, et il ne faisait que pleurer et crier la nuit. Les domestiques, confondant leurs superstitions et leurs regrets, prétendaient avoir vu mon père se promener dans la maison après sa mort. La vieille femme de Saint-Jean affirmait avec serment l'avoir vu à minuit traverser le corridor et descendre l'escalier. Il avait son grand uniforme, disait-elle, et il marchait lentement sans paraître voir personne. Il avait passé auprès d'elle sans la regarder et sans lui parler. Un autre l'avait vu dans l'antichambre de l'appartement de ma mère. C'était alors une grande salle nue, destinée à un billard, et où il n'y avait qu'une table et quelques chaises. En traversant cette pièce le soir, une servante l'avait vu assis, les coudes appuyés sur la table et la tête dans ses mains. Il est certain que quelque voleur domestique profita ou essaya de profiter des terreurs de nos gens, car un fantôme blanc erra dans la cour pendant plusieurs nuits. Hippolyte le vit et en fut malade de peur. Deschartres le vit aussi, et le menaça d'un coup de fusil : il ne revint plus.

Heureusement pour moi, je fus assez bien surveillée pour ne pas entendre ces sottises, et la mort ne se présenta pas encore à moi sous l'aspect hideux que les imaginations superstitieuses lui ont donné. Ma grand-mère me sépara pendant quelques jours d'Hippolyte, qui perdait la tête et qui d'ailleurs était pour moi un camarade un peu trop impétueux. Mais elle s'inquiéta bientôt de me voir trop seule et de l'espèce de satisfaction passive avec laquelle je me tenais tranquille sous ses yeux et plongée dans des rêveries qui étaient pourtant une nécessité de mon organisation, et qu'elle ne s'expliquait pas. Il paraît que je restais des heures entières assise sur un tabouret aux pieds de ma mère ou aux siens, ne disant mot, les bras pendants, les yeux fixes, la bouche entrouverte, et que je paraissais idiote par moments. « Je l'ai toujours vue ainsi, disait ma mère, c'est sa nature ; ce n'est pas bêtise. Soyez sûre qu'elle rumine toujours quelque chose. Autrefois elle parlait tout haut en rêvassant, à présent elle ne dit plus rien, mais, comme disait son pauvre père, elle n'en pense pas moins. – C'est probable, répondait ma grand-mère, mais il n'est pas bon pour les enfants de tant rêver. J'ai vu aussi son père enfant tomber dans des espèces d'extases, et après cela il a eu une maladie de langueur. Il faut que cette petite soit distraite et secouée malgré elle. Nos chagrins la feront mourir, si on n'y prend garde ; elle les ressent, bien qu'elle ne les comprenne pas. Ma fille, il faut vous distraire aussi, ne fût-ce que physiquement. Vous êtes naturellement robuste, l'exercice vous est nécessaire. Il faut reprendre votre travail de jardinage, l'enfant y reprendra goût avec vous. »

Ma mère obéit, mais sans doute elle ne put pas d'abord y mettre beaucoup de suite. À force de pleurer, elle avait dès lors contracté d'effroyables douleurs de tête, qu'elle a conservées pendant plus de vingt ans, et qui, presque toutes les semaines, la forçaient à se coucher pendant vingt-quatre heures.

Il faut que je dise ici, pour ne pas l'oublier, une chose qui me revient et que je tiens à dire, parce qu'on en a fait contre ma mère un sujet d'accusation qui est resté jusqu'à ce jour dans l'esprit de plusieurs personnes. Il paraît que le jour de la mort de mon père, ma mère s'est écriée : *Et moi qui étais jalouse ! à présent, je ne le serai donc plus.* Cette parole était profonde dans sa douleur ; elle exprimait un regret amer du temps où elle se livrait à des peines chimériques, et une comparaison avec le malheur réel qui lui apportait une si horrible guérison. Soit Deschartres, qui jamais ne put se réconcilier franchement avec elle, soit quelque domestique mal intentionné, cette parole fut répétée et dénaturée. Ma mère aurait dit avec un accent de satisfaction monstrueuse : *Enfin je ne serai donc plus jalouse !* Cela est si absurde, pris dans une pareille acception, et dans un jour de désespoir si violent, que je ne comprends pas que des gens d'esprit aient pu s'y tromper. Il n'y a pourtant pas longtemps * que M. de Vitrolles, ancien ami de mon père, et l'homme le plus *homme* de l'ancien parti légitimiste, le racontait dans ce sens à un de mes amis. J'en demande pardon à M. de Vitrolles, mais on l'a indignement trompé, et la conscience humaine se révolte contre de pareilles interprétations. J'ai vu le désespoir de ma mère, et ces scènes-là ne s'oublient point.

Je reviens à moi après cette digression. Ma grand-mère, s'inquiétant toujours de mon isolement, me chercha une compagne de mon âge. Mademoiselle Julie, sa femme de chambre, lui proposa d'amener sa nièce, qui n'avait que six mois de plus que moi, et bientôt la petite Ursule fut habillée de deuil et amenée à Nohant. Elle y a passé plusieurs années avec moi, ensuite elle a été mise en apprentissage. Elle est venue pendant quelque temps tenir ma maison après mon mariage, et puis elle s'est mariée elle-même, et a toujours habité La Châtre. Nous ne nous sommes donc jamais perdues de vue, et notre amitié, toujours plus éprouvée par l'âge, a maintenant quarante ans de date : c'est quelque chose.

J'aurai à parler souvent de cette bonne Ursule, et je commence par dire qu'elle fut pour moi d'un grand secours dans la disposition morale et physique où je me trouvais par suite de notre malheur domestique. Le bon Dieu voulut bien me faire cette grâce que l'enfant pauvre qu'on associait à mes jeux ne fût point une âme servile. L'enfant du riche (et relativement à Ursule j'étais une petite princesse) abuse instinctivement des avantages de sa position, et quand son pauvre compagnon se laisse faire, le petit despote lui ferait volontiers donner le fouet à sa place, ainsi que cela s'est vu entre seigneurs et vilains. J'étais fort gâtée. Ma sœur, plus âgée que moi de cinq ans, m'avait toujours cédé avec cette complaisance que la raison inspire aux petites

* 1848 (NdA).

filles pour leurs cadettes. Clotilde seule m'avait tenu tête ; mais depuis quelques mois je n'avais plus l'occasion de devenir sociable avec mes pareilles. J'étais seule avec ma mère, qui pourtant ne me gâtait pas, car elle avait la parole vive et la main leste, et mettait en pratique cette maxime que qui aime bien châtie bien. Mais, dans ces jours de deuil, soutenir contre les caprices d'un enfant une lutte de toutes les heures était nécessairement au-dessus de ses forces. Ma grand-mère et elle avaient besoin de m'aimer et de me gâter pour se consoler de leurs peines ; j'en abusais naturellement. Et puis le voyage d'Espagne, la maladie et les douleurs auxquelles j'avais assisté m'avaient laissé une excitation nerveuse qui dura assez longtemps. J'étais donc irritable au dernier point et hors de mon état normal. J'éprouvais mille fantaisies, et je ne sortais de mes contemplations mystérieuses que pour vouloir l'impossible. Je voulais qu'on me donnât les oiseaux qui volaient dans le jardin, et de rage, je me roulais par terre quand on se moquait de moi ; je voulais que Weber me mît sur son cheval ; ce n'était plus Leopardo, on l'avait vendu bien vite, mais on pense bien qu'on ne voulait me laisser approcher d'aucun cheval. Enfin mes désirs contrariés faisaient mon supplice. Ma grand-mère disait que cette intensité de fantaisies était une preuve d'imagination, et elle voulait distraire cette imagination malade ; mais cela fut long et difficile.

Lorsque Ursule arriva, après la première joie, car elle me plut tout de suite et je sentis, sans m'en rendre compte, que c'était un enfant très intelligent et très courageux, l'esprit de domination revint, et je voulus l'astreindre à toutes mes volontés. Tout au beau milieu de nos jeux, il fallait changer celui qui lui plaisait pour celui qui me plaisait davantage, et tout aussitôt je m'en dégoûtais quand elle commençait à le préférer. Ou bien il fallait rester tranquille et ne rien dire, *méditer* avec moi ; et si j'avais pu faire qu'elle eût mal à la tête, ce qui m'arrivait souvent, j'aurais exigé qu'elle me tînt compagnie sous ce rapport. Enfin j'étais l'enfant le plus maussade, le plus chagrin et le plus irascible qu'il soit possible d'imaginer.

Grâce à Dieu, Ursule ne se laissa point asservir. Elle était d'humeur enjouée, active, et si babillarde qu'on lui avait donné le surnom de *Caquet bon bec* qu'elle a gardé longtemps. Elle a toujours eu de l'esprit, et ses longs discours faisaient souvent rire ma grand-mère à travers ses larmes. On craignit d'abord qu'elle ne se laissât tyranniser ; mais elle était trop têtue naturellement pour avoir besoin qu'on lui fît la leçon. Elle me résista on ne peut mieux, et quand je voulus jouer des mains et des griffes, elle répondait des pieds et des dents. Elle a gardé souvenir d'une formidable bataille à laquelle nous nous défiâmes un jour. Il paraît que nous avions une querelle sérieuse à vider, et comme nous ne voulions céder ni l'une ni l'autre, nous convînmes de nous battre du mieux qu'il nous serait possible. L'affaire fut assez chaude et il y eut des marques de part et d'autre ; je ne sais qui fut la plus forte, mais le dîner étant servi sur ces entrefaites, il nous fallait comparaître et nous craignions également d'être grondées. Nous étions seules dans la chambre de ma mère ; nous nous hâtâmes de nous laver la figure pour effacer quelques petites gouttes de sang ; nous nous arrangeâmes les cheveux l'une à l'autre, et nous eûmes même de l'obligeance mutuelle dans ce commun danger. Enfin, nous descendîmes l'escalier en nous demandant l'une à l'autre s'il n'y paraissait plus. La rancune s'était effacée, et Ursule me proposa de nous réconcilier et de nous embrasser, ce que nous fîmes de bon cœur, comme deux vieux soldats après une affaire d'honneur. Je ne sais pas si ce fut la dernière entre nous, mais il est certain que, soit dans la paix, soit dans la guerre, nous vécûmes dès lors sur le pied de l'égalité, et que nous nous aimions tant que nous ne pouvions vivre un instant séparées. Ursule mangeait à notre table, comme elle y a toujours mangé depuis. Elle couchait dans notre chambre et souvent avec moi dans le grand lit. Ma mère l'aimait beaucoup, et, quand elle avait la migraine, elle était soulagée par les petites mains fraîches qu'Ursule passait sur son front bien longtemps et bien doucement. J'étais un peu jalouse de ces soins qu'elle lui rendait, mais soit animation au jeu, soit un reste de disposition fébrile, j'avais toujours les mains brûlantes et j'empirais la migraine.

Nous restâmes deux ou trois ans à Nohant sans que ma grand-mère songeât à retourner à Paris, et sans que ma mère pût se décider à ce qu'on désirait d'elle. Ma grand-mère voulait que mon éducation lui fût entièrement confiée et que je ne la quittasse plus. Ma mère ne pouvait abandonner Caroline, qui était en pension, à la vérité, mais qui bientôt devait avoir besoin qu'elle s'en occupât d'une manière suivie, et elle ne pouvait se résoudre à se séparer définitivement de l'une ou de l'autre de ses filles. Mon oncle de Beaumont [61] vint passer un été à Nohant pour aider ma mère à prendre cette résolution qu'il jugeait nécessaire au bonheur de ma grand-mère et au mien ; car, tous comptes faits, et même ma grand-mère augmentant le plus possible l'existence à laquelle ma mère pouvait prétendre, il ne restait à celle-ci que deux mille cinq cents livres de rente, et ce n'était pas de quoi donner une brillante éducation à ses deux enfants. Ma grand-mère s'attachait à moi chaque jour davantage, non pas sans doute à cause de mon petit caractère, qui était encore passablement quinteux [62] à cette époque, mais à cause de ma ressemblance frappante avec mon père. Ma voix, mes traits, mes manières, mes goûts, tout en moi lui rappelait son fils enfant, à tel point qu'elle se faisait quelquefois, en me regardant jouer, une sorte d'illusion, et que souvent elle m'appelait Maurice et disait *mon fils* en parlant de moi.

Elle tenait beaucoup à développer mon intelligence, dont elle se faisait une haute idée. Je ne sais pourquoi je comprenais tout ce qu'elle me disait et m'enseignait, mais elle le disait si clairement et si bien, que ce n'était pas merveille. J'annonçais aussi des dispositions musicales qui n'ont jamais été suffisamment développées, mais qui la charmaient parce qu'elles lui rappelaient l'enfance de mon père, et elle recommençait la jeunesse de sa maternité en me donnant des leçons.

J'ai souvent entendu ma mère soulever devant moi ce problème : « Mon enfant sera-t-elle plus heureuse ici qu'avec moi ? Je ne sais rien, c'est vrai, et je n'aurai pas le moyen de lui en faire apprendre bien long. L'héritage de son père peut être amoindri si sa grand-mère se désaffectionne en ne la voyant pas sans cesse, mais l'argent et les talents font-ils le bonheur ? »

Je comprenais déjà ce raisonnement, et quand elle parlait de mon avenir avec mon oncle de Beaumont, qui la pressait vivement de céder, j'écoutais de toutes mes oreilles sans en avoir l'air. Il en résulta pour moi un grand mépris pour l'argent, avant que je susse ce que ce pouvait être, et une sorte de terreur vague de la richesse dont j'étais menacée.

Cette richesse n'était pas grand-chose ; car, tout au net, ce devait être un jour environ douze mille francs de rente. Mais relativement, c'était beaucoup, et cela me faisait grand-peur, étant lié à l'idée de me séparer de ma mère. Aussi, dès que j'étais seule avec elle, je la couvrais de caresses en la suppliant de ne pas me *donner pour de l'argent* à ma grand-mère ; j'aimais pourtant cette bonne maman si douce, qui ne me parlait que pour me dire des choses tendres ; mais cela ne pouvait se comparer à l'amour passionné que je commençais à ressentir pour ma mère, et qui a dominé ma vie jusqu'à une époque où des circonstances plus fortes que moi m'ont fait hésiter entre ces deux mères, jalouses l'une de l'autre à propos de moi, comme elles l'avaient été à propos de mon père.

Oui, je dois l'avouer, un temps est venu où, placée dans une situation anormale entre ces deux affections qui, de leur nature, ne se combattent point, j'ai été tour à tour victime de la sensibilité de ces deux femmes et de la mienne propre, trop peu ménagée par elles. Je raconterai ces choses comme elles se sont accomplies, mais dans leur ordre, et je veux tâcher de commencer par le commencement. Jusqu'à l'âge de quatre ans, c'est-à-dire jusqu'au voyage en Espagne, j'avais chéri ma mère instinctivement et sans le savoir. Ainsi que je l'ai dit, je ne m'étais rendu compte d'aucune affection, et j'avais vécu comme vivent les petits enfants, et comme vivent les peuples primitifs, par l'imagination. La vie du sentiment s'était éveillée en moi à la naissance de mon petit frère aveugle, en voyant souffrir ma mère. Son désespoir à la mort de mon père m'avait développée davantage dans ce sens, et je commençai à me sentir subjuguée par cette affection quand l'idée d'une séparation vint me surprendre au milieu de mon âge d'or[63].

Je dis mon âge d'or, parce que c'était à cette époque-là le mot favori d'Ursulette. Je ne sais où elle l'avait entendu dire, mais elle me le répétait quand elle raisonnait avec moi, car elle prenait déjà part à mes peines ; et, par son caractère plus encore que par les cinq ou six mois qu'elle avait de plus que moi, elle comprenait mieux le monde réel. En me voyant pleurer à l'idée de rester sans ma mère avec ma bonne maman, elle me disait : « C'est pourtant gentil d'avoir une grande maison et un grand jardin comme ça pour se promener, et des voitures, et des robes, et des bonnes choses à manger tous les jours. Qu'est-ce qui donne tout ça ? C'est le *richement*. Il ne faut donc pas que tu pleures, car tu auras, avec ta bonne maman, toujours de l'*âge d'or* et toujours du *richement*. Et quand je vas[64] voir maman à La Châtre, elle dit que je suis devenue difficile à Nohant et que je fais la dame. Et moi, je lui dis, je suis dans mon *âge d'or* et je prends du *richement* pendant que j'en ai. »

Les raisonnements d'Ursule ne me consolaient pas. Un jour sa tante, mademoiselle Julie, la femme de chambre de ma grand-mère, qui me voulait du bien et qui raisonnait à son point de vue, me dit : *Vous voulez donc retourner dans votre petit grenier manger des haricots ?* Cette parole me révolta, et les haricots et le petit grenier me parurent l'idéal du bonheur et de la dignité. Mais j'anticipe un peu ; j'avais peut-être déjà sept ou huit ans quand cette question de la richesse me fut ainsi posée. Avant de dire le résultat du combat que ma mère soutenait et se livrait à elle-même à propos de moi, je dois esquisser les deux ou trois années que nous passâmes à Nohant après la mort de mon père. Je ne pourrai pas le faire avec ordre, ce sera un tableau général et un peu confus, comme mes souvenirs.

D'abord je dois dire comment vivaient ensemble ma mère et ma grand-mère, ces deux femmes aussi différentes par leur organisation qu'elles l'étaient par leur éducation et leurs habitudes. C'étaient vraiment les deux types extrêmes de notre sexe : l'une blanche, blonde, grave, calme et digne dans ses manières, une véritable Saxonne de noble race, aux grands airs pleins d'aisance et de bonté protectrice ; l'autre brune, pâle, ardente, gauche et timide devant les gens du beau monde, mais toujours prête à éclater quand l'orage grondait trop fort au-dedans, une nature d'Espagnole, jalouse, passionnée, colère et faible, méchante et bonne en même temps. Ce n'était pas sans une mortelle répugnance que ces deux êtres si opposés par nature et par situation s'étaient acceptés l'un l'autre, et pendant la vie de mon père, elles s'étaient trop disputé son cœur pour ne pas se haïr un peu. Après sa mort, la douleur les rapprocha, et l'effort qu'elles avaient fait pour s'aimer porta ses fruits. Ma grand-mère ne pouvait comprendre les vives passions et les violents instincts, mais elle était sensible à la grâce, à l'intelligence et aux élans sincères du cœur. Ma mère avait tout cela, et ma grand-mère l'observait souvent avec une sorte de curiosité, se demandant pourquoi mon père l'avait tant aimée. Elle découvrit bientôt à Nohant ce qu'il y avait de puissance et d'attrait dans cette nature inculte. Ma mère était une grande artiste manquée faute de développement. Je ne sais à quoi elle eût été propre spécialement, mais elle avait pour tous les arts et pour tous les métiers une aptitude merveilleuse. Elle n'avait rien appris, elle ne savait rien ; ma grand-mère lui reprocha son orthographe barbare et lui dit qu'il ne tiendrait qu'à elle de la corriger. Elle se mit, non à apprendre la grammaire, il n'était plus temps, mais à lire avec attention, et peu après elle écrivait presque correctement et dans un style si naïf et si joli, que ma grand-mère, qui s'y connaissait, admirait ses lettres. Elle ne connaissait seulement pas les notes, mais elle avait une voix ravissante, d'une légèreté et d'une fraîcheur incomparables, et ma grand-mère se plaisait à l'entendre chanter, toute grande musicienne qu'elle était. Elle remarquait le goût et la méthode naturelle de son chant[65]. Puis, à Nohant, ne sachant comment remplir ses longues journées, ma mère se mit à dessiner, elle qui n'avait jamais touché un crayon. Elle le fit d'instinct, comme tout ce qu'elle faisait, et après avoir copié très adroitement plusieurs gravures, elle se mit à faire des portraits à la plume et à la gouache, qui étaient ressemblants et dont la naïveté avait toujours du charme et de la grâce. Elle brodait un peu gros, mais avec une rapidité si incroyable qu'elle fit à ma grand-mère, en peu de jours, une robe de percale brodée tout entière du haut en bas, comme on en portait alors. Elle faisait toutes nos robes et tous nos chapeaux, ce qui n'était pas merveille, puisqu'elle avait été longtemps modiste ; mais c'était inventé et exécuté avec une promptitude, un goût et une fraîcheur incomparables. Ce qu'elle avait entrepris le matin, il fallait que ce fût prêt pour le lendemain, eût-elle dû y passer la nuit, et elle portait dans les moindres choses une ardeur et une puissance d'attention qui paraissaient merveilleuses à ma grand-mère, un peu nonchalante d'esprit et maladroite de ses mains, comme l'étaient alors les grandes dames. Ma mère savonnait, elle repassait, elle raccommodait toutes nos nippes elle-même avec plus de prestesse et d'habileté que la meilleure ouvrière de profession. Jamais je ne lui ai vu faire d'ouvrages inutiles et dispendieux comme ceux que font les dames riches. Elle ne faisait ni petites bourses, ni petits écrans, ni aucun de ces brimborions qui coûtent plus cher quand on les fait soi-même, qu'on ne les payerait tout faits chez un marchand ; mais pour une maison qui avait besoin d'économie, elle valait dix ouvrières à elle seule. Et puis elle était toujours prête à entreprendre toutes choses. Ma grand-mère avait-elle cassé sa boîte à ouvrage, ma mère s'enfermait une journée dans sa chambre, et à dîner elle lui apportait une boîte en cartonnage, coupée, collée, doublée et confectionnée par elle de tous points. Et il se trouvait que c'était un petit chef-d'œuvre de goût. Il en était de tout ainsi. Si le clavecin était dérangé, sans connaître ni le mécanisme ni la tablature, elle remettait des cordes, elle recollait des touches, elle rétablissait l'accord. Elle osait tout et réussissait à tout. Elle eût fait des souliers, des meubles, des serrures, s'il l'avait fallu. Ma grand-mère disait que c'était une fée, et il y avait quelque chose de cela. Aucun travail, aucune entreprise ne lui semblait ni trop poétique, ni trop vulgaire, ni trop pénible, ni trop fastidieuse ; seulement elle avait horreur des choses qui ne servent à rien et disait tout bas que c'étaient des amusements de *vieille comtesse*.

C'était donc une organisation magnifique. Elle avait tant d'esprit naturel que, quand elle n'était pas paralysée par sa timidité, qui était extrême avec certaines gens, elle en était étincelante. Jamais je n'ai entendu railler et critiquer comme elle savait le faire, et il ne faisait pas bon de lui avoir déplu. Quand elle était bien à son aise, c'était le langage incisif, comique et pittoresque de l'*enfant de Paris*, auquel rien ne peut être comparé chez aucun peuple du monde, et au milieu de tout cela, il y avait des éclairs de poésie, des choses senties et dites comme on ne les dit plus quand on s'en rend compte et qu'on sait les dire. Elle n'avait aucune vanité de son intelligence et ne s'en doutait même pas. Elle était sûre de sa beauté sans en être fière, et disait naïvement qu'elle n'avait jamais été jalouse de celle des autres, se trouvant assez bien partagée sous ce rapport-là. Mais ce qui la tourmentait, par rapport à mon père, c'était la supériorité d'intelligence et d'éducation qu'elle supposait aux femmes du monde. Cela prouve combien elle était modeste naturellement ; car les dix-neuf vingtièmes des femmes que j'ai connues dans toutes les positions sociales étaient de véritables idiotes auprès d'elle. J'en ai vu qui la regardaient par-dessus l'épaule et qui, en la voyant réservée et craintive, s'imaginaient qu'elle avait honte de sa sottise et de sa nullité ; mais qu'elles eussent essayé de piquer l'épiderme, le volcan eût fait irruption[66] et les eût lancées un peu loin.

Avec tout cela, il faut bien le dire, c'était la personne la plus difficile à manier qu'il y eût au monde. J'en étais venue à bout dans ses dernières années, mais ce n'était pas sans peine et sans souffrance. Elle était irascible au dernier point, et pour la calmer il fallait feindre d'être irritée. La douceur et la patience l'exaspéraient, le silence la rendait folle, et c'est pour l'avoir trop respectée que je l'ai trouvée longtemps injuste avec moi. Il ne me fut jamais possible de m'emporter avec elle, ses colères m'affligeaient sans trop m'offenser ; je voyais en elle un enfant terrible qui se dévorait lui-même, et je souffrais trop du mal qu'elle se faisait, pour m'occuper de celui qu'elle croyait me faire. Mais je pris sur moi de lui parler avec une certaine sévérité, et son âme, qui avait été si tendre pour moi dans mon enfance, se laissa enfin vaincre et persuader. J'ai bien souffert pour en arriver là ; mais ce n'est pas encore ici le moment de le dire.

Il faut pourtant la peindre tout entière, cette femme qui n'a pas été connue, et l'on ne comprendrait pas le mélange de sympathie et de répulsion, de confiance et d'effroi qu'elle inspira toujours à ma grand-mère (et à moi longtemps), si je ne disais toutes les forces et toutes les faiblesses de son âme. Elle était pleine de contrastes, c'est pour cela qu'elle a été beaucoup aimée et beaucoup haïe ; c'est pour cela qu'elle a beaucoup aimé et beaucoup haï elle-même. À certains égards, j'ai beaucoup d'elle, mais en moins bon et en moins rude : je suis une empreinte très affaiblie par la nature, ou très modifiée par l'éducation. Je ne suis capable ni de ses rancunes ni de ses éclats ; mais quand du mauvais mouvement je reviens au bon, je n'ai pas le même mérite, parce que mon dépit n'a jamais été de la fureur et mon éloignement jamais de la haine. Pour passer ainsi d'une passion extrême à une autre, pour adorer ce qu'on vient de maudire et caresser ce qu'on a brisé, il faut une rare puissance. J'ai vu cent fois ma mère outrager jusqu'au sang, et puis tout à coup reconnaître qu'elle allait trop loin, fondre en larmes et relever jusqu'à l'adoration ce qu'elle avait injustement foulé aux pieds.

Avare pour elle-même, elle était prodigue pour les autres. Elle lésinait sur des riens, et puis, tout à coup, elle craignait d'avoir mal agi et donnait trop. Elle avait d'admirables naïvetés. Lorsqu'elle était en train de médire de ses ennemis, si Pierret, pour user vite son dépit, ou tout bonnement parce qu'il voyait par ses yeux, enchérissait sur ses malédictions, elle changeait tout à coup. « Pas du tout, Pierret, disait-elle, vous déraisonnez. Vous ne vous apercevez pas que je suis en colère, que je dis des choses qui ne sont pas justes et que dans un instant je serai désolée d'avoir dites. »

Cela est arrivé bien souvent à propos de moi ; si elle croyait avoir à s'en plaindre, elle éclatait en reproches terribles, et, j'ose le dire fort peu mérités. Pierret ou quelque autre voulait-il qu'elle eût raison : « Vous en avez menti, s'écriait-elle, ma fille est excellente, je ne connais rien de meilleur qu'elle, et vous aurez beau faire, je l'aimerai plus que vous. »

Elle était rusée comme un renard et tout à coup naïve comme un enfant. Elle mentait sans le savoir de la meilleure foi du monde. Son imagination et l'ardeur de son sang l'emportant toujours, elle vous accusait des plus incroyables méfaits, et puis tout à coup s'arrêtait et disait : « Mais ce n'est pas vrai, ce que je dis là ; non, il n'y a pas un mot de vrai, je l'ai rêvé ! »

## XV

*Ma mère. – Une rivière dans une chambre. – Ma grand-mère. – Deschartres. – La médecine de Deschartres. – Écriture hiéroglyphique. – Premières lectures. – Contes de fées, mythologie. – La* nymphe *et la* bacchante. *– Mon grand-oncle. – Le* *chanoine de* Consuelo. – *Différence de la* vérité *et de la* réalité *dans les arts. – La fête de ma grand-mère. – Premières études et impressions musicales.*

J'ai tracé avec vérité, je crois, le caractère de ma mère, je ne puis passer outre, dans le récit de ma vie, sans me rendre compte, autant qu'il est en moi, de l'importance que ce caractère exerça sur le mien.

On pense bien qu'il m'a fallu du temps pour apprécier une nature si singulière et si remplie de contradictions, d'autant plus qu'au sortir de mon enfance nous avons peu vécu ensemble. Dans la première période de ma vie, je ne connus d'elle que son amour pour moi, amour immense, et que plus tard elle avoua avoir combattu en elle pour se résigner à notre séparation ; mais cet amour n'était pas de la même nature que le mien. Il était plus tendre chez moi, plus passionné chez elle, et déjà elle me corrigeait vertement pour de petits méfaits que sa préoccupation avait laissés longtemps passer impunément, et dont par conséquent je ne me sentais pas coupable. J'ai toujours été d'une déférence extrême avec elle, et elle disait toujours qu'il n'y avait pas au monde une personne plus douce et plus aimable que moi ; cela n'était vrai que pour elle. Je ne suis point meilleure qu'une autre, mais j'étais véritablement bonne avec elle, et je lui obéissais sans pourtant la craindre, quelque rude qu'elle fût. Enfant insupportable avec les autres, j'étais soumise avec elle parce que j'avais du plaisir à l'être. Elle était alors pour moi un oracle, c'était elle qui m'avait donné les premières notions de la vie, et elle me les avait données conformes aux besoins intellectuels que m'avait créés la nature. Mais, par distraction et par oubli, les enfants font souvent ce qu'on leur a défendu et ce qu'ils n'ont point résolu de faire. Elle me grondait et me frappait alors comme si ma désobéissance eût été volontaire, et je l'aimais tant que j'étais véritablement au désespoir de lui avoir déplu. Il ne me vint jamais à l'esprit, dans ce temps-là, qu'elle pût être injuste. Jamais je n'eus ni rancune ni aigreur contre elle. Quand elle s'apercevait qu'elle avait été trop loin, elle me prenait dans ses bras, elle pleurait, elle m'accablait de caresses. Elle me disait même qu'elle avait eu tort, elle craignait de m'avoir fait du mal, et moi, j'étais si heureuse de retrouver sa tendresse, que je lui demandais pardon des coups qu'elle m'avait administrés.

Comment sommes-nous faits ? Si ma grand-mère eût déployé avec moi la centième partie de cette rudesse irréfléchie, je serais entrée en pleine révolte. Je la craignais pourtant beaucoup plus, et un mot d'elle me faisait pâlir ; mais je ne lui eusse pas pardonné la moindre injustice, et toutes celles de ma mère passaient inaperçues et augmentaient mon amour.

Un jour entre autres, je jouais dans sa chambre avec Ursule et Hippolyte, tandis qu'elle dessinait. Elle était tellement absorbée par son travail, qu'elle ne nous entendait pas faire notre vacarme accoutumé. Nous avions trouvé un jeu qui passionnait nos imaginations. Il s'agissait de passer la rivière. La rivière était dessinée sur le carreau avec de la craie et faisait mille détours dans cette grande chambre. En de certains endroits elle était fort profonde, il fallait trouver l'endroit guéable et ne pas se tromper. Hippolyte s'était déjà noyé plusieurs fois, nous l'aidions à se retirer des grands trous où il tombait toujours, car il faisait le rôle du maladroit ou de l'homme ivre, et il nageait à sec sur le carreau en se débattant et en se lamentant. Pour les enfants ces jeux-là sont tout un drame, toute une fiction scénique, parfois tout un roman, tout un poème, tout un voyage, qu'ils miment et rêvent durant des heures entières, et dont l'illusion les gagne et les saisit véritablement. Pour mon compte, il ne me fallait pas cinq minutes pour m'y plonger de si bonne foi, que je perdais la notion de la réalité, et je croyais voir les arbres, les eaux, les rochers, une vaste campagne, et le ciel tantôt clair, tantôt chargé de nuages qui allaient crever et augmenter le danger de passer la rivière. Dans quel vaste espace les enfants croient agir, quand ils vont ainsi de la table au lit et de la cheminée à la porte !

Nous arrivâmes, Ursule et moi, au bord de notre rivière, dans un endroit où l'herbe était fine et le sable doux. Elle le tâta d'abord, et puis elle m'appela en me disant : « Vous pouvez vous y risquer, vous n'en aurez guère plus haut que les genoux. » Les enfants s'appellent *vous* dans ces sortes de mimodrames. Ils ne croiraient pas jouer une scène s'ils se tutoyaient comme à l'ordinaire. Ils représentent toujours certains personnages qui expriment des caractères, et ils suivent très bien la première donnée. Ils ont même des dialogues très vrais et que des acteurs de profession seraient bien embarrassés d'improviser sur la scène avec tant d'à-propos et de fécondité.

Sur l'invitation d'Ursule, je lui observai que, puisque l'eau était basse, nous pouvions bien passer sans nous mouiller ; il ne s'agissait que de relever un peu nos jupes et d'ôter nos chaussures. « Mais, dit-elle, si nous rencontrons des écrevisses, elles nous mangeront les pieds. – C'est égal, lui dis-je ; il ne faut pas mouiller nos souliers, nous devons les ménager, car nous avons encore bien du chemin à faire. »

À peine fus-je déchaussée, que le froid du carreau me fit l'effet de l'eau véritable, et nous voilà, Ursule et moi, pataugeant dans le ruisseau. Pour ajouter à l'illusion générale, Hippolyte imagina de prendre le pot à l'eau et de le verser par terre, imitant ainsi un torrent et une cascade. Cela nous sembla délirant d'invention. Nos rires et nos cris attirèrent enfin l'attention de ma mère. Elle nous regarda, et nous vit tous les trois, pieds et jambes nus, barbotant dans un cloaque, car le carreau avait déteint, et notre fleuve était fort peu limpide. Alors elle se fâcha tout de bon, surtout contre moi, qui étais déjà enrhumée ; elle me prit par le bras, m'appliqua une correction manuelle assez accentuée, et m'ayant rechaussée elle-même, en me grondant beaucoup, elle chassa Hippolyte dans sa chambre, et nous mit en pénitence, Ursule et moi, chacune dans un coin. Tel fut le dénouement imprévu et dramatique de notre représentation, et la toile tomba sur des larmes et des cris véritables[67].

Eh bien, je me rappellerai toujours ce dénouement comme une des plus pénibles commotions que j'aie ressenties. Ma mère me surprenait au plus fort de mon hallucination, et ces sortes de réveils me causaient toujours un ébranlement moral très douloureux. Les coups ne me faisaient pourtant pas grande impression ; j'en recevais souvent, et je savais parfaitement que ma mère, en me frappant, me faisait fort peu de mal. De quelque façon qu'elle me secouât et fît de moi un petit paquet qu'on pousse et qu'on jette sur un lit ou sur un fauteuil, ses mains adroites et souples ne me meurtrissaient pas, et j'avais cette confiance malicieuse qu'ont tous les enfants, que la colère de leurs parents est prudente, et qu'on a plus peur de les blesser qu'ils n'ont peur pour eux-mêmes. Cette fois, comme les autres, ma mère me voyant désespérée de son courroux, me fit mille caresses pour me consoler. Elle aurait eu tort peut-être avec certains enfants orgueilleux et vindicatifs ; mais elle avait raison avec moi, qui n'ai jamais connu la rancune, et qui trouve encore qu'on se punit soi-même en ne pardonnant pas à ceux qu'on aime.

Pour en revenir aux rapports qui s'établirent entre ma mère et ma grand-mère après la mort de mon père, je dois dire que l'espèce d'antipathie naturelle qu'elles éprouvaient l'une pour l'autre ne fut jamais qu'à demi vaincue, ou plutôt elle fut vaincue entièrement par intervalles, suivis de réactions assez vives. De loin, elles se haïssaient toujours et ne pouvaient s'empêcher de dire du mal l'une de l'autre. De près, elles ne pouvaient s'empêcher de se plaire ensemble, car chacune avait en elle un charme puissant, tout opposé à celui de l'autre. Cela venait du fond de justice et de droiture qu'elles avaient toutes deux, et de leur grande intelligence, qui ne leur permettait pas de méconnaître ce qu'elles avaient d'excellent. Les préjugés de ma grand-mère n'étaient pas en elle-même, ils étaient dans son entourage. Elle avait beaucoup de faiblesse pour certaines personnes et ménageait en elles des opinions qu'au fond de son âme elle ne partageait pas. Ainsi, devant ses vieilles amies, elle abandonnait ma mère absente à leurs anathèmes et semblait vouloir se justifier de l'avoir accueillie dans son intimité et de la traiter comme sa fille. Et puis, quand elle se retrouvait avec elle, elle oubliait le mal qu'elle venait d'en dire, et lui montrait une confiance et une sympathie dont j'ai été mille fois témoin, et qui n'étaient pas feintes, car ma grand-mère était la personne la plus sincère et la plus loyale que j'aie jamais connue. Mais toute grave et froide qu'elle paraissait, elle était impressionnable ; elle avait besoin d'être aimée, et les moindres attentions la trouvaient sensible et reconnaissante.

Combien de fois je lui ai entendu dire en parlant de ma mère : « Elle a de la grandeur dans le caractère. Elle est charmante. Elle a un maintien parfait. Elle est généreuse et donnerait sa chemise aux pauvres. Elle est libérale comme une grande dame et simple comme un enfant. » Mais dans d'autres moments, se rappelant toutes ses jalousies maternelles, et les sentant survivre à l'objet qui les avait causées, elle disait : « C'est un démon, c'est une folle. Elle n'a jamais été aimée de mon fils, elle le dominait, elle le rendait malheureux. Elle ne le regrette pas. » Et mille autres plaintes qui n'étaient pas fondées, mais qui la soulageaient d'une secrète et incurable amertume.

Ma mère agissait absolument de même. Quand le temps était au beau entre elles, elle disait : « C'est une femme supérieure. Elle est encore belle comme un ange ; elle sait tout. Elle est si douce et si bien élevée qu'il n'y a jamais moyen de se fâcher avec elle, et si elle vous dit quelquefois une parole qui pique, au moment où la colère vous prend, elle vous en dit une autre qui vous donne envie de l'embrasser. Si on pouvait la débarrasser de ses *vieilles comtesses*, elle serait adorable. »

Mais quand l'orage grondait dans l'âme impétueuse de ma mère, c'était tout autre chose. La vieille belle-mère était une prude et une hypocrite. Elle était sèche et sans pitié. Elle était encroûtée dans ses idées de l'ancien régime, etc. Et alors malheur aux vieilles amies qui avaient causé une altercation domestique par leurs propos et leurs réflexions ! Les vieilles comtesses c'étaient les bêtes de l'Apocalypse pour ma mère, et elle les habillait de la tête aux pieds avec une verve et une causticité qui faisaient rire ma grand-mère elle-même, malgré qu'elle en eût.

Deschartres, il faut bien le dire, était le principal obstacle à leur complet rapprochement. Il ne put jamais prendre son parti là-dessus, et il ne laissait pas tomber la moindre occasion de raviver les anciennes douleurs. C'était sa destinée. Il a toujours été rude et désobligeant pour les êtres qu'il chérissait, comment ne l'eût-il pas été pour ceux qu'il haïssait ? Il ne pardonnait pas à ma mère de l'avoir emporté sur lui dans l'influence à laquelle il prétendait sur l'esprit et le cœur de son cher Maurice. Il la contredisait et essayait de la molester à tout propos ; et puis il s'en repentait et s'efforçait de réparer ses grossièretés par des prévenances gauches et ridicules. Il semblait parfois qu'il fût amoureux d'elle. Et qui sait s'il ne l'était pas ? Le cœur humain est si bizarre et les hommes austères si inflammables ! Mais il eût dévoré quiconque le lui eût dit. Il avait la prétention d'être supérieur à toutes les faiblesses humaines. D'ailleurs ma mère recevait si mal ses avances et lui faisait expier ses torts par de si cruelles railleries, que l'ancienne haine lui revenait toujours, augmentée de tout le dépit des nouvelles luttes.

Quand on paraissait au mieux ensemble et que Deschartres faisait peut-être tous ses efforts pour se rendre moins maussade, il essayait d'être taquin et gentil, et Dieu sait comme il s'y entendait, le pauvre homme ! Alors ma mère se moquait de lui avec tant de malice et d'esprit qu'il perdait la tête, devenait brutal, blessant, et que ma grand-mère était obligée de lui donner tort et de le faire taire.

Ils jouaient aux cartes le soir, tous les trois, et Deschartres, qui prétendait exceller dans tous les jeux et qui les jouait tous fort mal, perdait toujours. Je me souviens qu'un soir, exaspéré d'être gagné obstinément par ma mère, qui ne calculait rien, mais qui, par instinct et par inspiration, était toujours heureuse, il entra dans une fureur épouvantable, et lui dit en jetant ses cartes sur la table : « On devrait vous les jeter au nez pour vous apprendre à gagner en jouant si mal ! » Ma mère se leva tout en colère et allait répondre, lorsque ma bonne maman dit avec son grand air calme et sa voix douce : « Deschartres, si vous faisiez une pareille chose, je vous assure que je vous donnerais un grand soufflet. »

Cette menace d'un soufflet, faite d'un ton si paisible, et d'un *grand soufflet*, venant de cette belle main à demi paralysée, si faible qu'elle pouvait à peine soutenir ses cartes, était la chose la plus comique qui se puisse imaginer. Aussi ma mère partit d'un rire inextinguible et se rassit, incapable de rien ajouter à la stupéfaction et à la mortification du pauvre pédagogue.

Mais cette anecdote eut lieu bien longtemps après la mort de mon père. Il se passa de longues années avant qu'on entendît dans cette maison en deuil d'autres rires que ceux des enfants.

Pendant ces années, une vie calme et réglée, un bien-être physique que je n'avais jamais connu, un air pur que j'avais rarement respiré à pleins poumons, me firent peu à peu une santé robuste, et l'excitation nerveuse cessant, mon humeur devint égale et mon caractère enjoué. On s'aperçut que je n'étais pas un enfant plus méchant qu'un autre ; et la plupart du temps il est certain que les enfants ne sont acariâtres et fantasques que parce qu'ils souffrent sans pouvoir ou sans vouloir le dire.

Pour ma part, j'avais été si dégoûtée par les remèdes, et, à cette époque, on en faisait un tel abus, que j'avais pris l'habitude de ne jamais me plaindre de mes petites indispositions, et je me souviens d'avoir été souvent près de m'évanouir au milieu de mes jeux, et d'avoir lutté avec un stoïcisme que je n'aurais peut-être pas aujourd'hui. C'est que quand j'étais remise à la science de Deschartres, je devenais réellement la victime de son système, qui était de donner de l'émétique [68] à tout propos. Il était habile chirurgien, mais il n'entendait rien à la médecine, et appliquait ce maudit émétique à tous les maux. C'était sa panacée universelle. J'étais et j'ai toujours été d'un tempérament très bilieux, mais si j'avais eu toute la bile dont Deschartres prétendait me débarrasser, je n'aurais jamais pu vivre. Étais-je pâle, avais-je mal à la tête, c'était la bile, et vite l'émétique, qui produisait chez moi d'affreuses convulsions sans vomissements et qui me brisait pour plusieurs jours. De son côté, ma mère croyait aux vers, c'était encore une préoccupation de la médecine dans ce temps-là. Tous les enfants avaient des vers et on les bourrait de vermifuges, affreuses médecines noires qui leur causaient des nausées et leur ôtaient l'appétit. Alors, pour rendre l'appétit, on administrait la rhubarbe. Et puis, avais-je une piqûre de cousin, ma mère croyait voir reparaître la gale, et le souffre était de nouveau mêlé à tous mes aliments. Enfin c'était une droguerie perpétuelle, et il faut que la génération à laquelle j'appartiens ait été bien fortement constituée pour résister à tous les soins qu'on a pris pour la conserver [69].

C'est vers l'âge de cinq ans que j'appris à écrire. Ma mère me faisait faire de grandes pages de *bâtons* et de *jambages*. Mais, comme elle écrivait elle-même comme un chat, j'aurais barbouillé bien du papier avant de savoir signer mon nom, si je n'eusse pris le parti de chercher moi-même un moyen d'exprimer ma pensée par des signes quelconques. Je me sentais fort ennuyée de copier tous les jours un alphabet et de tracer des pleins et des déliés en caractères d'affiches. J'étais impatiente d'écrire des phrases, et, dans mes récréations, qui étaient longues comme on peut croire, je m'exerçais à écrire des lettres à Ursule, à Hippolyte et à ma mère. Mais je ne les montrais pas, dans la crainte qu'on ne me défendît de me *gâter la main* à cet exercice. Je vins bientôt à bout de me faire une orthographe à mon usage. Elle était très simplifiée et chargée d'hiéroglyphes. Ma grand-mère surprit une de ces lettres et la trouva très drôle. Elle prétendit que c'était merveille de voir comme j'avais réussi à exprimer mes petites idées avec ces moyens barbares, et elle conseilla à ma mère de me laisser griffonner seule tant que je voudrais. Elle disait avec raison qu'on perd beaucoup de temps à vouloir donner une belle écriture aux enfants, et que pendant ce temps-là ils ne songent point à quoi sert l'écriture. Je fus donc livrée à mes propres recherches, et quand les pages *de devoir* étaient finies, je revenais à mon système naturel. Longtemps j'écrivis en lettres d'imprimerie, comme celles que je voyais dans les livres, et je ne me rappelle pas comment j'arrivai à employer l'écriture de tout le monde, mais ce que je me rappelle, c'est que je fis comme ma mère, qui apprenait l'orthographe en faisant attention à la manière dont les mots imprimés étaient composés. Je comptais les lettres, et je ne sais par quel instinct j'appris de moi-même les règles principales. Lorsque, plus tard, Deschartres m'enseigna la grammaire, ce fut l'affaire de deux ou trois mois ; car chaque leçon n'était que la confirmation de ce que j'avais observé et appliqué déjà.

À sept ou huit ans, je mettais donc l'orthographe, non pas très correctement, cela ne m'est jamais arrivé, mais aussi bien que la majorité des Français qui l'ont apprise.

Ce fut en apprenant seule à écrire que je parvins à comprendre ce que je lisais. C'est ce travail qui me força à m'en rendre compte ; car j'avais su lire avant de pouvoir comprendre la plupart des mots et de saisir le sens des phrases. Chaque jour cette révélation agrandit son petit cadre, et j'en vins à pouvoir lire seule un conte de fées.

Quel plaisir ce fut pour moi qui les avais tant aimés et à qui ma pauvre mère n'en faisait plus, depuis que le chagrin pesait sur elle ! Je trouvai à Nohant les contes de madame d'Aulnoy et de Perrault dans une vieille édition qui a fait mes délices pendant cinq ou six années. Ah ! quelles heures m'ont fait passer *L'Oiseau bleu*, *Le Petit Poucet*, *Peau d'Âne*, *Belle-Belle ou le Chevalier Fortuné*, *Serpentin vert*, *Babiole*, et *La Souris bienfaisante* ! Je ne les ai jamais relus depuis, mais je pourrais tous les raconter d'un bout à l'autre, et je ne crois pas que rien puisse être comparé, dans la suite de notre vie intellectuelle, à ces premières jouissances de l'imagination.

Je commençais aussi à lire moi-même mon *Abrégé de mythologie grecque*, et j'y prenais grand plaisir ; car cela ressemble aux contes de fées par certains côtés. Mais il y en avait d'autres qui me plaisaient moins ; dans tous ces mythes, les symboles sont sanglants au milieu de leur poésie, et j'aimais mieux les dénouements heureux de mes contes. Pourtant les nymphes, les zéphyrs, l'écho, toutes ces personnifications des riants mystères de la nature tournaient mon cerveau vers la poésie, et je n'étais pas encore assez esprit fort pour ne pas espérer parfois de surprendre les napées et les dryades dans les bois et dans les prairies.

Il y avait dans notre chambre un papier de tenture qui m'occupait beaucoup. Le fond était vert foncé uni, très épais, verni, et tendu sur toile. Cette manière d'isoler les papiers de la muraille assurait aux souris un libre parcours, et il se passait, le soir, derrière ce papier, des scènes de l'autre monde, des courses échevelées, des grattements furtifs et de petits cris fort mystérieux. Mais ce n'était pas là ce qui m'occupait le plus. C'était la bordure et les ornements qui entouraient les panneaux. Cette bordure était large d'un pied et représentait une guirlande de feuilles de vigne s'ouvrant par intervalles pour encadrer une suite de médaillons où l'on voyait rire, boire et danser des Silènes et des bacchantes. Au-dessus de chaque porte il y avait un médaillon plus grand que les autres, représentant une figurine, et ces figurines me paraissaient incomparables. Elles n'étaient pas pareilles. Celle que je voyais le matin en m'éveillant était une nymphe ou une Flore dansante. Elle était vêtue de bleu pâle, couronnée de roses, et agitait dans ses mains une guirlande de fleurs. Celle-là me plaisait énormément. Mon premier regard, le matin, était pour elle. Elle semblait me rire et m'inviter à me lever pour aller courir et folâtrer en sa compagnie.

Celle qui lui faisait vis-à-vis et que je voyais, le jour, de ma table de travail, et le soir, en faisant mes prières avant d'aller me coucher, était d'une expression toute différente, elle ne riait ni ne dansait. C'était une bacchante grave. Sa tunique était verte, sa couronne était de pampres, et son bras étendu s'appuyait sur un thyrse. Ces deux figures représentaient peut-être le Printemps et l'Automne. Quoi qu'il en soit, ces deux personnages, d'un pied de haut environ, me causaient une vive impression. Ils étaient peut-être aussi pacifiques et aussi insignifiants l'un que l'autre ; mais, dans mon cerveau, ils offraient le contraste bien tranché de la gaieté et de la tristesse, de la bienveillance et de la sévérité. Je regardais la bacchante avec étonnement, j'avais lu l'histoire d'Orphée déchiré par ces cruelles et le soir, quand la lumière vacillante éclairait le bras étendu et le thyrse, je croyais voir la tête du divin chantre au bout d'un javelot.

Mon petit lit était adossé à la muraille de manière que je ne visse point cette figure qui me tourmentait. Comme personne ne se doutait pourtant de ma prévention contre elle, l'hiver étant venu, ma mère changea mon lit de place pour le rapprocher de la cheminée, et de là je tournais le dos à ma nymphe bien-aimée pour ne voir que la ménade redoutable. Je ne me vantai pas de ma faiblesse, je commençais à avoir honte de cela ; mais comme il me semblait que cette diablesse me regardait obstinément et me menaçait de son bras immobile, je mis ma tête sous les couvertures pour ne pas la voir en m'endormant. Ce fut inutile, au milieu de la nuit elle se détacha du médaillon, se glissa le long de la porte, devint aussi grande qu'une *personne naturelle*, comme disent les enfants, et, marchant à la porte d'en face, elle essaya d'arracher la jolie nymphe de son médaillon. Celle-ci poussait des cris déchirants ; mais la bacchante ne s'en souciait pas. Elle tourmenta et déchira le papier jusqu'à ce que la nymphe s'en détacha et s'enfuit au milieu de la chambre.

L'autre l'y poursuivit, et la pauvre nymphe échevelée s'étant précipitée sur mon lit pour se cacher sous mes rideaux, la bacchante furieuse vint vers moi et nous perça toutes deux de son thyrse, qui était devenu une lance acérée, et dont chaque coup était pour moi une blessure dont je sentais la douleur.

Je criai, je me débattis, ma mère vint à mon secours ; mais tandis qu'elle se levait, bien que je fusse assez éveillée pour le constater, j'étais encore assez endormie pour voir la bacchante. Le réel et le chimérique étaient simultanément devant mes yeux, et je vis distinctement la bacchante s'atténuer, s'éloigner, à mesure que ma mère s'approchait d'elle, devenir petite comme elle l'était dans son médaillon, grimper le long de la porte comme eût fait une souris et se replacer dans son cadre de feuilles de vigne, où elle reprit sa pose accoutumée et son air grave.

Je me rendormis, et je vis cette folle qui faisait encore des siennes. Elle courait tout le long de la bordure appelant tous les Silènes et toutes les autres bacchantes qui étaient attablés ou occupés à se divertir dans les médaillons, et elle les forçait à danser avec elle et à casser tous les meubles de la chambre.

Peu à peu le rêve devint très confus, et j'y pris une sorte de plaisir. Le matin, à mon réveil, je vis la bacchante au lieu de la nymphe vis-à-vis de moi, et comme je ne me rendais plus compte de la nouvelle place que mon lit occupait dans la chambre, je crus un instant qu'en retournant à leurs médaillons les deux petites personnes s'étaient trompées et avaient changé de porte ; mais cette hallucination se dissipa aux premiers rayons du soleil, et je n'y pensai plus de la journée.

Le soir mes préoccupations revinrent, et il en fut ainsi pendant fort longtemps. Tant que durait le jour, il m'était impossible de prendre au sérieux ces deux figurines coloriées dans le papier, mais les premières ombres de la nuit troublaient mon cerveau, et je n'osais plus rester seule dans la chambre. Je ne le disais pas, car ma grand-mère raillait la poltronnerie, et je craignais qu'on ne lui racontât ma sottise ; mais j'avais presque huit ans que je ne pouvais pas encore regarder tranquillement la bacchante avant de m'endormir. On ne s'imagine pas tout ce que les enfants portent de bizarreries contenues et d'émotions cachées dans leur petite cervelle.

Le séjour à Nohant de mon grand-oncle l'abbé de Beaumont fut pour mes deux mères une grande consolation, une sorte de retour à la vie. C'était un caractère enjoué, un peu insouciant, comme le sont les vieux garçons, un esprit remarquable, plein de ressources et de fécondité, un caractère à la fois égoïste et généreux ; la nature l'avait fait sensible et ardent, le célibat l'avait rendu personnel [70] ; mais sa personnalité était si aimable, si gracieuse et si séduisante, qu'on était forcé de lui savoir gré de ne pas partager vos peines au point de n'avoir pas la force d'essayer de vous en distraire. C'était le plus beau vieillard que j'aie vu de ma vie. Il avait la peau blanche et fine, l'œil doux et les traits réguliers et nobles de ma grand-mère ; mais il avait encore plus de pureté dans les lignes, et sa physionomie était plus animée. À cette époque il portait encore des ailes de pigeon bien poudrées et la queue à la prussienne [71]. Il était toujours en culottes de satin noir, en souliers à boucles, et quand il mettait pardessus son habit sa grande douillette de soie violette piquée et ouatée, il avait l'air solennel d'un portrait de famille.

Il aimait ses aises, et son intérieur était d'un vieux luxe confortable ; sa table était raffinée comme son appétit. Il était despote et impérieux en paroles ; doux, libéral et faible par le fait. J'ai souvent pensé à lui en esquissant le portrait d'un certain chanoine qui a été goûté dans le roman de *Consuelo* [72]. Comme lui, bâtard d'un grand personnage, il était friand, impatient, railleur, amoureux des beaux-arts, magnifique, candide et malin en même temps, irascible et débonnaire. J'ai beaucoup chargé la ressemblance pour les besoins du roman, et c'est ici le cas de dire que les portraits tracés de cette sorte ne sont plus des portraits ; c'est pourquoi lorsqu'ils paraissent blessants à ceux qui croient s'y reconnaître, c'est une injustice commise envers l'auteur et envers soi-même. Un portrait de roman, pour valoir quelque chose, est toujours une figure de fantaisie. L'homme est si peu logique, si rempli de contrastes et de disparates dans la réalité, que la peinture d'un homme réel serait impossible et tout à fait insoutenable dans un ouvrage d'art. Le roman entier serait forcé de se plier aux exigences de ce caractère, et ne serait plus un roman. Cela n'aurait ni exposition, ni intrigue, ni nœud, ni dénouement ; cela irait tout de travers comme la vie et n'intéresserait personne, parce que chacun veut trouver dans un roman une sorte d'idéal de la vie *[73].

C'est donc une bêtise que de croire qu'un auteur ait voulu faire aimer ou haïr telle ou telle personne en donnant à ses personnages quelques traits saisis sur la nature ; la moindre différence en fait un être de convention, et je soutiens qu'en littérature on ne peut faire d'une figure *réelle* une peinture *vraisemblable* sans se jeter dans d'énormes différences, et sans dépasser extrêmement, en bien ou en mal, les défauts et les qualités de l'être humain qui a pu servir de premier type à l'imagination[74]. C'est absolument comme le jeu des acteurs, qui ne paraît vrai sur la scène qu'à la condition de dépasser ou d'atténuer beaucoup la réalité. Caricature ou idéalisation, ce n'est plus le modèle primitif, et ce modèle a peu de jugement s'il croit se reconnaître, s'il prend du dépit ou de la vanité en voyant ce que l'art ou la fantaisie ont su faire de lui.

Lavater[75] disait (ce ne sont pas ses expressions, mais c'est sa pensée) : « On oppose à mon système un argu-

* Cette opinion, prise dans un sens absolu, serait très contestable. On s'efforce, en ce moment, de fonder une école de *réalisme* qui sera un progrès si elle n'outrepasse pas son but et ne devient pas trop systématique. Mais, dans les ouvrages que j'ai lus, dans ceux de M. Champfleury, entre autres, le réalisme est encore poétisé suffisamment pour donner raison à la courte théorie que j'expose. Je suis heureuse d'avoir cette occasion de dire que je trouve ravissante la manière de M. Champfleury, réaliste ou non (*Note de 1854*) [NdA].

ment que je nie. On dit qu'un scélérat ressemble parfois à un honnête homme, et réciproquement. Je réponds que si on se trompe à cette ressemblance, c'est qu'on ne sait pas observer, c'est qu'on ne sait pas voir. Il peut exister certainement entre l'honnête homme et le scélérat une ressemblance vulgaire, apparente ; il n'y a peut-être même qu'une petite ligne, un léger pli, un *rien*, qui constitue la dissemblance. *Mais ce rien est tout !* »

Ce que Lavater disait à propos des différences dans la réalité physique est encore plus vrai quand on l'applique à la vérité relative dans les arts. La musique n'est pas de l'harmonie imitative, du moins l'harmonie imitative n'est pas de la musique [76]. La couleur en peinture n'est qu'une interprétation, et la reproduction exacte des tons réels n'est pas de la couleur. Les personnages de roman ne sont donc pas des figures ayant un modèle existant. Il faut avoir connu mille personnes pour en peindre une seule. Si on n'en avait étudié qu'une seule et qu'on voulût en faire un type exact, elle ne ressemblerait à rien et ne paraîtrait pas possible.

J'ai fait cette digression pour n'y pas revenir plus tard ; elle n'est même pas nécessaire au rapprochement qu'on pourrait faire entre mon oncle de Beaumont et mon chanoine de *Consuelo*, car j'ai peint un chanoine chaste, et mon grand-oncle se piquait de tout le contraire. Il avait eu de très belles aventures, et il eût été bien fâché de n'en point avoir. Il y avait mille autres différences que je n'ai pas besoin d'indiquer, ne fût-ce que celle de la gouvernante de mon roman, qui n'a pas le moindre trait de la gouvernante de mon grand-oncle. Celle-ci était dévouée, sincère, excellente. Elle lui a fermé les yeux, et elle a hérité de lui, ce qui lui était bien dû, et pourtant mon oncle lui parlait quelquefois comme le chanoine parle à *dame Brigitte* dans mon roman. Il n'y a donc rien de moins réel que ce qui paraît le plus vrai dans un ouvrage d'art [77].

Mon grand-oncle n'avait à l'égard des femmes aucune espèce de préjugés. Pourvu qu'elles fussent belles et bonnes, il ne leur demandait compte ni de leur naissance ni de leur passé. Aussi avait-il entièrement accepté ma mère, et il lui témoigna toute sa vie une affection paternelle. Il la jugeait bien, et la traitait comme un enfant de bon cœur et de mauvaise tête, la grondant, la consolant, la défendant avec énergie quand on était injuste envers elle, la réprimandant avec sévérité quand elle était injuste envers les autres. Il fut toujours un médiateur équitable, un conciliateur persuasif entre elle et ma grand-mère. Il la préservait des boutades de Deschartres en donnant tort ouvertement à celui-ci, sans que jamais il pût se fâcher ni se révolter contre le protectorat ferme et enjoué du grand-oncle.

La légèreté de cet aimable vieillard était donc un bienfait au milieu de nos amertumes domestiques, et j'ai souvent remarqué que tout est bon dans les personnes qui sont bonnes, même leurs défauts apparents. On s'imagine d'avance qu'on en souffrira, et puis il arrive peu à peu qu'on en profite, et que ce qu'elles ont en plus ou en moins dans un certain sens corrige ce que nous avons en moins ou en plus dans le sens contraire. Elles rendent l'équilibre à notre vie, et nous nous apercevons que les tendances que nous leur avons reprochées étaient très nécessaires pour combattre l'abus ou l'excès des nôtres.

La sérénité et l'enjouement du grand-oncle parurent donc un peu choquants dans les premiers jours. Il regrettait pourtant très sincèrement son cher Maurice ; mais il voulait distraire ces deux femmes désolées, et il y parvint.

Bientôt on ressuscita un peu avec lui. Il avait tant d'esprit, tant d'activité dans les idées, tant de grâce à raconter, à railler, à amuser les autres en s'amusant lui-même, qu'il était impossible d'y résister. Il imagina de nous faire jouer la comédie pour la fête de ma grand-mère, et cette surprise lui fut ménagée de longue main. La grande pièce qui servait d'antichambre à la chambre de ma mère, et dans laquelle ma grand-mère, qui ne montait presque jamais l'escalier, ne risquait guère de surprendre nos apprêts, fut convertie en salle de spectacle. On dressa des planches sur des tonneaux, les acteurs, qui étaient Hippolyte, Ursule et moi, n'ayant pas la taille assez élevée pour toucher au plafond malgré cet exhaussement du sol. C'était une espèce de théâtre de marionnettes, mais il était charmant. Mon grand-oncle découpa, colla et peignit lui-même les décors. Il fit la pièce et nous enseigna nos rôles, nos couplets et nos gestes. Il se chargea de l'emploi de souffleur, Deschartres avec son flageolet fit office d'orchestre. On s'assura que je n'avais pas oublié le *bolero* espagnol, quoique depuis près de trois ans on ne me l'eût pas fait danser. Je fus donc chargée à moi seule de la partie du ballet, et le tout réussit à merveille. La pièce n'était ni longue ni compliquée. C'était un à-propos des plus naïfs, et le dénouement était la présentation d'un gros bouquet à *Marie*. Hippolyte, comme le plus âgé et le plus savant, avait les plus longues tirades. Mais quand l'auteur vit que la meilleure mémoire de nous trois était celle d'Ursule et qu'elle avait un singulier plaisir à dégoiser son rôle avec aplomb, il allongea ses répliques et montra notre babillarde drôlette sous son véritable aspect. C'est ce qu'il y eut de meilleur dans la pièce. Elle y conservait son surnom de Caquet bon bec, et y adressait à la bonne maman un compliment de longue haleine et des couplets qui ne finissaient pas.

Je ne dansai pas mon boléro avec moins d'assurance. La timidité et la gaucherie ne m'étaient pas encore venues, et je me souviens que Deschartres m'impatientant, parce que, soit émotion, soit incapacité, il ne jouait ni juste ni dans le rythme, je terminai le ballet par une improvisation d'entrechats et de pirouettes qui fit rire ma grand-mère aux éclats. C'était tout ce que l'on voulait, car il y avait environ trois ans que la pauvre femme n'avait souri. Mais tout à coup, comme effrayée d'elle-même, elle fondit en larmes, et l'on se hâta de me prendre par les pattes au milieu de mon délire chorégraphique, de me faire passer par-dessus la rampe et de m'apporter sur ses genoux pour y recevoir mille baisers arrosés de pleurs.

Vers la même époque, ma grand-mère commença à m'enseigner la musique. Malgré ses doigts à moitié paralysés et sa voix cassée, elle chantait encore admirablement, et les deux ou trois accords qu'elle pouvait faire pour s'accompagner étaient d'une harmonie si heureuse et si large, que quand elle s'enfermait dans sa chambre pour relire quelque vieux opéra à la dérobée, et qu'elle me permettait de rester auprès d'elle, j'étais dans une véritable extase. Je m'asseyais par terre sous le vieux clavecin, où Brillant, son chien favori, me permettait de partager un coin de tapis, et j'aurais passé là ma vie entière, tant cette voix chevrotante et le son criard de cette épinette [78] me charmaient. C'est qu'en dépit des infirmités de cette voix et de cet instrument, c'était de la belle musique admirablement comprise et sentie. J'ai bien entendu chanter depuis, et avec des moyens magnifiques ; mais si j'ai entendu quelque chose de plus, je puis dire que ce n'a jamais été quelque chose de mieux. Elle avait su beaucoup de musique des maîtres, et elle avait connu Gluck et Piccini, pour lesquels elle était restée impartiale, disant que chacun avait son mérite et qu'il ne fallait pas comparer, mais apprécier les individualités [79]. Elle savait encore par cœur des fragments de Leo, de Hasse et de Durante [80] que je n'ai jamais entendu chanter qu'à elle, et que je ne saurais même désigner, mais que je reconnaîtrais si je les entendais de nouveau. C'étaient des idées simples et grandes, des formes classiques et calmes. Même dans les choses qui avaient été le plus de mode dans sa jeunesse, elle distinguait parfaitement le côté faible et n'aimait pas ce que nous appelons aujourd'hui le rococo [81]. Son goût était pur, sévère et grave.

Elle m'enseigna les principes, et si clairement, que cela ne me parut pas la mer à boire. Plus tard, quand j'eus des maîtres, je n'y compris plus rien et je me dégoûtai de cette étude, à laquelle je ne me crus pas propre. Mais depuis j'ai bien senti que c'était la faute des maîtres plus que la mienne [82], et que si ma grand-mère s'en fût toujours mêlée exclusivement, j'aurais été musicienne, car j'étais bien organisée pour l'être, et je comprends le beau, qui, dans cet art, m'impressionne et me transporte plus que dans tous les autres.

## XVI

*Madame de Genlis. – Les* Battuécas. *– Les rois et les reines des contes de fées. – L'écran vert. – La grotte et la cascade. – Le vieux château. – Première séparation d'avec ma mère. – Catherine. – Effroi que me causaient l'âge et l'air imposant de ma grand-mère.*

Ma petite cervelle était toujours pleine de poésie, et mes lectures me tenaient en haleine sous ce rapport. Berquin[83], ce vieux ami des enfants qu'on a, je crois, trop vanté, ne me passionna jamais. Quelquefois ma mère nous lisait tout haut des fragments de roman de madame de Genlis, cette bonne dame qu'on a trop oubliée, et qui avait un talent réel[84]. Qu'importe aujourd'hui ses préjugés, sa demi-morale souvent fausse, et son caractère personnel qui ne semble pas avoir eu de parti pris entre l'ancien monde et le nouveau ? Relativement au cadre qui a pesé sur elle, elle a peint aussi largement que possible. Son véritable naturel a dû être excellent, et il y a certain roman d'elle qui ouvre vers l'avenir des perspectives très larges. Son imagination est restée fraiche sous les glaces de l'âge, et dans les détails elle est véritablement artiste et poète.

Il existe d'elle un roman publié sous la Restauration, un des derniers, je crois, qu'elle ait écrits, et dont je n'ai jamais entendu parler depuis cette époque. J'avais seize ou dix-sept ans quand je le lus, et je ne saurais dire s'il eut du succès. Je ne me le rappelle pas bien, mais il m'a vivement impressionnée et il a produit son effet sur toute ma vie. Ce roman est intitulé *Les Battuécas*, et il est éminemment socialiste[85]. Les *Battuécas* sont une petite tribu qui a existé, en réalité ou en imagination, dans une vallée espagnole cernée de montagnes inaccessibles. À la suite de je ne sais quel événement, cette tribu s'est renfermée volontairement en un lieu où la nature lui offre toutes les ressources imaginables, et où, depuis plusieurs siècles, elle se perpétue sans avoir aucun contact avec la civilisation extérieure. C'est une petite république champêtre, gouvernée par des lois d'un idéal naïf. On y est forcément vertueux. C'est l'âge d'or avec tout son bonheur et toute sa poésie. Un jeune homme, dont je ne sais plus le nom, et qui vivait là dans toute la candeur des mœurs primitives, découvre un jour, par hasard, le sentier perdu qui mène au monde moderne. Il se hasarde, il quitte sa douce retraite, le voilà lancé dans notre civilisation, avec la simplicité et la droiture de la logique naturelle. Il voit des palais, des armées, des théâtres, des œuvres d'art, une cour, des femmes du monde, des savants, des hommes célèbres ; et son étonnement, son admiration tiennent du délire. Mais il voit aussi des mendiants, des orphelins abandonnés, des plaies étalées à la porte des églises, des hommes qui meurent de faim à la porte des riches. Il s'étonne encore plus. Un jour, il prend un pain sur l'étalage d'un boulanger pour le donner à une pauvre femme qui pleure avec son enfant pâle et mourant dans les bras. On le traite de voleur, on le menace ; ses amis le grondent et tâchent de lui expliquer ce que c'est que la propriété. Il ne comprend pas. Une belle dame le séduit, mais elle a des fleurs artificielles dans les cheveux, des fleurs qu'il a crues vraies et qui l'étonnent parce qu'elles sont sans parfum. Quand on lui explique que ce ne sont pas des fleurs, il s'effraye, il a peur de cette femme qui lui a semblé si belle, il craint qu'elle ne soit artificielle aussi.

Je ne sais plus combien de déceptions lui viennent quand il voit le mensonge, le charlatanisme, la convention, l'injustice partout. C'est le Candide ou le Huron de Voltaire, mais c'est conçu plus naïvement. C'est une œuvre chaste, sincère, sans amertume, et dont les détails ont une poésie infinie. Je crois que le jeune Battuécas retourne à sa vallée et recouvre sa vertu sans retrouver son bonheur, car il a bu à la coupe empoisonnée du siècle. Je ne voudrais pas relire ce livre, je craindrais de ne plus le trouver aussi charmant qu'il m'a semblé.

Autant qu'il m'en souvient, la conclusion de madame de Genlis n'est pas hardie, elle ne veut pas donner tort à la société, et à plusieurs égards elle a raison d'accepter l'humanité telle qu'elle est devenue par les lois mêmes du progrès. Mais il me semble qu'en général les arguments qu'elle place dans la bouche de l'espèce de mentor dont elle fait accompagner son héros à travers l'examen du monde moderne, sont assez faibles. Je les lisais sans plaisir et sans conviction, et l'on pense bien pourtant qu'à seize ans, sortant du cloître et encore soumise à la loi catholique, je n'avais pas de parti pris contre la société officielle. Les naïfs raisonnements du *Battuécas* me charmaient au contraire, et, chose bizarre, c'est peut-être à madame de Genlis, l'institutrice et l'amie de Louis-Philippe, que je dois mes premiers instincts socialistes et démocratiques.

Mais je me trompe, je les dois à la singularité de ma position, à ma naissance *à cheval* pour ainsi dire sur deux classes, à mon amour pour ma mère, contrarié et brisé par des préjugés qui m'ont fait souffrir avant que je pusse les comprendre. Je les dois aussi à mon éducation, qui fut tour à tour philosophique et religieuse, et à tous les contrastes que ma propre vie m'a présentés dès l'âge le plus tendre. J'ai donc été démocrate non seulement par le sang que ma mère a mis dans mes veines, mais par les luttes que ce sang du peuple a soulevées dans mon cœur et dans mon existence, et si les livres ont fait de l'effet sur moi, c'est que leurs tendances ne faisaient que confirmer et consacrer les miennes[86].

Pourtant les princesses et les rois des contes de fées firent longtemps mes délices. C'est que, dans mes rêves d'enfant, ces personnages étaient le type de l'aménité, de la bienfaisance et de la beauté. J'aimais leur luxe et leurs parures, mais tout cela leur venait des fées, et ces rois-là n'ont rien de commun avec les rois véritables. Ils sont traités d'ailleurs fort cavalièrement par les génies, quand ils se conduisent mal, et à cet égard ils sont soumis à une justice plus sévère que celle des peuples.

Les fées et les génies ! Où étaient-ils, ces êtres qui pouvaient tout, et qui, d'un coup de baguette, vous faisaient entrer dans un monde de merveilles ? Ma mère ne voulut jamais me dire qu'ils n'existaient pas, et je lui en sais maintenant un gré infini. Ma grand-mère n'y eût pas été par quatre chemins si j'avais osé lui faire les mêmes questions. Toute pleine de Jean-Jacques et de Voltaire, elle eût démoli sans remords et sans pitié tout l'édifice enchanté de mon imagination. Ma mère procédait autrement. Elle ne m'affirmait rien, elle ne niait rien non plus. La raison venait bien assez vite à son gré, et déjà je pensais bien par moi-même que mes chimères ne se réaliseraient pas ; mais si la porte de l'espérance n'était plus toute grande ouverte comme dans les premiers jours, elle n'était pas encore fermée à clef, il m'était permis de fureter autour et de tâcher d'y trouver une petite fente pour regarder à travers. Enfin je pouvais encore rêver tout éveillée, et je ne m'en faisais pas faute.

Je me souviens que, dans les soirs d'hiver, ma mère nous lisait tantôt du Berquin, tantôt les *Veillées du château*, par madame de Genlis, et tantôt d'autres fragments de livres à notre portée, mais dont je ne me souviens plus. J'écoutais d'abord attentivement. J'étais assise aux pieds de ma mère, devant le feu, et il y avait entre le feu et moi un vieux écran à pieds garni de taffetas vert. Je voyais un peu le feu à travers ce taffetas usé, et il y produisait de petites étoiles dont j'augmentais le rayonnement en clignant les yeux. Alors peu à peu je perdais le sens des phrases que lisait ma mère ; sa voix me jetait dans une sorte d'assoupissement moral, où il m'était impossible de suivre une idée. Des images se dessinaient devant moi et venaient se fixer sur l'écran vert. C'étaient des bois, des prairies, des rivières, des villes d'une architecture bizarre et gigantesque, comme j'en vois encore souvent en songe ; des palais enchantés avec des jardins comme il n'y en a pas, avec des milliers d'oiseaux d'azur, d'or et de pourpre, qui voltigeaient sur les fleurs et qui se laissaient prendre comme les roses se laissent cueillir. Il y avait des roses vertes, noires, violettes, des roses bleues surtout. Il paraît que la rose bleue a été longtemps le rêve de Balzac[87]. Elle était aussi le mien dans mon enfance, car les enfants, comme les poètes, sont amoureux de ce qui n'existe pas. Je voyais aussi des bosquets illuminés, des jets d'eau, des profondeurs mystérieuses, des ponts chinois, des arbres couverts de fruits d'or et de pierreries. Enfin, tout le monde fantastique de mes contes devenait sensible, évident, et je m'y perdais avec délices. Je fermais les yeux, et je le voyais encore ; mais quand je les rouvrais, ce n'était que sur l'écran que je pouvais le retrouver. Je ne sais quel travail de mon cerveau avait fixé là cette vision plutôt qu'ailleurs ; mais il est certain que j'ai contemplé sur cet écran vert des merveilles inouïes. Un jour ces apparitions devinrent si complètes, que j'en fus comme effrayée et que je demandai à ma mère si elle ne les voyait pas. Je prétendais qu'il y avait de grandes montagnes bleues sur l'écran, et elle me secoua sur ses genoux en chantant pour me ramener à moi-même. Je ne sais si ce fut pour donner un aliment à mon imagination trop excitée qu'elle imagina elle-même une création puérile, mais ravissante pour moi, et qui a fait longtemps mes délices. Voici ce que c'était.

Il y a dans notre enclos un petit bois planté de charmilles, d'érables, de frênes, de tilleuls et de lilas. Ma mère choisit un endroit où une allée tournante conduit à une sorte d'impasse. Elle pratiqua, avec l'aide d'Hippolyte, de ma bonne, d'Ursule et de moi, un petit sentier dans le fourré, qui était alors fort épais. Ce sentier fut bordé de violettes, de primevères et de pervenches qui depuis ce temps-là ont tellement prospéré, qu'elles ont envahi presque tout le bois. L'impasse devint donc un petit nid où un banc fut établi sous les lilas et les aubépines, et l'on allait étudier et répéter là ses leçons pendant le beau temps. Ma mère y portait son ouvrage, et nous y portions nos jeux, surtout nos pierres et nos briques pour construire des maisons, et nous donnions à ces édifices, Ursule et moi, des noms pompeux. C'était le château de la fée, c'était le palais de la *Belle au bois dormant*, etc. Voyant que nous ne venions pas à bout de réaliser nos rêves dans ces constructions grossières, ma mère quitta un jour son ouvrage et se mit de la partie. « Ôtez-moi, nous dit-elle, vos vilaines pierres à chaux et vos briques cassées. Allez me chercher des pierres bien couvertes de mousse, des cailloux roses, verts, des coquillages, et que tout cela soit joli, ou bien je ne m'en mêle pas. »

Voilà notre imagination allumée. Il s'agit de ne rien rapporter qui ne soit joli, et nous nous mettons à la recherche de ces trésors que jusque-là nous avions foulés aux pieds sans les connaître. Que de discussions avec Ursule pour savoir si cette mousse est assez veloutée, si ces pierres ont une forme heureuse, si ces cailloux sont assez brillants ! D'abord tout nous avait paru bon, mais bientôt la comparaison s'établit, les différences nous frappèrent, et peu à peu rien ne nous paraissait plus digne de notre construction nouvelle. Il fallut que la bonne nous conduisît à la rivière pour y trouver les beaux cailloux d'émeraude, de lapis et de corail qui brillent sous les eaux basses et courantes. Mais, à mesure qu'ils sèchent hors de leur lit, ils perdent leurs vives couleurs, et c'était une déception nouvelle. Nous les replongions cent fois dans l'eau pour en ranimer l'éclat. Il y a dans nos terrains des quartz superbes, et une quantité d'ammonites et de pétrifications antédiluviennes d'une grande beauté et d'une grande variété. Nous n'avions jamais fait attention à tout cela, et le moindre objet nous devenait une surprise, une découverte et une conquête.

Il y avait à la maison un âne, le meilleur âne que j'aie jamais connu ; je ne sais s'il avait été malicieux dans sa jeunesse comme tous ses pareils ; mais il était vieux, très vieux ; il n'avait plus ni rancunes ni caprices. Il marchait d'un pas grave et mesuré ; respecté pour son grand âge et ses bons services, il ne recevait jamais ni corrections ni reproches, et s'il était le plus irréprochable des ânes, on peut dire aussi qu'il était le plus heureux et le plus estimé. On nous mettait, Ursule et moi, chacune dans une de ses bannes [88], et nous voyagions ainsi sur ses flancs sans qu'il eût jamais la pensée de se débarrasser de nous. Au retour de la promenade, l'âne rentrait dans sa liberté habituelle ; car il ne connaissait ni corde ni râtelier. Toujours errant dans les cours, dans le village ou dans la prairie du jardin, il était absolument livré à lui-même, ne commettant jamais de méfaits, et usant discrètement de toutes choses. Il lui prenait souvent fantaisie d'entrer dans la maison, dans la salle à manger et même dans l'appartement de ma grand-mère, qui le trouva un jour installé dans son cabinet de toilette, le nez sur une boîte de poudre d'iris qu'il respirait d'un air sérieux et recueilli. Il avait même appris à ouvrir les portes qui ne fermaient qu'au loquet, d'après l'ancien système du pays, et comme il connaissait parfaitement tout le rez-de-chaussée, il cherchait toujours ma grand-mère, dont il savait bien qu'il recevrait quelque friandise. Il lui était indifférent de faire rire ; supérieur aux sarcasmes, il avait des airs de philosophe qui n'appartenaient qu'à lui. Sa seule faiblesse était le désœuvrement et l'ennui de la solitude qui en est la conséquence. Une nuit, ayant trouvé la porte du lavoir ouverte, il monta un escalier de sept ou huit marches, traversa la cuisine, le vestibule, souleva le loquet de deux ou trois pièces et arriva à la porte de la chambre à coucher de ma grand-mère ; mais trouvant là un verrou, il se mit à gratter du pied pour avertir de sa présence. Ne comprenant rien à ce bruit, et croyant qu'un voleur essayait de crocheter sa porte, ma grand-mère sonna sa femme de chambre, qui accourut sans lumière, vint à la porte, et tomba sur l'âne en jetant les hauts cris.

Mais ceci est une digression, je reviens à nos promenades. L'âne fut mis par nous en réquisition, et il rapportait chaque jour dans ses paniers une provision de pierres pour notre édifice. Ma mère choisissait les plus belles ou les plus bizarres, et quand les matériaux furent rassemblés elle commença à bâtir devant nous avec ses petites mains fortes et diligentes, non pas une maison, non pas un château, mais une grotte en rocaille.

Une grotte ! nous n'avions aucune idée de cela. La nôtre n'atteignit guère que quatre ou cinq pieds de haut et deux ou trois de profondeur ; mais la dimension n'est rien pour les enfants, ils ont la faculté de voir en grand, et comme l'ouvrage dura quelques jours, pendant quelques jours nous crûmes que notre rocaille allait s'élever jusqu'aux nues. Quand elle fut terminée, elle avait acquis dans notre cervelle les proportions que nous avions rêvées, et j'ai besoin de me rappeler qu'en montant sur ses premières assises, je pouvais en atteindre le sommet, j'ai besoin de voir le petit emplacement qu'elle occupait, et qui existe encore, pour ne pas me persuader encore aujourd'hui que c'était une caverne de montagne.

C'était du moins très joli, je ne pourrai jamais me persuader le contraire. Ce n'étaient que cailloux choisis mariant leurs vives couleurs, pierres couvertes de mousses fines et soyeuses, coquillages superbes, festons de lierre au-dessus et gazons tout autour. Mais cela ne suffisait pas, il y fallait une source et une cascade ; car une grotte sans eau vive est un corps sans âme. Or il n'y avait pas le moindre filet d'eau dans le petit bois. Mais ma mère ne s'arrêtait pas pour si peu. Une grande terrine à fond d'émail vert qui servait aux savonnages fut enterrée jusqu'aux bords dans l'intérieur de la grotte, bordée de plantes et de fleurs qui cachaient la poterie, et remplie d'une eau limpide que nous avions grand soin de renouveler tous les jours. Mais la cascade ! nous la demandions avec ardeur. « Demain vous aurez la cascade, dit ma mère, mais vous n'irez pas voir la grotte avant que je vous fasse appeler ; car il faut que la fée s'en mêle, et votre curiosité pourrait la contrarier. »

Nous observâmes religieusement cette prescription, et à l'heure dite ma mère vint nous chercher. Elle nous amena par le sentier en face de la grotte, nous défendit de regarder derrière, et me mettant une petite baguette dans la main, elle frappa trois fois dans les siennes, me recommandant de frapper en même temps de ma baguette le centre de la grotte, qui présentait alors un orifice garni d'un tuyau de sureau. Au troisième coup de baguette, l'eau se précipitant dans le tuyau fit irruption si abondamment que nous fûmes inondées, Ursule et moi, à notre grande satisfaction et en poussant des cris de joie délirante. Puis la cascade tombant de deux pieds de haut dans le bassin formé par la terrine offrit une nappe cristalline qui dura deux ou trois minutes et s'arrêta… lorsque toute l'eau du vase que ma bonne, cachée derrière la grotte, versait dans le tuyau de sureau fut épuisée, et que, débordant de la terrine, l'*onde pure* eut copieusement arrosé les fleurs plantées sur ses bords. L'illusion fut donc de courte durée, mais elle avait été complète, délicieuse, et je ne crois pas avoir éprouvé plus de surprise et d'admiration quand j'ai vu par la suite les grandes cataractes des Alpes et des Pyrénées.

Quand la grotte eut atteint son dernier degré de perfection, comme ma grand-mère ne l'avait pas encore vue, nous allâmes solennellement la prier de nous honorer de sa visite dans le petit bois, et nous disposâmes tout pour lui donner la surprise de la cascade. Nous nous imaginions qu'elle serait ravie ; mais, soit qu'elle trouvât la chose trop puérile, soit qu'elle fût mal disposée pour ma mère ce jour-là, au lieu d'admirer notre chef-d'œuvre, elle se moqua de nous, et la terrine servant de bassin (nous avions pourtant mis des petits poissons dedans pour lui faire fête) nous attira plus de railleries que d'éloges. Pour mon compte, j'en fus consternée ; car rien au monde ne me paraissait plus beau que notre grotte enchantée, et je souffrais réellement quand on s'efforçait de m'ôter une illusion.

Les promenades à âne nous mettaient toujours en grande joie ; nous allions à la messe tous les dimanches sur ce patriarche des roussins [89], et nous portions notre déjeuner, pour le manger après la messe, dans le vieux château de Saint-Chartier qui touche à l'église. Ce château était gardé par une vieille femme qui nous recevait dans les vastes salles abandonnées du vieux manoir, et ma mère prenait plaisir à y passer une partie de la journée. Ce qui me frappait le plus, c'était l'apparence fantastique de la vieille femme, qui était pourtant une véritable paysanne, mais qui ne tenait aucun compte des dimanches, et filait sa quenouille ce jour-là avec autant d'activité que dans la semaine, bien que l'observation du chômage soit une des plus rigoureuses habitudes du paysan de la vallée Noire. Cette vieille avait-elle servi quelque seigneur de village voltairien et philosophe ? Je ne sais.

J'ai oublié son nom, mais non l'aspect imposant du château tel qu'il a été encore plusieurs années après cette époque. C'était un redoutable manoir, bien entier et très habitable, quoique dégarni de meubles. Il y avait des salles immenses, des cheminées colossales et des oubliettes que je me rappelle parfaitement. Ce château est célèbre dans l'histoire du pays. Il était le plus fort de la province, et longtemps il servit de résidence aux princes du bas Berry. Il a été assiégé par Philippe Auguste en personne, et plus tard il fut encore occupé par les Anglais, et repris sur eux à l'époque des guerres de Charles VII. C'est un grand carré flanqué de quatre tours énormes. Le propriétaire, lassé de l'entretenir, voulut l'abattre pour vendre les matériaux. On réussit à enlever la charpente et à effondrer toutes les cloisons et murailles intérieures. Mais on ne put entamer les tours, bâties en ciment romain, et les cheminées furent impossibles à déraciner. Elles sont encore debout, élevant leurs longs tuyaux à quarante pieds dans les airs, sans que jamais, depuis trente ans, la tempête ou la gelée en ait détaché une seule brique. En somme, c'est une ruine magnifique et qui bravera le temps et les hommes pendant bien des siècles encore. La base est de construction romaine, le corps de l'édifice est des premiers temps de la féodalité[90].

C'était un voyage alors que d'aller à Saint-Chartier. Les chemins étaient impraticables pendant neuf mois de l'année. Il fallait aller par les sentiers des prairies, ou se risquer avec le pauvre âne, qui resta plus d'une fois planté dans la glaise avec son fardeau. Aujourd'hui une route superbe, bordée de beaux arbres, nous y mène en un quart d'heure. Mais le château me faisait une bien plus vive impression alors qu'il fallait plus de peine pour y arriver.

Enfin les arrangements de famille furent terminés, et ma mère signa l'engagement de me laisser à ma grand-mère, qui voulait absolument se charger de mon éducation. J'avais montré une si vive répugnance pour cette convention, qu'on ne m'en parla plus du moment qu'elle fut adoptée. On s'entendit pour me détacher peu à peu de ma mère, sans que je pusse m'en apercevoir ; et, pour commencer, elle partit seule pour Paris, impatiente qu'elle était de revoir Caroline.

Comme je devais aller à Paris quinze jours après avec ma grand-mère, et que je voyais même déjà préparer la voiture et faire les paquets, je n'eus pas trop d'effroi ni de chagrin. On me disait qu'à Paris je demeurerais tout près de ma petite maman et que je la verrais tous les jours. Pourtant j'éprouvai une sorte de terreur quand je me trouvai sans elle dans cette maison, qui commença à me paraître grande comme dans les premiers jours que j'y avais passés. Il fallut aussi me séparer de ma bonne, que j'aimais tendrement et qui allait se marier. C'était une paysanne que ma mère avait prise en remplacement de l'Espagnole Cécilia après la mort de mon père. Cette excellente femme vit toujours et vient me voir souvent pour m'apporter des fruits de son cormier, arbre assez rare dans notre pays, et qui y atteint pourtant des proportions énormes. Le cormier de Catherine fait son orgueil et sa gloire, et elle en parle comme ferait le gardien *cicerone* d'un monument splendide. Elle a eu une nombreuse famille et des malheurs par conséquent. J'ai eu souvent l'occasion de lui rendre service. C'est un bonheur que de pouvoir assister la vieillesse de l'être qui a soigné notre enfance. Il n'y avait rien de plus doux et de plus patient au monde que Catherine. Elle tolérait, elle admirait même naïvement toutes mes sottises. Elle m'a horriblement gâtée, et je ne m'en plains pas, car je ne devais pas l'être longtemps par mes bonnes, et j'eus bientôt à expier la tolérance et la tendresse dont je n'avais pas assez senti le prix.

Elle me quitta en pleurant, bien que ce fût pour un mari excellent, d'une belle figure, d'une grande probité, intelligent et riche par-dessus le marché, société bien préférable à celle d'un enfant pleureur et fantasque ; mais le bon cœur de cette fille ne calculait pas, et ses larmes me donnèrent la première notion de l'absence. « Pourquoi pleures-tu ? lui disais-je ; nous nous reverrons bien ! – Oui, me disait-elle, mais je m'en vas à une grande demi-lieue d'ici, et je ne vous reverrai pas tous les jours. »

Cela me fit faire des réflexions, et je commençai à me tourmenter de l'absence de ma mère. Je ne fus pourtant alors que quinze jours séparée d'elle, mais ces quinze jours sont plus distincts dans ma mémoire que les trois années qui venaient de s'écouler, et même peut-être que les trois années qui suivirent, et qu'elle passa encore avec moi. Tant il est vrai que la douleur seule marque dans l'enfance le sentiment de la vie.

Pourtant il ne se passa rien de remarquable durant ces quinze jours. Ma grand-mère, s'apercevant de ma mélancolie, s'efforçait de me distraire par le travail. Elle me donnait mes leçons et se montrait beaucoup plus indulgente que ma mère pour mon écriture et pour la récitation de mes fables. Plus de réprimandes, plus de punitions. Elle en avait toujours été fort sobre, et, voulant se faire aimer, elle me donnait plus d'éloges, d'encouragements et de bonbons que de coutume. Tout cela eût dû me sembler fort doux, car ma mère était rigide et sans miséricorde pour mes langueurs et mes distractions. Eh bien, le cœur de l'enfant est un petit monde déjà aussi bizarre et aussi inconséquent que celui de l'homme. Je trouvais ma grand-mère plus sévère et plus effrayante dans sa douceur que ma mère dans ses emportements. Jusque-là, je l'avais aimée et je m'étais montrée confiante et caressante avec elle. De ce moment, et cela dura bien longtemps après, je me sentis froide et réservée en sa présence. Ses caresses me gênaient ou me donnaient envie de pleurer, parce qu'elles me rappelaient les étreintes plus passionnées de ma petite mère. Et puis ce n'était pas avec elle une vie de tous les instants, une familiarité, une expansion continuelles. Il fallait du respect, et cela me semblait glacial. La terreur que ma mère me causait parfois n'était qu'un instant douloureux à passer. L'instant d'après j'étais sur ses genoux, sur son sein, je la tutoyais, tandis qu'avec la bonne maman c'étaient des caresses de cérémonie, pour ainsi dire. Elle m'embrassait solennellement et comme par récompense de ma bonne conduite ; elle ne me traitait pas assez comme un enfant, tant elle souhaitait me donner de la *tenue* et me faire perdre l'invincible laisser-aller de ma nature, que ma mère n'avait jamais réprimé avec persistance. Il ne fallait plus se rouler par terre, rire bruyamment, parler berrichon. Il fallait se tenir droite, porter des gants, faire silence ou chuchoter bien bas dans un coin avec Ursulette. À chaque élan de mon organisation on opposait une petite répression bien douce, mais assidue. On ne me grondait pas, mais on me disait *vous*, et c'était tout dire. *Ma fille, vous vous tenez comme une bossue ; ma fille, vous marchez comme une paysanne ; ma fille, vous avez encore perdu vos gants ! ma fille, vous êtes trop grande pour faire de pareilles choses.* Trop grande ! J'avais sept ans, et on ne m'avait jamais dit que j'étais grande. Cela me faisait une peur affreuse, d'être devenue tout à coup si grande depuis le départ de ma mère. Et puis, il fallait apprendre toutes sortes d'usages qui me paraissaient ridicules. Il fallait faire la révérence aux personnes qui venaient en visite. Il ne fallait plus mettre le pied à la cuisine et ne plus tutoyer les domestiques, afin qu'ils perdissent l'habitude de me tutoyer. Il ne fallait pas non plus tutoyer ma bonne maman. Il ne fallait pas même lui dire *vous*. Il fallait lui parler à la troisième personne : *Ma bonne maman veut-elle me permettre d'aller au jardin ?*

Elle avait certainement raison, l'excellente femme, de vouloir me frapper d'un grand respect moral pour sa personne et pour le code des grandes habitudes de civilisation qu'elle voulait m'imposer. Elle prenait possession de moi ; elle avait affaire à un enfant quinteux et difficile à manier. Elle avait vu ma mère s'y prendre énergiquement, et elle pensait qu'au lieu de calmer ces accès d'irritation maladive, ma mère, excitant trop ma sensibilité, me soumettait sans me corriger. C'est bien probable. L'enfant trop secoué dans son système nerveux revient d'autant plus vite à son débordement d'impétuosité qu'on l'a plus ébranlé en le matant tout d'un coup. Ma grand-mère savait bien qu'en me subjuguant par une continuité d'observations calmes, elle me plierait à une obéissance instinctive, sans combats, sans larmes et qui m'ôterait jusqu'à l'idée de la résistance. Ce fut en effet l'affaire de quelques jours. Je n'avais jamais eu la pensée d'entrer en révolte contre elle, mais je ne m'étais guère retenue de me révolter contre les autres en sa présence. Dès qu'elle se fut emparée de moi, je sentis qu'en faisant des sottises sous ses yeux j'encourrais son blâme, et ce blâme exprimé si poliment, mais si froidement, me donnait froid jusque dans la moelle des os. Je faisais une telle violence à mes instincts que j'éprouvais des frissons convulsifs dont elle s'inquiétait sans les comprendre.

Elle avait atteint son but, qui était, avant tout, de me rendre disciplinable, et elle s'étonnait d'y être parvenue aussi vite. « Voyez donc, disait-elle, comme elle est douce et gentille ! » et elle s'applaudissait d'avoir eu si peu de peine à me transformer avec un système tout opposé à celui de ma pauvre mère, tour à tour esclave et tyran.

Mais ma chère bonne maman eut bientôt à s'étonner davantage. Elle voulait être respectée religieusement, et en même temps être aimée avec passion. Elle se rappelait l'enfance de son fils et se flattait de la recommencer avec moi. Hélas ! cela ne dépendait ni de moi ni d'elle-même. Elle ne tenait pas assez de compte du degré de génération qui nous séparait et de la distance énorme de nos âges. La nature ne se trompe pas ; et malgré les bontés infinies, les bienfaits sans bornes de ma grand-mère dans mon éducation, je n'hésite pas à le dire, une aïeule âgée et infirme ne peut pas être une mère, et la gouverne absolue d'un jeune enfant par une vieille femme est quelque chose qui contrarie la nature à chaque instant. Dieu sait ce qu'il fait en arrêtant à un certain âge la puissance de la maternité. Il faut au petit être qui commence la vie un être jeune et encore dans la plénitude de la vie. La solennité des manières de ma grand-mère me contristait l'âme. Sa chambre sombre et parfumée me donnait la migraine et des bâillements spasmodiques. Elle craignait le chaud, le froid, un vent coulis, un rayon de soleil. Il me semblait qu'elle m'enfermait avec elle dans une grande boîte quand elle me disait : *Amusez-vous tranquillement*. Elle me donnait des gravures à regarder, et je ne les voyais pas, j'avais le vertige. Un chien qui aboyait au-dehors, un oiseau qui chantait dans le jardin, me faisaient tressaillir. J'aurais voulu être le chien ou l'oiseau. Et quand j'étais au jardin avec elle, bien qu'elle n'exerçât sur moi aucune contrainte, j'étais enchaînée à ses côtés par le sentiment des égards qu'elle avait déjà su m'inspirer. Elle marchait avec peine, je me tenais tout près pour lui ramasser sa tabatière ou son gant qu'elle laissait souvent tomber et qu'elle ne pouvait pas se baisser pour ramasser, car je n'ai jamais vu de corps plus languissant et plus débile ; et comme elle était néanmoins grasse, fraîche et point malade, cette incapacité de mouvement m'impatientait intérieurement au dernier point. J'avais vu cent fois ma mère brisée par des migraines violentes, étendue sur son lit comme une morte, les joues pâles et les dents serrées ; cela me mettait au désespoir ; mais la nonchalance paralytique de ma grand-mère était quelque chose que je ne pouvais pas m'expliquer et qui parfois me semblait volontaire. Il y avait bien un peu de cela dans le principe, c'était la faute de sa première éducation. Elle avait trop vécu dans une boîte, elle aussi, et son sang avait perdu l'énergie nécessaire à la circulation ; quand on voulait la saigner, on ne pouvait pas lui en tirer une goutte, tant il était inerte dans ses veines. J'avais une peur effroyable de devenir comme elle, et quand elle m'ordonnait de n'être à ses côtés ni agitée ni bruyante, il me semblait qu'elle me commandât d'être morte.

Enfin tous mes instincts se révoltaient contre cette différence d'organisation, et je n'ai aimé véritablement ma grand-mère que lorsque j'ai su raisonner. Jusque-là, je m'en confesse, j'ai eu pour elle une sorte de vénération morale jointe à un éloignement physique invincible. Elle s'aperçut bien de ma froideur, la pauvre femme, et voulut la vaincre par des reproches qui ne servirent qu'à l'augmenter, en constatant à mes propres yeux un sentiment dont je ne me rendais pas compte. Elle a bien souffert et moi peut-être encore plus, sans pouvoir m'en défendre. Et puis une grande réaction s'est faite en moi quand mon esprit s'est développé, et elle a reconnu qu'elle s'était trompée en me jugeant ingrate et obstinée.

# Troisième partie

## *De l'enfance à la jeunesse*
## 1810-1819

# I

*Voyage à Paris. – La grande berline. – La Sologne. – La forêt d'Orléans et les pendus. – L'appartement de ma grand-mère à Paris. – Mes promenades avec ma mère. – La coiffure à la chinoise. – Ma sœur. – Premier chagrin violent. – La poupée noire. – Maladie et vision dans le délire.*

Nous partîmes pour Paris au commencement, je crois, de l'hiver de 1810 à 1811, car Napoléon était entré en vainqueur à Vienne, et il avait épousé Marie-Louise pendant mon premier séjour à Nohant. Je me rappelle les deux endroits du jardin où j'entendis ces deux nouvelles occuper ma famille. Je dis adieu à Ursule ; la pauvre enfant était désolée, mais je devais la retrouver au retour, et d'ailleurs j'étais si heureuse d'aller voir ma mère que j'étais presque insensible à tout le reste. J'avais fait la première expérience d'une séparation, et je commençais à avoir la notion du temps. J'avais compté les jours et les heures qui s'étaient écoulés pour moi loin de l'unique objet de mon amour. J'aimais Hippolyte aussi malgré ses taquineries. Lui aussi pleurait de rester seul pour la première fois dans cette grande maison. Je le plaignais, j'aurais voulu qu'on l'emmenât ; mais en somme je n'avais de larmes pour personne, je n'avais que ma mère en tête ; et ma grand-mère, qui passait sa vie à m'étudier, disait tout bas à Deschartres (les enfants entendent tout) : « Cette petite n'est pas si sensible que je l'aurais cru. »

On mettait dans ce temps-là trois grandes journées pour aller à Paris, quelquefois quatre. Et pourtant ma grand-mère voyageait en poste. Mais elle ne pouvait passer la nuit en voiture, et quand elle avait fait dans sa grande berline vingt-cinq lieues par jour[1], elle était brisée. Cette voiture de voyage était une véritable maison roulante. On sait de combien de paquets, de détails et de commodités de tout genre les vieilles gens, et surtout les personnes raffinées, se chargeaient et s'incommodaient en voyage. Les innombrables poches de ce véhicule étaient remplies de provisions de bouche, de friandises, de parfums, de jeux de cartes, de livres, d'itinéraires, d'argent, que sais-je ? on eût dit que nous nous embarquions pour un mois. Ma grand-mère et sa femme de chambre, empaquetées de couvre-pieds et d'oreillers, étaient étendues au fond ; j'occupais la banquette de devant, et quoique j'y eusse toutes mes aises, j'avais bien de la peine à contenir ma pétulance dans un si petit espace et à ne pas donner de coups de pied à mon vis-à-vis. J'étais devenue très turbulente dans la vie de Nohant, aussi commençais-je à jouir d'une santé parfaite ; mais je ne devais pas tarder à me sentir moins vivante et plus souffreteuse dans l'air de Paris, qui m'a toujours été contraire.

Le voyage ne m'ennuya pourtant pas. C'était la première fois que je n'étais pas accablée par le sommeil, que le roulement des voitures provoque dans la première enfance, et cette succession d'objets nouveaux tenait mes yeux ouverts et mon esprit tendu.

Il n'y a pourtant rien de plus triste et de plus maussade que le trajet de Châteauroux à Orléans. Il faut traverser toute la Sologne, pays aride, sans grandeur et sans poésie. Eugène Sue nous a pourtant vanté les beautés incultes et les grâces sauvages de cette partie de la France[2]. Il est sincère dans son admiration, car je l'ai entendu en parler comme il en a écrit. Mais, soit que les parties de pays qu'on découvre de la route soient particulièrement laides, soit qu'un pays absolument plat me soit naturellement antipathique, la Sologne, que j'ai traversée cent fois peut-être, à toutes les heures du jour et de la nuit, et dans toutes les saisons de l'année, m'a toujours paru mortellement maussade et vulgaire. La végétation sauvage y est aussi pauvre que les produits de la culture. Les bois de pins qui commencent à s'élever sont trop jeunes pour avoir du caractère. Ce sont des flaques de vert criard sur un sol incolore. La terre est pâle, les bruyères, l'écorce des arbres rabougris, les buissons, les animaux, les habitants surtout, sont pâles, livides même ; malheureux et vaste pays qui se dessèche, insalubre, dans une sorte de marasme moral et physique de l'homme et de la nature.

Les poètes et les peintres se moquent de cela en général, et triomphent dans cette désolation, qui, en de certaines contrées, leur fournit des tableaux et des solitudes enchantées. J'avoue qu'il est de ces solitudes si belles qu'il faut se rappeler la misère de ceux qui y végètent et qui pourraient y vivre, pour souhaiter que la civilisation et la culture viennent en détruire la poésie. Mais ce n'est pas en Sologne que j'ai jamais pu être tentée par cette mauvaise pensée. Il y a des landes magnifiques dans la Creuse, vastes terrains ondulés, riches de plantes sauvages, semés de flaques d'eau limpide et de bouquets d'arbres séculaires. Mais la Sologne n'a rien de pareil, du moins dans le rayon que mon œil a embrassé tant de fois sur une étendue de vingt lieues. Tout y est petit et fade, excepté l'horizon vaste, et le ciel, contrée toujours belle et vivante.

Mais cette différence entre la Sologne et les autres pays incultes que j'ai vus prouve bien quelque chose. La nature ne s'abjure jamais quand elle est féconde, et puisque les déserts de la Creuse ont de si beaux arbres, de si belles bruyères, et nourrissent un si beau bétail, il est bien certain que le sol est excellent et produirait de grandes richesses avec fort peu de dépenses, tandis que la Sologne aura besoin de temps et de frais considérables avant d'être un pays de rapport secondaire. La Brenne, moins fertile que la Creuse, est pourtant très supérieure à la Sologne : et que les agriculteurs ne s'y trompent pas, les peintres et les poètes voient assez bien. Quand la nature leur parle, là où ils ne voient que de la couleur et de la beauté extérieure, il y a quelque chose de plus, il y a de la fécondité et de la vie au sein de la terre. Cette fécondité se révèle par des plantes parasites, par un luxe inutile, comme une nature généreuse dans l'humanité se révèle par des erreurs lorsqu'elle est privée de direction. Mais, dans les petits esprits, le vice même est mesquin, comme, dans la Sologne, la fougère et le chardon même sont malades.

Tout ceci soit dit pourtant sans vouloir donner un démenti à Eugène Sue, qui doit connaître, dans la Sologne, une autre Sologne que celle que j'ai parcourue.

Traverser la forêt d'Orléans n'est plus rien. Dans mon enfance, c'était encore quelque chose d'imposant et de redoutable. Les grands arbres ombrageaient encore la route durant un parcours de deux heures, et les voitures y étaient souvent arrêtées par les brigands, accessoires obligés de toutes les émotions d'un voyage. Il fallait hâter les postillons pour y arriver avant la nuit ; mais, quelque diligence que nous fîmes, nous nous y trouvâmes en pleine nuit, à ce premier voyage avec ma grand-mère. Elle n'était point du tout peureuse, et quand elle avait accompli tout ce que la prudence commandait, si ces précautions étaient déjouées par quelque circonstance imprévue, elle en prenait admirablement son parti. La femme de chambre n'était pas aussi calme, mais elle se gardait bien d'en rien laisser paraître, et elles s'entretenaient toutes les deux du sujet de leurs appréhensions avec beaucoup de philosophie. Je ne sais pourquoi les brigands ne me faisaient aucune peur ; mais je fus saisie tout à coup d'une terreur affreuse, lorsque j'entendis ma grand-mère dire à mademoiselle Julie : « À présent, les attaques de voleurs ne sont pas très fréquentes ici, et la forêt est très élaguée aux bords de la route, en comparaison de ce que c'était avant la Révolution. Il y avait un fourré épais et fort peu de fossés, de sorte que l'on était attaqué sans savoir par qui et sans avoir le temps de se mettre en défense. J'ai eu le bonheur de ne l'être jamais dans mes voyages à Châteauroux, et pourtant M. Dupin était toujours armé en guerre, ainsi que tous ses domestiques, pour traverser ce coupe-gorge. Les vols et les meurtres étaient très fréquents, et on avait une singulière façon de les compter et de les signaler aux voyageurs. Quand les brigands étaient pris, jugés et condamnés, on les pendait aux arbres de la route, à l'endroit même où ils avaient commis le crime : si bien qu'on voyait ici de chaque côté du chemin, et à des distances très rapprochées, des cadavres accrochés aux branches et que le vent balançait sur votre tête. Quand on faisait souvent la route, on connaissait tous les pendus, et chaque année on pouvait compter les nouveaux, ce qui prouve que l'exemple ne servait pas à grand-chose. Je me souviens d'y avoir vu, un hiver, une grande femme qui est restée entière fort longtemps, et dont les longs cheveux noirs flottaient au vent, tandis que les corbeaux volaient tout autour pour se disputer sa chair. C'était un spectacle affreux et une infection qui vous suivait jusqu'aux portes de la ville. »

Ma grand-mère croyait peut-être que je dormais pendant ce lugubre récit. J'étais muette d'horreur et une sueur froide parcourait mes membres. C'était la première fois que je me faisais de la mort une image effrayante ; car cela n'était pas dans mes instincts, comme on a pu le voir, et, pour mon compte, je ne me suis jamais préoccupée de la forme qu'elle pourrait prendre en me venant chercher. Mais ces pendus, ces arbres, ces corbeaux, ces cheveux noirs, tout cela fit passer dans mon cerveau de si horribles images que les dents me claquaient de peur. Je ne songeais pas le moins du monde au danger d'être attaquée ou tuée dans cette forêt ; mais je voyais les pendus flotter aux branches des vieux chênes, et je me les représentais sous des traits effroyables. Cette terreur m'est restée bien longtemps, et toutes les fois que nous traversions la forêt, jusqu'à l'âge de quinze ou seize ans, elle m'est revenue aussi vive et aussi douloureuse. Tant il est vrai que les émotions de la réalité ne sont rien en comparaison de celles que l'imagination nous représente.

Nous arrivâmes à Paris, rue Neuve-des-Mathurins, dans un joli appartement qui donnait sur les vastes jardins situés de l'autre côté de la rue, et que de nos fenêtres nous découvrions en entier. L'appartement de ma grand-mère était meublé comme avant la Révolution. C'était ce qu'elle avait sauvé du naufrage, et tout cela était encore très frais et très confortable. Sa chambre était tendue et meublée en damas bleu de ciel ; il y avait des tapis partout, un feu d'enfer dans toutes les cheminées.

Jamais je n'avais été si bien logée, et tout me semblait un sujet d'étonnement dans ces recherches d'un bien-être qui était beaucoup moindre à Nohant. Mais je n'avais pas besoin de tout cela, moi élevée dans la pauvre chambre boisée et carrelée de la rue Grange-Batelière, et je ne jouissais pas du tout de ces aises de la vie, auxquelles ma grand-mère eût aimé à me voir plus sensible. Je ne vivais, je ne souriais que quand ma mère était auprès de moi. Elle y venait tous les jours, et ma passion augmentait à chaque nouvelle entrevue. Je la dévorais de caresses, et la pauvre femme, voyant que cela faisait souffrir ma grand-mère, était forcée de me contenir et de s'abstenir elle-même de trop vives expansions. On nous permettait de sortir ensemble, et il le fallait bien, quoique cela ne remplît pas le but qu'on s'était proposé de me détacher d'elle. Ma grand-mère n'allait jamais à pied, elle ne pouvait pas se passer de la présence de mademoiselle Julie, qui, elle-même, était gauche, distraite, myope, et qui m'eût perdue dans les rues ou laissé écraser par les voitures. Je n'aurais donc jamais marché si ma mère ne m'eût emmenée tous les jours faire de longues courses avec elle, et quoique j'eusse de bien petites jambes, j'aurais été à pied au bout du monde pour avoir le plaisir de tenir sa main, de toucher sa robe et de regarder avec elle tout ce qu'elle me disait de regarder. Tout me paraissait beau à travers ses yeux. Les boulevards étaient un lieu enchanté ; les bains Chinois, avec leur affreuse rocaille et leurs stupides magots, étaient un palais des contes de fées ; les chiens savants qui dansaient sur le boulevard, les boutiques de joujoux, les marchands d'estampes et les marchands d'oiseaux, c'était de quoi me rendre folle, et ma mère s'arrêtant devant tout ce qui m'occupait, y prenant plaisir avec moi, enfant qu'elle était elle-même, doublait mes joies en les partageant.

Ma grand-mère avait un esprit de discernement plus éclairé et d'une grande élévation naturelle. Elle voulait former mon goût, et portait sa critique judicieuse sur tous les objets qui me frappaient. Elle me disait : « Voilà une figure mal dessinée, un assemblage de couleurs qui choque la vue, une composition, ou un langage, ou une musique, ou une toilette de mauvais goût. » Je ne pouvais comprendre cela qu'à la longue. Ma mère, moins difficile et plus naïve, était en communication plus directe d'impressions avec moi. Presque tous les produits de l'art ou de l'industrie lui plaisaient, pour peu qu'ils eussent des formes riantes et des couleurs fraîches, et ce qui ne lui plaisait pas l'amusait encore. Elle avait la passion du nouveau, et il n'était point de mode nouvelle qui ne lui parût la plus belle qu'elle eût encore vue. Tout lui allait ; rien ne pouvait la rendre laide ou disgracieuse, malgré les critiques de ma grand-mère, fidèle, avec raison, à ses longues tailles et à ses amples jupes du Directoire.

Ma mère, engouée de la mode du jour, se désolait de voir ma bonne maman m'habiller en *petite vieille bonne femme*. On me taillait des douillettes dans les douillettes un peu usées, mais encore fraîches de ma grand-mère, de sorte que j'étais presque toujours vêtue de couleurs sombres, et que mes tailles plates me descendaient sur les hanches. Cela paraissait affreux, alors qu'on devait avoir la ceinture sous les aisselles. C'était pourtant beaucoup mieux. Je commençais à avoir de très grands cheveux bruns qui flottaient sur mes épaules et frisaient naturellement pour peu qu'on me passât une éponge mouillée sur la tête. Ma mère tourmenta si bien ma bonne maman qu'il fallut la laisser s'emparer de ma pauvre tête pour me coiffer *à la chinoise*.

C'était bien la plus affreuse coiffure qu'on pût imaginer, et elle a été certainement inventée pour les figures qui n'ont pas de front. On vous rebroussait les cheveux en les peignant à contresens jusqu'à ce qu'ils eussent pris une attitude perpendiculaire, et alors on en tortillait le fouet juste au sommet du crâne, de manière à faire de la tête une boule allongée surmontée d'une petite boule de cheveux. On ressemblait ainsi à une brioche ou à une gourde de pèlerin. Ajoutez à cette laideur le supplice d'avoir les cheveux plantés à contre-poil ; il fallait huit jours d'atroces douleurs et d'insomnie avant qu'ils eussent pris ce pli forcé, et on les serrait si bien avec un cordon pour les y contraindre, qu'on avait la peau du front tirée et le coin des yeux relevé comme les figures d'éventail chinois.

Je me soumis aveuglément à ce supplice, quoiqu'il me fût absolument indifférent d'être laide ou belle, de suivre la mode ou de protester contre ses aberrations. Ma mère le voulait, je lui plaisais ainsi, je souffris avec un courage stoïque. Ma bonne maman me trouvait affreuse, elle était désespérée. Mais elle ne jugea point à propos de se quereller pour si peu de chose, ma mère l'aidant d'ailleurs, autant qu'elle pouvait s'y plier, à me calmer dans mon exaltation pour elle.

Cela fut facile en apparence dans les commencements. Ma mère me faisant sortir tous les jours et dînant ou passant la soirée très souvent avec moi, je n'étais guère séparée d'elle que pendant le temps de mon sommeil ; mais une circonstance où ma chère bonne maman eut véritablement tort à mes yeux, vint bientôt ranimer ma préférence pour ma mère.

Caroline ne m'avait pas vue depuis mon départ pour l'Espagne, et il paraît que ma grand-mère avait fait une condition essentielle à ma mère de briser à jamais tout rapport entre ma sœur et moi. Pourquoi cette aversion pour une enfant pleine de candeur, élevée rigidement, et qui a été toute sa vie un modèle d'austérité ? Je l'ignore, et ne peux m'en rendre compte même aujourd'hui. Du moment que la mère était admise et acceptée, pourquoi la fille était-elle honnie et repoussée ? Il y avait là un préjugé, une injustice inexplicable de la part d'une personne qui savait pourtant s'élever au-dessus des préjugés de son monde quand elle échappait à des influences indignes de son esprit et de son cœur. Caroline était née longtemps avant que mon père eût connu ma mère ; mon père l'avait traitée et aimée comme sa fille, elle avait été la compagne raisonnable et complaisante de mes premiers jeux. C'était une jolie et douce enfant, et qui n'a jamais eu qu'un défaut pour moi, celui d'être trop absolue dans ses idées d'ordre et de dévotion. Je ne vois pas ce qu'on pouvait craindre pour moi de son contact, et ce qui eût pu me faire rougir jamais devant le monde de la reconnaître pour ma sœur, à moins que ce ne fût une souillure de n'être point noble de naissance, de sortir probablement de la classe du peuple, car je n'ai jamais su quel rang le père de Caroline occupait dans la société, et il est à présumer qu'il était de la même condition humble et obscure que ma mère. Mais n'étais-je pas, moi aussi, la fille de Sophie Delaborde, la petite-fille du marchand d'oiseaux, l'arrière-petite-fille de la mère Cloquard ? Comment pouvait-on se flatter de me faire oublier que je sortais du peuple, et de me persuader que l'enfant porté dans le même sein que moi était d'une nature inférieure à la mienne, par ce seul fait qu'il n'avait point l'honneur de compter le roi de Pologne et le maréchal de Saxe parmi ses ancêtres paternels ? Quelle folie, ou plutôt quel inconcevable enfantillage ! Et quand une personne d'un âge mûr et d'un grand esprit commet un enfantillage devant un enfant, combien de temps, d'efforts et de perfections ne faut-il pas pour en effacer en lui l'impression ?

Ma grand-mère fit ce prodige, car cette impression, pour n'être jamais effacée en moi, n'en fut pas moins vaincue par les trésors de tendresse que son âme me prodigua. Mais s'il n'y avait pas eu quelque raison profonde à la peine qu'elle eut à se faire aimer de moi, je serais un monstre. Je suis donc forcée de dire en quoi elle pécha au début, et maintenant que je connais l'obstination des classes nobiliaires, sa faute me paraît n'être point sienne, mais peser tout entière sur le milieu où elle avait toujours vécu, et dont, malgré son noble cœur et sa haute raison, elle ne put jamais se dégager entièrement.

Elle avait donc exigé que ma sœur me devînt étrangère, et comme je l'avais quittée à l'âge de quatre ans, il m'eût peut-être été facile de l'oublier. Je crois même que cela eût été déjà fait, si ma mère ne m'en eût pas parlé souvent depuis ; et, quant à l'affection, n'ayant pu se développer encore bien vivement chez moi avant le voyage en Espagne, elle ne se fût peut-être pas beaucoup réveillée sans les efforts qu'on fit pour la briser violemment, et sans une petite scène de famille qui me fit une impression terrible.

Caroline avait environ douze ans. Elle était en pension, et, chaque fois qu'elle venait voir notre mère, elle la suppliait de la mener chez ma grand-mère pour me voir, ou de me faire venir chez elle. Ma mère éludait sa prière et lui donnait je ne sais quelles raisons, ne pouvant et ne voulant pas lui faire comprendre l'incompréhensible exclusion qui pesait sur elle. La pauvre petite n'y comprenant rien en effet, ne pouvant plus tenir à son impatience de m'embrasser et n'écoutant que son cœur, profita d'un soir où notre petite maman dînait chez mon oncle de Beaumont, persuada à la portière de ma mère de l'accompagner, et arriva chez nous bien joyeuse et bien empressée. Elle avait pourtant un peu peur de cette grand-mère qu'elle n'avait jamais vue ; mais peut-être croyait-elle qu'elle dînait aussi chez l'oncle, ou peut-être était-elle décidée à tout braver pour me voir.

Il était sept ou huit heures, je jouais mélancoliquement toute seule sur le tapis du salon, lorsque j'entends un peu de mouvement dans la pièce voisine, et ma bonne vient entrouvrir la porte et m'appeler tout doucement. Ma grand-mère avait l'air de sommeiller sur son fauteuil ; mais elle avait le sommeil léger. Au moment où je gagnais la porte sur la pointe du pied, sans savoir ce qu'on voulait de moi, ma bonne maman se retourne et me dit d'un ton sévère : « Où allez-vous si mystérieusement, ma fille ? – Je n'en sais rien, maman, c'est ma bonne qui m'appelle. – Entrez, Rose, que voulez-vous ? Pourquoi appelez-vous ma fille comme en cachette de moi ? » La bonne s'embarrasse, hésite, et finit par dire : « Eh bien, madame, c'est mademoiselle Caroline qui est là. »

Ce nom si pur et si doux fit un effet extraordinaire sur ma grand-mère. Elle crut à une résistance ouverte de la part de ma mère, ou à une résolution de la tromper que l'enfant ou la bonne avait trahie par maladresse. Elle parla durement et sèchement, ce qui certes lui arriva bien rarement dans sa vie. « Que cette petite s'en aille tout de suite, dit-elle, et qu'elle ne se présente plus jamais ici ! Elle sait très bien qu'elle ne doit point voir ma fille. Ma fille ne la connaît plus, et moi je ne la connais pas. Et quant à vous, Rose, si jamais vous cherchez à l'introduire chez moi, je vous chasse ! »

Rose épouvantée disparut. J'étais troublée et effrayée, presque affligée et repentante d'avoir été pour ma grand-mère un sujet de colère, car je sentais bien que cette émotion ne lui était pas naturelle et devait la faire beaucoup souffrir. Mon étonnement de la voir ainsi m'empêchait de penser à Caroline, dont le souvenir était bien vague en moi. Mais tout à coup, à la suite de chuchotements échangés derrière la porte, j'entends un sanglot étouffé, mais déchirant, un cri parti du fond de l'âme, qui pénètre au fond de la mienne et réveille la voix du sang. C'est Caroline qui pleure et s'en va consternée, brisée, humiliée, blessée dans son juste orgueil d'elle-même et dans son naïf amour pour moi.

Aussitôt l'image de ma sœur se ranime dans ma mémoire, je crois la voir telle qu'elle était dans la rue Grange-Batelière et à Chaillot, grandelette, menue, douce, modeste et obligeante, se faisant l'esclave de mes caprices, me chantant des chansons pour m'endormir, ou me racontant de belles histoires de fées. Je fonds en larmes et m'élance vers la porte ; mais il est trop tard, elle est partie ; ma bonne pleure aussi et me reçoit dans ses bras, en me conjurant de cacher à ma grand-mère un chagrin qui l'irrite contre elle. Ma grand-mère me rappelle et veut me prendre sur ses genoux pour me calmer et me raisonner ; je résiste, je fuis ses caresses et je me jette par terre dans un coin en criant : « Je veux retourner avec ma mère, je ne veux pas rester ici ! »

Mademoiselle Julie arrive à son tour et veut me faire entendre raison. Elle me parle de ma grand-mère que je rends malade, à ce qu'elle assure, et que je refuse de regarder. « Vous faites de la peine à votre bonne maman qui vous aime, qui vous chérit, qui ne vit que pour vous. » Mais je n'écoute rien, je redemande ma mère et ma sœur avec des cris de désespoir. J'étais si malade et si suffoquée qu'il ne fallut point songer à me faire dire bonsoir à ma bonne maman. On me mena coucher, et toute la nuit je ne fis que gémir et soupirer dans mon sommeil.

Sans doute ma grand-mère passa une mauvaise nuit aussi. J'ai si bien compris depuis combien elle était bonne et tendre, que je suis bien certaine maintenant de la peine qu'elle éprouvait quand elle se croyait forcée de faire de la peine aux autres ; mais sa dignité lui défendait de le faire paraître, et c'était par des soins et des gâteries détournées qu'elle essayait de le faire oublier.

À mon réveil, je trouvai sur mon lit une poupée que j'avais beaucoup désirée la veille, pour l'avoir vue avec ma mère dans un magasin de jouets, et dont j'avais fait une description pompeuse à ma bonne maman en rentrant pour dîner. C'était une petite négresse qui avait l'air de rire aux éclats et qui montrait ses dents blanches et ses yeux brillants au milieu de sa figure noire. Elle était ronde et bien faite, elle avait une robe de crêpe rose bordée d'une frange d'argent. Cela m'avait paru bizarre, fantastique, admirable, et, le matin, avant que je fusse éveillée, la pauvre bonne maman avait envoyé chercher la poupée négrillonne pour satisfaire mon caprice et me distraire de mon chagrin. En effet, le premier mouvement fut un vif plaisir ; je pris la petite créature dans mes bras, son joli rire provoqua le mien, et je l'embrassai comme une jeune mère embrasse son nouveau-né. Mais, tout en la regardant et en la berçant sur mon cœur, mes souvenirs de la veille se ranimèrent. Je pensai à ma mère, à ma sœur, à la dureté de ma grand-mère, et je jetai la poupée loin de moi. Mais comme elle riait toujours, la pauvre négresse, je la repris, je la caressai encore et je l'arrosai de mes larmes, m'abandonnant à l'illusion d'un amour maternel qu'excitait plus vivement en moi le sentiment contristé de l'amour filial. Puis tout d'un coup j'eus un vertige, je laissai tomber la poupée par terre et j'eus d'affreux vomissements de bile qui effrayèrent beaucoup mes bonnes.

Je ne sais plus ce qui se passa pendant plusieurs jours, j'eus la rougeole avec une fièvre violente. Je devais l'avoir probablement, mais l'animation et le chagrin l'avaient hâtée ou rendue plus intense. Je fus assez dangereusement malade, et une nuit j'eus une vision qui me tourmenta beaucoup. On avait laissé une lampe brûler dans la chambre où j'étais ; mes deux bonnes dormaient, et j'avais les yeux ouverts et la tête en feu. Il me semble pourtant que mes idées étaient très nettes, et qu'en regardant fixement cette lampe je me rendais fort bien compte de ce que c'était. Il s'était formé un grand champignon sur la mèche, et la fumée noire qui s'en exhalait dessinait son ombre tremblotante sur le plafond. Tout à coup ce lumignon prit une forme distincte, celle d'un petit homme qui dansait au milieu de la flamme. Il s'en détacha peu à peu et se mit à tourner autour avec rapidité, et à mesure qu'il tournait il grandissait toujours, il arrivait à la taille d'un homme véritable, jusqu'à ce qu'enfin ce fut un géant dont les pas rapides frappaient la terre avec bruit, tandis que sa folle chevelure balayait circulairement le plafond avec la légèreté d'une chauve-souris.

Je fis des cris épouvantables, et l'on vint à moi pour me rassurer ; mais cette apparition revint trois ou quatre fois de suite et dura presque jusqu'au jour. C'est la seule fois que je me rappelle avoir eu le délire. Si je l'ai eu depuis, je ne m'en suis pas rendu compte, ou je ne m'en souviens pas.

## II

*Rose et Julie. – Diplomatie maternelle de ma grand-mère. – Je retrouve mon* chez nous. *– L'intérieur de mon grand-oncle. –* Voir c'est avoir. *– Les dîners fins de mon grand-oncle ; ses tabatières. – Madame de La Marlière. – Madame de Pardaillan. – Madame de Bérenger et sa perruque. – Madame de Ferrières et ses beaux bras. – Madame de Maleteste et son chien. – Les abbés. – Premiers symptômes d'un penchant à l'observation. – Les cinq générations de la rue de Gramont. – Le bal d'enfants. – La fausse grâce. – Les talons rouges littéraires de nos jours.*

Quand ma fièvre se fut dissipée, et que je n'eus plus à garder le lit que par précaution, j'entendis mademoiselle Julie et Rose qui causaient à demi-voix de ma maladie et de la cause qui l'avait rendue si forte.

Il faut que je dise d'abord quelles étaient les deux personnes à l'empire desquelles j'ai été beaucoup trop livrée depuis, pour le bonheur de mon enfance.

Rose avait été déjà au service de ma mère du vivant de mon père, et ma mère étant satisfaite de son attachement et de plusieurs bonnes qualités qu'elle avait, l'ayant retrouvée à Paris sans place, et désirant mettre auprès de moi une femme propre et honnête, elle avait persuadé à ma grand-mère de la prendre pour me soigner, me promener et me distraire. Rose était une rousse forte, active et intrépide. Elle était bâtie comme un garçon, montait à cheval jambe de çà, jambe de là, galopant comme un démon, sautant les fossés, tombant quelquefois, se fendant le crâne et ne se rebutant de rien. En voyage, elle était précieuse à ma grand-mère, parce qu'elle n'oubliait rien, prévoyait tout, mettait le sabot à la roue, relevait le postillon s'il se laissait choir, raccommodait les traits, et eût volontiers, en cas de besoin, pris les bottes fortes et mené la voiture. C'était une nature puissante, comme l'on voit, une véritable charretière de la Brie, où elle avait été élevée aux champs.

Elle était laborieuse, courageuse, adroite, propre comme une servante hollandaise, franche, juste, pleine de cœur et de dévouement. Mais elle avait un défaut cruel dont je m'aperçus bien par la suite, et qui tenait à l'ardeur de son sang et à l'exubérance de sa vie. Elle était violente et brutale. Comme elle m'aimait beaucoup, m'ayant bien soignée dans ma première enfance, ma mère croyait m'avoir donné une amie, et elle me chérissait en effet, mais elle avait des emportements et des tyrannies qui devaient m'opprimer plus tard et faire de ma seconde enfance une sorte de martyre.

Pourtant je lui ai tout pardonné, et, chose bizarre, malgré l'indépendance de mon caractère et les souffrances dont elle m'a accablée, je ne l'ai jamais haïe. C'est qu'elle était sincère, c'est que le fond était généreux, c'est surtout qu'elle aimait ma mère et qu'elle l'a toujours aimée. C'était tout le contraire avec mademoiselle Julie. Celle-ci était douce, polie, n'élevait jamais la voix, montrait une patience angélique en toutes choses ; mais elle manquait de franchise, et c'est là un caractère que je n'ai jamais pu supporter. C'était une fille d'un esprit supérieur, je n'hésite pas à le dire. Sortie de sa petite ville de La Châtre sans avoir rien appris, sachant à peine lire et écrire, elle avait occupé ses longs loisirs de Nohant à lire toute espèce de livres. D'abord ce furent des romans, dont toutes les femmes de chambre ont la passion, ce qui fait que je pense souvent à elles quand j'en écris[3]. Ensuite ce furent des livres d'histoire, et enfin des ouvrages de philosophie. Elle connaissait son Voltaire mieux que ma grand-mère elle-même, et j'ai vu dans ses mains le *Contrat social* de Rousseau, qu'elle comprenait fort bien. Tous les mémoires connus ont été avalés et retenus par cette tête froide, positive et sérieuse. Elle était versée dans toutes les intrigues de la cour de Louis XIV, de Louis XV, de la czarine Catherine, de Marie-Thérèse et du grand Frédéric, comme un vieux diplomate ; et si on était embarrassé de se rappeler quelque parenté des seigneurs de l'ancienne France avec les grandes familles de l'Europe, on pouvait s'adresser à elle, elle avait cela au bout de son doigt. J'ignore si, dans sa vieillesse, elle a conservé cette aptitude et cette mémoire, mais je l'ai connue vraiment érudite en ce genre, solidement instruite à plusieurs autres égards, bien qu'elle ne sût pas un mot d'orthographe.

J'aurai encore beaucoup à parler d'elle ; car elle m'a fait beaucoup souffrir, et ses rapports de police sur mon compte auprès de ma grand-mère m'ont rendue beaucoup plus malheureuse que les criailleries et les coups dont Rose, par bonne intention, travaillait à m'abrutir ; mais je ne me plaindrai ni de l'une ni de l'autre avec amertume. Elles ont travaillé à mon éducation physique et morale selon leur pouvoir, et chacune d'après un système qu'elle croyait le meilleur.

Je conviens que Julie me déplaisait particulièrement, parce qu'elle haïssait ma mère. En cela, elle croyait témoigner de son dévouement à sa maîtresse, et elle faisait à celle-ci plus de mal que de bien. En résumé, il y avait chez nous le *parti de ma mère*, représenté par Rose, Ursule et moi ; le *parti de ma grand-mère*, représenté par Deschartres et par Julie.

Il faut dire à l'éloge des deux suivantes de ma bonne maman que cette différence d'opinion ne les empêcha pas de vivre ensemble sur le pied d'une grande amitié, et que Rose, sans jamais abandonner la défense de sa première maîtresse, professa toujours un grand respect et un grand dévouement pour la seconde. Elles ont soigné ma grand-mère jusqu'à son dernier jour avec un zèle parfait ; elles lui ont fermé les yeux. Je leur ai donc pardonné tous les ennuis et toutes les larmes qu'elles m'ont coûtés, l'une par sa sollicitude féroce pour ma personne, l'autre par l'abus de son influence sur ma bonne maman.

Elles étaient donc dans ma chambre à chuchoter, et que de choses de ma famille j'ai sues par elles, que j'aurais bien aimé ne pas savoir si tôt !... et ce jour-là elles disaient (*Julie*) : « Voyez comme cette petite est folle d'adorer sa mère ; sa mère ne l'aime point du tout. Elle n'est pas venue une seule fois la voir depuis qu'elle est malade ! – Sa mère, disait Rose, elle est venue tous les jours savoir de ses nouvelles, mais elle n'a pas voulu monter, parce qu'elle est fâchée contre Madame, à cause de Caroline. – C'est égal, reprenait Julie, elle aurait pu venir voir sa fille sans entrer chez Madame ; mais elle a dit à M. de Beaumont qu'elle avait peur d'attraper la rougeole. Elle craint pour sa peau. – Vous vous trompez, Julie, repartit Rose, ce n'est pas comme cela ; c'est qu'elle a peur d'apporter la rougeole à Caroline ; et pourquoi faudrait-il que ses deux filles fussent malades à la fois ? C'est bien assez d'une. »

Cette explication me fit du bien et calma mon désir d'embrasser ma mère. Elle vint le lendemain jusqu'à la porte de ma chambre, et me cria bonjour à travers. « Va-t'en, ma petite mère, lui dis-je, n'entre pas. Je ne veux pas envoyer ma rougeole à Caroline. – Voyez ! dit ma mère à je ne sais quelle personne qui était avec elle, elle me connaît bien, elle ! Elle ne m'accuse pas. On aura beau faire et beau dire, on ne l'empêchera pas de m'aimer. »

On voit, d'après ces petites scènes d'intérieur, qu'il y avait autour de mes deux mères des gens qui leur redisaient tout, et qui envenimaient leurs dissentiments. Mon pauvre cœur d'enfant commençait à être ballotté par leur rivalité. Objet d'une jalousie et d'une lutte perpétuelles, il était impossible que je ne fusse pas la proie de quelque prévention, comme j'étais la victime des douleurs que je causais.

Dès que je fus en état de sortir, ma grand-mère m'enveloppa soigneusement, me prit avec elle dans une voiture et me conduisit chez ma mère, où je n'avais pas encore été depuis mon retour à Paris. Elle demeurait alors rue Duphot, si je ne me trompe. L'appartement était petit, sombre et bas, pauvrement meublé, et le pot-au-feu bouillait dans la cheminée du salon. Tout était fort propre, mais ne sentait point la richesse ni la prodigalité. On a tant reproché à ma mère d'avoir mis du désordre dans la vie de mon père et de lui avoir fait faire des dettes, que je suis bien aise de la retrouver, dans tous mes souvenirs, économe, presque avare pour elle-même.

La personne qui vint nous ouvrir fut Caroline. Elle me parut jolie comme un ange, avec son petit nez retroussé. Elle était plus grande que moi relativement à nos âges respectifs, elle avait la peau moins brune, les traits plus délicats et une expression de finesse un peu froide et railleuse. Elle soutint avec aplomb la rencontre de ma grand-mère, elle se sentait chez elle ; elle m'embrassa avec transport, me fit mille caresses, mille questions, avança tranquillement et fièrement un fauteuil à ma bonne maman en lui disant : « Asseyez-vous, *madame Dupin*, je vais faire appeler maman, qui est *chez la voisine.* » Puis, ayant averti la portière qui faisait leurs commissions, car elles n'avaient pas de servante, elle revint s'asseoir auprès du feu, me prit sur ses genoux, et se remit à me questionner et à me caresser, sans s'occuper davantage de la grande dame qui lui avait fait un si cruel affront.

Ma bonne maman avait certainement préparé quelque bonne et digne parole à dire à cette enfant, pour la rassurer et la consoler, car elle s'était attendue à la trouver timide et effrayée, ou boudeuse, et à soutenir une scène de larmes ou de reproches ; mais voyant qu'il n'y avait rien de ce qu'elle avait prévu, elle éprouva, je crois, un peu d'étonnement et de malaise, car je remarquai qu'elle prenait beaucoup de tabac, prise sur prise.

Ma mère arriva au bout d'un instant. Elle m'embrassa passionnément et salua ma grand-mère avec un regard sec et enflammé. Celle-ci vit bien qu'il fallait aller au-devant dc l'orage. « Ma fille, dit-elle avec beaucoup de calme et de dignité, sans doute quand vous avez envoyé Caroline chez moi, vous aviez mal compris mes intentions à l'égard des relations qui doivent exister entre elle et Aurore. Je n'ai jamais eu la pensée de contrarier ma petite-fille dans ses affections. Je ne m'opposerai jamais à ce qu'elle vienne vous voir et à ce qu'elle voie Caroline chez vous. Faisons donc en sorte, ma fille, qu'il n'y ait plus de malentendu à cet égard. »

Il était impossible de s'en tirer plus sagement et avec plus d'adresse et de justice. Elle n'avait pas été toujours aussi équitable dans cette affaire. Il est bien certain qu'elle n'avait pas voulu consentir, dans le principe, à ce que je visse Caroline, même chez ma mère, et que ma mère avait été forcée de s'engager à ne me point amener chez elle dans nos promenades, engagement qu'elle avait fidèlement observé. Il est bien certain aussi qu'en voyant dans mon cœur plus de mémoire et d'attachement qu'elle ne pensait, ma bonne maman avait renoncé à une résolution impossible et mauvaise. Mais cette concession faite, elle conservait son droit de ne pas admettre chez elle une personne dont la présence lui était désagréable. Son explication adroite et nette coupait court à toute récrimination, ma mère le sentit et son courroux tomba. « À la bonne heure, maman », dit-elle, et elles parlèrent à dessein d'autre chose. Ma mère était entrée avec une tempête dans l'âme, et, comme de coutume, elle était étonnée, devant la fermeté souple et polie de sa belle-mère, d'avoir à plier ses voiles et à rentrer au port.

Au bout de quelques instants, ma grand-mère se leva pour continuer ses visites, priant ma mère de me garder jusqu'à ce qu'elle vînt me reprendre. C'était une concession et une délicatesse de plus, pour bien montrer qu'elle ne prétendait pas gêner et surveiller nos épanchements. Pierret arriva à temps pour lui offrir son bras jusqu'à la voiture. Ma grand-mère avait de la déférence pour lui, à cause du grand dévouement qu'il avait témoigné à mon père. Elle lui faisait très bon accueil, et Pierret n'était point de ceux qui excitaient ma mère contre elle. Bien au contraire, il n'était occupé qu'à la calmer et à l'engager à vivre dans de bons rapports avec sa belle-mère. Mais il rendait à celle-ci de très rares visites. C'était pour lui trop de contrainte que de rester une demi-heure sans allumer son cigare, sans faire de grimaces, et sans proférer à chaque phrase son jurement favori, *sac à papier !*

Quelle joie ce fut pour moi que de me retrouver dans ce qui me semblait ma seule, ma véritable famille ! Que ma mère me semblait bonne, ma sœur aimable, mon ami Pierret drôle et complaisant ! Et ce petit appartement si pauvre et si laid en comparaison des salons ouatés de ma grand-mère (c'est ainsi que je les appelais par dérision), il devint pour moi, en un instant, la terre promise de mes rêves. Je l'explorais dans tous les coins, je regardais avec amour les moindres objets, la petite pendule en albâtre, les vases de fleurs en papier, jaunies sous leur cylindre de verre, les pelotes que Caroline avait brodées en chenille, à sa pension, et jusqu'à la chaufferette de ma mère, ce meuble prolétaire banni des habitudes élégantes, ancien trépied de mes premières improvisations dans la rue Grange-Batelière. Comme j'aimais tout cela ! Je ne me lassais pas de dire : « Je suis ici *chez nous.* Là-bas, je suis chez ma bonne maman. – *Sac à papier !* disait Pierret, qu'elle n'aille pas dire *chez nous* devant madame Dupin, elle nous reprocherait de lui apprendre à parler comme *aux z-balles* ! » Et Pierret de rire aux éclats, car il riait volontiers de tout, et ma mère de se moquer de lui, et moi de crier : « Comme on s'amuse *chez nous* ! »

Caroline me faisait des *pigeons* avec ses doigts, ou, avec un bout de fil que nous passions et croisions dans les doigts l'une de l'autre, elle m'apprenait toutes ces figures et ces combinaisons de lignes que les enfants appellent le lit, le bateau, les ciseaux, la scie, etc. Les belles poupées et les beaux livres d'images de ma bonne maman ne me paraissaient plus rien auprès de ces jeux qui me rappelaient mon enfance, car, encore enfant, j'avais déjà une enfance, un passé derrière moi, des souvenirs, des regrets, une existence accomplie et qui ne devait pas m'être rendue.

La faim me prit, il n'y avait *chez nous* ni gâteaux ni confitures, mais le classique pot-au-feu pour toute nourriture. Mon goûter passa en un instant de la cheminée sur la table. Avec quel plaisir je retrouvai mon assiette de terre de pipe ! Jamais je ne mangeai de meilleur cœur. J'étais comme un voyageur qui rentre chez lui après de longues tribulations, et qui jouit de tout dans son petit ménage.

Ma grand-mère revint me chercher, mon cœur se serra. Mais je compris que je ne devais pas abuser de sa générosité. Je la suivis en riant avec des yeux pleins de larmes.

Ma mère ne voulut pas abuser non plus de la concession faite et ne me mena chez elle que les dimanches. C'étaient les jours de congé de Caroline, qui était encore en pension, ou qui peut-être commençait à apprendre le métier de graveuse de musique qu'elle a continué depuis, et exercé jusqu'à son mariage, avec beaucoup de labeur et quelque petit profit.

Ces heureux dimanches si impatiemment attendus passaient comme des rêves. À cinq heures, Caroline allait dîner chez ma tante Maréchal, maman et moi nous allions retrouver ma grand-mère chez mon grand-oncle de Beaumont.

C'était un vieux usage de famille fort doux que ce dîner hebdomadaire qui réunissait invariablement les mêmes convives. Il s'est presque perdu dans la vie agitée et désordonnée que l'on mène aujourd'hui. C'était la manière la plus agréable et la plus commode de se voir, pour les gens de loisir et d'habitudes régulières. Mon grand-oncle avait pour cuisinière un cordon bleu qui, n'ayant jamais affaire qu'à des palais d'une expérience et d'un discernement consommés, mettait un amour-propre immense à les contenter. Madame Bourdieu, la gouvernante de mon oncle, et mon oncle lui-même exerçaient une surveillance éclairée sur ces importants travaux. À cinq heures précises, nous arrivions, ma mère et moi, et nous trouvions déjà autour du feu ma grand-mère dans un vaste fauteuil placé vis-à-vis du vaste fauteuil de mon grand-oncle, et madame de La Marlière entre eux, les pieds allongés sur les chenets, la jupe un peu relevée, et montrant deux maigres jambes chaussées de souliers très pointus.

Madame de La Marlière était une ancienne amie intime de la feue comtesse de Provence, la femme de celui qui fut depuis Louis XVIII. Son mari, le général de La Marlière, était mort sur l'échafaud. Il est souvent question de cette dame dans les lettres de mon père, si l'on s'en souvient. C'était une personne fort bonne, fort gaie, expansive, babillarde, obligeante, dévouée, bruyante, railleuse, un peu cynique dans ses propos. Elle n'était point du tout pieuse alors, et se gaussait des curés, voire d'autre chose, avec une liberté extrême. À la Restauration, elle devint dévote, et elle a vécu jusqu'à l'âge de quatre-vingt-dix-huit ans, je crois, en odeur de sainteté. C'était, en somme, une excellente femme, sans préjugés au temps où je l'ai connue, et je ne pense pas qu'elle soit jamais devenue bigote et intolérante. Elle n'en avait guère le droit, après avoir tenu si peu de compte des choses saintes pendant les trois quarts de sa vie. Elle était fort bonne pour moi, et comme c'était la seule des amies de ma grand-mère qui n'eût aucune prévention contre ma mère, je lui témoignais plus de confiance et d'amitié qu'aux autres. Pourtant j'avoue qu'elle ne m'était pas naturellement sympathique. Sa voix claire, son accent méridional, ses étranges toilettes, son menton aigu dont elle me meurtrissait les joues en m'embrassant, et surtout la crudité de ses expressions burlesques, m'empêchaient de la prendre au sérieux et de trouver du plaisir à ses gâteries.

Madame Bourdieu allait et venait légèrement de la cuisine au salon ; elle n'avait guère alors qu'une quarantaine d'années. C'était une brune forte, replète, et d'un type très accusé. Elle était de Dax, et avait un accent gascon encore plus sonore que celui de madame de La Marlière. Elle appelait mon grand-oncle *papa*, et ma mère aussi avait cette habitude.

Madame de La Marlière, qui aimait à faire l'enfant, disait *papa* aussi, ce qui faisait paraître mon grand-oncle plus jeune qu'elle.

L'appartement qu'il a occupé tout le temps de ma vie où je l'ai connu, c'est-à-dire pendant une quinzaine d'années, était situé rue Guénégaud, au fond d'une cour triste et vaste, dans une maison du temps de Louis XIV, d'un caractère très homogène dans toutes ses parties. Les fenêtres étaient hautes et longues ; mais il y avait tant de rideaux, de tentures, de paravents, de draperies et de tapis pour défendre à l'air extérieur de s'introduire par la moindre fissure, que toutes les pièces étaient sombres et sourdes comme des caves. L'art de se préserver du froid en France, et surtout à Paris, commençait à se perdre sous l'Empire, et il s'est tout à fait perdu maintenant pour les gens d'une fortune médiocre, malgré les nombreuses inventions de chauffage économique dont le progrès nous a enrichis.

La mode, la nécessité et la spéculation, qui de concert nous ont amenés à bâtir des maisons percées de plus de fenêtres qu'il ne reste de parties pleines dans l'édifice ; le manque d'épaisseur des murailles, et la hâte avec laquelle ces constructions laides et fragiles se sont élevées, font que plus un appartement est petit, plus il est froid et coûteux à réchauffer. Celui de mon grand-oncle était une serre chaude créée par ses soins assidus, dans une maison épaisse et massive, comme devraient l'être toutes les habitations dans un climat aussi ingrat et aussi variable que le nôtre. Il est vrai qu'autrefois on s'installait là pour toute sa vie, et qu'en y bâtissant son nid, on y creusait sa tombe.

Les vieilles gens que j'ai connues à cette époque et qui avaient une existence retirée ne vivaient que dans leur chambre à coucher. Elles avaient un salon vaste et beau, où elles recevaient une ou deux fois l'an, et où, le reste du temps, elles n'entraient jamais. Mon grand-oncle et ma grand-mère, ne recevant jamais, eussent pu se passer de ce luxe inutile qui doublait le prix de leur loyer. Mais ils eussent cru n'être pas logés s'il en eût été autrement.

Le mobilier de ma grand-mère était du temps de Louis XVI, et elle n'avait point de scrupule d'y introduire de temps en temps un objet plus moderne lorsqu'il lui semblait commode ou joli. Mais mon grand-oncle était trop artiste pour se permettre la moindre disparate. Tout chez lui était du même style Louis XIV que les moulures des portes ou les ornements du plafond. Je ne sais s'il avait hérité de ce riche ameublement ou s'il l'avait collectionné lui-même ; mais ce serait aujourd'hui une trouvaille pour un amateur que ce mobilier complet dans son ancienneté, depuis la pincette et le soufflet, jusqu'au lit et aux cadres des tableaux. Il avait des peintures superbes dans son salon, et des meubles de Boule d'une grandeur et d'une richesse respectables. Comme tout cela n'était pas redevenu de mode et qu'on préférait à ces belles choses, véritables objets d'art, les chaises curules de l'Empire et les détestables imitations d'Herculanum en acajou plaqué ou en bois peint couleur bronze, le mobilier de mon grand-oncle n'avait guère de prix que pour lui-même. J'étais loin de pouvoir apprécier le bon goût et la valeur artistique d'une semblable collection ; et même j'entendais dire à ma mère que tout cela était trop vieux pour être beau. Pourtant les belles choses portent avec elles une impression que subissent souvent ceux mêmes qui ne les comprennent pas. Quand j'entrais chez mon oncle, il me semblait entrer dans un sanctuaire mystérieux, et, comme le salon était en effet un sanctuaire fermé, je priais tout bas madame Bourdieu de m'y laisser pénétrer. Alors, pendant que les grands-parents jouaient aux cartes après dîner, elle me donnait un petit bougeoir, et, me conduisant comme en cachette dans ce grand salon, elle m'y laissait quelques instants, me recommandant bien de ne pas monter sur les meubles et de ne pas répandre de bougie. Je n'avais garde de désobéir ; je posais ma lumière sur une table et je me promenais furtivement dans cette vaste pièce à peine éclairée jusqu'au plafond par mon faible luminaire. Je ne voyais donc que très confusément les grands portraits de Largillière, les beaux intérieurs flamands et les tableaux des maîtres italiens qui couvraient les murs. Je me plaisais au scintillement des dorures, aux grands plis des rideaux, au silence et à la solitude de cette pièce respectable que l'on semblait ne pas oser habiter et dont je prenais possession à moi toute seule.

Cette possession fictive me suffisait, car dès mes plus jeunes années, la possession réelle des choses n'a jamais été un plaisir pour moi. Jamais rien ne m'a fait envie en fait de palais, de voitures, de bijoux et même d'objets d'art ; et pourtant j'aime à parcourir un beau palais, à voir passer un équipage élégant et rapide, à toucher et à retourner des bijoux bien travaillés, à contempler les produits d'art ou d'industrie où l'intelligence de l'homme s'est révélée sous une forme quelconque. Mais je n'ai jamais éprouvé le besoin de me dire : « Ceci est à moi », et je ne comprends même pas qu'on ait ce besoin-là. On a tort de me donner un objet rare ou précieux, parce qu'il m'est impossible de ne pas le donner bientôt à un ami qui l'admire et chez qui je vois le désir de la possession. Je ne tiens qu'aux choses qui me viennent des êtres que j'ai aimés et qui ne sont plus. Alors j'en suis avare, quelque peu de valeur qu'elles aient, et j'avoue que le créancier qui me forcerait à vendre les vieux meubles de ma chambre me ferait beaucoup de peine, parce qu'ils me viennent presque tous de ma grand-mère et qu'ils me la rappellent à tous les instants de ma vie. Pour tout ce qui est aux autres, je n'en suis jamais tentée et me sens de la race de ces bohémiens dont Béranger a dit :

*Voir c'est avoir* [4].

Je ne hais pas le luxe, tout au contraire, je l'aime ; mais je n'en ai que faire pour moi. J'aime les bijoux surtout de passion. Je ne trouve pas de création plus jolie que ces combinaisons de métaux et de pierres précieuses qui peuvent réaliser les formes les plus riantes et les plus heureuses dans de si délicates proportions. J'aime à examiner les parures, les étoffes, les couleurs ; le goût me charme. Je voudrais être bijoutier ou costumier pour inventer toujours, et pour donner, par le miracle du goût, une sorte de vie à ces riches matières. Mais tout cela n'est d'aucun usage agréable pour moi. Une belle robe est gênante, les bijoux égratignent, et en toutes choses, la mollesse des habitudes nous vieillit et nous tue. Enfin je ne suis pas née pour être riche, et si les malaises de la vieillesse ne commençaient à se faire sentir, je vivrais très réellement dans une chaumière du Berry, pourvu qu'elle fût propre *, avec autant de contentement que dans une villa italienne.

Ce n'est point vertu ni prétention à l'austérité républicaine. Est-ce qu'une chaumière n'est pas, surtout pour l'artiste, plus belle, plus riche de couleur, de grâce, d'arrangement et de caractère, qu'un vilain palais moderne construit et décoré dans le goût *constitutionnel*[5], le plus pitoyable style qui existe dans l'histoire des arts ? Aussi n'ai-je jamais compris que les artistes de mon temps eussent, en général, tant de vénalité, de besoins de luxe, d'ambitions de fortune. Si quelqu'un au monde peut se passer de luxe et se créer à lui-même une vie selon ses rêves avec peu, avec presque rien, c'est l'artiste, puisqu'il porte en lui le don de poétiser les moindres choses, et de se construire une cabane selon les règles du goût ou les instincts de la poésie. Le luxe me paraît donc la ressource des gens bêtes.

Ce n'était pourtant point le cas pour mon grand-oncle ; son goût était luxueux de sa nature, et j'approuve fort qu'on se meuble avec de belles choses quand on peut se les procurer, par d'heureuses rencontres, à meilleur marché que de laides. C'est probablement ce qui lui était arrivé, car il avait une mince fortune et il était fort généreux, ce qui équivaut à dire qu'il était pauvre et n'avait pas de folies et de caprices à se permettre.

* Et elles le sont presque toutes, j'aime à le dire (NdA).

Il était gourmand, quoiqu'il mangeât fort peu, mais il avait une gourmandise sobre et de bon goût comme le reste, point fastueuse, sans ostentation, et qui se piquait même d'être positive. Il était plaisant de l'entendre analyser ses théories culinaires, car il le faisait tantôt avec une gravité et une logique qui eussent pu s'appliquer à toutes les données de la politique et de la philosophie, tantôt avec une verve comique et indignée. « Rien n'est si bête, disait-il avec ses paroles enjouées dont l'accent distingué corrigeait la crudité, que de se ruiner pour sa gueule. Il n'en coûte pas plus d'avoir une omelette délicieuse que de se faire servir, sous prétexte d'omelette, un vieux torchon brûlé. Le tout, c'est de savoir soi-même ce que c'est qu'une omelette, et quand une ménagère l'a bien compris, je la préfère, dans ma cuisine, à un savant prétentieux qui se fait appeler monsieur par ses marmitons, et qui baptise une charogne des noms les plus pompeux. »

Tout le temps du dîner, la conversation était sur ce ton et roulait sur la mangeaille. J'en ai donné cet échantillon pour qu'on se figure bien cette nature de chanoine[6], qui n'a guère plus de type dans le temps présent. Ma grand-mère, qui était d'une friandise extrême, bien que très petite mangeuse, avait aussi des théories scientifiques sur la manière de faire une crème à la vanille et une omelette soufflée. Madame Bourdieu se faisait quereller par mon oncle, parce qu'elle avait laissé mettre dans la sauce quelques parcelles de muscade de plus ou de moins : ma mère riait de leurs disputes. Il n'y avait que la mère La Marlière qui oubliât de babiller au dîner, parce qu'elle mangeait comme un ogre. Quant à moi, ces longs dîners servis, discutés, analysés et savourés avec tant de solennité m'ennuyaient mortellement. J'ai toujours mangé vite et en pensant à autre chose. Une longue séance à table m'a toujours rendue malade, et j'obtenais la permission de me lever de temps en temps pour aller jouer avec un vieux caniche qui s'appelait *Babet*, et qui passait sa vie à faire des petits et à les allaiter dans un coin de la salle à manger.

La soirée me paraissait bien longue aussi. Il fallait que ma mère prît des cartes et fît la partie des grands-parents, ce qui ne l'amusait pas non plus, mon oncle étant beau joueur et ne se fâchant pas comme Deschartres, et la mère La Marlière gagnant toujours parce qu'elle trichait. Elle convenait elle-même que le jeu sans tricherie l'ennuyait, c'est pourquoi elle ne voulait point jouer d'argent*.

Pendant ce temps, la bonne Bourdieu tâchait de me distraire. Elle me faisait faire des châteaux de cartes ou des édifices de dominos. Mon oncle, qui était taquin, se retournait pour souffler dessus ou pour donner un coup de coude à notre petite table. Et puis il disait à madame Bourdieu, qui s'appelait Victoire comme ma mère : « Victoire, vous abrutissez cet enfant, montrez-lui quelque chose d'intéressant. Tenez, faites-lui voir mes tabatières ! » Alors on ouvrait un coffret et l'on me faisait passer en revue une douzaine de tabatières fort belles, ornées de charmantes miniatures. C'étaient les portraits d'autant de belles dames en costumes de nymphes, de déesses ou de bergères. Je comprends maintenant pourquoi mon oncle avait tant de belles dames sur ses tabatières. Quant à lui, il n'y tenait plus, et cela ne lui paraissait plus avoir d'autre utilité que d'amuser les regards d'un petit enfant. Donnez donc

* J'ai fait depuis une remarque qui m'a paru triste, c'est que la plupart des femmes trichent au jeu et sont malhonnêtes en affaires d'intérêt. Je l'ai constaté chez des femmes riches, pieuses et considérées. Il faut le dire, puisque cela est, et que signaler un mal c'est le combattre. Cet instinct de duplicité, qu'on peut observer même chez les jeunes filles qui jouent sans que la partie soit intéressée, tient-il à un besoin inné de tromper, ou à l'âpreté d'une volonté nerveuse qui veut se soustraire à la loi du hasard ? Cela ne vient-il pas plutôt de ce que leur éducation morale est incomplète ? Il y a deux sortes d'honneur dans le monde : celui des hommes porte sur la bravoure et sur la loyauté dans les transactions pécuniaires ; celui des femmes n'est attaché qu'à la pudeur et à la fidélité conjugale. Si l'on se permettait de dire ici aux hommes qu'un peu de chasteté et de fidélité ne leur nuirait pas, ils lèveraient certainement les épaules. Mais nieront-ils qu'une honnête femme, qui serait en même temps un honnête homme, aurait doublement droit à leur respect et à leur confiance ? (NdA).

des portraits aux abbés ! Heureusement ce n'est plus la mode.

Ma bonne maman me menait aussi quelquefois chez madame de La Marlière ; mais celle-ci, n'ayant qu'une très mince existence, ne donnait point de dîners. Elle occupait, rue Villedot, n° 6, un petit appartement au troisième, qu'elle n'a pas quitté, je crois, depuis le Directoire jusqu'à sa mort, arrivée en 1841 ou 42. Son intérieur, moins beau que celui de mon grand-oncle, était curieux aussi pour son homogénéité, et je ne crois pas que depuis le temps de Louis XVI, dont il était un petit spécimen complet, il eût subi le moindre changement.

Madame de La Marlière était alors très liée avec madame Junot, duchesse d'Abrantès, qui a laissé des mémoires très intéressants, et qui est morte très malheureuse, après une vie mêlée de plaisirs et de désastres. Elle a consacré, s'il m'en souvient bien, une page à madame de La Marlière, qu'elle a beaucoup poétisée. Mais il faut permettre à l'amitié ces sortes d'inexactitudes. En somme, la vieille amie de la comtesse de Provence, de madame Junot et de ma grand-mère, avait plus de qualités que de défauts, et c'était de quoi lui faire pardonner quelques travers et quelques ridicules. Les autres amies de ma grand-mère étaient : d'abord, madame de Pardaillan, celle qu'elle préférait avec raison à toutes les autres, petite bonne vieille qui avait été fort jolie et qui était encore proprette, mignonne et fraîche sous ses rides. Elle n'avait pas d'esprit et pas plus d'instruction que les autres dames de son temps, car, de toutes celles que je mentionne, ma grand-mère était la seule qui sût parfaitement sa langue et dont l'orthographe fût correcte. Madame de La Marlière, quoique drôle et piquante dans son style, écrivait comme nos cuisinières n'écrivent plus ; mais madame de Pardaillan, n'ayant jamais eu aucune espèce de prétention, et ne visant point à l'esprit, n'était jamais ennuyeuse. Elle jugeait tout avec un grand bon sens, et prenait son opinion et ses principes dans son cœur, sans s'inquiéter du monde. Je ne crois pas qu'elle ait non seulement dit un mot méchant dans sa vie, mais encore qu'elle ait eu une seule pensée hostile ou amère ; c'était une nature angélique, calme, et pourtant sensible et aimante, une âme fidèle, maternelle à tous, pieuse sans fanatisme, tolérante non par indifférence, mais par tendresse et modestie. Enfin je ne sais si elle avait des défauts, mais elle est une des deux ou trois personnes que j'ai rencontrées, dans ma vie, chez lesquelles il m'a été impossible d'en pressentir aucun.

S'il n'y avait pas de brillant à la surface de son esprit, je crois qu'il y avait du moins une certaine profondeur dans ses pensées. Elle avait l'habitude de m'appeler *pauvre petite*. Et un jour que je me trouvais seule avec elle, je m'enhardis à lui demander pourquoi elle m'appelait ainsi. Elle m'attira près d'elle et me dit d'une voix émue en m'embrassant : « Soyez toujours bonne, ma pauvre enfant, car ce sera votre seul bonheur en ce monde. » Cette espèce de prophétie me fit quelque impression. « Je serai donc malheureuse ? lui dis-je. – Oui, me répondit-elle, tout le monde est condamné au chagrin ; mais vous en aurez plus qu'une autre ; et souvenez-vous de ce que je vous dis, soyez bonne, parce que vous aurez beaucoup à pardonner. – Et pourquoi faudra-t-il que je pardonne ? lui demandai-je encore. – Parce que vous éprouverez à pardonner le seul bonheur que vous devez avoir. » Avait-elle dans l'âme quelque secret chagrin qui la faisait parler ainsi d'une manière générale ? Je ne le pense pas ; elle devait être heureuse, car elle était adorée de sa famille ; je croirais pourtant assez qu'elle avait été brisée dans sa jeunesse par quelque peine de cœur, qu'elle n'avait jamais révélée à personne : ou bien comprenait-elle, avec son beau et noble cœur, combien j'aimais ma mère, et combien j'aurais à souffrir dans cette affection ?

Madame de Bérenger et madame de Ferrières étaient toutes deux si infatuées de leur noblesse que je ne saurais laquelle nommer la première pour l'orgueil et les grands airs. C'étaient bien les meilleurs types de *vieilles comtesses* dont ma mère pût se divertir.

Elles avaient été fort belles toutes les deux, et fort vertueuses, disaient-elles, ce qui ajoutait à leur morgue et à leur roideur. Madame de Ferrières avait encore de *beaux restes*, et n'était point fâchée de les montrer. Elle avait toujours les bras nus dans son manchon dès le matin, quelque temps qu'il fît. C'étaient des bras fort blancs et très gras, que je regardais avec étonnement, car je ne comprenais rien à cette coquetterie surannée. Mais ces beaux bras de soixante ans étaient si flasques qu'ils devenaient tout plats quand ils se posaient sur une table, et cela me causait une sorte de dégoût. Je n'ai jamais compris ces besoins de nudité chez les vieilles femmes, surtout chez celles dont la vie a été sage. Mais c'était peut-être chez madame de Ferrières une habitude de costume ancien qu'elle ne voulait point abjurer.

Madame de Bérenger, non plus que la précédente, n'était la favorite d'aucune princesse de l'ancien ou du nouveau régime *. Elle s'estimait trop haut placée pour cela, et elle eût dit volontiers : « C'est à moi d'avoir une cour, et non de faire partie de celle des autres. » Je ne sais plus de qui elle était fille, mais son mari prétendait descendre de Bérenger roi d'Italie du temps des Goths ; à cause de cela, sa femme et lui se croyaient des êtres supérieurs dans la création,

*Et comme du fumier regardaient tout le monde*[7].

Ils avaient été fort riches et l'étaient encore assez, quoiqu'ils se prétendissent ruinés par l'infâme Révolution. Madame de Bérenger ne montrait point ses bras, mais elle avait encore pour sa taille une prétention extraordinaire. Elle portait des corsets si serrés qu'il fallait deux femmes de chambre pour la sangler en lui mettant leurs genoux dans la cambrure du dos. Si elle avait été belle comme on le disait, il n'y paraissait guère, surtout avec la coiffure qu'elle portait, et qui

* Madame de Pardaillan était l'amie de la duchesse douairière d'Orléans (NdA).

consistait en une petite perruque blonde frisée *à l'enfant* ou *à la Titus* sur toute la tête. Rien n'était si laid et si ridicule que de voir une vieille femme avec ce simulacre de tête nue et de cheveux courts, blondins et frisottés ; d'autant plus pour madame de Bérenger qu'elle était fort brune et qu'elle avait de grands traits. Le soir, le sang lui montait à la tête et elle ne pouvait supporter la chaleur de sa perruque ; elle l'ôtait pour jouer aux cartes avec ma grand-mère, et elle restait en serre-tête noir, ce qui lui donnait l'air d'un vieux curé ; mais si l'on annonçait quelque visite, elle se hâtait de chercher sa perruque, qui souvent était par terre, ou dans sa poche, ou sur son fauteuil, elle assise dessus. On juge quels plis étranges avaient pris toutes ces mèches de petits cheveux frisés, et comme, dans sa précipitation, il lui arrivait souvent de la mettre à l'envers, ou sens devant derrière, elle offrait une suite de caricatures à travers lesquelles il m'était bien difficile de retrouver la beauté d'autrefois.

Madame de Troussebois, madame de Jassaud et les autres dont je ne me rappelle pas les noms avaient, celle-ci un menton qui rejoignait son nez, celle-là une face de momie ; la plus jeune de la collection était une chanoinesse blonde qui avait une assez belle tête sur un corps nain et difforme. Quoiqu'elle fût demoiselle, elle avait le privilège de s'appeler madame et de porter un ruban d'ordre sur sa bosse, parce qu'elle avait seize quartiers de noblesse. Il y avait aussi une baronne d'Hasfeld, ou d'Hazefeld, qui avait la tournure et les manières d'un vieux caporal Schlag[8] ; enfin, une madame *Dubois*, la seule qui n'eût point *un nom*, et qui précisément n'avait aucun ridicule. Je ne sais plus quelle autre avait une grosse lèvre violette toujours gonflée, fendue et gercée, dont les baisers m'étaient odieux.

Il y avait aussi une madame de Maleteste, encore assez jeune, qui avait épousé un vieux mari, pauvre et grognon, uniquement pour porter le nom des Malatesta d'Italie, nom qui n'est pas bien beau, puisqu'il signifie tout bonnement *mauvaise tête*, ou plutôt *tête méchante*. Par une singulière coïncidence, cette dame passait sa vie à avoir la migraine, et comme on prononçait son nom Mal-tête, je croyais de bonne foi que c'était un sobriquet qu'on lui avait donné à cause de sa maladie et de ses plaintes continuelles. De sorte qu'un jour je lui demandai naïvement comment elle s'appelait pour de bon. Elle s'étonna et me répondit que je le savais bien. « Mais non, lui dis-je, mal de tête, mal à la tête, mal tête n'est pas un nom. – Pardon, mademoiselle, me répondit-elle fièrement, c'est un fort beau et fort grand nom. – Ma foi, je ne trouve pas, lui répondis-je. Vous devriez vous fâcher quand on vous appelle comme ça. – Je vous en souhaite un pareil ! ajouta-t-elle avec emphase. – Merci, repris-je obstinément, j'aime mieux le mien. » Les autres dames, qui ne l'aimaient point, peut-être parce qu'elle était la plus jeune, se cachaient pour rire dans leurs éventails. Ma grand-mère m'imposa silence, et madame de Maleteste se retira peu de moments après, fort blessée d'une impertinence dont je ne sentais pas la portée.

Les hommes étaient l'abbé de Pernon, un doux et excellent homme, sécularisé dans toute sa personne, toujours vêtu d'un habit gris clair et la figure couverte de gros pois chiches ; l'abbé d'Andrezel, dont j'ai déjà parlé, et qui portait des *spencers* sur ses habits ; le chevalier de Vinci, qui avait un tic nerveux, grâce auquel sa perruque fortement secouée et attirée par une continuelle contraction des sourcils et des muscles frontaux quittait sa nuque et, en cinq minutes, arrivait à tomber sur son nez. Il la rattrapait juste au moment où elle abandonnait sa tête et se précipitait dans son assiette. Il la rejetait alors très en arrière sur son crâne, afin qu'elle eût plus de chemin à parcourir avant d'arriver à une nouvelle chute. Il y avait encore deux ou trois vieillards dont les noms m'échappent et me reviendront peut-être en temps et lieu.

Mais qu'on se figure l'existence d'un enfant qui n'a point sucé les préjugés de la naissance avec le lait de sa mère, au milieu de ces tristes personnages d'un enjouement glacial ou d'une gravité lugubre ! J'étais déjà très artiste sans le savoir, artiste dans ma spécialité, qui est l'observation des personnes et des choses. Bien longtemps avant de savoir que ma vocation serait de peindre bien ou mal des caractères et de décrire des intérieurs, je subissais avec tristesse et lassitude les instincts de cette destinée. Je commençais à ne pouvoir plus m'abstraire dans mes rêveries, et malgré moi, le monde extérieur, la réalité, venait me presser de tout son poids et m'arracher aux chimères dont je m'étais nourrie dans la liberté de ma première existence. Malgré moi, je regardais et j'étudiais ces visages ravagés par la vieillesse, que ma grand-mère trouvait encore beaux par habitude, et qui me paraissaient d'autant plus affreux que je les entendais vanter dans le passé. J'analysais les expressions de physionomie, les attitudes, les manières, le vide des paroles oiseuses, la lenteur des mouvements, les infirmités, les perruques, les verrues, l'embonpoint désordonné, la maigreur cadavéreuse, toutes ces laideurs, toutes ces tristesses de la vieillesse qui choquent quand elles ne sont pas supportées avec bonhomie et simplicité. J'aimais la beauté, et sous ce rapport, la figure sereine, fraîche et indestructiblement belle de ma grand-mère ne blessait jamais mes regards ; mais, en revanche, la plupart des autres me contristaient, et leurs discours me jetaient dans un ennui profond. J'aurais voulu ne point voir, ne point entendre. Ma nature scrutatrice me forçait à regarder, à écouter, à ne rien perdre, à ne rien oublier, et cette faculté naissante redoublait mon ennui, en s'exerçant sur des objets aussi peu attrayants.

Dans la journée, quand je courais avec ma mère, je m'égayais avec elle de ce qui m'avait ennuyé la veille. Je lui faisais, à ma manière, la peinture des petites scènes burlesques dont j'avais été le silencieux et mélancolique spectateur, et elle riait aux éclats, enchantée de me voir partager son dédain et son aversion pour les *vieilles comtesses*[9].

Et pourtant il y avait certainement parmi ces vieilles dames des personnes d'un mérite réel, puisque ma bonne maman leur était attachée. Mais, excepté madame de Pardaillan, qui m'a toujours été sympathique, je n'étais pas en âge d'apprécier le mérite sérieux, et je ne voyais que les disgrâces ou les ridicules des solennelles personnes qui en étaient revêtues.

Madame de Maleteste avait un horrible chien qui s'appelait Azor ; c'est aujourd'hui le nom classique du chien de la portière, mais toutes choses ont leur charme dans la nouveauté, et à cette époque le nom Azor ne paraissait ridicule que parce qu'il était porté par un vieux caniche d'une malpropreté insigne. Ce n'est pas qu'il ne fût lavé et peigné avec amour, mais sa gourmandise avait les plus tristes résultats, et sa maîtresse avait la rage de le mener partout avec elle, disant qu'il avait trop de chagrin quand elle le laissait seul. Madame de La Marlière, par contre, avait horreur des animaux, et j'avoue que ma tendresse pour les bêtes n'allait pas jusqu'à trouver trop cruel qu'elle allongeât, avec ses grands souliers pointus, de plantureux coups de pied à *Azor de Maleteste*, c'est ainsi qu'elle l'appelait. Cela fut cause d'une haine profonde entre ces deux dames. Elles disaient pis que pendre l'une de l'autre, et toutes les autres s'amusaient à les exciter. Madame de Maleteste, qui était fort pincée, lançait toutes sortes de petits mots secs et blessants. Madame de La Marlière, qui n'était pas méchante, mais vive et leste en paroles, ne se fâchait point, et l'exaspérait d'autant plus par la crudité de ses plaisanteries.

Une chose qui m'étonnait autant que le nom de madame de Maleteste, c'était ce titre d'abbé que je voyais donner à des messieurs habillés comme tout le monde, et n'ayant rien de religieux dans leurs habitudes ni de grave dans leurs manières. Ces célibataires qui allaient au spectacle et mangeaient des poulardes le vendredi saint me paraissaient des êtres particuliers dont je ne pouvais me définir le mode d'existence, et comme les *Enfants terribles* de Gavarni, je leur adressais des questions gênantes. Je me souviens qu'un jour je disais à l'abbé d'Andrezel : « Eh bien, si tu n'es pas curé, où donc est ta femme ? Et si tu es curé, où donc est ta messe ? » On trouva le mot fort spirituel et fort méchant ; je ne m'en doutais guère, j'avais fait de la critique sans le savoir, et cela m'est arrivé plus d'une fois dans la suite de ma vie. J'ai fait, par distraction ou par bêtise, des questions ou des remarques qu'on a crues bien profondes ou bien mordantes.

Comme je ne peux pas ordonner mes souvenirs avec exactitude, j'ai mis ensemble beaucoup de personnes et de détails qui ne datent peut-être pas spécialement dans ma mémoire de ce premier séjour à Paris avec ma grand-mère ; mais comme les habitudes et l'entourage de celle-ci ne changèrent pas, et que chaque séjour à Paris amena les mêmes circonstances et les mêmes visages autour de moi, je n'aurai plus à les décrire quand je poursuivrai mon récit.

Je parlerai donc ici de la famille Villeneuve, dont il a été si souvent question dans les lettres de mon père.

J'ai déjà dit que M. Dupin de Francueil, mon grand-père, ayant été marié deux fois, avait eu de sa première femme une fille qui se trouvait être par conséquent sœur de mon père et beaucoup plus âgée que lui. Elle avait été mariée à M. Valet de Villeneuve, financier, et ses deux fils, René et Auguste, étaient par conséquent les neveux de mon père, bien que l'oncle et les neveux fussent à peu près du même âge.

Quant à moi, je suis leur cousine, et leurs enfants sont mes neveux et nièces à la mode de Bretagne, bien que je sois la plus jeune de cette génération. Ce renversement de l'âge qui convient ordinairement au degré ascendant de la parenté faisait toujours un effet bizarre pour les personnes qui n'étaient pas au courant de la filiation. À présent quelques années de différence ne s'aperçoivent plus, mais quand j'étais un petit enfant et que de grands garçons et de grandes demoiselles m'appelaient *ma tante*, on croyait toujours que c'était un jeu. Par plaisanterie, mes cousins, habitués à appeler mon père leur oncle, m'appelaient leur grand-tante, et mon nom prêtant à cet amusement, toute la famille, vieux et jeunes, grands et petits, m'appelaient *ma tante Aurore*[10].

Cette famille demeurait alors, et a demeuré depuis pendant une trentaine d'années, dans une même maison, qui lui appartenait, rue de Gramont. C'était une nombreuse famille, comme on va voir, et dont l'union avait quelque chose de patriarcal. Au rez-de-chaussée, c'était madame de Courcelles, mère de madame de Guibert ; au premier, madame de Guibert, mère de madame René de Villeneuve, au deuxième, M. et madame René de Villeneuve avec leurs enfants. Dix ans après l'époque de ma vie que je raconte, mademoiselle de Villeneuve ayant épousé M. de La Roche-Aymon, demeura au troisième, et la vieille madame de Courcelles vivait encore sans défaillance et sans infirmités, lorsque les enfants de madame de La Roche-Aymon furent installés avec leurs bonnes au quatrième étage, ce qui faisait en réalité, avec le rez-de-chaussée, cinq générations directes vivant sous le même toit, et madame de Courcelles pouvait dire à madame de Guibert ce mot proverbial si joli : *Ma fille, va-t'en dire à ta fille, que la fille de sa fille crie.*

Toutes ces femmes s'étant mariées très jeunes et étant toutes jolies ou bien conservées, il était impossible de deviner que madame de Villeneuve fût grand-mère et madame de Guibert arrière-grand-mère. Quant à la trisaïeule, elle était droite, mince, propre et active. Elle montait légèrement au quatrième pour aller voir les arrière-petits-enfants de sa fille. Il était impossible de ne pas éprouver un grand respect et une grande sympathie en la voyant si forte, si douce, si calme et si gracieuse. Elle n'avait aucun travers, aucun ridicule, aucune vanité. Elle est morte sans faire de maladie, d'une indisposition subite à laquelle son grand âge ne put résister. Elle était encore dans toute la plénitude de ses facultés.

Je ne dirai rien de madame de Guibert, veuve du général de ce nom, qui a eu des talents et du mérite ; je l'ai très peu connue ; elle vivait un peu à part du reste de la famille, je n'ai jamais su pourquoi. On la disait mariée secrètement avec Barère. Ce devait être une personne d'idées et d'aventures étranges, mais il régnait une sorte de mystère autour d'elle, et je suis si peu curieuse que je n'ai jamais songé à m'en enquérir.

Quant à M. et madame René de Villeneuve, j'en parlerai plus tard, parce qu'ils sont liés plus directement à l'histoire de ma vie.

Auguste, frère de René, et trésorier de la ville de Paris, demeurait rue d'Anjou, dans un bel hôtel, avec ses trois enfants : Félicie, qui était un ange de beauté, de douceur et de bonté, et qui, phtisique comme sa mère, est morte jeune en Italie, où elle avait épousé le comte Balbo (le même dont les écrits et les opinions très modérément progressifs ont fait quelque bruit en Piémont dans ces derniers temps) ; Louis, qui est mort aussi au sortir de l'adolescence, et Léonce, qui a été préfet de l'Indre et du Loiret sous Louis-Philippe.

Celui-là aussi était un enfant d'une charmante figure, très spirituel et très railleur. Je me souviens d'un bal d'enfants que donna sa mère, c'est la première et la dernière fois que je vis cette bonne et charmante Laure de Ségur, pour qui mon père avait tant de respect et d'affection. Elle portait une robe rose garnie de jacinthes, et me prit auprès d'elle sur le divan où elle était couchée, pour regarder tristement ma ressemblance avec mon père. Elle était pâle et brûlante de fièvre. Ses enfants ne pressentaient nullement qu'elle fût à la veille de mourir. Léonce se moquait de toutes ces petites filles endimanchées. Les toilettes de ce temps-là étaient parfois bien singulières, et je ne crois pas que les gravures du temps nous les aient toutes transmises. Je n'ai du moins retrouvé nulle part une robe de réseau de laine rouge à grandes mailles, un véritable filet à prendre le poisson, que Félicie avait, et qui me paraissait fantastique. Cela se portait sur une robe de dessous en satin blanc, et se terminait en bas par une frange de houppes de laine tombant de chaque maille. Cela venait d'Italie et c'était très estimé.

Ce qui me frappa le plus, ce fut une petite fille dont je n'ai jamais su le nom, et que Léonce taquinait beaucoup. Elle était déjà coquette comme une petite femme du monde, et elle n'avait guère que mon âge, sept à huit ans. Léonce lui disait qu'elle était laide, pour la faire enrager, et elle enrageait si bien qu'elle pleurait de colère. Elle vint auprès de moi et me dit : « N'est-ce pas que c'est faux, et que je suis très jolie ? Je suis la plus jolie et la mieux habillée de tout le bal, maman l'a dit. » D'autres enfants qui étaient autour de nous, excités par l'exemple de Léonce, lui dirent qu'elle se trompait et qu'elle était la plus laide. Elle était si furieuse qu'elle faillit s'étrangler avec son collier de corail qu'elle tirait violemment autour de son cou, et qui heureusement finit par se rompre.

Je fus frappée de ce naïf dépit, de ce véritable désespoir d'enfant, comme d'une chose fort extraordinaire. Mes parents avaient dit cent fois devant moi que j'étais une superbe petite fille, et la vanité ne m'était pas venue pour cela ; je prenais cela pour un éloge donné à ma bonne conduite, car toutes les fois que j'étais méchante, on me disait que j'étais affreuse. La beauté pour les enfants me semblait donc avoir une acception purement morale. Peut-être n'étais-je point portée par nature à l'adoration de moi-même ; ce qu'il y a de certain, c'est que ma grand-mère, tout en faisant de grands efforts pour me donner le degré de coquetterie qu'elle me souhaitait, m'ôta le peu que j'en aurais pu avoir. Elle voulait me rendre gracieuse de ma personne, soigneuse de mes petites parures, élégante dans mes petites manières. J'avais eu jusque-là la grâce naturelle à tous les enfants qui ne sont point malades ou contrefaits. Mais on commençait à me trouver trop grande pour conserver cette grâce-là, qui n'est de la grâce que parce qu'elle est l'aplomb et l'aisance de la nature. Il y avait, dans les idées de ma bonne maman, une grâce acquise, une manière de marcher, de s'asseoir, de saluer, de ramasser son gant, de tenir sa fourchette, de présenter un objet ; enfin une mimique complète qu'on devait enseigner aux enfants de très bonne heure, afin que ce leur devînt par l'habitude une seconde nature.

Ma mère trouvait cela fort ridicule, et je crois qu'elle avait raison. La grâce tient à l'organisation, et si on ne l'a pas en soi-même, le travail qu'on fait pour y arriver augmente la gaucherie. Il n'y a rien de si affreux pour moi qu'un homme ou une femme qui se maniérent. La grâce de convention n'est bonne qu'au théâtre (précisément par la raison que j'ai donnée plus haut que la vérité dans l'art n'est pas la réalité) [11].

Cette convention était un article de si haute importance dans la vie des hommes et des femmes de l'ancien beau monde, que les acteurs ont peine aujourd'hui, malgré toutes leurs études, à nous en donner une idée. J'ai encore connu de ces vieux êtres gracieux, et je déclare que, malgré leurs vieux admirateurs des deux sexes, je n'ai rien vu de plus ridicule et de plus déplaisant. J'aime cent fois mieux un laboureur à sa charrue, un bûcheron dépeçant un arbre, une lavandière enlevant sa corbeille sur sa tête, un enfant se roulant par terre avec ses compagnons. Les animaux d'une belle structure sont des modèles de grâce. Qui apprend au cheval ses grands airs de cygne, ses attitudes fières, ses mouvements larges et souples, et à l'oiseau ses indescriptibles gentillesses, et au jeune chevreau ses danses et ses bonds inimitables ? Fi de cette vieille grâce qui consistait à prendre avec art une prise de tabac et à porter avec prétention un habit brodé, une robe à queue, une épée ou un éventail ! Les belles dames espagnoles manient ce dernier jouet avec une grâce indicible, nous dit-on, et c'est un art chez elles. C'est vrai, mais leur nature s'y prête. Les paysannes espagnoles dansent le boléro mieux que nos actrices de l'Opéra, et leur grâce ne leur vient que de leur belle organisation, qui porte son instinct avec elle.

La grâce, comme on l'entendait avant la Révolution, c'est-à-dire la fausse grâce, fit donc le tourment de mes jeunes années. On me reprenait sur tout, et je ne faisais plus un mouvement qui ne fût critiqué. Cela me causait une impatience continuelle, et je disais souvent : « Je voudrais être un bœuf ou un âne ; on me laisserait marcher à ma guise et brouter comme je l'entendrais, au lieu qu'on veut faire de moi un chien savant, m'apprendre à marcher sur les pieds de derrière et à donner la patte. »

À quelque chose malheur est bon, car c'est peut-être à l'aversion que cette petite persécution de tous les instants m'inspira pour le maniéré que je dois d'être restée naturelle dans mes idées et dans mes sentiments. Le faux, le guindé, l'affecté me sont antipathiques, et je les devine, même quand l'habileté les a couverts du vernis d'une fausse simplicité. Je ne puis voir le beau et le bon que dans le vrai et le simple, et plus je vieillis, plus je crois avoir raison de vouloir cette condition, avant toutes les autres, dans les caractères humains, dans les œuvres de l'esprit et dans les actes de la vie sociale.

Et puis je voyais fort bien que cette prétendue grâce, eût-elle été vraiment jolie et séduisante, était un brevet de maladresse et de débilité physique. Toutes ces belles dames et tous ces beaux messieurs, qui savaient si bien marcher sur des tapis et faire la révérence, ne savaient pas faire trois pas sur la terre du bon Dieu sans être accablés de fatigue. Ils ne savaient même pas ouvrir et fermer une porte, et ils n'avaient pas la force de soulever une bûche pour la mettre dans le feu. Il leur fallait des domestiques pour leur avancer un fauteuil. Ils ne pouvaient pas entrer et sortir tout seuls. Qu'eussent-ils fait de leur grâce sans leurs valets pour leur tenir lieu de bras, de mains et de jambes ? Je pensais à ma mère qui, avec des mains et des pieds plus mignons que les leurs, faisait deux ou trois lieues le matin dans la campagne avant son déjeuner, et qui remuait de grosses pierres ou poussait la brouette aussi facilement qu'elle maniait une aiguille ou un crayon. J'aurais mieux aimé être une laveuse de vaisselle qu'une vieille marquise comme celles que j'étudiais chaque jour en bâillant dans une atmosphère de vieux musc !

Ô écrivains d'aujourd'hui, qui maudissez sans cesse la grossièreté de notre temps et qui pleurez sur les ruines de tous ces vieux chiffons, vous qui avez créé, en ces temps de royauté constitutionnelle et de démocratie bourgeoise, une littérature toute poudrée à l'image des nymphes de Trianon, je vous félicite de n'avoir point passé votre heureuse enfance dans ces décombres de l'ancien bon ton. Vous avez été moins ennuyés que moi, ingrats, qui reniez le présent et l'avenir, penchés sur l'urne d'un passé charmant que vous n'avez connu qu'en peinture[12] !

## III

*Idée d'une loi morale réglementaire des affections. – Retour à Nohant. – La Brande. – Bivouac dans une patache. – La maison de refuge. – Année de bonheur. – Apogée de la puissance impériale. – Commencements de trahison. – Propos et calomnies des salons. – Première communion de mon frère. – Notre vieux curé ; sa gouvernante ; ses sermons. – Son voleur ; sa jument ; sa mort. – Les méfaits de l'enfance. – Le faux Deschartres. – La dévotion de ma mère. – J'apprends le français et le latin.*

Je m'ennuyais beaucoup, et pourtant je n'étais pas encore malheureuse ; j'étais fort aimée, et ce n'est pas là ce qui m'a manqué dans ma vie. Je ne me plains donc pas de cette vie, malgré toutes ses douleurs ; car la plus grande doit être de ne point inspirer les affections qu'on éprouve. Mon malheur et ma destinée furent d'être blessée et déchirée précisément par l'excès de ces affections qui manquaient tantôt de clairvoyance ou de délicatesse, tantôt de justice ou de modération. Un de mes amis, homme d'une grande intelligence, faisait souvent une réflexion qui m'a toujours paru très frappante, et il la développait ainsi : « On a fait des règles et des lois morales pour corriger ou développer les instincts, disait-il ; mais on n'en a point fait pour diriger et éclairer les sentiments. Nous avons des religions et des philosophies pour régler nos appétits et réprimer nos passions ; les devoirs de l'âme nous sont bien enseignés d'une manière élémentaire ; mais l'âme a toutes sortes d'élans qui donnent toutes sortes de nuances et d'aspects particuliers à ses affections. Elle a des puissances qui dégénèrent en excès, des défaillances qui deviennent des maladies. Si vous consultez vos amis, si vous cherchez un remède dans les livres, vous aurez différents avis et des jugements contradictoires : preuve qu'il n'y a pas de règle fixe pour la morale des affections même les plus légitimes, et que chacun, livré à lui-même, juge à son point de vue l'état moral de celui qui lui demande conseil ; conseil qui ne sert à rien, d'ailleurs, qui ne guérit aucune souffrance et ne corrige aucun travers. Par exemple, je ne vois pas où est le *catéchisme de l'amour*, et pourtant l'amour, sous toutes les formes, domine notre vie entière : amour filial, amour fraternel, amour conjugal, amour paternel ou maternel, amitié, bienfaisance, charité, philanthropie, l'amour est partout, il est notre vie même. Eh bien, l'amour échappe à toutes les lois, à toutes les directions, à tous les conseils, à tous les exemples, à tous les préceptes. Il n'obéit qu'à lui-même et il devient tyrannie, jalousie, soupçon, exigence, obsession, inconstance, caprice, volupté ou brutalité, chasteté ou ascétisme, dévouement sublime ou égoïsme farouche, le plus grand des biens, le plus grand des maux, suivant la nature de l'âme qu'il remplit et possède. N'y aurait-il pas un *catéchisme* à faire pour rectifier les excès de l'amour, car l'amour est excessif de sa nature, et il l'est souvent d'autant plus qu'il est plus chaste et plus sacré.

« Souvent les mères rendent leurs enfants malheureux à force de les aimer, impies à force de les vouloir religieux, téméraires à force de les vouloir prudents, ingrats à force de les vouloir tendres et reconnaissants. Et la jalousie conjugale ! où sont ses limites permises d'atteindre, défendues de dépasser ? Les uns prétendent qu'il n'y a pas d'amour sans jalousie, d'autres que le véritable amour ne connaît pas le soupçon et la méfiance. Où est sous ce rapport la règle de conscience qui devrait nous enseigner à nous observer, à nous guérir nous-mêmes, à nous ranimer quand notre enthousiasme s'éteint, à le réprimer quand il s'emporte au-delà du possible ? Cette règle, l'homme ne l'a pas encore trouvée ; voilà pourquoi je dis que nous vivons comme des aveugles, et que si les poètes ont mis un bandeau sur les yeux de l'Amour, les philosophes n'ont pas su le lui ôter. »

Ainsi parlait mon ami, et il mettait le doigt sur mes plaies ; car toute ma vie j'ai été le jouet des passions d'autrui, par conséquent leur victime. Pour ne parler que du commencement de ma vie, ma mère et ma grand-mère, avides de mon affection, s'arrachèrent les lambeaux de mon cœur. Ma bonne elle-même ne m'opprima et ne me maltraita que parce qu'elle m'aimait avec excès et me voulait parfaite, selon ses idées.

Dès les premiers jours du printemps, nous fîmes les paquets pour retourner à la campagne, j'en avais grand besoin. Soit trop de bien-être, soit l'air de Paris, qui ne m'a jamais convenu, je redevenais languissante et je maigrissais à vue d'œil. Il n'aurait pas fallu songer à me séparer de ma mère ; je crois qu'à cette époque, ne pouvant avoir le sentiment de la résignation et la volonté de l'obéissance, j'en serais morte. Ma bonne maman invita donc ma mère à revenir avec nous à Nohant, et comme je montrais à cet égard une inquiétude qui inquiétait les autres, il fut convenu que ma mère me conduirait avec elle, et que Rose nous accompagnerait, tandis que la grand-mère irait de son côté avec Julie. On avait vendu la grande berline, et on ne l'avait encore remplacée, vu un peu de gêne dans les finances, que par une voiture à deux places.

Je n'ai point parlé dans ce qui précède de mon oncle Maréchal, ni de sa femme, ma bonne tante Lucie, ni de leur fille, ma chère Clotilde. Je ne me rappelle rien de particulier sur eux dans cette période de temps. Je les voyais assez souvent, mais je ne sais plus où ils demeuraient. Ma mère m'y conduisait, et même quelquefois ma grand-mère, qui recevait d'eux et qui leur rendait de rares visites. Les manières franches et ouvertes de ma tante ne lui plaisaient pas beaucoup, mais elle était trop juste pour ne pas reconnaître l'amitié vraie qu'elle avait eue pour mon père, et les excellentes et solides qualités du mari et de la femme.

J'eus donc le plaisir de demeurer deux ou trois jours avec ma mère et Caroline, dans une intimité de tous les moments. Puis ma pauvre sœur retourna en pleurant à sa pension, où l'on mit, je crois, Clotilde avec elle pendant quelque temps pour la consoler, et nous partîmes.

Nous eûmes une aventure fort classique avant d'arriver à Nohant, et je la raconterai pour montrer combien l'état des routes et la physionomie du pays ont changé depuis une quarantaine d'années dans certaines parties de la France.

Entre Châteauroux et Nohant recommence une espèce de Sologne qui se prolonge jusqu'à l'entrée de la vallée Noire. C'est beaucoup moins pauvre et moins laid que la Sologne, surtout aujourd'hui que presque tous les abords de la route sont cultivés. D'ailleurs le terrain a quelque mouvement, et derrière les grandes nappes de bruyère on retrouve presque partout les horizons bleus des terres fertiles au centre desquelles s'étend ce petit désert. Le voisinage de ces terres combat l'insalubrité des landes, et si la végétation et le bétail y sont plus pâles et plus maigres que dans notre vallée, du moins ne sont-ils pas mourants comme dans les pays stériles d'une grande étendue. Ce désert, car il est à peine semé de quelques fermes et de quelques chaumières aujourd'hui, et à l'époque de mon récit il n'en comptait pas une seule, est appelé dans le pays *la Brande*. Vers l'extrémité qui regarde Châteauroux est une bourgade qu'on appelle *Ardentes*. Est-ce à cause des forges qui y existaient déjà du temps des Romains ? et les landes environnantes étaient-elles alors couvertes de forêts qu'on aurait peu à peu brûlées pour la consommation de ces forges ? Ces deux noms le feraient croire. À moins encore qu'un vaste incendie n'ait dévoré jadis et les bois et la bourgade.

Quoi qu'il en soit, la Brande était encore, au temps dont je parle, un cloaque impraticable et un sol complètement abandonné. Il n'y avait point de route tracée, ou plutôt il y en avait cent, chaque charrette ou patache [13] essayant de se frayer une voie plus sûre et plus facile que les autres dans la saison des pluies. Il y en avait bien une qui s'appelait la route ; mais, outre que c'était la plus gâtée, elle n'était pas facile à suivre au milieu de toutes celles qui la croisaient. On s'y perdait continuellement, et c'est ce qui nous arriva.

Arrivés à Châteauroux, où cessait à cette époque toute espèce de diligences, nous déjeunâmes chez M. Duboisdouin, un vieux et excellent ami de ma grand-mère, qui avait été employé au service de la recette générale par mon grand-père M. Dupin, et qui avait conservé pour nous un vif attachement. C'était un aimable et heureux petit vieillard, sec, robuste et enjoué. Il a eu une longévité extraordinaire sans infirmités. À quatre-vingt-deux ans il venait en été de Châteauroux à Nohant à pied, c'est-à-dire qu'il faisait ainsi neuf lieues pour nous voir, son habit au bout de sa canne placée sur son épaule, comme un jeune compagnon du tour de France. Il sautait les fossés, il courait, il dansait, il bêchait, il travaillait tout seul son jardin, qui était admirable de fleurs et de fruits. Il nous fit une réception charmante, nous retint longtemps à table, nous promena dans son enclos, où il ne nous fit grâce ni d'une violette ni d'un abricotier en fleur, si bien que le jour tombait lorsque nous montâmes dans une patache de louage, conduite par un gamin de douze ou treize ans, et traînée par une pauvre haridelle très efflanquée.

Je crois bien que notre automédon [14] n'avait jamais traversé la Brande, car lorsqu'il se trouva à la nuit close dans ce labyrinthe de chemins tourmentés, de flaques d'eau et de fougères immenses, le désespoir le prit, et, abandonnant son cheval à son propre instinct, il nous promena au hasard pendant cinq heures dans le désert.

Je disais tout à l'heure qu'il n'y avait alors aucune habitation dans la Brande. Je me trompais, il y en avait une, et c'était le point de concours qu'il s'agissait de trouver dans la perspective, pour se diriger ensuite sur la vallée Noire avec quelque chance de succès. On appelait cette maisonnette la maison du Jardinier, parce qu'elle était occupée par un ancien jardinier du Magnier, romantique château situé à une lieue de là, à la lisière de la Brande et de la vallée Noire, mais dans une autre direction que celle de Nohant.

Or la nuit était sombre, et nous avions beau chercher cette introuvable maison du Jardinier, nous n'en approchions pas ; ma mère avait une peur affreuse que nous ne fussions tombés dans la direction et dans le voisinage des bois de Saint-Aoust, qu'elle redoutait fort, parce que, dans sa pensée, l'idée des voleurs était infailliblement associée à celle des bois, n'eussent-ils eu qu'un arpent d'étendue.

Le danger n'était pas là. Outre qu'il n'y a jamais eu de brigands dans notre pays, le peu de voyageurs qui fréquentaient alors les chemins perdus de la Brande ne leur aurait pas promis une riche existence. Le véritable danger était de verser et de rester dans quelque trou. Heureusement celui que nous rencontrâmes vers le minuit était à sec ; il était profond, et nous échouâmes dans le sable si complètement, que rien ne put décider le cheval à nous en tirer. Il fallut y renoncer ; alors le gamin dételant sa bête, montant dessus et jouant des talons, nous souhaita une bonne nuit, et, sans s'inquiéter davantage des remontrances de ma mère et des menaces énergiques de Rose, disparut et se perdit dans la nuit ténébreuse.

Nous voilà donc en pleine lande à la belle étoile, ma mère consternée, Rose jurant après le gamin, et moi pleurant à cause de l'inquiétude et de la contrariété que ma mère éprouvait, ce qui mettait mon âme en détresse.

J'avais peur aussi, et ce n'était ni de la nuit, ni des voleurs, ni de la solitude. J'étais épouvantée par le chant des grenouilles qui habitent encore aujourd'hui par myriades les marécages de ces landes. En de certaines nuits de printemps et d'automne, elles poussent de concert une telle clameur sur toute l'étendue de ce désert, que l'on ne s'entend point parler, et que cela ajoute à la difficulté de s'appeler et de se retrouver, si, en s'égarant, on se sépare de ses compagnons de route. Cet immense coassement me portait sur les nerfs et remplissait mon imagination d'alarmes inexplicables. En vain Rose se moquait de moi et m'expliquait que c'était un chant de grenouilles, je n'en croyais rien ; je rêvais d'esprits malfaisants, de fadets et de gnomes irrités contre nous, qui troublions la solitude de leur empire.

Enfin Rose ayant jeté des pierres dans toutes les eaux et dans toutes les herbes environnantes pour faire taire ces symphonistes inexorables, réussit à causer avec ma mère et à la tranquilliser sur les suites de notre aventure. On me coucha au fond de la patache, où je ne tardai pas à m'endormir ; ma mère n'essaya pas d'en faire autant, mais elle devisait assez gaiement avec Rose, lorsque, vers les deux heures du matin, je fus éveillée par une alerte. Un globe de feu paraissait à l'horizon. D'abord Rose prétendit que c'était la lune qui se levait, mais ma mère pensait que c'était un météore et croyait voir qu'il se dirigeait rapidement sur nous.

Au bout de quelques instants on reconnut que c'était une sorte de fanal qui venait effectivement de notre côté, non sans faire beaucoup de zigzags et témoigner de l'incertitude d'une recherche. Enfin on distingua des bruits de voix et le pas des chevaux. Ma mère voulut encore se persuader que c'étaient des voleurs et que nous devions fuir et nous cacher dans les broussailles pendant qu'ils pilleraient la patache ; mais Rose lui démontra que c'était au contraire des gens charitables qui venaient à notre secours, et elle courut au-devant d'eux pour s'en assurer.

En effet, c'était le bon jardinier de la Brande qui, comme un pilote habitué à de fréquents sauvetages, arrivait avec ses fils, ses chevaux, et la chandelle de résine entourée d'un grand papier huilé et lié au bout d'une perche, sorte de phare qui avertissait de loin les naufragés de la Brande. Notre gamin n'avait pas été aussi égoïste et aussi maladroit que nous l'avions pensé. Il avait réussi à trouver la maison de refuge et il revenait avec les hôtes pour les aider à nous retrouver aussi. En un instant ils remirent la patache sur pied, ils y attachèrent deux forts chevaux de labour, les premiers défricheurs peut-être qui aient enfoncé le soc de la charrue dans la Brande, et ils nous amenèrent chez eux, où la mère de famille nous attendait et nous avait préparé un souper rustique, un bon feu et des lits. Ce fut une fête pour nous de manger et de dormir dans cette chaumière où ronflaient d'autres enfants que notre arrivée ne dérangea pas le moins du monde. Les gros draps bien blancs, les baldaquins de serge jaune, le chant des coqs, la gaieté du feu de bruyère sèche, et surtout l'hospitalité du paysan, nous charmèrent, et le soleil était déjà haut quand nous repartîmes pour Nohant dans la patache avec un cheval de renfort et un guide.

Ce n'était pas un secours inutile, car le reste du voyage, jusqu'à l'entrée de la vallée Noire (deux lieues à parcourir), nous prit trois grandes heures, à cause des innombrables détours qu'il fallait faire pour ne point rencontrer les fondrières ; enfin il était midi quand nous arrivâmes à Nohant, et nous étions partis de Châteauroux la veille au coucher du soleil. Aujourd'hui nous faisons cette promenade avec un bon cheval, sur une route magnifique, en deux heures.

Cette portion de l'année 1811 passée à Nohant fut, je crois, une des rares époques de ma vie où je connus le bonheur complet. J'avais été heureuse comme cela rue Grange-Batelière, quoique je n'eusse ni grands appartements ni grands jardins. Madrid avait été pour moi une campagne émouvante et pénible ; l'état maladif que j'en avais rapporté, la catastrophe survenue dans ma famille par la mort de mon père, puis cette lutte entre mes deux mères, qui avait commencé à me révéler l'effroi et la tristesse, c'était déjà un apprentissage du malheur et de la souffrance. Mais le printemps et l'été de 1811 furent sans nuages, et la preuve, c'est que cette année-là ne m'a laissé aucun souvenir particulier. Je sais qu'Ursule la passa avec moi, que ma mère eut moins de migraines que précédemment, et que s'il y eut de la mésintelligence entre elle et ma bonne maman, cela fut si bien caché que j'oubliai qu'il pouvait y en avoir et qu'il y en avait eu. Il est probable que ce fut aussi le moment de leur vie où elles s'entendirent le mieux, car ma mère n'était pas femme à cacher ses impressions. Cela était au-dessus de ses forces, et quand elle était irritée, la présence même de ses enfants ne pouvait l'engager à se contenir.

Il y eut aussi dans la maison un peu plus de gaieté qu'auparavant. Le temps n'endort pas les grandes douleurs, mais il les assoupit. Presque tous les jours pourtant je voyais l'une ou l'autre de mes deux mères pleurer à la dérobée, mais leurs larmes mêmes prouvaient qu'elles ne pensaient plus à toute heure, à tout instant, à l'objet de leurs regrets. Les douleurs, dans leur plus grande intensité, n'ont pas de crises : elles agissent dans une crise permanente pour ainsi dire.

Madame de La Marlière vint passer un mois ou deux chez nous. Elle était fort amusante avec Deschartres, qu'elle appelait *petit père* et qu'elle taquinait du matin au soir. Elle n'avait pas, à coup sûr, autant d'esprit que ma mère, mais il n'y avait jamais de bile dans ses plaisanteries. Elle avait de l'amitié pour Deschartres sans être hostile à ma mère, à qui elle donnait même toujours raison. Cette vieille femme légère était bonne, facile à vivre, impatientante seulement par son caquet, son bruit, son mouvement, ses éclats de rire retentissants, ses bons mots un peu répétés et le peu de suite de ses propos comme de ses idées. Elle était d'une ignorance fabuleuse, malgré le brillant et le mordant de son caquet. C'était elle qui disait une *épître à l'âme* au lieu d'un épithalame, et *Mistouflé* pour Méphistophélès. Mais on pouvait se moquer d'elle sans la fâcher ; elle riait aux éclats de ses bévues, et c'était d'aussi bon cœur que quand elle riait de celles des autres.

Les petits jardins, les grottes, les bancs de gazon, les cascades allèrent leur train pendant toute la belle saison. Le parterre du vieux poirier, qui marquait à notre insu la sépulture de mon petit frère, reçut de notables améliorations. Un tonneau plein d'eau fut placé à côté, afin que nous pussions nous livrer aux travaux de l'arrosage. Un jour je tombai la tête la première dans ce tonneau, et je m'y serais noyée si Ursule ne fût venue à mon secours.

Nous avions chacune notre petit jardin dans le jardin de ma mère, qui était lui-même si petit qu'il aurait bien dû nous suffire ; mais un certain esprit de propriété est tellement inné dans l'être humain qu'il faut à l'enfant quatre pieds carrés de terre pour qu'il aime réellement cette terre cultivée par lui, et dont l'étendue est proportionnée à ses forces. Cela m'a toujours fait penser que, quelque communiste qu'on pût être, on devait toujours reconnaître une propriété individuelle. Qu'on la restreigne ou qu'on l'étende dans une certaine mesure, qu'on la définisse d'une manière ou d'une autre, selon le génie ou les nécessités des temps, il n'en est pas moins certain que la terre que l'homme cultive lui-même lui est aussi personnelle que son vêtement. Sa chambre ou sa maison est encore un vêtement, son jardin ou son champ est le vêtement de sa maison, et ce qu'il y a de remarquable, c'est que cette observation des instincts naturels qui constate le besoin de la propriété dans l'homme semble exclure le besoin d'une grande étendue de propriété. Plus la propriété est petite, plus il s'y attache, mieux il la soigne, plus elle lui devient chère. Un noble vénitien ne tient certainement pas à son palais autant qu'un paysan du Berry à sa chaumière, et le capitaliste qui possède plusieurs lieues carrées en retire infiniment moins de jouissances que l'artisan qui cultive une giroflée dans sa mansarde. Un avocat de mes amis disait un jour en riant à un riche client qui lui parlait à satiété de ses domaines : « Des terres ? Vous croyez qu'il n'y a que vous pour avoir des terres ! j'en ai aussi, moi, sur ma fenêtre, dans des pots à fleurs ; et elles me donnent plus de plaisirs et moins de soucis que les vôtres. » Depuis, cet ami a fait un gros héritage ; il a eu des terres, des bois, des fermes, et des soucis par conséquent.

En abordant l'idée communiste, qui a beaucoup de grandeur parce qu'elle a beaucoup de vérité, il faudrait donc commencer par distinguer ce qui est essentiel à l'existence complète de l'individu de ce qui est essentiellement collectif, dans sa liberté, dans son travail. Voilà pourquoi le communisme absolu, qui est la notion élémentaire, par conséquent grossière et excessive, de l'égalité vraie, est une chimère ou une injustice.

Mais je ne pensais guère à tout cela il y a trente-sept ans * ! Trente-sept ans ! Quelles transformations s'opèrent dans les idées humaines pendant ce court espace, et combien les changements sont plus frappants et plus rapides à proportion dans les masses que chez les individus ! Je ne sais pas s'il existait un communiste il y a trente-sept ans. Cette idée, aussi vieille que le monde, n'avait pas pris un nom particulier, et c'est peut-être un tort qu'elle en ait pris un de nos jours, car ce nom n'exprime pas complètement ce que devrait être l'idée.

On n'en était pas alors à discuter sur de semblables matières. C'était la dernière, la plus brillante phase du règne de l'individualité. Napoléon était dans toute sa gloire, dans toute sa puissance, dans toute la plénitude de son influence sur le monde. Le flambeau du génie allait décroître. Il jetait sa plus vive lueur, sa clarté la plus éblouissante sur la France ivre et prosternée. Des exploits grandioses avaient conquis une paix opulente, glorieuse, mais fictive ; car le volcan grondait sourdement dans toute l'Europe, et les traités de l'empereur ne servaient qu'à donner le temps aux anciennes monarchies de rassembler des hommes et des canons. Sa grandeur cachait son vice originel, cette profonde vanité aristocratique du parvenu qui lui fit commettre

* 1848 (NdA).

toutes ses fautes et rendit de plus en plus inutile au salut de la France la beauté du génie et du caractère de l'homme en qui la France se personnifiait. Oui, c'était un admirable caractère d'homme, puisque la vanité même, le plus mesquin, le plus pleutre des travers, n'avait pu altérer en lui la loyauté, la confiance, la magnanimité naturelles. Hypocrite dans les petites choses, il était naïf dans les grandes. Orgueilleux dans les détails, exigeant sur des misères d'étiquette, et follement fier du chemin que lui avait fait faire la Fortune, il ne connaissait pas son propre mérite, sa vraie grandeur. Il était modeste à l'égard de son vrai génie.

Toutes les fautes qui ont précipité sa chute, comme homme de guerre et comme homme d'État, sont venues d'une trop grande confiance dans le talent ou dans la probité des autres. Il ne méprisait pas l'espèce humaine, comme on l'a dit, pour n'estimer que lui-même : c'est là un propos de courtisan dépité, ou d'ambitieux secondaire jaloux de sa supériorité. Il s'est confié toute sa vie à des traîtres. Toute sa vie il a compté sur la foi des traités, sur la reconnaissance de ses obligés, sur le patriotisme de ses créatures. Toute sa vie il a été joué ou trahi.

Son mariage avec Marie-Louise était une mauvaise action et devait lui porter malheur [15]. Les gens les plus simples et les plus tolérants sur la loi du divorce, ceux même qui aimaient le plus l'empereur disaient tout bas, je m'en souviens bien : « *C'est un mariage d'intérêt*, on ne répudie pas une femme qu'on aime et dont on est aimé. »

Il n'y aura, en effet, jamais de loi qui sanctionne moralement une séparation pleurée de part et d'autre et qui s'accomplit seulement en vue d'un intérêt matériel. Mais, tout en blâmant l'empereur, on l'aimait encore parmi le peuple. Les grands commençaient à le trahir, et jamais ils ne l'avaient tant adulé. Le beau monde était en fête. La naissance d'un enfant roi (car ce n'eût pas été assez pour l'orgueil du soldat de fortune que de lui donner le titre de Dauphin de France) avait jeté la petite bourgeoisie, les soldats, les ouvriers et les paysans dans l'ivresse. Il n'y avait pas une maison, riche ou pauvre, palais ou cabane, où le portrait du marmot impérial ne fût inauguré avec une vénération feinte ou sincère. Mais les masses étaient sincères, elles le sont toujours. L'empereur se promenait à pied, sans escorte, au milieu de la foule. La garnison de Paris était de douze cents hommes.

Pourtant la Russie armait, Bernadotte donnait le signal d'une immense et mystérieuse trahison. Les esprits un peu clairvoyants voyaient venir l'orage. La cherté des denrées frappées par le blocus continental effrayait et contrariait les petites gens. On payait le sucre six francs la livre, et, au milieu de l'opulence apparente de la nation, on manquait de choses fort nécessaires à la vie. Nos fabriques n'avaient pas encore atteint le degré de perfectionnement nécessaire à cet isolement de notre commerce. On souffrait d'un certain malaise matériel, et quand on était las de s'en prendre à l'Angleterre, on s'en prenait au chef de la nation, sans amertume, il est vrai, mais avec tristesse.

Ma grand-mère n'avait point d'enthousiasme pour l'empereur. Mon père n'en avait pas eu beaucoup non plus, comme on l'a vu dans ses lettres. Pourtant, dans les dernières années de sa vie, il avait pris de l'affection pour lui. Il disait souvent à ma mère : « J'ai beaucoup à me plaindre de lui, non pas parce qu'il ne m'a pas placé d'emblée aux premiers rangs ; il avait bien autre chose en tête, et il n'a pas manqué de gens plus heureux, plus habiles et plus hardis à demander que moi ; mais je me plains de lui parce qu'il aime les courtisans et que ce n'est pas digne d'un homme de sa taille. Pourtant, malgré ses torts envers la Révolution et envers lui-même, je l'aime. Il y a en lui quelque chose, je ne sais quoi, son génie à part, qui me force à être ému quand mon regard rencontre le sien. Il ne me fait pas peur du tout, et c'est à cela que je sens qu'il vaut mieux que les airs qu'il se donne. »

Ma grand-mère ne partageait pas cette sympathie secrète qui avait gagné mon père, et qui, jointe à la loyauté de son âme, à la chaleur de son patriotisme, l'eût certainement empêché, je ne dis pas seulement de trahir l'empereur, mais même de se rallier après coup au service des Bourbons. Il fallait que cela fût bien certain d'après son caractère, puisque après la campagne de France, ma grand-mère, toute royaliste qu'elle était devenue, disait en soupirant : « Ah ! si mon pauvre Maurice avait vécu, il ne m'en faudrait pas moins le pleurer à présent ! Il se serait fait tuer à Waterloo ou sous les murs de Paris, ou bien il se serait brûlé la cervelle en voyant entrer les Cosaques. » Et ma mère disait la même chose de son côté.

Pourtant ma grand-mère redoutait l'empereur plus qu'elle ne l'aimait. À ses yeux c'était un ambitieux sans repos, un tueur d'hommes, un despote par caractère encore plus que par nécessité. Les plaintes, les critiques, les calomnies, les révélations fausses ou vraies ne remplissaient pas alors les colonnes des journaux. La presse était non pas seulement muselée, mais avilie. Elle n'était pas forcée seulement de se taire, elle était jalouse de s'humilier et d'aduler la puissance. Cette absence de polémique donnait aux conversations et aux préoccupations des particuliers un caractère de partialité et de commérage extraordinaire. La louange officielle a fait plus de mal à Napoléon que ne lui en eussent fait vingt journaux hostiles. On était las de ces dithyrambes ampoulés, de ces bulletins emphatiques, de la servilité des fonctionnaires et de la morgue mystérieuse des courtisans. On s'en vengeait en rabaissant l'idole dans l'impunité des causeries intimes, et les salons récalcitrants étaient des officines de délations, de propos d'antichambre, de petites calomnies, de petites anecdotes qui devaient plus tard rendre la vie à la presse, sous la Restauration. Quelle vie ! Mieux eût valu rester morte que de ressusciter ainsi, en s'acharnant sur le cadavre de l'Empire vaincu et profané.

La chambre à coucher de ma grand-mère (car, je l'ai dit, elle ne tenait pas salon, et sa société avait un caractère d'intimité solennelle) fût devenue une de ces officines si, par son esprit et son grand sens, la maîtresse du logis n'eût fait de temps en temps ouvertement la part du vrai et du faux dans les nouvelles que chacun ou plutôt chacune y apportait ; car c'était une société de femmes plutôt que d'hommes, et, au reste, il y avait peu de différence morale entre les deux sexes, les hommes y faisant l'office de vieilles bavardes. Chaque jour on nous apportait quelque méchant bon mot de M. de Talleyrand contre son maître, ou quelque cancan de coulisses. Tantôt l'empereur avait battu l'impératrice, tantôt il avait arraché la barbe du saint-père. Et puis il avait peur, il était toujours plastronné [16]. Il fallait bien dire cela pour se venger de ce que personne ne songeait plus à l'assassiner, si ce n'est quelque intrépide et fanatique enfant de la Germanie, comme Stabs ou la Sahla. Un autre jour, il était fou, il avait craché au visage de M. Cambacérès. Et puis son fils, arraché par le forceps au sein maternel, était mort en voyant la lumière, et le petit roi de Rome était l'enfant d'un boulanger de Paris. Ou bien, le forceps ayant déprimé son cerveau, il était infailliblement crétin, et l'on se frottait les mains, comme si, en rétablissant l'hérédité au profit d'un soldat de fortune, la France devait être punie par la Providence de n'avoir pas su conserver ses crétins légitimes.

Mais ce qu'il y a de remarquable, c'est qu'au milieu de tous ces déchaînements sournois contre l'empereur, il n'y avait pas un regret, pas un souvenir, pas un vœu pour les Bourbons exilés. J'écoutais avec stupeur tous ces propos ; jamais je n'entendis prononcer le nom des prétendants inconnus qui trônaient à huis clos on ne savait où, et quand ces noms frappèrent mes oreilles en 1814, ce fut pour la première fois de ma vie.

Ces commérages ne nous suivaient pas à Nohant, si ce n'est dans quelques lettres que ma grand-mère recevait de ses nobles amies. Elle les lisait tout haut à ma mère, qui haussait les épaules, et à Deschartres, qui les prenait pour paroles d'Évangile, car l'empereur était sa bête noire et il le tenait fort sérieusement pour un cuistre.

Ma mère était comme le peuple, elle admirait et adorait l'empereur à cette époque. Moi, j'étais comme ma mère et comme le peuple[17]. Ce qu'il ne faut jamais oublier ni méconnaître, c'est que les cœurs naïvement attachés à cet homme furent ceux qu'aucune reconnaissance personnelle et aucun intérêt matériel ne lièrent à ses désastres ou à sa fortune. Sauf de bien rares exceptions, tous ceux qu'il avait comblés furent ingrats. Tous ceux qui ne songèrent jamais à rien lui demander lui tinrent compte de la grandeur de la France.

Je crois que ce fut cette année-là ou la suivante qu'Hippolyte fit sa première communion. Notre paroisse étant supprimée, c'est à Saint-Chartier que se font les dévotions de Nohant. Mon frère fut habillé de neuf ce jour-là. Il eut des culottes courtes, des bas blancs et un habit-veste en drap vert billard. Il était si enfant que cette toilette lui tournait la tête, et que s'il réussit à se tenir sage pendant quelques jours, ce fut dans la crainte, en manquant sa première communion, de ne pas endosser ce costume splendide qu'on lui préparait.

C'était un excellent homme que le vieux curé de Saint-Chartier, mais dépourvu de tout idéal religieux. Quoiqu'il eût un *de* devant son nom, je crois qu'il était paysan de naissance, ou bien, à force de vivre avec les paysans, il avait pris leurs façons et leur langage, à tel point qu'il pouvait les prêcher sans qu'ils perdissent un mot de son sermon ; ce qui eût été un bien si ses sermons eussent été un peu plus évangéliques ; mais il n'entretenait ses fidèles que d'affaires de ménage, et c'était avec un abandon plein de bonhomie qu'il leur disait en chaire : « Mes chers amis, voilà que je reçois un mandement de l'archevêque qui nous prescrit encore une procession. Monseigneur en parle bien à son aise ! Il a un beau carrosse pour porter Sa Grandeur, et un tas de personnages pour se donner du mal à sa place ; mais moi, me voilà vieux, et ce n'est pas une petite besogne que de vous ranger en ordre de procession. La plupart de vous n'entendent ni à *hue* ni à *dia*. Vous vous poussez, vous vous marchez sur les pieds, vous vous bousculez pour entrer ou sortir de l'église, et j'ai beau me mettre en colère, jurer après vous, vous ne m'écoutez point, et vous vous comportez comme des veaux dans une étable. Il faut que je sois à tout dans ma paroisse et dans mon église. C'est moi qui suis obligé de faire toute la police, de gronder les enfants et de chasser les chiens. Or je suis las de toutes ces processions qui ne servent à rien du tout pour votre salut et pour le mien. Le temps est mauvais, les chemins sont gâtés, et si Monseigneur était obligé de patauger comme nous deux heures dans la boue avec la pluie sur le dos, il ne serait pas si friand de cérémonies. Ma foi, je n'ai pas envie de me déranger pour celle-là, et, si vous m'en croyez, vous resterez chacun chez vous… Oui-da, j'entends le père *un tel* qui me blâme, et voilà ma servante qui ne m'approuve point. Écoutez, que ceux qui ne sont pas contents aillent… *se promener.* Vous en ferez ce que vous voudrez ; mais, quant à moi, je ne compte pas sortir dans les champs. Je vous ferai votre procession autour de l'église. C'est bien suffisant. Allons, allons, c'est entendu. Finissons cette messe, qui n'a duré que trop longtemps. »

J'ai entendu de mes deux oreilles plus de deux cents sermons dont celui-là est un *spécimen* très atténué, et dont les formes sont restées proverbiales dans nos paroisses, particulièrement la formule de la fin, qui était comme l'*Amen* de toutes ses prédications et admonestations paternelles.

Il y avait à Saint-Chartier une vieille dame d'un embonpoint prodigieux, dont l'époux était maire ou adjoint de la commune. Elle avait eu une vie orageuse avant la Révolution ; novice, elle avait sauté par-dessus les murs du monastère pour suivre à l'armée un garde-française ou un Suisse. Je ne sais par quelle suite d'aventures étranges elle était venue asseoir ses derniers beaux jours dans le banc des marguilliers de notre paroisse, où elle avait apporté beaucoup plus des manières du régiment que de celles du cloître. Aussi la messe était-elle interrompue à chaque instant par ses bâillements affectés et par ses apostrophes énergiques à M. le curé. « Quelle diable de messe, disait-elle tout haut, ce gredin-là n'en finira pas ! – Allez au diable, disait le curé à demi-voix en se retournant pour bénir l'auditoire : *Dominus vobiscum.* »

Ces dialogues jetés à travers la messe et dans un style si accentué que je ne puis en donner qu'une très faible traduction, troublaient à peine la gravité de l'auditoire rustique, et comme ce furent les premières messes auxquelles j'assistai, il me fallut quelque temps pour comprendre que c'étaient des cérémonies religieuses. La première fois que j'en revins, ma grand-mère me demandant ce que j'avais vu : « J'ai vu, lui dis-je, le curé qui déjeunait tout debout devant une grande table et qui de temps en temps se retournait pour nous dire des sottises. »

Le jour où Hippolyte fit sa première communion, le curé l'avait invité à déjeuner après la messe. Comme ce gros garçon n'était pas très ferré sur son catéchisme, ma grand-mère, qui désirait que la première communion fût, comme elle le disait, une affaire *bâclée*, avait prié le curé d'user d'un peu d'indulgence, alléguant le peu de mémoire de l'enfant. M. le curé avait été indulgent en effet, et Hippolyte fut chargé de lui porter un petit cadeau, c'était douze bouteilles de vin muscat. On se mit à table et on déboucha la première bouteille. « Ma foi, fit le bon curé, voilà un petit vin blanc qui se laisse boire et qui ne doit pas porter à la tête comme le vin du cru ; c'est doux, c'est gentil, ça ne peut pas faire du mal. Buvez, mon garçon, mettez-vous là. Manette, appelez le sacristain, et nous goûterons la seconde bouteille quand la première sera finie. » La servante et le sacristain prirent place, et trouvèrent le vin fort gentil en effet. Hippolyte ne se méfiait de rien, n'en ayant jamais eu à discrétion. Les convives le trouvèrent un peu chaud à la seconde bouteille, mais, après essai, ils déclarèrent qu'il ne portait pas l'eau. On passa au troisième et au quatrième feuillet du Bréviaire, comme disait le curé, c'est-à-dire aux autres bouteilles du panier, et insensiblement le communiant, le curé, la servante et le sacristain se trouvèrent si gais, puis si graves, puis si préoccupés, qu'on se sépara sans trop savoir comment. Hippolyte revint seul par les prés, car depuis longtemps tous les paroissiens venus à la messe étaient rentrés chez eux. Chemin faisant, il se sentit la tête si lourde qu'il croyait voir danser les buissons. Il prit le parti de se coucher sous un arbre et d'y faire un bon somme. Après quoi ses idées s'étant un peu éclaircies, il put revenir à la maison, où il nous édifia tous par sa gravité et sa sobriété le reste de la journée.

La servante du curé était une toute petite femme, propre, active, dévouée, tracassière et acariâtre, ce dernier défaut étant souvent comme un complément inévitable des qualités dont il est peut-être l'excès. Elle avait sauvé la vie et la bourse de son maître pendant la Révolution. Elle l'avait caché, elle avait nié sa présence avec beaucoup de hardiesse et de sang-froid au temps de la persécution. Cela ne s'était point passé dans notre vallée Noire, où les prêtres ni les seigneurs n'ont jamais été menacés sérieusement ni maltraités en aucune façon. Depuis ce temps, Manette gouvernait despotiquement son maître et le faisait marcher comme un petit garçon. Ils sont morts à peu d'intervalle l'un de l'autre, dans un âge très avancé, et, malgré leurs querelles et le peu d'idéal de leur vie, le temps, qui ennoblit tout, avait donné à leur affection mutuelle un caractère touchant. Manette voulait toujours que son maître fût exclusivement soigné et servi par elle ; mais elle n'en avait plus la force, et lorsqu'il était malade, quand elle l'avait bien veillé et médicamenté, elle tombait malade à son tour. Alors le curé prenait une autre servante pour que la vieille pût se reposer et se soigner. Mais à peine était-elle debout, qu'elle était furieuse de voir une étrangère dans la maison. Elle n'avait pas de repos qu'elle ne l'eût fait renvoyer.

Puis elle allait perdant de nouveau ses forces. Elle se plaignait alors d'avoir trop d'ouvrage et de n'être point secondée. Et vite le curé de reprendre une aide, qu'il fallait renvoyer de même au bout de huit jours. C'était une criaillerie perpétuelle, et le curé s'en plaignait à moi, car j'avais trente et quelques années qu'il vivait encore. « Hélas ! disait-il, elle me rend très malheureux, mais que voulez-vous ! il y a cinquante-sept ans que nous sommes ensemble, elle m'a sauvé la vie, elle m'aime comme son fils. Il faut bien que celui qui survivra ferme les yeux de celui qui partira le premier. Elle me gronde sans cesse, elle se plaint de moi comme si j'étais un ingrat ; je tâche de lui prouver qu'elle est injuste, mais elle est si sourde qu'elle n'entend pas la grosse cloche ! » Et en disant cela le vieux curé ne se doutait pas qu'il était sourd lui-même à ne pas entendre le canon.

Il n'était pas très aimé de ses paroissiens, et je pense qu'il y avait bien au moins autant de leur faute que de la sienne ; car, quoi qu'on dise des touchantes relations qui existent dans les campagnes entre curés et paysans, rien n'est si rare, du moins depuis la Révolution, que de voir les uns et les autres se rendre justice et se témoigner de l'indulgence. Le paysan exige du curé trop de perfection chrétienne, le curé ne pardonne pas assez au paysan son exigence et les défauts de son éducation morale, qui sont un peu l'œuvre du catholicisme, venu en aide au despotisme pour le tenir dans l'ignorance et la crainte.

Quoi qu'il en soit, notre curé avait de bonnes qualités. Il était d'une franchise et d'une indépendance de caractère qui ne se rencontrent plus guère dans la hiérarchie ecclésiastique. Il ne se mêlait point de politique, il ne cherchait point à exercer de l'influence pour plaire à tel personnage ou pour se préserver des rancunes de tel autre ; car il était courageux, audacieux même par nature. Il aimait la guerre de passion et se plaisait au récit des grandes campagnes de nos soldats, disant que s'il n'était pas prêtre il voudrait être militaire. Certes, il tenait bien un peu de l'un et de l'autre, car il jurait comme un dragon et buvait comme un templier. « Je ne suis point un cagot, moi, disait-il sous la Restauration. Je ne suis pas un de ces hypocrites qui ont changé de manières depuis que le gouvernement nous protège, je suis le même qu'auparavant, et n'exige pas que mes paroissiens me saluent plus bas ni qu'ils se privent du cabaret et de la danse, comme si ce qui était permis hier ne devait plus l'être aujourd'hui. Je suis mauvaise tête, et je n'ai pas besoin de nouvelles lois pour me défendre ; si quelqu'un me cherche noise, je suis bon pour lui répondre, et j'aime mieux lui montrer mon poing que de le menacer des gendarmes et du procureur du roi. Je suis un *vieux de la vieille roche*, et je ne crois pas qu'avec leur loi contre le sacrilège [18] ils aient réussi à faire aimer la religion. Je ne tracasse personne et ne me laisse guère tracasser non plus. Je n'aime pas l'eau dans le vin, et ne force personne à en mettre. Si l'archevêque n'est pas content, qu'il le dise, je lui répondrai, moi ! Je lui montrerai qu'on ne fait pas marcher un homme de mon âge comme un petit séminariste, et s'il m'ôte ma paroisse, je n'irai pas dans une autre. Je me retirerai chez moi ; j'ai huit ou dix mille francs de placés, c'est assez pour ce qui me reste de temps à vivre, et je me moquerai bien de tous les archevêques du monde. »

En effet, l'archevêque étant venu donner la confirmation à Saint-Chartier, et déjeunant chez le curé avec tout son état-major, monseigneur voulut plaisanter son hôte, qui ne se laissa pas faire. « Vous avez quatre-vingt-deux ans, monsieur le curé, lui dit-il, c'est un bel âge ! – Oui-da, monseigneur, répliqua le curé, qui ne se faisait pas faute de quelques liaisons hasardées dans le discours ; vous avez beau z'être archevêque, vous n'y viendrez peut-être point ! » – L'observation du prélat voulait dire au fond : « Vous voilà si vieux que vous devez radoter, et il serait temps de céder la place à un plus jeune. » Et la réplique signifiait : « Je ne la céderai point que vous ne m'en chassiez, et nous verrons si vous oserez faire cette injure à mes cheveux blancs. »

À ce même déjeuner, vers le dessert, comme l'archevêque devait venir dîner chez moi, le curé, apostrophant mon frère, qui était à côté de lui, et croyant lui parler tout bas, lui cria en vrai sourd qu'il était : « Ah çà, emmenez-le donc et débarrassez-moi de tous ces grands messieurs-là, qui me font une dépense de tous les diables et qui mettent ma maison sens dessus dessous. J'en ai *prou*, et grandement plus qu'il ne faut pour savoir qu'ils mangent mes perdrix et mes poulets tout en se gaussant de moi. » Ce discours, tenu à haute voix au milieu d'un silence dont le bon curé ne se doutait pas, mit Hippolyte dans un grand embarras ; mais, voyant que l'archevêque et le grand vicaire en riaient aux éclats, il prit le parti de rire aussi, et on quitta la table à la grande satisfaction de l'amphitryon et de Manette, qui, croyant cacher leurs pensées, les disaient tout haut à la barbe de leurs illustres hôtes.

Vers la fin de sa vie, notre curé eut une émotion qui dut la hâter. Il avait la manie de cacher son argent, comme beaucoup de vieillards qui n'osent le placer et qui se créent un tourment avec les économies destinées à faire la sécurité de leurs vieux jours. Il avait mis les siennes dans son grenier. Un voisin, qu'il avait pourtant, dit-on, comblé de bienfaits, se laissa tenter, grimpa la nuit par les toits, pénétra par une lucarne et s'empara du trésor de M. l'abbé. Quand celui-ci vit ses écus dénichés, il eut tant de colère et de chagrin qu'il faillit devenir fou. Il était au lit, il avait presque le délire quand le procureur du roi vint, sur sa requête, prendre des informations et recevoir sa plainte. Ce qui ajoutait à la douleur et à l'indignation du vieillard, c'est qu'il avait deviné l'auteur du délit ; mais, au moment de le désigner aux poursuites de la justice, il fut pris de compassion pour cet homme qu'il avait aimé, et peut-être aussi d'un remords de chrétien pour cet amour de l'argent qui l'avait trop dominé. « Faites votre besogne, dit-il au magistrat qui l'interrogeait : j'ai été volé, c'est vrai, mais si j'ai des soupçons, je n'en dois compte qu'au bon Dieu, et il ne m'appartient pas de punir le coupable. » On le pressa vainement. « Je n'ai rien à vous dire, fit-il en tournant le dos avec humeur. Je pourrais me tromper, c'est à vous autres magistrats de prendre cela sur votre conscience, c'est votre état et non le mien. »

La nuit suivante, l'argent fut reporté dans le grenier et Manette, en furetant avec désespoir, le retrouva dans la cachette d'où on l'avait soustrait. Le voleur, pris de repentir et touché de la générosité du curé, s'était exécuté à l'instant même. Le curé, pour faire cesser les investigations de la justice et les commentaires de la paroisse, donna à entendre qu'il avait rêvé la perte de son argent, ou que sa servante, pour le mieux cacher, l'avait changé de place et ne s'en était pas souvenue le lendemain, à cause de son grand âge qui lui avait fait perdre la mémoire. On raconta donc de diverses manières l'aventure du curé, et plusieurs versions courent encore à cet égard. Mais il m'a raconté lui-même ce que je raconte ici à son honneur, et même à l'honneur de son voleur, car le sentiment chrétien qui estime le repentir plus agréable à Dieu que la persévérance est un beau sentiment dont la justice humaine ne tient guère de compte.

Ce vieux curé avait beaucoup d'amitié pour moi. J'avais quelque chose comme trente-cinq ans qu'il disait encore de moi : « *L'Aurore est une* enfant que j'ai toujours aimée. » Et il écrivait à mon mari, supposant apparemment qu'il pouvait lui donner de l'ombrage : « Ma foi, monsieur, prenez-le comme vous voudrez, mais j'aime tendrement votre femme. »

Le fait est qu'il agissait tout à fait paternellement avec moi. Pendant vingt ans, il n'a pas manqué un dimanche de venir dîner avec moi après vêpres. Quelquefois j'allais le chercher en me promenant. Un jour je me fis mal au pied en marchant, et je n'aurais su comment revenir, car dans ce temps-là il ne fallait pas parler de voitures dans les chemins de Saint-Chartier, si le curé ne m'eût offert de me prendre en croupe sur sa jument ; mais j'aurais mieux fait de prendre en croupe le curé, car il était si vieux alors, qu'il s'endormait au mouvement du cheval. Je rêvassais en regardant la campagne, lorsque je m'aperçus que la bête, après avoir progressivement ralenti son allure, s'était arrêtée pour brouter, et que le curé ronflait de tout son cœur. Heureusement l'habitude l'avait rendu solide cavalier, même dans son sommeil ; je jouai du talon, et la jument, qui savait son chemin, nous conduisit à bon port, malgré qu'elle eût la bride sur le cou.

Après le dîner, où il mangeait et buvait copieusement, il se rendormait au coin du feu, et de ses ronflements faisait trembler les vitres. Puis il s'éveillait et me demandait un petit air de clavecin ou d'épinette ; il ne pouvait pas dire piano, l'expression lui semblant trop nouvelle. À mesure qu'il vieillissait, il n'entendait plus les basses. Les notes aiguës de l'instrument lui chatouillaient encore un peu le tympan. Un jour il me dit : « Je n'entends plus rien du tout. Allons ! me voilà vieux ! » Pauvre homme ! il y avait longtemps qu'il l'était. Et pourtant il montait encore à cheval à dix heures du soir, et s'en retournait en plein hiver à son presbytère sans vouloir être accompagné. Quelques heures avant de mourir, il dit au domestique que j'avais envoyé savoir de ses nouvelles : « Dites à *l'Aurore* qu'elle ne m'envoie plus rien, je n'ai plus besoin de rien ; et dites-lui aussi que je l'aime bien, ainsi que ses enfants. »

Il me semble que la plus grande preuve d'attachement qu'on puisse revendiquer, c'est d'avoir occupé les dernières pensées d'un mourant. Peut-être aussi y a-t-il là quelque chose de prophétique qui doit inspirer de la confiance ou de l'effroi. Lorsque la supérieure de mon couvent mourut, de soixante pensionnaires qui l'intéressaient toutes à peu près également, elle ne songea qu'à moi, à qui pourtant elle n'avait jamais témoigné une sollicitude particulière. « Pauvre Dupin, dit-elle à plusieurs reprises dans son agonie, je la plains bien de perdre sa grand-mère ! » Elle rêvait que c'était ma grand-mère qui était malade et mourante à sa place. Cela me laissa une grande inquiétude, et une sorte d'appréhension superstitieuse de quelque malheur imminent.

Ce fut vers l'âge de sept ans que je commençai à subir le préceptorat de Deschartres. Je fus assez longtemps sans avoir à m'en plaindre, car, autant il était rude et brutal avec Hippolyte, autant il fut calme et patient avec moi dans les premières années. C'est pour cela que je fis de rapides progrès avec lui, car il démontrait fort clairement et brièvement quand il était de sang-froid ; mais dès qu'il s'animait, il devenait diffus, embarrassé dans ses démonstrations, et la colère, le faisant bégayer, le rendait tout à fait inintelligible. Il maltraitait et rudoyait horriblement le pauvre Hippolyte, qui pourtant avait de la facilité et une mémoire excellente. Il ne voulait pas tenir compte du besoin d'activité d'une robuste nature que de trop longues leçons exaspéraient. J'avoue bien, malgré mon amitié pour mon frère, que c'était un enfant insupportable. Il ne songeait qu'à briser, à détruire, à taquiner, à jouer de mauvais tours à tout le monde.

Un jour il lançait des tisons enflammés dans la cheminée, sous prétexte de *sacrifier aux dieux infernaux*, et il mettait le feu à la maison. Un autre jour il mettait de la poudre dans une grosse bûche pour qu'elle fît explosion dans le foyer et lançât le pot-au-feu au milieu de la cuisine. Il appelait cela étudier la théorie des volcans. Et puis il attachait une casserole à la queue des chiens et se plaisait à leur fuite désordonnée et à leurs cris d'épouvante à travers le jardin. Il mettait des sabots aux chats, c'est-à-dire qu'il leur engluait les quatre pieds dans des coquilles de noix et qu'il les lançait ainsi sur la glace ou sur les parquets, pour les voir glisser, tomber et retomber cent fois avec des jurements épouvantables. D'autres fois, il disait être Calchas, le grand prêtre des Grecs, et, sous prétexte de sacrifier Iphigénie sur la table de la cuisine, il prenait le couteau destiné à de moins illustres victimes, et s'évertuant à droite et à gauche, il blessait les autres ou lui-même.

Je prenais bien quelquefois un peu de part à ses méfaits, dans la mesure de mon tempérament, qui était moins fougueux. Un jour que nous avions vu tuer un cochon gras dans la basse-cour, Hippolyte s'imagina de traiter comme tels les concombres du jardin. Il leur introduisait une petite brochette de bois dans l'extrémité qui, selon lui, représentait le cou de l'animal ; puis, pressant du pied ces malheureux légumes, il en faisait sortir tout le jus. Ursule le recueillait dans un vieux pot à fleurs, pour faire le boudin, et j'allumais gravement un feu fictif à côté, pour faire griller le porc, c'est-à-dire le concombre, comme nous l'avions vu pratiquer au boucher. Ce jeu nous plut tellement, que, passant d'un concombre à un autre, choisissant d'abord *les plus gras*, et finissant par les moins rebondis, nous dévastâmes lestement une couche, objet des sollicitudes du jardinier. Je laisse à penser quelle fut sa douleur quand il vit cette scène de carnage. Hippolyte, au milieu des cadavres, ressemblait à Ajax immolant dans son délire les troupeaux de l'armée des Grecs. Le jardinier porta plainte, et nous fûmes punis ; mais cela ne fit pas revivre les concombres, et on n'en mangea pas cette année-là.

Un autre de nos méchants plaisirs était de faire ce que les enfants de notre village appellent des *trompe-chien*. C'est un trou que l'on remplit de terre légère délayée dans de l'eau. On le recouvre avec de petits bâtons sur lesquels on place des ardoises et une légère couche de terre ou de feuilles sèches, et quand ce piège est établi au milieu d'un chemin ou d'une allée de jardin, on guette les passants et on se cache dans les buissons pour les voir s'embourber, en vociférant contre les gamins abominables qui *s'inventent* de pareils tours *. Pour peu que le trou soit profond, il y a de quoi se casser les jambes ; mais les nôtres n'offraient pas ce danger-là, ayant une assez grande surface. L'amusant c'était de voir la terreur du jardinier qui sentait la terre manquer sous ses pieds dans les plus beaux endroits de ses allées ratissées, et qui en avait pour une heure à réparer le dommage. Un beau jour Deschartres y fut pris. Il avait toujours de beaux bas à côtes, bien blancs, des culottes courtes et de jolies guêtres de nankin ; car il était vaniteux de son pied et de sa jambe ; il était d'une propreté extrême, et recherché dans sa chaussure. Avec cela, comme tous les pédants (c'est un signe caractéristique à quoi on peut les reconnaître à coup sûr, même quand ils ne font pas métier de pédagogues), il marchait toujours le

* Le Berrichon a le goût des verbes réfléchis. Il dit : « Cet homme ne sait pas ce qu'il *se* veut ; il ne sait quoi *se* faire ni *s'*inventer » (NdA).

jarret tendu et les pieds en dehors. Nous marchions derrière lui pour mieux jouir du coup d'œil. Tout d'un coup le sol s'affaisse et le voilà jusqu'à mi-jambe dans une glaise jaune admirablement préparée pour teindre ses bas. Hippolyte fit l'étonné, et toute la fureur de Deschartres dut retomber sur Ursule et sur moi ; mais nous ne le craignions guère, nous étions bien loin avant qu'il eût repêché ses souliers.

Comme Deschartres battait cruellement mon pauvre frère, et qu'il se contentait de dire des sottises aux petites filles, il était convenu entre Hippolyte, Ursule et moi que nous prendrions beaucoup de ces sortes de choses sur notre compte ; et même nous avions, pour mieux donner le change, une petite comédie tout arrangée et qui eut du succès pendant quelque temps. Hippolyte prenait l'initiative. « Voyez ces petites sottes ! criait-il aussitôt qu'il avait cassé une assiette ou fait crier un chien trop près de l'oreille de Deschartres, elles ne font que du mal ! Voulez-vous bien finir, mesdemoiselles ! » Et il se sauvait tandis que Deschartres, mettant le nez à la fenêtre, s'étonnait de ne pas voir les petites filles.

Un jour que Deschartres était allé vendre des bêtes à la foire, car l'agriculture et la régie de nos fermes l'occupaient en première ligne, Hippolyte étant censé étudier sa leçon dans la chambre du *grand homme*, s'imagina de faire le grand homme tout de bon. Il endosse la grande veste de chasse, qui lui tombait sur les talons, il coiffe la casquette à soufflet, et le voilà qui se promène dans la chambre en long et en large, les pieds en dehors, les mains derrière le dos à la manière du pédagogue. Puis il s'étudie à imiter son langage, il s'approche du tableau noir, fait des figures avec de la craie, entame une démonstration, se fâche, bégaye, traite son élève d'*ignorant crasse* et de *butor* ; puis, satisfait de son talent d'imitation, il se met à la fenêtre et apostrophe le jardinier sur la manière dont il taille les arbres ; il le critique, le réprimande, l'injurie, le menace ; le tout dans le style de Deschartres et avec ses éclats de voix accoutumés. Soit que ce fût assez bien imité, soit la distance, le jardinier, qui, dans tous les cas, était un garçon simple et crédule, y fut pris, et commença à répondre et à murmurer. Mais quelle fut sa stupeur quand il vit à quelques pas de lui le véritable Deschartres qui assistait à cette scène et ne perdait pas un des gestes ni une des paroles de son Sosie ! Deschartres aurait dû en rire, mais il ne supportait pas qu'on s'attaquât à sa personnalité, et, par malheur, Hippolyte ne le vit pas, caché qu'il était par les arbres. Deschartres, qui était rentré de la foire plus tôt qu'on ne l'attendait, monta sans bruit à sa chambre et en ouvrit brusquement la porte, au moment où l'espiègle disait d'une grosse voix à un Hippolyte supposé : « Vous ne travaillez pas, voilà une écriture de chat et une orthographe de crocheteur ! pim, pan ! voilà pour vos oreilles, animal que vous êtes ! »

En ce moment la scène fut double, et pendant que le faux Deschartres souffletait un Hippolyte imaginaire, le vrai Deschartres souffletait le véritable Hippolyte.

J'apprenais la grammaire avec Deschartres et la musique avec ma grand-mère. Ma mère me faisait lire et écrire. On ne me parlait d'aucune religion, bien qu'on me fît lire l'histoire sainte. On me laissait libre de croire et de rejeter à ma guise les miracles de l'antiquité. Ma mère me faisait dire ma prière à genoux à côté d'elle, qui n'y manquait pas, qui n'y a jamais manqué. Et même c'étaient d'assez longues prières, car, après que j'avais fini les miennes et que j'étais couchée, je la voyais encore à genoux, la figure dans ses mains et profondément absorbée. Elle n'allait pourtant jamais à confesse et faisait gras le vendredi : mais elle ne manquait pas la messe le dimanche, ou, quand elle était forcée de la manquer, elle faisait double prière : et quand ma grand-mère lui demandait pourquoi elle pratiquait ainsi à moitié, elle répondait : « J'ai ma religion ; de celle qui est prescrite, j'en prends et j'en laisse. Je ne peux pas souffrir les prêtres, ce sont des cafards, et je n'irai jamais leur confier mes pensées qu'ils comprendraient tout de travers. Je crois que je ne fais pas du mal, parce que si j'en fais, c'est malgré moi.

Je ne me corrigerai pas de mes défauts, je n'y peux rien ; mais j'aime Dieu d'un cœur sincère, je le crois trop bon pour nous punir dans l'autre vie. Nous sommes bien assez châtiés de nos sottises dans celle-ci ; j'ai pourtant grand-peur de la mort, mais c'est parce que j'aime la vie et non parce que je crains de comparaître devant Dieu, en qui j'ai confiance et que je suis sûre de n'avoir jamais offensé avec intention. – Mais que lui dites-vous dans vos longues prières ? – Je lui dis que je l'aime, je me console avec lui de mes chagrins et je lui demande de me faire retrouver mon mari dans l'autre monde. – Mais qu'allez-vous faire à la messe ? vous n'y entendez goutte. – J'aime à prier dans une église ; je sais bien que Dieu est partout, mais dans l'église je le vois mieux, et cette prière en commun me paraît meilleure. J'y ai beaucoup de distraction, cela dure trop longtemps ; mais enfin il y a un bon moment où je prie de tout mon cœur, et cela me soulage. »

« Pourtant, lui disait encore ma grand-mère, vous fuyez les dévots. – Oui, répondait-elle, parce qu'ils sont intolérants et hypocrites, et je crois que si Dieu pouvait haïr ses créatures, les dévots et les dévotes surtout seraient celles qu'il haïrait le plus. – Vous condamnez par là votre religion même, puisque les personnes qui la pratiquent le mieux sont les plus haïssables et les plus méchantes qui existent. Cette religion est donc mauvaise, et plus on s'en éloigne, meilleur on est ; n'est-ce pas la conséquence de votre opinion ? – Vous m'en demandez trop long, disait ma mère ; je n'ai pas été habituée à raisonner mes sentiments, je vais comme je me sens poussée, et tout ce que mon cœur me conseille je le fais sans en demander la raison à mon esprit. »

On voit par là et par l'éducation qui m'était donnée, ou plutôt par l'absence d'éducation religieuse raisonnée, que ma grand-mère n'était pas du tout catholique. Ce n'était pas seulement les dévots qu'elle haïssait, comme faisait ma mère, c'était la dévotion, c'était le catholicisme qu'elle jugeait froidement et sans pitié. Elle n'était pas athée, il s'en faut de beaucoup. Elle croyait à cette sorte de religion naturelle préconisée et peu définie par les philosophes du dix-huitième siècle. Elle se disait déiste et repoussait avec un égal dédain tous les dogmes, toutes les formes de religion. Elle tenait, disait-elle, Jésus-Christ en grande estime, et, admirant l'Évangile comme une excellente philosophie, elle plaignait la vérité d'avoir toujours été entourée d'une fabulation plus ou moins ridicule.

Je dirai plus tard ce que j'ai gardé ou perdu, adopté ou rejeté de ses jugements. Mais, suivant pas à pas le développement de mon être, je dois dire que dans mon enfance mon instinct me poussait beaucoup plus vers la foi naïve et confiante de ma mère que vers l'examen critique et un peu glacé de ma bonne maman. Sans qu'elle s'en doutât, ma mère portait de la poésie dans son sentiment religieux, et il me fallait de la poésie : non pas de cette poésie arrangée et faite après mûre réflexion, comme on essayait d'en faire alors pour réagir contre le positivisme du dix-huitième siècle, mais de celle qui est dans le fait même et qu'on boit dans l'enfance sans savoir ce que c'est et quel nom on lui donne. En un mot, j'avais besoin de poésie comme le peuple, comme ma mère, comme le paysan qui se prosterne un peu devant le bon Dieu, un peu devant le diable, prenant quelquefois l'un pour l'autre, et cherchant à se rendre favorables toutes les mystérieuses puissances de la nature.

J'aimais le merveilleux passionnément, et mon imagination ne trouvait pas son compte aux explications que m'en donnait ma grand-mère. Je lisais avec un égal plaisir les prodiges de l'antiquité juive et païenne. Je n'aurais pas mieux demandé que d'y croire ; ma grand-mère faisant de temps en temps un court et sec appel à ma raison, je ne pouvais pas arriver à la foi, mais je me vengeais du petit chagrin que cela me causait en ne voulant rien nier intérieurement. C'était absolument comme pour mes contes de fées, auxquels je ne croyais plus qu'à demi, en de certains moments et comme par accès.

Les nuances que revêt le sentiment religieux suivant les individus est une affaire d'organisation, et je ne fais pas le procès à la dévotion, comme ma grand-mère, à cause des vices de la plupart des dévots. La dévotion est une exaltation de nos facultés mentales, comme l'ivresse est une exaltation de nos facultés physiques. Tout vin enivre quand on boit trop, et ce n'est pas la faute du vin. Il y a des gens qui en supportent beaucoup et qui n'en sont que plus lucides. Il en est d'autres qu'une petite dose rend idiots et furieux. Mais, en somme, je crois que le vin ne nous fait révéler que ce que nous avons en nous de bon ou de mauvais, et le meilleur vin du monde fait mal à ceux qui ont la tête faible ou le caractère irritable. L'exaltation religieuse, sur quelque dogme qu'elle s'appuie, est donc un état de l'âme sublime, odieux ou misérable, selon que le vase où fermente cette liqueur est solide ou fragile. Cette surexcitation de notre être fait de nous des saints ou des persécuteurs, des martyrs ou des bourreaux, et ce n'est certainement pas la faute du christianisme si les catholiques ont inventé l'inquisition et les tortures.

Ce qui me choque dans les dévots en général, ce ne sont pas les défauts qui tiennent invinciblement à leur organisation, c'est l'absence de logique de leur vie et de leurs opinions. Ils ont beau dire, ils font comme faisait ma mère. Ils en prennent et ils en laissent, et ils n'ont pas ce droit que ma mère s'arrogeait avec raison, elle qui ne se piquait point d'orthodoxie. Quand j'ai été dévote, je ne me passais rien, et je ne faisais pas un mouvement sans m'en rendre compte et sans demander à ma conscience timorée s'il m'était permis de marcher du pied droit ou du pied gauche. Si j'étais dévote aujourd'hui, je n'aurais peut-être pas l'énergie d'être intolérante avec les autres, parce que le caractère ne s'abjure jamais ; mais je serais intolérante vis-à-vis de moi-même, et l'âge mûr conduisant à une sorte de logique positive, je ne trouverais rien d'assez austère pour moi. Je n'ai donc jamais compris les femmes du monde qui vont au bal, au spectacle, qui montrent leurs épaules, qui songent à se faire belles, et qui pourtant reçoivent tous leurs sacrements, ne négligent aucune prescription du culte, et se croient parfaitement d'accord avec elles-mêmes. Je ne parle pas ici des hypocrites, ce ne sont pas des dévotes, je parle de femmes très naïves, et à qui j'ai souvent demandé leur secret pour pécher ainsi sans scrupule contre leur propre conviction, et chacune me l'a expliqué à sa manière, ce qui fait que je ne suis pas plus avancée qu'auparavant.

Je ne comprends pas non plus certains hommes qui croient de bonne foi à l'excellence de toutes les prescriptions catholiques, qui en défendent le principe avec chaleur, et qui n'en suivent aucune. Il me semble que si je croyais tel acte meilleur que tel autre, je n'hésiterais pas à l'accomplir. Il y a plus, je ne me pardonnerais pas d'y manquer. Cette absence de logique chez des personnes que je sais intelligentes et sincères est quelque chose que je n'ai jamais pu m'expliquer. Cela s'éclaircira peut-être pour moi quand je repasserai mes souvenirs avec ordre, ce qui m'arrivera certes pour la première fois de ma vie en les écrivant, et je pourrai analyser la situation de l'âme aux prises avec la foi et le doute, en me rappelant comment je devins dévote et comment je cessai de l'être.

À sept ou huit ans je sus à peu près ma langue. C'était trop tôt, car on me fit passer tout de suite à d'autres études, et on négligea de me faire approfondir la grammaire. On me fit beaucoup griffonner, on s'occupa de mon style, mais on ne m'avertit qu'incidemment des incorrections qui s'y glissaient peu à peu, à mesure que j'étais entraînée par la facilité de m'exprimer. Au couvent, il fut entendu que je savais assez de français pour qu'on ne me fît pas suivre les leçons des classes, et, en effet, je me tirai fort bien, à l'épreuve, des faciles devoirs distribués aux élèves de mon âge ; mais plus tard, quand je me livrai à ma propre rédaction, je fus souvent embarrassée. Je dirai comment, au sortir du couvent, je rappris moi-même le français, et comment douze ans plus tard, lorsque je voulus écrire pour le public, je m'aperçus que je ne savais encore rien ; comment j'en fis une nouvelle étude qui, trop tardive, ne me servit guère, ce qui est cause que j'apprends encore ma langue en la pratiquant, et que je crains de ne la savoir jamais. La pureté, la correction, seraient pourtant un besoin de mon esprit, aujourd'hui surtout, et ce n'est jamais par négligence ni par distraction que je pèche, c'est par ignorance réelle.

Le malheur vint de ce que Deschartres, partageant le préjugé qui préside à l'éducation des hommes, s'imagina que, pour me perfectionner dans la connaissance de ma langue, il lui fallait m'enseigner le latin. J'apprenais très volontiers tout ce qu'on voulait, et j'avalai le rudiment avec résignation. Mais le français, le latin et le grec qu'on apprend aux enfants prennent trop de temps, soit qu'on les enseigne par de mauvais procédés, ou que ce soient les langues les plus difficiles du monde, ou encore que l'étude d'une langue quelconque soit ce qu'il y a de plus long et de plus aride pour les enfants ; toujours est-il qu'à moins de facultés toutes spéciales, on sort du collège sans savoir ni le latin ni le français, et le grec encore moins. Quant à moi, le temps que je perdis à ne pas apprendre le latin fit beaucoup de tort à celui que j'aurais pu employer à apprendre le français, dans cet âge où l'on apprend mieux que dans tout autre.

Heureusement je cessai le latin d'assez bonne heure, ce qui fait que, sachant mal le français, je le sais encore mieux que la plupart des hommes de mon temps. Je ne parle pas ici des littérateurs, que je soupçonne fort de n'avoir pas pris leur forme et leur style au collège, mais du grand nombre des hommes qui ont parfait leurs études classiques sans songer depuis à faire de la langue une étude spéciale. Si on veut bien le remarquer, on s'apercevra qu'ils ne peuvent écrire une lettre de trois pages sans qu'il s'y rencontre une faute de langage ou d'orthographe. On remarquera aussi que les femmes de vingt à trente ans qui ont reçu un peu d'éducation, écrivent le français généralement mieux que les hommes, ce qui tient, selon moi, à ce qu'elles n'ont pas perdu huit ou dix ans de leur vie à apprendre les langues mortes.

Tout cela est pour dire que j'ai toujours trouvé déplorable le système adopté pour l'instruction des garçons, et je ne suis pas seule de cet avis. J'entends dire à tous les hommes qu'ils ont perdu leur temps et l'amour de l'étude au collège. Ceux qui y ont profité sont des exceptions. N'est-il donc pas possible d'établir un système où les intelligences ordinaires ne seraient pas sacrifiées aux besoins des intelligences d'élite ?

## IV

*Tyrannie et faiblesse de Deschartres. – Le menuet de Fischer. – Le livre magique. – Nous évoquons le diable. – Le chercheur de tendresse. – Les premières amours de mon frère. – Pauline. – M. Gogault et M. Lubin. – Les talents d'*agrément*. – Le maréchal Maison. – L'appartement de la rue Thiroux. – Grande tristesse à sept ans en prévision du mariage. – Départ de l'armée pour la campagne de Russie. – Nohant. – Ursule et ses sœurs. – Effet du jeu sur moi. – Mes vieux amis. – Système de guerre du czar Alexandre. – Moscou.*

Nous prenions nos leçons dans la chambre de Deschartres, chambre tenue très proprement à coup sûr, mais où régnait une odeur de savonnette à la lavande qui avait fini par me devenir nauséabonde. Mes leçons à moi n'étaient pas longues ; mais celles de mon pauvre frère duraient tout l'après-midi, parce qu'il était condamné à étudier pour son compte et à préparer son devoir sous les yeux du pédagogue. Il est vrai que, quand on ne le gardait pas à vue, il n'ouvrait pas seulement son livre. Il s'enfuyait à travers champs, et on ne le voyait plus de la journée.

Dieu avait certainement créé et mis au monde cet enfant impétueux pour faire faire pénitence à Deschartres ; mais Deschartres, tyran par nature, ne prenait pas ses escapades en esprit de mortification. Il le rendait horriblement malheureux, et il fallut que l'enfant fût de bronze pour ne pas éclater sous cette dure contrainte.

Ce n'était pas le latin qui faisait son martyre, on ne le lui enseignait pas. C'était les mathématiques, pour lesquelles il avait montré de l'aptitude, et il en avait véritablement. Il ne haïssait pas l'étude en elle-même, mais il préférait le mouvement et la gaieté, dont il avait un impérieux besoin. Deschartres lui enseignait aussi la musique. Le flageolet étant son instrument favori, Hippolyte dut l'apprendre bon gré mal gré ; on lui fit emplette d'un flageolet en buis, et Deschartres, armé de son flageolet d'ébène monté en ivoire, lui en appliquait de violents coups sur les doigts à chaque fausse note. Il y a un certain menuet de Fischer qui aurait dû laisser des calus [19] sur les mains de l'élève infortuné. Cela était d'autant plus coupable de la part de Deschartres, que, quelque irrité qu'il fût, il pouvait toujours se vaincre jusqu'à un certain point avec les personnes qu'il aimait. Il n'avait jamais brutalisé l'enfance de mon père, et jamais il ne s'emporta contre moi jusqu'à un essai de voie de fait, qu'une seule fois en sa vie. Il avait donc une sorte d'aversion pour Hippolyte, à cause des mauvais tours et des moqueries de celui-ci. Et pourtant il lui portait, à cause de mon père, un véritable intérêt. Rien ne l'obligeait à l'instruire, et il s'y employait avec une obstination qui n'était pas de la vengeance, car il eût été vite dégoûté d'une satisfaction que son élève lui faisait payer si cher : il s'était imposé cette tâche en conscience, mais il est bien vrai de dire qu'à l'occasion le ressentiment y trouvait son compte.

Quand j'allais prendre mes leçons auprès d'Hippolyte accoudé sur sa table et jouant aux mouches quand on ne le regardait pas, Ursule était toujours là. Deschartres aimait cette petite fille pleine d'assurance qui lui tenait tête et lui répliquait fort à propos. Comme tous les hommes violents, Deschartres aimait parfois la résistance ouverte, et devenait débonnaire, faible même, avec ceux qui ne le craignaient pas. Le tort d'Hippolyte, et son malheur, était de ne lui jamais dire en face qu'il était injuste et cruel. S'il l'eût une seule fois menacé de se plaindre à ma grand-mère ou de quitter la maison, Deschartres eût certainement fait un retour sur lui-même ; mais l'enfant le craignait, le haïssait, et ne se consolait que par la vengeance.

Il est certain qu'il y était ingénieux, et qu'il avait un esprit diabolique pour observer et relever les ridicules. Souvent, au milieu de la leçon, Deschartres était appelé dans la maison ou dans la cour de la ferme par quelque détail de son exploitation. Ces absences étaient mises à profit pour se moquer de lui. Hippolyte prenait le flageolet d'ébène, et singeait son professeur avec un rare talent d'imitation. Il n'y avait rien de plus ridicule, en effet, que Deschartres jouant du flageolet. Cet instrument champêtre était déjà ridicule par lui-même dans les mains d'un personnage si solennel et au milieu d'un visage si renfrogné à l'habitude. En outre, il le maniait avec une extrême prétention, arrondissant les doigts avec grâce, dandinant son gros corps, et pinçant la lèvre supérieure avec une affectation qui lui donnait la plus plaisante figure du monde. C'était dans le menuet de Fischer surtout qu'il déployait tous ses moyens, et Hippolyte savait très bien par cœur ce morceau, qu'il ne pouvait venir à bout de lire proprement quand la musique écrite et la figure menaçante de Deschartres étaient devant ses yeux. Mais à force de le contrefaire, il l'avait appris malgré lui, et je crois qu'il ne fit jamais d'autre étude musicale que celle-là.

Ursule, qui était fort sage pendant la leçon, devenait fort turbulente dans les entractes. Elle grimpait partout, feuilletait tous les livres, bousculait toutes les pantoufles et toutes les savonnettes, et riait à se rouler par terre de toutes les remarques dénigrantes d'Hippolyte sur la toilette, les habitudes et les manies du pédagogue. Il avait toujours sur les rayons de sa bibliothèque une quantité de petits sacs de graines qu'il expérimentait dans le jardin, rêvant sans cesse au moyen d'acclimater quelque nouvelle plante fourragère, fromentale ou légumineuse dans le département, et se flattant d'éclipser la gloire de ses concurrents au comité d'agriculture. Nous prenions soin de lui mêler toutes ces graines triées avec tant de scrupule par ses propres mains. Nous mélangions le pastel avec le colza, et le sarrasin avec le millet. Si bien que les graines poussaient tout de travers et qu'il récoltait de la luzerne là où il avait semé des raves. Il entassait manuscrits sur manuscrits pour prouver à ses confrères de la Société d'agriculture que M. Cadet de Vaux était un âne et M. Rougier de la Bergerie [20] un veau, car c'était en ces termes peu parlementaires qu'il faisait la guerre aux systèmes de ses concurrents dans la science agricole. Nous dérangions les feuillets de ses opuscules et nous ajoutions des lettres à plusieurs mots pour y faire des fautes d'orthographe. Il lui arriva une fois d'envoyer le manuscrit ainsi embelli et dérangé à l'imprimerie, et quand on lui envoya ses épreuves à corriger, il entra dans une fureur épouvantable contre le crétin de prote qui faisait de pareilles bévues.

Parmi ses livres, il y en avait plusieurs qui excitaient vivement notre curiosité, entre autres *Le Grand Albert* et *Le Petit Albert* [21], et divers manuels d'économie rurale et domestique fort anciens et remplis de billevesées. Il y en avait un, dont j'ai oublié le titre, que Deschartres avait placé au plus haut de ses rayons, et qu'il prisait pour l'ancienneté de l'édition. Je ne saurais dire au juste de quoi il traite, ni ce qu'il vaut, nous ne pouvions guère le parcourir, car l'escalade pour le saisir et le remettre en place prenait une partie du temps que nous dérobions à la vigilance du maître. Autant que je m'en souviens, il y avait de tout, des remèdes pour guérir les maladies des hommes et des bêtes, des recettes pour les médicaments, les mets, les liqueurs et les poisons. Il y avait aussi de la magie, et c'était là ce qui nous intéressait le plus. Hippolyte avait ouï dire une fois à Deschartres qu'il s'y trouvait une formule de conjuration pour faire paraître le diable. Il s'agissait de la trouver dans tout ce fatras, et nous nous y reprîmes à plus de vingt fois. Au moment où nous pensions arriver au magique feuillet, nous entendions retentir sur l'escalier les pas lourds de Deschartres. Il eût été plus simple de lui demander de nous le montrer ; il est probable que, dans un moment de bonne humeur, il nous eût enseigné en riant le procédé pour appeler Satan ; mais il nous paraissait bien plus piquant de surprendre le secret nous-mêmes et de faire l'expérience entre nous.

Enfin un jour que Deschartres était à la chasse, Hippolyte vint nous chercher. Il avait ou il croyait avoir trouvé parmi divers grimoires celui qui servait à l'incantation. Il y avait des paroles à dire, des lignes à tracer par terre avec de la craie, et je ne sais quelles autres préparations qui m'échappent et que nous ne pouvions réaliser. Soit qu'Hippolyte se moquât de nous, soit qu'il crût un peu à la vertu des formules, nous fîmes ce qu'il nous prescrivait, lui, le livre à la main ; nous, parcourant en différents sens les lignes tracées par terre. C'était une sorte de table de Pythagore, avec des carrés, des losanges, des étoiles, des signes du zodiaque, beaucoup de chiffres et d'autres figures cabalistiques dont le souvenir est assez confus en moi.

Ce que je me rappelle bien, c'est l'espèce d'émotion qui nous gagnait à mesure que nous opérions. Il était dit que le premier indice du succès de l'opération serait le jaillissement d'une flamme bleuâtre sur certains chiffres ou certaines figures, et nous attendions ce prodige avec une certaine anxiété. Nous n'y croyions pourtant pas, Hippolyte étant déjà assez esprit fort, et moi ayant été habituée par ma mère et ma grand-mère (d'accord sur ce point) à regarder l'existence du diable comme une imposture, la fiction d'un croquemitaine pour les petits enfants. Mais Ursule eut peur tout en riant, et quitta la chambre sans qu'il fût possible de l'y ramener.

Alors mon frère et moi, nous trouvant seuls à l'œuvre, et la gaieté de notre compagne ne nous soutenant plus, nous reprîmes l'opération avec une sorte de courage. Malgré nous, l'imagination s'allumait, et l'attente d'un prodige quelconque nous agitait un peu. Aussitôt que les flammes paraîtraient nous pouvions en rester là et ne pas insister pour que, sous les chiffres du milieu, le plancher fût percé par les deux cornes de Lucifer. – « Bah ! disait Hippolyte, il est écrit dans le livre que les personnes qui n'oseraient pas aller jusqu'au bout peuvent, en effaçant bien vite certains chiffres, faire rentrer le diable sous terre, au moment où il passe la tête dehors. Seulement il faut éviter que ses yeux soient sortis, car, aussitôt qu'il vous a regardé, vous n'êtes plus maître de le renvoyer avant de lui avoir parlé. Moi, je ne sais pas si j'oserais, mais, tout au moins, je voudrais voir le bout de ses cornes. – Mais s'il nous regarde, et s'il faut lui parler, disais-je, que lui dirons-nous ? – Ma foi, répondait Hippolyte, je lui commanderai d'emporter Deschartres, son flageolet et tous ses vieux bouquins. »

Nous prenions certainement la chose en plaisanterie en devisant ainsi, mais nous n'en étions pas moins émus. Les enfants ne peuvent jouer avec le merveilleux sans en ressentir quelque ébranlement, et, sous ce rapport, les hommes du passé ont été des enfants bien autrement crédules que nous ne l'étions.

Nous complétâmes l'expérience comme nous pûmes, et non seulement le diable ne vint pas, mais encore il n'y eut pas la moindre petite flamme. Nous mettions pourtant l'oreille sur le carreau, et Hippolyte prétendait entendre un petit pétillement précurseur des premières étincelles ; mais il se moquait de moi, et je n'en étais pas dupe, tout en feignant d'écouter et d'entendre aussi quelque chose. Ce n'était qu'un jeu, mais un jeu qui nous faisait battre le cœur. Nos plaisanteries nous rassuraient et tenaient notre raison éveillée, mais je ne sais pas si nous eussions osé jouer ainsi avec l'enfer l'un sans l'autre. Je ne crois pas qu'Hippolyte l'ait essayé depuis.

Nous étions cependant un peu désappointés d'avoir pris tant de peine pour rien, et nous nous consolâmes en reconnaissant que nous n'avions pas la moitié des objets désignés dans le livre pour accomplir le charme. Nous nous promîmes de nous les procurer, et en effet pendant quelques jours nous recueillîmes certaines herbes et certains chiffons ; mais comme il y avait une foule d'autres prescriptions scientifiques que nous ne comprenions pas, et d'ingrédients qui nous étaient complètement inconnus, la chose n'alla pas plus loin.

Le flageolet de Deschartres me rappelle qu'il y avait à La Châtre un fou qui venait souvent demander à notre précepteur de lui jouer un petit air, et celui-ci n'avait garde de le lui refuser, car c'était un auditeur très attentif, le seul probablement qu'il ait jamais charmé. Ce fou s'appelait M. Demai. Il était jeune encore, habillé très proprement et d'une figure agréable, sauf une grande barbe noire qu'on était convenu de trouver très effrayante à cette époque, où l'on se rasait entièrement la figure, et où les militaires seuls portaient la moustache. Il était doux et poli ; sa folie était une mélancolie profonde, une sorte de préoccupation solennelle. Jamais un sourire, le calme d'un désespoir ou d'un ennui sans bornes. Il arrivait seul à toute heure du jour, et nous remarquions avec surprise que les chiens, qui étaient fort méchants, aboyaient de loin après lui, s'approchaient avec méfiance pour flairer ses habits et se retiraient aussitôt, comme s'ils eussent compris que c'était un être inoffensif et sans conséquence. Lui, sans faire aucune attention aux chiens, entrait dans la maison ou dans le jardin, et bien qu'avant sa folie il n'eût jamais eu aucune relation avec nous, il s'arrêtait auprès de la première personne qu'il rencontrait, lui disait une ou deux paroles et restait plus ou moins longtemps, sans qu'il fût nécessaire de s'occuper de lui. Quelquefois il entrait chez ma grand-mère sans frapper, sans songer à se faire annoncer, lui demandait très poliment de ses nouvelles, répondait à ses questions qu'il se portait fort bien, prenait un siège sans y être invité, et demeurait impassible pendant que ma grand-mère continuait à écrire ou à me donner ma leçon. Si c'était la leçon de musique, il se levait, se plaçait derrière le clavecin, et y restait immobile jusqu'à la fin.

Lorsque sa présence devenait gênante, on lui disait : « Eh bien, monsieur Demai, désirez-vous quelque chose ? – *Rien de nouveau*, répondait-il, *je cherche la tendresse*. – Est-ce que vous ne l'avez pas trouvée encore, depuis le temps que vous la cherchez ? – Non, disait-il, et pourtant j'ai cherché partout. Je ne sais où elle peut être. – Est-ce que vous l'avez cherchée dans le jardin ? – Non, pas encore », disait-il ; et, frappé d'une idée subite, il allait au jardin, se promenait dans toutes les allées, dans tous les coins, s'asseyait sur l'herbe à côté de nous pour regarder nos jeux d'un air grave, montait chez Deschartres, entrait chez ma mère, et même dans les chambres inhabitées, parcourait toute la maison, ne demandait rien à personne, et se contentait de répondre à qui l'interrogeait qu'il cherchait la tendresse. Les domestiques, pour s'en débarrasser, lui disaient : « Ça ne se trouve pas ici. Allez du côté de La Châtre. Bien sûr, vous la rencontrerez par là. » Quelquefois il avait l'air de comprendre qu'on le traitait comme un enfant. Il soupirait et s'en allait. D'autres fois il avait l'air de croire à ce qu'on lui disait, et regagnait la ville à pas précipités.

Je crois avoir entendu dire qu'il était devenu fou par chagrin d'amour, mais qu'il le serait devenu pour une cause quelconque, parce qu'il y avait d'autres fous dans sa famille. Quoi qu'il en soit, je ne me rappelle pas ce pauvre chercheur de tendresse sans attendrissement. Nous l'aimions, nous autres enfants, sans autre motif que la compassion, car il ne nous disait presque rien, et faisait si peu d'attention à nous, malgré qu'il nous regardât jouer ensemble des heures entières, qu'il ne nous reconnaissait pas les uns d'avec les autres. Il appelait Hippolyte M. Maurice, et demandait souvent à Ursule si elle était mademoiselle Dupin, ou à moi si j'étais Ursule. Nous avions pour son infortune un respect d'instinct, car nous ne l'avons jamais raillé ni évité. Il ne répondait guère aux questions, et semblait se trouver content quand on ne le repoussait ni ne le fuyait. Peut-être eût-il été très curable par un traitement soutenu de douceur, de distractions et d'amitié : mais probablement les soins moraux et intellectuels lui manquaient, car il venait toujours seul et s'en allait de même. Il a fini par se suicider. Du moins on l'a trouvé noyé dans un puits, où sans doute l'infortuné cherchait *la tendresse*, cet introuvable objet de ses douloureuses aspirations.

Ma mère nous quitta au commencement de l'automne. Elle ne pouvait abandonner Caroline, et se voyait forcée de partager sa vie entre ses deux enfants. Elle me raisonna beaucoup pour m'empêcher de vouloir la suivre, j'avais un vif chagrin : mais nous devions tous partir pour Paris à la fin d'octobre. C'était deux mois de séparation tout au plus, et l'effroi qui s'était emparé de moi l'année précédente à l'idée d'une séparation absolue était dissipé par la manière dont j'avais vécu auprès d'elle, presque sans interruption depuis ce temps-là. Elle me fit comprendre que Caroline avait besoin d'elle, que nous serions bientôt réunies à Paris, qu'elle viendrait encore à Nohant l'année suivante, je me soumis.

Ces deux mois se passèrent sans encombre ; je m'habituais aux manières imposantes de ma bonne maman, j'étais devenue assez raisonnable pour obéir sans effort, et elle s'était, de son côté, un peu relâchée envers moi de ses exigences de *bonne tenue*.

À la campagne elle était moins frappée des inconvénients de mon laisser-aller. C'est à Paris qu'en me comparant aux petites poupées du beau monde, elle s'effrayait de mon franc-parler et de mes allures de paysanne. Alors recommençait la petite persécution qui me profitait si peu.

Nous quittâmes Nohant, ainsi qu'on me l'avait promis, aux premiers froids. Il fut décidé qu'on mettrait Hippolyte en pension à Paris pour le dégrossir de ses manières rustiques. Deschartres s'offrit à l'y conduire, à faire choix de l'établissement *destiné au bonheur de posséder un élève si gentil*, et à l'y installer. On lui fit donc un trousseau, et comme il devait aller prendre avec Deschartres la diligence à Châteauroux, il fut convenu que nous traverserions la Brande ensemble, nous dans la voiture, conduite par Saint-Jean et les deux vieux chevaux, Hippolyte et Deschartres à cheval sur les paisibles juments de la ferme. Mais quelques jours avant de partir on s'avisa que pour faire cette partie d'équitation il lui fallait des bottes, car la culotte courte et les bas blancs de la première communion n'étaient plus de saison.

Une paire de bottes ! c'était depuis longtemps le rêve, l'ambition, l'idéal, le tourment du gros garçon. Il avait essayé de s'en faire avec de vieilles tiges à Deschartres et un grand morceau de cuir qu'il avait trouvé dans la remise, peut-être le tablier de quelque cabriolet réformé. Il avait travaillé quatre jours et quatre nuits, taillant, cousant, faisant tremper son cuir dans l'auge des chevaux pour l'amollir, et il avait réussi à se confectionner des chaussures informes, dignes d'un Esquimau, mais qui crevèrent le premier jour qu'il les mit. Ses vœux furent donc comblés quand le cordonnier lui apporta de véritables bottes avec fer au talon et courroies pour recevoir des éperons.

Je crois que c'est la plus grande joie que j'aie vu éprouver à un mortel. Le voyage à Paris, le premier déplacement de sa vie, la course à cheval, l'idée de se séparer bientôt de Deschartres, tout cela n'était rien en comparaison du bonheur d'avoir des bottes. Lui-même met encore cette satisfaction d'enfant dans ses souvenirs au-dessus de toutes celles qu'il a goûtées depuis, et il dit souvent : « Les premières amours ? je crois bien ! Les miennes ont eu pour objet une paire de bottes, et je vous réponds que je me suis trouvé heureux et fier ! »

C'étaient des bottes à la hussarde, selon la mode d'alors, et on les portait par-dessus le pantalon plus ou moins collant. Je les vois encore, car mon frère me les fit tant regarder et tant admirer, bon gré, mal gré, que j'en fus obsédée jusqu'à en rêver la nuit. Il les mit la veille du départ et ne les quitta plus qu'à Paris, car il se coucha avec. Mais il ne put dormir, tant il craignait, non que ses bottes vinssent à déchirer ses draps de lit, mais que ses draps de lit n'enlevassent le brillant de ses bottes. Il se releva donc sur le minuit et vint dans ma chambre pour les examiner à la clarté du feu qui brillait encore dans la cheminée. Ma bonne, qui couchait dans un cabinet voisin, voulut le renvoyer, ce fut impossible. Il me réveilla pour me montrer ses bottes, puis s'assit devant le feu, ne voulant pas dormir, car c'eût été perdre pour quelques instants le sentiment de son bonheur. Pourtant le sommeil vainquit cette ivresse, et quand ma bonne m'éveilla pour partir nous vîmes Hippolyte qui s'était laissé glisser par terre et qui dormait sur le carreau, devant la cheminée.

On partait avant le jour pour arriver à la *Brande* au lever du soleil, afin d'en être sorti à son coucher. Toute une journée pour faire ces quatre ou cinq lieues de traverse ! Ce n'était pas trop avec Saint-Jean, qui ménageait ses bêtes, et ne manquait jamais de se perdre, pour peu qu'il eût bu le coup de l'étrier. Quand, par instinct, ses chevaux suivaient le bon chemin, il s'endormait profondément sur sa selle, et alors gare aux fondrières, et tant pis pour nous !

Heureusement, cette fois nous avions une escorte. Deschartres, qui connaissait bien la route, marchait devant au petit trot, et Hippolyte, sur les flancs, stimulait l'ardeur de nos chevaux et tenait Saint-Jean en haleine.

Je vis peut-être un peu moins ma mère à Paris dans l'hiver de 1811 à 1812. On m'habituait peu à peu à me passer d'elle, et, de son côté, sentant qu'elle se devait davantage à Caroline, qui n'avait pas de bonne maman pour la gâter, elle secondait le désir qu'on éprouvait de me voir prendre mon parti. J'eus, cette fois, des distractions et des plaisirs conformes à mon âge. Ma grand-mère était liée avec madame de Fargès, dont la fille, madame de Pontcarré, avait une fille charmante nommée Pauline.

On nous fit faire connaissance, et nous sommes restées intimement liées jusqu'à l'époque de nos mariages respectifs, qui nous ont éloignées l'une de l'autre, avec des circonstances que je raconterai en leur lieu.

Pauline, qui fut plus tard une ravissante jeune fille, était un enfant blond, mince, un peu pâle, vif, agréable et fort enjoué. Elle avait une magnifique chevelure bouclée, des yeux bleus superbes, des traits réguliers, et, à peu de chose près, le même âge que moi. Comme sa mère était une femme de beaucoup d'esprit, l'enfant n'était point maniéré. Cependant elle avait une *meilleure tenue* que moi, elle marchait plus légèrement et perdait beaucoup moins souvent ses gants et son mouchoir. Aussi ma grand-mère me la proposait-elle pour modèle à toute heure, moyen infaillible pour me la faire détester si j'avais eu l'amour-propre qu'on voulait me donner, et si je n'avais pas eu toute ma vie un besoin irrésistible de m'attacher aux êtres avec lesquels le hasard me fait vivre.

J'aimai donc tendrement Pauline, qui se laissa aimer. C'était là sa nature. Elle était bonne, sincère, aimable, mais froide. J'ignore si elle a changé. Cela m'étonnerait beaucoup.

Nous prenions toutes nos leçons ensemble, et ma grand-mère n'ayant guère le temps, à Paris, de s'occuper de moi dans le détail, madame de Pontcarré eut la bonté de m'associer aux études de Pauline, comme on associait Pauline à mes leçons. Il vint chez nous pour nous deux, trois fois par semaine, un maître d'écriture, un maître de danse, une maîtresse de musique. Les autres jours, madame de Pontcarré venait me chercher, et c'était elle-même qui se donnait la peine de nous faire repasser les principes, et de nous mettre les mains sur son piano. Elle était excellente musicienne et chantait avec beaucoup de feu et de grandeur. Sa belle voix et les brillants accompagnements qu'elle trouvait sur un instrument moins aigre et plus étendu que le clavecin de Nohant augmentèrent mon goût pour la musique. Après la musique, elle nous enseignait la géographie et un peu d'histoire. Pour tout cela elle se servait des méthodes de l'abbé Gaultier, qui étaient en vogue alors, et que je crois excellentes.

C'était une sorte de jeu avec des boules et des jetons comme au loto, et on apprenait en s'amusant. Elle était fort douce et encourageante avec moi : mais, soit que Pauline fût plus distraite, soit le grand désir qu'ont les mères de pousser leurs enfants à de rapides progrès, elle la brutalisait un peu, et lui pinçait même les oreilles d'une façon toute napoléonienne. Pauline pleurait et criait ; mais la leçon arrivait à bonne fin, et, aussitôt après, madame de Pontcarré nous menait promener et jouer chez sa mère, qui avait un appartement au rez-de-chaussée et un jardin, quelque part comme rue de la Ferme-des-Mathurins ou de la Victoire. Je m'y amusais beaucoup, parce que nous y trouvions souvent des enfants, plus âgés que nous, il est vrai, de quelques années, mais qui voulaient bien nous inviter à leur colin-maillard et à leur partie de barres. C'étaient les enfants de madame Debrosse, seconde fille, je crois, de madame de Fargès, par conséquent les cousins de Pauline. Je ne me rappelle du garçon que le nom d'Ernest ; la fille était déjà une assez grande personne relativement à nous. Mais elle était gaie, vive et fort spirituelle. Elle s'appelait Constance et était alors au couvent des Anglaises, où nous avons été depuis Pauline et moi. Il y avait aussi un jeune garçon qui s'appelait Fernand de Prunelet, dont la figure était agréable malgré un énorme nez. Il était le doyen de nos parties de jeu, par conséquent le plus obligeant et le plus tolérant à l'égard des bouderies ou des caprices des deux petites filles. Nous dînions quelquefois tous ensemble, et, après le dîner, on nous laissait nous évertuer dans la salle à manger, où nous faisions grand vacarme. Les domestiques et même les mamans venaient aussi se mêler aux jeux. C'était une sorte de vie de campagne transportée à Paris, et j'avais grand besoin de cela.

Je voyais aussi de temps en temps ma chère Clotilde, avec qui je me querellais beaucoup plus qu'avec Pauline, parce qu'elle répondait davantage à mon affection et ne prenait pas *mes torts* avec la même insouciance. Elle se fâchait quand je me fâchais, s'obstinait quand je lui en donnais l'exemple, et puis après c'étaient des embrassades et des transports de tendresse comme avec Ursule ; mieux encore, car nous avions dormi dans le même berceau, nous avions été nourries du même lait, nos mères donnant le sein à celle de nous qui criait la première ; et quoique depuis nous n'ayons jamais passé beaucoup de temps ensemble, il y a toujours eu entre nous comme un amour du sang plus prononcé encore que le degré de notre parenté ; nous nous considérions dès l'enfance comme deux sœurs jumelles.

Hippolyte était en demi-pension. Dans l'intervalle des heures qu'il passait à la maison et les jours de congé, il prenait la leçon de danse et la leçon d'écriture avec nous. Je dirai quelque chose de nos maîtres, dont je n'ai rien oublié.

M. Gogault, le maître de danse, était danseur à l'Opéra. Il faisait grincer sa pochette [22] et nous tortillait les pieds pour nous les placer en dehors. Quelquefois Deschartres, assistant à la leçon, renchérissait sur le professeur pour nous reprocher de marcher et de danser comme des ours ou des perroquets. Mais nous, qui détestions le marcher prétentieux de Deschartres, et qui trouvions M. Gogault singulièrement ridicule de se présenter dans une chambre comme un zéphire qui va battre un entrechat [23], nous nous hâtions, mon frère et moi, de nous tourner les pieds en dedans aussitôt qu'il était parti ; et, comme il nous les disloquait pour leur faire prendre la *première position*, nous nous les disloquions en sens contraire dans la crainte de rester comme il nous voulait arranger. Nous appelions ce travail en cachette la *sixième position.* On sait que les principes de la danse n'en admettent que cinq.

Hippolyte était d'une maladresse et d'une pesanteur épouvantables, et M. Gogault déclarait que jamais pareil cheval de charrue ne lui avait passé par les *mains.* Ses *changements de pied* ébranlaient toute la maison, ses *battements* entamaient la muraille. Quand on lui disait de relever la tête et de ne pas tendre le cou, il prenait son menton dans sa main et le tenait ainsi en dansant. Le professeur était forcé de rire, tandis que

Deschartres exhalait une sérieuse et véhémente indignation contre l'élève, qui croyait pourtant avoir fait preuve de bonne volonté.

Le maître d'écriture s'appelait M. Lubin[24]. C'était un professeur à grandes prétentions et capable de gâter la meilleure main avec ses systèmes. Il tenait à la position du bras et du corps, comme si écrire était une mimique chorégraphique ; mais tout se tenait dans le genre d'éducation que ma grand-mère voulait nous donner. Il fallait de la *grâce* dans tout. M. Lubin avait donc inventé divers instruments de gêne pour forcer ses élèves à avoir la tête droite, le coude dégagé, trois doigts allongés sur la plume, et le petit doigt étendu sur le papier de manière à soutenir le *poids* de la main. Comme cette régularité de mouvement et cette tension des muscles sont ce qu'il y a de plus antipathique à l'adresse naturelle et à la souplesse des enfants, il avait inventé : 1° pour la tête, une sorte de couronne en baleine ; 2° pour le corps et les épaules, une ceinture qui se rattachait par-derrière à la couronne, au moyen d'une sangle ; 3° pour le coude, une barre de bois qui se vissait à la table ; 4° pour l'index de la main droite, un anneau de laiton soudé à un plus petit anneau dans lequel on passait la plume ; 5° pour la position de la main et du petit doigt, une sorte de socle en buis avec des entailles et des roulettes. Joignez à tous ces ustensiles indispensables à l'étude de la calligraphie, selon M. Lubin, les règles, le papier, les plumes et les crayons, toutes choses qui ne valaient rien si elles n'étaient fournies par le professeur, on verra que le professeur faisait un petit commerce qui le dédommageait un peu de la modicité du prix attribué généralement aux leçons d'écriture.

D'abord toutes ces inventions nous firent beaucoup rire, mais au bout de cinq minutes d'essai, nous reconnûmes que c'était un vrai supplice, que les doigts s'ankylosaient, que le bras se roidissait, et que le bandeau donnait la migraine. On ne voulut pas écouter nos plaintes, et nous ne fûmes débarrassées de

M. Lubin que lorsqu'il eut réussi à nous rendre parfaitement illisibles.

La maîtresse de piano s'appelait madame de Villiers. C'était une jeune femme, toujours vêtue de noir, intelligente, patiente, et de manières distinguées.

J'avais en outre, pour moi seule, une maîtresse de dessin, mademoiselle Greuze, qui se disait fille du célèbre peintre, et qui l'était peut-être. C'était une bonne personne, qui avait peut-être aussi du talent, mais qui ne travaillait guère à m'en donner, car elle m'enseignait, de la manière la plus bête du monde, à faire des hachures avant de savoir dessiner une ligne, et à arrondir de gros vilains yeux avec d'énormes cils qu'il fallait compter un à un avant d'avoir l'idée de l'ensemble d'une figure.

En somme, toutes ces leçons étaient un peu de l'argent perdu. Elles étaient trop superficielles pour nous apprendre réellement aucun art. Elles n'avaient qu'un bon résultat, c'était de nous occuper et de nous faire prendre l'habitude de nous occuper nous-mêmes. Mais il eût mieux valu éprouver nos facultés, et nous tenir ensuite à une spécialité que nous eussions pu acquérir. Cette manière d'apprendre un peu de tout aux demoiselles est certainement meilleure que de ne leur rien apprendre ; c'est encore l'usage, et on appelle cela leur *donner des talents d'agrément*, agrément que nient, par parenthèse, les infortunés voisins condamnés à entendre des journées entières certaines études de chant ou de piano. Mais il me semble que chacune de nous est propre à une certaine chose, et que celles qui, dans l'enfance, ont de l'aptitude pour tout n'en ont pour rien par la suite. Dans ce cas-là, il faudrait choisir et développer l'aptitude qui domine. Quant aux jeunes filles qui n'en ont aucune, il ne faudrait pas les abrutir par des études qu'elles ne comprennent pas et qui parfois les rendent sottes et vaines, de simples et bonnes qu'elles étaient naturellement.

Il y a pourtant à considérer le bon côté en toutes choses, et celui de l'éducation que je critique est de développer simultanément toutes les facultés, par conséquent de compléter l'âme pour ainsi dire. Tout se tient dans l'intelligence comme dans les émotions de l'être humain. C'est un grand malheur que d'être absolument étranger aux jouissances de la peinture lorsqu'on est musicien, et réciproquement. Le poète se complète par le sentiment de tous les arts et n'est pas impunément insensible à un seul. La philosophie des anciens, continuée en partie au moyen âge et pendant la Renaissance, embrassait tous les développements de l'esprit et du corps, depuis la gymnastique jusqu'à la musique, aux langues, etc. Mais c'était un ensemble logique, et la philosophie était toujours au faîte de cet édifice. Les diverses branches de l'instruction se rattachaient à l'arbre de la science, et quand on apprenait la déclamation et les différents modes de la lyre, c'était pour célébrer les dieux, ou pour répandre les chants sacrés des poètes. Cela ne ressemblait guère à ce que nous faisons aujourd'hui en apprenant une sonate ou une romance. Nos arts si perfectionnés sont en même temps profanés dans leur essence, et nous peignons assez bien le peu de dignité de leur usage en les appelant arts d'agrément dans le monde.

L'éducation étant ce qu'elle est, je ne regrette pas que ma bonne grand-mère m'ait forcée de bonne heure à saisir ces différentes notions. Si elles n'ont produit chez moi aucun résultat d'*agrément* pour les autres, elles ont du moins été pour moi-même une source de pures et inaltérables jouissances, et m'étant inculquées dans l'âge où l'intelligence est fraîche et facile, elles ne m'ont causé ni peine ni dégoût.

J'en excepte pourtant la danse, que M. Gogault me rendait ridicule, et le grand art de la calligraphie, que M. Lubin me rendait odieux. Lorsque l'abbé d'Andrezel venait voir ma grand-mère, il entrait quelquefois dans la chambre où nous prenions nos leçons, et à la vue de M. Lubin, il s'écriait : « Salut à M. le professeur de *belles-lettres* ! » titre que M. Lubin, soit qu'il comprît ou non le calembour, acceptait fort gravement. « Ah ! grand Dieu, disait ensuite l'abbé, si on enseignait les véritables belles-lettres à l'aide de carcans, de camisoles de force et d'anneaux de fer, suivant la méthode Lubin, combien de littérateurs nous aurions de moins, mais combien de pédants de plus ! »

Nous occupions alors un très joli appartement rue Thiroux, n° 8 [25]. C'était un entresol assez élevé pour un entresol, et vaste pour un appartement de Paris.

Il y avait, comme dans la rue des Mathurins, un beau salon où l'on n'entrait jamais. La salle à manger donnait sur la rue. Mon piano était entre les deux fenêtres. Mais le bruit des voitures, les cris de Paris, bien plus fréquents et plus variés à cette époque qu'ils ne le sont aujourd'hui, les orgues de Barbarie et le passage des visiteurs me dérangeaient tellement, que je n'étudiais avec aucun plaisir et seulement pour l'acquit de ma conscience.

La chambre à coucher, qui était réellement le salon de ma grand-mère, donnait sur une cour terminée par un jardin et un grand pavillon dans le goût de l'Empire, où demeurait, je crois, un ex-fournisseur des armées. Il nous permettait d'aller courir dans son jardin, qui n'était en réalité qu'un fond de cour planté et sablé, mais où nous trouvions moyen de faire bien du chemin. Au-dessus de nous demeurait madame Perier, fort jolie et pimpante personne, belle-sœur de Casimir Perier [26]. Au second, c'était le général Maison, soldat parvenu, dont la fortune était certainement respectable, mais qui a été un des premiers à abandonner l'empereur en 1814. Ses équipages, ses ordonnances, ses mulets couverts de bagages (je crois qu'il partait pour l'Espagne à cette époque, ou qu'il en revenait) remplissaient la cour et la maison de bruit et de mouvement ; mais ce qui me frappait le plus, c'était sa mère, vieille paysanne qui n'avait rien changé à son costume, à son langage et à ses habitudes de parcimonie rustique ; toute tremblotante et cassée qu'elle était, elle assistait dans la cour, par le plus grand froid, au sciage des bûches et au mesurage du charbon. Elle avait des querelles de l'autre monde avec le concierge, à qui elle arrachait des mains la bûche dite *du portier*, lorsqu'il la choisissait un peu trop grosse. Cela avait son beau et son mauvais côté ; mais je défie que d'ici à longtemps on fasse passer le paysan de la misère à la richesse sans porter son avarice à l'extrême. L'existence de cette pauvre vieille était une fatigue, un souci, une fureur sans relâche.

Nous avons occupé cet appartement de la rue Thiroux jusqu'en 1816. En 1832 ou 33, cherchant à me loger j'ai aperçu un écriteau sur la porte et je suis entrée, espérant que c'était le logement de ma grand-mère qui se trouvait vacant. Mais c'était le pavillon du fond et on en demandait, je crois, dix-huit cents francs, prix beaucoup trop élevé pour mes ressources à cette époque. Je me suis pourtant donné le plaisir d'examiner ce pavillon afin de parcourir la cour plantée, où rien n'était changé, et de voir en face les croisées de la chambre de ma bonne maman, d'où elle me faisait signe de rentrer lorsque je m'oubliais dans le jardin. Tout en causant avec le portier, j'appris que cette maison n'avait pas changé de propriétaire, que ce propriétaire existait toujours et qu'il occupait précisément l'appartement de l'entresol que je convoitais. Je voulus, du moins, avoir la satisfaction de revoir cet appartement, et, sous prétexte de marchander le pavillon, je me fis annoncer à M. *Bucquet*. Il ne me reconnut pas et je ne l'aurais pas reconnu non plus. Je l'avais perdu de vue jeune encore et ingambe. Je retrouvai un vieillard qui ne sortait plus de sa chambre et qui, pour faire apparemment un peu d'exercice commandé par le médecin, avait installé un billard à côté de son lit, dans la propre chambre de ma grand-mère. Du reste, sauf ma chambre qui avait été jointe à un autre appartement, rien n'était changé dans la disposition des autres pièces ; les ornements dans le goût de l'Empire, les plafonds, les portes, les lambris, je crois même le papier de l'antichambre, étaient les mêmes que de mon temps. Mais tout cela était noir, sale, enfumé et puant le caporal, au lieu des exquises senteurs de ma grand-mère. Je fus surtout frappée de la petitesse de la maison, de la cour, du jardin et des chambres, qui jadis me paraissaient si vastes et qui étaient restés ainsi dans mes souvenirs. Mon cœur se serra de retrouver si laide, si triste et si sombre cette habitation toute pleine de mes souvenirs.

J'ai, du moins, encore une partie des meubles qui me retracent mon enfance, et même le grand tapis qui nous amusait tant Pauline et moi. C'est un tapis Louis XV avec des ornements qui tous avaient un nom et un sens pour nous. Tel rond était une île, telle partie du fond un bras de mer à traverser. Une certaine rosace à flammes pourpres était l'enfer, de certaines guirlandes étaient le paradis, et une grande bordure représentant des ananas était la forêt Hercynia. Que de voyages fantastiques, périlleux ou agréables nous avons faits sur ce vieux tapis avec nos petits pieds ! La vie des enfants est un miroir magique, où les objets réels deviennent les riantes images de leurs rêves ; mais un jour arrive où le talisman perd sa vertu, ou bien la glace se brise et les éclats sont dispersés pour ne jamais se réunir.

Tel fut pour moi l'éparpillement de toutes les personnes et de presque toutes les choses qui remplirent ma vie de Paris jusqu'à l'âge de dix-sept ou dix-huit ans. Ma grand-mère et tous ses vieux amis des deux sexes moururent un à un, mes relations changèrent. Je fus oubliée, et j'oubliai moi-même une grande partie des êtres que j'avais vus tous les jours pendant si longtemps ; j'entrai dans une nouvelle phase de ma vie ; qu'on me pardonne donc de trop m'arrêter dans celle qui a disparu pour moi tout entière.

Je voyais de temps en temps les neveux de mon père et la nombreuse famille qui se rattachait à l'aîné surtout, René, celui qui habitait le joli petit hôtel de la rue de Gramont. Je n'ai encore rien dit de ses enfants, afin de ne pas embrouiller mon lecteur dans cette complication de générations, et, au reste, je n'ai rien à dire de son fils Septime, que j'ai peu connu et qui ne m'était point sympathique. Le rêve de ma grand-mère était de me marier avec lui ou avec son cousin Léonce, fils d'Auguste, mais je n'étais pas un parti assez riche pour eux, et je crois que ni eux ni leurs parents n'y songèrent jamais. Les propos des bonnes me mirent de bonne heure, malgré moi, au courant de cette rêverie de ma bonne grand-mère, et c'est une grande sottise de tourmenter les enfants par ces idées de mariage. Je m'en préoccupai longtemps avant l'âge où il eût été nécessaire d'y songer, et cela produisit en moi une grande inquiétude d'esprit. Léonce me plaisait comme un enfant peut plaire à un autre enfant ; il était gai, vif et obligeant. Septime était froid et taciturne, du moins il me semblait tel, parce que je me croyais destinée à lui plus particulièrement, ma grand-mère ayant plus d'amitié pour son père que pour celui de Léonce. Mais que ce fût Léonce ou Septime, j'avais une grande terreur de l'une ou de l'autre union, parce que, depuis la mort de mon père, leurs parents ne voyaient point ma mère et la maltraitaient beaucoup dans leur opinion.

Je pensais donc que mon mariage serait le signal d'une rupture forcée avec ma mère, ma sœur et ma chère Clotilde, et j'étais dès lors si soumise de fait à ma grand-mère, que l'idée de résister à sa volonté ne se présentait pas encore à mon esprit. J'étais donc toujours assez mal à l'aise avec tous les Villeneuve, quoique d'ailleurs je les aimasse beaucoup ; et quelquefois, en jouant chez eux avec leurs enfants, il me venait des envies de pleurer au milieu de mes rires. Appréhensions chimériques, souffrances gratuites ! Personne ne pensait alors à me séparer de ma mère, et ces enfants, plus heureux que moi, ne songeaient guère à enchaîner leur liberté ou la mienne dans l'avenir.

La sœur de Septime, Emma de Villeneuve, aujourd'hui madame de La Roche-Aymon, était une charmante personne, gracieuse, douce et sensible, pour qui j'ai ressenti dès mon enfance une sympathie particulière. J'étais à l'aise avec elle, et pour peu qu'elle eût deviné les idées qui me tourmentaient, je lui aurais ouvert mon cœur au moindre encouragement de sa part. Mais elle était bien loin de penser qu'après avoir ri sur ses genoux et gambadé autour d'elle, je m'en allais pleine de mélancolie, et me reprochant en quelque sorte l'amitié que j'éprouvais pour mes parents paternels, pour ceux que l'on m'avait présentés comme les ennemis de ma mère.

La mère d'Emma et de Septime, madame René de Villeneuve, était une des plus jolies femmes de la cour impériale. Elle était à cette époque dame d'honneur de la reine Hortense. Je la voyais quelquefois le soir avec des robes à queue et des diadèmes à l'antique, ce qui m'éblouissait grandement ; mais je la craignais, je ne sais pourquoi.

René était chambellan du roi Louis. C'est un des hommes les plus aimables que j'aie connus. Je l'ai aimé comme un père jusqu'au moment où tout s'est brisé autour de moi. Et puis, sur ses vieux jours, il m'a appelée dans ses bras, et j'y ai couru de grand cœur. On ne boude pas contre soi-même.

Hippolyte ne fit pas long feu dans la pension où Deschartres l'avait installé. Il y trouva des garçons aussi fous et encore plus malins que lui, qui développèrent si bien ses heureuses dispositions pour le tapage et l'indiscipline que ma grand-mère, voyant qu'il travaillait encore moins qu'à Nohant, le reprit au moment de notre départ.

C'est pendant l'hiver dont je viens de parler que se firent les immenses préparatifs de la campagne de Russie. Dans toutes les maisons où nous allions nous rencontrions des officiers partant pour l'armée et venant faire leurs adieux à leur famille. On n'était pas assuré de pénétrer jusqu'au cœur de la Russie. On était si habitué à vaincre qu'on ne doutait pas d'obtenir satisfaction par des traités glorieux aussitôt qu'on aurait passé la frontière et livré quelques batailles dans les premières marches russes. On se faisait si peu l'idée du climat, que je me souviens d'une vieille dame qui voulait donner toutes ses fourrures à un sien neveu, lieutenant de cavalerie, et cette précaution maternelle le faisait beaucoup rire. Jeune et fier dans son petit dolman pincé et étriqué, il montrait son sabre, et disait que c'était avec cela qu'on se réchauffait à la guerre. La bonne dame lui disait qu'il allait dans un pays toujours couvert de neige ; mais on était au mois d'avril, les jardins fleurissaient, l'air était tiède. Les jeunes gens, et les Français surtout, croient volontiers que le mois de décembre n'arrivera jamais pour eux. Ce fier jeune homme a dû regretter plus d'une fois les fourrures de sa vieille tante lors de la fatale retraite.

Les gens avisés, et Dieu sait qu'il n'en manque point après l'événement, ont prétendu qu'ils avaient tous mal auguré de cette gigantesque entreprise, qu'ils avaient blâmé Napoléon comme un conquérant téméraire, enfin qu'ils avaient eu le pressentiment de quelque immense désastre. Je n'en crois rien, ou du moins je n'ai jamais entendu exprimer ces craintes, même chez les personnes ennemies, par système ou par jalousie, des grandeurs de l'Empire. Les mères qui voyaient partir leurs enfants se plaignaient de l'infatigable activité de l'empereur, et se livraient aux inquiétudes et aux regrets personnels inévitables en pareil cas. Elles maudissaient le *conquérant*, l'*ambitieux*, mais jamais je ne vis chez elles le moindre doute du succès, et j'entendais tout, je comprenais tout à cette époque. La pensée que Napoléon pût être vaincu ne se présenta jamais qu'à l'esprit de ceux qui le trahissaient. Ils savaient bien que c'était le seul moyen de le vaincre. Les gens prévenus, mais honnêtes, avaient en lui, tout en le maudissant, la confiance la plus absolue, et j'entendais dire à une des amies de ma grand-mère : « Eh bien, quand nous aurons pris la Russie, qu'est-ce que nous en ferons ? »

D'autres disaient qu'il méditait la conquête de l'Asie ; et que la campagne de Russie n'était qu'un premier pas vers la Chine. « Il veut être le maître du monde, s'écriait-on, et il ne respecte les droits d'aucune nation. Où s'arrêtera-t-il ? Quand se trouvera-t-il satisfait ? C'est intolérable, tout lui réussit. »

Et personne ne disait qu'il pouvait éprouver des revers et faire payer cher à la France la gloire dont il l'avait enivrée.

Nous revînmes à Nohant avec le printemps de 1812 ; ma mère vint passer une partie de l'été avec nous, et Ursule, qui retournait tous les hivers chez ses parents, me fut rendue à ma grande joie, et à la sienne aussi. Outre l'affection qu'Ursule avait pour moi, elle adorait Nohant. Elle était plus sensible que moi au bien-être, et elle jouissait plus que moi de la liberté, puisque, sauf quelques leçons de couture et de calcul que lui donnait sa tante Julie, elle était livrée à une complète indépendance. Je dois dire qu'elle n'en abusait pas, et que par caractère elle était laborieuse. Ma mère lui apprenait à lire et à écrire, et tandis que je prenais mes autres leçons avec Deschartres ou avec ma bonne maman, bien loin de songer à aller courir, elle restait auprès de ma mère, qu'elle adorait et qu'elle entourait des plus tendres soins. Elle savait se rendre utile, et ma mère regrettait de n'avoir pas le moyen de l'emmener à Paris pendant l'hiver.

Ce maudit hiver était le désespoir de ma pauvre Ursule. Toute différente de moi en ceci, elle se croyait exilée quand elle retournait dans sa famille. Ce n'est pas que ses parents fussent dans la misère. Son père était chapelier et gagnait assez d'argent, surtout dans les foires, où il allait vendre des chapeaux à pleines charretées aux paysans. Sa femme, pour aider à son débit, tenait ramée [27] dans ces foires ; mais ils avaient beaucoup d'enfants, et de la gêne, par conséquent.

Ursule ne pouvait supporter sans se plaindre ce changement annuel de régime et d'habitudes. On pensa que le *richement* menaçait de lui tourner la tête, on commença à regretter de lui avoir fait manger *son pain blanc le premier*, et on parla de la reprendre et de la mettre en apprentissage pour lui donner une profession. Je ne voulais pas entendre parler de cela, et ma grand-mère hésita quelque temps. Elle avait quelque désir de garder Ursule, disant qu'un jour elle pourrait gouverner ma maison et s'y rendre utile en ne cessant pas d'être heureuse ; mais il y avait du temps jusque-là ; on ne savait ce qui pourrait arriver, et Ursule n'était pas d'un caractère à être jamais une *fille de chambre*. Elle avait trop de fierté, de franchise et d'indépendance pour faire penser qu'elle se plierait aux volontés des autres pour de l'argent. Il lui fallait une *fonction* et non un service domestique. C'était donc une position à lui assurer dans une famille qu'elle aimerait et dont elle serait aimée. Si, par quelque événement imprévu, la nôtre venait à lui manquer, que deviendrait-elle, sans profession acquise et avec l'habitude du bien-être ? Mademoiselle Julie pensait judicieusement que la pauvre enfant serait horriblement malheureuse, et elle insista pour qu'on ne la laissât pas plus longtemps s'accoutumer à ce *chez nous* dont le souvenir la tourmentait si fort en notre absence. Ma grand-mère céda, et il fut décidé qu'Ursule s'en irait tout à fait au moment où nous repartirions pour Paris, mais que jusque-là on ne ferait part de cette résolution ni à elle ni à moi, afin de ne pas troubler notre bonheur présent. C'était en effet la fin de mon bonheur qui approchait ; avec Ursule je devais bientôt perdre la présence assidue de ma mère et tomber sous le joug et dans la société des femmes de chambre.

Cet été de 1812 fut donc encore sans nuage. Tous les dimanches, les trois sœurs d'Ursule venaient passer la journée avec nous. L'aînée, qu'on appelait de son nom de famille féminisé[28], selon la coutume du pays, était une belle personne, d'une bonté angélique et à laquelle j'ai conservé une grande sympathie de cœur ; elle nous chantait des rondes, nous enseignait le *cob*, la *marelle*, les *évalines*, le *traîne-balin*, l'*aveuglat**, enfin tous les jeux du Berry dont le nom est aussi ancien que l'usage, et qu'on ne retrouverait même pas tous dans l'immense nomenclature des jeux d'enfants rapportés dans le *Gargantua*.

Toutes ces amusettes nous passionnaient. La maison, le jardin et le petit bois retentissaient de nos

* L'*aveuglat* est une sorte de colin-maillard. Le *cob* et les *évalines* sont une manière de jouer aux osselets avec une grosse bille de marbre. Le *traîne-balin* s'appelle, je crois, les *petits paquets* à Paris. La marelle doit être connue dans beaucoup de provinces ; elle est expliquée dans les notes du *Gargantua* par Esmangard. Un grave antiquaire du Berry s'est donné la peine de composer un ouvrage sur l'étymologie du mot *évaline*. Il n'a pas osé se risquer pour le *cob*. Cela devenait sans doute trop ardu et trop sérieux (NdA).

jeux et de nos rires. Mais vers la fin de la journée j'en avais assez, et s'il avait fallu passer ainsi deux journées de suite, je n'aurais pas pu y tenir. J'avais déjà pris l'habitude du travail, et je souffrais d'une sorte d'ennui indéfinissable au milieu de mes amusements. Pour rien au monde je ne me serais avoué à moi-même que je regrettais ma leçon de musique ou d'histoire, et pourtant elle me manquait à mon insu. Mon cerveau, abandonné à la dérive au milieu de ces plaisirs enfantins et de cette activité sans but, arrivait à la satiété ; et n'eût été la joie de revoir ma chère *Godignonne*, j'aurais désiré, le dimanche soir, que les sœurs d'Ursule ne revinssent pas le dimanche suivant ; mais le dimanche suivant, ma gaieté et mon ardeur au jeu revenaient dès le matin, et duraient encore une partie de la journée.

Nous eûmes cette année-là une nouvelle visite de mon oncle de Beaumont, et la fête de ma bonne maman fut de nouveau préparée avec des *surprises*. Nous n'étions déjà plus assez naïves et assez confiantes en nous-mêmes pour désirer de jouer la comédie. Mon oncle se contenta de faire des couplets sur l'air de la *Pipe de tabac*, que je dus chanter à déjeuner en présentant mon bouquet. Ursule eut un long compliment en prose, moitié sérieux, moitié comique, à dégoiser. Hippolyte dut jouer sans faire une seule faute le menuet de Fischer sur le flageolet, et même il eut l'honneur, ce jour-là, de souffler et de cracher dans le flageolet d'ébène de Deschartres.

Les visites que nous recevions et que nous rendions me mettaient en rapport avec de jeunes enfants qui sont restés les amis de toute ma vie. Le capitaine Fleury, dont il est question dans les premières lettres de mon père, avait un fils et une fille. La fille, charmante et excellente personne, est morte peu d'années après son mariage ; son frère Alphonse est resté un frère pour moi. M. et madame Duvernet, les amis de mon père et les compagnons de ses joyeux essais dramatiques en 1797, avaient un fils que je n'ai guère perdu de vue depuis qu'il est au monde, et que j'appelle aujourd'hui mon vieux ami, bien qu'il soit plus jeune que moi. Enfin notre plus proche voisin habitait et habite encore un joli château de la Renaissance, ancienne appartenance de Diane de Poitiers. Ce voisin, M. Papet, amenait sa femme et ses enfants passer la journée chez nous, et son fils Gustave était encore en robe quand nous fîmes connaissance. Voilà trois pères de famille que j'ai connus en petits jupons et en bourrelets, que j'ai pris dans mes bras déjà robustes pour leur faire cueillir des cerises aux arbres de mon jardin, qui m'ont tyrannisée des journées entières (car dès mon enfance j'ai aimé les petits enfants avec une passion maternelle), et qui, souvent depuis, se sont crus pourtant plus raisonnables que moi. Les deux aînés sont déjà un peu chauves et moi je grisonne. J'ai peine aujourd'hui à leur persuader qu'ils sont des enfants, et ils ne se souviennent plus des innombrables *méfaits* que j'ai à leur reprocher. Il est vrai que des amitiés de quarante ans ont pu réparer bien des sottises, robes déchirées, joujoux cassés, exigences furibondes ; j'en passe, et des meilleures ! C'était un peu ma faute, et je ne pouvais pas m'empêcher de rire, avec mon frère et Ursule, de leurs turpitudes. Il n'y avait pas si longtemps que nous les trouvions charmantes à commettre pour notre propre compte.

Au milieu de nos jeux et de nos songes dorés, les nouvelles de Russie vinrent, à l'automne, jeter des notes lugubres et faire passer sous nos yeux hallucinés des images effrayantes et douloureuses. Nous commencions à écouter la lecture des journaux, et l'incendie de Moscou me frappa comme un grand acte de patriotisme. Je ne sais pas aujourd'hui s'il faut juger ainsi cette catastrophe. La manière dont les Russes nous faisaient la guerre est, à coup sûr, quelque chose d'inhumain et de farouche qui ne peut pas avoir d'analogue chez les nations libres. Dévaster ses propres champs, brûler ses maisons, affamer de vastes contrées pour livrer au froid et à la faim une armée d'invasion serait héroïque de la part d'une population qui agirait ainsi de son propre mouvement ; mais le czar russe, qui ose dire, comme Louis XIV, *l'État, c'est moi*, ne consultait pas les populations esclaves de la Russie. Il les arrachait de leurs demeures, il dévastait leurs terres, il les faisait chasser devant ses armées comme de misérables troupeaux, sans les consulter, sans s'inquiéter de leur laisser un asile, et ces malheureux eussent été infiniment moins opprimés, moins ruinés et moins désespérés par notre armée victorieuse, qu'ils ne le furent par leur propre armée obéissant aux ordres sauvages d'une autorité sans merci, sans entrailles, sans notion aucune du droit humain.

En supposant que Rostopchin[29] eût pris conseil avant de brûler Moscou, de quelques riches et puissantes familles, la population de cette vaste cité n'en eut pas moins l'obligation de subir le sacrifice de ses maisons et de ses biens, et il est permis de douter qu'elle y eût consenti unanimement, si elle eût pu être consultée, si elle eût eu des réclamations à faire entendre, des droits à faire valoir. La guerre de Russie, c'est le navire battu de l'orage qui jette à l'eau sa cargaison pour alléger son lest. Le czar, c'est le capitaine ; les ballots qu'on submerge, c'est le peuple, le navire qu'on sauve, c'est la politique du souverain. Si jamais autorité a méprisé profondément et compté pour rien la vie et la propriété des hommes, c'est dans les monarchies absolues qu'il faut aller chercher l'idéal d'un pareil système. Mais l'autorité de Napoléon recommença, dès ce moment de nos désastres en Russie, à représenter l'individualité, l'indépendance et la dignité de la France. Ceux qui en jugèrent autrement pendant la lutte de nos armées avec la coalition tombèrent dans une erreur fatale. Les uns, ceux qui se préparaient à trahir, commirent sciemment ce mensonge envers la conscience publique. D'autres, les pères du *libéralisme* naissant, y tombèrent probablement de bonne foi. Mais l'histoire commence à faire justice de leur rôle en cette affaire. Ce n'était pas le moment de s'aviser des empiétements de l'empereur sur nos libertés politiques, lorsque le premier représentant de notre libéralisme allait être le Russe Alexandre[30].

J'avais donc huit ans quand j'entendis débattre pour la première fois ce redoutable problème de l'avenir de la France. Jusque-là je regardais ma nation comme invincible, et le trône impérial comme celui de Dieu même. On suçait avec le lait, à cette époque, l'orgueil de la victoire. La chimère de la noblesse s'était agrandie, communiquée à toutes les classes. Naître Français, c'était une illustration, un titre. L'aigle était le blason de la nation tout entière.

## V

*L'armée et l'empereur perdus pendant quinze jours. – Vision. – Un mot de l'empereur sur mon père. – Les prisonniers allemands. – Les Tyroliennes. – Séparation d'avec Ursule. – Le tutoiement. – Le grand lit jaune. – La tombe de mon père. – Les jolis mots de M. de Talleyrand. – La politique des vieilles comtesses. – Un enfant patriote. – Autre vision. – Madame de Bérenger et ma mère. – Les soldats affamés en Sologne. – L'aubergiste* jacobin. *– Maladie de ma grand-mère. – Madame de Bérenger dévaste notre jardin. – Le corset. –* Lorette *de Bérenger. – Entrée des alliés à Paris. – Opinion de ma grand-mère sur les Bourbons. – Le boulet de canon. – Les belles dames et les Cosaques.*

Les enfants s'impressionnent à leur manière des faits généraux et des malheurs publics. On ne parlait d'autre chose autour de nous que de la campagne de Russie, et pour nous c'était quelque chose d'immense et de fabuleux comme les expéditions d'Alexandre dans l'Inde.

Ce qui nous frappa extrêmement, c'est que pendant quinze jours, si je ne me trompe, on fut sans nouvelles de l'empereur et de l'armée. Qu'une masse de trois cent mille hommes, que Napoléon, l'homme qui remplissait l'univers de son nom et l'Europe de sa présence, eussent ainsi disparu comme un pèlerin que la neige engloutit, et dont on ne retrouve pas même le cadavre, c'était pour moi un fait incompréhensible. J'avais des rêves bizarres, des élans d'imagination qui me donnaient la fièvre et remplissaient mon sommeil de fantômes. Ce fut alors qu'une singulière fantaisie, qui m'est restée longtemps après, commença à s'emparer de mon cerveau excité par les récits et les commentaires qui frappaient mes oreilles. Je me figurais, à un certain moment de ma rêverie, que j'avais des ailes, que je franchissais l'espace, et que, ma vue plongeant sur les abîmes de l'horizon, je découvrais les vastes neiges, les steppes sans fin de la Russie blanche ; je planais, je m'orientais dans les airs, je découvrais enfin les colonnes errantes de nos malheureuses légions ; je les guidais vers la France, je leur montrais le chemin, car ce qui me tourmentait le plus, c'était de me figurer qu'elles ne savaient où elles étaient et qu'elles s'en allaient vers l'Asie, s'enfonçant de plus en plus dans les déserts, en tournant le dos à l'Occident. Quand je revenais à moi-même, je me sentais fatiguée et brisée par le long vol que j'avais fourni, mes yeux étaient éblouis par la neige que j'avais regardée ; j'avais froid, j'avais faim, mais j'éprouvais une grande joie d'avoir sauvé l'armée française et son empereur.

Enfin, vers le 25 décembre nous apprîmes que Napoléon était à Paris. Mais son armée restait derrière lui, engagée encore pour deux mois dans une retraite horrible, désastreuse. On ne sut officiellement les souffrances et les malheurs de cette retraite qu'assez longtemps après. L'empereur à Paris, on croyait tout sauvé, tout réparé. Les bulletins de la grande armée et les journaux ne disaient qu'une partie de la vérité. Ce fut par les lettres particulières, par les récits de ceux qui échappèrent au désastre, qu'on put se faire une idée de ce qui s'était passé.

Parmi les familles que ma grand-mère connaissait, il y eut un jeune officier qui était parti à seize ans pour cette terrible campagne. Il grandit de toute la tête au milieu de ces marches forcées et de ces fatigues inouïes. Sa mère, n'entendant plus parler de lui, le pleurait. Un jour, une espèce de brigand d'une taille colossale et bizarrement accoutré se précipite dans sa chambre, tombe à ses genoux et la presse dans ses bras. Elle crie de peur d'abord, et bientôt de joie. Son fils avait près de six pieds *. Il avait une longue barbe noire, et en guise de pantalon, un jupon de femme, la robe d'une pauvre vivandière tombée gelée au milieu du chemin.

Je crois que c'est ce même jeune homme qui eut peu de temps après un sort pareil à celui de mon père. Sorti sain et sauf des extrêmes périls de la guerre, il se tua à la promenade ; son cheval emporté vint se briser avec lui contre le timon d'une charrette. L'empereur, ayant appris cet accident, dit d'un ton brusque : « Les mères de famille prétendent que je fais tuer tous leurs enfants à la guerre, en voilà un pourtant dont je n'ai pas à me reprocher la mort. C'est comme M. Dupin ! Est-ce encore ma faute si celui-là a été tué par un mauvais cheval ? »

Ce rapprochement entre M. de *** et mon père montre la merveilleuse mémoire de l'empereur. Mais à quel propos se plaignait-il ainsi de la haine des mères de famille ? C'est ce que je n'ai pu savoir. Je ne me souviens pas de l'époque précise de la catastrophe de M. de ***. Ce devait être dans un moment où la France aristocratique abandonnait la cause de l'empereur, et où celui-ci faisait d'amères réflexions sur sa destinée.

Il m'est impossible de me rappeler si nous allâmes à Paris dans l'hiver de 1812 à 1813. Cette partie de mon existence est tout à fait sortie de ma mémoire. Je ne saurais dire non plus si ma mère vint à Nohant dans l'été de 1813. Il est probable que oui, car dans le cas contraire j'aurais eu du chagrin, et je me souviendrais.

Le calme s'était rétabli dans ma tête à l'endroit de la politique. L'empereur était reparti de Paris, la guerre

* On assurait qu'il avait grandi d'un pied pendant la campagne (NdA).

avait recommencé en avril. Cet état de guerre extérieure était alors comme un état normal, et on ne s'inquiétait que lorsque Napoléon n'agissait pas d'une manière ostensible. On l'avait dit abattu et découragé après son retour de Moscou. Le découragement d'un seul homme, c'était encore le seul malheur public qu'on voulût admettre et qu'on osât prévoir. Dès le mois de mai les victoires de Lutzen, Dresde et Bautzen relevèrent les esprits. L'armistice dont on parlait me parut la sanction de la victoire. Je ne pensais plus à avoir des ailes et à voler au secours de nos légions. Je repris mon existence de jeux, de promenades et d'études faciles.

Dans le courant de l'été, nous eûmes un passage de prisonniers. Le premier que nous vîmes fut un officier qui s'était assis au bord de la route, sur le seuil d'un petit pavillon qui ferme notre jardin de ce côté-là. Il avait un habit de drap fin, de très beau linge, des chaussures misérables, et un portrait de femme attaché à un ruban noir sur sa poitrine. Nous le regardions curieusement mon frère et moi, tandis qu'il examinait ce portrait d'un air triste, mais nous n'osâmes pas lui parler. Son domestique vint le rejoindre. Il se leva et se remit en route sans faire attention à nous. Une heure après, il passa un groupe assez considérable d'autres prisonniers. Ils se dirigeaient sur Châteauroux. Personne ne les conduisait ni les surveillait. Les paysans les regardaient à peine.

Le lendemain, comme nous jouions mon frère et moi auprès du pavillon, un de ces pauvres diables vint à passer. La chaleur était accablante. Il s'arrêta et s'assit sur cette marche du pavillon qui offrait aux passants un peu d'ombre et de fraîcheur. Il avait une bonne figure de paysan allemand, lourde, blonde et naïve. Cela nous enhardit à lui parler, mais il nous répondit : « Moi pas comprend. » C'était tout ce qu'il savait dire en français. Alors je lui demandai par signes s'il avait soif. Il me répondit en me montrant l'eau du fossé d'un air d'interrogation. Nous lui fîmes comprendre qu'elle n'était pas bonne à boire, et qu'il eût à nous attendre. Nous courûmes lui chercher une bouteille de vin et un énorme morceau de pain, sur lesquels il se précipita avec des exclamations de joie et de reconnaissance, et quand il se fut restauré, il nous tendit la main à plusieurs reprises. Nous pensions qu'il voulait de l'argent, et nous n'en avions pas. J'allais en demander pour lui à ma grand-mère, lorsqu'il devina ma pensée. Il me retint, et nous fit entendre que ce qu'il voulait de nous, c'était une poignée de main. Il avait les yeux pleins de larmes, et après avoir bien cherché, il vint à bout de nous dire : *Enfants très pons !*

Nous revînmes tout attendris raconter à ma bonne maman notre aventure. Elle se prit à pleurer, songeant au temps où son fils avait eu un sort pareil chez les Croates. Puis, comme de nouvelles colonnes de prisonniers paraissaient sur la route, elle fit porter au pavillon une pièce de vin du pays et une provision de pain. Nous en prîmes possession, mon frère et moi, et nous eûmes récréation toute la journée, afin de pouvoir remplir l'office de cantiniers jusqu'au soir. Ces pauvres gens étaient d'une grande discrétion, d'une douceur parfaite, et nous montraient une vive reconnaissance pour ce pauvre morceau de pain et ce verre de vin offerts en passant, sans cérémonie. Ils paraissaient touchés surtout de voir deux enfants leur faire les honneurs, et pour nous remercier, ils se groupaient en chœur et nous chantaient des tyroliennes qui me charmèrent. Je n'avais jamais entendu rien de semblable. Ces paroles étrangères, ces voix justes chantant en parties, et cette classique vocalisation gutturale qui marque le refrain de leurs airs nationaux étaient alors choses très nouvelles en France, et ce n'est pas sur moi seulement qu'elles produisirent de l'effet. Tous les prisonniers allemands internés dans nos provinces y furent traités avec la douceur et l'hospitalité naturelles autrefois au Berrichon ; mais ils durent à leurs chants et à leur talent pour la valse plus de sympathie et de bons traitements que la pitié ne leur en eût assuré. Ils furent les compagnons et les amis de toutes les familles où ils s'établirent ; quelques-uns même s'y marièrent.

Je crois bien que cette année-là fut la première que je passai à Nohant sans Ursule. Probablement nous avions été à Paris pendant l'hiver, et, à mon retour, la séparation était un fait préparé et accompli, car je ne me rappelle pas qu'il ait amené de la surprise et des larmes. Je sais que cette année-là, ou la suivante, Ursule venait me voir tous les dimanches, et nous étions restées tellement liées, que je ne passais pas un samedi sans lui écrire une lettre pour lui recommander de venir le lendemain, et pour lui envoyer un petit cadeau. C'était toujours quelque niaiserie de ma façon, un ouvrage en perles, une découpure en papier, un bout de broderie. Ursule trouvait tout cela magnifique et en faisait des reliques d'amitié.

Ce qui me surprit et me blessa beaucoup, c'est que tout d'un coup elle cessa de me tutoyer. Je crus qu'elle ne m'aimait plus, et quand elle m'eut protesté de son attachement, je crus que c'était une taquinerie, une obstination, je ne sais quoi enfin, mais cela me parut une insulte gratuite, et, pour me consoler, il fallut qu'elle m'avouât que sa tante Julie lui avait solennellement défendu de rester avec moi sur ce pied de familiarité inconvenante. Je courus en demander raison à ma grand-mère, qui confirma l'arrêt en me disant que je comprendrais plus tard combien cela était nécessaire. J'avoue que je ne l'ai jamais compris.

J'exigeai qu'Ursule me tutoyât quand nous serions tête à tête. Mais comme à ce compte elle n'eût pu guère prendre l'habitude qu'on lui imposait, et qu'elle fut grondée pour avoir laissé échapper en présence de sa tante quelque *tu* au lieu de *vous* en parlant à ma personne, je fus forcée de consentir à ce qu'elle perdît avec moi cette douce et naturelle familiarité. Cela me fit souffrir longtemps, et même j'essayai de lui donner du *vous* pour rétablir l'égalité entre nous. Elle en ressentit beaucoup de chagrin. « Puisqu'on ne vous défend pas de me tutoyer, me disait-elle, ne m'ôtez pas ce plaisir-là ; car, au lieu d'un chagrin, ça m'en ferait deux. » Alors, comme nous étions assez savantes pour nous amuser des mots de notre première enfance :

« Tu vois, lui disais-je, ce que c'est que ce maudit *richement*, que tu voulais me faire aimer et que je n'aimerai jamais. Cela ne sert qu'à vous empêcher d'être aimé. – Ne croyez pas cela de moi, disait Ursule, vous serez toujours ce que j'aimerai le mieux au monde ; que vous soyez riche ou pauvre, ça m'est bien égal. » Cette excellente fille, qui vraiment m'a tenu parole, apprenait l'état de tailleuse, où elle est devenue fort habile. Bien loin d'être paresseuse et prodigue, comme on craignait qu'elle ne le devînt, elle est une des femmes les plus laborieuses et les plus raisonnables que je connaisse.

Je crois me rappeler positivement maintenant que ma mère passa cet été-là avec moi et que j'eus du chagrin, parce que jusqu'alors j'avais couché dans sa chambre quand elle était à Nohant, et que pour la première fois cette douceur me fut refusée. Ma grand-mère me disait trop grande pour dormir sur un sofa, et, en effet, le petit lit de repos qui m'avait servi devenait trop court. Mais le grand lit jaune qui avait vu naître mon père et qui était celui de ma mère à Nohant (le même dont je me sers encore) avait six pieds de large, et c'était une fête pour moi quand elle me permettait d'y dormir avec elle. J'étais là comme un oisillon dans le sein maternel ; il me semblait que j'y dormais mieux et que j'y avais de plus jolis rêves.

Malgré la défense de la bonne maman, j'eus pendant deux ou trois soirs la patience d'attendre sans dormir, jusqu'à onze heures, que ma mère fût rentrée dans sa chambre. Alors je me levais sans bruit, je quittais la mienne sur la pointe de mes pieds nus, et j'allais me blottir dans les bras de ma petite mère, qui n'avait pas le courage de me renvoyer, et qui elle-même était heureuse de s'endormir avec ma tête sur son épaule. Mais ma grand-mère eut des soupçons, ou fut avertie par mademoiselle Julie, son lieutenant de police. Elle monta et me surprit au moment où je m'échappais de ma chambre ; Rose fut grondée pour avoir fermé les yeux sur mes escapades. Ma mère entendit du bruit et sortit dans le corridor. Il y eut des paroles assez vives échangées ; ma grand-mère prétendait que ce n'était ni sain ni *chaste* qu'une fille de neuf ans dormît à côté de sa mère. Vraiment elle était fâchée et ne savait pas ce qu'elle disait, car rien n'est plus chaste et plus sain, au contraire. J'étais si chaste, quant à moi, que je ne comprenais même pas bien le sens du mot chasteté. Tout ce qui pouvait en être le contraire m'était inconnu. J'entendis ma mère qui répondait : « Si quelqu'un manque de chasteté, c'est vous pour avoir de pareilles idées ! C'est en parlant trop tôt de cela aux enfants qu'on leur ôte l'innocence de leur esprit, et je vous assure bien que si c'est comme cela que vous comptez élever ma fille, vous auriez mieux fait de me la laisser. Mes caresses sont plus honnêtes que vos pensées. »

Je pleurai toute la nuit. Il me semblait être attachée physiquement et moralement à ma mère par une chaîne de diamant que ma grand-mère voulait en vain s'efforcer de rompre, et qui ne faisait que se resserrer autour de ma poitrine jusqu'à m'étouffer.

Il y eut beaucoup de froideur et de tristesse dans les relations avec ma grand-mère pendant quelques jours. Cette pauvre femme voyait bien que plus elle essayait de me détacher de ma mère, plus elle perdait elle-même dans mon affection, et elle n'avait d'autre ressource que de se réconcilier avec elle pour se réconcilier avec moi. Elle me prenait dans ses bras et sur ses genoux pour me caresser, et je lui fis grand-peine la première fois en m'en dégageant et en lui disant : « Puisque ce n'est pas chaste, je ne veux pas embrasser. » Elle ne répondit rien, me posa à terre, se leva et quitta sa chambre avec plus de précipitation qu'elle ne paraissait capable d'en mettre dans ses mouvements.

Cela m'étonna, m'inquiéta même après un moment de réflexion, et je n'eus pas de peine à la rejoindre dans le jardin ; je la vis prendre l'allée qui longe le mur du cimetière et s'arrêter devant la tombe de mon père. Je ne sais pas si j'ai dit déjà que mon père avait été déposé dans un petit caveau pratiqué sous le mur du cimetière, de manière que la tête reposât dans le jardin et les pieds dans la terre consacrée. Deux cyprès et un massif de rosiers et de lauriers francs marquent cette sépulture, qui est aussi aujourd'hui celle de ma grand-mère.

Elle était donc arrêtée devant cette tombe, qu'elle avait bien rarement le courage d'aller regarder, et elle pleurait amèrement. Je fus vaincue, je m'élançai vers elle, je serrai ses genoux débiles contre ma poitrine et je lui dis une parole qu'elle m'a bien souvent rappelée depuis : « Grand-mère, c'est moi qui vous consolerai. » Elle me couvrit de larmes et de baisers et alla sur-le-champ trouver ma mère avec moi. Elles s'embrassèrent sans s'expliquer autrement, et la paix revint pendant quelque temps.

Mon rôle eût été de rapprocher ces deux femmes et de les mener, à chaque querelle, s'embrasser sur la tombe de mon père. Un jour vint où je le compris et où je l'osai. Mais j'étais trop enfant à l'époque que je raconte pour rester impartiale entre elles deux ; je crois même qu'il m'eût fallu une grande dose de froideur ou d'orgueil pour juger avec calme laquelle avait le plus tort ou le plus raison dans leurs dissidences, et j'avoue qu'il m'a fallu trente ans pour y voir bien clair et pour chérir presque également le souvenir de l'une et de l'autre.

Je crois que ce qui précède date de l'été de 1813, je ne l'affirmerais pourtant pas, parce qu'il y a là une sorte de lacune dans mes souvenirs : mais si je me trompe de date, il importe peu. Ce que je sais, c'est que cela n'est pas arrivé plus tard.

Nous fîmes un très court séjour à Paris l'hiver suivant. Dès le mois de janvier 1814, ma grand-mère, effrayée des rapides progrès de l'invasion, vint se réfugier à Nohant, qui est le point le plus central pour ainsi dire de la France, par conséquent le plus à l'abri des événements politiques.

Je crois que nous en étions parties au commencement de décembre, et qu'en faisant ses préparatifs pour une absence de trois à quatre mois, comme les autres années, ma grand-mère ne prévoyait nullement la chute prochaine de l'empereur et l'entrée des étrangers dans Paris. Il y était de retour, lui, depuis le

7 novembre, après la retraite de Leipzig. La fortune l'abandonnait. On le trahissait, on le trompait de toutes parts. Quand nous arrivâmes à Paris, le *nouveau mot* de M. de Talleyrand courait les salons : « C'est, disait-il, *le commencement de la fin.* » Ce mot, que j'entendais répéter dix fois par jour, c'est-à-dire par toutes les visites qui se succédaient chez ma grand-mère, me sembla niais d'abord, et puis triste, et puis odieux. Je demandai ce que c'était que M. de Talleyrand, j'appris qu'il devait sa fortune à l'empereur, et je demandai si son mot était un regret ou une plaisanterie. On me dit que c'était une moquerie et une menace, que l'empereur le méritait bien, qu'il était un ambitieux, un monstre. « En ce cas, demandai-je, pourquoi est-ce que ce Talleyrand a accepté quelque chose de lui [31] ? »

Je devais avoir bien d'autres surprises. Tous les jours j'entendais louer des actes de trahison et d'ingratitude. La politique des *vieilles comtesses* me brisait la tête. Mes études et mes jeux en étaient troublés et attristés.

Pauline n'était pas venue à Paris cette année-là, elle était restée en Bourgogne avec sa mère, qui, toute femme d'esprit qu'elle était, donnait dans la réaction jusqu'à la rage et attendait les alliés comme le Messie. Dès le jour de l'an, on parla de Cosaques qui avaient franchi le Rhin, et la peur fit taire la haine un instant. Nous allâmes faire visite à une des amies de ma grand-mère vers le Château-d'Eau, c'était, je crois, chez madame Dubois. Il y avait plusieurs personnes, et des jeunes gens qui étaient ses petits-fils ou ses neveux. Parmi ces jeunes gens, je fus frappée du langage d'un garçonnet de treize ou quatorze ans, qui, à lui seul, tenait tête à toute sa famille et à toutes les personnes en visite. « Comment, disait-il, les Russes, les Prussiens, les Cosaques sont en France et viennent sur Paris ? Et on les laissera faire ? – Oui, mon enfant, disaient les autres, tous ceux qui pensent bien les laisseront faire. Tant pis pour le tyran, les étrangers viennent pour le punir de son ambition et pour nous débarrasser de lui. – Mais ce sont des étrangers ! disait le brave enfant, et par conséquent nos ennemis. Si nous ne voulons plus de l'empereur, c'est à nous de le renvoyer nous-mêmes ; mais nous ne devons pas nous laisser faire la loi par nos ennemis, c'est une honte. Il faut nous battre contre eux ! » On lui riait au nez. Les autres grands jeunes gens, ses frères ou ses cousins, lui conseillaient de prendre un grand sabre et de partir à la rencontre des Cosaques. Cet enfant eut des élans de cœur admirables dont tout le monde se moqua, dont personne ne lui sut gré, si ce n'est moi, enfant qui n'osais dire un mot devant cet auditoire à peu près inconnu, et dont le cœur battait pourtant d'une émotion subite à l'idée enfin clairement énoncée devant moi du déshonneur de la France. « Oui, moquez-vous, disait le jeune garçon, dites tout ce que vous voudrez ; mais qu'ils viennent, les étrangers, et que je trouve un sabre, fût-il deux fois grand comme moi, je saurai m'en servir, vous verrez, et tous ceux qui ne feront pas comme moi seront des lâches. »

On lui imposa silence, on l'emmena. Mais il avait fait au moins un prosélyte. Lui seul, cet enfant que je n'ai jamais revu et dont je n'ai jamais su le nom, m'avait formulé ma propre pensée. C'était tous des lâches ces gens qui criaient d'avance : Vivent les alliés ! Je ne me souciais plus tant de l'empereur, car au milieu du dévergondage de sots propos dont il était l'objet, de temps en temps, une personne intelligente, ma grand-mère, mon oncle de Beaumont, l'abbé d'Andrezel ou ma mère elle-même, prononçait un arrêt mérité, un reproche fondé sur la vanité qui l'avait perdu. Mais *la France* ! Ce mot-là était si grand à l'époque où j'étais née, qu'il faisait sur moi une impression plus profonde que si je fusse née sous la Restauration. On sentait l'honneur du pays dès l'enfance pour peu qu'on ne fût pas né idiot.

Je rentrai donc fort triste et agitée, et mon rêve de la campagne de Russie me revint. Ce rêve m'absorbait et me rendait sourde aux déclamations qui fatiguaient mon oreille. C'était un rêve de combat et de meurtre. Je retrouvais mes ailes, j'avais une épée flamboyante, comme celle que j'avais vue à l'Opéra dans je ne sais plus quelle pièce, où l'ange exterminateur apparaissait dans les nuages *[32], et je fondais sur les bataillons ennemis, je les mettais en déroute, je les précipitais dans le Rhin. Cette vision me soulageait un peu.

Pourtant, malgré la joie qu'on se promettait de la chute du tyran, on avait peur de ces bons messieurs les Cosaques, et beaucoup de gens riches se sauvaient. Madame de Bérenger était la plus effrayée ; ma grand-mère lui offrit de l'emmener à Nohant, elle accepta. Je la donnais de grand cœur au diable, car cela empêchait ma bonne maman d'emmener ma mère. Elle n'eût pas voulu mettre en présence deux natures si incompatibles. J'étais outrée de cette préférence pour une étrangère. S'il y avait réellement du danger à rester à Paris, c'était ma mère, avant tout, qu'il fallait soustraire à ce danger, et je commençais à faire le projet d'entrer en révolte et de rester avec elle pour mourir avec elle s'il le fallait.

J'en parlai à ma mère, qui me calma. « Quand même ta bonne maman voudrait m'emmener, me dit-elle, moi, je n'y consentirais pas. Je veux rester auprès de Caroline, et plus on parle de dangers à courir, plus c'est mon devoir et ma volonté ; mais tranquillise-toi, nous n'y sommes pas. Jamais l'empereur, jamais nos troupes ne laisseront approcher les ennemis de Paris. Ce sont des espérances de *vieille comtesse*. L'empereur battra les Cosaques à la frontière, et nous n'en verrons jamais un seul. Quand ils seront exterminés, la vieille Bérenger reviendra pleurer ses Cosaques à Paris, et j'irai te voir à Nohant. »

La confiance de ma mère dissipa mes angoisses. Nous partîmes le 12 ou le 13 janvier. L'empereur n'avait pas encore quitté Paris. Tant qu'on le voyait là, on se croyait sûr de n'y jamais voir d'autres monarques, à moins que ce ne fût en visite et pour lui baiser les pieds.

Nous étions dans une grande calèche de voyage dont ma grand-mère avait fait l'acquisition, et madame

* Je crois que c'était *La Mort d'Abel*, de je ne sais qui (NdA).

de Bérenger, avec sa femme de chambre et sa petite chienne, nous suivait dans une grande berline à quatre chevaux. Notre équipage déjà si lourd était leste en comparaison du sien. Le voyage fut assez difficile. Il faisait un temps affreux. La route était couverte de troupes, de fourgons, de munitions de campagne de toute espèce. Des colonnes de conscrits, de soldats et de volontaires se croisaient, se mêlaient bruyamment, et se séparaient aux cris de *Vive l'empereur ! vive la France !* Madame de Bérenger avait peur de ces rencontres fréquentes, au milieu desquelles nos voitures ne pouvaient avancer. Les volontaires criaient souvent *Vive la nation !* et elle se croyait en 93. Elle prétendait qu'ils avaient des figures patibulaires et qu'ils la regardaient avec insolence. Ma grand-mère se moquait un peu d'elle à la dérobée, mais elle était très dominée par elle, et ne la contredisait jamais ouvertement.

Dans la Sologne, nous rencontrâmes des soldats qui paraissaient revenir de loin, d'après leurs vêtements en guenilles et leur air affamé. Étaient-ce des détachements rappelés d'Allemagne ou repoussés de la frontière ? Ils nous le dirent ; je ne m'en souviens plus. Ils ne mendiaient point, mais lorsque nous allions au pas dans les sables détrempés de la Sologne, ils pressaient nos voitures d'un air suppliant. « Qu'est-ce qu'ils veulent donc ? » dit ma grand-mère. Ces pauvres gens mouraient de faim et avaient trop de fierté pour le dire. Nous avions un pain dans la voiture, je le tendis à celui qui se trouvait le plus à ma portée ; il poussa un cri effrayant et se jeta dessus, non avec les mains mais avec les dents, si violemment que je n'eus que le temps de retirer mes doigts, qu'il eût dévorés. Ses compagnons l'entourèrent et mordirent à même ce pain qu'il rongeait comme eût pu le faire un animal. Ils ne se disputaient pas, ils ne songeaient point à partager, ils se faisaient place les uns aux autres pour mordre dans la proie commune, et ils pleuraient à grosses larmes. C'était un spectacle navrant, et je ne pus me retenir de pleurer aussi.

Comment, au cœur de la France, dans un pays pauvre, il est vrai, mais que la guerre n'avait pas dévasté et où la disette n'avait pas régné cette année-là, nos pauvres soldats expiraient-ils de faim sur une grande route ? Voilà ce que j'ai vu et ne puis expliquer. Nous vidâmes le coffre aux provisions, nous leur donnâmes tout ce qu'il y avait dans les deux voitures. Je crois qu'ils nous dirent que les ordres avaient été mal donnés et qu'ils n'avaient pas eu de rations depuis plusieurs jours, mais le détail m'échappe.

Les chevaux manquèrent souvent aux relais de poste, et nous fûmes obligés de coucher dans de très mauvais gîtes. Dans un de ces gîtes, l'hôte vint causer avec nous après dîner. Il était outré contre Napoléon de ce qu'il avait laissé envahir la France. Il disait qu'il fallait faire la guerre de partisans, égorger tous les étrangers, mettre l'empereur à la porte, et proclamer la république : mais la bonne, disait-il, la vraie, l'*une et indivisible et impérissable*. Cette conclusion ne fut point du goût de madame de Bérenger, elle le traita de jacobin : il le lui fit payer sur sa note.

Enfin nous arrivâmes à Nohant, mais nous n'y étions pas depuis trois jours qu'un grand chagrin vint donner un autre cours à mes pensées.

Ma grand-mère, qui n'avait jamais été malade de sa vie, fit une maladie grave. Comme son organisation était très particulière, les accidents de cette maladie eurent un caractère particulier. D'abord ce fut un sommeil profond, dont il fut impossible durant deux jours de la tirer ; puis, lorsque tous les symptômes alarmants furent dissipés, on s'aperçut qu'elle avait sur le corps une large plaie gangréneuse, produite par la légère excoriation laissée par les cataplasmes salins. Cette plaie fut horriblement douloureuse et longue à fermer. Pendant deux mois il lui fallut garder le lit, et la convalescence ne fut pas moins longue.

Deschartres, Rose et Julie soignèrent ma pauvre bonne maman avec un grand dévouement. Quant à moi, je sentis que je l'aimais plus que je ne m'en étais avisée jusqu'alors. Ses souffrances, le danger de mort où elle se trouva plusieurs fois, me la rendirent chère, et le temps de sa maladie fut pour moi d'une mortelle tristesse.

Madame de Bérenger resta, je crois, six semaines avec nous, et ne partit que lorsque ma grand-mère fut hors de tout danger. Mais cette dame, si elle eut du chagrin ou de l'inquiétude, ne le fit pas beaucoup paraître, et je doute qu'elle eût le cœur bien tendre. Je ne sais, en vérité, pourquoi ma bonne maman, qui avait un si grand besoin de tendresse, s'était particulièrement attachée à cette femme hautaine et impérieuse, en qui je n'ai jamais pu découvrir le moindre charme d'esprit ou de caractère.

Elle était fort active et ne pouvait rester en place. Elle se croyait très habile à lever ou à rectifier le plan d'un jardin ou d'un parc, et elle n'eut pas plutôt vu notre vieux jardin régulier, qu'elle se mit en tête de le transformer en paysage anglais : c'était une idée saugrenue, car, sur un terrain plat, ayant peu de vue, et où les arbres sont très lents à pousser, ce qu'il y a de mieux à faire, c'est de conserver précieusement ceux qui s'y trouvent, de planter pour l'avenir, de ne point ouvrir de clairières qui vous montrent la pauvreté des lignes environnantes ; c'est surtout, lorsqu'on a la route en face et tout près de la maison, de se renfermer autant que possible derrière des murs ou des charmilles pour être *chez soi.* Mais nos charmilles faisaient horreur à madame de Bérenger, nos carrés de fleurs et de légumes, qui me paraissaient si beaux et si riants, elle les traitait de jardin de curé. Ma grand-mère, au sortir de la première crise de son mal, avait à peine recouvré la voix et l'ouïe, que son amie lui demanda l'autorisation de mettre la cognée dans le petit bois et la pioche dans les allées. Ma grand-mère n'aimait pas le changement, mais elle avait la tête si faible en ce moment, et d'ailleurs madame de Bérenger exerçait sur elle une telle domination, qu'elle lui donna pleins pouvoirs.

Voilà donc cette bonne dame à l'œuvre ; elle mande une vingtaine d'ouvriers, et de sa fenêtre dirige l'abattage, élaguant ici, détruisant là, et cherchant toujours un point de vue qui ne se trouva jamais, parce que, si des fenêtres du premier étage de la maison la campagne est assez jolie, rien ne peut faire que, dans ce jardin, de plain-pied avec cette campagne, on ne la voie pas de niveau et sans étendue. Il aurait fallu exhausser de cinquante pieds le sol du jardin, et chaque ouverture pratiquée dans les massifs n'aboutissait qu'à nous faire jouir de la vue d'une grande plaine labourée. On élargissait la brèche, on abattait de bons vieux arbres qui n'en pouvaient mais ; madame de Bérenger traçait des lignes sur le papier, tendait de sa fenêtre des ficelles aux ouvriers, criait après eux, montait, descendait, retournait, s'impatientait et détruisait le peu d'ombrage que nous avions, sans nous faire rien gagner en échange. Enfin elle y renonça, Dieu merci, car elle eût pu faire table rase ; mais Deschartres lui observa que ma grand-mère, dès qu'elle serait en état de sortir et de voir par ses yeux, regretterait peut-être beaucoup ses vieilles charmilles.

Je fus très frappée de la manière dont cette dame parlait aux ouvriers. Elle était beaucoup trop illustre pour daigner s'enquérir de leurs noms et pour les interpeller en particulier. Cependant elle avait affaire de sa fenêtre à chacun d'eux tour à tour, et pour rien au monde elle ne leur eût dit : « Monsieur, ou mon ami, ou *mon vieux* », comme on dit, en Berry, quel que soit l'âge de l'être masculin auquel on s'adresse. Elle leur criait donc à tue-tête : « *L'homme numéro 2 ! Écoutez, l'homme numéro 4 !* » Cela faisait grandement rire nos paysans narquois, et aucun ne se dérangeait ni ne tournait la tête de son côté. « Pardi ! se disaient-ils les uns aux autres en levant les épaules, nous sommes bien tous des hommes et nous ne pouvons pas deviner à qui elle en a, la *femme* ! »

Il a fallu une trentaine d'années pour faire disparaître le dégât causé chez nous par madame de Bérenger, et pour refermer les brèches de ses *points de vue*.

Elle avait une autre manie qui me contrariait encore plus que celle des jardins anglais. Elle se sanglait si fort dans ses corsets, que le soir elle était rouge comme une betterave et que les yeux lui sortaient de la tête. Elle déclara que je me tenais comme une bossue, que j'étais taillée comme un morceau de bois, et qu'il fallait me donner des formes. En conséquence, elle me fit faire bien vite un corset, à moi qui ne connaissais pas cet instrument de torture, et elle me le sangla elle-même si bien que je faillis me trouver mal la première fois.

À peine fus-je hors de sa présence, que je coupai lestement le lacet, moyennant quoi je pus supporter le busc et les baleines ; mais elle s'aperçut bientôt de la supercherie et me sangla encore plus fort. J'entrai en révolte, et me réfugiant dans la cave, je ne me contentai pas de couper le lacet, je jetai le corset dans une vieille barrique de lie de vin où personne ne s'avisa d'aller le découvrir. On le chercha bien, mais si on le retrouva six mois après, à l'époque des vendanges, c'est ce dont je ne me suis jamais enquise.

La petite *Lorette de Bérenger*, car madame de La Marlière nous avait appris à donner aux chiens trop gâtés les noms de leurs maîtresses, était un être acariâtre qui sautait à la figure des gros chiens les plus graves et les forçait à sortir de leur caractère. Dans ces rencontres, madame de Bérenger jetait les hauts cris et se trouvait mal. Si bien que nos amis Brillant et Moustache ne pouvaient plus mettre la patte au salon. Chaque soir, Hippolyte était chargé de mener promener Lorette, parce que son air bon apôtre inspirait de la confiance à madame de Bérenger ; mais Lorette passait de mauvais quarts d'heure entre ses mains. « Pauvre petite chérie, amour de petite bête ! » lui disait-il sur le seuil de la porte, d'où sa maîtresse pouvait l'entendre ; et à peine la porte était-elle franchie, qu'il lançait Lorette en l'air de toute sa force au milieu de la cour, s'inquiétant peu comment et où elle retomberait. Je crois bien que Lorette se figurait aussi avoir seize quartiers de noblesse, car c'était une bête stupide et détestable dans son impertinence.

Enfin madame de Bérenger et Lorette partirent. Nous ne regrettâmes que sa femme de chambre, qui était une personne de mérite.

La maladie de la bonne maman ne nous avait pas permis de beaucoup rire aux dépens de la vieille comtesse. Les nouvelles du dehors n'étaient pas gaies non plus, et, un jour de printemps, ma grand-mère convalescente reçut une lettre de madame de Pardaillan, qui lui disait : « Les alliés sont entrés dans Paris. Ils n'y ont pas fait de mal. On n'a point pillé. On dit que l'empereur Alexandre va nous donner pour roi le frère de Louis XVI, celui qui était en Angleterre *et dont je ne me rappelle pas le nom.* »

Ma grand-mère rassembla ses souvenirs. « Ce doit être, dit-elle, celui qui avait le titre de *Monsieur.* C'était un bien mauvais homme. Quant au comte d'Artois, c'était un vaurien détestable. Allons, ma fille, voilà nos cousins[33] sur le trône, mais il n'y a pas de quoi nous vanter. »

Telle fut sa première impression. Et puis, suivant l'impulsion de son entourage, elle fut dupe pendant quelque temps des promesses faites à la France, et subit le premier engouement, non pour les personnes, mais pour les choses restaurées. Cela ne fut pas de longue durée. Quand la dévotion fut à l'ordre du jour, elle revint à son dégoût pour les hypocrites ; je le dirai plus tard.

J'attendais avec anxiété une lettre de ma mère, elle arriva enfin. Ma pauvre petite maman avait été malade de peur. Par une chance singulière, un des cinq ou six boulets lancés sur Paris et dirigés sur la statue de la colonne de la place Vendôme était venu tomber sur la maison que ma mère habitait alors rue Basse-du-Rempart. Ce boulet avait troué le toit, pénétré deux étages, et était venu s'amortir sur le plafond de la chambre où elle se trouvait. Elle avait fui avec Caroline, croyant que Paris allait être en peu d'heures un amas de décombres. Elle put revenir coucher tranquillement chez elle, après avoir vu, avec la foule consternée et stupéfaite, l'entrée des barbares que de belles dames couraient embrasser et couronner de fleurs.

# VI

*La lutte domestique s'envenime. – Je commence à connaître le chagrin. – Discussion avec ma mère. – Mes prières, ses promesses, son départ. – Première nuit d'insomnie et de désespoir. – La chambre déserte. – Première déception. – Liset. – Projet romanesque. – Mon trésor. – Accident arrivé à ma grand-mère. – Je renonce à mon projet. – Réflexions sur les rapports qu'on doit avoir avec les domestiques pour arriver aux mœurs de l'égalité. – Ma grand-mère me néglige forcément. – Leçons de Deschartres. – La botanique. – Mon dédain pour ce qu'on m'enseigne.*

Ma mère vint passer un mois avec nous, et dut s'en retourner pour faire sortir Caroline de pension. Je compris alors que je la verrais désormais de moins en moins à Nohant. Ma grand-mère parlait d'y passer l'hiver, je tombai dans le plus grand chagrin que j'eusse encore ressenti de ma vie. Ma mère s'efforçait de me donner du courage, mais elle ne pouvait plus me tromper, j'étais d'âge à constater les nécessités de la position qui nous était faite à l'une et à l'autre. L'admission de Caroline dans la famille eût tout arrangé, et c'est sur quoi ma grand-mère était inflexible.

Ma mère n'était point heureuse à Nohant, elle y souffrait, elle y subissait un étouffement moral, une contrainte, une irritation comprimée de tous les instants. Mon obstination à la préférer ostensiblement à ma grand-mère (je ne savais pas feindre, quoique cela eût été dans l'intérêt de tout le monde) aigrissait de plus en plus cette dernière contre elle. Et il faut bien dire que la maladie de cette pauvre grand-mère avait beaucoup changé son caractère. Elle avait des jours d'humeur que je ne lui avais jamais vus. Sa susceptibilité devenait excessive. En de certains moments, elle me parlait si sèchement que j'en étais atterrée. Mademoiselle Julie prenait un empire extraordinaire, déplorable sur son esprit, recevant toutes ses confidences, et envenimant tous ses déplaisirs, à bonne intention sans doute, mais sans discernement et sans justice.

Pourtant ma mère eût supporté tout cela pour moi, si elle n'eût été continuellement inquiète de son autre fille. Je le compris, je ne voulais pas que Caroline me fût sacrifiée, et pourtant Caroline commençait, de son côté, à être jalouse de moi, la pauvre enfant, à se plaindre des absences annuelles de sa mère, et à lui reprocher en sanglotant sa préférence pour moi.

Ainsi nous étions toutes malheureuses, et moi, cause innocente de toutes ces amertumes domestiques, j'en ressentais le contrecoup plus douloureusement encore que les autres.

Quand je vis ma mère faire ses paquets, je fus saisie de terreur. Comme elle était, ce jour-là, fort irritée des propos de Julie, et disait qu'il n'y avait plus moyen de subir l'autorité d'une femme de chambre devenue plus maîtresse dans la maison que la maîtresse elle-même, je crus que ma mère s'en allait pour ne plus revenir ; je devinai, du moins, qu'elle ne reviendrait plus que de loin en loin, et je me jetai dans ses bras, à ses pieds ; je me roulai par terre, la suppliant de m'emmener, et lui disant que si elle ne le faisait pas, je me sauverais, et que j'irais de Nohant à Paris, seule et à pied, pour la rejoindre.

Elle me prit sur ses genoux et tâcha de me faire comprendre sa situation. « Ta grand-mère, me dit-elle, peut me réduire à quinze cents francs si je t'emmène. – Quinze cents francs ! m'écriai-je, mais c'est beaucoup, cela ! c'est bien assez pour nous trois. – Non, me dit-elle, ce ne serait pas assez pour Caroline et moi, car la pension et l'entretien de ta sœur m'en coûtent la moitié, et avec ce qui me reste j'ai bien de la peine à vivre et à m'habiller. Tu saurais cela si tu avais la moindre idée de ce que c'est que l'argent. Eh bien, si je t'emmène, et qu'on me retire mille francs par an, nous serons si pauvres, si pauvres, que tu ne pourras pas le supporter, et que tu me redemanderas ton Nohant et tes quinze mille livres de rente. – Jamais ! jamais !

m'écriai-je ; nous serons pauvres, mais nous serons ensemble ; nous ne nous quitterons jamais, nous travaillerons, nous mangerons des haricots dans un petit grenier, comme dit mademoiselle Julie ; où est le mal ? nous serons heureuses, on ne nous empêchera plus de nous aimer ! »

J'étais si convaincue, si ardente, si désespérée, que ma mère fut ébranlée. « C'est peut-être vrai, ce que tu dis là, répondit-elle avec la simplicité d'un enfant, et d'un généreux enfant, qu'elle était. Il y a longtemps que je sais que l'argent ne fait pas le bonheur, et il est certain que si je t'avais avec moi à Paris, je serais beaucoup plus heureuse dans ma pauvreté que je ne le suis ici, où je ne manque de rien et où je suis abreuvée de dégoûts. Mais ce n'est pas à moi que je pense, c'est à toi, et je crains que tu ne me reproches un jour de t'avoir privée d'une belle éducation, d'un beau mariage et d'une belle fortune.

– Oui, oui, m'écriai-je, une belle éducation, où l'on veut faire de moi une poupée de bois ! un beau mariage, avec un monsieur qui rougira de ma mère et la mettra à la porte de chez moi ! une belle fortune, qui m'aura coûté tout mon bonheur et qui me forcera à être une mauvaise fille ! Non, j'aime mieux mourir que d'avoir toutes ces belles choses-là. Je veux bien aimer ma grand-mère, je veux bien venir la soigner et faire sa partie de grabuge et de loto quand elle s'ennuiera ; mais je ne veux pas demeurer avec elle. Je ne veux pas de son château et de son argent ; je n'en ai pas besoin, qu'elle les donne à Hippolyte, ou à Ursule, ou à Julie, puisqu'elle aime tant Julie ; moi, je veux être pauvre avec toi, et on n'est pas heureuse sans sa mère. »

Je ne sais pas tout ce que j'ajoutai, je fus éloquente à ma manière, puisque ma mère se trouva réellement influencée. « Écoute, me dit-elle, tu ne sais pas ce que c'est que la misère pour de jeunes filles ! moi, je le sais, et je ne veux pas que Caroline et toi passiez par où j'ai passé quand je me suis trouvée orpheline et sans pain à quatorze ans ; je n'aurais qu'à mourir et à vous laisser comme cela ! Ta grand-mère te reprendrait peut-être, mais elle ne prendra jamais ta sœur, et que deviendrait-elle ? Mais il y a un moyen d'arranger tout. On peut toujours être assez riche en travaillant, et je ne vois pas pourquoi, moi qui sais travailler, je ne fais plus rien, et pourquoi je vis de mes rentes comme une belle dame. Écoute-moi bien ; je vais essayer de monter un magasin de modes. Tu sais que j'ai été déjà modiste, et que je fais les chapeaux et les coiffures mieux que les perruches qui coiffent ta bonne maman tout de travers, et qui font payer leurs vilains chiffons les yeux de la tête. Je ne m'établirai pas à Paris, il faudrait trop d'argent ; mais, en faisant des économies pendant quelques mois, et en empruntant une petite somme que ma sœur ou Pierret me feront bien trouver, j'ouvrirai une boutique à Orléans, où j'ai déjà travaillé. Ta sœur est adroite, tu l'es aussi, et tu auras plus vite appris ce métier-là que le grec et le latin de M. Deschartres. À nous trois, nous suffirons au travail ; je sais qu'on vend bien à Orléans et que la vie n'est pas très chère. Nous ne sommes pas des princesses, nous vivrons de peu, comme du temps de la rue Grange-Batelière ; nous prendrons plus tard Ursule avec nous. Et puis nous ferons des économies, et, dans quelques années, si je peux vous donner à chacune huit ou dix mille francs, ce sera de quoi vous marier avec d'honnêtes ouvriers qui vous rendront plus heureuses que des marquis et des comtes. Au fait, tu ne seras jamais à ta place dans ce monde-là. On ne t'y pardonnera pas d'être ma fille et d'avoir eu un grand-père marchand d'oiseaux. On t'y fera rougir à chaque instant, et si tu avais le malheur de prendre leurs grands airs, tu ne te pardonnerais plus à toi-même de n'être qu'à moitié noble. C'est donc résolu. Garde bien ce secret-là. Je vais partir, et je m'arrêterai un jour ou deux à Orléans pour m'informer et voir des boutiques à louer. Puis je préparerai tout à Paris, je t'écrirai en cachette par Ursule ou par Catherine, quand tout sera arrangé, et je viendrai te prendre ici. J'annoncerai ma résolution à ma belle-mère ; je suis ta mère, et personne ne peut m'ôter mes droits sur toi. Elle se fâchera, elle me retirera le surplus de pension qu'elle me donne, je m'en moquerai ; nous partirons d'ici pour prendre possession de notre petite boutique, et quand elle passera dans son carrosse par la grande rue d'Orléans, elle verra en lettres longues comme le bras : *Madame veuve Dupin, marchande de modes.* »

Ce beau projet me tourna la tête. J'en eus presque une attaque de nerfs. Je sautais par la chambre en criant et en riant aux éclats, et en même temps je pleurais. J'étais comme ivre. Ma pauvre mère était certainement de bonne foi et croyait à sa résolution ; sans cela elle n'eût point à la légère empoisonné l'insouciance ou la résignation de mes jeunes années par un rêve trompeur ; car il est certain que ce rêve s'empara de moi et me créa pour longtemps des agitations et des tourments sans rapport naturel avec mon âge.

Je mis alors autant de zèle à faire partir ma mère que j'en avais mis à l'en empêcher. Je l'aidais à faire ses paquets, j'étais gaie, j'étais heureuse ; il me semblait qu'elle reviendrait me chercher au bout de huit jours. Mon enjouement, ma pétulance étonnèrent ma bonne maman pendant le dîner, d'autant plus que j'avais tant pleuré, que j'avais les paupières presque en sang, et que ce contraste était inexplicable. Ma mère me dit quelques mots à l'oreille pour m'engager à m'observer et à ne pas donner de soupçons. Je m'observai si bien, je fus si discrète, que jamais personne ne se douta de mon projet, bien que je l'aie porté quatre ans dans mon cœur avec toutes les émotions de la crainte et de l'espérance ; je ne le confiai jamais, pas même à Ursule.

Pourtant, à mesure que la nuit approchait (ma mère devait partir à la première aube), j'étais inquiète, épouvantée. Il me semblait que ma mère ne me regardait pas de l'air d'intelligence et de sécurité qu'il aurait fallu pour me consoler. Elle devenait triste et préoccupée. Pourquoi était-elle triste, puisqu'elle devait sitôt revenir, puisqu'elle allait travailler à notre réunion, à notre bonheur ? Les enfants ne doutent pas par eux-mêmes et ne tiennent pas compte des obstacles, mais quand ils voient douter ceux en qui leur foi repose, ils tombent dans une détresse de l'âme qui les fait ployer et trembler comme de pauvres brins d'herbe.

On m'envoya coucher à neuf heures comme à l'ordinaire. Ma mère m'avait bien promis de ne pas se coucher elle-même sans entrer dans ma chambre pour me dire encore adieu et me renouveler ses engagements ; mais je craignis qu'elle ne voulût pas m'éveiller si elle me supposait endormie, et je ne me couchai pas ; c'est-à-dire que je me relevai aussitôt que Rose fut partie, car lorsqu'elle m'avait mise au lit, elle redescendait attendre auprès de Julie le coucher de ma grand-mère. Ce coucher était fort long. Ma grand-mère mangeait un peu et très lentement ; et puis, pendant qu'on lui arrangeait, sur la tête et sur les épaules, une douzaine de petits bonnets et de petits fichus de toile, de soie, de laine et d'ouate, elle écoutait le rapport de Julie sur les choses intimes de la famille, et celui de Rose sur les détails du ménage. Cela durait jusqu'à deux heures du matin, et c'est alors seulement que Rose venait se coucher dans le cabinet contigu à ma chambrette.

Cette chambrette donnait sur un long corridor presque en face de la porte du cabinet de toilette de ma mère, par lequel elle passait ordinairement pour rentrer chez elle, et je ne pouvais manquer de la saisir au passage et de m'entretenir encore avec elle avant que Rose vînt nous interrompre. Mais nous pouvions être surveillées par exception cette nuit-là, et, dans ma terreur de ne pouvoir plus m'épancher avec l'objet de mon amour, je voulus lui écrire une longue lettre. Je fis des prodiges d'adresse et de patience pour rallumer ma bougie, sans allumettes, à mon feu presque éteint ; j'en vins à bout, et j'écrivis sur des feuilles arrachées à mon cahier de verbes latins.

Je vois encore ma lettre et l'écriture ronde et enfantine que j'avais dans ce temps-là ; mais qu'y avait-il dans cette lettre ? Je ne m'en souviens plus. Je sais que je l'écrivis dans la fièvre de l'enthousiasme, que mon cœur y coulait à flots pour ainsi dire, et que ma mère l'a gardée longtemps comme une relique ; mais je ne l'ai pas retrouvée dans les papiers qu'elle m'a laissés.

Mon impression est que jamais passion plus profonde et plus pure ne fut plus naïvement exprimée, car mes larmes l'arrosèrent littéralement, et à chaque instant j'étais forcée de retracer les lettres effacées par mes pleurs.

Mais comment remettre cette lettre à ma mère si elle était accompagnée, en montant l'escalier, par Deschartres ? J'imaginai, pendant que j'en avais le temps encore, de pénétrer dans la chambre de ma mère sur la pointe du pied. Il fallait ouvrir et fermer des portes, précisément au-dessus de la chambre de mademoiselle Julie. La maison est d'une sonorité effrayante, grâce à une immense cage d'escalier où vibre le moindre souffle. J'en vins à bout cependant, et je plaçai ma lettre derrière un petit portrait de mon grand-père qui était comme caché derrière une porte. C'était un dessin au crayon où il était représenté, non pas jeune, mince et coquet, comme dans le grand pastel du salon, avec une veste de chambre en taffetas feuille-morte à boutons de diamant et les cheveux relevés avec un peigne, une palette à la main, et vis-à-vis d'un paysage ébauché couleur de rose et bleu turquoise ; mais vieux, cassé, en grand habit carré, en bourse et ailes de pigeon, gros, flasque et courbé sur une table de travail, comme il devait être peu de temps avant de mourir. J'avais mis sur l'adresse de ma lettre : *Place ta réponse derrière ce même portrait du vieux Dupin. Je la trouverai demain quand tu seras partie.* Il ne me restait plus qu'à trouver un moyen d'avertir ma mère d'avoir à chercher derrière ce portrait ; j'y accrochai son bonnet de nuit, et dans le bonnet de nuit je mis un mot au crayon : *Secoue le portrait.*

Toutes mes précautions prises, je revins me coucher, sans faire le moindre bruit. Mais je restai assise sur mon lit, dans la crainte que la fatigue ne vainquît ma résolution. J'étais brisée par les larmes et les émotions de la journée, et je m'assoupissais à chaque instant, mais j'étais réveillée en sursaut par les battements de mon cœur, et je croyais entendre marcher dans le corridor. Enfin minuit sonna à la pendule de Deschartres, dont la chambre n'était séparée de la mienne que par la muraille. Deschartres monta le premier, j'entendis son pas lourd et régulier, et ses portes fermées avec une majestueuse lenteur. Ma mère vint un quart d'heure après, mais Rose était avec elle, elle venait l'aider à fermer ses malles. Rose n'avait pas l'intention de nous contrarier, mais elle avait été souvent réprimandée pour sa faiblesse dans ces sortes d'occasions, et je ne pouvais plus me fier à elle. D'ailleurs j'avais besoin de voir ma mère sans témoin. Je me renfonçai donc sous mes couvertures, à demi vêtue encore, et je ne bougeai pas. Ma mère passa, Rose resta avec elle une demi-heure, puis vint se coucher. J'attendis encore une demi-heure qu'elle fût endormie, puis bravant tout, j'ouvris doucement ma porte, et m'en allai trouver ma mère.

Elle lisait ma lettre, elle pleurait. Elle m'étreignit sur son cœur : mais elle était retombée de la hauteur de notre projet romanesque dans une hésitation désespérante. Elle comptait que je m'habituerais à ma grand-mère, elle se reprochait de m'avoir monté la tête, elle m'engageait à l'oublier. C'étaient des coups de poignard froids comme la mort dans mon pauvre cœur. Je lui fis de tendres reproches, et j'y mis tant de véhémence qu'elle s'engagea de nouveau à revenir me chercher dans trois mois au plus tard, si ma bonne maman ne me conduisait pas à Paris à l'hiver et si je persistais dans ma résolution. Mais ce n'était pas assez pour me rassurer ; je voulais qu'elle répondît par écrit à l'ardente supplication de ma lettre. Je demandais une lettre d'elle à trouver, après son départ, derrière le portrait, une lettre que je pourrais relire tous les jours en secret, pour me donner du courage et entretenir mon espérance. Elle ne put m'envoyer coucher qu'à ce prix, et j'allai essayer de réchauffer mon pauvre corps glacé dans mon lit encore plus froid. Je me sentais malade ; j'aurais voulu dormir comme elle le désirait pour oublier un instant mon angoisse ; cela me fut impossible. J'avais le doute, c'est-à-dire le désespoir dans l'âme ; c'est tout un pour les enfants, puisqu'ils ne vivent que de songes, et de confiance en leurs songes. Je pleurai si amèrement que j'avais le cerveau brisé, et quand le jour parut pâle et triste, c'était la première aube que je voyais paraître après une nuit de douleur et d'insomnie. Combien d'autres depuis, que je ne saurais compter !

J'entendis rouvrir les portes, descendre les paquets ; Rose se leva, je n'osai lui montrer que je ne dormais pas. Elle en eût été attendrie cependant ; mais mon amour, à force d'être exalté, devenait romanesque, il avait besoin de mystère. Pourtant lorsque la voiture roula dans la cour, lorsque j'entendis les pas de ma mère dans le corridor, je n'y pus tenir, je m'élançai pieds nus sur le carreau, je me précipitai dans ses bras, et perdant la tête, je la suppliai de m'emmener. Elle me reprocha de lui faire du mal lorsqu'elle souffrait déjà tant de me quitter. Je me soumis, je retournai à mon lit ; mais lorsque j'entendis le dernier roulement de la voiture qui l'emportait, je ne pus retenir des cris de désespoir, et Rose elle-même, malgré la sévérité dont elle commençait à s'armer, ne put retenir ses larmes en me retrouvant dans cet état pitoyable, trop violent pour mon âge et qui aurait dû me rendre folle, si Dieu, me destinant à souffrir, ne m'eût douée d'une force physique extraordinaire.

Je reposai cependant quelques heures, mais à peine fus-je éveillée que je retrouvai mon chagrin, et que mon cœur se brisa à l'idée que ma mère était partie, peut-être pour toujours. Aussitôt habillée, je courus à sa chambre, je me jetai sur son lit défait, je baisai mille fois l'oreiller qui portait encore l'empreinte de sa tête. Puis je m'approchai du portrait où je devais trouver une lettre, mais Rose entra et je dus refermer ma douleur ; non pas que cette fille, dont le cœur était bon, m'en eût fait un crime, mais j'éprouvais une sorte d'amère douceur à cacher ma souffrance. Elle se mit à faire la chambre, à enlever les draps, à relever les matelas, à fermer les persiennes.

Assise dans un coin, je la regardais faire, j'étais comme hébétée. Il me semblait que ma mère était morte, et qu'on rendait au silence et à l'obscurité cette chambre où elle ne rentrerait plus.

Ce ne fut que dans la journée que je pus trouver le moyen d'y rentrer sans être observée, et je courus au portrait, le cœur palpitant d'espérance ; mais j'eus beau secouer et retourner l'image du vieux Francueil, on ne lui avait rien confié pour moi ; ma mère, ne voulant pas entretenir dans mon esprit une chimère qu'elle regrettait déjà sans doute d'y avoir fait naître, avait cru ne pas devoir me répondre. Ce fut pour moi le dernier coup. Je restai tout le temps de ma récréation immobile et abrutie dans cette chambre devenue si froide, si mystérieuse et si morne. Je ne pleurais plus, je n'avais plus de larmes, et je commençais à souffrir d'un mal plus profond et plus déchirant que l'absence. Je me disais que ma mère ne m'aimait pas autant qu'elle était aimée de moi ; j'étais injuste en cette circonstance, mais, au fond, c'était la révélation d'une vérité que chaque jour devait confirmer. Ma mère avait pour moi, comme pour tous les êtres qu'elle avait aimés, plus de passion que de tendresse. Il se faisait dans son âme comme de grandes lacunes dont elle ne pouvait se rendre compte. À côté de trésors d'amour, elle avait des abîmes d'oubli ou de lassitude. Elle avait trop souffert, elle avait besoin souvent de ne plus souffrir ; et moi j'étais comme avide de souffrance, tant j'avais encore de force à dépenser sous ce rapport-là.

J'avais pour compagnon de mes jeux un petit paysan plus jeune que moi de deux années, à qui ma mère enseignait à lire et à écrire. Il était alors fort gentil et fort intelligent. Je me fis non seulement un plaisir, mais comme une religion de continuer l'éducation commencée par ma mère, et j'obtins de ma grand-mère qu'il viendrait prendre sa leçon tous les matins à huit heures. Je le trouvais installé dans la salle à manger, ayant déjà barbouillé une grande page de lettres. On peut croire que je ne le soumettais pas à la méthode de M. Lubin, aussi avait-il une jolie écriture fort lisible. Je corrigeais ses fautes, je le faisais épeler, et j'exigeais qu'il se rendît compte du sens des mots. Car je me souvenais d'avoir su lire longtemps avant de comprendre ce que je lisais. Cela amenait beaucoup de questions de sa part et d'explications de la mienne. Je lui donnais donc des notions d'histoire, de géographie, etc., ou plutôt de raisonnement sur ces choses, qui étaient toutes fraîches dans ma tête et qui passaient facilement dans la sienne.

Le jour du départ de ma mère, je trouvai *Liset* (diminutif berrichon de *Louis*) tout en larmes. Il ne voulut pas me dire devant Rose la cause de son chagrin, mais, quand nous fûmes seuls, il me dit qu'il pleurait *madame Maurice*. Je me mis à pleurer avec lui, et, de ce moment, je le pris en amitié véritable. Quand sa leçon était finie, il allait aux champs, et il revenait à l'heure de ma récréation. Il n'était ni gai ni bruyant. Il aimait à causer avec moi, et quand j'étais triste il gardait le silence et marchait derrière moi comme un confident de tragédie. Le railleur Hippolyte, qui regrettait bien aussi ma mère, mais qui n'était pas capable d'engendrer une longue mélancolie, l'appelait mon fidèle Achate[34]. Je ne lui confiais pourtant rien du tout, je sentais la gravité du secret que ma mère m'avait confié dans un moment d'entraînement, et je ne voulais pas encore me persuader que ce secret n'était qu'un leurre.

Pourtant les jours succédèrent aux jours, les semaines aux semaines, et ma mère ne m'envoya aucun avis particulier ; elle ne me fit pas entendre, par le moindre mot à double sens dans ses lettres, qu'elle songeât à notre projet. Ma grand-mère s'installa à Nohant pour tout l'hiver. Je dus me résigner, mais ce ne fut pas sans de grands déchirements intérieurs. J'avais, pour me consoler de temps en temps, une fantaisie en rapport avec ma préoccupation dominante. C'était de me figurer que, quand je souffrirais trop, je pourrais exécuter la tendre menace que j'avais faite à ma mère de quitter Nohant seule et à pied pour aller la trouver à Paris. Il y avait des moments où ce projet me paraissait très réalisable, et je me promettais d'en faire part à Liset, le jour où j'aurais définitivement résolu de me mettre en route. Je comptais qu'il m'accompagnerait.

Ce n'était ni la longueur du chemin, ni la souffrance du froid, ni aucun danger qui me faisait hésiter ; mais je ne pouvais me résoudre à demander l'aumône en chemin, et il me fallait un peu d'argent. Voici ce que j'imaginai pour m'en procurer au besoin. Mon père avait rapporté d'Italie, à ma mère, un très beau collier d'ambre jaune mat qui n'avait guère d'autre valeur que le souvenir, et qu'elle m'avait donné. J'avais ouï dire à ma mère qu'il l'avait payé fort cher, *deux louis* ! cela me paraissait très considérable. En outre j'avais un petit peigne en corail, un brillant gros comme une tête d'épingle monté en bague, une bonbonnière d'écaille blonde garnie d'un petit cercle d'or qui valait bien trois francs, et quelques débris de bijoux sans aucune valeur, que ma mère et ma grand-mère m'avaient donnés pour en orner ma poupée. Je rassemblai toutes ces richesses dans une petite encoignure de la chambre de ma mère, où personne n'entrait que moi, à la dérobée, en de certains jours ; et, en moi-même, j'appelai cela *mon trésor*. Je songeai d'abord à le confier à Liset ou à Ursule, pour qu'ils le vendissent à La Châtre. Mais on eût pu les soupçonner d'avoir volé ces bijoux, du moment qu'ils en voudraient faire de l'argent, et je m'avisai d'un meilleur moyen, tout à fait conforme à celui usité par les princesses errantes de mes contes de fées : c'était d'emporter mon trésor dans ma poche, et, chaque fois que j'aurais faim en voyage, d'offrir en payement une perle de mon collier, ou une petite brisure de mes vieux ors. Chemin faisant, je trouverais bien un orfèvre à qui je pourrais vendre ma bonbonnière, mon peigne ou ma bague, et je me figurais que j'aurais encore de quoi dédommager ma mère, en arrivant, de la dépense que j'allais lui occasionner.

Quand je crus m'être ainsi assurée de la possibilité de ma fuite, je me sentis un peu plus calme, et dans mes accès de chagrin, je me glissais dans la chambre sombre et déserte, j'allais ouvrir l'encoignure et je me consolais en contemplant mon trésor, l'instrument de ma liberté. Je commençais à être, non plus en imagination, mais en réalité, si malheureuse, que j'aurais certainement pris la clef des champs, sauf à être rattrapée et ramenée au bout d'une heure (chance que je ne voulais pas prévoir, tant je me croyais certaine d'aller vite et de me cacher habilement dans les buissons du chemin), sans un nouvel accident arrivé à ma grand-mère.

Un jour, au milieu de son dîner, elle se trouva prise d'un étourdissement, elle ferma les yeux, devint pâle, et resta immobile et comme pétrifiée pendant une heure. Ce n'était pas un évanouissement, mais plutôt une sorte de catalepsie. La vie molle et sans mouvement physique qu'elle s'était obstinée à mener avait mis en elle un germe de paralysie qui devait l'emporter plus tard, et qui s'annonça dès lors par une suite d'accidents du même genre. Deschartres trouva ce symptôme très grave, et la manière dont il m'en parla changea toutes mes idées. Je retrouvais dans mon cœur une grande affection pour ma bonne maman quand je la voyais malade ; j'éprouvais alors le besoin de rester auprès d'elle, de la soigner, et une crainte excessive de lui faire du mal en lui faisant de la peine. Cette sorte de catalepsie revint cinq ou six fois par an pendant deux années, et reparut ensuite aux approches de sa dernière maladie.

Je commençai donc à me reprocher mes projets insensés. Ma mère ne les encourageait pas ; tout au contraire, elle semblait vouloir me les faire oublier en se faisant oublier elle-même, car elle m'écrivait assez rarement, et il me fallait lui adresser deux ou trois lettres pour en recevoir une d'elle. Elle s'apercevait, un peu tard sans doute, mais avec raison, qu'elle avait trop développé ma sensibilité, et elle m'écrivait : « *Cours*, joue, marche, grandis, reprends tes bonnes joues roses, ne pense à rien que de gai, porte-toi bien et deviens forte, si tu veux que je sois tranquille, et que je me console un peu d'être loin de toi. »

Je la trouvais devenue bien patiente à supporter notre séparation, mais je l'aimais quand même ; et puis ma grand-mère devenait si chétive que le moindre chagrin pouvait la tuer. Je renonçai solennellement (toujours en présence de moi seule) à effectuer ma fuite. Pour n'y plus penser, comme ce maudit *trésor* me donnait des tentations ou des regrets, je le retirai de la chambre où sa vue et l'espèce de mystère de son existence m'impressionnaient doublement. Je le donnai à serrer à ma bonne, après avoir envoyé à Ursule tout ce qu'elle pouvait accepter sans être accusée d'indiscrétion par ses parents, très sévères et très délicats sous ce rapport.

Je ne pouvais pas me dissimuler que la maladie de ma bonne maman et les accidents qui se renouvelaient avaient porté atteinte à sa force d'esprit et à la sérénité de son caractère. Chez elle, l'esprit proprement dit, comme on l'entend dans le monde, c'est-à-dire l'art de causer et d'écrire, n'avait point souffert ; mais le jugement et la saine appréciation des personnes et des choses avaient été ébranlés. Elle avait tenu jusqu'alors ses domestiques et même ses amis à une certaine distance du sanctuaire de sa pensée. Elle avait résisté à ses premières impressions et aux influences du préjugé. Il n'en était plus absolument de même, bien que l'apparence y fût toujours. Les domestiques avaient trop voix délibérative dans les conseils de la famille, et c'est ici le cas de dire une chose dont j'ai la certitude par expérience, c'est qu'il ne faut point initier les serviteurs, quelque estimables et respectables qu'ils soient, à des détails trop délicats d'intérêt ou de sentiment. Je ne crois pas que, de ma part, cette restriction puisse être suspectée de préjugé aristocratique ni de morgue dans le caractère. Mais on me permettra de me bien expliquer sur ce chapitre si important de la vie privée.

Selon moi, dans une famille bien entendue et bien réglée, il n'y a ni *maîtres* ni *valets*, et je voudrais qu'on effaçât de la langue ces vilains mots qui n'ont plus de sens que dans le préjugé. On n'est pas le *maître* d'un homme libre qui peut vous quitter dès qu'il est mécontent de vous. On n'est *laquais* que parce qu'on veut l'être, c'est-à-dire parce qu'on a les vices de l'emploi.

Le véritable mot qui convient est le mot très français de domestique, et on doit l'entendre dans son acception littérale, *fonctionnaire dans la maison (domus).* En effet, un domestique est un fonctionnaire, et pas autre chose. Vous lui donnez un emploi chez vous selon ses aptitudes, et en vertu d'un traité qui n'engage ni lui ni vous, pour un temps déterminé. Si l'on se convient et que le marché ne soit onéreux ni pour l'un ni pour l'autre, il y a peu de raisons pour se tromper ou se haïr ; il y en a même beaucoup pour rester ensemble, si l'on est honnête et raisonnable de part et d'autre ; mais il n'y en a aucune pour se condamner à vivre sous le même toit, si les caractères sont inconciliables.

Je n'aime pas qu'on fasse trop le *bon maître* avec les domestiques, sous prétexte qu'ils sont malheureux et humiliés de leur position. S'ils sont humiliés de *servir*, c'est la faute d'un manque de dignité de leur part, car je ne vois pas pourquoi il faut qu'ils *servent.* Se charger du soin d'un ménage, de la salubrité et de la propreté d'une maison, de la confection des aliments communs, de l'entretien d'un jardin ou d'une écurie, c'est travailler, fonctionner, ce n'est pas servir. Monter derrière une voiture, attacher les souliers d'un maître et lui rendre tous les petits offices qu'il peut se rendre lui-même, c'est différent. Mais je vois avec plaisir que l'usage de cette servitude se perd chaque jour, que peu d'hommes jeunes et sains se font habiller par *leurs gens*, que les voitures nouvelles ont des sièges devant et derrière pour que les domestiques y soient bien assis, et même qu'on fait des voitures basses où l'on n'a qu'à pousser soi-même un ressort pour faire tomber et remonter le marchepied, afin de se passer de la vanité et de l'embarras de promener derrière soi un grand mannequin qui s'enrhume en hiver et se grille en été sans profit pour personne. Ce sont là des indices du progrès invincible de l'égalité dans les mœurs, même chez les gens les moins disposés à la reconnaître en principe.

Les services envers la personne se réduisent donc chaque jour, et finiront par se borner aux secours qu'un domestique peut s'engager à rendre à une personne malade ou débile, et dans ce cas, c'est de l'assistance. Sa fonction est modifiée ; il est une sorte d'infirmier, et si l'infirme est maussade et irritable, l'homme qui l'assiste ne sera pas humilié de le supporter avec une certaine patience, pourvu qu'il n'y ait point abus.

Rien n'est donc avilissant dans les fonctions domestiques, si le fonctionnaire y porte un sentiment juste de ses devoirs et de ses droits, s'il empêche celui qui l'emploie d'outrepasser ou d'oublier les siens, et s'il ne subit d'exigences que ce qu'il doit en subir aux termes de son traité.

Les vivacités réciproques, les altercations, même les injustices passagères, toutes choses inévitables dans les relations journalières, auraient beaucoup moins de gravité dans les relations de ce genre, si on se faisait de part et d'autre une véritable idée de l'égalité. On peut dire à un domestique trop susceptible : « Pourquoi vous fâchez-vous d'un instant d'humeur de ma part quand d'autres fois j'en ai subi autant de la vôtre ? N'ai-je jamais de ces moments de désaccord avec mes amis, avec mes parents ? et pourquoi en êtes-vous plus humilié qu'eux ? Vous ai-je interdit de vous expliquer, si votre infraction au règlement est involontaire ? Quant aux infractions réfléchies et répétées, j'ai le droit de vous en avertir et de m'en plaindre à vous, comme vous avez celui de m'avertir et de vous plaindre à moi si j'exige de vous ce que notre convention n'admet pas ou n'a pas prévu : mais rien dans ces explications ne détruit entre nous le pacte de l'égalité. Si j'étais assez violent ou assez fou pour lever la main sur vous, vous auriez le droit de me rendre la pareille, et l'égalité ne serait pas violée pour cela, car il arrive que, dans le peuple, on se bat entre amis, entre enfants du même père ; c'est un acte de délire, mais, du moment que rien ne vous oblige de l'endurer patiemment, je ne vois pas que vous puissiez être avili par les manifestations de mon délire. »

On voit qu'en mettant tout au pire dans les relations domestiques, en allant même jusqu'à ce cas insolite et exceptionnel des voies de fait, le *valet* n'est *valet* que lorsqu'il veut bien l'être. Lorsqu'il se laisse avilir pour profiter du repentir ou de la lassitude du *maître*, il est méprisable ; et l'usage d'un passé absurde et révoltant sous ce rapport a malheureusement créé une race d'hommes qu'on a dû flétrir du terme de laquais et de valets ; mais leurs vices ont été primitivement l'œuvre de leurs maîtres, et quand ceux-ci comprendront l'égalité et la pratiqueront, cette race disparaîtra. Elle est presque inconnue dans les campagnes, et pourtant les fermiers, les métayers et les cultivateurs aisés ont aussi des *domestiques*, avec lesquels ils ne font aucune différence des membres de leur famille. C'est là véritablement que la fonction est comprise et remplie. Si le fermier fouaille quelquefois son porcher, de même il fouaille son enfant. Du reste, maîtres et serviteurs mangent ensemble, et c'était l'usage chez les seigneurs au temps passé ; il est mauvais (outre qu'il est gênant et dispendieux) que cet usage se soit perdu, et je ne désespère pas qu'il revienne quand le temps et le progrès auront fait justice de la race des laquais pour ne laisser autour de nous que des fonctionnaires, nos amis parfois, nos égaux toujours.

Voilà l'idéal, et là, comme en toutes choses, il faut l'avoir en soi pour se diriger d'une manière équitable au milieu des écueils que nous créent des rapports encore mal entendus et mal observés de part et d'autre dans la réalité. Mais, dans cette réalité, il y a une chose triste, douloureuse à constater : c'est qu'il y a encore beaucoup de domestiques qui veulent être laquais malgré vous, et que chez les meilleurs il reste encore des préjugés d'inégalité très difficiles, sinon impossibles à extirper. Voilà pourquoi ce qu'on appelle les *bons serviteurs*, les vieux et fidèles amis de la famille, ceux qui ont conservé les traditions et les formules du passé, sont, la plupart du temps, acariâtres, tyranniques, impossibles à supporter pour qui se sent l'égal d'un homme, et non son esclave sous prétexte d'être son maître. Ces braves gens ont les formes de la soumission, un grand zèle, un amour-propre quasi furieux de bien faire, un dévouement, parfois un désintéressement admirable. Cela était beau dans son temps ; mais faites attention que cela n'est guère possible ni avantageux dans le nôtre.

L'homme ne s'abjure jamais. On ne peut se soumettre et s'immoler ainsi comme domestique qu'à la condition d'être le maître en réalité un jour ou l'autre ; et c'est ce qui arrivait toujours. On avait exploité la vie de cet être, on l'avait usé, épuisé ; on avait abusé de sa patience et de son dévouement ; et, en retour, il s'était rendu nécessaire. Il s'était créé des droits en dehors de la convention première ; il vous avait sacrifié sa jeunesse, ses forces et sa dignité. Vous lui deviez un dédommagement, et vous ne pouviez pas le lui donner trop considérable, car aucun sacrifice ne saurait être comparé à celui dont vous aviez profité. Alors il devenait, en vertu d'un droit tacite, le maître absolu de votre maison, le régulateur jaloux de vos habitudes ou de vos besoins, le confident inévitable de vos soucis intérieurs, l'avocat favorable à ce fils, ou contraire à cet autre ; tel de vos amis avait sa protection, tel autre son antipathie. On riait de cela d'abord, peu à peu on s'y soumettait, et quand la vie du vieux maître et celle du vieux serviteur se prolongeaient, leur intimité dernière devenait, la plupart du temps, un supplice pour tous deux, le maître étant opprimé pour avoir été trop bien servi, le serviteur ne connaissant plus de bornes et de satisfaction à ses exigences pour avoir été trop longtemps exploité et dominé.

J'ai tant vu de ces exemples, j'en ai tant souffert pour mon propre compte, pour avoir accepté sans prévoyance et sans méfiance des dévouements qu'on a voulu me faire payer ensuite par l'indépendance de toute ma vie, que je souhaiterais faire goûter mes idées aux personnes d'humeur bienveillante qui courent les mêmes risques, faute de comprendre comment et pourquoi tout cela doit se modifier dans les mœurs présentes et futures.

Nous sommes destinés à avoir, dans un avenir peut-être assez prochain, non plus des laquais, non plus même des serviteurs, mais des fonctionnaires, sortes d'associés à notre vie domestique. Nous sommes dans un temps de transition où ces fonctionnaires comprennent peu et exercent mal leurs droits et leurs devoirs. Notre devoir, à nous, est de les conduire peu à peu à ce résultat, qui assurera la sécurité et la dignité de notre intérieur. Pour y arriver, il nous faut établir avec les domestiques des relations nouvelles et qui soient tout le contraire de celles du passé. Ainsi deux écueils à éviter avec un soin égal, la hauteur qui blesse, et la familiarité qui avilit : la suppression aussi complète que possible des soins inutiles envers nos personnes, car lorsque ces soins sont inutiles, ils ne sont plus l'assistance d'un homme envers un autre homme, ils deviennent une sorte d'*hommage* rendu par l'esclave au maître : la suppression absolue des formes de langage qui consacrent les usages de la servitude. Je déteste qu'un domestique me parle à la troisième personne, et qu'il me dise *Madame est servie*, quand il peut tout aussi bien m'avertir que c'est le dîner qui est servi sur la table. Nos Berrichons ne connaissent point ce jargon des laquais du beau monde, et ils ont une habitude de politesse que je trouve fort touchante quoiqu'elle fasse rire ceux qui ne la comprennent pas. Quand on leur demande quelque chose, ils vous répondent *Je veux bien* ; cela révoltait madame de Bérenger. *Je l'espère bien !* répondait-elle avec dédain ; c'était récompenser par une dureté gratuite la simplicité et le bon cœur de gens qui ne songeaient qu'à lui montrer leur zèle.

Je trouve qu'il faut être d'une politesse scrupuleuse avec les domestiques, ne jamais leur dire : *Faites ceci*, mais *Voulez-vous faire ceci* ; ne jamais manquer de les remercier quand ils vous rendent d'eux-mêmes un petit service, ne fût-ce que de vous présenter un objet ; ne jamais les appeler sans nécessité pour leur faire faire ce qu'on peut faire soi-même, pour ouvrir ou fermer une fenêtre, mettre une bûche au feu, etc. ; ces niaiseries m'ont toujours paru révoltantes, de même que de se faire coiffer et habiller par des femmes de chambre.

Une femme de chambre est un fonctionnaire qui doit coudre, ranger, conserver et entretenir le linge, les vêtements, etc. Ce n'est point une esclave qui doive toucher à votre corps et nettoyer votre personne. Les infirmes, les malades, les vieillards épuisés ont seuls droit à ce genre de soins.

Mais, en même temps qu'il faut supprimer absolument des attributions domestiques tout ce qui les rend avilissantes, il faut supprimer la familiarité morale, les confidences, les épanchements, même les entretiens inutiles et les causeries oiseuses. Je ne dis pas cela pour l'avenir, j'en limite la nécessité au temps de transition où nous sommes ; mais là, je la vois impérieuse, et je crois pouvoir assurer qu'il n'existe point encore de domestiques capables de ne pas abuser, à leur détriment autant qu'au nôtre, de notre intimité de cœur avec eux. Il faudrait qu'ils fussent arrivés à se connaître et à se sentir nos égaux. Mais tels qu'ils sont, il faut qu'ils soient nos esclaves ou nos maîtres, dès que nous leur demandons autre chose que de remplir une fonction auprès de nous.

Or la fonction de nous consoler, de nous distraire, de nous servir dans nos passions, de garder nos secrets, ou d'intervenir dans nos différends avec la famille, cette fonction-là n'est pas créée, que je sache, et ne le sera jamais à prix d'argent. Elle ne peut qu'être misérablement pervertie et dénaturée entre deux êtres dont l'un se croit l'inférieur de l'autre. Il y a échange entre la fonction et la rétribution. Il n'y en a point entre l'épanchement et la complaisance, à moins que, par réciprocité, vous ne vous soumettiez à être à votre tour le confident et le complaisant de votre domestique, à le servir dans ses amours, à écouter le récit de ses peines, à intervenir dans ses chagrins de famille, etc. S'il en est ainsi, si vous le faites, je n'ai rien à dire ; mais pourtant faites bien attention à ceci : l'échange sera-t-il bien complet, et voulez-vous être absolument pour lui ce qu'il est pour vous ? Quand il sera soucieux, essayerez-vous de le distraire en lui racontant tous les petits commérages que vous encouragez de sa part pour vous désennuyer ? Prendrez-vous parti pour les personnes qu'il aime et contre celles qu'il déteste, comme vous souhaitez qu'il le fasse pour vous complaire ? Ferez-vous de l'intrigue ou de la diplomatie avec ses amis ou ses ennemis, pour les besoins de son intérêt ou de sa passion, comme vous aimez à lui en voir faire à votre profit ? Si vous y êtes bien résolu, à la bonne heure ; mais j'en doute, et je constate que si vous y faites la moindre différence, vous abusez de cet ami de votre choix. Vous êtes un ingrat, un égoïste. Il le sentira tôt ou tard, s'il ne le sent déjà ; il en abusera, il se vengera par le dégoût ou par la trahison, si ce n'est pas déjà fait ; à moins que vous ne récompensiez son dévouement par des avantages pécuniaires, par une augmentation quelconque de bien-être matériel. Libre à vous ! mais alors n'espérez jamais le satisfaire, et préparez-vous à sacrifier votre bien-être au sien, à subir sa dépendance, à devenir son esclave, à en faire votre héritier ou à être volé par lui ; car les services moraux et intellectuels ne se payent point avec de l'argent, et il aura raison de trouver que ce n'est pas assez de tout ce que vous possédez pour vous acquitter envers lui. N'ayant jamais obtenu de vous un dévouement moral égal au sien, il ne mettra pas de bornes à ses exigences matérielles, et l'injustice, l'indiscrétion, l'ingratitude ou la duplicité dont vous vous plaindrez seront votre ouvrage.

Attendez donc que l'avenir vous permette de faire de votre domestique votre ami de cœur, et jusque-là ne lui donnez pas le moindre accès dans ce sanctuaire ; car s'il n'y entre pas comme votre égal, il le profanera ou s'y sentira avili. Tout ce que vous pouvez et devez faire pour l'arracher à cette prétendue inégalité à laquelle il croit encore, c'est d'élever sa fonction autant que possible, mais seulement dans ce qui est du domaine de sa fonction.

Voilà une bien longue digression, mais je la crois utile pour tout le monde, car je n'exagère pas en disant que tout le monde fait trop ou trop peu dans ce genre de relations, et que personne n'est dans la juste limite qui conviendrait ; pas même moi qui prêche et qui ai souvent subi les travers et les entraînements d'une impatience maladive, ou d'une débonnaireté irréfléchie avec les vieux domestiques, tendres et insupportables tyrans que m'avait légués ma grand-mère. C'est parce que j'ai à regretter de n'avoir pas toujours bien raisonné à cet égard, et d'avoir fait fatalement des ingrats, que je me crois le droit d'avertir les autres tout en m'accusant[35].

Et puis, si ma dissertation n'est pas utile aux autres, elle m'est du moins nécessaire pour commencer le récit d'une époque de ma vie où j'ai été beaucoup trop livrée et très souvent sacrifiée à l'influence exagérée des domestiques.

J'ai dit que la maladie de ma grand-mère avait porté une atteinte sensible, non pas à la lucidité de son intelligence, mais à la fermeté et à la sérénité de son caractère. La santé morale était affaiblie avec la santé physique, et pourtant elle n'avait que soixante-six ans, âge qui n'est pas fatalement marqué par les infirmités du corps et de l'âme, âge que j'ai vu atteindre et dépasser par ma mère sans amener la moindre diminution dans son énergie morale et physique.

Ma grand-mère ne pouvait plus guère supporter le bruit de l'enfance, et je me faisais volontairement, mais non sans effort et sans souffrance, de plus en plus taciturne et immobile à ses côtés. Elle sentait que cela pouvait être préjudiciable à ma santé, et elle ne me gardait plus guère auprès d'elle. Elle était poursuivie par une somnolence fréquente, et comme son sommeil était fort léger, que le moindre souffle la réveillait péniblement, elle voulut, pour échapper à ce malaise continuel, régulariser son sommeil de la journée. Elle s'enfermait donc à midi pour faire sur son grand fauteuil une sieste qui durait jusqu'à trois heures. Et puis c'étaient des bains de pieds, des frictions, et mille soins particuliers qui la forçaient à s'enfermer avec mademoiselle Julie, si bien que je ne la voyais plus guère qu'aux heures des repas et pendant la soirée, pour faire sa partie ou tenir les cartes tandis qu'elle faisait des patiences et des réussites. Cela m'amusait médiocrement, comme on peut croire, mais je n'ai point à me reprocher d'y avoir jamais laissé paraître un instant d'humeur ou de lassitude.

Chaque jour j'étais donc livrée davantage à moi-même, et les courtes leçons qu'elle me donnait consistaient en un examen de mon cahier d'extraits, tous les deux ou trois jours, et une leçon de clavecin qui durait à peine une demi-heure. Deschartres me donnait une leçon de latin que je prenais de plus en plus mal, car cette langue morte ne me disait rien ; et une leçon de versification française qui me donnait des nausées, cette forme, que j'aime et que j'admire pourtant, n'étant point la mienne, et ne me venant pas plus naturellement que l'arithmétique, pour laquelle j'ai toujours eu une incapacité notoire. J'étudiais pourtant et l'arithmétique, et la versification, et le latin, voire un peu de grec et un peu de botanique par-dessus le marché, et rien de tout cela ne me plaisait. Pour comprendre la botanique (qui n'est point du tout une science à la portée des demoiselles), il faut connaître le mystère de la génération et la fonction des sexes ; c'est même tout ce qu'il y a de curieux et d'intéressant dans l'organisme des plantes. Comme on le pense bien, Deschartres me faisait sauter à pieds joints par là-dessus, et j'étais beaucoup trop simple pour m'aviser par moi-même de la moindre observation en ce genre. La botanique se réduisait donc pour moi à des classifications purement arbitraires, puisque je n'en saisissais pas les lois cachées, et à une nomenclature grecque et latine qui n'était qu'un aride travail de mémoire. Que m'importait de savoir le nom scientifique de toutes ces jolies herbes des prés, auxquelles les paysans et les pâtres ont donné des noms souvent plus poétiques et toujours plus significatifs : le thym de bergère, la bourse à berger, la patience, le pied de chat, le baume, la nappe, la mignonnette, la boursette, la repousse, le danse-toujours, la pâquerette, l'herbe aux gredots, etc. Cette botanique à noms barbares me semblait la fantaisie des pédants, et de même pour la versification latine et française, je me demandais, dans ma superbe ignorance, à quoi bon ces alignements et ces règles desséchantes qui gênaient l'élan de la pensée et qui en glaçaient le développement. Je me répétais tout bas ce que j'avais entendu dire souvent à ma naïve mère : « À quoi ça sert-il, toutes ces fadaises-là ? » Elle avait le bon sens de Nicole[36], moi la sauvagerie instinctive d'un esprit très logique sans le savoir, et très positif par cela même qu'il était très romanesque : ceci peut sembler un paradoxe, mais j'aurai tant à y revenir, qu'on me permettra de passer outre pour le moment.

# VII

*Mes rapports avec mon frère. – Les ressemblances et les incompatibilités de nos caractères. – Violences de ma bonne. – Tendances morales que développe en moi cette tyrannie. – Ma grand-mère devient royaliste sans l'être. – Le portrait de l'empereur Alexandre. – Retour de l'île d'Elbe. – Nouvelles visions. – Ma mère revient à Nohant. – Je pardonne à ma bonne. – Le passage de l'armée de la Loire. – La cocarde du général Subervie. – Le général Colbert. – Comme quoi Nohant faillit être le foyer et le théâtre d'une Vendée* patriotique. *– Le licenciement. – Le colonel Sourd. – Les* brigands de la Loire. *– Les pêches de Deschartres. – Le régiment de mon père. – Visite de notre cousin. – Dévotion de madame de La Marlière. – Départ de ma mère. – Départ de mon frère. – Solitude.*

J'entrerai plus tard dans un détail plus raisonné du goût ou du dégoût que m'inspirèrent mes diverses études. Ce que je veux me retracer ici, c'est la disposition morale dans laquelle je me trouvai, livrée pour ainsi dire à mes propres pensées, sans guide, sans causerie, sans épanchement. J'avais besoin d'exister pourtant, et ce n'est pas exister que d'être seul. Hippolyte devenait de plus en plus turbulent, et dans nos jeux il n'était pas question d'autre chose que de faire du mouvement et du bruit. Il m'en donnait bien vite plus que je n'avais besoin d'en prendre, et cela finissait toujours par quelque susceptibilité de ma part et quelque rebuffade de la sienne. Nous nous aimions pourtant, nous nous sommes toujours aimés. Il y avait certains rapports de caractère et d'intelligence entre nous, malgré d'énormes différences d'ailleurs. Il était aussi positif que j'étais romanesque, et pourtant il y avait dans son esprit un certain sens artiste, et dans sa gaieté un tour d'observation critique qui répondait au côté enjoué de mes instincts. Il ne venait personne chez nous qu'il ne jugeât, ne devinât et ne sût reprendre et analyser avec beaucoup de pénétration, mais avec trop de causticité. Cela m'amusait assez, et nous étions horriblement moqueurs ensemble. J'avais besoin de gaieté, et personne n'a jamais su comme lui me faire rire. Mais on ne peut pas toujours rire, et j'avais encore plus besoin d'épanchement sérieux que de folie à cette époque-là.

Ma gaieté avec lui avait donc souvent quelque chose sinon de forcé, du moins de nerveux et de fébrile. À la moindre occasion, elle se changeait en bouderie et puis en larmes. Mon frère prétendait que j'avais un mauvais caractère, cela n'était pas, il l'a reconnu plus tard ; j'avais tout bonnement un secret ennui, un profond chagrin que je ne pouvais pas lui dire et dont il se fût peut-être moqué comme il se moquait de tout, même de la tyrannie et des brutalités de Deschartres.

Je m'étais dit que tout ce que j'apprenais ne me servirait de rien, puisque, malgré le silence de ma mère à cet égard, j'avais toujours la résolution de retourner auprès d'elle et de me faire ouvrière avec elle aussitôt qu'elle le jugerait possible. L'étude m'ennuyait donc d'autant plus que je ne faisais pas comme Hippolyte, qui, bien résolument, s'en abstenait de son mieux. Moi, j'étudiais par obéissance, mais sans goût et sans entraînement, comme une tâche fastidieuse que je fournissais durant un certain nombre d'heures fades et lentes. Ma bonne maman s'en apercevait et me reprochait ma langueur, ma froideur avec elle, ma préoccupation continuelle qui ressemblait souvent à de l'imbécillité, et dont Hippolyte me raillait tout le premier sans miséricorde. J'étais blessée de ces reproches et de ces railleries, et on m'accusait d'avoir un amour-propre excessif. J'ignore si j'avais beaucoup d'amour-propre en effet, mais j'ai bien conscience que mon dépit ne venait pas de l'orgueil contrarié, mais d'un mal plus sérieux, d'une peine de cœur méconnue et froissée.

Jusqu'alors Rose m'avait menée assez doucement, eu égard à l'impétuosité naturelle de son caractère. Elle avait été tenue en bride par la fréquente présence de ma mère à Nohant, ou plutôt elle avait obéi à un instinct qui commençait à se modifier, car elle n'était pas dissimulée, j'aime à lui rendre cette justice. Je pense qu'elle était de la nature de ces bonnes couveuses qui soignent tendrement leurs petits tant qu'ils peuvent dormir sous leur aile, mais qui ne leur épargnent pas les coups de bec quand ils commencent à voler et à courir seuls. À mesure que je me faisais grandelette, elle ne me dorlotait plus, et, en effet, je n'avais plus besoin de cela ; mais elle commençait à me brutaliser, ce dont je me serais fort bien passée. Désirant ardemment complaire à ma grand-mère, elle prenait en sous-ordre le soin et la responsabilité de mon éducation physique, et elle m'en fit une sorte de supplice. Si je sortais sans prendre toutes les petites précautions indiquées contre le rhume, j'étais d'abord, je ne dirai pas grondée, mais abasourdie ; le mot n'est que ce qu'il faut pour exprimer la tempête de sa voix et l'abondance des épithètes injurieuses qui ébranlaient mon système nerveux. Si je déchirais ma robe, si je cassais mon sabot, si, en tombant dans les broussailles, je me faisais une égratignure qui eût pu faire soupçonner à ma grand-mère que je n'avais pas été bien surveillée, j'étais battue, assez doucement d'abord, et comme par mesure d'intimidation, peu à peu plus sérieusement, par système de répression, et enfin tout à fait par besoin d'autorité et par habitude de violence. Si je pleurais, j'étais battue plus fort ; si j'avais eu le malheur de crier, je crois qu'elle m'aurait tuée, car lorsqu'elle était dans le paroxysme de la colère, elle ne se connaissait plus. Chaque jour l'impunité la rendait plus rude et plus cruelle, et en cela elle abusa étrangement de ma bonté ; car, si je ne la fis point chasser (ma grand-mère ne lui eût certes pas pardonné d'avoir seulement levé la main sur moi), ce fut uniquement parce que je l'aimais, en dépit de son abominable humeur. Je suis ainsi faite, que je supporte longtemps, très longtemps ce qui est intolérable. Il est vrai que quand ma patience est lassée, je brise tout d'un coup et pour jamais.

Pourquoi aimais-je cette fille au point de me laisser opprimer et briser à chaque instant ? C'est bien simple ; c'est qu'elle aimait ma mère, c'est qu'elle était encore la seule personne de chez nous qui me parlât d'elle quelquefois, et qui ne m'en parlât jamais qu'avec admiration et tendresse. Elle n'avait pas l'intelligence assez déliée pour voir jusqu'au fond de mon âme le chagrin qui me consumait, et pour comprendre que mes distractions, mes négligences, mes bouderies n'avaient pas d'autre cause : mais quand j'étais malade elle me soignait avec une tendresse extrême. Elle avait pour me désennuyer mille complaisances que je ne rencontrais point ailleurs ; si je courais le moindre danger, elle m'en tirait avec une présence d'esprit, un courage et une vigueur qui me rappelaient quelque chose de ma mère. Elle se serait jetée dans les flammes ou dans la mer pour me sauver ; enfin, ce que je craignais plus que tout, les reproches de ma grand-mère, elle ne m'y exposa jamais, elle m'en préserva toujours. Elle eût menti au besoin pour m'épargner son blâme, et quand mes légères fautes m'avaient placée dans l'alternative d'être battue par ma bonne ou grondée par ma grand-mère, je préférais de beaucoup être battue.

Pourtant ces coups m'offensaient profondément. Ceux de ma mère ne m'avaient jamais fait d'autre mal et d'autre peine que le chagrin de la voir fâchée contre moi. Il y avait longtemps d'ailleurs qu'elle avait cessé entièrement ce genre de correction, qu'elle pensait n'être applicable qu'à la première enfance. Rose, procédant au rebours, adoptait ce système à un âge de ma vie où il pouvait m'humilier et m'avilir. S'il ne me rendit point lâche, c'est que Dieu m'avait donné un instinct très juste de la véritable dignité humaine. Sous ce rapport, je le remercie de grand cœur de tout ce que j'ai supporté et souffert. J'ai appris de bonne heure à mépriser l'injure et le dommage que je ne mérite pas. J'avais vis-à-vis de Rose un profond sentiment de mon innocence et de son injustice, car je n'ai jamais eu aucun vice, aucun travers qui ait pu motiver ses indignations et ses emportements. Tous mes torts étaient involontaires, et si légers que je ne comprendrais pas ses fureurs aujourd'hui si je ne me rappelais qu'elle était rousse, et qu'elle avait le sang si chaud qu'en plein hiver elle était vêtue d'une robe d'indienne et dormait la fenêtre ouverte.

Je m'habituai donc à l'humiliation de mon esclavage, et j'y trouvai l'aliment d'une sorte de stoïcisme naturel dont j'avais peut-être besoin pour pouvoir vivre avec une sensibilité de cœur trop surexcitée. J'appris de moi-même à me roidir contre le malheur, et, à cet égard, j'étais assez encouragée par mon frère, qui, dans nos escapades, me disait en riant : *Ce soir, nous serons battus.* Lui, horriblement battu par Deschartres, prenait son parti avec un mélange de haine et d'insouciance. Il se trouvait vengé par la satire ; moi, je trouvais ma vengeance dans mon héroïsme et dans le pardon que j'accordais à ma bonne. Je me guindais même un peu pour me rehausser vis-à-vis de moi-même dans cette lutte de la force morale contre la force brutale, et lorsqu'un coup de poing sur la tête m'ébranlait les nerfs et remplissait mes yeux de larmes, je me cachais pour les essuyer. J'aurais rougi de les laisser voir.

J'aurais pourtant mieux fait de crier et de sangloter. Rose était bonne, elle eût eu des remords si elle se fût avisée qu'elle me faisait du mal. Mais peut-être bien aussi n'avait-elle pas conscience de ses voies de fait, tant elle était impétueuse et irréfléchie. Un jour qu'elle m'apprenait à *marquer* mes bas, et que je prenais trois mailles au lieu de deux avec mon aiguille, elle m'appliqua un furieux soufflet. « Tu aurais dû, lui dis-je froidement, ôter ton dé pour me frapper la figure ; quelque jour tu me casseras les dents. » Elle me regarda avec un étonnement sincère, elle regarda son dé et la marque qu'il avait laissée sur ma joue. Elle ne pouvait croire que ce fût elle qui, à l'instant même, venait de me faire cette marque-là. Quelquefois elle me menaçait d'une grande tape aussitôt après me l'avoir donnée, à son insu apparemment.

Je ne reviendrai plus sur cet insipide sujet ; qu'il me suffise de dire que pendant trois ou quatre ans je ne passai guère de jour sans recevoir, à l'improviste, quelque horion[37] qui ne me faisait pas toujours grand mal, mais qui chaque fois me causait un saisissement cruel et me replongeait, moi nature confiante et tendre, dans un roidissement de tout mon être moral. Il n'y avait peut-être pas de quoi, étant aimée quand même, me persuader que j'étais malheureuse, d'autant plus que je pouvais faire cesser cet état de choses et que je ne le voulus jamais. Mais que je fusse fondée ou non à me plaindre de mon sort, je me sentis, je me trouvai malheureuse, et c'était l'être en réalité. Je m'habituais même à goûter une sorte d'amère satisfaction à protester intérieurement et à toute heure contre cette destinée, à m'obstiner de plus en plus à n'aimer qu'un être absent et qui semblait m'abandonner à ma misère, à refuser à ma bonne maman l'élan de mon cœur et de mes pensées, à critiquer en moi-même l'éducation que je recevais et dont je lui laissais volontairement ignorer les déboires, enfin à me regarder comme un pauvre être exceptionnellement voué à l'esclavage, à l'injustice, à l'ennui et à d'éternels regrets.

Qu'on ne me demande donc plus pourquoi, pouvant me targuer d'une espèce d'aristocratie de naissance et priser les jouissances d'un certain bien-être, j'ai toujours porté ma sollicitude et ma sympathie familière, mon intimité de cœur, si je puis ainsi dire, vers les opprimés. Cette tendance s'est faite en moi par la force des choses, par la pression des circonstances extérieures, bien longtemps avant que l'étude de la vérité et le raisonnement de la conscience m'en eussent fait un devoir. Je n'y ai donc aucune gloire, et ceux qui pensent comme moi ne doivent pas plus m'en faire un mérite que ceux qui pensent autrement ne sont fondés à m'en faire un reproche.

Ce qu'il y a de certain, ce que l'on ne contestera pas, de bonne foi, après avoir lu l'histoire de mon enfance, c'est que le choix de mes opinions n'a point été un caprice, une fantaisie d'artiste, comme on l'a dit : il a été le résultat inévitable de mes premières douleurs, de mes plus saintes affections, de ma situation même dans la vie.

Ma grand-mère, après une courte résistance à l'entraînement de sa caste, était devenue non pas royaliste, mais *partisan de l'ancien régime*, comme on disait alors. Elle s'était toujours fait une sorte de violence pour accepter, non pas l'usurpation heureuse de l'homme de génie, mais l'insolence des parvenus qui avaient partagé sa fortune sans l'avoir conquise aux mêmes titres. De nouveaux insolents arrivaient ; mais elle n'était pas aussi choquée de leur arrogance, parce qu'elle l'avait déjà connue, et que d'ailleurs mon père n'était plus là avec ses instincts républicains pour lui en montrer le ridicule.

Il faut dire aussi qu'après la longue tension du règne grandiose et absolu de l'empereur, l'espèce de désordre anarchique qui suivit immédiatement la Restauration avait quelque chose de nouveau qui ressemblait à la liberté dans les provinces. Les libéraux parlaient beaucoup, et on rêvait une sorte d'état politique et moral jusqu'alors inconnu en France, l'état *constitutionnel*, dont personne ne se faisait une idée juste et que nous n'avons connu qu'en paroles ; une royauté sans pouvoirs absolus, un laisser-aller de l'opinion et du langage en tout ce qui touchait aux institutions ébranlées et replâtrées à la surface. Il régnait sous ce rapport beaucoup de tolérance dans un certain milieu bourgeois que ma grand-mère eût volontiers écouté de préférence à son vieux cénacle. Mais *ces dames* (comme disait mon père) ne lui permirent guère de raisonner. Elles avaient l'intolérance de la passion. Elles vouaient à la haine la plus tenace et la plus étroite tout ce qui osait regretter *le Corse*, sans songer que la veille encore elles avaient frayé sans répugnance avec son cortège. Jamais on n'a vu tant de petitesses, tant de commérages, tant d'accusations, tant d'aversions, tant de dénonciations.

Heureusement nous étions loin des foyers de l'intrigue. Les lettres que recevait ma grand-mère nous en apportaient seulement un reflet, et Deschartres se livrait à des déclamations souverainement absurdes contre le *tyran*, auquel il n'accordait pas même une intelligence ordinaire. Quant à moi, j'entendais dire tant de choses que je ne savais plus que penser. L'empereur Alexandre était le grand législateur, le philosophe des temps modernes, le nouveau Frédéric le Grand, l'homme de génie par excellence. On envoyait son portrait à ma grand-mère et elle me le donnait à encadrer. Sa figure, que j'examinai avec attention, puisqu'on disait que Bonaparte n'était qu'un petit garçon auprès de lui, ne me toucha point. Il avait la tête lourde, la face molle, le regard faux, le sourire niais. Je ne l'ai jamais vu qu'en peinture, mais je présume que parmi tant de portraits répandus alors en France à profusion, quelques-uns ressemblaient. Aucun ne m'inspira de sympathie, et malgré moi je me rappelais toujours les beaux yeux clairs de *mon empereur* qui s'étaient une fois attachés sur les miens dans un temps où l'on me disait que cela me porterait bonheur.

Mais voilà que tout à coup, dans les premiers jours de mars, la nouvelle nous arrive qu'il est débarqué, qu'il marche sur Paris. Je ne sais si elle nous vint de Paris ou du Midi ; mais ma grand-mère ne partagea pas la confiance de *ces dames*, qui écrivaient : « Réjouissons-nous. Cette fois on le pendra, ou tout au moins on l'enfermera dans une cage de fer. » Ma bonne maman jugea tout autrement, et nous dit : « Ces Bourbons sont incapables, et Bonaparte va les chasser pour toujours. C'est leur destinée d'êtres dupes ; comment peuvent-ils croire que tous ces généraux qui ont trahi leur maître ne vont pas les trahir maintenant pour retourner à lui ? Dieu veuille que tout cela n'amène pas de terribles représailles et que Bonaparte ne les traite pas comme il a traité le duc d'Enghien ! »

Quant à moi, je n'ai pas grand souvenir de ce qui se passa à Nohant durant les Cent jours. J'étais absorbée dans de longues rêveries où je ne voyais pas clair. J'étais ennuyée d'entendre toujours parler politique, et tous ces brusques revirements de l'opinion étaient inexplicables pour ma jeune logique. Je voyais tout le monde changé et transformé du jour au lendemain. Nos provinciaux et nos paysans s'étaient trouvés royalistes tout d'un coup, sans que je puisse comprendre pourquoi. Où étaient ces bienfaits des Bourbons tant annoncés et tant vantés ?

Chaque jour nous apportait vaguement la nouvelle de l'entrée triomphante de Napoléon dans toutes les villes qu'il traversait, et voilà que beaucoup de gens redevenaient bonapartistes qui avaient crié : *À bas le tyran !* et traîné le drapeau tricolore dans la boue. Je ne comprenais pas assez tout cela pour en être indignée, mais j'éprouvais un dégoût involontaire et comme un ennui d'être au monde. Il me semblait que tout le monde était fou, et je revenais à mon rêve de la campagne de Russie et de la campagne de France. Je retrouvais mes ailes et je m'en allais au-devant de l'empereur pour lui demander compte de tout le mal et de tout le bien qu'on disait de lui.

Une fois je songeai que je l'emportais à travers l'espace et que je le déposais sur la coupole des Tuileries. Là j'avais un long entretien avec lui, je lui faisais mille questions, et je lui disais : « Si tu me prouves par tes réponses que tu es, comme on le dit, un monstre, un ambitieux, un buveur de sang, je vais te précipiter en bas et te briser sur le seuil de ton palais ; mais si tu te justifies, si tu es ce que j'ai cru, le bon, le grand, le juste empereur, le père des Français, je te reporterai sur ton trône, et avec mon épée de feu je te défendrai de tes ennemis. » Il m'ouvrit alors son cœur et m'avoua qu'il avait commis beaucoup de fautes par un trop grand amour de la gloire, mais il me jura qu'il aimait la France, et que désormais il ne songerait plus qu'à faire le bonheur du peuple, sur quoi je le touchai de mon épée de feu qui devait le rendre invulnérable.

Il est fort étrange que je fisse ces rêves tout éveillée, et souvent en apprenant machinalement des vers de Corneille ou de Racine que je devais réciter à ma leçon. C'était une espèce d'hallucination, et j'ai remarqué depuis que beaucoup de petites filles, lorsqu'elles approchent d'une certaine crise de développement physique, sont sujettes à des extases ou à des visions encore plus bizarres. Je ne me rappellerais probablement pas les miennes si elles n'avaient pris obstinément la même forme pendant quelques années consécutives, et si elles ne s'étaient pas fixées sur l'empereur et sur la grande armée, il me serait impossible d'expliquer pourquoi. Certes j'avais des préoccupations plus personnelles et plus vives, et mon imagination eût dû ne me présenter que le fantôme de ma mère dans l'espèce d'Éden qu'elle m'avait fait envisager un instant, et auquel j'aspirais sans cesse. Il n'en fut rien pourtant, je pensais à elle à toute heure et je ne la voyais jamais ; au lieu que cette pâle figure de l'empereur que je n'avais vue qu'un instant se dessinait toujours devant moi et devenait vivante et parlante sitôt que j'entendais prononcer son nom.

Pour n'y plus revenir, je dirai que, lorsque *le Bellérophon* l'emporta à Sainte-Hélène, je fis chavirer le navire en le poussant avec mon épée de feu ; je noyai tous les Anglais qui s'y trouvaient, et j'emportai une fois encore l'empereur aux Tuileries, après lui avoir bien fait promettre qu'il ne ferait plus la guerre pour son plaisir. Ce qu'il y a de particulier dans ces visions, c'est que je n'y étais point moi-même, mais une sorte de génie tout-puissant, l'ange du Seigneur, la destinée, la fée de la France, tout ce qu'on voudra, excepté la petite fille de onze ans, qui étudiait sa leçon ou arrosait son petit jardin pendant les promenades aériennes de son *moi* fantastique.

Je n'ai rapporté ceci que comme un fait physiologique. Ce n'était pas le résultat d'une exaltation de l'âme ni d'un engouement politique, car cela se produisait en moi dans mes pires moments de langueur, de froideur et d'ennui, et souvent après avoir écouté sans intérêt et comme malgré moi ce qui se disait à propos de la politique. Je n'ajoutais aucune foi, aucune superstition à mon rêve, je ne le pris jamais au sérieux, je n'en parlai jamais à personne. Il me fatiguait, et je ne le cherchais pas. Il s'emparait de moi par un travail de mon cerveau tout à fait imprévu et indépendant de ma volonté.

Le séjour des ennemis à Paris y rendait l'existence odieuse et insupportable aux personnes en qui le fanatisme de la royauté n'avait pas étouffé l'amour et le respect de la patrie. Ma mère confia Caroline à ma tante et vint passer l'été à Nohant. Il y avait sept ou huit mois que je ne l'avais vue, je laisse à penser quels furent mes transports. Avec elle d'ailleurs ma vie était transformée. Rose perdait son autorité sur moi et se reposait volontiers de ses fureurs. J'avais été plus d'une fois tentée de me plaindre à ma mère, aussitôt qu'elle arriverait, des mauvais traitements que me faisait essuyer cette fille ; mais comme, dans sa sincérité de cœur, elle ne se rendait pas compte à elle-même de ses torts envers moi, comme, au lieu de redouter son arrivée, elle se réjouissait de toute son âme de voir *madame Maurice*, comme elle préparait sa chambre avec sollicitude, comme elle comptait les jours et les heures avec moi, comme elle l'aimait enfin, je lui pardonnai tout, et non seulement je ne trahis pas le secret de ses violences, mais encore j'eus le courage de les nier, lorsque ma mère en eut quelque soupçon. Je me rappelle qu'un jour ces soupçons s'aggravèrent et que j'eus un certain mérite à les effacer.

Mon frère avait imaginé de faire de la glu pour prendre les oiseaux. Je ne sais si c'est dans le Grand ou le Petit Albert, ou dans notre vieux manuel de diablerie qu'il en avait trouvé la recette. Il s'agissait tout bonnement de piler du gui de chêne. Nous ne réussîmes point à faire de la glu, mais bien à barbouiller notre visage, nos mains et nos vêtements d'une pâte verte d'un ton fort équivoque. Ma mère travaillait près de nous dans le jardin, assez distraite, suivant sa coutume, et ne songeant pas même à se préserver des éclaboussures de notre baquet. Tout à coup je vis venir Rose au bout de l'allée, et mon premier mouvement fut de me sauver. « Qu'a-t-elle donc ? » dit ma mère à Hippolyte en sortant de sa rêverie et en me regardant courir. Mon frère, qui n'a jamais aimé à se faire des ennemis, répondit qu'il n'en savait rien : mais ma mère était méfiante, elle me rappela, et interpellant Rose en ma présence : « Ce n'est pas la première fois, lui dit-elle, que je remarque combien la petite a peur de toi. Je crois que tu la brutalises. – Mais, dit la rousse indignée de me voir si salie et si tachée, voyez comme elle est faite ! n'y a-t-il pas de quoi perdre patience quand il faut passer sa vie à laver et à raccommoder ses nippes ? – Ah çà, dit ma mère d'un ton brusque, t'imagines-tu, par hasard, que je t'ai fait entrer ici pour faire autre chose que laver et raccommoder des nippes ? crois-tu que c'est pour toucher une rente et lire Voltaire comme mademoiselle Julie ? Ôte-toi cela de l'esprit, lave, raccommode, laisse courir, jouer et grandir mon enfant, c'est comme cela que je l'entends et pas autrement. »

Aussitôt que ma mère fut seule avec moi, elle me pressa de questions. « Je te vois trembler et pâlir quand elle te fait les gros yeux, me dit-elle ; elle te gronde donc bien fort ? – Oui, répondis-je, elle me gronde trop fort. – Mais j'espère, reprit ma mère, qu'elle n'a jamais eu le malheur de te donner une chiquenaude, car je la ferais chasser dès ce soir ! » L'idée de faire renvoyer cette pauvre fille qui m'aimait tant, malgré ses emportements, fit rentrer au fond de mon cœur l'aveu que j'allais faire. Je gardai le silence. Ma mère insista vivement. Je vis qu'il fallait mentir, mentir pour la première fois de ma vie, et mentir à ma mère ! Mon cœur fit taire ma conscience. Je mentis, et ma mère, toujours soupçonneuse, n'attribuant ma discrétion qu'à la crainte, mit ma générosité à une rude épreuve en me faisant affirmer plusieurs fois que je lui disais la vérité. Je n'en eus point de remords, je l'avoue. Mon mensonge ne pouvait nuire qu'à moi.

À la fin, elle me crut. Rose ne sut pas ce que j'avais fait pour elle. Tenue en respect par la présence de ma mère, elle se radoucit : mais par la suite, quand nous nous retrouvâmes ensemble, elle me fit payer cher la bêtise de mon cœur. J'eus la fierté de ne pas la lui dire, et, comme de coutume, je subis en silence l'oppression et les outrages.

Un spectacle imposant et plein d'émotions vint m'arracher au sentiment de ma propre existence pendant une partie de l'été que ma mère passa avec moi en 1815. Ce fut le passage et le licenciement de l'armée de la Loire.

On sait qu'après s'être servi de Davout pour tromper cette noble armée, après lui avoir promis amnistie complète, le roi publiait, le 24 juillet, une ordonnance qui traduisait devant les conseils de guerre Ney, Labédoyère et dix-neuf autres noms chers à l'armée et à la France[38]. Trente-huit autres étaient condamnés au bannissement. Le prince d'Eckmühl avait donné sa démission, sa position de généralissime à l'armée de la Loire n'étant plus soutenable. La Restauration s'apprêtait à le dédommager de sa soumission, elle lui donna pour successeur Macdonald, lequel fut chargé d'opérer en *douceur* le licenciement. Il transféra à Bourges le quartier général de l'armée. « Deux ordres, en date des 1er et 2 août, firent connaître ce double changement aux troupes ; Macdonald, dans ces deux ordres, ne prononçait pas encore le mot de licenciement ; il se bornait à annoncer que, pour soulager les habitants du fardeau des logements militaires, il allait *étendre* l'armée. Cette mesure fut le commencement de la dissolution : on disloqua les brigades et les divisions ; les régiments d'un même corps ou d'une même arme se trouvèrent dispersés à de grandes distances les uns des autres ; on éparpilla jusqu'aux bataillons ou aux escadrons de certains régiments. Une fois tous les rapports brisés, l'ordonnance pour la réorganisation de l'armée fut rendue publique (le 12 août), et l'on procéda au licenciement, mais par détachements, par régiments, de manière à diviser les réclamations, à isoler les murmures et les résistances » (Achille de Vaulabelle, *Histoire des deux Restaurations*) [39].

C'est ainsi que nous assistâmes à des scènes de détail qui me firent enfin comprendre peu à peu ce qui se passait en France. Jusque-là j'avoue que je ne pouvais guère démêler le vrai sentiment national de l'esprit de parti. J'avais presque frayeur des instincts bonapartistes qui se réveillaient en moi quand j'entendais maudire, conspuer, calomnier et avilir tout ce que j'avais vu respecter et redouter la veille. Ma mère, aussi enfant que moi, n'avait pas attendu le retour des *vieilles comtesses* pour railler et détester l'ancien régime ; mais elle n'avait de parti pris sur rien et ne savait quoi répondre à ma bonne maman quand celle-ci, faisant le procès aux ambitieux et aux conquérants *grands tueurs d'hommes*, lui disait qu'une monarchie tempérée par des institutions libérales, un système de paix durable, le retour du bien-être, de la liberté individuelle, de l'industrie, des arts et des lettres, vaudraient mieux à la France que le règne du sabre. « N'avons-nous pas assez maudit la guerre, vous et moi, du temps de notre pauvre Maurice ? lui disait-elle ; maintenant nous payons les violons de toute cette gloire impériale. Mais laissez passer cette première colère de l'Europe contre nous, et vous verrez que nous entrerons dans une ère de calme et de sécurité heureuse sous ces Bourbons que je n'aime pas beaucoup plus que vous, mais qui nous sont le gage d'un meilleur avenir. Sans eux notre nationalité était perdue. Bonaparte l'avait sérieusement compromise en voulant trop l'étendre. Si un parti royaliste ne s'était pas formé pour hâter sa chute, voyez ce que nous deviendrions aujourd'hui après le désastre de nos armées ! La France eût été démembrée, nous serions Prussiens, Anglais ou Allemands. »

Ainsi raisonnait ma grand-mère, n'admettant pas une chose que je crois pourtant fort certaine, c'est que si un parti royaliste ne se fût pas formé pour vendre et trahir le pays, l'univers réuni contre nous n'eût pu vaincre l'armée française. Ma mère, qui volontiers reconnaissait la supériorité de sa belle-mère, se laissait tout doucement persuader, et moi par conséquent avec elle. J'étais donc comme désillusionnée de l'Empire et comme résignée à la Restauration, lorsque, par un ardent soleil d'été, nous vîmes reluire sur tous les versants de la vallée Noire les glorieuses armes de Waterloo. Ce fut un régiment de lanciers décimé par ce grand désastre qui le premier vint occuper nos campagnes. Le général Colbert établit à Nohant son quartier général. Le général Subervie occupa le château d'Ars, situé à une demi-lieue. Tous les jours, ces généraux, leurs aides de camp et une douzaine d'officiers principaux dînaient ou déjeunaient chez nous. Le général Subervie était alors un joli garçon très galant avec les dames, enjoué, et même taquin avec les enfants. Comme, par sa faute, je m'étais un peu trop familiarisée avec lui, et qu'il m'avait tiré les oreilles un peu fort en jouant, je me vengeai, un jour, par une espièglerie dont je ne sentais guère la portée. Je découpai une jolie cocarde en papier blanc, et je l'attachai avec une épingle sur la cocarde tricolore de son chapeau, sans qu'il s'en aperçût. Toute l'armée portait encore les couleurs de l'Empire, et l'ordre de les faire disparaître n'arriva que quelques jours plus tard. Il alla donc à La Châtre avec cette cocarde et s'étonna de voir les regards des officiers et des soldats qu'il rencontrait se fixer sur lui avec stupeur. Enfin, je ne sais plus quel officier lui demanda l'explication de cette cocarde blanche, à quoi il ne comprit rien, et ôtant son chapeau et jetant la cocarde blanche au diable, il me donna à tous les diables par-dessus le marché.

J'ai revu ce bon général Subervie pour la première fois depuis ce temps-là, en 1848, à l'hôtel de ville, quelques jours après la révolution et lorsqu'il venait d'accepter le portefeuille de la guerre. Il n'avait oublié aucune des circonstances de son passage à Nohant en 1815, et il me reprocha ma cocarde blanche, comme je lui reprochai de m'avoir tiré les oreilles.

Quelques jours plus tard, en 1815, je ne lui aurais certainement pas fait cette mauvaise plaisanterie, car mon court essai de royalisme fut abjuré dans mon cœur, et voici à quelle occasion.

On voyait au premier mot de ma grand-mère, et rien qu'à son grand air et à son costume suranné, qu'elle appartenait au parti royaliste. On supposait même chez elle plus d'attachement à ce parti qu'il n'en existait réellement au fond de sa pensée. Mais elle était fille du maréchal de Saxe, elle avait eu un brave fils au service, elle était pleine de grâces hospitalières et de délicates attentions pour ces *brigands de la Loire* en qui elle ne pouvait voir autre chose que de vaillants et généreux hommes, les frères d'armes de son fils (quelques-uns même l'avaient connu, et je crois que le général Colbert était du nombre) ; en outre ma grand-mère inspirait le respect, et un respect tendre, à quiconque avait un bon sentiment dans l'âme. Ces officiers qu'elle recevait si bien s'abstenaient donc de dire devant elle un seul mot qui pût blesser les opinions qu'elle était censée avoir ; comme, de son côté, elle s'abstenait de prononcer une parole, de rappeler un fait qui pût aigrir leur respectable infortune. Voilà pourquoi je vis ces officiers pendant plusieurs jours sans qu'aucune émotion nouvelle changeât la disposition de mon esprit ; mais un jour que nous étions par exception en petit comité à dîner, Deschartres, qui ne savait pas retenir sa langue, excita un peu le général Colbert. Alphonse Colbert, descendant du grand Colbert, était un homme d'environ quarante ans, un peu replet et sanguin. Il avait des manières excellentes, des talents agréables ; il chantait des romances champêtres en s'accompagnant au piano ; il était plein de petits soins pour ma grand-mère, qui le trouvait charmant, et ma mère disait tout bas que, pour un militaire, elle le trouvait trop à l'eau de rose.

Je ne saurais dire si ce jour-là même l'ordonnance de la dislocation de l'armée n'était pas arrivée de Bourges. Que ce fût cette cause ou les maladroites réflexions de Deschartres, le général s'anima. Ses yeux ronds et noirs commencèrent à lancer des flammes, ses joues se colorèrent, l'indignation et la douleur trop longtemps contenues s'épanchèrent, et il parla avec une véritable énergie : « Non ! nous n'avons pas été vaincus, s'écria-t-il, nous avons été trahis, et nous le sommes encore. Si nous ne l'étions pas, si nous pouvions compter sur tous nos officiers, je vous réponds que nos braves soldats feraient bien voir encore à messieurs les Prussiens et à messieurs les Cosaques que la France n'est pas une proie qu'ils puissent impunément dévorer ! » Il parla avec feu de l'honneur français, de la honte de subir un roi imposé par l'étranger, et il peignit cette honte avec tant d'âme, que je sentis la mienne se ranimer, comme le jour où j'avais entendu, en 1814, un enfant de treize ou quatorze ans parler de prendre un grand sabre pour défendre sa patrie.

Ma grand-mère, voyant que le général s'exaltait de plus en plus, voulut le calmer, et lui dit que le soldat était épuisé, que le peuple ne voulait plus que le repos. « Le peuple ! s'écria-t-il, ah ! vous ne le connaissez pas. Le peuple ! son vœu et sa véritable pensée ne se font pas jour dans vos châteaux. Il est prudent devant ses vieux seigneurs qui reviennent, et dont il se défie ; mais nous autres soldats nous connaissons ses sympathies, ses regrets, et, voyez-vous, ne croyez pas que la partie soit si bien gagnée ! On veut nous licencier parce que nous sommes la dernière force, le dernier espoir de la patrie : mais il ne tient qu'à nous de repousser cet ordre comme un acte de trahison et comme une injure. Pardieu ! ce pays-ci est excellent pour une guerre de partisans, et je ne sais pas pourquoi nous n'y organisons pas le noyau d'une Vendée patriotique. Ah ! le peuple, ah ! les paysans ! dit-il en se levant et en brandissant son couteau de table, vous allez les voir se joindre à nous ! Vous verrez comme ils viendront avec leurs faux, et leurs fourches, et leurs vieux fusils rouillés ! On peut tenir six mois dans vos chemins creux et derrière vos grandes haies. Pendant ce temps, la France se lèvera sur tous les points ; et d'ailleurs, si nous sommes abandonnés, mieux vaut mourir avec gloire en se défendant que d'aller tendre la gorge aux ennemis. Nous sommes encore un bon nombre à qui il ne faudrait qu'un mot pour relever l'étendard de la nation et c'est peut-être à moi de donner l'exemple ! »

Deschartres ne disait plus rien. Ma grand-mère prit le bras du général, lui ôta le couteau des mains, le força à se rasseoir, et cela d'une façon si tendre et si maternelle qu'il en fut ému. Il prit les deux mains de la vieille dame, les couvrit de baisers, et lui demandant pardon de l'avoir effrayée, la douleur reprit le dessus sur la colère, et il fondit en larmes, les premières peut-être qui eussent soulagé son cœur ulcéré depuis Waterloo.

Nous pleurions tous, sauf Deschartres, qui cependant n'insistait plus pour avoir raison et à qui un certain respect devant le malheur fermait enfin la bouche. Ma grand-mère emmena le général au salon. « Mon cher général, au nom du ciel, lui dit-elle, soulagez-vous, pleurez, mais ne dites jamais devant personne des choses comme il vient de vous en échapper. Je suis sûre autant qu'on peut l'être de ma famille, de mes hôtes et de mes domestiques ; mais, voyez-vous, dans le temps où nous sommes et lorsqu'une partie de vos compagnons est forcée de fuir pour échapper peut-être à une sentence de mort, c'est jouer votre tête que de vous abandonner ainsi à votre désespoir.

– Vous me conseillez la prudence, chère madame, lui dit-il, mais ce n'est pas la prudence, c'est la témérité que vous devriez me conseiller. Vous croyez donc que je ne parle pas sérieusement, et que je veux accepter le licenciement honteux que les ennemis nous imposent ! C'est un second Waterloo, moins l'honneur, auquel on nous pousse. Un peu d'audace nous sauverait !

– La guerre civile ! s'écria ma grand-mère : vous voulez rallumer la guerre civile en France ! vous idolâtres de ce même Napoléon qui du moins n'a pas voulu imprimer cette tache à son nom et qui a sacrifié son orgueil devant l'horreur d'un pareil expédient ! Sachez que je ne l'ai jamais aimé, mais que pourtant j'ai eu de l'admiration pour lui un jour en ma vie. C'est le jour où il a abdiqué plutôt que d'armer les Français les uns contre les autres. Lui-même désavouerait aujourd'hui votre tentative. Soyez donc fidèles à son souvenir en suivant le noble exemple qu'il vous a donné. »

Soit que ces raisons fissent impression sur l'esprit du général, soit que ses propres réflexions fussent conformes, quant au fond, à celles de ma grand-mère, il se calma, et plus tard il a repris du service sous les Bourbons. Mais pour tous ceux que la loyauté et la douleur avaient accompagnés comme lui derrière la Loire, il n'y a rien eu que de très légitime à poursuivre leur carrière militaire, lorsqu'ils l'ont pu sans s'abaisser sous un autre régime.

On a vu dans ce que j'ai cité de l'histoire de M. de Vaulabelle que l'ordre du licenciement fut déguisé sous diverses ordonnances de dislocation partielle. Un soir, la petite place de Nohant et les chemins qui y aboutissent virent une foule compacte de cavaliers encore superbes de tenue venir recevoir les ordres du général Colbert. Ce fut l'affaire d'un instant. Muets et sombres, ils se divisèrent et s'éloignèrent dans des directions diverses.

Le général et son état-major parurent résignés. L'idée d'une *Vendée patriotique* n'était pourtant pas éclose isolément dans la tête de M. de Colbert. Elle avait parcouru les rangs frémissants de l'armée de la Loire ; mais on sait maintenant qu'il y avait là une intrigue du parti d'Orléans à laquelle ils eurent raison de ne point se fier.

Un matin, pendant que nous déjeunions avec plusieurs officiers de lanciers, on parla du colonel du régiment, tombé sur le champ de bataille de Waterloo. « Ce brave colonel Sourd, disait-on, quelle perte pour ses amis et quelle douleur pour tous les hommes qu'il commandait ! C'était un héros à la guerre et un homme excellent dans l'intimité.

– Et vous ne savez ce qu'il est devenu ? dit ma grand-mère. – Il était criblé de blessures, et il avait un bras fracassé par un boulet, répondit le général. On a pu l'emporter à l'ambulance ; il a encore vécu après l'événement, on espérait le sauver ; mais depuis longtemps nous n'avons plus de ses nouvelles, et tout porte à croire qu'il n'est plus. Un autre a pris le commandement du régiment. Pauvre Sourd ! Je le regretterai toute ma vie ! »

Comme il disait ces mots, la porte s'ouvre. Un officier mutilé, la manche vide et relevée dans la boutonnière, la figure traversée de larges bandes de taffetas d'Angleterre qui cachaient d'effroyables cicatrices, paraît et s'élance vers ses compagnons. Tous se lèvent, un cri s'échappe de toutes les poitrines ; on se précipite sur lui, on l'embrasse, on le presse, on l'interroge, on pleure, et le colonel Sourd achève avec nous ce déjeuner qui avait commencé par son éloge funèbre.

Le lieutenant-colonel Féroussac, qui avait commandé le régiment en son absence, fut heureux de lui rendre son autorité, et Sourd voulut être licencié à la tête de son régiment, qui le revit avec des transports impossibles à décrire.

Je dois ici un souvenir à M. Pétiet, aide de camp du général Colbert, qui fut pour moi d'une bonté vraiment paternelle, toujours occupé de jouer avec moi comme un excellent enfant qu'il était encore, malgré son grade et ses années de service, qui commençaient déjà à compter. Il n'avait guère que trente ans, mais il avait été page de l'impératrice, et il était entré dans l'armée de fort bonne heure. Il avait conservé la gaieté et l'espièglerie d'un page ; mon frère et moi nous l'adorions et nous ne le laissions pas un instant en repos. Il est maintenant général* [40].

* Le baron Pétiet me prie de rectifier des erreurs de mémoire qui le concernent. Je l'ai confondu avec son frère le général, aujourd'hui député au Corps législatif. Celui qui était aide de camp et beau-frère du général Colbert en 1815 n'avait alors que vingt et un ans ; il avait été premier page de l'empereur, il avait fait campagne et comptait déjà six blessures. Il a quitté le service en 1830. (*Note de 1855*) [NdA].

Au bout d'une quinzaine de jours le général Colbert, M. Pétiet, le général Subervie et les autres officiers du corps qu'ils commandaient allèrent ailleurs, à Saint-Amand, si je ne me trompe. Ma grand-mère aimait déjà tant le général Colbert qu'elle pleura son départ. Il avait été excellent, en effet, parmi nous, et les nombreux officiers supérieurs que nous eûmes successivement à loger pendant une partie de la saison nous laissèrent tous des regrets. Mais à mesure que le licenciement s'opérait, l'intérêt devenait moins vif pour moi, du moins à l'égard des officiers, qui commençaient à prendre leur parti et à se préoccuper de l'avenir plus que du passé. Plusieurs même étaient déjà tout ralliés à la Restauration et avaient de nouveaux brevets dans leur poche. Ma grand-mère voyait cela avec plaisir et leur faisait fête. Mais ce royalisme de fraîche date répugnait encore à ma mère, à moi par conséquent, car je cherchais toujours mon impression dans ses yeux et mon avis sur ses lèvres.

Plus d'un lui fit la cour, car elle était encore charmante, et je crois qu'elle eût pu facilement se remarier honorablement à cette époque ; mais elle n'en voulut pas entendre parler, et quoiqu'elle fût entourée d'hommages, jamais je ne vis moins de coquetterie et plus de réserve qu'elle n'en montra.

C'était un spectacle imposant que ce continuel passage d'une armée encore superbe dans notre vallée Noire. Le temps fut toujours clair et chaud. Tous les chemins étaient couverts de ces nobles phalanges qui défilaient en bon ordre et dans un silence solennel. C'était la dernière fois qu'on devait voir ces uniformes si beaux, si bien portés, *usés par la victoire*, comme on l'a dit depuis avec raison, ces belles figures bronzées, ces fiers soldats si terribles dans les combats, si doux, si humains, si bien disciplinés pendant la paix. Il n'y eut pas un seul acte de maraude ou de brutalité à leur reprocher. Je ne vis jamais parmi eux un homme ivre, quoique chez nous le vin soit à bon marché, et que le paysan le prodigue au soldat. Nous pouvions nous promener à toute heure sur les chemins, ma mère et moi, comme en temps ordinaire, sans craindre la moindre insulte. Jamais on ne vit le malheur, la proscription, l'ingratitude et la calomnie supportés avec tant de patience et de dignité, ce qui n'empêcha pas qu'ils ne fussent nommés les *brigands de la Loire*.

Deschartres même jeta les hauts cris parce qu'un volume des *Mille et Une Nuits* fut égaré, et que quatre belles pêches disparurent de l'espalier où il les regardait mûrir ; méfaits dont Hippolyte peut-être fut le seul coupable. N'importe, Deschartres accusait les brigands, et il ne se calma que lorsque ma bonne maman lui dit avec un grand sérieux : « Eh bien, Deschartres, quand vous écrirez l'histoire de ces temps-ci, vous n'oublierez pas un fait si grave. Vous direz : “Une armée entière traversa Nohant, et porta le ravage et la dévastation sur un espalier où l'on comptait quatre pêches avant cette terrible époque”. »

Nous vîmes passer des régiments de toutes armes, des chasseurs, des carabiniers, des dragons, des cuirassiers, de l'artillerie, et ces brillants mameluks avec leurs beaux chevaux et leur costume de théâtre, que j'avais vus à Madrid. Le régiment de mon père passa aussi, et les officiers, dont plusieurs l'avaient connu, entrèrent dans la cour et demandèrent à saluer ma grand-mère et ma mère. Elles les reçurent en sanglotant, prêtes à s'évanouir. Un officier dont j'ai oublié le nom s'écria en me voyant : « Ah ! voilà sa fille. Il n'y a pas à se tromper à une pareille ressemblance. » Il me prit dans ses bras et m'embrassa en me disant : « Je vous ai vue toute petite en Espagne. Votre père était un brave militaire et bon comme un ange. »

Plus tard, à Paris, ayant plus de vingt ans, j'ai été abordée sur le boulevard par un officier à demi-solde qui m'a demandé si je n'étais pas la fille du *pauvre Dupin*, et, dans un restaurant, d'autres officiers qui dînaient à une table sont venus faire la même question aux personnes qui étaient avec moi. C'étaient de braves débris de notre belle armée, mais j'ai la mémoire des noms si peu certaine que je craindrais de me tromper en les citant. Dans toutes ces rencontres, j'ai toujours entendu faire de mon père les plus vifs et les plus tendres éloges.

J'ai dit que mon frère était grand observateur et critique judicieux pour son âge. Il me faisait part de ses remarques, et nous remarquâmes, en effet, que les réconciliations du nouveau pouvoir avec l'armée s'opéraient toujours en commençant par les plus hauts grades. Ainsi, vers la fin du passage, les officiers supérieurs exhibaient avec satisfaction des étendards fleurdelisés, brodés, disait-on, par la duchesse d'Angoulême, et qu'elle leur avait envoyés en signe de bienveillance. Les officiers de moindre grade se montraient irrésolus ou sur la réserve. Les sous-officiers et les soldats étaient tous franchement et courageusement des *bonapartistes*, comme on disait alors, et quand vint l'ordre définitif de changer de drapeau et de cocarde, nous vîmes brûler des aigles dont les cendres furent littéralement baignées de larmes. Quelques-uns crachèrent sur la cocarde *sans tache* avant de la mettre à leur shako. Les officiers ralliés avaient hâte de se séparer de ces fidèles soldats et de prendre place dans l'armée réorganisée sur de nouvelles bases et avec un autre personnel. Je pense bien qu'il y en eut beaucoup de trompés dans leurs espérances, et que les belles promesses à l'aide desquelles on leur avait fait opérer sans bruit la dislocation n'aboutirent plus tard qu'à une maigre demi-solde.

Quand les derniers uniformes eurent disparu dans la poussière de nos routes, nous sentîmes tous une grande tristesse et une grande fatigue ; à force de voir marcher, il nous semblait avoir marché nous-mêmes. Nous avions assisté au convoi de la gloire, aux funérailles de notre nationalité. Ma grand-mère avait eu des émotions douloureuses et profondes, des souvenirs ravivés ; ma mère, en voyant tous ces jeunes et brillants officiers, avait senti plus que jamais qu'elle n'aimerait plus et que sa vie encore jeune et pleine s'écoulerait dans la solitude et les regrets. Deschartres avait la tête brisée d'avoir eu tous les jours des centaines de logements à distribuer et à discuter. Tous nos domestiques étaient sur les dents pour avoir servi nuit et jour une quarantaine de personnes et de chevaux pendant deux mois. Les courtes finances de ma grand-mère et sa cave s'en ressentaient, mais elle aimait à faire grandement les honneurs de chez elle, et elle y avait mangé une année de son revenu sans se plaindre.

À courir avec les soldats, mon frère avait pris la rage d'être militaire, et il ne fallait plus guère lui parler d'études. Quant à moi, qui avais été comme lui en récréation forcée pendant tout ce temps, j'étais accablée et brisée de mon inaction, car, dès mon plus jeune âge, ne rien faire a toujours été pour moi la pire des fatigues.

Néanmoins j'eus beaucoup de peine à me remettre au travail. Le cerveau est un instrument qui se rouille et qui aurait besoin d'un exercice modéré, mais soutenu. La politique me devenait nauséabonde, Nohant n'était plus aussi recueilli et aussi intime que par le passé. Les autorités de la ville voisine avaient été remplacées en grande partie par des royalistes ardents, qui venaient faire des visites officielles à ma grand-mère, et là on ne parlait que du trône et de l'autel, et des nouvelles tentatives du parti des *jacobins*, et des nouvelles répressions paternelles de ce bon gouvernement qui envoyait à l'échafaud Ney, Labédoyère et autres *scélérats*. On faisait du zèle devant ma grand-mère parce qu'on la croyait bien lancée dans le monde et influente. Le fait est qu'elle ne l'était ni ne se piquait de l'être. Elle avait passé la seconde moitié de sa vie dans une sorte de retraite qui ne lui avait laissé que peu d'occasions d'être utile, et elle n'était pas charmée de l'*ancien régime* autant qu'on se l'imaginait.

Pour moi, je n'étais plus tentée de me laisser prendre au royalisme. J'avais honte de passer pour en tenir par solidarité de famille. Je trouvais ma mère trop indifférente à tout cela, et je *déblatérais* dans mon coin avec Hippolyte contre ce roi *cotillon*[41] que les troupiers nous avaient enseigné à railler et à chansonner en cachette. Mais il fallait nous bien garder d'en rien laisser paraître, Deschartres n'entendait pas raison sur ce chapitre, et mademoiselle Julie n'avait pas coutume de garder pour elle ce qu'elle entendait.

Mon cousin René de Villeneuve vint nous voir à l'automne. Il était parfaitement aimable, enjoué, sachant occuper agréablement les loisirs de la campagne, et pas du tout royaliste, quoiqu'il sût ménager les apparences. Ma grand-mère lui parla de l'avenir de mon frère, qui s'en allait avoir seize ans et qui ne tenait plus dans sa peau, tant il avait envie de quitter Deschartres et de commencer la vie, n'importe par quel bout. On lui avait enseigné les mathématiques avec l'idée de le mettre dans la marine ; mais M. de Villeneuve, qui venait de marier sa fille avec le comte de La Roche-Aymon, et qui voyait dans cette nouvelle alliance beaucoup de nouvelles portes ouvertes pour une certaine influence, engagea ma grand-mère à le faire entrer dans un régiment de cavalerie, où il espérait lui assurer des protections et de l'avancement. Il promit de s'en occuper aussitôt, et mon frère bondit de joie à l'idée d'avoir un cheval et des bottes tous les jours de sa vie.

Après M. de Villeneuve, nous vîmes arriver madame de La Marlière, qui était devenue dévote tout d'un coup et qui allait à la messe et à vêpres le dimanche. Cela m'étonna grandement. Enfin vint la bonne madame de Pardaillan, et puis, tout ce monde parti, ma mère partit à son tour. Quelque temps après, Hippolyte fit ses paquets et alla rejoindre son régiment de hussards à Saint-Omer, si bien qu'au commencement de l'année 1816 je me trouvai absolument seule à Nohant avec ma grand-mère, Deschartres, Julie et Rose.

Alors s'écoulèrent pour moi les deux plus longues, les deux plus rêveuses, les deux plus mélancoliques années qu'il y eût encore eu dans ma vie [42].

# VIII

*Enseignement de l'histoire. – Je l'étudie comme un roman. – Je désapprends la musique avec un maître. – Premiers essais littéraires. – L'art et le sentiment. – Ma mère se moque de moi, et je renonce aux* lettres. – *Mon* grand roman inédit. – Corambé. – *Marie et Solange.* – Plaisir *le porcher.* – *Le fossé couvert.* – *Démogorgon.* – *Le temple mystérieux.*

Je ne peux pas toujours suivre ma vie comme un récit qui s'enchaîne, car il y a beaucoup d'incertitudes dans ma mémoire sur l'ordre des petits événements que je me retrace. Je sais que j'ai passé à Nohant avec ma grand-mère, sans aller à Paris, les années 1814, 15, 16 et 17. Je résumerai donc en masse mon développement moral pendant ces quatre années.

Les seules études qui me plurent réellement furent l'histoire, la géographie, qui n'en est que l'appendice nécessaire, la musique et la littérature. Je pourrais encore réduire ces aptitudes, en disant que je n'aimais et n'aimai réellement jamais que la littérature et la musique, car ce qui me passionnait dans l'histoire, ce n'était pas cette philosophie que la théorie toute moderne du progrès nous a enseigné à déduire de l'enchaînement des faits. On n'avait point alors popularisé cette notion claire et précise qui est véritablement, sinon la grande découverte, du moins la grande certitude philosophique des temps nouveaux, et dont Pierre Leroux, Jean Reynaud et leur école de 1830 à 1840 ont posé la meilleure exposition et les meilleures déductions dans les travaux de l'*Encyclopédie nouvelle*[43].

À l'époque où l'on m'enseigna l'histoire, on n'avait généralement aucune idée d'ordre et d'ensemble dans l'appréciation des faits. Aujourd'hui l'étude de l'histoire peut être la théorie du progrès ; elle peut tracer une ligne grandiose à laquelle viennent se rattacher toutes les lignes jusqu'alors éparses et brisées. Elle nous fait assister à l'enfance de l'humanité, à son développement, à ses essais, à ses efforts, à ses conquêtes successives, et ses déviations mêmes, aboutissant fatalement à un retour qui la replace sur la route de l'avenir, ne font que confirmer la loi qui la pousse et l'entraîne.

Dans la théorie du progrès, Dieu est un, comme l'humanité est une. Il n'y a qu'une religion, qu'une vérité antérieure à l'homme, coéternelle à Dieu, et dont les différentes manifestations dans l'homme et par l'homme sont la vérité relative et progressive des diverses phases de l'histoire. Rien de plus simple, rien de plus grand, rien de plus logique. Avec cette notion, avec ce fil conducteur dans une main : *L'humanité éternellement progressive* ; avec ce flambeau dans l'autre main : *Dieu éternellement révélateur et révélable*, il n'est plus possible de flotter et de s'égarer dans l'étude de l'histoire des hommes, puisque c'est l'histoire de Dieu même dans ses rapports avec nous.

De mon temps on procédait simultanément par plusieurs histoires séparées, qui n'avaient aucun rapport entre elles. Par exemple, l'histoire sacrée et l'histoire profane étant contemporaines l'une de l'autre, il fallait les étudier en regard l'une de l'autre, sans admettre qu'elles eussent aucun lien. Quelle était la vraie, quelle était la fabuleuse ? Toutes deux étaient chargées de miracles et de fables également inadmissibles pour la raison ; mais pourquoi le Dieu des juifs était-il le seul vrai Dieu ? On ne vous le disait point, et, pour moi particulièrement, j'étais libre de rejeter le Dieu de Moïse et de Jésus, tout aussi bien que ceux d'Homère et de Virgile. « Lisez, me disait-on, prenez des notes, faites des extraits, retenez bien tout cela. Ce sont des choses qu'il faut savoir et qu'il n'est pas permis d'ignorer *. »

* Je ne doute pas que ma grand-mère ne m'eût déduit de meilleures raisons si elle eût été encore dans toute la force de ses facultés morales et intellectuelles. Elle avait certainement dû s'occuper plus efficacement de former l'âme de mon père. Mais j'ai beau chercher dans mes souvenirs la trace d'un enseignement vraiment philosophique de sa part, je ne la trouve pas. Je crois pouvoir

Savoir pour savoir, voilà véritablement toute la moralité de l'éducation qui m'était donnée. Il n'était pas question de s'instruire pour se rendre meilleur, plus heureux ou plus sage. On apprenait pour devenir capable de causer avec les personnes instruites, pour être à même de lire les livres qu'on avait dans son armoire, et de tuer le temps à la campagne ou ailleurs. Et comme les caractères de mon espèce ne comprennent pas beaucoup qu'il soit utile de donner la réplique aux causeurs instruits, au lieu de les écouter en silence ou de ne pas les écouter du tout ; comme en général les enfants ne s'inquiètent pas de l'ennui, puisqu'ils s'amusent volontiers de tout autre chose que l'étude, il fallait leur donner un autre motif, un autre stimulant. On leur parlait alors du plaisir de satisfaire leurs parents, et on faisait appel au sentiment de l'obéissance, à la conscience du devoir. C'était encore ce qu'il y avait de meilleur à invoquer, et cela réussissait assez avec moi, qui étais, par nature, indépendante dans mes idées, soumise dans les actes extérieurs.

Je n'ai jamais connu la révolte de fait avec les êtres que j'aimais et dont j'ai dû accepter la domination naturelle, car il y en a une, ne fût-ce que celle de l'âge, sans compter celle du sang. Je n'ai jamais compris qu'on ne cédât pas aux personnes avec lesquelles on ne veut ni ne peut rompre, quand même on est persuadé qu'elles se trompent, ni qu'on hésitât entre le sacrifice de soi-même et leur satisfaction. Voilà pourquoi ma grand-mère, ma mère et les religieuses de mon couvent m'ont toujours trouvée d'une douceur inexplicable au milieu d'un insurmontable entêtement. Je me sers du mot *douceur*, parce que j'ai été frappée de les voir se

affirmer que, pendant une phase de sa vie, antérieure à la Révolution, elle avait préféré Rousseau à Voltaire ; mais que plus elle a vieilli, plus elle est devenue voltairienne. L'esprit de bigoterie de la Restauration dut nécessairement porter cette réaction à l'extrême dans les cerveaux philosophiques qui dataient du siècle précédent. Or, l'on sait combien est pauvre de fond et vide de moralité la philosophie de l'histoire chez Voltaire (NdA).

rencontrer dans cette expression dont elles se servaient pour peindre mon caractère d'enfant. L'expression n'était peut-être pas juste. Je n'étais pas douce, puisque je ne cédais pas intérieurement. Mais, pour ne pas céder en fait, il eût fallu haïr, et, tout au contraire, j'aimais. Cela prouve donc uniquement que mon affection m'était plus précieuse que mon raisonnement, et que j'obéissais plus volontiers, dans mes actions, à mon cœur qu'à ma tête.

Ce fut donc par pure affection pour ma grand-mère que j'étudiai de mon mieux les choses qui m'ennuyaient, que j'appris par cœur des milliers de vers dont je ne comprenais pas les beautés ; le latin, qui me paraissait insipide ; la versification, qui était comme une camisole de force imposée à ma poétique naturelle ; l'arithmétique, qui était si opposée à mon organisation que, pour faire une addition, j'avais littéralement des vertiges et des défaillances. Pour lui faire plaisir aussi, je m'enfonçai dans l'histoire ; mais là, ma soumission reçut enfin sa récompense, l'histoire m'amusa prodigieusement.

Pourtant, par la raison que j'ai dite, par l'absence de théorie morale dans cette étude, elle ne satisfaisait pas l'appétit de logique qui commençait à s'éveiller en moi ; mais elle prit à mes yeux un attrait différent : je la goûtai sous son aspect purement littéraire et romanesque. Les grands caractères, les belles actions, les étranges aventures, les détails poétiques, le détail, en un mot, me passionna, et je trouvai à raconter tout cela, à y donner une forme dans mes extraits, un plaisir indicible.

Peu à peu je m'aperçus que j'étais peu surveillée, que ma grand-mère, trouvant mon extrait bien écrit pour mon âge, et intéressant, ne consultait plus le livre pour voir si ma version était bien fidèle, et cela me servit plus qu'on ne peut croire. Je cessai de porter à la leçon les livres qui avaient servi à mon résumé, et comme on ne me les demanda plus, je me lançai avec plus de hardiesse dans mes appréciations personnelles. Je fus plus philosophe que mes historiens profanes, plus enthousiaste que mes historiens sacrés. Me laissant aller à mon émotion et ne m'inquiétant pas d'être d'accord avec le jugement de mes auteurs, je donnai à mes récits la couleur de ma pensée, et même je me souviens que je ne me gênais pas pour orner un peu la sécheresse de certains fonds. Je n'altérais point les faits essentiels, mais, quand un personnage insignifiant ou inexpliqué me tombait sous la main, obéissant à un besoin invincible d'*art*, je lui donnais un caractère quelconque que je déduisais assez logiquement de son rôle ou de la nature de son action dans le drame général. Incapable de me soumettre aveuglément au jugement de l'auteur, si je ne réhabilitais pas toujours ce qu'il condamnait, j'essayais du moins de l'expliquer et de l'excuser, et si je le trouvais trop froid pour les objets de mon enthousiasme, je me livrais à ma propre flamme, et je la répandais sur mon cahier dans des termes qui faisaient rire souvent ma grand-mère par leur naïveté d'exagération.

Enfin quand je trouvais l'occasion de fourrer une petite description au milieu de mon récit, je ne m'en faisais pas faute. Pour cela une courte phrase du texte, une sèche indication me suffisaient. Mon imagination s'en emparait et brodait là-dessus ; je faisais intervenir le soleil ou l'orage, les fleurs, les ruines, les monuments, les chœurs, les sons de la flûte sacrée ou de la lyre d'Ionie, l'éclat des armes, le hennissement des coursiers, que sais-je ? J'étais classique en diable, mais si je n'avais pas l'art de me trouver une forme nouvelle, j'avais le plaisir de sentir vivement, et de voir par les yeux de l'imagination tout ce passé qui se ranimait devant moi.

Il est vrai aussi que, n'étant pas tous les jours dans cette disposition poétique et pouvant impunément en prendre à mon aise, il m'arriva parfois de copier presque textuellement les pages du livre dont j'étais chargée de rendre le sens. Mais c'était mes jours de langueur et de distraction. Je m'en dédommageais avec plaisir quand je sentais la verve se rallumer.

Je faisais un peu de même pour la musique. J'étudiais pour l'acquit de ma conscience les sèches études que je devais jouer à ma grand-mère ; mais quand j'étais sûre de m'en tirer passablement, je les arrangeais à ma guise, ajoutant des phrases, changeant les formes, improvisant au hasard, chantant, jouant et composant musique et paroles, quand j'étais bien sûre de ne pas être entendue. Dieu sait à quelles stupides aberrations musicales je m'abandonnais ainsi ! J'y prenais un plaisir extrême.

La musique qu'on m'enseignait commençait à m'ennuyer. Ce n'était plus la direction de ma grand-mère. Elle s'était imaginé qu'elle ne pourrait pas m'enseigner elle-même la musique, ou bien sa santé ne lui permettait plus d'en garder l'initiative ; elle ne me démontrait plus rien, et se bornait à me faire jouer en mesure la plate musique que m'apportait mon maître.

Ce maître était l'organiste de La Châtre. Il savait la musique, certainement, mais il ne la sentait nullement, et il mettait peu de conscience à me la montrer. Il s'appelait M. Gayard, et il avait la figure et la tournure ridicules. Il portait toujours la queue ficelée, les ailes de pigeon et les grands habits carrés de l'ancien régime, quoiqu'il n'eût guère qu'une cinquantaine d'années. Sous la Restauration, on a vu pendant quelque temps des particuliers reprendre ces vieux usages de coiffure et d'habillement pour témoigner de leur attachement aux *bons principes.* D'autres ne les avaient jamais quittés, et c'était sans doute par habitude de gravité que M. Gayard conservait la poudre et les culottes courtes.

Il était pourtant médiocrement grave quand il n'était plus sous les yeux du curé, à La Châtre, et de ma grand-mère, à Nohant. Il arrivait le dimanche à midi, se faisait servir un copieux déjeuner, remontait l'accord du piano et du clavecin, me donnait une leçon de deux heures, puis allait batifoler avec les servantes jusqu'au dîner. Là il mangeait comme quatre, parlait peu, me faisait jouer ensuite devant ma grand-mère un morceau qu'il m'avait seriné plutôt qu'expliqué, et s'en allait les poches pleines de friandises qu'il se faisait donner par les femmes de chambre.

Je faisais des progrès apparents avec ce professeur, et, en réalité, je n'apprenais rien du tout, et je perdais le respect et l'amour de la musique. Il m'apportait de la musique facile, bête, soi-disant brillante. Heureusement il se glissait quelquefois à son insu de petits diamants dans ce fatras, des sonatines de Steibelt, des pages de Gluck, de Mozart, et de jolies études de Pleyel et de Clementi. La preuve que j'avais un bon sentiment musical, c'est que je discernais fort bien de moi-même ce qui valait la peine d'être étudié, et j'y portais un certain sentiment naïf qui plaisait à ma grand-mère, mais dont M. Gayard ne me tenait aucun compte. Il frappait fort et jouait carrément, sans nuances, sans couleur et sans cœur. C'était exact, correct, bruyant, sans charme et sans élévation. Je le sentais, et je haïssais sa manière. Avec cela il avait de grosses pattes laides, velues, grasses et sales qui me répugnaient, et une odeur de poudre mêlée à une odeur de crasse qui me faisait paraître ma leçon insupportable. Ma grand-mère devait bien savoir que c'était là un maître sans valeur et sans âme ; mais elle pensait que j'avais besoin de me délier les doigts, et comme les siens étaient de plus en plus paralysés, elle me donnait M. Gayard comme une mécanique. En effet, M. Gayard m'apprenait à remuer les doigts, et il me donnait à lire beaucoup de musique, mais il ne m'enseignait rien. Jamais il ne me demanda de me rendre compte à moi-même du ton dans lequel était écrit le morceau qu'il me faisait jouer, ni du mouvement, encore moins du sentiment et de la pensée musicale. Il me fallait deviner tout cela, car j'avais oublié toutes les règles que ma grand-mère m'avait enseignées si clairement et qu'il eût été bon de repasser sans cesse en les appliquant. Je les appliquais d'instinct et ne les savais plus. Quand je faisais quelque faute, M. Gayard me débitait des calembours et des coq-à-l'âne en forme de critique. *C'est ainsi que je travaillais,* disait-il, *la dernière fois qu'on me mit à la porte* ; ou bien il avait des sentences en latin de collège,

*Aspice Pierrot pendu,*
*Quod fa dièse n'a pas rendu*[44].

Et toute la leçon se passait ainsi, à moins qu'il ne préférât dormir auprès du poêle, ou se promener dans la chambre en mangeant des pruneaux ou des noisettes, car il mangeait toujours et ne se souciait guère d'autre chose.

On ne me parlait plus de chant, et pourtant c'était là mon instinct et ma vocation. Je trouvais un soulagement extrême à improviser en prose ou en vers blancs des récitatifs ou des fragments de mélodie lyrique, et il me semblait que le chant eût été ma véritable manière d'exprimer mes sentiments et mes émotions. Quand j'étais seule au jardin, je chantais toutes mes actions pour ainsi dire. *Roule, roule, ma brouette ! Poussez, poussez, petits gazons que j'arrose. Papillons jolis, venez sur mes fleurs !* etc. ; et quand j'avais du chagrin, quand je pensais à ma petite mère absente, c'étaient des complaintes en mineur qui ne finissaient pas et qui endormaient peu à peu ma mélancolie ou qui provoquaient des larmes dont j'étais soulagée :

*Ma mère, m'entends-tu ? je pleure et je soupire*, etc.

Vers l'âge de douze ans je m'essayai à écrire ; mais cela ne dura qu'un instant ; je fis plusieurs *descriptions*, une de la vallée Noire, vue d'un certain endroit où j'allais souvent me promener, et l'autre d'une nuit d'été avec clair de lune. C'est tout ce que je me rappelle, et ma grand-mère eut la bonté de déclarer à qui voulait la croire que c'était des chefs-d'œuvre. D'après les phrases qui me sont restées dans la mémoire *, ces chefs-d'œuvre-là étaient bons à mettre au cabinet[45].

* Il y avait entre autres métaphores une lune qui *labourait les nuages, assise dans sa nacelle d'argent* (NdA).

Mais ce que je me rappelle avec plus de plaisir, c'est que, malgré les imprudents éloges de ma bonne maman, je ne fus nullement enivrée de mon petit succès. J'avais dès lors un sentiment que j'ai toujours conservé ; c'est qu'aucun art ne peut rendre le charme et la fraîcheur de l'impression produite par les beautés de la nature, de même que rien dans l'expression ne peut atteindre à la force et à la spontanéité de nos émotions intimes. Il y a dans l'âme quelque chose de plus que dans la forme [46]. L'enthousiasme, la rêverie, la passion, la douleur n'ont pas d'expression suffisante dans le domaine de l'art, quel que soit l'art, quel que soit l'artiste. J'en demande pardon aux maîtres : je les vénère et les chéris, mais ils ne m'ont jamais rendu ce que la nature m'a donné, ce que moi-même j'ai senti mille fois l'impossibilité de rendre aux autres. L'art me semble une aspiration éternellement impuissante et incomplète, de même que toutes les manifestations humaines. Nous avons, pour notre malheur, le sentiment de l'infini, et toutes nos expressions ont une limite rapidement atteinte ; ce sentiment même est vague en nous, et les satisfactions qu'il nous donne sont une espèce de tourment.

L'art moderne l'a bien senti, ce tourment de l'impuissance, et il a cherché à étendre ses moyens en littérature, en musique, en peinture. L'art a cru trouver dans les formes nouvelles du romantisme une nouvelle puissance d'expansion. L'art a pu y gagner, mais l'âme humaine n'élève ses facultés que relativement, et la soif de la perfection, le besoin de l'infini restent les mêmes, éternellement avides, éternellement inassouvis. C'est pour moi une preuve irréfutable de l'existence de Dieu. Nous avons le désir inextinguible du beau idéal : donc le désir a un but. Ce but n'existe nulle part à notre portée, ce but est l'infini, ce but est Dieu.

L'art est donc un effort plus ou moins heureux pour manifester des émotions qui ne peuvent jamais l'être complètement, et qui, par elles-mêmes, dépassent toute expression. Le romantisme, en augmentant les moyens, n'a pas reculé la limite des facultés humaines.

Une grêle d'épithètes, un déluge de notes, un incendie de couleurs, ne témoignent et n'expriment rien de plus qu'une forme élémentaire et naïve. J'ai beau faire, j'ai le malheur de ne rien trouver dans les mots et dans les sons de ce qu'il y a dans un rayon du soleil ou dans un murmure de la brise.

Et pourtant l'art a des manifestations sublimes, et je ne saurais vivre sans les consulter sans cesse ; mais plus ces manifestations sont grandes, plus elles excitent en moi la soif d'un *mieux* et d'un *plus* que personne ne peut me donner, et que je ne puis pas donner moi-même, parce qu'il faudrait, pour exprimer ce plus et ce mieux, un chiffre qui n'existe pas pour nous et que l'homme ne trouvera probablement jamais.

J'en reviens à dire plus clairement et plus positivement que rien de ce que j'ai écrit dans ma vie ne m'a jamais satisfaite, pas plus mes premiers essais à l'âge de douze ans, que les travaux littéraires de ma vieillesse, et qu'il n'y a à cela aucune modestie de ma part. Toutes les fois que j'ai vu et senti quelque sujet d'art, j'ai espéré, j'ai cru naïvement que j'allais le rendre comme il m'était venu. Je m'y suis jetée avec ardeur ; j'ai rempli ma tâche parfois avec un vif plaisir, et parfois, en écrivant la dernière page, je me suis dit : « Oh ! cette fois, c'est bien réussi ! » Mais, hélas ! je n'ai jamais pu relire l'épreuve sans me dire : « Ce n'est pas du tout cela, je l'avais rêvé et senti et conçu tout autrement ; c'est froid, c'est *à côté*, c'est trop dit et ce ne l'est pas assez. » Et si l'ouvrage n'avait pas toujours été la propriété d'un éditeur, je l'aurais mis dans un coin avec le projet de le refaire, et je l'y aurais oublié pour en essayer un autre.

Je sentis donc, dès la première tentative littéraire de ma vie, que j'étais au-dessous de mon sujet, et que mes mots et mes phrases le gâtaient pour moi-même. On envoya à ma mère une de mes *descriptions* pour lui faire voir comme je devenais habile et savante ; elle me répondit : *Tes belles phrases m'ont bien fait rire, j'espère que tu ne vas pas te mettre à parler comme ça.* Je ne fus nullement mortifiée de l'accueil fait par elle à mon élucubration poétique ; je trouvai qu'elle avait parfaitement raison, et je lui répondis : « Sois tranquille, ma petite mère, je ne deviendrai pas une pédante, et quand je voudrai te dire que je t'aime, que je t'adore, je te le dirai tout bonnement comme le voilà dit. »

Je cessai donc d'*écrire*, mais le besoin d'inventer et de composer ne m'en tourmentait pas moins. Il me fallait un monde de fictions, et je n'avais jamais cessé de m'en créer un que je portais partout avec moi, dans mes promenades, dans mon immobilité, au jardin, aux champs, dans mon lit avant de m'endormir et en m'éveillant, avant de me lever. Toute ma vie j'avais eu un roman en train dans la cervelle, auquel j'ajoutais un chapitre plus ou moins long aussitôt que je me trouvais seule, et pour lequel j'amassais sans cesse des matériaux. Mais pourrai-je donner une idée de cette manière de composer que j'ai perdue et que je regretterai toujours, car c'est la seule qui ait réalisé jamais ma fantaisie ?

Je ne donnerais aucun développement au récit de cette fantaisie de mon cerveau, si je croyais qu'elle n'eût été qu'une bizarrerie personnelle. Car mon lecteur doit remarquer que je me préoccupe beaucoup plus de lui faire repasser et commenter sa propre existence, celle de nous tous, que de l'intéresser à la mienne propre ; mais j'ai lieu de croire que mon histoire intellectuelle est celle de la génération à laquelle j'appartiens, et qu'il n'est aucun de nous qui n'ait fait, dès son jeune âge, un roman ou un poème.

J'avais bien vingt-cinq ans, lorsque, voyant mon frère griffonner beaucoup, je lui demandai ce qu'il faisait. « Je cherche, me dit-il, un roman moral dans le fond, comique dans la forme : mais je ne sais pas écrire, et il me semble que tu pourrais rédiger ce que j'ébauche. » Il me fit part de son plan, que je trouvai trop sceptique et dont les détails me rebutèrent. Mais, à ce propos, je lui demandai depuis quand il avait cette fantaisie de faire un roman. « Je l'ai toujours eue, répondit-il. Quand j'y rêve, il me passionne et me divertit quelquefois tant, que j'en ris tout seul. Mais quand je veux y mettre de l'ordre, je ne sais pas par où commencer, par où finir. Tout cela se brouille sous ma plume. L'expression me manque, je m'impatiente, je me dégoûte, je brûle ce que je viens d'écrire, et j'en suis débarrassé pour quelques jours. Mais bientôt cela revient comme une fièvre. J'y pense le jour, j'y pense la nuit, et il faut que je gribouille encore, sauf à brûler toujours.

– Que tu as tort, lui dis-je, de vouloir donner une forme arrêtée, un plan régulier à ta fantaisie ! Tu ne vois donc pas que tu lui fais la guerre, et que si tu renonçais à la jeter hors de toi, elle serait toujours en toi active, riante et féconde ? Que ne fais-tu comme moi, qui n'ai jamais gâté l'idée que je me suis faite de ma création en cherchant à la formuler ?

– Ah çà, dit-il, c'est donc une maladie que nous avons dans le sang ? Tu pioches donc aussi dans le vide ? tu rêvasses donc aussi comme moi ? Tu ne me l'avais jamais dit. »

J'étais déjà fâchée de m'être trahie, mais il était trop tard pour se raviser. Hippolyte, en me confiant son mystère, avait droit de m'arracher le mien, et je lui racontai ce que je vais raconter ici.

Dès ma première enfance, j'avais besoin de me faire un monde intérieur à ma guise, un monde fantastique et poétique ; peu à peu j'eus besoin d'en faire aussi un monde religieux ou philosophique, c'est-à-dire moral ou sentimental. Vers l'âge de onze ans, je lus *L'Iliade* et *La Jérusalem délivrée*. Ah ! que je les trouvais courtes, que je fus contrariée d'arriver à la dernière page ! Je devins triste et comme malade de chagrin de les voir si tôt finies. Je ne savais plus que devenir ; je ne pouvais plus rien lire ; je ne savais auquel de ces deux poèmes donner la préférence ; je comprenais qu'Homère était plus beau, plus grand, plus simple ; mais le Tasse m'intéressait et m'intriguait davantage. C'était plus romanesque, plus de mon temps et de mon sexe. Il y avait des situations dont j'aurais voulu que le poète ne me fît jamais sortir, Herminie chez les bergers, par exemple, ou Clorinde délivrant du bûcher Olinde et

Sophronie. Quels tableaux enchantés je voyais se dérouler autour de moi ! Je m'emparais de ces situations ; je m'y établissais pour ainsi dire ; les personnages devenaient miens ; je les faisais agir ou parler, et je changeais à mon gré la suite de leurs aventures, non pas que je crusse mieux faire que le poète, mais parce que les préoccupations amoureuses de ces personnages me gênaient, et que je les voulais tels que je me sentais, c'est-à-dire enthousiastes seulement de religion, de guerre ou d'amitié. Je préférais la martiale Clorinde à la timide Herminie ; sa mort et son baptême la divinisaient à mes yeux. Je haïssais Armide, je méprisais Renaud. Je sentais vaguement de la guerrière et de la magicienne ce que Montaigne dit de Bradamante et d'Angélique, à propos du poème de l'Arioste : « *L'une*, d'une beauté naïve, active, généreuse, non hommasse, mais virile ; *l'autre*, d'une beauté molle, affectée, délicate, artificielle ; l'une travestie en garçon, coiffée d'un morion luisant ; l'autre vêtue en *fille*, coiffée d'un attifet emperlé[47]. »

Mais, au-dessus de ces personnages du roman, l'Olympe chrétien planait sur la composition du Tasse, comme dans *L'Iliade* les dieux du paganisme ; et c'est par la poésie de ces symboles que le besoin d'un sentiment religieux, sinon d'une croyance définie, vint s'emparer ardemment de mon cœur. Puisqu'on ne m'enseignait aucune religion, je m'aperçus qu'il m'en fallait une, et je m'en fis une.

J'arrangeai cela très secrètement en moi-même ; religion et roman poussèrent de compagnie dans mon âme. J'ai dit que les esprits les plus romanesques étaient les plus positifs, et quoique cela ressemble à un paradoxe, je le maintiens[48]. Le penchant romanesque est un appétit du beau idéal. Tout ce qui, dans la réalité vulgaire, gêne cet élan est facilement mis de côté et compté pour rien par ces esprits logiciens à leur point de vue. Les chrétiens primitifs, les adeptes de toutes les sectes enfantées par le christianisme pris au pied de la lettre sont des esprits romanesques, et leur logique est rigoureuse, absolue ; je défie qu'on prouve le contraire.

Me voilà donc, enfant rêveur, candide, isolé, abandonné à moi-même, lancée à la recherche d'un idéal, et ne pouvant pas rêver un monde, une humanité idéalisée, sans placer au faîte un Dieu, l'idéal même. Ce grand créateur Jéhovah, cette grande fatalité Jupiter, ne me parlaient pas assez directement. Je voyais bien les rapports de cette puissance suprême avec la nature, je ne la sentais pas assez particulièrement dans l'humanité. Je fis ce que l'humanité avait fait avant moi. Je cherchai un médiateur, un intermédiaire, un Dieu-homme, un divin ami de notre race malheureuse.

Homère et le Tasse venant couronner la poésie chrétienne et païenne de mes premières lectures, me montraient tant de divinités sublimes ou terribles que je n'avais que l'embarras du choix ; mais cet embarras était grand. On me préparait à la première communion, et je ne comprenais absolument rien au catéchisme. L'Évangile et le drame divin de la vie et de la mort de Jésus m'arrachaient en secret des torrents de larmes. Je m'en cachais bien, j'aurais craint que ma grand-mère ne se moquât de moi. Elle ne l'eût pas fait, j'en suis certaine aujourd'hui, mais cette absence d'intervention dans ma croyance, dont elle semblait s'être fait une loi, me jetait dans le doute, et peut-être aussi l'éternel attrait du mystère dans mes émotions les plus intimes me portait-il à moi-même ce préjudice moral d'être privée de direction *. Ma grand-mère, en

* Cet attrait du mystère n'est pas un phénomène de mon organisation. Que toutes les mères se rappellent leur enfance, qu'elles oublient trop quand elles élèvent leurs filles. Cet état de l'âme qui se cherche elle-même est inhérent à l'enfance, et surtout à l'enfance de la femme. Il ne faut ni contrarier brutalement ce penchant ni le trop laisser se développer. J'ai vu des mères, d'une surveillance indélicate et jalouse, soupçonner toujours quelque impureté dans la chaste rêverie de leurs filles, et jeter des pierres ou des ordures dans ce lac tranquille et pur qui ne reflétait encore que le ciel. J'en ai vu d'autres qui laissaient toutes les ordures du dehors y tomber sans se douter de rien. C'est bien difficile, c'est parfois quasi impossible de voir au fond de cette eau dormante, et c'est à cause de cela qu'on ne saurait trop s'en préoccuper (NdA).

me voyant lire et apprendre le dogme par cœur sans faire la moindre réflexion, se flattait peut-être de trouver en moi une table rase aussitôt qu'elle voudrait m'instruire à son point de vue, mais elle se trompait. L'enfant n'est jamais une table rase. Il commente, il s'interroge, il doute, il cherche, et si on ne lui donne rien pour se bâtir une maison, il se fait un nid avec les fétus qu'il peut rassembler.

C'est ce qui m'arriva. Comme ma grand-mère n'avait eu qu'un soin, celui de combattre en moi le penchant superstitieux, je ne pouvais croire aux miracles, et je n'aurais pas osé croire non plus à la divinité de Jésus. Mais je l'aimais quand même, cette divinité, et je me disais : « Puisque toute religion est une fiction, faisons un roman qui soit une religion ou une religion qui soit un roman. Je ne crois pas à mes romans, mais ils me donnent autant de bonheur que si j'y croyais. D'ailleurs, s'il m'arrive d'y croire de temps en temps, personne ne le saura, personne ne contrariera mon illusion en me prouvant que je rêve. »

Et voilà qu'en rêvant la nuit, il me vint une figure et un nom. Le nom ne signifiait rien, que je sache ; c'était un assemblage fortuit de syllabes comme il s'en forme dans les songes. Mon fantôme s'appelait *Corambé*, et ce nom lui resta. Il devint le titre de mon roman et le dieu de ma religion.

En commençant à parler de *Corambé*, je commence à parler non seulement de ma vie poétique, que ce type a remplie si longtemps dans le secret de mes rêves, mais encore de ma vie morale, qui ne faisait qu'une avec la première. Corambé n'était pas, à vrai dire, un simple personnage de roman, c'était la forme qu'avait prise et que garda longtemps mon idéal religieux.

De toutes les religions qu'on me faisait passer en revue comme une étude historique pure et simple, sans m'engager à en adopter aucune, il n'y en avait aucune, en effet, qui me satisfît complètement, et toutes m'attiraient par quelque endroit. Jésus-Christ était bien pour moi le type d'une perfection supérieure à toutes les autres ; mais la religion qui me défendait, au nom de Jésus, d'aimer les autres philosophes, les autres dieux, les autres saints de l'antiquité, me gênait et m'étouffait pour ainsi dire. Il me fallait *L'Iliade* et *La Jérusalem* dans mes fictions. Corambé se créa tout seul dans mon cerveau. Il était pur et charitable comme Jésus, rayonnant et beau comme Gabriel ; mais il lui fallait un peu de la grâce des nymphes et de la poésie d'Orphée. Il avait donc des formes moins austères que le Dieu des chrétiens, et un sentiment plus spiritualisé que ceux d'Homère. Et puis, il me fallait le compléter en le vêtant en femme à l'occasion, car ce que j'avais le mieux aimé, le mieux compris jusqu'alors, c'était une femme, c'était ma mère. Ce fut donc souvent sous les traits d'une femme qu'il m'apparut. En somme, il n'avait pas de sexe et revêtait toute sorte d'aspects différents.

Il y avait des déesses païennes que je chérissais : la sage Pallas, la chaste Diane, Iris, Hébé, Flore, les Muses, les nymphes ; c'étaient là des êtres charmants dont je ne voulais pas me laisser priver par le christianisme. Il fallait que Corambé eût tous les attributs de la beauté physique et morale, le don de l'éloquence, le charme tout-puissant des arts, la magie de l'improvisation musicale surtout ; je voulais l'aimer comme un ami, comme une sœur, en même temps que le révérer comme un dieu. Je ne voulais pas le craindre, et à cet effet, je souhaitais qu'il eût quelques-unes de nos erreurs et de nos faiblesses.

Je cherchai celle qui pourrait se concilier avec sa perfection, et je trouvai l'excès de l'indulgence et de la bonté. Ceci me plut particulièrement, et son existence, en se déroulant dans mon imagination (je n'oserais dire par l'effet de ma volonté, tant ces rêves me parurent bientôt se formuler d'eux-mêmes), m'offrit une série d'épreuves, de souffrances, de persécutions et de martyres. J'appelais livre ou chant chacune de ses phases d'humanité, car il devenait homme ou femme en touchant la terre, et quelquefois le Dieu supérieur et tout-puissant dont il n'était, après tout, qu'un ministre céleste, préposé au gouvernement moral de notre planète, prolongeait son exil parmi nous, pour le punir de trop d'amour et de miséricorde envers nous.

Dans chacun de ces chants (je crois bien que mon poème en a eu au moins mille sans que j'aie été tentée d'en écrire une ligne), un monde de personnages nouveaux se groupait autour de Corambé. Tous étaient bons. Il y avait des méchants qu'on ne voyait jamais (je ne voulais pas les faire paraître), mais dont la malice et la folie se révélaient par des images de désastre et des tableaux de désolation. Corambé consolait et réparait sans cesse. Je le voyais, entouré d'êtres mélancoliques et tendres, qu'il charmait de sa parole et de son chant, dans des paysages délicieux, écoutant le récit de leurs peines et les ramenant au bonheur par la vertu.

D'abord je me rendis bien compte de cette sorte de travail inédit ; mais au bout de très peu de temps, de très peu de jours même, car les jours comptent triple dans l'enfance, je me sentis possédée par mon sujet bien plus qu'il n'était possédé par moi. Le rêve arriva à une sorte d'hallucination douce, mais si fréquente et si complète parfois, que j'en étais comme ravie hors du monde réel.

D'ailleurs, le monde réel se plia bientôt à ma fantaisie. Il s'arrangea à mon usage. Nous avions, aux champs, mon frère, Liset et moi, plusieurs amis, filles et garçons, que nous allions trouver tour à tour pour jouer, courir, marauder ou grimper avec eux. J'allais, quant à moi, plus souvent avec les filles d'un de nos métayers, Marie et Solange, qui étaient un peu plus jeunes de fait et plus enfants que moi par caractère. Presque tous les jours, de midi à deux heures, c'était l'heure de ma récréation permise, je courais à la métairie et je trouvais mes jeunes amies occupées à soigner leurs agneaux, à chercher les œufs de leurs poules, épars dans les buissons, à cueillir les fruits du verger, ou à garder les *ouailles*, comme on dit chez nous, ou *à faire de la feuille*[49] pour leur provision d'hiver, suivant la saison. Elles étaient toujours à l'ouvrage, et je les aidais avec ardeur afin d'avoir le plaisir d'être avec elles. Marie était une enfant fort sage et fort simple. La plus jeune, Solange, était assez volontaire, et nous cédions à toutes ses fantaisies. Ma grand-mère était fort aise que je prisse de l'exercice avec elles, mais elle disait qu'elle ne concevait pas le plaisir que je pouvais trouver, moi qui faisais de si belles descriptions, et qui asseyais la lune *dans une nacelle d'argent*, avec ces petites paysannes crottées, avec leurs dindons et leurs chèvres.

Moi, j'avais le secret de mon plaisir et je le gardais pour moi seule. Le verger où je passais une partie de ma journée était charmant (il l'est encore), et c'est là que mon roman venait en plein me trouver. Quoique ce verger fût bien assez joli par lui-même, je ne le voyais pas précisément tel qu'il était. Mon imagination faisait d'une butte de trois pieds une montagne, de quelques arbres une forêt, du sentier qui allait de la maison à la prairie le chemin qui mène au bout du monde, de la mare bordée de vieux saules un gouffre ou un lac, à volonté ; et je voyais mes personnages agir, courir ensemble, ou marcher seuls en rêvant, ou dormir à l'ombre, ou danser en chantant dans ce paradis de mes songes creux. La causette de Marie et de Solange ne me dérangeait nullement. Leur naïveté, leurs occupations champêtres ne détruisaient rien à l'harmonie de mes tableaux, et je voyais en elles deux petites nymphes déguisées en villageoises et préparant tout pour l'arrivée de Corambé, qui passerait par là un jour ou l'autre et les rendrait à leur forme et à leur destinée véritables.

D'ailleurs quand elles parvenaient à me distraire et à faire disparaître mes fantômes, je ne leur en savais pas mauvais gré, puisque j'arrivais à m'amuser pour mon propre compte avec elles. Quand j'étais là, les parents se montraient fort tolérants sur le temps perdu, et bien souvent nous laissions quenouilles, moutons ou corbeilles pour nous livrer à une gymnastique échevelée, grimper sur les arbres, ou nous précipiter du haut en bas des montagnes de gerbes entassées dans la grange, jeu délirant, je l'avoue, et que j'aimerais encore si je l'osais.

Ces accès de mouvement et de gaieté enivrante me faisaient trouver plus de plaisir encore à retomber dans mes contemplations, et mon cerveau excité physiquement était plus riche d'images et de fantaisies. Je le sentais et ne m'en faisais pas faute.

Une autre amitié que je cultivais moins assidûment, mais où mon frère m'entraînait quelquefois, avait pour objet un gardeur de cochons qui s'appelait *Plaisir.* J'ai toujours eu peur et horreur des cochons [50], et pourtant, peut-être précisément à cause de cela, Plaisir, par la grande autorité qu'il exerçait sur ces méchants et stupides animaux, m'inspirait une sorte de respect et de crainte. On sait que c'est une dangereuse compagnie qu'un troupeau de porcs. Ces animaux ont entre eux un étrange instinct de solidarité. Si l'on offense un individu isolé, il jette un certain cri d'alarme qui réunit instantanément tous les autres. Ils forment alors un bataillon qui se resserre sur l'ennemi commun et le force à chercher son salut sur un arbre ; car, de courir, il n'y faut point songer, le porc maigre étant, comme le sanglier, un des plus rapides et des plus infatigables jarrets qui existent.

Ce n'était donc pas sans terreur que je me trouvais aux champs au milieu de ces animaux, et jamais l'habitude n'a pu me corriger de cette faiblesse. Pourtant Plaisir craignait si peu et dominait tellement ceux auxquels il avait affaire, leur arrachant sous le nez les féveroles et autres tubercules sucrés qu'ils trouvent dans nos terres, que je travaillais à m'aguerrir auprès de lui. La plus terrible bête de son troupeau, c'était le maître porc, celui que nos pastours appellent le *cadi*, et qui, réservé à la reproduction de l'espèce, atteint souvent une taille et une force extraordinaires. Il l'avait si bien dompté, qu'il le chevauchait avec une sorte de maestria sauvage et burlesque.

Walter Scott n'a pas dédaigné d'introduire un gardeur de pourceaux dans *Ivanhoë*, un de ses plus beaux romans. Il aurait pu tirer un grand parti de la figure de Plaisir. C'était un être tout primitif, doué des talents de sa condition barbare. Il abattait les oiseaux à coups de pierre avec une habileté remarquable, et s'exerçait principalement sur les pies et les corneilles qui viennent, en hiver, faire société intime avec les troupeaux de porcs. On les voit se tenir autour de ces animaux pour chercher dans les mottes de terre qu'ils retournent avec leur nez les vers et les graines en germe. Cela donne lieu à de grandes altercations entre ces oiseaux querelleurs ; celui qui a saisi la proie saute sur le cochon pour la dévorer à son aise, les autres l'y suivent pour le houspiller, et le dos ou la tête du quadrupède indifférent et impassible devient le théâtre de luttes acharnées. Quelquefois aussi ces oiseaux se perchent sur le pourceau seulement pour se réchauffer, ou pour mieux observer le travail dont ils doivent profiter. J'ai vu souvent une vieille corneille cendrée se tenir ainsi sur une jambe, d'un air pensif et mélancolique, tandis que le pourceau labourait profondément le sol, et par ses efforts lui imprimait des secousses qui la dérangeaient, l'impatientaient et la décidaient à le corriger à coups de bec.

C'est dans cette farouche société que Plaisir passait sa vie ; vêtu en toute saison d'une blouse et d'un pantalon de toile de chanvre qui avaient pris, ainsi que ses mains et ses pieds nus, la couleur et la dureté de la terre, se nourrissant, comme son troupeau, des racines qui rampent sous le sol, armé de l'instrument de fer triangulaire qui est le sceptre des porchers et qui leur sert à creuser et à couper sous les sillons, toujours enfoui dans quelque trou, ou rampant sous les buissons pour y poursuivre les serpents et les belettes, quand un pâle soleil d'hiver faisait briller le givre sur les grands terrains bouleversés par l'incessant travail de son troupeau, il me faisait l'effet du gnome de la glèbe, une sorte de diable entre l'homme et le loup-garou, entre l'animal et la plante *.

À la lisière du champ où nous vîmes Plaisir pendant toute une saison, le fossé était couvert d'une belle végétation. Sous les branches pendantes des vieux ormes et l'entrecroisement des ronces, nous autres enfants, nous pouvions marcher à couvert, et il y avait des creux secs et sablonneux avec des revers de mousse et d'herbes desséchées, où nous pouvions nous tenir à l'abri du froid ou de la pluie. Ces retraites me plaisaient singulièrement, surtout quand j'y étais seule et que les rouges-gorges et les roitelets, enhardis par mon immobilité, venaient curieusement tout auprès de moi pour me regarder. J'aimais à me glisser inaperçue sous les berceaux naturels de la haie, et il me semblait entrer dans le royaume des esprits de la terre. J'eus là beaucoup d'inspirations pour mon roman. Corambé vint m'y trouver sous la figure d'un gardeur de pourceaux, comme Apollon chez Admète [51]. Il était pauvre et poudreux comme Plaisir ; seulement sa figure était

* Il devenait plus fantastique encore lorsqu'il disait la chanson des porchers. C'est un chant étrange qui doit, comme celui des bouviers de notre pays, remonter à la plus haute antiquité. On ne saurait le traduire musicalement, parce qu'il est entrecoupé et mêlé de cris et d'appels au troupeau, qui relient entre elles des phrases sans rythme fixe et d'une intonation bizarre. Cela est triste, railleur et d'un caractère effrayant comme un sabbat de divinités gauloises. Comme tous les chants conservés par la tradition orale, il y a un nombre infini de versions, qui se modifient encore au gré du pastour, mais qui restent toujours dans la couleur primitive. Les paroles sont improvisées le plus souvent. On y entend revenir cependant ces trois vers consacrés :

*Quand les porcs ont l'ailland (le gland),*
*Les maît'e avont l'argent,*
*Les porchers le pain blanc…*

et ceux-ci :

*Que le diable et la mort*
*Emportiont tous les porcs !*
*Les petits et les grands,*
*La mère et les enfans.*

Je parlerai ailleurs du *Chant des bœufs*, qui est une chose superbe et de la même antiquité (NdA).

autre et laissait quelquefois jaillir un rayon où je reconnaissais le dieu exilé, condamné à d'obscurs et mélancoliques labeurs. Le cadi était un méchant génie attaché à ses pas et dompté, malgré sa malice, par l'irrésistible influence de l'esprit de patience et de bonté. Les petits oiseaux du buisson étaient des sylphes qui venaient le plaindre et le consoler dans leur joli langage, et il souriait encore sous ses haillons, le pauvre pénitent volontaire. Il me racontait qu'il expiait la peine de quelqu'un, et que son abjection était destinée à racheter l'âme d'un de mes personnages coupable de faste ou d'indolence.

Dans le fossé couvert je vis aussi apparaître un personnage mythologique qui m'avait fait une grande impression dans ma première enfance. C'était l'antique Démogorgon, le génie du sein de la terre, ce *petit vieillard crasseux, couvert de mousse, pâle et défiguré, qui habitait les entrailles du globe.* Ainsi le décrivait mon vieux traité de mythologie, lequel assurait, en outre, que Démogorgon s'ennuyait beaucoup dans cette triste solitude. L'idée m'était bien venue quelquefois de faire un grand trou pour essayer de le délivrer, mais, lorsque je commençai à rêver de Corambé, je n'ajoutais plus foi aux fables païennes, et Démogorgon ne fut plus pour moi qu'un personnage fantastique dans mon roman. Je l'évoquais pour qu'il vînt s'entretenir avec Corambé, qui lui racontait les malheurs des hommes et le consolait ainsi de vivre parmi les débris ignorés de l'antique création.

Peu à peu la fiction qui m'absorbait prit un tel caractère de conviction que j'éprouvai le besoin de me créer une sorte de culte.

Pendant près d'un mois, je parvins à me dérober à toute surveillance durant mes heures de récréation, et à me rendre si complètement invisible, que personne n'eût pu dire ce que je devenais à ces heures-là, pas même Rose, qui pourtant ne me laissait guère tranquille, pas même Liset, qui me suivait partout comme un petit chien.

Voici ce que j'avais imaginé. Je voulais élever un autel à Corambé. J'avais d'abord pensé à la grotte en rocaille qui subsistait encore, quoique ruinée et abandonnée ; mais le chemin en était trop connu et trop fréquenté. Le petit bois du jardin offrait alors certaines parties d'un fourré impénétrable. Les arbres encore jeunes n'avaient pas étouffé la végétation des aubépines et des troènes qui croissaient à leur pied, serrés comme les herbes d'une prairie. Dans ces massifs qui côtoyaient les allées de charmille, j'avais donc remarqué qu'il en était plusieurs où personne n'entrait jamais et où l'œil ne pouvait pénétrer durant la saison des feuilles. Je choisis le plus épais, je m'y frayai un passage et je cherchai dans le milieu un endroit convenable. Il s'y trouva, comme s'il m'eût attendue. Au centre du fourré s'élevaient trois beaux érables sortant d'un même pied, et la végétation des arbustes étouffés par leur ombrage s'arrondissait à l'entour pour former comme une petite salle de verdure. La terre était jonchée d'une mousse magnifique, et, de quelque côté qu'on portât les yeux, on ne pouvait rien distinguer dans l'interstice des broussailles à deux pas de soi. J'étais donc là aussi seule, aussi cachée qu'au fond d'une forêt vierge, tandis qu'à trente ou quarante pieds de moi couraient des allées sinueuses où l'on pouvait passer et repasser sans se douter de rien.

Il s'agissait de décorer à mon gré le temple que je venais de découvrir. Pour cela je procédai comme ma mère me l'avait enseigné. Je me mis à la recherche des beaux cailloux, des coquillages variés, des plus fraîches mousses. J'élevai une sorte d'autel au pied de l'arbre principal, et au-dessus je suspendis une couronne de fleurs que des chapelets de coquilles roses et blanches faisaient descendre comme un lustre des branches de l'érable. Je coupai quelques broussailles, de manière à donner une forme régulière à la petite rotonde, et j'y entrelaçai du lierre et de la mousse de façon à former une sorte de colonnade de verdure avec des arcades, d'où pendaient d'autres petites couronnes, des nids d'oiseaux, de gros coquillages en guise de lampes, etc.

Enfin je parvins à faire quelque chose qui me parut si joli, que la tête m'en tournait et que j'en rêvais la nuit.

Tout cela fut accompli avec les plus grandes précautions. On me voyait bien fureter dans le bois, chercher des nids et des coquillages, mais j'avais l'air de ne ramasser ces petites trouvailles que par désœuvrement, et quand j'en avais rempli mon tablier, j'attendais d'être bien seule pour pénétrer dans le taillis. Ce n'était pas sans peine et sans égratignures, car je ne voulais pas me frayer un passage qui pût me trahir, et chaque fois je m'introduisais par un côté différent, afin de ne pas laisser de traces en foulant un sentier et en brisant des arbrisseaux par des tentatives répétées.

Quand tout fut prêt, je pris possession de mon empire avec délices, et, m'asseyant sur la mousse, je me mis à rêver aux sacrifices que j'offrirais à la divinité de mon invention. Tuer des animaux ou seulement des insectes pour lui complaire me parut barbare et indigne de sa douceur idéale. Je m'avisai de faire tout le contraire, c'est-à-dire de rendre sur son autel la vie et la liberté à toutes les bêtes que je pourrais me procurer. Je me mis donc à la recherche des papillons, des lézards, des petites grenouilles vertes et des oiseaux ; ces derniers ne me manquaient pas, j'avais toujours une foule d'engins tendus de tous côtés, au moyen desquels j'en attrapais souvent. Liset en prenait dans les champs et me les apportait ; de sorte que, tant que dura mon culte mystérieux, je pus tous les jours délivrer, en l'honneur de Corambé, une hirondelle, un rouge-gorge, un chardonneret, voire un moineau franc. Les moindres offrandes, les papillons et les scarabées comptaient à peine. Je les mettais dans une boîte que je déposais sur l'autel et que j'ouvrais, après avoir invoqué le bon génie de la liberté et de la protection. Je crois que j'étais devenue un peu comme ce pauvre fou qui cherchait la tendresse [52]. Je la demandais aux bois, aux plantes, au soleil, aux animaux, et à je ne sais quel être invisible qui n'existait que dans mes rêves.

Je n'étais plus assez enfant pour espérer de voir apparaître ce génie : cependant, à mesure que je matérialisais pour ainsi dire mon poème, je sentais mon imagination s'exalter singulièrement. J'étais également près de la dévotion et de l'idolâtrie, car mon idéal était aussi bien chrétien que païen, et il vint un moment où, en accourant le matin pour visiter mon temple, j'attachais malgré moi une idée superstitieuse au moindre dérangement. Si un merle avait gratté mon autel, si le pivert avait entaillé mon arbre, si quelque coquille s'était détachée du feston ou quelque fleur de la couronne, je voulais que, pendant la nuit, au clair de la lune, les nymphes ou les anges fussent venus danser et folâtrer en l'honneur de mon bon génie. Chaque jour je renouvelais toutes les fleurs et je faisais des anciennes couronnes un amas qui jonchait l'autel. Quand, par hasard, la fauvette ou le pinson auquel je donnais la volée, au lieu de fuir effarouché dans le taillis, montait sur l'arbre et s'y reposait un instant, j'étais ravie ; il me semblait que mon offrande avait été plus agréable encore que de coutume. J'avais là des rêveries délicieuses, et, tout en cherchant le merveilleux qui avait pour moi tant d'attrait, je commençais à trouver l'idée vague et le sentiment net d'une religion selon mon cœur.

Malheureusement (heureusement peut-être pour ma petite cervelle, qui n'était pas assez forte pour creuser ce problème), mon asile fut découvert. À force de me chercher, Liset arriva jusqu'à moi, et tout ébaubi à la vue de mon temple, il s'écria : « Ah ! mam'selle, le joli petit reposoir de la Fête-Dieu ! »

Il ne vit qu'un amusement dans mon mystère, et il voulut m'aider à l'embellir encore. Mais le charme était détruit. Du moment que d'autres pas que les miens eurent foulé ce sanctuaire, Corambé ne l'habita plus. Les dryades et les chérubins l'abandonnèrent, et il me sembla que mes cérémonies et mes sacrifices n'étaient plus qu'une puérilité que je n'avais pas prise moi-même au sérieux. Je détruisis le temple avec autant de soin que je l'avais édifié. Je creusai au pied de l'arbre et j'enterrai les guirlandes, les coquillages et tous les ornements champêtres sous les débris de l'autel.

# IX

*L'ambition de Liset. – Énergie et langueur de l'adolescence. – Les glaneuses. – Deschartres me rend communiste. – Il me dégoûte du latin. – Un orage pendant la fenaison. – La* bête. *– Histoire de l'enfant de chœur. – Les veillées des chanvreurs. – Les histoires du sacristain. – Les visions de mon frère. – Les beautés de l'hiver à la campagne. Association fraternelle des preneurs d'alouettes. – Le roman de Corambé se passe du nécessaire. – La première communion. – Les comédiens de passage. – La messe et l'Opéra. – Brigitte et Charles. – L'enfance ne passe pas pour tout le monde.*

Mon frère était si content de s'en aller, que je ne pus pas m'affliger beaucoup de le voir partir. Cependant la maison me parut bien grande, le jardin bien triste, la vie bien morne quand je me trouvai seule. Comme il riait en me quittant, j'aurais eu honte de pleurer ; mais je pleurai le lendemain matin, lorsqu'en m'éveillant je me dis que je ne le verrais plus. Liset, me voyant les yeux rouges à la récréation, se crut obligé de pleurer, quoiqu'il eût été plus tourmenté et plus rossé que choyé par Hippolyte. C'était un enfant très sensible, que ses parents ne rendaient pas heureux, et qui avait reporté sur moi toutes ses affections. Il rêvait, comme félicité suprême, d'être un jour mon jockey et d'avoir un chapeau galonné[53]. Je ne goûtais pas ce genre d'ambition, et je lui jurais que de ma vie je ne *galonnerais* mes domestiques. J'ai tenu parole ; je ne peux pas souffrir ces travestissements ; mais c'était le conte de fées, la poésie de Liset, et je ne pus jamais lui faire comprendre que c'était une sotte vanité. Le pauvre enfant est mort pendant que j'étais au couvent, et je devais bientôt le quitter pour ne plus le revoir.

Tout au milieu de mes rêvasseries sans fin et des chagrins de ma situation, je me développais extraordinairement. J'annonçais devoir être grande et robuste ;

de douze à treize ans, je grandis de trois pouces et j'acquis une force exceptionnelle pour mon âge et pour mon sexe. Mais j'en restai là, et mon développement s'arrêta au moment où il commence souvent pour les autres. Je ne dépassai pas la taille de ma mère, mais je fus toujours très forte, et capable de supporter des marches et des fatigues presque viriles.

Ma grand-mère ayant enfin compris que je n'étais jamais malade que faute d'exercice et de grand air, avait pris le parti de me laisser courir, et pourvu que je ne revinsse pas avec des déchirures à ma personne ou à mes vêtements, Rose m'abandonnait peu à peu à ma liberté physique. La nature me poussait par un besoin invincible à seconder le travail qu'elle opérait en moi, et ces deux années, celles où je rêvai et pleurai pourtant le plus, furent aussi celles où je courus et où je m'agitai davantage. Mon corps et mon esprit se commandaient alternativement une inquiétude d'activité et une fièvre de contemplations, pour ainsi dire. Je dévorais les livres qu'on me mettait entre les mains, et puis tout à coup je sautais par la fenêtre du rez-de-chaussée, quand elle se trouvait plus près de moi que la porte, et j'allais m'ébattre dans le jardin ou dans la campagne, comme un poulain échappé. J'aimais la solitude de passion, j'aimais la société des autres enfants avec une passion égale ; j'avais partout des amis et des compagnons. Je savais dans quel champ, dans quel pré, dans quel chemin je trouverais Fanchon, Pierrot, Liline, Rosette ou Sylvain. Nous faisions le *ravage* dans les fossés, sur les arbres, dans les ruisseaux. Nous gardions les troupeaux, c'est-à-dire que nous ne les gardions pas du tout, et que, pendant que les chèvres et les moutons faisaient bonne chère dans les jeunes blés, nous formions des danses échevelées, ou bien nous goûtions sur l'herbe avec nos galettes, notre fromage et notre pain bis. On ne se gênait pas pour traire les chèvres et les brebis, voire les vaches et les juments quand elles n'étaient pas trop récalcitrantes. On faisait cuire des oiseaux ou des pommes de terre sous la cendre. Les poires et les pommes sauvages, les prunelles, les mûres de buisson, les racines, tout nous était régal. Mais c'était là qu'il ne fallait pas être surpris par Rose, car il m'était enjoint de ne pas manger *hors des repas*, et si elle arrivait, armée d'une houssine[54] verte, elle frappait impartialement sur moi et sur mes complices.

Chaque saison amenait ses plaisirs. Dans le temps des foins, quelle joie que de se rouler sur le sommet du charroi, ou sur les miloches[55] ! Toutes mes amies, tous mes petits camarades rustiques venaient glaner derrière les ouvriers dans nos prairies, et j'allais rapidement faire l'ouvrage de chacun d'eux, c'est-à-dire que, prenant leurs râteaux, j'entamais dans nos récoltes, et qu'en un tour de main je leur en donnais à chacun autant qu'il en pouvait emporter. Nos métayers faisaient la grimace, et je ne comprenais pas qu'ils n'eussent pas le même plaisir que moi à donner. Deschartres se fâchait ; il disait que je faisais de tous ces enfants des pillards qui me feraient repentir, un jour, de ma facilité à donner et à laisser prendre.

C'était la même chose en temps de moisson ; ce n'étaient plus des javelles qu'emportaient les enfants de la commune, c'étaient des gerbes. Les pauvresses de La Châtre venaient par bandes de quarante et cinquante. Chacune m'appelait pour *suivre sa rège*, c'est-à-dire pour tenir son sillon avec elle, car elles établissent entre elles une discipline et battent celle qui glane hors de sa ligne. Quand j'avais passé cinq minutes avec une glaneuse, comme je ne me gênais pas pour prendre à deux mains dans nos gerbes, elle avait gagné sa journée, et lorsque Deschartres me grondait, je lui rappelais l'histoire de Ruth et de Booz[56].

C'est de cette époque particulièrement que datent les grandes et fastidieuses instructions que le bon Deschartres entreprit de me faire goûter sur les avantages et les plaisirs de la propriété. Je ne sais pas si j'étais prédisposée à prendre la contrepartie de sa doctrine, ou si ce fut la faute du professeur, mais il est certain que je me jetai par réaction dans le *communisme* le plus aveugle et le plus absolu. On pense bien que je ne donnais pas ce nom à mon utopie, je crois que le mot n'avait pas encore été créé ; mais je décrétai en moi-même que l'égalité des fortunes et des conditions était la loi de Dieu, et que tout ce que la fortune donnait à l'un, elle le volait à l'autre. J'en demande bien pardon à la société présente, mais cela m'entra dans la tête à l'âge de douze ans, et n'en sortit plus que pour se modifier en se conformant aux nécessités morales des faits accomplis. L'idéal resta pour moi dans un rêve de fraternité paradisiaque, et lorsque je devins catholique plus tard, ce rêve s'appuya sur la logique de l'Évangile. J'y reviendrai.

J'exposais naïvement mon utopie à Deschartres. Pauvre homme ! s'il vivait aujourd'hui, avec ses instincts réactionnaires développés par les circonstances, dans quelles fureurs certaines idées nouvelles lui feraient achever ses jours ! Mais en 1816 l'utopie ne lui paraissait pas menaçante, et il prenait la peine de la discuter méthodiquement. « Vous changerez d'avis, me disait-il, et vous arriverez à mépriser trop l'humanité pour vouloir vous sacrifier à elle. Mais, dès à présent, il faut combattre en vous ces instincts de prodigalité que vous tenez de votre pauvre père. Vous n'avez pas la moindre idée de ce que c'est que l'argent ; vous vous croyez riche parce que vous voyez autour de vous de la terre qui est à vous, des moissons qui mûrissent pour vous, des bestiaux qu'on soigne et qu'on engraisse pour vous fournir tous les ans quelques sacs d'écus. Mais avec tout cela vous n'êtes pas riche, et votre bonne maman a bien de la peine à tenir sa maison sur un pied honorable.

– Eh bien, voyons, disais-je, qui est-ce qui force ma bonne maman à ces dépenses, qui sont principalement une bonne cave et une bonne table pour ses amis ? Car, quant à elle, elle mange comme un oiseau, et une bouteille de muscat lui durerait bien deux mois. Croyez-vous qu'on vienne la voir pour boire et manger ses friandises ?

– Mais il faut ceci, il faut cela », disait Deschartres. Je niais tout ; j'accordais qu'il fallait à ma bonne maman tout le bien-être dont je la voyais jouir avec plaisir, mais je prétendais que Deschartres et moi nous pouvions bien nous mettre au brouet noir des Lacédémoniens. Cela ne lui souriait pas du tout. Il raillait ma ferveur de novice en stoïcisme, et il m'emmenait voir nos champs et nos prés, assurant que je devais me mettre au courant de ma fortune et que je ne pouvais de trop bonne heure me rendre compte de mes dépenses et de mes recettes. Il me disait : « Voilà un morceau de terre qui vous appartient. Il a coûté tant, il vaut tant, il rapporte tant. » Je l'écoutais d'un air de complaisance, et lorsque au bout d'un instant il voulait me faire répéter ma leçon de propriétaire, il se trouvait que je ne l'avais pas entendue, ou que je l'avais déjà oubliée. Ses chiffres ne me disaient rien ; je savais très bien dans quel blé poussaient les plus belles nielles et les plus belles gesses sauvages [57], dans quelle haie je trouverais des coronilles et des saxifrages, dans quel pré des mousserons ou des morilles, sur quelles fleurs, au bord de l'eau, se posaient les demoiselles vertes et les petits hannetons bleus ; mais il m'était impossible de lui dire si nous étions sur nos terres ou sur celles du voisin, où était la limite du champ, combien d'ares, d'hectares ou de centiares renfermait cette limite, si la terre était de première ou de troisième qualité, etc. Je le désespérais, j'étouffais des bâillements spasmodiques, et je finissais par lui dire des folies qui le faisaient rire et gronder en même temps. « Ah ! pauvre tête, pauvre cervelle, disait-il en soupirant. C'est absolument comme son père ; de l'intelligence pour certaines choses inutiles et brillantes, mais néant en fait de notions pratiques ! pas de logique, pas un grain de logique ! » Que dirait-il donc aujourd'hui s'il savait que, grâce à ses explications, j'ai pris une telle aversion pour la possession de la terre que je ne suis pas plus avancée à quarante-cinq ans que je ne l'étais à douze ! Je l'avoue à ma honte, je ne connais pas mes terres d'avec celles du voisin, et quand je me promène à trois pas de ma maison, j'ignore absolument chez qui je suis.

Il semblerait qu'il fît tout son possible, ce brave homme, pour me dégoûter à tout jamais de ce qu'il appelait l'agriculture. Moi, j'adorais déjà, j'ai toujours adoré la poésie des scènes champêtres, mais il ne voulait m'y laisser voir rien de ce que j'y voyais. Si j'admirais la physionomie imposante des grands bœufs ruminant dans les herbes, il fallait entendre toute l'histoire du marché où le prix de ce bœuf avait été discuté, et la surenchère de tel fermier, et les grandes raisons que Deschartres, secondé par un intelligent Marchois de sa connaissance, avait fait valoir pour le payer trente francs de moins. Et puis ce bœuf avait une maladie qu'il fallait connaître et examiner. Il avait le pied tendre, la corne usée, une maladie de peau, que sais-je ? Adieu la poésie et l'idéale sérénité de mon bœuf Apis[58], le roi des prairies. Ces bons moutons qui venaient m'étouffer de leurs empressements pour manger dans mes poches, il fallait les voir trépaner parce qu'ils avaient une affection cérébrale ; c'était horrible. Il grondait terriblement les bergères, mes douces compagnes, qui tremblaient devant lui et s'en allaient en pleurant, tandis que moi, plantée à son côté comme juge et comme partie intéressée en même temps, je prenais en exécration mon rôle de *propriétaire* et de *maître*, qui tôt ou tard devait me faire haïr. Haïr pour ma parcimonie ou railler pour mon insouciance, c'était l'écueil inévitable, et j'y suis tombée. Les paysans de chez nous ont un grand mépris pour mon incurie, et je passe parmi eux depuis de longues années pour une espèce d'imbécile.

Quand je voulais aller d'un côté, Deschartres m'emmenait d'un autre. Nous partions pour la rivière, qui dans tout son parcours, sous les saules et le long des écluses du petit ravin, offre une suite de paysages adorables, des ombrages frais et des fabriques rustiques du style le plus pittoresque. Mais, en route, Deschartres armé de sa lunette de poche, voyait des oies dans un de nos blés. Il fallait remonter la côte aride, et, sous l'ardente chaleur de l'été, aller verbaliser sur ces oies, ou sur la chèvre qui pelait des ormeaux, déjà si pelés que je ne comprends guère le mal qu'elle y pouvait faire. Et puis on surprenait dans un arbre touffu un gamin volant de la feuille. L'âne du voisin avait franchi la haie et tondait dans nos foins la *largeur de sa langue*[59]. C'étaient des délits continuels à réprimer, des exécutions, des menaces, des querelles de tous les instants, et qui s'engageaient parfois avec mes meilleurs amis. Cela me serrait le cœur, et quand je le disais à ma grand-mère, elle me donnait de l'argent pour que je pusse, en cachette de Deschartres, aller rembourser les frais de l'amende au délinquant, ou porter de sa part les paroles de grâce.

Mais ce rôle ne me plaisait pas non plus ; il était loin de satisfaire mon idéal d'égalité fraternelle. En faisant grâce à ces villageois, il me semblait que je les rabaissais dans mon propre cœur. Leurs remerciements me blessaient, et je ne pouvais pas m'empêcher de leur dire que je ne faisais là qu'un acte de justice. Ils ne me comprenaient pas. Ils s'avouaient coupables, très coupables dans la personne de leurs enfants, mauvais gardiens du petit troupeau. On voulait les battre en ma présence pour me donner satisfaction ; cela m'était odieux, et véritablement, me sentant devenir chaque jour artiste, avec des instincts de poésie et de tendresse, je maudissais le sort qui m'avait fait naître dame et châtelaine contre mon gré. J'enviais la condition des pastours. Mon plus doux rêve eût été de m'éveiller un beau matin sous leur chaume, de m'appeler Naniche ou Pierrot, et de mener mes bêtes au bord des chemins, sans souci de M. Lhomond et compagnie[60], sans solidarité avec les riches, sans appréhension d'un avenir qu'on me présentait si compliqué, si difficile à soutenir et si antipathique à mon caractère. Je ne voyais dans cette petite fortune, qu'on voulait me faire compter et recompter sans cesse, qu'un embarras dont je ne saurais jamais me tirer, et je ne me trompais nullement.

En dépit de mon goût pour le vagabondage, une sorte de fatalité me poussait au besoin de cultiver mon intelligence, malgré la conviction où j'étais que toute science était vanité et fumée. Même au milieu de mes plus vifs amusements champêtres, il me prenait un besoin de solitude et de recueillement ou une rage de lecture, et, passant d'un extrême à l'autre, après une activité fiévreuse, je m'oubliais dans les livres pendant plusieurs jours, et il n'y avait pas moyen de me faire bouger de ma chambre ou du petit boudoir de ma grand-mère ; de sorte qu'on était bien embarrassé de définir mon caractère, tantôt dissipé jusqu'à la folie, tantôt sérieux et morne jusqu'à la tristesse.

Deschartres s'était beaucoup radouci depuis que mon frère n'était plus là pour le faire enrager. Il se plaisait souvent aux leçons que je prenais bien ; mais l'inconstance de mon humeur ramenait de temps en temps les bourrasques de la sienne, et il m'accusait de mauvaise volonté quand je n'avais réellement qu'une fièvre de croissance. Il me menaça quelquefois de me frapper ; et comme ces sortes d'avertissements sont déjà un fait à demi accompli, je me tenais sur mes gardes, résolue à ne pas souffrir de lui ce que je commençais à ne plus souffrir de Rose. À l'habitude, il était débonnaire avec moi, et me savait un gré infini de la promptitude avec laquelle je comprenais ses enseignements, quand ils étaient clairs. Mais, en de certains jours, j'étais si distraite, qu'il lui arriva enfin de me jeter à la tête un gros dictionnaire latin. Je crois qu'il m'aurait tuée si je n'eusse lestement évité le boulet en me baissant à propos. Je ne dis rien du tout, je rassemblai mes cahiers et mes livres, je les mis dans l'armoire, et j'allai me promener. Le lendemain, il me demanda si j'avais fait ma version : « Non, lui dis-je, je sais assez de latin comme cela, je n'en veux plus ! » Il ne m'en reparla jamais, et le latin fut abandonné. Je ne sais pas comment il s'en expliqua avec ma grand-mère ; elle ne m'en parla pas non plus. Probablement Deschartres eut honte de son emportement et me sut gré de lui en garder le secret, en même temps qu'il comprit que ma résolution de ne plus m'y exposer était irrévocable. Cette aventure ne m'empêcha pas de l'aimer ; il était pourtant l'ennemi juré de ma mère, et je n'avais jamais pu prendre mon parti sur les mauvais traitements qu'il avait fait essuyer à Hippolyte. Un jour qu'il l'avait cruellement battu, je lui avais dit : *Je vais le dire à ma bonne maman*, et je l'avais fait résolument. Il avait été sévèrement blâmé, à ce que je présume, mais il ne m'en avait pas gardé de ressentiment. Comme nous étions francs l'un et l'autre, nous ne pouvions pas nous brouiller.

Il avait beaucoup du caractère de Rose, c'est pour cela qu'ils ne pouvaient pas se supporter. Un jour qu'elle balayait ma chambre et qu'il passait dans le corridor, elle lui avait jeté de la poussière sur ses beaux souliers reluisants. Lui de la traiter de butorde, elle de le qualifier de crocheteur ; le combat s'engage, et Rose, lançant son balai dans les jambes du pédagogue pendant qu'il descendait l'escalier, avait failli lui faire rompre le cou. De ce moment ils se détestèrent cordialement ; c'était chaque jour de nouvelles querelles, qui dégénéraient même en pugilat. Un peu plus tard il eut des différends moins énergiques, mais encore plus amers avec Julie. La cuisinière était aussi à couteaux tirés avec Rose, et elles se jetaient les assiettes à la tête. Ladite cuisinière se battait d'autre part avec son vieux époux Saint-Jean. On changea dix fois le valet de chambre parce qu'il ne pouvait s'entendre avec Rose ou avec Deschartres. Jamais intérieur ne fut troublé de plus de criailleries et de batailles. Tel était le triste effet de l'excessive faiblesse de ma grand-mère. Elle ne voulait ni se séparer de ses domestiques, ni s'établir juge de leurs différends. Deschartres, en voulant y porter la paix, venait y mêler la tempête de sa colère. Tout cela m'inspirait un grand dégoût et augmentait mon amour pour les champs et pour la société de mes pastours, qui étaient si doux et vivaient en si bon accord.

Quand je sortais avec Deschartres, je pouvais aller assez loin avec lui et j'avais une certaine liberté. Rose m'oubliait, et je pouvais faire le gamin tout à mon aise. Un soir la fenaison se prolongea fort tard dans la soirée. On enlevait le dernier charroi d'un pré. Il faisait clair de lune, et on voulait en finir, parce que l'orage s'annonçait pour la nuit. Quelque diligence qu'on fît, le ciel se voila, et la foudre commençait à gronder lorsque nous reprîmes le chemin de la ferme. Nous étions au bord de la rivière, à un quart de lieue de chez nous. Le charroi, chargé précipitamment, était mal équilibré. Deux ou trois fois en chemin il s'écroula, et il fallut le rétablir. Nous avions de jeunes bœufs de trait que le tonnerre effrayait, et qui ne marchaient qu'à grands renforts d'aiguillon, soufflant d'épouvante comme des chevaux ombrageux. La bande des glaneurs et des glaneuses de foin nous avait attendus pour aider au chargement et pour soutenir de leurs râteaux l'édifice chancelant, que chaque ornière compromettait. Deschartres, armé de l'aiguillon, dont il se servait mal, *pestait, suait, jurait*[61] ; les métayers et leurs ouvriers se lamentaient avec exagération, comme s'il se fût agi de la retraite de Russie. C'est la manière de s'impatienter du paysan berrichon. La foudre roulait avec un fracas épouvantable, et le vent soufflait avec furie. On ne voyait plus à se conduire qu'à la lueur des éclairs, et le chemin était très difficile. Les enfants avaient peur et pleuraient. Une de mes petites camarades était si démoralisée qu'elle ne voulait plus porter sa petite récolte, et l'aurait laissée au milieu du chemin si je ne m'en fusse chargée. Encore fallait-il la tirer elle-même par la main, car elle avait mis son tablier sur sa tête pour ne pas voir le *feu du ciel*, et elle se jetait dans tous les trous. Il était fort tard quand nous arrivâmes enfin par un vrai déluge. On était inquiet de nous à la maison. À la ferme on était inquiet des bœufs et du foin. Pour moi, cette scène champêtre m'avait ravie, et j'essayai le lendemain d'en écrire la description, mais je n'y réussis pas à mon gré, et je la déchirai sans la montrer à ma grand-mère. Chaque nouvel essai que je faisais de formuler mon émotion me dégoûtait pour longtemps de recommencer.

L'automne et l'hiver étaient le temps où nous nous amusions le mieux. Les enfants de la campagne y sont plus libres et moins occupés. En attendant les blés de mars, il y a des espaces immenses où leurs troupeaux peuvent errer sans faire de mal. Aussi se gardent-ils eux-mêmes tandis que les pastours, rassemblés autour de leur feu en plein vent, devisent, jouent, dansent, ou se racontent des histoires. On ne s'imagine pas tout ce qu'il y a de merveilleux dans la tête de ces enfants qui vivent au milieu des scènes de la nature sans y rien comprendre, et qui ont l'étrange faculté de voir par les yeux du corps tout ce que leur imagination leur représente. J'ai tant de fois entendu raconter à plusieurs d'entre eux, que je savais très véridiques, et trop simples d'ailleurs pour rien inventer, les apparitions dont ils avaient été témoins, que je suis bien persuadée qu'ils n'ont pas *cru voir*, mais qu'ils ont *vu*, par l'effet d'un phénomène qui est particulier aux organisations rustiques, les objets de leur épouvante. Leurs parents, moins simples qu'eux, et quelquefois même incrédules, étaient sujets aussi à ces visions.

J'ai donc toujours pensé que ces phénomènes mériteraient d'être observés de plus près et analysés par la raison froide avec plus de conscience qu'ils ne l'ont encore été. Ce serait une étude utile pour l'intelligence de l'histoire et pour la connaissance de l'être humain, que les savants généralisent trop, selon moi. La race humaine a eu dans son enfance des facultés, ou si l'on veut des infirmités inhérentes à son état d'ignorance ; mais dire que la superstition et la peur créent toujours ces fantômes n'est pas rigoureusement vrai. J'ai vu des paysans qui n'étaient ni crédules ni peureux, et qui ont été saisis, au moment où ils s'y attendaient le moins, par l'hallucination particulière aux *gens de campagne*. On sait que cette hallucination se reproduit presque toujours sous la forme d'animaux fantastiques. J'ai rassemblé dans quelques articles publiés par *L'Illustration*, les diverses croyances de notre vallée Noire, et j'ai raconté les apparitions de la *grand-bête*[62].

Je n'y reviendrai pas, mais je dois avouer ici que j'ai cru longtemps que cette bête existait. Dans mes explications enfantines, je voulais qu'il y eût quelque espèce d'animal dont la race presque entièrement détruite ne comptait plus que des individus fort rares, et particulièrement retirés dans nos campagnes, où les *pâturaux* * leur offraient une retraite plus sûre qu'ailleurs, car la bête se montre surtout dans ces endroits-là, la nuit, à l'heure où on va chercher les bœufs, entre une et deux heures, pour les lier. Je supposais que cette bête était noctambule, amphibie peut-être, et qu'elle pouvait bien se tenir cachée sous les eaux pendant le jour ; que les savants et les gens du monde pouvaient ne pas se douter de son existence, et que la frayeur empêchait les paysans de l'observer assez pour en donner une idée exacte ; enfin je me plaisais à cette supposition que l'antique création avait encore quelques ébauches vivantes et errantes sur la terre, êtres isolés et malheureux, destinés à disparaître bientôt, incapables peut-être de supporter la clarté du jour, et si fatigués de leur misérable condition qu'ils s'attachaient aux pas de l'homme, comme pour lui demander un refuge et la servitude. Mais l'homme refusait de les apprivoiser et de les utiliser. Il en avait peur et il essayait de les tuer : mais on sait que la *bête*

* Le *pâtural* est un dernier vestige de la vie pastorale et nomade, et n'existe plus guère que dans les parties centrales de la France. C'est un vaste enclos abandonné de temps immémorial au caprice de la nature. En général, ce sont d'excellentes terres dont le défrichement ou la culture seraient très lucratifs ; mais le fermier et le métayer n'entendent point à cela. Ils pensent que leurs bœufs ne sauraient profiter sans cette espèce de pâturage, qui pourtant est fort maigre et peu favorable à la locomotion des animaux. Ce sont de grands terrains fermés de haies impénétrables et tout remplis de broussailles, avec une fosse creusée et plantée dans un coin. On peut étudier là le terrain primitif ; car, très probablement, jamais ces espaces n'ont été défrichés. Ils sont vierges de toute culture, et la végétation, quoique abondante, n'y fait aucun progrès ; les arbrisseaux y restent courts ; la ronce et l'épine noire y abondent ; l'herbe n'y pousse ni belle ni bonne ; les animaux n'y ont donc pas même l'avantage de l'ombre et de la fraîcheur. C'est, il est vrai, en l'absence de prairies artificielles, un moyen de tenir les bœufs à l'air pendant tout l'été, la nuit comme le jour. Les prairies naturelles se fauchent tard dans la saison, et ont encore besoin de n'être pas livrées à la pâture pendant une autre partie de l'été si l'on veut avoir des regains. Mais pourquoi le paysan de chez nous préfère-t-il le pâtural à la prairie artificielle ? C'est que c'est la coutume de ses pères, et cette coutume est une affaire de paresse (NdA).

*renvoie* le plomb et la balle. « Preuve, disais-je à Deschartres, que c'est un animal antédiluvien et dont la peau ou l'écaille ne sont pas de la même nature que celles de toutes les bêtes que nous connaissons. Peut-être cette bête vit-elle plusieurs siècles, peut-être même n'y en a-t-il plus qu'une seule dans l'univers, c'est ce qui fait qu'on ne trouve pas de dépouilles qu'on puisse étudier et comparer avec l'individu vivant. » Enfin je faisais sur cette bête tout un roman zoologique qui faisait beaucoup rire le savant Deschartres.

« Il y a quelque chose de plus simple, me disait-il, et qui m'explique tout. La bête n'existe pas, personne ne l'a jamais vue, mais tout le monde y croit par imbécillité, et c'est le propre de ceux qui subissent l'ascendant du mensonge, de vouloir aussitôt le faire subir à leur tour. Quand un paysan est persuadé que son père a vu la *bête*, il faut qu'il persuade à son fils qu'il l'a vue aussi, et ils se mentent les uns aux autres de génération en génération. »

L'explication de Deschartres ne valait pas mieux que la mienne ; j'ai eu de la peine à me persuader que la bête n'existait pas, mais enfin je crois en être bien sûre maintenant, elle n'existe pas ; mais le paysan n'entretient pas ce mensonge de père en fils pour le plaisir de transmettre une erreur et de léguer l'épouvante dont il a hérité. L'animal primitif que je rêvais, c'est le paysan. Il n'a pas la même organisation que l'animal plus civilisé, plus raisonnable, mais moins poète et moins sincère, qu'une autre éducation et les habitudes d'un autre milieu ont modifié. Le paysan n'a d'autre histoire que la tradition et la légende. Son cerveau n'est pas semblable à celui de l'habitant originaire des cités. Il a la faculté de transmettre à ses sens la perception des objets de sa croyance, de sa rêverie, ou de sa méditation. C'est ainsi que Jeanne d'Arc entendait bien réellement les voix célestes qui lui parlaient. C'est être impie envers l'humanité que de l'accuser d'imposture. Elle était hallucinée, et pourtant elle n'était pas folle. Tous ces paysans qui m'ont raconté leurs visions, et que je connais depuis que j'existe, ne sont ni fous ni lâches ; plusieurs sont des hommes très positifs et très courageux, il en est même de très sceptiques à beaucoup d'égards. Il y a de vieux soldats qui ont fait les campagnes de l'Empire, dont l'intelligence s'est développée au service, qui savent lire, écrire et compter ; tout cela n'empêche pas qu'ils n'aient vu la bête et qu'ils ne la voient encore.

J'ai été témoin d'un de ces faits d'hallucination. Je revenais de Saint-Chartier, et le curé m'avait donné une paire de pigeons qu'il mit dans un panier et dont il chargea son enfant de chœur, en lui disant de m'accompagner. C'était un garçon de quatorze à quinze ans, grand, fort, d'une santé excellente, d'un esprit très calme et très lucide. Le curé lui donnait de l'instruction, et il a été depuis maître d'école. Il savait dès lors moins de français peut-être, mais plus de latin que moi, à coup sûr. C'était donc un paysan dégrossi et très intelligent.

Nous sortions de vêpres, il était environ trois heures ; c'était en plein été, par le plus beau temps du monde ; nous prîmes les sentiers de traverse parmi les champs et les prairies, et nous causions fort tranquillement. Je l'interrogeais sur ses études. Il avait l'esprit parfaitement libre et dispos ; il s'arrêta auprès d'un buisson pour mettre un brin d'osier à son sabot qui s'était cassé. « Allez toujours, me dit-il, je vous rattraperai bien. » Je continuai donc à marcher ; mais je n'avais pas fait trente pas que je le vois accourir, pâle, les cheveux comme hérissés sur le front. Il avait laissé sabots, panier et pigeons là où il s'était arrêté. Il avait vu, au moment où il était descendu dans le fossé, un homme affreux qui l'avait menacé de son bâton.

Je le crus d'abord, et je me retournai pour voir si cet homme nous suivait ou s'il s'en allait avec nos pigeons ; mais je vis distinctement le panier et les sabots de mon compagnon, et pas un être humain sur le sentier ni dans le champ, ni auprès, ni au loin.

J'avais à cette époque dix-sept ou dix-huit ans et je n'étais plus du tout peureuse. « C'est, dis-je à l'enfant, un pauvre vagabond qui meurt de faim et qui a été tenté par nos pigeons. Il se sera caché dans le fossé. Allons voir ce que c'est. – Non, répondit-il, quand on me couperait par morceaux. – Comment, repris-je, un grand et fort garçon comme te voilà a peur d'un homme tout seul ? Allons, coupe un bâton, et viens avec moi rechercher nos pigeons. Je ne prétends pas les laisser là. – Non, non, demoiselle, je n'irai pas, s'écria-t-il, car je le verrais encore, et je ne veux plus le voir. Les bâtons et le courage n'y feraient rien, puisque ce n'est pas un *homme humain*. C'est plutôt *fait comme une bête.* »

Je commençais à comprendre, et j'insistai d'autant plus pour le ramener avec moi à son panier et à ses sabots. Rien ne put l'y faire consentir. J'y allai seule, en lui disant au moins de me suivre des yeux, pour bien s'assurer qu'il avait rêvé. Il me le promit, mais quand je revins avec les sabots et les pigeons, mon drôle avait pris sa course et me les laissa fort bien porter jusqu'aux premières maisons du village, où il arriva avant moi. J'essayai de lui faire honte. Ce fut bien inutile. C'est lui qui se moqua de mon incrédulité, et qui trouva que j'étais folle de braver un loup-garou pour ravoir deux malheureux pigeons.

Le beau courage que j'eus en cette rencontre, je ne l'aurais probablement pas eu trois ans plus tôt, car à l'époque où je passais une bonne moitié de ma vie avec les pastours, je confesse que leur terreur m'avait gagnée, et que, sans croire précisément au follet, aux revenants et à *Georgeon*, le diable de la vallée Noire, j'avais l'imagination vivement impressionnée par ces fantômes. Mais je n'étais pas de la race rustique et je n'eus jamais la moindre hallucination. J'eus beaucoup de visions d'objets et de figures dans la rêverie, presque jamais dans la frayeur ; et même, dans ce dernier cas, je ne fus jamais dupe de moi-même. La tendance sceptique de l'enfant de Paris luttait encore en moi contre la crédulité de l'enfant en général.

Ce qui achevait de me troubler la cervelle, c'étaient les contes de la veillée lorsque les chanvreurs venaient broyer. Pour éloigner de la maison le bruit et la poussière de leur travail, et comme la moitié du hameau voulait écouter leurs histoires, on les installait à la petite porte de la cour qui donne sur la place, tout à côté du cimetière, dont on voyait les croix au clair de la lune par-dessus un mur très bas. Les vieilles femmes relayaient les narrateurs. J'ai raconté ces scènes rustiques dans mes romans[63]. Mais je ne saurais jamais raconter cette foule d'histoires merveilleuses et saugrenues que l'on écoutait avec tant d'émotion et qui avaient toutes le caractère de la localité ou des diverses professions de ceux qui les avaient rapportées. Le sacristain avait sa poésie à lui, qui jetait du merveilleux sur les choses de son domaine, les sépultures, les cloches, la chouette, le clocher, les rats du clocher, etc. Tout ce qu'il attribuait à ces rats de mystérieuses sorcelleries remplirait un volume. Il les connaissait tous, il leur avait donné les noms des principaux habitants morts dans le bourg depuis une quarantaine d'années. À chaque nouveau mort, il voyait surgir un nouveau rat qui s'attachait à ses pas et le tourmentait par ses grimaces. Pour apaiser ces mânes étranges, il leur portait des graines dans le clocher ; mais, en y retournant le lendemain, il trouvait les plus bizarres caractères tracés par ces rats suspects avec les graines mêmes qu'il leur avait offertes. Un jour il trouvait tous les haricots blancs rangés en cercle avec une croix de haricots rouges au centre. Le jour suivant, c'était la combinaison contraire. Une autre fois, les blancs et les rouges alternés systématiquement formaient plusieurs cercles enchaînés, ou des lettres inconnues, mais si bien dessinées, qu'on aurait juré l'ouvrage d'une *personne humaine*. Il n'est point d'animaux insignifiants, il n'est point d'objets inanimés que le paysan ne fasse entrer dans son monde fantastique, et le christianisme du moyen âge, qui est encore le sien, est tout aussi fécond en personnifications mythologiques que les religions antérieures.

J'étais avide de tous ces récits, j'aurais passé la nuit à les entendre, mais ils me faisaient beaucoup de mal ; ils m'ôtaient le sommeil. Mon frère, plus âgé que moi de cinq ans, en avait été plus affecté encore, et son exemple me confirma dans la croyance où je suis que les races d'origine rustique ont la faculté de l'hallucination. Il tenait à cette race par sa mère[64], et il avait des visions, tandis que, malgré la fièvre de peur et les rêves sinistres de mon sommeil, je n'en avais pas. Vingt ans plus tard, il m'affirmait sous serment avoir entendu claquer le fouet du follet dans les écuries, et le battoir des lavandières de nuit au bord des sources. C'est de lui que j'ai parlé dans les articles intitulés *Visions de la nuit dans les campagnes*, et ses récits étaient d'une sincérité complète. Dans les dangers réels, il était plus que courageux, il était téméraire. Dans son âge mûr comme dans son enfance, il a toujours eu comme une habitude de mépriser la vie. Du moins il exposait la sienne à tout propos et pour la moindre affaire. Mais que vous dirai-je ? Il tenait au terroir, il était halluciné, il croyait aux choses surnaturelles.

J'ai dit que l'automne et l'hiver étaient nos saisons les plus gaies ; j'ai toujours aimé passionnément l'hiver à la campagne, et je n'ai jamais compris le goût des riches, qui a fait de Paris le séjour des fêtes dans la saison de l'année la plus ennemie des bals, des toilettes et de la dissipation. C'est au coin du feu que la nature nous convie en hiver à la vie de famille, et c'est aussi en pleine campagne que les rares beaux jours de cette saison peuvent se faire sentir et goûter. Dans les grandes villes de nos climats, cette affreuse boue puante et glacée ne sèche presque jamais. Aux champs, un rayon de soleil ou quelques heures de vent rendent l'air sain et la terre propre. Les pauvres prolétaires des cités le savent bien, et ce n'est pas pour leur agrément qu'ils restent dans ce cloaque. La vie factice et absurde de nos riches s'épuise à lutter contre la nature. Les riches Anglais l'entendent mieux, ils passent l'hiver dans leurs châteaux.

On s'imagine à Paris que la nature est morte pendant six mois, et pourtant les blés poussent dès l'automne, et le *pâle soleil* des hivers, on est convenu de l'appeler comme cela, est le plus vif et le plus brillant de l'année. Quand il dissipe les brumes, quand il se couche dans la pourpre étincelante des soirs de grande gelée, on a peine à soutenir l'éclat de ses rayons. Même dans nos contrées froides, et fort mal nommées *tempérées*, la création ne se dépouille jamais d'un air de vie et de parure. Les grandes plaines fromentales se couvrent de ces tapis courts et frais, sur lesquels le soleil, bas à l'horizon, jette de grandes flammes d'émeraude. Les prés se revêtent de mousses magnifiques, luxe tout gratuit de l'hiver. Le lierre, ce pampre inutile, mais somptueux, se marbre de tons d'écarlate et d'or. Les jardins mêmes ne sont pas sans richesse. La primevère, la violette et la rose de Bengale rient sous la neige. Certaines autres fleurs, grâce à un accident de terrain, à une disposition fortuite, survivent à la gelée et vous causent à chaque instant une agréable surprise. Si le rossignol est absent, combien d'oiseaux de passage, hôtes bruyants et superbes, viennent s'abattre ou se reposer sur le faîte des grands arbres ou sur le bord des eaux ! Et qu'y a-t-il de plus beau que la neige, lorsque le soleil en fait une nappe de diamants, ou lorsque la gelée la suspend aux arbres en fantastiques arcades, en indescriptibles festons de givre et de cristal ? Et quel plaisir n'est-ce pas de se sentir en famille, auprès d'un bon feu, dans ces longues soirées de campagne, où l'on s'appartient si bien les uns aux autres, où le temps même semble nous appartenir, où la vie devient toute morale et tout intellectuelle en se retirant en nous-mêmes ?

L'hiver, ma grand-mère me permettait d'installer ma *société* dans la grande salle à manger, qu'un vieux poêle réchauffait au mieux. Ma société, c'était une vingtaine d'enfants de la commune qui apportaient là leurs *saulnées*. La saulnée est une ficelle incommensurable, toute garnie de crins disposés en nœuds coulants pour prendre les alouettes et menus oiseaux des champs en temps de neige. Une belle saulnée fait le tour d'un champ. On la roule sur des dévidoirs faits exprès, et on la tend avant le lever du jour dans les endroits propices. On balaie la neige tout le long du sillon, on y jette du grain, et, deux heures après, on y trouve les alouettes prises par centaines. Nous allions à cette récolte avec de grands sacs que l'âne rapportait pleins. Comme il y avait de graves contestations pour les partages, j'avais établi le régime de l'association, et l'on s'en trouva fort bien. Les saulnées ne peuvent servir plus de deux ou trois jours sans être regarnies de crins (car il s'en casse beaucoup dans les chaumes), et sans qu'on fasse le *rebouclage*, c'est-à-dire le nœud coulant à chaque crin dénoué. Nous convînmes donc que ce long et minutieux travail se ferait en commun, comme celui de l'installation des saulnées, qui exige aussi un balayage rapide et fatigant. On se partageait, sans compter et sans mesurer, la corde et le crin ; le crin était surtout la denrée précieuse, et c'était en commun aussi qu'on en faisait la maraude : cela consistait à aller dans les prés et dans les étables arracher de la queue et de la crinière des chevaux tout ce que ces animaux voulaient bien nous en laisser prendre sans entrer en révolte. Aussi nous étions devenus bien adroits à ce métier-là, et nous arrivions à éclaircir la chevelure des poulains en liberté, sans nous laisser atteindre par les ruades les plus fantastiques. L'ouvrage se faisait entre nous tous avec une rapidité surprenante, et nous avons été jusqu'à regarnir deux ou trois cents brasses dans une soirée. Après la chasse venait le triage. On mettait d'un côté les alouettes, de l'autre les oiseaux de moindre valeur. Nous prélevions pour notre régal du dimanche un certain choix, et l'un des enfants allait vendre le reste à la ville, après quoi je partageais l'argent entre eux tous. Ils étaient fort contents de cet arrangement, et il n'y avait plus de disputes et de méfiance entre eux. Tous les jours notre association recrutait de nouveaux adhérents, qui préféraient ce bon accord à leurs querelles et à leurs batailles. On ne pensait plus à se lever avant les autres pour aller dépouiller la saulnée des camarades, et la journée du dimanche était une véritable fête. Nous faisions nous-mêmes notre cuisine de volatiles. Rose était de bonne humeur ces jours-là, car elle était gaie et bonne fille quand elle n'était pas furibonde. La cuisinière faisait l'esprit fort à l'endroit de notre cuisine, le père Saint-Jean seul faisait la grimace et prétendait que la queue de son cheval blanc diminuait tous les jours. Nous le savions bien.

À travers tous ces jeux, le roman de Corambé continuait à se dérouler dans ma tête. C'était un rêve permanent, aussi décousu, aussi incohérent que les rêves du sommeil, et dans lequel je ne me retrouvais que parce qu'un même sentiment le dominait toujours.

Ce sentiment ce n'était pas l'amour. Je savais par les livres que l'amour existe dans la vie et qu'il est le fond et l'âme de tous les romans et de tous les poèmes. Mais, ne sentant en moi rien qui pût m'expliquer pourquoi un être s'attachait exclusivement à la poursuite d'un autre être, dans cet ordre d'affections inconnues, hiéroglyphiques pour ainsi dire, je me préservais avec soin d'entraîner mon roman sur ce terrain glacé pour mon imagination. Il me semblait que si j'y introduisais des *amants* et des *amantes*, il deviendrait banal, ennuyeux pour moi, et que je ferais, des personnages charmants avec lesquels je passais ma vie, des êtres de convention comme ceux que je trouvais souvent dans les livres, ou, tout au moins, des étrangers occupés d'un secret auquel je ne pouvais m'intéresser, puisqu'il ne répondait à aucune émotion que j'eusse éprouvée par moi-même. En revanche, l'amitié, l'amour filial ou fraternel, la sympathie, l'attrait le plus pur, régnaient dans cette sorte de monde enchanté : mon cœur comme mon imagination étaient tout entiers dans cette fantaisie, et quand j'étais mécontente de quelque chose ou de quelqu'un dans la vie réelle, je pensais à Corambé avec presque autant de confiance et de consolation qu'à une vérité démontrée.

J'en étais là lorsqu'on m'annonça que dans trois mois j'aurais à faire ma première communion.

C'était une situation encore plus embarrassante pour ma bonne maman que pour moi. Elle ne voulait pas me donner une éducation franchement philosophique. Tout ce qui eût pu être taxé d'excentricité lui répugnait ; mais, en même temps qu'elle subissait l'empire de la coutume, et qu'au début de la Restauration elle n'eût pu s'y soustraire sans un certain scandale, elle craignait que ma nature enthousiaste ne se laissât prendre à la superstition, dont elle avait décidément horreur. Elle prit donc le parti de me dire qu'il fallait faire cet acte de bienséance très décemment, mais me bien garder d'outrager la sagesse divine et la raison humaine jusqu'à croire que j'allais *manger mon Créateur.*

Ma docilité naturelle fit le reste. J'appris le catéchisme comme un perroquet, sans chercher à le comprendre et sans songer à en railler les mystères, mais bien décidée à n'en pas croire, à n'en pas retenir un mot aussitôt que l'*affaire serait bâclée*, comme on disait chez nous. La confession me causa une extrême répugnance. Ma grand-mère, qui savait que le bon curé de Saint-Chartier parlait et pensait un peu crûment, me confia à un autre bon vieux curé, celui de La Châtre, qui avait plus d'éducation, et qui, je dois le dire, respecta l'ignorance de mon âge et ne m'adressa aucune de ces questions infâmes par lesquelles il arrive souvent au prêtre de souiller, sciemment ou non, la pudeur de l'enfance. On ne mit entre mes mains aucun formulaire, aucun examen de conscience, et on me dit simplement d'accuser les fautes dont je me sentais coupable.

Je me trouvai fort embarrassée. J'en voyais bien quelques-unes, mais il me semblait que ce n'était pas assez pour que M. le curé pût s'en contenter. D'abord j'avais menti une fois à ma mère pour sauver Rose, et souvent depuis à Deschartres pour sauver Hippolyte. Mais je n'étais pas menteuse, je n'avais aucun besoin de l'être, et Rose elle-même, me brutalisant toujours avant de m'interroger, ne faisait pas de ma servitude une nécessité de dissimulation. J'avais été un peu gourmande, mais il y avait si longtemps que je m'en souvenais à peine. J'avais toujours vécu au milieu de personnes si chastes, que je n'avais même pas l'idée de quelque chose de contraire à la chasteté. J'avais été irritable et violente ; depuis que je me portais bien, je n'avais plus sujet de l'être. De quoi donc pouvais-je m'accuser, à moins que ce ne fût d'avoir préféré parfois le jeu à l'étude, d'avoir déchiré mes robes et perdu mes mouchoirs, griefs que ma bonne qualifiait d'*enfance terrible* ?

En vérité, je ne sais pas de quoi peut s'accuser un enfant de douze ans, à moins que le malheureux n'ait été déjà souillé par des exemples et des influences hideuses, et dans ce cas-là c'est la confession d'autrui qu'il a à faire.

J'avais si peu de choses à dire, que cela ne valait pas la peine de déranger un curé ; le mien s'en contenta et me donna pour pénitence de réciter l'oraison dominicale en sortant du confessionnal. Cela me parut fort doux ; car cette prière est belle, sublime et simple, et je l'adressai à Dieu de tout mon cœur ; mais je ne me sentais pas moins humiliée de m'être agenouillée devant un prêtre pour si peu.

Au reste, jamais première communion ne fut si lestement expédiée. J'allais une fois par semaine à La Châtre. Le curé me faisait une petite instruction de cinq minutes ; je savais mon catéchisme sur le bout du doigt dès la première semaine. La veille du jour fixé, on m'envoya passer la soirée et la nuit chez une bonne et charmante dame de nos amies. Elle avait deux enfants plus jeunes que moi. Sa fille Laure, belle et remarquable personne à tous égards, a épousé depuis mon ami Fleury, fils de Fleury l'ami de mon père. Il y avait encore d'autres enfants dans la maison ; je m'y amusai énormément, car on joua à toutes sortes de jeux sous l'œil des bons parents, qui prirent part à notre innocente gaieté, et j'allai dormir si fatiguée d'avoir ri et sauté que je ne me souvenais plus du tout de la solennité du lendemain.

Madame Decerfz, cette charmante et excellente femme qui voulait bien m'accompagner à l'église dans *mes dévotions*, m'a souvent rappelé depuis combien j'étais folle et bruyante lorsque je me trouvais dans sa famille au retour de l'église. Sa mère, une bien excellente femme aussi, lui disait alors : « Mais voilà un enfant bien peu recueilli, et ce n'est pas ainsi que de mon temps on se préparait aux sacrements. – Je ne lui vois faire aucun mal, répondit madame Decerfz : elle est gaie, donc elle a la conscience bien légère, et le rire des enfants est une musique pour le bon Dieu. »

Le lendemain matin, ma grand-mère arriva. Elle s'était décidée à assister à ma première communion, non sans peine, je crois ; car elle n'avait pas mis le pied dans une église depuis le mariage de mon père. Madame Decerfz me dit de lui demander sa bénédiction et le pardon des déplaisirs que je pouvais lui avoir causés, ce que je fis de meilleur cœur que devant le prêtre. Ma bonne maman m'embrassa et me conduisit à l'église.

Aussitôt que j'y fus, je commençai à me demander ce que j'allais faire ; je n'y avais pas encore songé. Je me sentais si étonnée de voir ma grand-mère dans une église ! Le curé m'avait dit qu'il fallait croire, sinon commettre un sacrilège ; je n'avais pas le moindre désir d'être sacrilège, pas la plus légère velléité de révolte ou d'impiété, mais je ne croyais pas. Ma bonne maman m'avait empêchée de croire, et cependant elle m'avait ordonné de communier. Je me demandai si elle et moi nous ne faisions pas un acte d'hypocrisie, et, bien que j'eusse l'air aussi calme et aussi sérieux que j'avais paru insouciante et dissipée la veille, je me sentis fort mal à l'aise, et j'eus deux ou trois fois la pensée de me lever et de dire à ma grand-mère : « En voilà assez ; allons-nous-en. »

Mais tout à coup il me vint à l'esprit un commentaire qui me calma. Je repassai la cène de Jésus dans mon esprit, et ces paroles : *Ceci est mon corps et mon sang* ne me parurent plus qu'une métaphore ; Jésus était trop saint et trop grand pour avoir voulu tromper ses disciples. Il les avait conviés à un repas fraternel, il les avait invités à rompre le pain ensemble en mémoire de lui. Je ne sentis plus rien de moquable dans l'institution de la cène, et me trouvant à la balustrade auprès d'une vieille pauvresse qui reçut dévotement l'hostie avant moi, j'eus la première idée de la signification de ces agapes de l'égalité dont l'Église avait, selon moi, méconnu ou falsifié le symbole.

Je revins donc fort tranquille de la sainte table, et le contentement d'avoir trouvé une solution à ma petite anxiété donna, m'a-t-on dit depuis, une expression nouvelle à ma figure. Ma grand-mère, attendrie et effrayée, partagée peut-être entre la crainte de m'avoir rendue dévote et celle de m'avoir fait mentir à moi-même, me pressa doucement contre son cœur quand je revins auprès d'elle, et laissa tomber des larmes sur mon voile.

Tout cela fut énigmatique pour moi ; j'attendais qu'elle me donnât, le soir, une explication sérieuse de l'acte qu'elle m'avait fait accomplir et de l'émotion qu'elle avait laissé paraître. Il n'en fut rien. On me fit faire une seconde communion huit jours après, et puis, on ne me reparla plus de religion, il n'en fut pas plus question que si rien ne s'était passé.

Aux grandes fêtes, on m'envoyait encore à La Châtre pour voir les processions et assister aux offices. C'était des occasions que je faisais valoir moi-même, parce que je passais ces jours-là dans la famille Decerfz, où je m'ébattais avec les enfants, et où j'étais si gâtée que je mettais tout sens dessus dessous, cassant tout, les meubles, les poupées et même quelque peu les enfants, trop débiles pour mes manières de paysanne.

Quand je revenais à la maison, fatiguée de ces ébats, je retombais dans mes accès de mélancolie. Je me replongeais dans la lecture, et ma grand-mère avait bien un peu de peine à me remettre au travail réglé. Rien ne ressemble plus à l'artiste que l'enfant. Il a ses veines de labeur et de paresse, ses soifs ardentes de production, ses lassitudes pleines de dégoût. Ma grand-mère n'avait jamais eu le caractère de l'artiste, bien qu'elle en eût certaines facultés ; j'ignore si elle avait eu une enfance. C'était une nature si calme, si régulière, si unie, qu'elle ne comprenait pas les engouements et les défaillances de la mienne. Elle me donnait si peu de besogne (et c'était là le mal), qu'elle s'étonnait de m'en voir accablée parfois, et comme, en d'autres jours, j'en faisais volontairement quatre fois davantage, elle m'accusait de caprice et de résistance raisonnée. Elle se trompait, je ne me gouvernais pas moi-même, voilà tout. Elle me grondait toujours avec affection, mais avec une certaine amertume, et elle avait tort : elle voulait m'obliger à me vaincre, m'habituer à me régulariser, et en cela elle avait raison.

Comme par-dessus tout elle me gâtait, elle me laissa prendre un genre de dissipation qui me tourna la tête pendant tout l'été qui suivit ma première communion. Il vint à La Châtre une troupe de comédiens ambulants, une assez bonne troupe, par parenthèse, qui donnait le mélodrame, la comédie, le vaudeville et surtout l'opéra-comique. Il y avait de bonnes voix, assez d'ensemble, un premier chanteur et deux chanteuses qui ne manquaient pas de talent. Cette troupe était vraiment trop distinguée pour le misérable local des représentations. C'était la même salle où mon père avait joué la comédie avec nos amis les Duvernet, une ancienne église de couvent, où l'on voyait encore les dessins des ogives mal recouvertes d'un plâtre plus frais que celui des murailles, le tout surmonté d'un plafond de solives brutes posé après coup, et meublé de mauvais bancs de bois en amphithéâtre. N'importe, les dames de la ville venaient s'y asseoir en grande toilette, et quand tout cela était couvert de fleurs et de rubans on ne voyait plus la nudité et la malpropreté de la salle. Les amateurs de l'endroit, à la tête desquels était encore M. Duvernet, composaient un orchestre très satisfaisant. On était encore artiste en province dans ce temps-là. Il n'y avait si pauvre et si petite localité où l'on ne trouvât moyen d'organiser un bon quatuor, et toutes les semaines on se réunissait, tantôt chez un amateur, tantôt chez l'autre, pour faire ce que les Italiens appellent *musica di camera* (musique de chambre), honnête et noble délassement qui a disparu avec les vieux virtuoses, derniers gardiens du feu sacré dans nos provinces.

J'adorais toujours la musique, bien que ma bonne maman me négligeât sous ce rapport, et que M. Gayard m'inspirât de plus en plus le dégoût de l'étudier à sa manière. Il arrivait bien rarement à ma grand-mère de poser ses doigts blancs et paralysés sur le vieux clavecin, et de chevroter ces majestueux fragments des vieux maîtres qu'elle chevrotait mieux que personne ne les eût chantés. J'avais presque oublié que j'étais née musicienne aussi, et que je pouvais sentir et comprendre ce que les autres peuvent exprimer ou produire. La première fois qu'on m'envoya entendre la comédie à La Châtre, nos chanteurs ambulants donnèrent *Aline, reine de Golconde*[65]. J'en revins transportée et sachant presque l'opéra par cœur, chant, paroles, accompagnements, récitatifs. Une autre fois ce fut *Montano et Stéphanie* ; puis *Le Diable à quatre*, *Adolphe et Clara*, *Gulistan*, *Ma tante Aurore*, *Jeannot et Colin*, que sais-je ? toutes les jolies, faciles, chantantes et gracieuses opérettes de ce temps-là. Je repris fureur à la musique, et je chantais le jour en réalité, la nuit en rêve. La musique avait tout poétisé pour moi dans ces représentations, où madame Duvernet avait l'obligeance de me conduire toutes les semaines. Je ne me souvenais plus d'avoir vu de belles salles de spectacle et des acteurs de premier ordre à Paris. Il y avait si longtemps de cela, que la comparaison ne me gênait point. Je ne m'apercevais pas de la misère des décors, de l'absurdité des costumes ; mon imagination et le prestige de la musique suppléant à tout ce qui manquait, je croyais assister aux plus beaux, aux plus somptueux, aux plus complets spectacles de l'univers, et ces comédiens de campagne, chantant et déclamant dans une grange, m'ont fait autant de plaisir et de bien que, depuis, les plus grands artistes de l'Europe sur les plus nobles scènes du monde.

Madame Duvernet avait une nièce nommée Brigitte, aimable, bonne et spirituelle enfant avec laquelle je fus bientôt intimement liée. Avec le plus jeune fils de la maison, Charles (mon vieux ami d'aujourd'hui), et deux ou trois autres personnages de la même gravité (je crois que le doyen de tous n'avait pas quinze ans), nous passions dans des jeux absorbants ces heureuses journées qui précédaient la comédie. Comme tout nous était spectacle, même les fêtes religieuses du matin, nous représentions alternativement la messe et la comédie, la procession et le mélodrame. Nous nous affublions des chiffons de la mère, qu'on mettait au pillage, nous faisions avec des fleurs, des miroirs, des dentelles et des rubans, tantôt des décors de théâtre, tantôt des chapelles, et nous chantions ensemble à tue-tête tantôt des chœurs d'opéra-comique, tantôt la messe et les vêpres. Tout cela accompagné des cloches qui sonnaient à toute volée presque sur le toit de la maison, des instruments des amateurs qui répétaient en bas l'ouverture et les accompagnements qu'on allait jouer le soir, et des hurlements des chiens d'alentour qui avaient mal aux nerfs : c'était la plus étrange cacophonie et en même temps la plus joyeuse. Enfin l'heure du dîner arrivait ; on dépouillait vite les costumes improvisés. Charles ôtait à la hâte le jupon brodé de sa mère, dont il s'était fait un surplis. Il fallait repeigner les longs cheveux noirs de Brigitte. Je courais cueillir dans le petit jardin les bouquets de la soirée. On se mettait à table avec grand appétit ; mais Brigitte et moi nous ne pouvions pas manger, tant l'impatience et la joie d'aller au spectacle nous serraient l'estomac.

Heureux temps où l'on s'amuse, où l'on s'éprend, où l'on se passionne à si bon marché, êtes-vous passés sans retour pour mes amis et pour tous ceux qui ne sont plus jeunes ? Me voilà assez vieille, et, pourtant, à beaucoup d'égards, j'ai eu cette grâce du bon Dieu de rester enfant. Le spectacle m'amuse encore quelquefois comme si j'avais encore douze ans, et j'avoue que ce sont les spectacles les plus naïfs, les mimodrames, les féeries, qui me divertissent si fort. Il m'arrive encore quelquefois, lorsque j'ai passé un an loin de Paris, de dîner à la hâte avec mes enfants et mes amis, et d'avoir un certain battement de cœur au lever du rideau. Je laisse à peine aux autres le temps de manger, je m'impatiente contre le fiacre qui va trop lentement, je ne veux rien perdre, je veux comprendre la pièce, quelque stupide qu'elle soit. Je ne veux pas qu'on me parle, tant je veux écouter et regarder. On se moque de moi, et j'y suis insensible, tant ce monde de fictions qui pose devant moi trouve en moi un spectateur naïf et avide. Eh bien, je crois que dans la salle il se trouve bon nombre de gens tout aussi malheureux que je l'ai été, tout aussi amers dans leur appréciation de la vie et dans leur expérience des choses humaines, qui sont, sans oser l'avouer, tout aussi absorbés, tout aussi amusés, tout aussi enfants que moi. Nous sommes une race infortunée, et c'est pour cela que nous avons un impérieux besoin de nous distraire de la vie réelle par les mensonges de l'art ; plus il ment, plus il nous amuse.

## X

*Récit d'une profonde douleur que tout le monde comprendra. – Mouvement de dépit. – Délation de mademoiselle Julie. – Pénitence et solitude. – Soirée d'automne à la porte d'une chaumière. – On me brise le cœur. – Je me roidis contre mon chagrin et deviens tout de bon un* enfant terrible. *– Je retrouve ma mère. – Déception. – J'entre au couvent des Anglaises. – Origine et aspect de ce monastère. – La supérieure. – Nouveau déchirement. – La mère Alippe. – Je commence à apprécier ma situation et je prends mon parti. – Claustration absolue.*

Malgré toutes ces distractions et tous ces étourdissements, je nourrissais toujours au fond de mon cœur une sorte de passion malheureuse pour ma mère absente. De notre cher roman, il n'était plus question le moins du monde, elle l'avait bien parfaitement oublié, mais moi j'y pensais toujours. Je protestais toujours dans le secret de ma pensée, contre le sort que ma pauvre bonne maman tenait tant à m'assurer. Instruction, talents et fortune, je persistais à tout mépriser. J'aspirais à revoir ma mère, à lui reparler de nos projets, à lui dire que j'étais résolue à partager son sort, à être ignorante, laborieuse et pauvre avec elle. Les jours où cette résolution me dominait, je négligeais bien mes leçons, il faut l'avouer. J'étais grondée, et ma résolution n'en était que plus obstinée. Un jour que j'avais été réprimandée plus que de coutume, en sortant de la chambre de ma bonne maman, je jetai par terre mon livre et mes cahiers, je pris ma tête dans mes deux mains, et me croyant seule, je m'écriai : « Eh bien, oui, c'est vrai, je n'étudie pas parce que je ne veux pas. J'ai mes raisons. On les saura plus tard. »

Julie était derrière moi. « Vous êtes une mauvaise enfant, me dit-elle, et ce que vous pensez est pire que tout ce que vous faites. On vous pardonnerait d'être dissipée et paresseuse, mais puisque c'est par entêtement et par mauvaise volonté que vous mécontentez votre bonne maman, vous mériteriez qu'elle vous renvoyât chez votre mère.

– Ma mère ! m'écriai-je ; me renvoyer chez ma mère ! mais c'est tout ce que je désire, tout ce que je demande !

– Allons, vous n'y pensez pas, reprit Julie ; vous parlez comme cela parce que vous avez de la colère, vous êtes folle dans ce moment-ci. Je me garderai bien de répéter ce qui vient de vous échapper, car vous seriez bien désolée plus tard qu'on vous eût prise au mot.

– Julie, lui répondis-je avec véhémence, je vous entends très bien et je vous connais. Je sais que quand vous promettez de vous taire, c'est que vous êtes bien décidée à parler. Je sais que quand vous m'interrogez avec douceur et câlinerie, c'est pour m'arracher ce que je pense et pour l'envenimer aux yeux de ma bonne maman. Je sais que dans ce moment-ci vous m'excitez à dessein, et que vous profitez de ma colère et de mon ennui pour m'en faire dire encore plus. Eh bien, vous n'avez pas besoin de vous donner tant de peine. Ce que j'ai dans le cœur, vous le saurez, et je vous autorise à le faire savoir. Je ne veux plus rester ici, je veux retourner avec ma mère, et je ne veux plus qu'on me sépare d'elle. C'est elle que j'aime et que j'aimerai toujours, quoi qu'on fasse. C'est à elle seule que je veux obéir. Allez, dépêchez-vous, faites votre déposition, je suis prête à la signer. »

La pauvre fille faisait-elle réellement auprès de moi le métier d'agent provocateur ? Dans la forme, oui, dans le fond, non certainement. Elle ne me voulait que du bien. Elle n'avait pas de méchant plaisir à me faire gronder, elle s'affligeait avec ma grand-mère de ce qu'elles appelaient mon ingratitude. Comment eût-elle compris que ce n'était pas à l'affection que j'étais ingrate, mais à la fortune que j'étais rebelle ? Ma grand-mère elle-même s'y trompait, Julie pouvait bien s'y tromper. Mais il est certain que cette fille avait dans le regard, dans la voix, dans toutes ses manières de procéder, une sorte de prudence insinuante qui sentait la ruse et la duplicité, et cela m'était souverainement antipathique.

Quoi qu'il en soit, c'était la première fois que je la poussais à bout et que j'irritais son amour-propre. Elle fut mortifiée, et elle eut vraiment un mouvement de vengeance, car elle alla sur-le-champ rapporter ma déclamation dans les termes les plus noirs. Elle fit là une mauvaise action, car elle frappait au cœur cette pauvre bonne maman, qui n'était guère de force à lutter contre de nouvelles douleurs maternelles. La moindre peine ravivait en elle la mémoire de son fils, et ses éternels regrets, et sa dévorante jalousie contre la femme qui lui avait disputé le cœur de ce fils adoré, et qui maintenant lui disputait le mien. Elle eut, j'en suis sûre, un chagrin mortel, et si elle me l'eût laissé voir, je serais tombée à ses pieds, j'aurais abjuré toutes mes rébellions, car j'ai toujours été d'une excessive faiblesse devant les douleurs que j'ai causées, et mes retours m'ont toujours plus liée que mes résistances ne m'avaient déliée. Mais on me cacha bien soigneusement l'émotion de ma bonne maman, et Julie, irritée personnellement contre moi, ne vint pas me dire : « Elle souffre, allez la consoler. »

On prit un mauvais système, on résolut de s'armer de rigueur, on crut m'effrayer en me prenant au mot, et mademoiselle Julie vint m'annoncer que j'eusse à me retirer dans ma chambre et à n'en pas sortir. « Vous ne reverrez plus votre grand-mère, me dit-elle, puisque vous la détestez. Elle vous abandonne ; dans trois jours vous partirez pour Paris.

– Vous en avez menti, lui répondis-je, menti avec méchanceté, je ne déteste pas ma grand-mère, je l'aime : mais j'aime mieux ma mère, et si l'on me rend à elle, je remercie le bon Dieu, ma grand-mère et même vous. »

Là-dessus je lui tournai le dos et montai résolument à ma chambre. J'y trouvai Rose, qui ne savait pas ce qui venait de se passer et qui ne me dit rien. Je n'avais ni sali ni déchiré mes hardes ce jour-là, le reste la préoccupait fort peu. Je passai trois grands jours sans voir ma bonne maman. On me faisait descendre pour prendre mes repas quand elle avait fini les siens. On me disait d'aller prendre l'air au jardin quand elle était enfermée, et elle s'enfermait ou on l'enfermait bien littéralement, car lorsque je passais devant la porte de sa chambre, j'entendais mettre la barre de fer avec une sorte d'affectation, comme pour me dire que tout repentir serait inutile.

Les domestiques semblaient consternés, mais j'avais un air si hautain apparemment, que pas un n'osa me parler, pas même Rose, qui devinait peut-être bien qu'on s'y prenait mal et qu'on excitait mon amour pour ma mère au lieu de le refroidir. Deschartres, soit par système, soit par suite d'une appréciation analogue à celle de Rose, ne me parlait pas non plus. Il ne fut pas question de leçons ni d'études pendant ce temps d'expiation.

Voulait-on me faire sentir l'ennui de l'inaction ? on aurait dû me priver de livres, mais on ne me priva de rien, et, voyant la bibliothèque à ma disposition comme de coutume, je ne sentis pas la moindre envie de me distraire par la lecture. On ne désire que ce qu'on ne peut pas avoir.

Je passai donc ces trois jours dans un tête-à-tête assidu avec Corambé. Je lui racontai mes peines, et il m'en consola en me donnant raison. Je souffrais pour l'amour de ma mère, pour l'amour de l'humilité et de la pauvreté. Je croyais remplir un grand rôle, accomplir une mission sainte, et comme tous les enfants romanesques, je me drapais un peu dans mon calme et dans ma persévérance. On avait voulu m'humilier en m'isolant comme un lépreux dans cette maison où d'ordinaire tout me riait ; je ne m'en rehaussais que plus dans ma propre estime. Je faisais de belles réflexions philosophiques sur l'esclavage moral de ces valets qui n'osaient plus m'adresser la parole, et qui, la veille, se fussent mis à mes pieds parce que j'étais en faveur. Je comparais ma disgrâce à toutes les grandes disgrâces historiques que j'avais lues, et je me comparais moi-même aux grands citoyens des républiques ingrates, condamnés à l'ostracisme pour leurs vertus.

Mais l'orgueil est une sotte compagnie, et je m'en lassai en un jour. « C'est fort bête, tout cela, me dis-je, voyons clair sur les autres et sur moi-même, et concluons. On ne prépare pas mon départ, on n'a pas envie de me rendre à ma mère. On veut m'éprouver, on croit que je demanderai à rester ici. On ne sait pas combien je désire vivre avec elle, et il faut qu'on le voie. Restons impassible. Que ma claustration dure huit jours, quinze jours, un mois, peu importe. Quand on se sera bien assuré que je ne change pas d'idée, on me fera partir, et alors je m'expliquerai avec ma bonne maman ; je lui dirai que je l'aime, et je le lui dirai si bien qu'elle me pardonnera et me rendra son amitié. Pourquoi faut-il qu'elle me maudisse parce que je lui préfère celle qui m'a mise au monde et que Dieu lui-même me commande de préférer à tout ? Pourquoi croirait-elle que je suis ingrate parce que je ne veux pas être élevée à sa manière et vivre de sa vie ? À quoi lui suis-je utile ici ? Je la vois de moins en moins. La société de ses femmes lui semble plus nécessaire ou plus agréable que la mienne, puisque c'est avec elles qu'elle passe le plus de temps. Si elle me garde ici, ce n'est pas pour elle certainement, c'est pour moi. Eh bien, ne suis-je pas un être libre, libre de choisir la vie et l'avenir qui lui conviennent ? Allons, il n'y a rien de tragique à ce qui m'arrive. Ma grand-mère a voulu, par pure bonté, me rendre instruite et riche : moi je lui en suis très reconnaissante, mais je ne peux pas m'habituer à me passer de ma mère. Mon cœur lui sacrifie tous les faux biens joyeusement. Elle m'en saura gré, et Dieu m'en tiendra compte. Personne n'a sujet d'être irrité contre moi, et ma bonne maman le reconnaîtra si je puis parvenir jusqu'à elle et combattre les calomnies qui se sont glissées entre elle et moi. »

Là-dessus j'essayai d'entrer chez elle, mais je trouvai encore la porte barricadée, et j'allai au jardin. J'y rencontrai une vieille femme pauvre à qui l'on avait permis de ramasser le bois mort. « Vous n'allez pas vite, la mère, lui dis-je, pourquoi vos enfants ne vous aident-ils pas ? – Ils sont aux champs, me dit-elle, et moi je ne peux plus me baisser pour ramasser ce qui est par terre, j'ai les reins trop vieux. » Je me mis à travailler pour elle, et comme elle n'osait toucher au bois mort sur pied, j'allai chercher une serpe pour abattre les arbrisseaux desséchés et faire tomber les branches des arbres à ma portée. J'étais forte comme une paysanne, je fis bientôt un abattis splendide. Rien ne passionne comme le travail du corps quand une idée ou un sentiment vous pousse. La nuit vint que j'étais encore à l'ouvrage, taillant, fagotant, liant, et faisant à la vieille une provision pour la semaine au lieu de sa provision de la journée qu'elle aurait eu peine à enlever. J'avais oublié de manger, et comme personne ne m'avertissait plus de rien, je ne songeais pas à me retirer. Enfin la faim me prit, la vieille était partie depuis longtemps. Je chargeai sur mes épaules un fardeau plus lourd que moi et je le portai à sa chaumière, qui était au bout du hameau. J'étais en nage et en sang, car la serpe m'avait plus d'une fois fendu les mains, et les ronces m'avaient fait une grande balafre au visage.

Mais la soirée d'automne était superbe et les merles chantaient dans les buissons. J'ai toujours aimé particulièrement le chant du merle ; moins éclatant, moins original, moins varié que celui du rossignol, il se rapproche davantage de nos formes musicales, et il a des phrases d'une naïveté rustique qu'on pourrait presque noter et chanter en y mêlant fort peu de nos conventions. Ce soir-là ce chant me parut la voix même de Corambé qui me soutenait et m'encourageait. Je pliais sous mon fardeau ; je sentis, tant l'imagination gouverne nos facultés, décupler ma force, et même une sorte de fraîcheur passer dans mes membres brisés. J'arrivai à la chaumière de la mère Blin comme les premières étoiles brillaient dans le ciel encore rose. « Ah ! ma pauvre mignonne, me dit-elle, comme vous voilà fatiguée ! vous prendrez du mal ! – Non, lui dis-je, mais j'ai bien travaillé pour vous, et cela vaut un morceau de votre pain, car j'ai grand appétit. » Elle me coupa, dans son pain noir et moisi, un grand morceau que je mangeai, assise sur une pierre à sa porte, tandis qu'elle couchait ses petits enfants et disait ses prières. Son chien efflanqué (tout paysan, si pauvre qu'il soit, a un chien, ou plutôt une ombre de chien qui vit de maraude et n'en défend pas moins le misérable logis où il n'est pas même abrité), son chien, après m'avoir beaucoup grondée, s'apprivoisa à la vue de mon pain et vint partager ce modeste souper.

Jamais repas ne m'avait semblé si bon, jamais heure plus douce et nature plus sereine. J'avais le cœur libre et léger, le corps dispos comme on l'a après le travail. Je mangeais le pain du pauvre après avoir fait la tâche du pauvre. « Et ce n'est pas une *bonne action*, comme on dit dans le vocabulaire orgueilleux des châteaux, pensais-je, c'est tout bonnement un premier acte de la vie de pauvreté que j'embrasse et que je commence. Me voici enfin libre : plus de leçons fastidieuses, plus de confitures écœurantes qu'il faut trouver bonnes sous peine d'être ingrate, plus d'heures de convention pour manger, dormir ou s'amuser sans envie et sans besoin. La fin du jour a marqué celle de mon travail.

La faim seule m'a sonné l'heure de mon repas ; plus de laquais pour me tendre mon assiette et me l'enlever à sa fantaisie. À présent voici les étoiles qui viennent, il fait bon, il fait frais ; je suis lasse et je me repose, personne n'est là pour me dire : « Mettez votre châle, ou rentrez, de crainte de vous enrhumer. » Personne ne pense à moi, personne ne sait où je suis ; si je veux passer la nuit sur cette pierre il ne tient qu'à moi. Mais c'est là le bonheur suprême, et je ne conçois pas que cela s'appelle une punition. »

Puis je pensai que bientôt je serais avec ma mère, et je fis mes adieux tendres, mais joyeux, à la campagne, aux merles, aux buissons, aux étoiles, aux grands arbres. J'aimais la campagne, mais je ne savais pas que je ne pourrais jamais vivre ailleurs, je croyais qu'avec ma mère le paradis serait partout. Je me réjouissais de l'idée que je lui serais utile, que ma force physique la dispenserait de toute fatigue. « C'est moi qui porterai son bois, qui ferai son feu, son lit, me disais-je. Nous n'aurons point de domestiques, point d'esclaves tyrans ; nous nous appartiendrons, nous aurons enfin la liberté du pauvre. »

J'étais dans une situation d'esprit vraiment délicieuse, mais Rose ne m'avait pas si bien oubliée que je le pensais. Elle me cherchait et s'inquiétait quand je rentrai à la maison ; mais, en voyant l'énorme balafre que j'avais au visage, comme elle m'avait vue travailler pour la mère Blin, elle, qui avait un bon cœur, ne songea point à me gronder. D'ailleurs depuis que j'étais en pénitence, elle était fort douce et même triste.

Le lendemain elle m'éveilla de bonne heure. « Allons, me dit-elle, cela ne peut pas durer ainsi. Ta bonne maman a du chagrin, va l'embrasser et lui demander pardon. – Il y a trois jours qu'on aurait dû me laisser faire ce que tu dis là, lui répondis-je ; mais Julie me laissera-t-elle entrer ? – Oui, oui, répondit-elle, je m'en charge ! » Et elle me conduisit par les petits couloirs à la chambre de ma bonne maman. J'y allais de bon cœur, quoique sans grand repentir, car je ne me sentais vraiment pas coupable, et je n'entendais pas du tout, en lui témoignant de la tendresse, renoncer à cette séparation que je regardais comme un fait accompli ; mais dans les bras de ma pauvre chère aïeule m'attendait la plus cruelle, la plus poignante et la moins méritée des punitions.

Jusque-là personne au monde, et ma grand-mère moins que personne, ne m'avait dit de ma mère un mal sérieux. Il était bien facile de voir que Deschartres la haïssait, que Julie la dénigrait pour faire sa cour, que ma grand-mère avait de grands accès d'amertume et de froideur contre elle. Mais ce n'étaient que des railleries sèches, des demi-mots d'un blâme non motivé, des airs de dédain ; et, dans ma partialité naïve, j'attribuais au manque de fortune et de naissance le profond regret que le mariage de mon père avait laissé dans sa famille. Ma bonne maman semblait s'être fait un devoir de respecter en moi le respect que j'avais pour ma mère.

Durant ces trois jours qui l'avaient tant fait souffrir, elle chercha apparemment le plus prompt et le plus sûr moyen de me rattacher à elle-même et à ses bienfaits dont je tenais si peu de compte, en brisant dans mon jeune cœur la confiance et l'amour qui me portaient vers une autre. Elle réfléchit, elle médita, elle s'arrêta au plus funeste de tous les partis.

Comme je m'étais mise à genoux contre son lit et que j'avais pris ses mains pour les baiser, elle me dit d'un ton vibrant et amer que je ne lui connaissais pas : « Restez à genoux et m'écoutez avec attention, car ce que je vais vous dire, vous ne l'avez jamais entendu et jamais plus vous ne l'entendrez de ma bouche. Ce sont des choses qui ne se disent qu'une fois dans la vie, parce qu'elles ne s'oublient pas ; mais, faute de les connaître, quand par malheur elles existent, on perd sa vie, on se perd soi-même. »

Après ce préambule qui me fit frissonner, elle se mit à me raconter sa propre vie et celle de mon père, telles que je les ai fait connaître, puis celle de ma mère, telle qu'elle la croyait savoir, telle du moins qu'elle la comprenait. Là, elle fut sans pitié et sans intelligence, j'ose le dire, car il y a, dans la vie des pauvres, des entraînements, des malheurs et des fatalités que les riches ne comprennent jamais, et qu'ils jugent comme les aveugles des couleurs.

Tout ce qu'elle raconta était vrai par le fait et appuyé sur des circonstances dont le détail ne permettait pas le moindre doute. Mais on eût pu me dévoiler cette terrible histoire sans m'ôter le respect et l'amour pour ma mère, et l'histoire racontée ainsi eût été beaucoup plus vraisemblable et beaucoup plus vraie. Il n'y avait qu'à tout dire, les causes de ses malheurs, l'isolement et la misère dès l'âge de quatorze ans, la corruption des riches, qui sont là pour guetter la faim et flétrir l'innocence, l'impitoyable rigorisme de l'opinion, qui ne permet point le retour et n'accepte pas l'expiation *. Il fallait me dire aussi comment ma mère avait racheté le passé, comment elle avait aimé fidèlement mon père, comment, depuis sa mort, elle avait vécu humble, triste et retirée. Ce dernier point, je le savais bien, du moins je croyais le savoir ; mais on me faisait entendre que si l'on me disait tout le passé, on m'épargnait le présent, et qu'il y avait, dans la vie actuelle de ma mère, quelque secret nouveau qu'on ne voulait pas me dire et qui devait me faire trembler pour mon propre avenir si je m'obstinais à vivre avec elle. Enfin ma pauvre bonne maman, épuisée par ce long récit, hors d'elle-même, la voix étouffée, les yeux humides et irrités, lâcha le grand mot, l'affreux mot : ma mère était une femme

* On me dit que des critiques de parti pris blâment la sincérité avec laquelle je parle de mes parents, et particulièrement de ma mère. Cela est tout simple et je m'y attendais. Il y a toujours certains lecteurs qui ne comprennent pas ce qu'ils lisent : ce sont ceux qui ne veulent pas ou qui ne peuvent pas comprendre la véritable morale des choses humaines. Comme je n'écris pas pour ceux-là, c'est en vain que je leur répondrais ; leur point de vue est l'opposé du mien ; mais je prie ceux qui ne haïssent pas systématiquement mon œuvre de relire cette page et de réfléchir. Si parmi eux il en est quelques-uns qui aient souffert des mêmes douleurs que moi, pour les mêmes causes, je crois que j'aurai calmé l'angoisse de leurs doutes intérieurs, et fermé leur blessure, par une appréciation plus élevée que celle des champions de la fausse morale (NdA).

perdue, et moi un enfant aveugle qui voulait s'élancer dans un abîme.

Ce fut pour moi comme un cauchemar ; j'avais la gorge serrée ; chaque parole me faisait mourir, je sentais la sueur me couler du front, je voulais interrompre, je voulais me lever, m'en aller, repousser avec horreur cette effroyable confidence ; je ne pouvais pas, j'étais clouée sur mes genoux, la tête brisée et courbée par cette voix qui planait sur moi et me desséchait comme un vent d'orage. Mes mains glacées ne tenaient plus les mains brûlantes de ma grand-mère, je crois que machinalement je les avais repoussées de mes lèvres avec terreur.

Enfin je me levai sans dire un mot, sans implorer une caresse, sans me soucier d'être pardonnée ; je remontai à ma chambre. Je trouvai Rose sur l'escalier. « Eh bien, me dit-elle, est-ce fini, tout cela ? – Oui, c'est bien fini, fini pour toujours », lui dis-je, et, me rappelant que cette fille ne m'avait jamais dit que du bien de ma mère, sûre qu'elle connaissait tout ce qu'on venait de m'apprendre et qu'elle n'en était pas moins attachée à sa première maîtresse : quoiqu'elle fût horrible, elle me parut belle, quoiqu'elle fût mon tyran et presque mon bourreau, elle me sembla être ma meilleure, ma seule amie ; je l'embrassai avec effusion, et courant me cacher, je me roulai par terre en proie à des convulsions de désespoir.

Les larmes qui firent irruption ne me soulagèrent pas. J'ai toujours entendu dire que les pleurs allègent le chagrin, j'ai toujours éprouvé le contraire, je ne sais pas pleurer. Dès que les larmes me viennent aux yeux, les sanglots me prennent à la gorge, j'étouffe, ma respiration s'exhale en cris ou en gémissements ; et comme j'ai horreur du bruit de la douleur, comme je me retiens de crier, il m'est souvent arrivé de tomber comme morte, et c'est probablement comme cela que je mourrai quelque jour si je me trouve seule, surprise par un malheur nouveau. Cela ne m'inquiète guère, il faut toujours mourir de quelque chose, et chacun porte en soi le coup qui doit l'achever. Probablement la pire des morts, la plus triste et la moins désirable, est celle que choisissent les poltrons, mourir de vieillesse, c'est-à-dire après tout ce qu'on a aimé, après tout ce à quoi on a cru sur la terre.

À cette époque, je n'avais pas le stoïcisme de refouler mes sanglots, et Rose, m'entendant râler, vint à mon secours. Quand j'eus repris un peu d'empire sur moi-même, je ne voulus pas faire la malade, je descendis au premier appel du déjeuner, je me forçai pour manger. On me donna mes cahiers, je fis semblant de travailler, mais j'avais les paupières à vif, tant mes larmes avaient été âcres et brûlantes ; j'avais une migraine affreuse, je ne pensais plus, je ne vivais pas, j'étais indifférente à toutes choses. Je ne savais plus si j'aimais ou si je haïssais quelqu'un, je ne sentais plus d'enthousiasme pour personne, plus de ressentiment contre qui que ce soit ; j'avais comme une énorme brûlure intérieure et comme un vide cuisant à la place du cœur. Je ne me rendais compte que d'une sorte de mépris pour l'univers entier et d'un amer dédain pour la vie, quelle qu'elle pût être pour moi désormais ; je ne m'aimais plus moi-même. Si ma mère était méprisable et haïssable, moi, le fruit de ses entrailles, je l'étais aussi. Je ne sais à quoi a tenu que je ne devinsse pas perverse par misanthropie, à partir de ce moment-là. On m'avait fait un mal affreux qui pouvait être irréparable ; on avait tenté de tarir en moi les sources de la vie morale, la foi, l'amour et l'espérance.

Heureusement pour moi, le bon Dieu m'avait faite pour aimer et pour oublier. On m'a souvent reproché d'être oublieuse du mal ; puisque je devais tant en subir, c'est une grâce d'état.

Au bout de quelques jours d'une indicible souffrance et d'une fatigue suprême, je sentis avec étonnement que j'aimais encore plus ma mère, et que je n'aimais pas moins ma grand-mère qu'auparavant. On m'avait vue si triste, Rose avait raconté de moi une telle scène de douleur, qu'on crut à un grand repentir. Ma bonne maman comprit bien qu'elle m'avait fait beaucoup de mal, mais elle s'imagina que c'était un mal salutaire et que mon parti était pris. Il ne fut pas question d'explication nouvelle, on ne m'interrogea pas, c'eût été bien inutile. J'avais pour toujours un sceau sur les lèvres. La vie recommença à couler comme un ruisseau tranquille, mais le ruisseau était troublé pour moi, et je n'y regardais plus.

En effet, je ne faisais plus aucun projet, je ne sentais plus venir les doux rêves. Plus de roman, plus de contemplations. Corambé était muet. Je vivais comme une machine. Le mal était plus profond qu'on ne pensait. Aimante, j'aimais encore les autres. Enfant, je m'amusais encore de la vie ; mais, je l'ai dit, je ne m'aimais plus, je ne me souciais plus du tout de moi-même. J'avais résisté systématiquement à l'avantage de l'instruction, j'avais dédaigné d'orner et de rehausser mon être intellectuel, croyant que mon être moral y gagnerait. Mais mon idéal était voilé, et je ne comprenais plus l'avenir que je m'étais pendant si longtemps créé et arrangé selon ma fantaisie. J'entrevoyais désormais, dans cet avenir, des luttes contre l'opinion auxquelles je n'avais jamais songé, et je ne sais quelle énigme douloureuse dont on n'avait pas voulu me dire le mot. On m'avait parlé de dangers affreux, on s'était imaginé que je les devinerais, et moi, simple et d'organisation tranquille, je ne devinais rien du tout. En outre, autant j'ai l'esprit actif pour ce qui sourit à mes instincts, autant je l'ai paresseux pour ce qui leur est hostile, et je ne cherchais pas le mot du sphinx ; mais il y avait quelque chose de terrible devant moi si je persistais à quitter l'aile de ma grand-mère, et ce quelque chose, sans me faire peur, ôtait à mes châteaux en Espagne le charme de la confiance absolue.

« Ce sera pire que la misère, m'avait-on dit, ce sera la honte ! » « La honte de quoi ? me disais-je. Rougirai-je d'être la fille de ma mère ? Oh ! si ce n'était que cela ! on sait bien que je n'aurai pas cette lâche honte. » Je supposais alors, sans rien incriminer, quelque lien mystérieux entre ma mère et quelqu'un qui me ferait sentir une domination injuste et illégitime. Et puis je m'abstenais volontairement d'y songer. « Nous verrons bien, me disais-je. On veut que je cherche, je ne chercherai pas. »

Il m'a toujours fallu, pour vivre, une résolution arrêtée de vivre pour quelqu'un ou pour quelque chose, pour des personnes ou pour des idées. Ce besoin m'était venu naturellement dès l'enfance, par la force des circonstances, par l'affection contrariée. Il restait en moi quoique mon but fût obscurci et mon élan incertain. On voulait me forcer à me rattacher à l'autre but que l'on m'avait montré, et dont je m'étais obstinément détournée. Je me demandai si cela était possible. Je sentis que non. La fortune et l'instruction, les belles manières, le bel esprit, ce qu'on appelait *le monde* m'apparut sous des formes sensibles, telles que je pouvais les concevoir. « Cela se réduit, pensai-je, à devenir une belle demoiselle bien pimpante, bien guindée, bien érudite, tapant sur un piano devant des personnes qui approuvent sans écouter et sans comprendre, ne se souciant de personne, aimant à briller, aspirant à un riche mariage, vendant sa liberté et sa personnalité pour une voiture, un écusson, des chiffons et quelques écus. Cela ne me va point et ne m'ira jamais. Si je dois hériter forcément de ce castel, de ces gerbes de blé que compte et recompte Deschartres, de cette bibliothèque où tout ne m'amuse pas, et de cette cave où rien ne me tente, ne voilà-t-il pas un grand bonheur et de belles richesses ! J'ai souvent rêvé de lointains voyages. Les voyages m'auraient tentée si je n'avais eu le projet de vivre pour ma mère. Eh bien, voilà ! Si ma mère ne veut pas de moi, quelque jour je partirai, j'irai au bout du monde. Je verrai l'Etna et le mont Gibel, j'irai en Amérique, j'irai dans l'Inde. On dit que c'est loin, que c'est difficile, tant mieux ! On dit qu'on y meurt, qu'importe ? En attendant, vivons au jour le jour, vivons au hasard ; puisque rien de ce que je connais ne me tente ou ne me rassure, laissons venir l'inconnu. »

Là-dessus, j'essayai de vivre sans songer à rien, sans rien craindre et sans rien désirer. Cela me fut d'abord bien difficile, j'avais pris une telle habitude de rêver et d'aspirer à un bien futur, que, malgré moi, je me reprenais à y songer. Mais la tristesse devenait alors si noire, et le souvenir de la scène qu'on m'avait faite si étouffant, que j'avais besoin d'échapper à moi-même, et que je courais aux champs m'étourdir avec les gamins et les gamines qui m'aimaient et m'arrachaient à ma solitude.

Quelques mois se passèrent alors qui ne me profitèrent à rien, et dont je me souviens confusément, parce qu'ils furent vides. Je m'y comportai fort mal, ne travaillant que juste ce qu'il fallait pour n'être pas grondée, me dépêchant, pour ainsi dire, d'oublier vite ce que je venais d'apprendre, ne méditant plus sur mon travail comme j'avais fait jusqu'alors par un besoin de logique et de poésie qui avait eu son charme secret ; courant plus que jamais les chemins, les buissons et les pacages avec mes bruyants acolytes ; mettant la maison sens dessus dessous par des jeux échevelés ; prenant une habitude de gaieté, quelquefois forcée, quand ma douleur intérieure menaçait de se réveiller, enfin tournant tout de bon à l'enfant terrible, comme le disait ma bonne, qui commençait à avoir raison, et qui pourtant ne me battait plus, voyant à ma taille que je serais de force à le lui rendre, et à mon air que je n'étais plus d'humeur à le souffrir.

Voyant tout cela aussi, ma grand-mère me dit : « Ma fille, vous n'avez plus le sens commun. Vous aviez de l'esprit, et vous faites tout votre possible pour devenir ou pour paraître bête. Vous pourriez être agréable, et vous vous faites laide à plaisir. Votre teint est noirci, vos mains gercées, vos pieds vont se déformer dans les sabots. Votre cerveau se déforme et se dégingande comme votre personne. Tantôt vous répondez à peine et vous avez l'air d'un esprit fort qui dédaigne tout. Tantôt vous parlez à tort et à travers comme une pie qui babille pour babiller. Vous avez été une charmante petite fille, il ne faut pas devenir une jeune personne absurde. Vous n'avez point de tenue, point de grâce, point d'à-propos. Vous avez un bon cœur et une tête pitoyable. Il faut changer tout cela. Vous avez d'ailleurs besoin de *maîtres d'agrément*, et je ne puis vous en procurer ici. J'ai donc résolu de vous mettre au couvent, et nous allons à Paris à cet effet.

– Et je vais voir ma mère ? m'écriai-je.

– Oui certes, vous la verrez, répondit froidement ma bonne maman ; après quoi vous vous séparerez d'elle et de moi le temps nécessaire pour achever votre éducation.

– Soit, pensai-je ; le couvent, je ne sais ce que c'est, mais ce sera nouveau ; et comme, après tout, je ne m'amuse pas du tout de la vie que je mène, je pourrai gagner au change. »

Ainsi fut fait. Je revis ma mère avec mes transports accoutumés. J'avais un dernier espoir : c'est qu'elle trouverait ce couvent inutile et ridicule, et qu'elle me reprendrait avec elle en voyant que j'avais persisté dans ma résolution. Mais, tout au contraire, elle me prêcha l'avantage des richesses et des talents. Elle le fit d'une manière qui m'étonna et me blessa, car je n'y trouvai pas sa franchise et son courage ordinaires. Elle raillait le couvent, elle critiquait fort à propos ma grand-mère, qui, détestant et méprisant la dévotion, me confiait à des religieuses ; mais, tout en la blâmant, ma mère fit comme ma grand-mère. Elle me dit que le couvent me serait utile et qu'il y fallait entrer. Je n'ai jamais eu de volonté pour moi-même, j'entrai au couvent sans crainte, sans regret et sans répugnance. Je ne me rendis pas compte des suites. Je ne savais pas que j'entrais peut-être véritablement dans le monde en franchissant le seuil du cloître, que je pouvais y contracter des relations, des habitudes d'esprit, même des idées qui m'incorporeraient, pour ainsi dire, dans la classe avec laquelle j'avais voulu rompre. Je crus voir, au contraire, dans ce couvent, un terrain neutre, et dans ces années que je devais y passer, une sorte de halte au milieu de la lutte que je subissais.

J'avais retrouvé à Paris Pauline de Pontcarré et sa mère. Pauline était plus jolie que jamais ; son caractère était resté enjoué, facile, aimable ; son cœur n'avait pas changé non plus. Il était parfaitement froid, ce qui ne m'empêcha pas d'aimer et d'admirer comme par le passé cette belle indifférente.

Ma grand-mère avait questionné madame de Pontcarré sur le couvent des Anglaises, ce même couvent où elle avait été prisonnière pendant la Révolution. Une nièce de madame de Pontcarré y avait été élevée et venait d'en sortir. Ma bonne maman, qui avait gardé de ce couvent et des religieuses qu'elle y avait connues un certain souvenir, fut charmée d'apprendre que mademoiselle Debrosses [66] y avait été fort bien soignée, élevée avec distinction, que l'on faisait là de bonnes études, que les *maîtres d'agrément* étaient renommés, enfin que le couvent des Anglaises méritait la vogue dont il jouissait dans le beau monde, en concurrence avec le Sacré-Cœur et l'Abbaye-aux-Bois. Madame de Pontcarré avait le projet d'y mettre sa fille, ce qu'elle fit, en effet, l'année suivante. Ma grand-mère se décida donc pour les Anglaises, et, un jour d'hiver, on me fit endosser l'uniforme de sergette amarante, on arrangea mon trousseau dans une malle, un fiacre nous conduisit rue des Fossés-Saint-Victor, et après que nous eûmes attendu quelques instants dans le parloir, on ouvrit une porte de communication qui se referma derrière nous. J'étais cloîtrée.

Ce couvent est une des trois ou quatre communautés britanniques qui s'établirent à Paris pendant la puissance de Cromwell. Après avoir été persécuteurs, les catholiques anglais, cruellement persécutés, s'assemblèrent dans l'exil pour prier et demander spécialement à Dieu la conversion des protestants. Les communautés religieuses restèrent en France, mais les rois catholiques reprirent le sceptre en Angleterre et se vengèrent peu chrétiennement.

La communauté des Augustines anglaises est la seule qui ait subsisté à Paris et dont la maison ait traversé les révolutions sans trop d'orage. La tradition du couvent disait que la reine d'Angleterre, Henriette de France, fille de notre Henri IV et femme du malheureux Charles I^er^, était venue souvent avec son fils Jacques II prier dans notre chapelle et guérir les scrofules des pauvres qui se pressaient sur leurs pas. Un mur mitoyen sépare ce couvent du collège des Écossais. Le séminaire des Irlandais est à quatre portes plus loin. Toutes nos religieuses étaient anglaises, écossaises ou irlandaises. Les deux tiers des pensionnaires et des locataires, ainsi qu'une partie des prêtres qui venaient officier, appartenaient aussi à ces nations. Il y avait des heures de la journée où il était enjoint à toute la classe de ne pas dire un mot de français, ce qui était la meilleure étude possible pour apprendre vite la langue anglaise. Nos religieuses, comme de raison, ne nous en parlaient presque jamais d'autre. Elles avaient les habitudes de leur climat, prenant le thé trois fois par jour, et admettant celles de nous qui étaient bien sages à le prendre avec elles.

Le cloître et l'église étaient pavés de longues dalles funéraires sous lesquelles reposaient les ossements vénérés des catholiques de la vieille Angleterre, morts dans l'exil et ensevelis par faveur dans ce sanctuaire inviolable. Partout, sur les tombes et sur les murailles, des épitaphes et des sentences religieuses en anglais. Dans la chambre de la supérieure et dans son parloir particulier, de grands vieux portraits de princes ou de prélats anglais. La belle et galante Marie Stuart, réputée sainte par nos chastes nonnes, brillait là comme une étoile. Enfin, tout était anglais dans cette maison, le passé et le présent, et quand on avait franchi la grille, il semblait qu'on eût traversé la Manche.

Ce fut pour moi, paysanne du Berry, un étonnement, un étourdissement à n'en pas revenir de huit jours. Nous fûmes d'abord reçues par la supérieure, madame Canning, une très grosse femme entre cinquante et soixante ans, belle encore dans sa pesanteur physique, qui contrastait avec un esprit fort délié. Elle se piquait avec raison d'être femme du monde ; elle avait de grandes manières, la conversation facile malgré son rude accent, plus de moquerie et d'entêtement dans l'œil que de recueillement et de sainteté. Elle a toujours passé pour bonne, et comme sa science du monde faisait prospérer le couvent, comme elle savait habilement pardonner, en vertu de son droit de grâce qui lui réservait, en dernier ressort, l'utile et commode fonction de réconcilier tout le monde, elle était aimée et respectée des religieuses et des pensionnaires. Mais, dès l'abord, son regard ne me plut pas, et j'ai eu lieu de croire depuis qu'elle était dure et rusée. Elle est morte en odeur de sainteté, mais je crois ne pas me tromper en pensant qu'elle devait surtout à son habit et à son grand air la vénération dont elle était l'objet.

Ma grand-mère, en me présentant, ne put se défendre du petit orgueil de dire que j'étais fort instruite pour mon âge, et qu'on me ferait perdre mon temps si on me mettait en classe avec les enfants. On était divisé en deux sections, la petite classe et la grande classe. Par mon âge, j'appartenais réellement à la petite classe, qui contenait une trentaine de pensionnaires de six à treize ou quatorze ans. Par les lectures qu'on m'avait fait faire et par les idées qu'elles avaient développées en moi, j'appartenais à une troisième classe qu'il aurait peut-être fallu créer pour moi et pour deux ou trois autres : mais je n'avais pas été habituée à travailler avec méthode, je ne savais pas un mot d'anglais. Je comprenais beaucoup d'histoire et même de philosophie ; mais j'étais fort ignorante, ou tout au moins fort incertaine sur l'ordre des temps et des événements. J'aurais pu causer de tout avec les professeurs, et peut-être même voir un peu plus clair et plus avant que ceux qui nous dirigeaient ; mais le premier cuistre venu m'aurait fort embarrassée sur des points de fait, et je n'aurais pu soutenir un examen en règle sur quoi que ce fût.

Je le sentais bien, et je fus très soulagée d'entendre la supérieure déclarer que, n'ayant pas encore reçu le sacrement de confirmation, je devais forcément entrer à la petite classe.

C'était l'heure de la récréation ; la supérieure fit appeler une des plus sages de la petite classe, me confia et me recommanda à elle, et m'envoya au jardin. Je me mis tout de suite à aller et venir, à regarder toutes choses et toutes figures, à fureter dans tous les coins du jardin comme un oiseau qui cherche où il mettra son nid. Je ne me sentais pas intimidée le moins du monde, quoiqu'on me regardât beaucoup. Je voyais bien qu'on avait de plus belles manières que moi ; je voyais passer et repasser les *grandes*, qui ne jouaient pas et babillaient en se tenant par le bras. Mon introductrice m'en nomma plusieurs ; c'étaient de grands noms très aristocratiques, qui ne firent pas d'effet sur moi, comme l'on peut croire. Je m'informai du nom des allées, des chapelles et des berceaux qui ornaient le jardin. Je me réjouis en apprenant qu'il était permis de prendre un petit coin dans les massifs et de le cultiver à sa guise. Cet amusement n'étant recherché que des toutes petites, il me sembla que la terre et le travail ne me manqueraient pas.

On commença une partie de barres et on me mit dans un camp. Je ne connaissais pas les règles du jeu, mais je savais bien courir. Ma grand-mère vint se promener avec la supérieure et l'économe, et elle parut prendre plaisir à me voir déjà si dégourdie et si à l'aise. Puis elle se disposa à partir et m'emmena dans le cloître pour me dire adieu. Le moment lui paraissait solennel, et l'excellente femme fondit en larmes en m'embrassant. Je fus un peu émue, mais je pensai qu'il était de mon devoir de faire contre fortune bon cœur, et je ne pleurai pas. Alors, ma grand-mère me regardant en face, me repoussa en s'écriant : « Ah ! insensible cœur, vous me quittez sans aucun regret, je le vois bien ! » Et elle sortit, la figure cachée dans ses mains.

Je restai stupéfaite. Il me semblait que j'avais bien agi en ne lui montrant aucune faiblesse, et selon moi, mon courage ou ma résignation eussent dû lui être agréables. Je me retournai et vis près de moi l'économe ; c'était la mère Alippe, une petite vieille toute ronde et toute bonne, un excellent cœur de femme. « Eh bien, me dit-elle avec son accent anglais, qu'y a-t-il ? avez-vous dit à votre grand-mère quelque chose qui l'ait fâchée ? – Je n'ai rien dit du tout, répondis-je, et j'ai cru ne devoir rien dire. – Voyons, dit-elle en me prenant par la main, avez-vous du chagrin d'être ici ? » Comme elle avait cet accent de franchise qui ne trompe pas, je lui répondis sans hésiter : « Oui, madame, malgré moi je me sens triste et seule au milieu de gens que je ne connais pas. Je sens qu'ici personne ne peut encore m'aimer, et que je ne suis plus avec mes parents qui m'aiment beaucoup. C'est pour cela que je n'ai pas voulu pleurer devant ma grand-mère, puisque sa volonté est que je reste où elle me met. Est-ce que j'ai eu tort ? – Non, mon enfant, répondit la mère Alippe, votre grand-mère n'a peut-être pas compris. Allez jouer, soyez bonne, et l'on vous aimera ici autant que chez vos parents. Seulement, quand vous reverrez votre bonne maman, n'oubliez pas de lui dire que, si vous n'avez pas montré de chagrin en la quittant, c'était pour ne pas augmenter le sien. »

Je retournai au jeu, mais j'avais le cœur gros. Il me semblait et il me semble encore que le mouvement de ma pauvre grand-mère avait été fort injuste. C'était sa faute si je regardais ce couvent comme une pénitence qu'elle m'imposait, car elle n'avait pas manqué, dans ses moments de gronderie, de me dire que quand j'y serais je regretterais bien Nohant et les petites douceurs de la maison paternelle. Il semblait qu'elle fût blessée de me voir endurer la punition sans révolte ou sans crainte. « Si c'est pour mon bonheur que je suis ici, pensai-je, je serais ingrate d'y être à contrecœur. Si c'est pour mon châtiment, eh bien, me voilà châtiée, j'y suis ; que veut-on de plus ? que je souffre d'y être ? c'est comme si l'on me battait plus fort parce que je refuse de crier au premier coup. »

Ma grand-mère alla dîner ce jour-là chez mon grand-oncle de Beaumont, et elle lui raconta en pleurant comme quoi je n'avais pas pleuré. « Eh bien donc, tant mieux ! fit-il avec son enjouement philosophique. C'est bien assez triste d'être au couvent, voulez-vous pas qu'elle le comprenne ? Qu'a-t-elle donc fait de mal pour que vous lui imposiez la réclusion et les larmes par-dessus le marché ? Bonne sœur, je vous l'ai déjà dit, la tendresse maternelle est souvent fort égoïste, et nous eussions été bien malheureux si notre mère eût aimé ses enfants comme vous aimez les vôtres. »

Ma grand-mère fut assez irritée de ce sermon, elle se retira de bonne heure, et ne vint me voir qu'au bout de huit jours, quoiqu'elle m'eût promis de revenir le surlendemain de mon entrée au couvent. Ma mère, qui vint plus tôt, me raconta ce qui s'était passé, me donnant raison, suivant sa coutume. Ma petite amertume intérieure en augmenta. « Ma bonne maman a tort, pensai-je ; mais ma mère a tort aussi de me le faire tant sentir ; moi, j'ai eu tort par le fait, bien que j'aie cru avoir raison. J'ai voulu ne montrer aucun dépit, on a cru que je voulais montrer de l'orgueil. Ma bonne maman me blâme pour cela, pour cela ma mère m'approuve ; ni l'une ni l'autre ne m'a comprise, et je vois bien que cette aversion qu'elles ont l'une pour l'autre me rendra injuste aussi et très malheureuse, à coup sûr, si je me livre aveuglément à l'une ou à l'autre. »

Là-dessus je me réjouis d'être au couvent ; j'éprouvais un impérieux besoin de me reposer de tous ces déchirements intérieurs ; j'étais lasse d'être comme une pomme de discorde entre deux êtres que je chérissais. J'aurais presque voulu qu'on m'oubliât.

C'est ainsi que j'acceptai le couvent, et je l'acceptai si bien que j'arrivai à m'y trouver plus heureuse que je ne l'avais été de ma vie. Je crois que j'ai été la seule satisfaite parmi tous les enfants que j'y ai connus. Tous regrettaient leur famille, non pas seulement par tendresse pour les parents, mais aussi par regret de la liberté et du bien-être. Quoique je fusse des moins riches et que je n'eusse jamais connu le grand luxe, et quoique nous fussions passablement traitées au couvent, il y avait certes une grande différence sous le rapport de la vie matérielle entre Nohant et le cloître. En outre, la claustration, l'air de Paris, la continuité absolue d'un même régime, que je regarde comme funeste aux développements successifs ou aux modifications continuelles de l'organisation humaine, me rendirent bientôt malade et languissante. En dépit de tout cela, je passai là trois ans sans regretter le passé, sans aspirer à l'avenir, et me rendant compte de mon bonheur dans le présent ; situation que comprendront tous ceux qui ont souffert et qui savent que la seule félicité humaine pour eux c'est l'absence de maux excessifs ; situation exceptionnelle pourtant pour les enfants des riches et que mes compagnes ne comprenaient pas, quand je leur disais que je ne désirais pas la fin de ma captivité.

Nous étions cloîtrées dans toute l'acception du mot. Nous ne sortions que deux fois par mois et nous ne découchions qu'au jour de l'an. On avait des vacances, mais je n'en eus point, ma grand-mère disant qu'elle aimait mieux ne pas interrompre mes études, afin de pouvoir me laisser moins longtemps au couvent. Elle quitta Paris peu de semaines après notre séparation, et ne revint qu'au bout d'un an, après quoi elle repartit pour un an encore. Elle avait exigé de ma mère qu'elle ne demandât pas à me faire sortir. Mes cousins Villeneuve m'offrirent de me prendre chez eux les jours de sortie et écrivirent à ma bonne maman pour le lui demander. J'écrivis, de mon côté, pour la prier de ne pas le permettre, et j'eus le courage de lui dire que, ne sortant pas avec ma mère, je ne voulais et ne devais sortir avec personne. Je tremblais qu'elle ne m'écoutât pas, et, quoique je sentisse bien un peu le besoin et le désir des sorties, j'étais décidée à me faire malade si mes cousins venaient me chercher munis d'une permission. Cette fois ma grand-mère m'approuva, et, au lieu de me faire des reproches, elle donna à mon sentiment des éloges que je trouvai même un peu exagérés. Je n'avais fait que mon devoir.

Si bien que je passai deux fois l'année entière derrière les grilles. Nous avions la messe dans notre chapelle, nous recevions les visites au parloir, nous y prenions nos leçons particulières, le professeur d'un côté des barreaux, nous de l'autre. Toutes les croisées du couvent qui donnaient sur la rue étaient non seulement grillées, mais garnies de châssis de toile. C'était bien réellement la prison, mais la prison avec un grand jardin et une nombreuse société. J'avoue que je ne m'aperçus pas un instant des rigueurs de la captivité, et que les précautions minutieuses qu'on prenait pour nous tenir sous clef et nous empêcher d'avoir seulement la vue du dehors me faisaient beaucoup rire. Ces précautions étaient le seul stimulant au désir de la liberté, car la rue des Fossés-Saint-Victor et la rue Clopin[67] n'étaient tentantes ni pour la promenade ni même pour la vue. Il n'étaient pas une de nous qui eût jamais songé à franchir seule la porte de l'appartement de sa mère : presque toutes cependant épiaient au couvent l'entrebâillement de la porte du cloître, ou glissaient des regards furtifs à travers les fentes des toiles de croisées. Déjouer la surveillance, descendre deux ou trois degrés de la cour, apercevoir un fiacre qui passait, c'était l'ambition et le rêve de quarante ou cinquante filles folâtres et moqueuses, qui, le lendemain, parcouraient tout Paris avec leurs parents sans y prendre le moindre plaisir, fouler le pavé et regarder les passants n'étant plus le fruit défendu hors de l'enceinte du couvent.

Durant ces trois années, mon être moral subit des modifications que je n'aurais jamais pu prévoir, et que ma grand-mère vit avec beaucoup de peine, comme si en me mettant là elle n'eût pas dû les prévoir elle-même. La première année, je fus plus que jamais l'enfant terrible que j'avais commencé d'être, parce qu'une sorte de désespoir, ou tout au moins de *désespérance* dans mes affections me poussait à m'étourdir et à m'enivrer de ma propre espièglerie. La seconde année, je passais presque subitement à une dévotion ardente et agitée. La troisième année, je me maintins dans un état de dévotion calme, ferme et enjouée. La première année, ma grand-mère me gronda beaucoup dans ses lettres. La seconde, elle s'effraya de ma dévotion plus qu'elle n'avait fait de ma mutinerie. La troisième, elle parut à demi satisfaite et me témoigna un contentement qui n'était pas sans mélange d'inquiétude.

Ceci est le résumé de ma vie de couvent, mais les détails offrent quelques particularités auxquelles plus d'une personne de mon sexe reconnaîtra les effets tantôt bons, tantôt mauvais de l'éducation religieuse. Je les rapporterai sans la moindre prévention et, j'espère, avec une parfaite sincérité d'esprit et de cœur.

## XI

*Description du couvent. – La petite classe. – Malheur et tristesse des enfants. – Mademoiselle D***, maîtresse de classe. – Mary Eyre. – La mère Alippe. – Les limbes. – Le signe de la croix. – Les* diables, *les* sages *et les* bêtes. *– Mary G***. – Les escapades. – Isabelle C***. – Ses compositions bizarres. – Sophy C***. – Le* secret du couvent. *– Recherches et expéditions pour la délivrance de la* victime. *– Les souterrains. – L'impasse mystérieuse. – Promenade sur les toits. – Accident burlesque. – Whisky et les sœurs converses. – Le froid. – Je passe* diable. *– Mes relations avec les sages et les bêtes. – Mes jours de sortie. – Grand orage contre moi. – Ma correspondance surprise. – Je passe à la grande classe.*

Avant de raconter ma vie au couvent, ne dois-je pas décrire un peu le couvent ? Les lieux qu'on habite ont une si grande influence sur les pensées, qu'il est difficile d'en séparer les réminiscences.

C'était un assemblage de constructions, de cours et de jardins qui en faisait une sorte de village, plutôt qu'une maison particulière. Il n'y avait rien de monumental, rien d'intéressant pour l'antiquaire. Depuis sa construction, qui ne remontait pas à plus de deux cents ans, il y avait eu tant de changements, d'ajoutances ou de distributions successives, qu'on ne retrouvait l'ancien caractère que dans très peu de parties. Mais cet ensemble hétérogène avait son caractère à lui, quelque chose de mystérieux et d'embarrassant comme un labyrinthe ; un certain charme de poésie, comme les recluses savent en mettre dans les choses les plus vulgaires. Je fus bien un mois avant de savoir m'y retrouver seule, et encore, après mille explorations furtives, n'en ai-je jamais connu tous les détours et les recoins.

La façade, située en contrebas sur la rue, n'annonce rien du tout. C'est une grande bâtisse laide et nue, avec une petite porte cintrée qui ouvre sur un escalier de pierres large, droit et roide. Au haut de dix-sept degrés (si j'ai bonne mémoire), on se trouve dans une petite cour pavée en dalles et entourée de constructions basses et non percées. C'est, d'un côté, le grand mur de l'église, de l'autre, les bâtiments du cloître.

Un portier qui demeure dans cette cour, et dont la loge touche la porte du cloître, ouvre aux personnes du dehors un couloir par lequel on communique avec celles de l'intérieur au moyen d'un tour où l'on dépose les paquets, et de quatre parloirs grillés pour les visites. Le premier est plus spécialement affecté aux visites que reçoivent les religieuses ; le second est destiné aux leçons particulières ; le troisième, qui est le plus grand, est celui où les pensionnaires voient leurs parents ; le quatrième est celui où la supérieure reçoit les personnes du monde, ce qui ne l'empêche pas d'avoir un salon dans un autre corps de logis, et un grand parloir grillé où elle s'entretient avec les ecclésiastiques ou les personnes de sa famille, lorsqu'elle a à traiter d'affaires importantes ou secrètes.

Voilà tout ce que les hommes et même les femmes qui n'ont pas une permission particulière pour entrer voient du couvent. Pénétrons dans cet intérieur si bien gardé.

La porte de la cour est armée d'un guichet et s'ouvre à grand bruit sur le cloître sonore. Ce cloître est une galerie quadrangulaire, pavée de pierres sépulcrales avec force têtes de mort, ossements en croix et *requiescant in pace*. Les cloîtres sont voûtés, éclairés par de larges fenêtres à plein cintre ouvrant sur le préau, qui a son puits traditionnel et son parterre de fleurs. Une des extrémités du cloître ouvre sur l'église et sur le jardin, une autre sur le bâtiment neuf, où se trouvent au rez-de-chaussée la grande classe, à l'entresol l'ouvroir des religieuses, au premier et au second les cellules, au troisième le dortoir des pensionnaires de la petite classe.

Le troisième angle du cloître conduit aux cuisines, aux caves, puis au bâtiment de la petite classe, qui se relie à plusieurs autres très vieux qui n'existent plus *, car, de mon temps, ils menaçaient ruine. C'était un dédale de couloirs obscurs, d'escaliers tortueux, de petits logements détachés et reliés les uns aux autres par des paliers inégaux ou par des passages en planches déjetées. C'était là probablement ce qui restait des constructions primitives, et les efforts qu'on avait faits pour rattacher ces constructions avec les nouvelles attestaient ou une grande misère dans les temps de révolution, ou une grande maladresse de la part des architectes. Il y avait des galeries qui ne conduisaient à rien, des ouvertures par où l'on avait peine à passer, comme on en voit dans ces rêves où l'on parcourt des édifices bizarres qui vont se refermant sur vous et vous étouffant dans leurs angles subitement resserrés. Cette partie du couvent échappe à toute description. J'en donnerai une meilleure idée quand je raconterai quelles folles explorations nos folles imaginations de pensionnaires nous y firent entreprendre. Il me suffira, quant à présent, de dire que l'usage de ces constructions était aussi peu en harmonie que leur assemblage. Ici c'était l'appartement d'une locataire ; à côté, celui d'une élève ; plus loin, une chambre où l'on étudiait le piano ; ailleurs, une lingerie, et puis des appartements vacants ou passagèrement occupés par des amies d'outre-mer ; et puis de ces recoins sans nom où les vieilles filles, et les nonnes surtout, entas-

* Le couvent tout entier a disparu dans les travaux d'édilité de la ville sous le dernier Empire. La rue des Fossés-Saint-Victor, qui, relativement au massif des jardins du couvent, était une sorte de précipice, a été nivelée. La communauté des Anglaises s'est établie hors des murs de Paris. (*Note de 1874*) [NdA].

sent mystérieusement une foule d'objets fort étonnés de se trouver ensemble, des débris d'ornements d'église avec des oignons, des chaises brisées avec des bouteilles vides, des cloches fêlées avec des guenilles, etc., etc.

Le jardin était vaste et planté de marronniers superbes. D'un côté il était contigu à celui du collège des Écossais, dont il était séparé par un mur très élevé ; de l'autre il était bordé de petites maisons toutes louées à des dames pieuses retirées du monde. Outre ce jardin, il y avait encore, devant le bâtiment neuf, une double cour plantée en potager et bordée d'autres maisons également louées à de vieilles matrones ou à des pensionnaires en chambre. Cette partie du couvent se terminait par une buanderie et par une porte qui donnait sur la rue des Boulangers. Cette porte ne s'ouvrait que pour les locataires, qui avaient, de ce côté-là, un parloir pour leurs visites. Après le grand jardin dont j'ai parlé, il y en avait un autre encore plus grand où nous n'entrions jamais et qui servait à la consommation du couvent. C'était un immense potager qui s'en allait toucher à celui des dames de la Miséricorde, et qui était rempli de fleurs, de légumes et de fruits magnifiques. Nous apercevions à travers une vaste grille les raisins dorés, les melons majestueux et les beaux œillets panachés ; mais la grille était presque infranchissable et on risquait ses os pour l'escalader, ce qui n'empêcha pas quelques-unes d'entre nous d'y pénétrer par surprise deux ou trois fois.

Je n'ai pas parlé de l'église et du cimetière, les seuls endroits vraiment remarquables du couvent ; j'en parlerai en temps et lieu ; je trouve que ma description générale est déjà beaucoup trop longue.

Pour la résumer, je dirai que, tant religieuses que sœurs converses[68], pensionnaires, locataires, maîtresses séculières et servantes, nous étions environ cent vingt ou cent trente personnes, logées de la manière la plus bizarre et la plus incommode, les unes trop accumulées sur certains points, les autres trop disséminées sur un espace où dix familles eussent vécu fort à l'aise, en cultivant même un peu de terre pour leur agrément. Tout était si éparpillé, qu'on perdait un quart de la journée à aller et venir. Je n'ai pas parlé non plus d'un vaste laboratoire où l'on distillait de l'eau de menthe ; de la *chambre des cloîtres*, où l'on prenait certaines leçons, et qui avait servi de prison à ma mère et à ma tante ; de la cour aux poules, qui infectait la petite classe ; de l'arrière-classe, où l'on déjeunait ; des caves et souterrains, dont j'aurai beaucoup à raconter ; enfin de l'avant-classe, du réfectoire et du chapitre, car je n'aurais jamais fini de faire comprendre, par toutes ces distributions, combien peu les religieuses entendent l'ordonnance logique et les véritables aises de l'habitation.

Mais, en revanche, les cellules des nonnes étaient d'une propreté charmante et remplies de tous ces brimborions qu'une dévotion mignarde découpe, encadre, enlumine et enrubanne patiemment. Dans tous les coins, la vigne et le jasmin cachaient la vétusté des murailles. Les coqs chantaient à minuit comme en pleine campagne, la cloche avait un joli son argentin comme une voix féminine ; dans tous les passages, une niche gracieusement découpée dans la muraille s'ouvrait pour vous montrer une madone grassette et maniérée du dix-septième siècle ; dans l'ouvroir, de belles gravures anglaises vous présentaient la chevaleresque figure de Charles Ier à tous les âges de sa vie, et tous les membres de la royale famille papiste. Enfin, jusqu'à la petite lampe qui tremblotait, la nuit, dans le cloître, et aux lourdes portes qui, chaque soir, se fermaient à l'entrée des corridors avec un bruit solennel et un grincement de verrous lugubre, tout avait un certain charme de poésie mystique auquel tôt ou tard je devais être fort sensible.

Maintenant je raconte[69]. Mon premier mouvement en entrant dans la petite classe fut pénible. Nous y étions entassées une trentaine dans une salle sans étendue et sans élévation suffisantes. Les murs revêtus d'un vilain papier jaune d'œuf, le plafond sale et dégradé, des bancs, des tables et des tabourets malpropres, un vilain poêle qui fumait, une odeur de poulailler mêlée à celle du charbon, un vilain crucifix de plâtre, un plancher tout brisé, c'était là que nous devions passer les deux grands tiers de la journée, les trois quarts en hiver, et nous étions en hiver précisément.

Je ne trouve rien de plus maussade que cette coutume des maisons d'éducation de faire de la salle des études l'endroit le plus triste et le plus navrant ; sous prétexte que les enfants gâteraient les meubles et dégraderaient les ornements, on ôte de leur vue tout ce qui serait un stimulant à la pensée ou un charme pour l'imagination. On prétend que les gravures et les enjolivements, même les dessins d'un papier sur la muraille, leur donneraient des distractions. Pourquoi orne-t-on de tableaux et de statues les églises et les oratoires, si ce n'est pour élever l'âme, et la ranimer dans ses langueurs par le spectacle d'objets vénérés ? Les enfants, dit-on, ont des habitudes de malpropreté ou de maladresse. Ils jettent l'encre partout, ils aiment à détruire. Ces goûts et ces habitudes ne leur viennent pourtant pas de la maison paternelle, où on leur apprend à respecter ce qui est beau ou utile, et où, dès qu'ils ont l'âge de raison, ils ne pensent point à commettre tous ces dégâts, qui n'ont tant d'attraits pour eux, dans les pensions et dans les collèges, que parce que c'est une sorte de vengeance contre la négligence ou la parcimonie dont ils sont l'objet. Mieux vous les logeriez, plus ils seraient soigneux. Ils regarderaient à deux fois avant de salir un tapis ou de briser un cadre. Ces vilaines murailles nues où vous les enfermez leur deviennent bientôt un objet d'horreur, et ils les renverseraient s'ils le pouvaient. Vous voulez qu'ils travaillent comme des machines, que leur esprit, détaché de toute préoccupation, fonctionne à l'heure, et soit inaccessible à tout ce qui fait la vie et le renouvellement de la vie intellectuelle. C'est faux et impossible. L'enfant qui étudie a déjà tous les besoins de l'artiste qui crée. Il faut qu'il respire un air pur, qu'il ait un peu les aises de son corps, qu'il soit frappé par les images extérieures, et qu'il renouvelle à son gré la nature de ses pensées par l'appréciation de la couleur et de la forme. La nature lui est un spectacle continuel. En l'enfermant dans une chambre nue, malsaine et triste, vous étouffez son cœur et son esprit aussi bien que son corps. Je voudrais que tout fût riant dès le berceau autour de l'enfant des villes. Celui des campagnes a le ciel et les arbres, les plantes et le soleil. L'autre s'étiole trop souvent, au moral et au physique, dans la saleté chez le pauvre, dans le mauvais goût chez le riche, dans l'absence de goût chez la classe moyenne.

Pourquoi les Italiens naissent-ils en quelque sorte avec le sentiment du beau ? Pourquoi un maçon de Vérone, un petit marchand de Venise, un paysan de la campagne de Rome aiment-ils à contempler les beaux monuments ? Pourquoi comprennent-ils les beaux tableaux, la bonne musique, tandis que nos prolétaires, plus intelligents sous d'autres rapports, et nos bourgeois, élevés avec plus de soin, aiment le faux, le vulgaire, le laid même dans les arts, si une éducation spéciale ne vient redresser leur instinct ? C'est que nous vivons dans le laid et dans le vulgaire ; c'est que nos parents n'ont pas de goût, et que nous passons le mauvais goût traditionnel à nos enfants.

Entourer l'enfance d'objets agréables et nobles en même temps qu'instructifs ne serait qu'un détail. Il faudrait, avant tout, ne la confier qu'à des êtres distingués soit par le cœur, soit par l'esprit. Je ne conçois donc pas que nos religieuses si belles, si bonnes, et douées de si nobles ou si suaves manières, eussent mis à la tête de la petite classe une personne d'une tournure, d'une figure et d'une tenue repoussantes, avec un langage et un caractère à l'avenant. Grasse, sale, voûtée, bigote, bornée, irascible, dure jusqu'à la cruauté, sournoise, vindicative, elle fut, dès la première vue, un objet de dégoût moral et physique pour moi, comme elle l'était déjà pour toutes mes compagnes.

Il est des natures antipathiques qui ressentent l'aversion qu'elles inspirent, et qui ne peuvent jamais faire le bien, en eussent-elles envie, parce qu'elles éloignent les autres de la bonne voie, rien qu'en les prêchant, et qu'elles sont réduites à *faire leur propre salut* isolément, ce qui est la chose la plus stérile et la moins pieuse du monde. Mademoiselle D*** était de ces natures-là. Je serais injuste envers elle si je ne disais pas le pour et le contre. Elle était sincère dans sa dévotion et rigide pour elle-même ; elle y portait une exaltation farouche qui la rendait intolérante et détestable, mais qui eût été une sorte de grandeur, si elle eût vécu au désert comme les anachorètes, dont elle avait la foi. Dans ses rapports avec nous, son austérité devenait féroce ; elle avait de la joie à punir, de la volupté à gronder, et, dans sa bouche, gronder c'était insulter et outrager. Elle mettait de la perfidie dans ses rigueurs, et feignait de sortir (ce qu'elle n'eût jamais dû faire tant qu'elle tenait la classe) pour écouter aux portes le mal que nous disions d'elle et nous surprendre avec délices en flagrant délit de sincérité. Puis elle nous punissait de la manière la plus bête et la plus humiliante. Elle nous faisait, entre autres platitudes, baiser la terre pour ce qu'elle appelait nos mauvaises paroles. Cela faisait partie de la discipline du couvent ; mais les religieuses se contentaient du simulacre, et feignaient de ne pas voir que nous baisions notre main en nous baissant vers le carreau, tandis que mademoiselle D*** nous poussait la figure dans la poussière, et nous l'eût brisée si nous eussions résisté.

Il était facile de voir que sa personnalité dominait sa rigidité, et qu'elle ressentait une sorte de rage d'être haïe. Il y avait dans la classe une pauvre petite Anglaise de cinq à six ans, pâle, délicate, maladive, un véritable *chacrot*, comme nous disons en Berry, pour désigner le plus maigre et le plus fragile oisillon de la couvée. Elle s'appelait Mary Eyre, et mademoiselle D*** faisait son possible pour s'intéresser à elle et peut-être même pour l'aimer maternellement. Mais cela était si peu dans sa nature hommasse et brutale qu'elle n'en pouvait venir à bout. Si elle la réprimandait, elle la frappait de terreur ou l'irritait au point qu'elle était forcée ensuite, pour ne pas céder, de l'enfermer ou de la battre. Si elle s'humanisait jusqu'à plaisanter et vouloir jouer avec elle, c'était comme un ours ferait avec une sauterelle. La petite enrageait et criait toujours, soit par espièglerie mutine, soit par colère et désespoir. Du matin au soir c'était une lutte agaçante, insupportable à voir et à entendre, entre cette vilaine grosse femme et ce maussade et malheureux petit enfant, et tout cela sans préjudice des emportements et des rigueurs dont nous étions toutes l'objet tour à tour.

J'avais désiré entrer à la petite classe, par un sentiment de modestie assez ordinaire chez les enfants dont les parents sont trop vains ; mais je me sentis bientôt humiliée et navrée d'être sous la férule de ce vieux père fouetteur en cotillons sales. Elle se levait de mauvaise humeur, elle se couchait de même. Je ne fus pas trois jours sous ses yeux sans qu'elle me prît en grippe et sans qu'elle me fît comprendre que j'allais avoir affaire à une nature aussi violente que celle de Rose, moins la franchise, l'affection et la bonté du cœur. Au premier regard attentif dont elle m'honora : *Vous me paraissez une personne fort dissipée*, me dit-elle, et, dès ce moment, je fus classée parmi ses pires antipathies : car la gaieté lui faisait mal, le rire de l'enfance lui faisait grincer les dents, la santé, la bonne humeur, la jeunesse, en un mot, étaient des crimes à ses yeux.

Nos heures de soulagement et d'expansion étaient celles où une religieuse tenait la classe à sa place, mais cela durait une heure ou deux au plus dans la journée.

C'était un tort de la part de nos religieuses, de s'occuper si peu de nous directement. Nous les aimions ; elles avaient toutes de la distinction, du charme ou de la solennité, quelque chose de doux ou de grave, ne fût-ce que l'extérieur et le costume, qui nous calmait comme par enchantement. Leur claustration, leur renoncement au monde et à la famille avaient ce seul côté utile à la société, qu'elles pouvaient se consacrer à former nos cœurs et nos esprits, et cette tâche leur eût été facile si elles s'en fussent occupées exclusivement ; mais elles prétendaient n'en avoir pas le temps, et elles ne l'avaient pas, en effet, à cause des longues heures qu'elles donnaient aux offices et aux prières. Voilà le mauvais côté des couvents de filles. On y emploie ce qu'on appelle des *maîtresses séculières*, sorte de *pions* femelles qui font les bons apôtres devant les religieuses, et qui abrutissent ou exaspèrent les enfants. Nos religieuses eussent mieux mérité de Dieu, de nos parents et de nous, si elles eussent sacrifié à notre bonheur, et, pour parler leur style, à notre salut, une partie du temps qu'elles consacraient avec égoïsme à travailler au leur.

La religieuse qui relevait de temps en temps ces dames était la mère Alippe : c'était une petite nonne ronde et rosée comme une pomme d'api trop mûre qui commence à se rider. Elle n'était point tendre ; mais elle était juste, et, quoiqu'elle ne me traitât pas fort bien, je l'aimais comme faisaient les autres.

Chargée de notre instruction religieuse, elle m'interrogea, le premier jour, sur le lieu où *languissaient* les âmes des enfants morts sans baptême. Je n'en savais rien du tout ; je ne me doutais pas qu'il y eût un lieu d'exil ou de châtiment pour ces pauvres petites créatures, et je répondis hardiment qu'elles allaient dans le sein de Dieu. « À quoi songez-vous et que dites-vous là, malheureuse enfant ? s'écria la mère Alippe. Vous ne m'avez pas entendue. Je vous demande où vont les âmes des enfants morts sans baptême. »

Je restai court. Une de mes compagnes, prenant mon ignorance en pitié, me souffla à demi-voix : *Dans les limbes !* Comme elle était Anglaise, son accent m'embrouilla, et je crus qu'elle me faisait une mauvaise plaisanterie. *Dans l'Olympe ?* lui dis-je tout haut en me retournant et en éclatant de rire. « *For shame !* * s'écria la mère Alippe, vous riez pendant le catéchisme ? – Pardon, mère Alippe, lui répondis-je, je ne l'ai pas fait exprès. »

Comme j'étais de bonne foi, elle s'apaisa. « Eh bien, dit-elle, puisque c'est malgré vous, vous ne baiserez

* Ô honte ! C'est notre *fi* ! (NdA).

pas la terre, mais faites le signe de la croix pour vous remettre et vous recueillir. »

Malheureusement je ne savais pas faire le signe de la croix. C'était la faute de Rose, qui m'avait appris à toucher l'épaule droite avant l'épaule gauche, et jamais mon vieux curé n'y avait pris garde. À la vue de cette énormité, la mère Alippe fronça le sourcil : « Est-ce que vous le faites exprès, *miss ?* – Hélas ! non, madame. Quoi donc ? – Recommencez-moi ce signe de croix. – Voilà, ma mère ! – Encore ! – Je le veux bien. Après ? – Et c'est ainsi que vous faites toujours ? – Mon Dieu oui. – *Mon Dieu !* Vous avez dit *mon Dieu !* Vous jurez ! – Je ne crois pas. – Ah ! malheureuse, d'où sortez-vous ? C'est une païenne, une véritable païenne, en vérité ! Elle dit que les âmes vont dans l'Olympe ; elle fait le signe de la croix de droite à gauche, et elle dit *mon Dieu* hors de la prière ! Allons, vous apprendrez le catéchisme avec Mary Eyre. Encore en sait-elle plus long que vous ! »

Je ne fus pas très humiliée, je l'avoue ; je me mordis les lèvres et me pinçai le nez pour ne pas rire ; mais la religion du couvent me parut une si niaise et si ridicule affaire que je résolus d'en prendre à mon aise, et surtout de ne la jamais prendre au sérieux.

Je me trompais. Mon jour devait venir, mais il ne vint pas tant que je fus à la petite classe. J'étais là dans un milieu tout à fait impropre au recueillement, et certes je ne fusse jamais devenue pieuse si j'étais restée sous le joug odieux de mademoiselle D*** et sous la férule un peu pédante de la bonne mère Alippe.

Je n'avais pas de parti pris en entrant au couvent. J'étais plutôt portée à la docilité qu'à la révolte. On a vu que j'y arrivais sans humeur et sans chagrin ; je ne demandais pas mieux que de m'y soumettre à la discipline générale. Mais quand je vis cette discipline si bête à mille égards et si méchamment prescrite par la D***, je mis mon bonnet sur l'oreille, et je m'enrégimentai résolument dans le *camp des diables.*

On appelait ainsi celles qui n'étaient pas et ne voulaient pas être dévotes. Ces dernières étaient appelées les *sages*. Il y avait une variété intermédiaire qu'on appelait les *bêtes*, et qui ne prenait parti pour personne, riant à gorge déployée des espiègleries des *diables*, baissant les yeux et se taisant aussitôt que paraissaient les maîtresses ou les *sages*, et ne manquant jamais de dire aussitôt qu'il y avait danger : *Ce n'est pas moi !*

Au *Ce n'est pas moi* des bêtes égoïstes, quelques-unes complètement lâches prirent bientôt l'habitude d'ajouter : « C'est Dupin ou G*** [70]. »

Dupin, c'était moi ; G***, c'était autre chose : c'était la figure la plus saillante de la petite classe, et la plus excentrique de tout le couvent.

C'était une Irlandaise de onze ans, beaucoup plus grande et plus forte que moi, qui en avais treize. Sa voix pleine, sa figure franche et hardie, son caractère indépendant et indomptable lui avaient fait donner le surnom de *garçon* ; et quoique ce fût bien une femme, qui a été belle depuis, elle n'était pas de notre sexe par le caractère. C'était la fierté et la sincérité mêmes, une belle nature en vérité, une force physique tout à fait virile, un courage plus que viril, une intelligence rare, une complète absence de coquetterie, une activité exubérante, un profond mépris pour tout ce qui est faux et lâche dans la société. Elle avait beaucoup de frères et de sœurs, dont deux au couvent, l'une desquelles (Marcella), personne excellente, est restée fille, et l'autre (Henriette), aimable enfant alors, est devenue madame Vivien.

Mary G*** (le garçon) était sortie pour cause d'indisposition lorsque j'entrai au couvent. On m'en fit un portrait effroyable. Elle était la terreur des *bêtes*, et naturellement les bêtes étaient venues à moi pour commencer. Les *sages* m'avaient tâtée, et comme elles craignaient le bruit et la pétulance de Mary, elles tâchèrent de me mettre en garde contre elle. J'avoue qu'au portrait qu'on m'en fit, j'eus peur aussi. Il y avait des futées qui disaient d'un air mystérieux et qui croyaient fermement que c'était un garçon dont ses parents voulaient absolument faire une fille [71]. Elle cassait tout, elle tourmentait tout le monde, elle était plus forte que le jardinier ; elle ne permettait pas aux laborieuses de travailler ; c'était un fléau, une peste. Malheur à qui oserait lui tenir tête ! « Nous verrons bien, disais-je, je suis forte aussi, je ne suis pas poltronne, et j'aime bien qu'on me laisse dire et penser à ma guise. » Pourtant je l'attendais avec une sorte d'anxiété. Je n'aurais pas voulu me sentir une ennemie, une antipathie même, parmi mes compagnes. C'était bien assez de la D***, l'ennemie commune.

Mary arriva, et dès le premier regard sa figure sincère me fut sympathique. « C'est bon, me dis-je, nous nous entendrons de reste. » Mais c'était à elle, comme plus ancienne, à me faire les avances. Je l'attendis fort tranquillement.

Elle débuta par des railleries : « Mademoiselle s'appelle *Du pain* ? *some bread* ? elle s'appelle Aurore ? *rising-sun* ? lever du soleil ? les jolis noms ! et la belle figure ! Elle a la tête d'un cheval sur le dos d'une poule. Lever du soleil, je me prosterne devant vous ; je veux être le tournesol qui saluera vos premiers rayons. Il paraît que nous prenons les limbes pour l'Olympe ; jolie éducation, ma foi, et qui nous promet de l'amusement ! »

Toute la classe partit d'un immense éclat de rire. Les bêtes surtout riaient à se décrocher la mâchoire. Les sages étaient bien aises de voir aux prises deux diables dont elles craignaient l'association.

Je me mis à rire d'aussi bon cœur que les autres. Mary vit du premier coup d'œil que je n'avais pas de dépit, parce que je n'avais pas de vanité. Elle continua de me railler, mais sans aigreur, et, une heure après, elle me donna sur l'épaule une tape à tuer un bœuf, que je lui rendis sans sourciller et en riant. « C'est bon, cela ! dit-elle en se frottant l'épaule. Allons nous promener. – Où ? – Partout, excepté dans la classe. – Comment faire ? – C'est bien malin ! Regardez-moi et faites de même. »

On se levait pour changer de table, la mère Alippe entrait avec ses livres et ses cahiers. Mary profite du remue-ménage, et, sans prendre la moindre précaution, sans être observée cependant de personne, franchit la porte et va s'asseoir dans le cloître désert, où, trois minutes après, je vais la rejoindre sans plus de cérémonie.

« Te voilà ? me dit-elle, qu'as-tu inventé pour sortir ?

– Rien du tout, j'ai fait ce que je t'ai vue faire.

– C'est très bien, cela ! dit-elle. Il y en a qui font des histoires, qui demandent à aller étudier le piano, ou qui ont un saignement de nez, ou qui prétendent qu'elles vont faire une prière de santé dans l'église, ce sont des prétextes usés et des mensonges inutiles. Moi, j'ai supprimé le mensonge, parce que le mensonge est lâche. Je sors, je rentre, on me questionne, je ne réponds pas. On me punit, je m'en moque, et je fais tout ce que je veux.

– Cela me va.

– Tu es donc diable ?

– Je veux l'être.

– Autant que moi ?

– Ni plus ni moins.

– Accepté ! fit-elle en me donnant une poignée de main. Rentrons maintenant et tenons-nous tranquilles devant la mère Alippe. C'est une bonne femme, réservons-nous pour la D***. Tous les soirs, hors de classe, entends-tu ?

– Qu'est-ce que cela, hors de classe ?

– Les récréations du soir dans la classe, sous les yeux de la D***, sont fort ennuyeuses. Nous, nous disparaissons en sortant du réfectoire, et nous ne rentrons plus que pour la prière. Quelquefois la D*** n'y prend pas garde, le plus souvent, elle en est enchantée, parce qu'elle a le plaisir de nous injurier et de nous punir quand nous rentrons. La punition c'est d'avoir son bonnet de nuit tout le lendemain sur la tête, même à l'église. Dans ce temps-ci, c'est fort agréable et bon pour la santé. Les religieuses qui vous rencontrent ainsi font des signes de croix et crient : *Shame ! shame* * *!* cela ne fait de mal à personne. Quand on a eu

* Honte ! honte ! (NdA).

beaucoup de bonnets de nuit dans la quinzaine, la supérieure vous menace de vous priver de sortir. Elle se laisse fléchir par les parents ou elle oublie. Quand le bonnet de nuit est un état chronique, elle se décide à vous tenir renfermée ; mais qu'est-ce que cela fait ? ne vaut-il pas mieux renoncer à un jour de plaisir que de s'ennuyer volontairement tous les jours de sa vie ?

– C'est fort bien raisonné ; mais la D***, que fait-elle quand elle vous déteste à l'excès ?

– Elle vous injurie comme une poissarde qu'elle est. On ne lui répond rien, elle enrage d'autant plus.

– Vous frappe-t-elle ?

– Elle en meurt d'envie, mais elle n'a pas de prétexte pour en venir là, parce que les unes tremblent devant elle, comme les sages et les bêtes, et les autres, comme nous, la méprisent et se taisent.

– Combien sommes-nous de diables dans la classe ?

– Pas beaucoup dans ce moment-ci, et il était temps que tu vinsses nous renforcer un peu. Il y a Isabelle, Sophie et nous deux. Toutes les autres sont des bêtes ou des sages. Dans les sages, il y a Louise de La Rochejaquelein et Valentine de Gouy, qui ont autant d'esprit que des diables et qui sont bonnes, mais pas assez hardies pour planter là la classe. Mais sois tranquille, il y en a de la grande classe qui sortent de même et qui viendront nous rejoindre ce soir. Ma sœur Marcella en est quelquefois.

– Et alors que fait-on ?

– Tu verras, tu seras initiée ce soir. »

J'attendis la nuit et le souper avec grande impatience. Au sortir du réfectoire on entrait en récréation. Dans l'été les deux classes se mêlaient dans le jardin. Dans l'hiver (et nous étions en hiver) chaque classe rentrait chez elle, les grandes dans leur belle et spacieuse salle d'études, nous dans notre triste local, où nous n'avions pas assez d'espace pour jouer, et où la D*** nous forçait à nous *amuser tranquillement*, c'est-à-dire à ne pas nous amuser du tout. La sortie du réfectoire amenait un moment de confusion, et j'admirai combien les *diables* des deux classes s'entendaient à faire naître ce petit désordre, à la faveur duquel on s'échappait aisément. Le cloître n'était éclairé que par une petite lampe qui laissait les trois autres galeries dans une quasi-obscurité. Au lieu de marcher tout droit pour gagner la petite classe, on se jetait dans la galerie de gauche, on laissait défiler le troupeau, et on était libre.

Je me trouvai donc dans les ténèbres avec mon amie G*** et les autres diables qu'elle m'avait annoncées. Je ne me rappelle de celles qui furent des nôtres ce soir-là que Sophie et Isabelle, c'étaient les plus grandes de la petite classe. Elles avaient deux ou trois ans de plus que moi, c'étaient deux charmantes filles. Isabelle, blonde, grande, fraîche, plus agréable que jolie, du caractère le plus enjoué, railleuse quoique bonne, remarquable et remarquée surtout pour le talent, la facilité et l'abondance de son crayon. Elle était assurément douée d'un certain génie pour le dessin. J'ignore ce qu'est devenu ce don naturel ; mais il eût pu lui faire un nom et une fortune s'il eût été développé. Elle avait ce que n'avait aucune de nous, ce que n'ont pas ordinairement les femmes, ce qu'on ne nous enseignait pas du tout, quoique nous eussions un maître de dessin : elle savait véritablement dessiner. Elle pouvait composer heureusement un sujet compliqué, elle créait en un clin d'œil, et sans paraître y songer, des masses de personnages tous vrais de mouvement, tous comiques avec une certaine grâce, tous groupés avec une sorte de *maestria.* Elle ne manquait pas d'esprit, mais le dessin, la caricature, la composition folle servaient principalement de manifestation à cet esprit à la fois méditatif et spontané, romanesque, fantasque, satirique et enthousiaste. Elle prenait un morceau de papier, et, avec sa plume éclaboussante ou un mauvais bout de fusain, que l'œil avait peine à suivre, elle jetait là des centaines de figures bien agencées, hardiment dessinées et toutes bien employées dans le sujet, qui était toujours original, souvent bizarre. C'étaient des processions de nonnes qui traversaient un cloître gothique ou un cimetière au clair de la lune. Les tombes se soulevaient à leur approche, les morts dans leurs suaires commençaient à s'agiter. Ils sortaient, ils se mettaient à chanter, à jouer de divers instruments, à prendre les nonnes par les mains, à les faire danser. Les nonnes avaient peur, les unes se sauvaient en criant, les autres s'enhardissaient, entraient en danse, laissaient tomber leurs voiles, leurs manteaux, et s'en allaient se perdre en tournoyant et en cabriolant avec les spectres dans la nuit brumeuse.

D'autres fois c'étaient de fausses religieuses, qui avaient des pieds de chèvre ou des bottes Louis XIII avec d'énormes éperons se trahissant sous leurs robes traînantes par un mouvement imprévu. Le romantisme n'était pas encore découvert, et déjà elle y nageait en plein sans savoir ce qu'elle faisait. Sa vive imagination lui avait fourni cent sujets de danses macabres, quoiqu'elle n'en eût jamais entendu parler et qu'elle n'en connût pas le nom. La mort et le diable jouaient tous les rôles, tous les personnages possibles dans ses compositions terribles et burlesques. Et puis c'étaient des scènes d'intérieur, des caricatures frappantes de toutes les religieuses, de toutes les pensionnaires, des servantes, des maîtres d'agrément, des professeurs, des visiteurs, des prêtres, etc. Elle était le chroniqueur fidèle et éternellement fécond de tous les petits événements, de toutes les mystifications, de toutes les paniques, de toutes les batailles, de tous les amusements et de tous les ennuis de notre vie monastique. Le drame incessant de mademoiselle D*** avec Mary Eyre lui fournissait chaque jour vingt pages plus vraies, plus piteuses, plus drôles les unes que les autres. Enfin on ne pouvait pas plus se lasser de la voir inventer qu'elle ne se lassait d'inventer elle-même. Comme elle créait ainsi à la dérobée, à toute heure, pendant les leçons, sous l'œil même de nos argus [72], elle n'avait souvent que le temps de déchirer la page, de la rouler dans ses mains et de la jeter par la fenêtre ou dans le feu, pour échapper à une saisie qui eût amené de vives réprimandes ou de sévères punitions. Combien le poêle de la petite classe n'a-t-il pas dévoré de ses chefs-d'œuvre inconnus ! Je ne sais si l'imagination rétrospective ne m'en exagère pas le mérite, mais il me semble que toutes ces créations sacrifiées aussitôt que produites sont fort regrettables, et qu'elles eussent surpris et intéressé un véritable maître.

Sophie était l'amie de cœur d'Isabelle. C'était une des plus jolies, et la plus gracieuse personne du couvent. Sa taille souple, fine et arrondie en même temps, avait des poses d'une langueur britannique, moins la gaucherie habituelle à ces insulaires. Elle avait le cou rond, fort et allongé, avec une petite tête dont les mouvements onduleux étaient pleins de charmes : les plus beaux yeux du monde, le front droit, court et obstiné, inondé d'une forêt de cheveux bruns et brillants ; son nez était vilain et ne réussissait pas à gâter sa figure ravissante d'ailleurs. Elle avait une bouche, chose rare chez les Anglaises, une bouche de rose bien littéralement remplie de petites perles, une fraîcheur admirable, la peau veloutée, très blanche pour une peau brune. Enfin on l'appelait le bijou. Elle était bonne et sentimentale, exaltée dans ses amitiés, implacable dans ses aversions, mais ne les manifestant que par un muet et invincible dédain. Elle était adorée d'un grand nombre et ne daignait aimer que peu d'élues. Je me pris pour elle et pour Isabelle d'une grande tendresse qui me fut rendue avec plus de protection que d'élan. C'était dans l'ordre. J'étais un enfant pour elles.

Quand nous fûmes réunies dans le cloître, je vis que toutes étaient armées, qui d'une bûche, qui d'une pincette. Je n'avais rien, j'eus l'audace de rentrer dans la classe, de m'emparer d'une barre de fer qui servait à attiser le poêle, et de retourner auprès de mes complices sans être remarquée.

Alors on m'initia au grand secret, et nous partîmes pour notre expédition.

Ce grand secret, c'était la légende traditionnelle du couvent, une rêverie qui se transmettait d'âge en âge et de *diable en diable* depuis deux siècles peut-être ; une fiction romanesque qui pouvait bien avoir eu quelque fond de réalité dans le principe, mais qui ne reposait certainement plus que sur le besoin de nos imaginations. Il s'agissait de *délivrer la victime*. Il y avait quelque part une prisonnière, on disait même plusieurs prisonnières, enfermées dans un réduit impénétrable, soit cellule cachée et murée dans l'épaisseur des murailles, soit cachot situé sous les voûtes des immenses souterrains qui s'étendaient sous le monastère et sous une grande partie du quartier Saint-Victor. Il y avait, en réalité, des caves magnifiques, une véritable ville souterraine dont nous n'avons jamais vu la fin, et qui offrait plusieurs sorties mystérieuses sur divers points du vaste emplacement du couvent. On assurait que ces caves allaient, très loin de là, se relier aux excavations qui se prolongent sous une grande moitié de Paris, et sous les campagnes environnantes jusque vers Vincennes. On disait qu'en suivant les belles caves de notre couvent on pouvait aller rejoindre les catacombes, les carrières, le palais des Thermes de Julien, que sais-je ? Ces souterrains étaient la clef d'un monde de ténèbres, de terreurs, de mystères, un immense abîme creusé sous nos pieds, fermé de portes de fer, et dont l'exploration était aussi périlleuse que la descente aux enfers d'Énée ou du Dante. C'est pour cela qu'il fallait absolument y pénétrer en dépit des difficultés insurmontables de l'entreprise et des punitions terribles qu'eût provoquées la découverte de notre secret.

Parvenir dans les souterrains, c'était une de ces fortunes inespérées qui arrivaient une fois, deux fois au plus dans la vie d'un *diable* après des années de persévérance et de contention d'esprit. Y entrer par la porte principale, il n'y fallait pas songer. Cette porte était située au bas d'un large escalier, à côté des cuisines, qui étaient des caves aussi, et où se tenaient toujours les sœurs converses.

Mais nous étions persuadées qu'on pouvait entrer dans les souterrains par mille autres endroits, fût-ce par les toits. Selon nous, toute porte condamnée, tout recoin obscur sous un escalier, toute muraille qui sonnait le creux, pouvait être en communication mystérieuse avec les souterrains, et nous cherchions de bonne foi cette communication jusque sous les combles.

J'avais lu avec délices, avec terreur, à Nohant, le *Château des Pyrénées* de madame Radcliffe[73]. Mes compagnes avaient dans la cervelle bien d'autres légendes écossaises et irlandaises à faire dresser les cheveux sur la tête. Le couvent avait aussi à foison ses histoires de drames lamentables, de revenants, de cachettes, d'apparitions inexpliquées, de bruits mystérieux. Tout cela, et l'idée de découvrir enfin le formidable secret de la *victime*, allumait tellement nos folles imaginations, que nous nous persuadions entendre des soupirs, des gémissements partir de dessous les pavés ou s'exhaler par les fissures des portes et des murs.

Nous voilà donc lancées, mes compagnes pour la centième fois, moi pour la première, à la recherche de cette introuvable captive qui languissait on ne savait où, mais quelque part certainement, et que nous étions peut-être appelées à découvrir. Elle devait être bien vieille depuis tant d'années qu'on la cherchait en vain ! Elle pouvait bien avoir deux cents ans, mais nous n'y regardions pas de si près. Nous la cherchions, nous l'appelions, nous y pensions sans cesse, nous ne désespérions jamais.

Ce soir-là on me conduisit dans la partie des bâtiments que j'ai déjà esquissée, la plus ancienne, la plus disloquée, la plus excitante pour nos explorations. Nous nous attachâmes à un petit couloir bordé d'une rampe en bois et donnant sur une cage vide et sans issue connue. Un escalier, également bordé d'une rampe, descendait à cette région ignorée ; mais une porte en chêne défendait l'entrée de l'escalier. Il fallait tourner l'obstacle en passant d'une rampe à l'autre, et en marchant sur la face extérieure des balustres vermoulus. Au-dessous il y avait un vide sombre dont nous ne pouvions apprécier la profondeur. Nous n'avions qu'une petite bougie roulée (*un rat*), qui n'éclairait que les premières marches de l'escalier mystérieux. C'était un jeu à nous casser le cou. Isabelle y passa la première avec la résolution d'une héroïne, Mary avec la tranquillité d'un professeur de gymnastique, les autres avec plus ou moins d'adresse, mais toutes avec bonheur.

Nous voici enfin sur cet escalier si bien défendu. En un instant nous sommes au bas des degrés, et, avec plus de joie que de désappointement, nous nous trouvons dans un espace carré situé sous la galerie, une véritable impasse. Pas de porte, pas de fenêtre, pas de destination explicable à cette sorte de vestibule sans issue. Pourquoi donc un escalier pour descendre dans une impasse ? pourquoi une porte solide et cadenassée pour en fermer l'escalier ?

On divise en plusieurs bouts la petite bougie, et chacune examine de son côté. L'escalier est en bois. Il faut qu'une marche à secret ouvre un passage, un escalier nouveau, ou une trappe cachée. Tandis que les unes explorent l'escalier et s'essayent à en disjoindre les vieux ais [74], les autres tâtent le mur, y cherchent un bouton, une fente, un anneau, un de ces mille engins qui, dans les romans de Radcliffe et dans les chroniques des vieux manoirs, font mouvoir une pierre, tourner un pan de boiserie, ouvrir une entrée quelconque vers des régions inconnues.

Mais, hélas, rien ! le mur est lisse et crépi en plâtre. Le carreau rend un son mat, aucune dalle ne se soulève, l'escalier ne recèle aucun secret. Isabelle ne se décourage pas. Au plus profond de l'angle qui rentre sous l'escalier, elle déclare que la muraille sonne le creux, on frappe, on vérifie le fait. « C'est là, s'écrie-t-on. Il y a là un passage muré, mais ce passage est celui de la fameuse cachette. Par là on descend au sépulcre qui renferme des victimes vivantes. » On colle l'oreille à ce mur, on n'entend rien, mais Isabelle affirme qu'elle entend des plaintes confuses, des grincements de chaînes. Que faire ? « C'est tout simple, dit Mary, il faut démolir le mur. À nous toutes, nous pourrons bien y faire un trou. »

Rien ne nous paraissait plus facile ; nous voilà travaillant ce mur, les unes essayant de l'enfoncer avec leurs bûches, les autres l'écorchant avec les pelles et les pincettes, sans penser qu'à tourmenter ainsi ces pauvres murailles tremblantes nous risquions de faire écrouler le bâtiment sur nos têtes. Nous ne pouvions heureusement lui faire grand mal, parce que nous ne pouvions pas frapper sans attirer quelqu'un par le bruit retentissant des coups de bûche. Il fallait nous contenter de pousser et de gratter. Cependant nous avions réussi à entamer assez notablement le plâtre, la chaux et les pierres, quand l'heure de la prière vint à sonner. Nous n'avions que le temps de recommencer notre périlleuse escalade, d'éteindre nos lumières, de nous séparer et de regagner les classes à tâtons. Nous remîmes au lendemain la poursuite de l'entreprise, et rendez-vous fut pris au même lieu. Celles qui y arriveraient les premières n'attendraient pas celles qu'une punition ou une surveillance inusitée retarderait. On travaillerait à creuser le mur, chacune de son mieux. Ce serait autant de fait pour le jour suivant. Il n'y avait pas de risque qu'on s'en aperçût, personne ne descendant jamais dans cette impasse abandonnée aux souris et aux araignées.

Nous nous aidâmes les unes les autres à faire disparaître la poussière et le plâtre dont nous étions couvertes, nous regagnâmes le cloître et nous rentrâmes dans nos classes respectives comme on se mettait à genoux pour la prière. Je ne me souviens plus si nous fûmes remarquées et punies ce soir-là. Nous le fûmes si souvent, qu'aucun fait de ce genre ne prend une date particulière dans le nombre. Mais bien souvent aussi nous pûmes poursuivre impunément notre œuvre. Mademoiselle D*** tricotait, le soir, tout en babillant et se querellant avec Mary Eyre. La classe était sombre, et je crois qu'elle n'avait pas la vue bonne. Tant il y a, qu'avec la rage de l'espionnage, elle n'avait pas le don de la clairvoyance, et qu'il nous était toujours facile de nous échapper. Une fois que nous étions *hors de classe*, où nous prendre dans ce village qu'on appelait le couvent ? Mademoiselle D*** n'avait pas d'intérêt à faire un esclandre et à signaler nos fréquentes escapades à la communauté. On lui eût reproché de ne savoir pas empêcher ce dont elle se plaignait. Nous étions parfaitement indifférentes au bonnet de nuit et aux déclamations furibondes de l'aimable personne. La supérieure, qui était politiquement indulgente, ne se laissait pas aisément persuader de nous priver de sorties. Elle seule avait le droit de prononcer cet arrêt suprême. La discipline était donc fort peu rigoureuse, en dépit du méchant caractère de la surveillante.

La poursuite du grand secret, la recherche de la cachette dura tout l'hiver que je passai à la petite classe. Le mur de l'impasse fut notablement dégradé, mais nous n'arrivâmes qu'à des traverses de bois devant lesquelles il fallut s'arrêter. On chercha ailleurs, on fouilla dans vingt endroits différents, toujours sans obtenir le moindre succès, toujours sans perdre l'espérance.

Un jour nous imaginâmes de chercher sur les toits quelque fenêtre en mansarde qui fût comme la clef supérieure du monde souterrain tant rêvé. Il y avait beaucoup de ces fenêtres dont nous ne savions pas la destination. Sous les combles existait une petite chambre où l'on allait étudier un des trente pianos épars dans l'établissement. Chaque jour on avait une heure pour cette étude, dont fort peu d'entre nous se souciaient. J'avais bonne envie d'étudier pourtant, j'adorais toujours la musique. J'avais un excellent maître, M. Pradher. Mais je devenais bien plus artiste pour le roman que pour la musique, car quel plus beau poème que le roman en action que nous poursuivions à frais communs d'imagination, de courage et d'émotions palpitantes ?

L'heure du piano était donc tous les jours l'heure des aventures, sans préjudice de celles du soir. On se donnait rendez-vous dans une de ces chambres éparses, et de là on partait pour le *je ne sais où*, et le *comme il vous plaira* de la fantaisie.

Donc, de la mansarde où j'étais censée faire des gammes, j'observai un labyrinthe de toits, d'auvents, d'appentis, de soupentes, le tout couvert en tuiles moussues et orné de cheminées éraillées, qui offrait un vaste champ à des explorations nouvelles. Nous voilà sur les toits ; je ne sais plus avec qui j'étais, mais je sais que Fannelly (dont je parlerai plus tard) conduisait la marche. Sauter par la fenêtre ne fut pas bien difficile. À six pieds au-dessous de nous s'étendait une gouttière formant couture entre deux pignons. Escalader ces pignons, en rencontrer d'autres, sauter de pente en pente, voyager comme les chats, c'était plus imprudent que difficile, et le danger nous stimulait, loin de nous retenir.

Il y avait dans cette manie de *chercher la victime* quelque chose de profondément bête, et aussi quelque chose d'héroïque : bête, parce qu'il nous fallait supposer que ces religieuses dont nous adorions la douceur et la bonté exerçaient sur quelqu'un quelque épouvantable torture ; héroïque, parce que nous risquions tous les jours notre vie pour délivrer un être imaginaire, objet des préoccupations les plus généreuses et des entreprises les plus chevaleresques.

Nous étions là depuis une heure, découvrant le jardin, dominant toute une partie des bâtiments et des cours, et prenant bien soin de nous blottir derrière une cheminée quand nous apercevions le voile noir d'une religieuse qui eût pu lever la tête et nous voir dans les nuages, lorsque nous nous demandâmes comment nous reviendrions sur nos pas. La disposition des toits nous avait permis de descendre et de sauter de haut en bas. Remonter n'était pas aussi facile. Je crois même que sans échelle c'était complètement impossible. Nous ne savions plus guère où nous étions. Enfin nous reconnûmes la fenêtre d'une pensionnaire en chambre, Sidonie Macdonald, fille du célèbre général[75]. On pouvait y atteindre en faisant un dernier saut. Celui-là était plus périlleux que les autres. J'y mis trop de précipitation, et donnai du talon dans une croisée horizontale qui éclairait une galerie, et par laquelle je fusse tombée de trente pieds de haut dans les environs de la petite classe, si le hasard de ma maladresse ne m'eût fait dévier un peu. J'en fus quitte pour deux genoux très écorchés sur les tuiles ; mais ce ne fut point là l'objet de ma préoccupation. Mon talon avait enfoncé une partie du châssis de cette maudite fenêtre, et brisé une demi-douzaine de vitres, qui tombèrent avec un fracas épouvantable à l'intérieur, tout près de l'entrée des cuisines. Aussitôt une grande rumeur s'élève parmi les sœurs converses, et, par l'ouverture que je viens de faire, nous entendons la voix retentissante de la sœur Thérèse qui crie aux chats et qui accuse Whisky, le maître matou de la mère Alippe, de se prendre de querelle avec tous ses confrères, et de briser toutes les vitres de la maison. Mais la sœur Marie défendait les mœurs du chat, et la sœur Hélène assurait qu'une cheminée venait de s'écrouler sur les toits. Ce débat nous causa ce fou rire nerveux chez les petites filles que rien ne peut arrêter. Nous entendions monter les escaliers, nous allions être surprises en flagrant délit de promenade sur les toits, et nous ne pouvions faire un pas pour chercher un refuge. Fannelly était couchée tout de son long dans la gouttière ; une autre cherchait son peigne. Quant à moi, j'étais bien autrement empêchée. Je venais de découvrir qu'un de mes souliers avait quitté mon pied, qu'il avait traversé le châssis brisé, et qu'il était allé tomber à l'entrée des cuisines. J'avais les genoux en sang, mais le fou rire était si violent que je ne pouvais articuler un mot, et que je montrais mon pied déchaussé en indiquant l'aventure par signes. Ce fut une nouvelle explosion de rires, et cependant l'alarme était donnée, les sœurs converses approchaient.

Bientôt nous nous rassurâmes. Là où nous étions abritées et cachées par des toits qui surplombaient, il n'était guère possible de nous découvrir sans monter par une échelle à la fenêtre brisée, ou sans suivre le même chemin que nous avions pris. C'était de quoi nous pouvions bien défier toutes les nonnes. Aussi, quand nous eûmes reconnu l'avantage de notre position, commençâmes-nous à faire entendre des miaulements homériques afin que Whisky et sa famille fussent atteints et convaincus à notre place. Puis nous gagnâmes la fenêtre de Sidonie, qui nous reçut fort mal. La pauvre enfant étudiait son piano et ne s'inquiétait pas des hurlements félins qui frappaient vaguement son oreille. Elle était maladive et nerveuse, fort douce, et incapable de comprendre le plaisir que nous pouvions trouver à courir les toits. Quand elle nous entendit débusquer en masse par sa fenêtre, à laquelle, en jouant du piano, elle tournait le dos, elle jeta des cris perçants. Nous ne prîmes guère le temps de la rassurer. Ses cris allaient attirer les nonnes, nous nous élançâmes dans sa chambre, gagnant la porte avec précipitation, tandis que debout, tremblante, les yeux hagards, elle voyait défiler cette étrange procession sans y rien comprendre, sans pouvoir reconnaître aucune de nous, tant elle était effarée.

En un instant nous fûmes dispersées : l'une remontait à la chambre haute d'où nous étions parties et parcourait le piano à tour de bras ; une autre faisait un grand détour pour regagner la classe. Quant à moi, il me fallait aller à la recherche de mon soulier, et reprendre cette pièce de conviction s'il en était temps encore. Je parvins à ne pas rencontrer les sœurs converses et à trouver l'entrée des cuisines libre. *Audaces fortuna juvat*[76], me disais-je en songeant aux aphorismes que Deschartres m'avait enseignés. Et, en effet, je retrouvai le soulier fortuné, qui était venu tomber dans un endroit sombre et qui n'avait frappé les regards de personne. Whisky seul fut accusé. J'eus grand mal aux genoux pendant quelques jours, mais je ne m'en vantai point, et les explorations ne furent pas ralenties.

Il me fallait bien toute cette excitation romanesque pour lutter contre le régime du couvent, qui m'était fort contraire. Nous étions assez convenablement nourries, et c'est d'ailleurs la chose dont je me suis toujours souciée le moins, mais nous souffrions du froid de la manière la plus cruelle, et l'hiver fut très rigoureux cette année-là. Les habitudes du lever et du coucher m'étaient aussi nuisibles que désagréables. J'ai toujours aimé à veiller tard et à ne pas me lever de bonne heure. À Nohant on m'avait laissée faire ; je lisais ou j'écrivais le soir dans ma chambre, et on ne me forçait pas à affronter le froid des matinées. J'ai la circulation lente, et le mot *sang-froid* peint au physique et au moral mon organisation. Diable parmi les diables du couvent, je ne me démontais jamais, et je faisais les plus grandes folies du monde avec un sérieux qui réjouissait fort mes complices ; mais j'étais bien réellement paralysée par le froid, surtout pendant la première moitié de la journée. Le dortoir, situé sous le toit en mansarde, était si glacial que je ne m'endormais pas et que j'entendais tristement sonner toutes les heures de la nuit. À six heures, les deux servantes Marie-Josèphe et Marie-Anne venaient nous éveiller impitoyablement. Se lever et s'habiller à la lumière m'a toujours paru fort triste. On se lavait dans de l'eau dont il fallait briser la glace et qui ne lavait pas. On avait des engelures, les pieds enflés saignaient dans les souliers trop étroits. On allait à la messe à la lueur des cierges, on grelottait sur son banc, ou on dormait à genoux dans l'attitude du recueillement. À sept heures, on déjeunait d'un morceau de pain et d'une tasse de thé. On voyait enfin, en entrant en classe, poindre un peu de clarté dans le ciel et un peu de feu dans le poêle. Moi, je ne dégelais que vers midi, j'avais des rhumes épouvantables, des douleurs aiguës dans tous les membres ; j'en ai souffert après pendant quinze ans.

Mais Mary ne pouvait supporter la plainte ; forte comme un garçon, elle raillait impitoyablement quiconque n'était pas stoïque. Elle me rendit ce service de me rendre impitoyable à moi-même. J'y eus quelque mérite, car je souffrais plus que personne, et l'air de Paris me tuait déjà.

Jaune, apathique et muette, je paraissais en classe la personne la plus calme et la plus soumise. Jamais je n'eus avec la féroce D*** qu'une seule altercation que je raconterai plus tard. Je n'étais point *répondeuse*, je ne connaissais pas la colère, je ne me souviens pas d'en avoir eu la plus légère velléité pendant les trois ans que j'ai passés au couvent. Grâce à ce caractère, je n'y ai jamais eu qu'une seule ennemie, et je n'y ai par conséquent ressenti qu'une seule antipathie, c'est pour cela que j'ai gardé une sorte de rancune à cette D*** qui m'a fait connaître là le sentiment le plus opposé à mon organisation. J'ai toujours été aimée, même dans mon temps de pire diablerie, des compagnes les plus maussades et des maîtresses ou des nonnes les plus exigeantes. La supérieure disait à ma grand-mère que j'étais une *eau qui dort*. Paris avait glacé en moi cette fièvre de mouvement que j'avais subie à Nohant. Tout cela ne m'empêchait pas de courir sur les toits au mois de décembre, et de passer des soirées entières nu-tête dans le jardin en plein hiver ; car, dans le jardin aussi, nous cherchions le grand secret, et nous y descendions par les fenêtres quand les portes étaient fermées. C'est qu'à ces heures-là nous vivions par le cerveau, et je ne m'apercevais plus que j'eusse un corps malade à porter.

Avec tout cela, avec ma figure pâle et mon air transi, dont Isabelle faisait les plus plaisantes caricatures, j'étais gaie intérieurement. Je riais fort peu, mais le rire des autres me réjouissait les oreilles et le cœur. Une extravagance ne me faisait pas bondir de joie, mais je la couronnais gravement par une pire extravagance, et j'avais plus de succès que personne auprès des bêtes, qui ne me haïssaient pas, et qui surtout se fiaient à ma générosité.

Par exemple, il arrivait souvent que toute la classe fût punie pour le méfait d'un diable ou pour la maladresse d'une bête. Les bêtes ne voulaient pas se trahir entre elles ; mais elles eussent trahi les diables si elles l'eussent osé ; seulement elles n'osaient pas. Tout tremblait devant G***, et pourtant G*** était bonne et n'employa jamais sa force à maltraiter les faibles ; mais elle avait de l'esprit comme douze diables, et ses moqueries exaspéraient celles qui n'y savaient pas répondre. Isabelle se faisait craindre par ses caricatures, Lavinia par ses grands airs de mépris. Moi seule je ne me faisais craindre par rien ; j'étais diable avec les diables, bête avec les bêtes, le tout par laisser-aller de caractère ou par langueur physique. Je conquis tout à fait ces dernières en leur épargnant les punitions collectives. Aussitôt que la maîtresse disait : « Toute la classe en pénitence, si je ne découvre pas la coupable », je me levais et je disais : *C'est moi.* Mary, qui me donnait le bon exemple en toutes choses, suivit le mien en celle-ci, et on nous en sut gré.

Ma bonne maman allait quitter Paris, elle obtint de me faire sortir deux ou trois jeudis de suite. La supérieure n'osa pas trop lui dire que j'étais notée par toutes les maîtresses et tous les professeurs comme ne faisant absolument rien, et que le *bonnet de nuit* était ma coiffure habituelle. Ma grand-mère eût peut-être pensé alors que je perdais mon temps et qu'il valait mieux me reprendre avec elle. On passa donc légèrement sur ma dissipation et mes escapades.

Je me promettais une grande joie de ces sorties. Il n'en fut rien. J'avais déjà pris l'habitude de la vie en commun, habitude si douce aux caractères mélancoliques, et mon caractère était à la fois le plus triste et le plus enjoué de tout le couvent : triste par la réflexion, quand je retombais sur moi-même, avec mon corps souffreteux et endolori, avec le souvenir de mes chagrins de famille ; gai, quand le rire de mes compagnes, la brusque interpellation de ma chère Mary, la plaisanterie originale de ma romanesque Isabelle, venaient m'arracher au sentiment de ma propre existence et me communiquer la vie qui était dans les autres.

Chez ma bonne maman, tout mon passé amer, tout mon présent tourmenté, tout mon avenir incertain me revenaient. On s'occupait trop de moi, on me questionnait, on me trouvait changée, alourdie, distraite. Quand la nuit était venue, on me reconduisait au couvent. Ce passage du petit salon chaud, parfumé, éclairé de ma grand-mère, au cloître obscur, vide et glacé ; des tendres caresses de la bonne maman, de la petite mère et du grand-oncle, au bonsoir froid et rechigné des portiers et des tourières me navrait le cœur un instant. Je frissonnais en traversant seule ces galeries pavées de tombeaux : mais au bout du cloître déjà la suavité de la retraite se faisait sentir. La madone Vanloo[77] avait l'air de sourire pour moi. Je n'étais pas dévote envers elle, mais déjà sa petite lampe bleuâtre me jetait dans une rêverie vague et douce. Je laissais derrière moi un monde d'émotions trop fortes pour mon âge, et d'exigences de sentiment qu'on ne m'avait pas assez ménagées. J'entendais la voix de Mary m'appeler avec impatience. Les *petites bêtes* venaient curieusement s'enquérir de ce que j'avais vu dans la journée. « Comme c'est triste de rentrer ! » me disait-on. Je ne répondais pas. Je ne pouvais expliquer pourquoi j'avais cette bizarrerie de me trouver mieux au couvent que dans ma famille.

À la veille du départ de ma grand-mère, un grand orage se forma contre moi dans les conseils de la supérieure. J'aimais à écrire autant que j'aimais peu à parler, et je m'amusais à faire de nos espiègleries et des rigueurs de la D*** une sorte de journal satirique que j'envoyais à ma bonne maman, laquelle y prenait un grand divertissement et ne me prêchait nullement la soumission et la cajolerie, la dévotion encore moins. Il était de règle que nous missions le soir sur le bahut de l'antichambre de la supérieure les lettres que nous voulions envoyer. Celles qui n'étaient point adressées aux parents devaient être déposées ouvertes. Celles pour les parents étaient cachetées ; on était censé en respecter le secret.

Il m'eût été facile d'envoyer mes manuscrits à ma grand-mère par une voie plus sûre, puisque ses domestiques venaient souvent m'apporter divers objets et s'informer de ma santé ; mais j'avais une confiance suprême dans la loyauté de la supérieure. Elle avait dit devant moi à ma grand-mère qu'elle n'ouvrait jamais les lettres adressées aux parents. Je croyais, j'étais loyale, j'étais tranquille. Mais le volume et la fréquence de mes envois inquiétèrent *reverend mother* *. Elle décacheta sans façon, lut mes satires et supprima les

* La révérende mère. On lui donnait ce titre en anglais seulement. (NdA).

lettres. Elle me fit même ce bon tour trois jours de suite sans en rien dire, afin de bien connaître mes habitudes de chronique moqueuse et la manière dont la D*** nous gouvernait. Une personne de cœur et d'intelligence en eût fait son profit. Elle m'eût grondée peut-être, mais elle eût congédié la D***. Il est vrai qu'une personne de cœur n'eût pas tendu un piège à la simplicité d'un enfant, et n'eût pas abusé d'un secret qu'elle avait autorisé. La supérieure préféra interroger mademoiselle D***, qui, bien entendu, ne se reconnut pas au portrait plus ressemblant que flatté que j'avais tracé d'elle. Sa haine, déjà allumée par mon air calme et la douceur très réelle de mes manières, s'exaspéra, comme on peut le croire. Elle me traita de menteuse abominable, d'*esprit fort* (c'est-à-dire impie), de délatrice, de serpent, que sais-je ! La supérieure me manda et me fit une scène effroyable. Je restai impassible. Elle me promit ensuite bénignement de ne point faire connaître mes *calomnies* à ma grand-mère et de me garder le secret sur ces abominables lettres. Je ne l'entendais pas ainsi. Je sentis la duplicité de cette promesse. Je répondis que j'avais un brouillon de mes lettres, que ma grand-mère l'aurait, que je soutiendrais devant elle et devant madame la supérieure elle-même la vérité de mes assertions, et que, puisqu'il n'y avait pas de sûreté dans les relations auxquelles je m'étais confiée, je demanderais à changer de couvent.

La supérieure n'était pas une méchante femme ; mais quoi qu'on en pensât, je n'ai jamais senti qu'elle fût une très bonne femme. Elle m'ordonna de sortir de sa présence en m'accablant de menaces et d'injures. C'était une personne du grand monde, et elle savait au besoin prendre des manières royales ; mais elle avait fort mauvais ton quand elle était en colère. Peut-être ne savait-elle pas bien la valeur de ses expressions en français, et je ne savais pas encore assez d'anglais pour qu'elle me parlât dans sa langue. Mademoiselle D*** avait la tête baissée, l'œil fermé, dans l'attitude extatique d'une sainte qui entend la voix de Dieu même. Elle se donnait des airs de pitié pour moi et de silence miséricordieux. Une heure après, au réfectoire, la supérieure entra suivie de quelques nonnes qui lui faisaient cortège ; elle parcourut les tables comme pour faire une inspection ; puis, s'arrêtant devant moi et roulant ses gros yeux noirs, qui étaient fort beaux, elle me dit d'une voix solennelle : *Étudiez la vérité !* – Les sages pâlirent et firent le signe de la croix. Les bêtes chuchotèrent en me regardant. On vint ensuite m'accabler de questions. « Tout cela signifie, répondis-je, que dans trois jours je ne serai plus ici. »

J'étais outrée ; mais j'avais un violent chagrin. Je ne désirais nullement changer de couvent. J'avais déjà formé des affections que je souffrais de voir sitôt brisées. Ma grand-mère arriva sur ces entrefaites. La supérieure s'enferma avec elle, et, prévoyant que je dirais tout, elle prit le parti de remettre mes lettres et de les présenter comme un tissu de mensonges. Je crois qu'elle eut le dessous et que ma grand-mère blâma énergiquement l'abus de confiance qu'on était forcé de lui révéler. Je crois qu'elle prit ma défense et parla de me remmener sur-le-champ. Je ne sais ce qui se passa entre elles, mais quand on me fit monter dans le parloir de la supérieure, toutes deux essayaient de se composer un maintien grave, et toutes deux étaient fort animées. – Ma grand-mère m'embrassa comme à l'ordinaire, et pas un mot de reproche ne me fut adressé, si ce n'est sur ma dissipation et le temps perdu à des enfantillages. Puis la supérieure m'annonça que j'allais quitter la petite classe, où mon intimité avec Mary portait le désordre, et que j'entrerais immédiatement parmi les grandes. Cette bonne nouvelle, qui, en définitive, faisait aboutir toutes les menaces à une notable amélioration dans mon sort, me fut signifiée pourtant d'un ton sévère. On espérait que, n'ayant plus de relations avec mademoiselle D***, je renoncerais à mes habitudes de satire contre elle, que je romprais mes habitudes de diablerie avec la terrible Mary, et que cette séparation serait profitable à l'une comme à l'autre.

Je répondis que je consentais de bon cœur à ne jamais m'occuper de mademoiselle D***, mais je ne voulus jamais promettre de ne plus aimer Mary. La force des choses devait suffire à nous séparer, puisque nous n'aurions plus que l'heure des récréations au jardin pour nous voir. Ma grand-mère, satisfaite du résultat de cette affaire, partit pour Nohant. Je passai à la grande classe, où m'avaient précédée Isabelle et Sophie. Je jurai à Mary de rester son amie à la vie et à la mort ; mais je n'en avais pas fini avec la terrible D***, comme on va bientôt le voir.

## XII

*Louise et Valentine. – La marquise de La Rochejaquelein. – Ses Mémoires. – Son salon. – Pierre Riallo. – Mes compagnes de la petite classe. – Héléna. – Facéties et bel esprit de couvent. – La comtesse et Jacquot. – Sœur Françoise. – Madame Eugénie. – Combat singulier avec mademoiselle D***. – Le cabinet noir. – La séquestration. – Poulette. – Les nonnes. – Madame Monique. – Miss Fairbairns. – Madame Anne-Augustine et son ventre d'argent. – Madame Marie-Xavier. – Miss Hurst. – Madame Marie-Agnès. – Madame Anne-Joseph. – Les incapacités intellectuelles. – Madame Alicia. – Mon adoption. – Les conversations de l'avant-quart. – Sœur Thérèse. – La distillerie. – Les dames de chœur et les sœurs converses.*

Je ne quitterai pas la petite classe sans parler de deux pensionnaires que j'y ai beaucoup aimées, bien qu'elles ne fussent point classées parmi les diables. Elles ne l'étaient pas non plus parmi les sages, encore moins parmi les bêtes, car c'étaient deux intelligences fort remarquables. Je les ai déjà nommées : c'était Valentine de Gouy et Louise de La Rochejaquelein.

Valentine était une enfant, elle n'avait guère que neuf ou dix ans, si j'ai bonne mémoire ; et comme elle était petite et délicate, elle ne paraissait guère plus âgée que Mary Eyre et Helen Kelly, les deux *mioches* de la petite classe à cette époque. Mais cette enfant était grandement supérieure à son âge, et on pouvait autant se plaire avec elle qu'avec Isabelle ou Sophie. Elle apprenait toutes choses avec une facilité merveilleuse. Elle était déjà aussi avancée dans toutes ses études que les grandes. Elle avait un esprit charmant, beaucoup de franchise et de bonté. Mon lit était auprès du sien au dortoir, et j'aimais à la soigner comme si elle eût été ma fille. J'avais de l'autre côté une petite Suzanne, sœur de Sophie, qu'il me fallait soigner encore plus, car elle était continuellement malade.

L'autre affection que je laissais à la petite classe, mais qui ne tarda pas à me rejoindre à la grande, Louise, était fille de la marquise de La Rochejaquelein, veuve de M. de Lescure, la même qui a laissé des Mémoires intéressants sur la première Vendée. Je crois que le personnage politique * qui représente à l'Assemblée nationale une nuance de parti royaliste à idées plus chevaleresques que rassurantes est le frère de cette Louise [78]. Leur mère a été certainement une héroïne de roman historique. Ce roman vrai, raconté par elle, offre des narrations très dramatiques, très bien senties et très touchantes. La situation de la France et de l'Europe m'y semble complètement méconnue ; mais, le point de vue royaliste accepté, il est impossible de mieux juger son propre parti, de mieux peindre le fort et le faible, le bon et le mauvais côté des divers éléments de la lutte. Ce livre est d'une femme de cœur et d'esprit. Il restera parmi les documents les plus colorés et les plus utiles de l'époque révolutionnaire. L'histoire a déjà fait justice des erreurs de fait et des naïves exagérations de l'esprit de parti qui ne peuvent pas ne point s'y trouver ; mais elle fera son profit des

* 1848 (NdA).

curieuses révélations d'un jugement droit et d'un esprit sincère qui signalent les causes de mort de la monarchie, tout en se dévouant avec héroïsme à cette monarchie expirante.

Louise avait le cœur et l'esprit de sa mère, le courage et un peu de l'intolérance politique des vieux chouans, beaucoup de la grandeur et de la poésie des paysans belliqueux au milieu desquels elle avait été élevée. J'avais déjà lu le livre de la marquise, qui était récemment publié. Je ne partageais pas ses opinions ; mais je ne les combattais jamais, je sentais le respect que je devais à la religion de sa famille, et ses récits animés, ses peintures charmantes des mœurs et des aspects du Bocage m'intéressaient vivement. Quelques années plus tard j'ai été une fois chez elle, et j'ai vu sa mère.

Comme cet intérieur m'a beaucoup frappée, je raconterai ici cette visite, que j'oublierais certainement si je la remettais à être rapportée en son lieu.

Je ne me rappelle plus où était située la maison. C'était un grand hôtel du faubourg Saint-Germain. J'arrivai modestement en fiacre, selon mes moyens et mes habitudes, et je fis arrêter devant la porte, qui ne s'ouvrait pas pour de si minces équipages. Le portier, qui était un vieux poudré de bonne maison, voulut m'arrêter au passage. « Pardon, lui dis-je, je vais chez madame de La Rochejaquelein. – Vous ? dit-il en me toisant d'un air de mépris, apparemment parce que j'étais en manteau et en chapeau sans fleurs ni dentelles. Allons, entrez ! » Et il leva les épaules comme pour dire : « Ces gens-là reçoivent tout le monde ! »

J'essayai de pousser la porte derrière moi. Elle était si lourde, que je n'en vins pas à bout avec les doigts. Je ne voulais pas salir mes gants, je n'insistai donc pas ; mais comme j'avais déjà monté les premières marches de l'escalier, ce vieux cerbère courut après moi. « Et votre porte ? me cria-t-il. – Quelle porte ? – Celle de la rue ! – Ah, pardon ! lui dis-je en riant, c'est votre porte et non pas la mienne. » Il s'en alla la fermer en grommelant, et je me demandai si j'allais être aussi mal reçue par les illustres laquais de ma compagne d'enfance. En trouvant beaucoup de ces messieurs dans l'antichambre, je vis qu'il y avait du monde, et je fis demander Louise. Je n'étais à Paris que pour deux ou trois jours ; je désirais répondre au désir qu'elle m'avait témoigné de m'embrasser, et je ne voulais que causer quelques minutes avec elle. Elle vint me chercher, et m'entraîna au salon avec la même gaieté et la même cordialité qu'autrefois. Du côté où elle me fit asseoir auprès d'elle, il n'y avait que des jeunes personnes, ses sœurs ou ses amies. De l'autre, les gens graves autour du fauteuil de sa mère, qui était un peu isolé en avant.

Je fus très désappointée de trouver dans l'héroïne de la Vendée une grosse femme très rouge et d'une apparence assez vulgaire. À sa droite, un paysan vendéen se tenait debout. Il était venu de son village pour la voir ou pour voir Paris, et il avait dîné avec la famille. Sans doute c'était un homme *bien pensant*, et peut-être un héros de la dernière Vendée. Il ne me parut point d'âge à dater de la première, et Louise, que j'interrogeai, me dit simplement : « C'est un brave homme de chez nous. »

Il était vêtu d'un gros pantalon et d'une veste ronde. Il portait une sorte d'écharpe blanche au bras, et une vieille rapière lui battait les jambes. Il ressemblait à un garde champêtre un jour de procession. Il y avait loin de là aux partisans demi-pasteurs, demi-brigands que j'avais rêvés, et ce bonhomme avait une manière de dire *Madame la marquise* qui m'était nauséabonde. Pourtant la marquise, presque aveugle alors, me plut par son grand air de bonté et de simplicité. Il y avait autour d'elle de belles dames parées pour le bal, qui lui rendaient de grands hommages et qui, certes, n'avaient pas pour ses cheveux blancs et ses yeux bleus à demi éteints autant de vénération que mon cœur naïf était disposé à lui en accorder ; secret hommage d'autant plus appréciable que je n'étais alors ni dévote ni royaliste.

Je l'écoutai causer, elle avait plus de naturel que d'esprit, du moins dans ce moment-là. Le paysan, en prenant congé, reçut d'elle une poignée de main, et mit son chapeau sur sa tête avant d'être sorti du salon, ce qui ne fit rire personne. Louise et ses sœurs étaient aussi simplement mises qu'elles étaient simples dans leurs manières. Cette simplicité allait même jusqu'à la brusquerie. Elles ne faisaient pas de petits ouvrages, elles avaient des quenouilles, et affectaient de filer du chanvre, à la manière des paysannes. Je ne demandais pas mieux que de trouver tout cela charmant, et cela eût pu l'être.

Chez Louise, j'en suis certaine, tout était naïf et spontané ; mais le cadre où je la voyais ainsi jouer à la châtelaine de Vendée ne se mariait point avec ces allures de fille des champs. Un beau salon très éclairé, une galerie de patriciennes élégantes et de *ladies* compassées, une antichambre remplie de laquais, un portier qui insultait presque les gens en fiacre, cela manquait d'harmonie, et on y sentait trop l'impossibilité d'un hymen public et légitime entre le peuple et la noblesse.

Cette pensée d'hyménée me rappelle une des plus étranges et des plus significatives aventures de la vie de madame de La Rochejaquelein. Elle était alors veuve de M. de Lescure, encore enceinte de deux jumelles qu'elle devait perdre peu de jours après leur naissance. Réfugiée en Bretagne, au hameau de la Minaye, chez de pauvres paysans fidèles au malheur, traquée par les *bleus*, livrée à de continuelles alertes, gardant les troupeaux sous le nom de Jeannette, couchant souvent dans les bois avec sa mère (une femme héroïque que l'on adore en lisant ces Mémoires) [79], fuyant par le vent et la pluie, pour se cacher dans quelque sillon ou dans quelque fossé, tandis que les patriotes fouillaient les maisons où elles avaient reçu asile, madame de La Rochejaquelein avait failli épouser un paysan breton. Voici comme elle raconte elle-même cet épisode [80].

« … Ma mère voulut, pour plus de précaution, user d'une ressource fort singulière. Deux paysannes vendéennes avaient épousé des Bretons, et depuis ce temps-là, on ne les inquiétait plus. Ma mère, qui cherchait à m'assurer un repos complet pendant mes couches, ne trouva pas de meilleur moyen. Elle jeta les yeux sur Pierre Riallo. C'était un vieux homme veuf qui avait cinq enfants : mais il fallait avoir un acte de naissance. La Ferret avait une sœur qui était allée autrefois s'établir de l'autre côté de la Loire avec sa fille. On envoya Riallo chercher les actes de naissance dans le pays de la Ferret. Tout allait s'arranger : l'officier municipal était prévenu et nous avait promis de déchirer la feuille du registre quand nous le voudrions. On devait prier les bleus au repas de la noce ; mais l'exécution de ce projet fut suspendue par des alarmes très vives qu'on nous donna. On nous dit que nous avions été dénoncées et que nous étions particulièrement recherchées. Nous changeâmes de demeure, et même nous nous séparâmes, etc. »

Quelques semaines plus tard, madame de Lescure et sa mère, changeant d'asile, se séparèrent de Pierre Riallo, qui les avait conduites à leur nouveau refuge : « Cet excellent homme, dit-elle, nous quitta en pleurant. Il ôta de son doigt une bague d'argent comme en portent les paysannes bretonnes, et me la donna. Jamais je n'ai cessé de la porter depuis. »

Ainsi la veuve de M. de Lescure, celle qui devait être la marquise de La Rochejaquelein, avait été en quelque sorte la fiancée de Pierre Riallo. Rien de plus austère certainement que ces fiançailles en présence de la mort, rien de plus chaste que l'affection du vieux paysan et la gratitude de la jeune marquise ; mais que fût-il arrivé si le mariage eût été conclu, et que Pierre Riallo se fût refusé à la suppression frauduleuse de l'acte civil ? Certes, la noble Jeannette fût morte plutôt que de consentir à ratifier cette mésalliance monstrueuse. On était bien alors, par le fait, l'égale, moins que l'égale du pauvre paysan breton. On était une pauvre *brigande*, bien heureuse de recevoir cette généreuse hospitalité et cette magnanime protection. Sous la Restauration, on ne l'avait pas oublié sans doute. On recevait dans son salon le premier paysan venu, pourvu qu'il eût au coude le brassard sans tache. On filait la quenouille des bergères, on avait de touchants et affectueux souvenirs ; mais on n'en était pas moins madame la marquise, et cette fausse égalité ne pouvait pas tromper le paysan. Si le fils de Pierre Riallo se fût présenté pour épouser Louise ou Laurence de La Rochejaquelein, on l'aurait considéré comme fou. Le *fils des croisés*, M. de La Rochejaquelein, aujourd'hui orateur politique, ne serait pas volontiers le beau-frère de quelque laboureur armoricain. Eh bien, Pierre Riallo, c'est bien là réellement comme un symbole pour personnifier le peuple vis-à-vis de la noblesse. On se fie à lui, on accepte ses sublimes dévouements, ses suprêmes sacrifices, on lui tend la main. On se fiancerait volontiers à lui aux jours du danger, mais on lui refuse, au nom de la religion monarchique et catholique, le droit de vivre en travaillant, le droit de s'instruire, le droit d'être l'égal de tout le monde ; en un mot, la véritable union morale des castes, on frémit à l'idée seule de la ratifier.

Je pensais déjà un peu à tout cela en quittant le salon de madame de La Rochejaquelein, et, bien certaine que tout ce que j'avais vu n'était pas une comédie, sachant bien que Louise et sa famille avaient la mémoire du cœur, je me disais pourtant que, par la force des choses, ce que j'avais vu n'était qu'une charmante petite parade de salon.

Avant de clore cette digression, on me permettra de faire remarquer l'espèce d'analogie qui existe entre l'aventure de la marquise chez Pierre Riallo et les idées que ma mère avait encore en 1804 sur le mariage civil. En 1804, ma mère ne se croyait pas mariée avec mon père parce qu'elle n'était mariée qu'à la municipalité. En 93, madame de La Rochejaquelein ne se fût pas crue mariée avec Pierre Riallo parce que l'officier municipal promettait de déchirer l'acte. Ce peu de respect pour une formalité purement civile marque bien la transition d'une législation à une autre, et la transformation de la société.

Je quitte mon épisode anticipé, qui date de 1824 ou 1825, 1826 peut-être, et je reviens sur mes pas. Je rentre au couvent, où Louise, avec sa vive intelligence, son noble cœur et son aimable caractère, ne faisait naître en moi aucune des réflexions que j'eus lieu de faire plus tard sans cesser de l'aimer. Je l'ai perdue de vue depuis longtemps. J'ignore qui elle a épousé, j'ignore même si elle vit, tant je suis peu *du monde*, tant j'ai franchi de choses qui me séparent du passé et m'ont fait perdre jusqu'à la trace de mes premières relations. Si elle existe, si elle se souvient de moi, si elle sait que George Sand est la même personne qu'Aurore Dupin, elle doit soupirer, détourner les yeux et nier même qu'elle m'ait aimée. Je sais l'effet des opinions et des préjugés sur les âmes les plus généreuses, et je ne m'en étonne ni ne m'en scandalise. Moi, tranquille dans ma conscience d'aujourd'hui, comme j'étais tranquille et *eau dormante* dans ma diablerie d'il y a trente ans, je l'aime encore, cette Louise ; j'aime encore les royalistes, les dévotes, les nonnes mêmes que j'ai aimées, et qui aujourd'hui ne prononcent mon nom, j'en suis sûre, qu'en faisant de grands signes de croix. Je ne désire pas les revoir, je sais qu'elles me prêcheraient ce qu'elles appelleraient le retour à la vérité. Je sais que je serais forcée de leur causer le chagrin d'échouer dans leurs pieux desseins. Il vaut donc mieux ne pas se revoir que de se revoir avec une cuirasse sur le cœur : mais mon cœur n'est pas mort pour cela. Il a toujours de doux élans vers ses premières tendresses. Ma religion, à moi, ne condamne pas à l'enfer éternel les adversaires de ma croyance. C'est pourquoi je parlerai de mes amies de couvent sans me soucier de ce que l'esprit de caste et de parti en a fait depuis. Je parlerai de celles qui ont dû me renier avec le même enthousiasme, la même effusion que de celles qui m'ont gardé un souvenir inaltérable. Je les vois encore telles qu'elles étaient, et je ne veux pas savoir ce qu'elles sont. Je les vois pures et suaves comme le matin de la vie où nous nous sommes connues. Les grands marronniers du couvent m'apparaissent comme ces Champs-Élyséens où se rencontraient des âmes venues de tous les points de l'univers ; et où elles faisaient échange de douces et calmes sympathies, sans prendre garde aux mondaines agitations, aux puériles dissidences de ce bas monde.

On me pardonnera bien de tracer ici une courte liste des compagnes que je laissais à la petite classe ; je ne me les rappelle pas toutes, mais j'ai du plaisir à retrouver une partie de leurs noms dans ma mémoire. C'était, outre celles que j'ai déjà citées, les trois Kelly (Mary, Helen et Henriette) ; les deux O'Mullan, créoles jaunes et douces ; les deux Cary, Fanny et Suzanne, sœurs de Sophie[81] ; Lucy Masterson, Catherine et Maria Dormer ; Maria Gordon, une délicate et maladive enfant, douce et intelligente, qui a épousé un Français, et qui est devenue une excellente mère de famille, une femme distinguée sous tous les rapports ; – Louise Rollet, fille d'un maître de forges du Berry ; Lavinia Anster ; Camille de Le Josne-Contay, personne roide et grave comme une huguenote des anciens jours (très catholique pourtant) ; Eugénie de Castella, demi-diable très excellent d'ailleurs, avec qui j'étais assez liée ; une des trois Defargues, filles d'un maire de Lyon ; Henriette Manoury, qui venait, je crois, du Havre ; enfin Héléna de ***[82], enfant un peu persécutée, un peu opprimée, par sa faute peut-être, mais qui m'inspirait de la sollicitude par cette raison qu'elle était souvent victime de la *diablerie*.

Elle m'aimait quelquefois trop. C'était une nature inquiète et tourmentante. Il fallait lui faire tous ses devoirs, se charger de toutes ses corvées, voire de lui écrire sa confession, ce qui ne se faisait pas toujours très sérieusement, je l'avoue. Je la protégeais contre Mary, qui ne pouvait pas la tolérer. Je lui ai épargné bien des punitions, je l'ai sauvée de bien des orages, et je doute qu'elle en ait gardé la mémoire. Elle tirait une grande vanité de son nom, et on lui en savait mauvais gré, même celles qui en portaient de plus illustres, car il faut rendre à la plupart d'entre nous cette justice, que nous pratiquions de tous points l'égalité chrétienne, et que nous n'avions même pas la pensée de nous croire plus ou moins les unes que les autres.

C'est cette Héléna de *** qui m'avait du reste gratifiée d'un sobriquet que j'ai porté plus particulièrement que les autres ; car, comme toutes mes compagnes, j'en avais plusieurs. Héléna m'avait nommée *Calepin*, parce que j'avais la manie des tablettes de poche ; la sœur Thérèse m'avait surnommée *Madcap* et *Mischievous*[83] ; à la grande classe, je devins *ma Tante*[84], et le *marquis de Sainte-Lucie*.

J'ai eu l'amusement de conserver mes livres élémentaires de la petite classe, le *Spelling book, the Garden of the soul* (*Le Jardin de l'âme*), etc. Ils sont chargés de devises, de rébus, et ce qui me réjouit le plus, de conversations dialoguées qu'on s'écrivait durant les heures de silence, car le *silence général* était une punition fort usitée. La couverture du premier livre venu passant de main en main sous la table devenait une causerie générale. On avait aussi des lettres en carton qu'on se faisait passer au moyen d'un long fil, d'un bout de la classe à l'autre. On formait rapidement des mots, et celle qui était séquestrée dans un coin, séparée des autres par une punition particulière, était avertie de tout ce que l'on complotait. En fait de confessions écrites, d'examens de conscience qu'on faisait pour les petites, je retrouve un griffonnage qui est un spécimen ; je ne sais qui l'a fait ni à qui il était destiné.

« *Confession de…..*

« Hélas, mon petit père Villèle *, il m'est arrivé bien souvent de me barbouiller d'encre, de moucher la chandelle avec mes doigts, de me donner des indigestions *d'haricots*, comme on dit dans le grand monde où j'ai été z'élevée ; j'ai scandalisé les jeunes *ladies* de la classe par ma malpropreté ; j'ai eu l'air bête, et j'ai oublié de penser à quoi que ce soit, plus de deux cents fois par jour. J'ai dormi au catéchisme et j'ai ronflé à la

* C'était le confesseur d'une partie des pensionnaires et des religieuses. Ce n'était pas le mien. Cet abbé de Villèle, frère du ministre, a été depuis archevêque de Bourges (NdA).

messe ; j'ai dit que vous n'étiez pas beau ; j'ai fait égoutter *mon rat* sur le voile de la mère Alippe, et je l'ai fait exprès. J'ai fait cette semaine au moins quinze pataquès en français et trente en anglais, j'ai brûlé mes souliers au poêle et j'ai infecté la classe. C'est ma faute, c'est ma faute, c'est ma très grande faute, etc. »

On voit combien nos méchancetés et nos impiétés étaient innocentes. Elles étaient pourtant sévèrement tancées et punies quand mademoiselle D*** mettait la main sur ces écrits, qu'elle appelait licencieux et dangereux. La mère Alippe faisait semblant de se fâcher, punissait un peu, confisquait, et, j'en suis sûre, amusait l'ouvroir avec nos sottises.

Que chacun se rappelle comme il a ri de bon cœur, dans l'enfance, de choses qui par elles-mêmes n'étaient peut-être pas drôles du tout. Il n'en faut pas beaucoup pour les petites filles. Tout nous était sujet d'inextinguible risée : un nom estropié, une figure ridicule au parloir, un incident quelconque à l'église, le miaulement d'un chat, que sais-je ? Il y avait des paniques contagieuses comme les joies. Une petite criait pour une araignée ; aussitôt toute la classe criait sans savoir pourquoi. Un soir, à la prière, je ne sais ce qui se passa, personne n'a jamais pu le dire : une de nous crie, sa voisine se lève, une troisième se sauve, c'est aussitôt un sauve-qui-peut général ; on quitte la classe en masse, renversant les chaises, les bancs, les lumières, et on s'enfuit dans le cloître en tombant les unes sur les autres, entraînant les maîtresses, qui ne crient et ne courent pas moins que les élèves. Il faut une heure pour rassembler le troupeau éperdu, et quand on veut s'expliquer, impossible d'y rien comprendre.

Malgré toute cette gaieté fébrile de la petite classe, j'y souffrais si réellement au moral et au physique, que j'ai conservé le souvenir du jour où j'entrai à la grande classe comme un des plus heureux de ma vie.

J'ai toujours été sensible à la privation de la vive lumière. Il semble que toute ma vie physique soit là. Je m'assombris inévitablement dans une atmosphère terne. La grande classe était très vaste ; il y avait cinq ou six fenêtres, dont plusieurs donnaient sur les jardins. Elle était chauffée d'une bonne cheminée et d'un bon poêle. D'ailleurs le printemps commençait. Les marronniers allaient fleurir, leurs grappes rosées se dressaient comme des candélabres. Je crus entrer dans le paradis.

La maîtresse de classe, que l'on tournait beaucoup en ridicule, et qui était bien un peu étrange dans ses manières, était une forte bonne personne au fond, et encore plus distraite que mademoiselle D***. On l'appelait *la Comtesse*, parce qu'elle se donnait de grands airs, et je lui conserverai ce surnom. Elle avait dans le jardin un appartement au rez-de-chaussée, dont un potager nous séparait, et de sa fenêtre, quand elle ne tenait pas la classe, elle pouvait voir une partie de nos escapades. Mais elle était bien plus occupée de voir, de la classe, ce qui se passait dans son appartement. C'est que là, à sa fenêtre ou devant sa porte, vivait, grattait et piaillait au soleil l'unique objet de ses amours, un vieux perroquet gris tout râpé, maussade bête que nous accablions de nos dédains et de nos insultes.

Nous avions grand tort, car Jacquot eût mérité toute notre gratitude ; c'était à lui que nous devions notre liberté. C'était grâce à lui que la Comtesse, incessamment préoccupée, nous laissait faire nos folies. Perché sur son bâton, à la portée de la vue, Jacquot, lorsqu'il s'ennuyait, poussait des cris perçants. Aussitôt la Comtesse courait à la fenêtre, et si un chat rôdait autour du perchoir, si Jacquot impatienté avait brisé sa chaîne et entrepris un voyage d'agrément sur les lilas voisins, la Comtesse, oubliant tout, se précipitait hors de la classe, franchissait le cloître, traversait le jardin et courait gronder ou caresser la bête adorée. Pendant ce temps on dansait sur les tables, ou on quittait la classe pour faire comme Jacquot quelque voyage d'agrément à la cave ou au grenier.

La Comtesse était une jeune personne de quarante à cinquante ans, demoiselle, très bien née, on ne pouvait l'ignorer, car elle le disait à tout propos, sans fortune, et je crois peu instruite, car elle ne nous donnait aucune espèce de leçons et ne servait qu'à garder la classe comme surveillante. Elle était ennuyeuse et ridicule, mais bonne et convenable. Quelques-unes de nous l'avaient prise en grippe, et la traitaient si mal qu'elles la forçaient de sortir de son caractère. Je n'ai jamais eu qu'à me louer d'elle pour mon compte, et je me reproche même d'avoir ri avec les autres de sa tournure magistrale, de ses phrases prétentieuses, de son grand chapeau noir qu'elle ne quittait jamais, de son châle vert qu'elle drapait d'une manière si solennelle, enfin de ses *lapsus linguæ* qui étaient relevés sans pitié et qu'on plaçait ensuite très haut dans la conversation sans qu'elle s'en aperçût jamais. J'aurais dû plutôt prendre son parti, puisqu'elle prenait souvent le mien auprès des religieuses. Mais les enfants sont ingrats (*cet âge est sans pitié !*) et la moquerie leur semble un droit inaliénable.

La seconde surveillante était une religieuse fort sévère, madame Anne-Françoise. Cette vieille, maigre et pâle, avait un énorme nez aquilin. Elle grondait beaucoup, injuriait trop, et n'était pas aimée. Je n'avais rien pour elle, ni éloignement ni sympathie. Elle ne me traitait ni bien ni mal. Je ne lui ai jamais vu de préférence pour personne, et on la soupçonnait d'être *philosophe*, parce qu'elle s'occupait d'astronomie. Elle avait effectivement une manière d'être fort différente des autres nonnes. Au lieu de communier comme elles tous les jours, elle ne s'approchait des sacrements qu'aux grandes fêtes de l'année. Ses sermons n'avaient point d'onction. C'étaient toujours des menaces, et dans un si mauvais français, qu'on ne pouvait les écouter sérieusement. Elle punissait beaucoup, et quand, par hasard, elle voulait plaisanter, elle était blessante et peu convenable. Sa figure accentuée ne manquait pas de caractère. Elle avait l'air d'un vieux dominicain, et pourtant elle n'était pas fanatique, pas même dévote pour une religieuse.

La maîtresse en chef de la grande classe était madame Eugénie, *Maria-Eugenia Stonor.* C'était une grande femme, d'une belle taille, d'un port noble, gracieux même dans sa solennité. Sa figure, rose et ridée comme celle de presque toutes les nonnes sur le retour, avait pu être jolie, mais elle avait une expression de hauteur et de moquerie qui éloignait d'elle au premier abord. Elle était plus que sévère, elle était emportée, et se laissait aller à des antipathies personnelles qui lui faisaient beaucoup d'ennemies irréconciliables. Elle n'était affectueuse avec personne, et je ne connais qu'une seule pensionnaire qui l'ait aimée : c'est moi.

Cette affection que je ne pus m'empêcher de manifester pour le *féroce abat-jour* (on l'appelait ainsi, parce qu'elle avait la vue délicate et portait un garde-vue en taffetas vert), étonna toute la grande classe. Voici comment elle me vint.

Trois jours après mon entrée à cette classe, je rencontrai mademoiselle D*** à la porte du jardin. Elle me fit des yeux terribles ; je la regardai très en face et avec ma tranquillité habituelle. Elle avait eu un dessous dans mon admission à la grande classe, elle était furieuse. « Vous voilà bien fière, me dit-elle, vous ne me saluez seulement pas ! – Bonjour, madame, comment vous portez-vous ? – Vous avez l'air de vous moquer de moi. – Il vous plaît de le voir. – Ah ! ne prenez pas ces airs dégagés, je vous ferai encore sentir qui je suis. – J'espère que non, madame ; je n'ai plus rien à démêler avec vous. – Nous verrons ! » Et elle s'éloigna avec un geste de menace.

On était en récréation, tout le monde courait au jardin. J'en profitai pour entrer à la petite classe afin de reprendre quelques cahiers que j'avais laissés dans un cabinet attenant à la salle d'études. Ce cabinet, où l'on mettait les encriers, les pupitres, les grandes cruches d'eau destinées au lavage de la classe, servait aussi de *cabinet noir*, de prison pour les petites, pour Mary Eyre et compagnie.

J'y étais depuis quelques instants, cherchant mes cahiers, lorsque mademoiselle D*** se présente à moi comme Tisiphone[85]. « Je suis bien aise de vous trouver ici, me dit-elle ; vous allez me faire des excuses pour la manière impertinente dont vous m'avez regardée tout à l'heure. – Non, madame, je n'ai pas été impertinente, je ne vous ferai pas d'excuses. – En ce cas, vous serez punie à la manière des petites, vous serez enfermée ici jusqu'à ce que vous ayez baissé le ton. – Vous n'en avez pas le droit, je ne suis plus sous votre autorité. – Essayez de sortir ! – Tout de suite. »

Et, profitant de sa stupeur, je franchis la porte du cabinet et allai droit à elle ; mais aussitôt, transportée de rage, elle se précipita sur moi, m'étreignit dans ses bras, et me repoussa vers le cabinet. Je n'ai jamais vu rien de si laid que cette grosse dévote en fureur. Moitié riant, moitié résistant, je la repoussai, je l'acculai contre le mur, jusqu'à ce qu'elle voulut me frapper ; alors je levai le poing sur elle, je la vis pâlir, je la sentis faiblir, et je restai le bras levé, certaine que j'étais la plus forte et qu'il m'était très facile de m'en débarrasser ; mais pour cela il fallait ou lui donner un coup ou la faire tomber, ou au moins la pousser rudement et risquer de lui faire du mal. Je n'étais pas plus en colère que je ne le suis à cette heure, et je n'ai jamais pu faire de mal à personne. Je la lâchai donc en souriant, et j'allais m'en aller, satisfaite de lui avoir pardonné et de lui avoir fait sentir la supériorité de mes instincts sur les siens, lorsqu'elle profita traîtreusement de ma générosité, revint sur moi et me poussa de toute sa force. Mon pied heurta une grosse cruche d'eau qui roula avec moi dans le cabinet, la D*** m'y enferma à double tour, et s'enfuit en vomissant un torrent d'injures.

Ma situation était critique. J'étais littéralement dans un bain froid ; le cabinet était fort petit et la cruche énorme ; lorsque je fus relevée j'avais encore de l'eau jusqu'à la cheville. Pourtant je ne pus m'empêcher de rire en entendant la D*** s'écrier : « Ah ! la perverse, la maudite ! Elle m'a fait mettre tellement en colère, que je vais être obligée de retourner me confesser. J'ai perdu mon absolution. » Moi, je ne perdis pas la tête, je grimpai sur les rayons du cabinet pour me mettre à pied sec, j'arrachai une feuille blanche d'un cahier, je trouvai plumes et encre, et j'écrivis à madame Eugénie à peu près ce qui suit : « Madame, je ne reconnais maintenant d'autre autorité sur moi que la vôtre. Mademoiselle D*** vient de faire acte de violence sur ma personne et m'enfermer. Veuillez venir me délivrer, etc. »

J'attendis que quelqu'un parût. Maria Gordon, je crois, vint chercher aussi un cahier dans le cabinet, et en voyant ma tête apparaître à la lucarne, elle eut grand-peur et voulut fuir. Mais je me fis reconnaître et la priai de porter mon billet à madame Eugénie, qui devait être au jardin. Un instant après madame Eugénie parut, suivie de mademoiselle D***. Elle me prit par la main et m'emmena sans rien dire. La D*** était silencieuse aussi. Quand je fus seule avec madame Eugénie dans le cloître, je l'embrassai naïvement pour la remercier. Cet élan lui plut. Madame Eugénie n'embrassait jamais personne, et personne ne songeait à l'embrasser. Je la vis émue comme une femme qui ne connaît pas l'affection et qui pourtant n'y serait pas insensible. Elle me questionna. Elle avait une manière de questionner très habile ; elle avait l'air de ne pas écouter la réponse, et elle ne perdait ni un mot ni une expression de visage. Je lui racontai tout, elle vit que c'était la vérité. Elle sourit, me serra la main, et me fit signe de retourner au jardin.

L'archevêque de Paris venait confirmer quelques jours après. On choisissait les élèves qui avaient fait leur première communion et qui n'avaient pas reçu l'autre sacrement. On les faisait entrer en retraite dans une chambre commune dont mademoiselle D*** était la gardienne et la lectrice. C'est elle qui faisait les exhortations religieuses. On vint me chercher le jour même, mais mademoiselle D*** refusa de me recevoir, et ordonna que je ferais ma retraite toute seule dans la chambre qu'il plairait aux religieuses de m'assigner. Alors madame Eugénie prit hautement mon parti. « C'est donc une pestiférée ? dit-elle avec son air railleur. Eh bien, qu'elle vienne dans ma cellule. » Elle m'y conduisit en effet, et madame Alippe vint nous y joindre. Elles restèrent dans le corridor pendant que je m'installais dans la cellule, et j'entendis leur conversation en anglais. Je ne sais si elles me croyaient déjà capable de n'en pas perdre beaucoup de mots.

« Voyons, disait madame Eugénie, cette enfant est donc détestable, vous qui la connaissez ? – Elle n'est pas détestable du tout, répondit la mère Alippe, elle est bonne, au contraire, et cette D*** ne l'est pas. Mais l'enfant est *diable*, comme elles disent… Ah ! cela vous fait rire, vous ? vous aimez les diables, on sait cela ! » (C'est bon à savoir, pensai-je.) Et madame Eugénie reprit : « Puisqu'elle est folle, ce n'est pas le moment de la confirmer. Elle n'y porterait pas le recueillement nécessaire. Laissons-lui le temps de devenir sage, et surtout ne la mettons pas en contact avec une personne qui lui en veut. Vous m'accordez bien que cette enfant m'appartient, et que vous-même vous n'avez plus de droits sur elle ? – Pas d'autres que les droits de l'amitié chrétienne, répondit la mère Alippe, et mademoiselle D*** est dans son tort : soyez tranquille, elle ne recommencera plus. »

Madame Eugénie alla trouver la supérieure, à ce que je crois, pour s'expliquer avec elle, et peut-être avec la mère Alippe et mademoiselle D***, sur ce qui venait de se passer et sur ce qu'il y avait à faire. Pendant que j'étais dans la cellule de ma protectrice, *Poulette* vint m'y trouver : Poulette, c'était le nom que les petites avaient donné à madame Mary Austin (Marie-Augustine), la sœur de la mère Alippe, et la dépositaire du couvent. Celle-là était l'idole des pensionnaires. Elle grognait d'une certaine façon maternelle et caressante. N'ayant pas de fonctions auprès de nous, elle faisait métier de nous gâter et de nous tancer gaiement de nos sottises. Elle avait une boutique de friandises qu'elle nous vendait, et elle donnait souvent à celles qui n'avaient plus d'argent, ou du moins elle leur ouvrait des crédits qu'on oubliait de fermer de part et d'autre. Cette bonne femme, toujours gaie, sans morgue de dévotion, et qu'on prenait par le cou sans façon, qu'on embrassait sur les deux joues, qu'on taquinait même sans jamais la fâcher sérieusement, vint me consoler de mes mésaventures et me donner même trop raison, ce dont j'aurais pu abuser si je n'avais pas eu hâte de rentrer en paix avec tout le monde.

Au bout d'une heure de babillage avec Poulette, je reçus la visite de mademoiselle D***. La supérieure ou son confesseur l'avait grondée. Elle était douce comme miel, et je fus fort étonnée de ses façons caressantes. Elle m'annonça qu'on avait remis mon sacrement à l'année suivante, qu'on ne me croyait pas suffisamment disposée à recevoir la grâce, que madame Eugénie allait venir me le dire mais qu'elle-même, avant d'entrer en retraite avec les néophytes, avait voulu faire sa paix avec moi. « Voyons, me dit-elle, voulez-vous convenir que vous avez eu tort, et me donner la main ? – De tout mon cœur, lui dis-je. Tout ce que vous me prescrirez avec douceur et bienveillance, je m'y rendrai. » Elle m'embrassa, ce qui ne me fit pas grand plaisir, mais tout fut terminé, et jamais plus nous n'eûmes maille à partir ensemble.

L'année suivante, j'étais devenue très dévote, je fus confirmée et je fis la retraite sous le patronage de cette même mademoiselle D***. Elle me témoigna beaucoup d'égards, et me loua beaucoup de ma conversion. Elle nous faisait de longues lectures qu'elle développait et commentait ensuite avec une certaine éloquence rude et parfois saisissante. Elle commençait d'un ton emphatique auquel on s'habituait peu à peu, et qui finissait par vous émouvoir. Cette retraite est tout ce que je me rappelle d'elle à partir de mon installation définitive à la grande classe. Je lui ai pardonné de tout mon cœur, et je ne rétracte pas mon pardon ; mais je persiste à dire que nous eussions été infiniment meilleures et plus heureuses, si les religieuses seules se fussent chargées de notre éducation.

Avant d'en revenir au récit de mon existence au couvent, je veux parler de nos religieuses avec quelque détail, je ne crois pas avoir oublié aucun de leurs noms.

Après madame Canning (la supérieure), dont j'ai parlé, après madame Eugénie, la mère Alippe, la bonne Poulette (Marie-Augustine) ; une des doyennes était madame Monique (*Maria Monica*), personne très austère, très grave, que je n'ai jamais vue sourire et avec laquelle nulle ne se familiarisa jamais. Elle a été supérieure après madame Eugénie, qui elle-même avait succédé de mon temps à madame Canning. L'autorité supérieure n'était pas inamovible. On procédait à l'élection, je crois, tous les cinq ans. Madame Canning fut supérieure pendant trente ou quarante ans, et mourut supérieure. Madame Eugénie demanda à être délivrée de son gouvernement cinq ans après, sa vue se troublant de plus en plus. Elle est devenue presque aveugle. J'ignore si elle existe encore. Je ne sais pas non plus si madame Monique a vécu jusqu'à présent. Je sais qu'il y a quelques années madame Marie-Françoise lui avait succédé.

De mon temps madame Marie-Françoise était novice sous son nom de famille, miss Fairbairns. C'était une très belle personne, blanche avec des yeux noirs, de fraîches couleurs, une physionomie très ferme, très décidée, franche, mais froide. Cette froideur, dont le principe tout britannique était développé par la réserve claustrale et le recueillement chrétien, se faisait sentir chez la plupart de nos religieuses. Souvent nos élans de sympathie pour elles en étaient attristés et glacés. C'est le seul reproche collectif que j'aie à leur faire. Elles n'étaient pas assez désireuses de se faire aimer. – Une autre doyenne était madame Anne-Augustine, si je ne fais pas erreur de nom. Celle-là était si vieille, que lorsqu'on se trouvait à monter un escalier derrière elle, on avait le temps d'apprendre sa leçon. Elle n'avait jamais pu dire un mot de français. Elle avait aussi une figure très solennelle et très austère. Je ne crois pas qu'elle ait jamais adressé la parole à aucune de nous. On prétendait qu'elle avait eu une maladie très grave, et qu'elle ne digérait qu'au moyen d'un ventre d'argent. Le ventre d'argent de madame Anne-Augustine était une des traditions du couvent, et nous étions assez bêtes pour y croire.

On s'imaginait même entendre le cliquetis de ce ventre lorsqu'elle marchait ; c'était donc pour nous un être très mystérieux et quelque peu effrayant que cette antique béguine qui était à moitié statue de métal, qui ne parlait jamais, qui vous regardait quelquefois d'un air étonné, et qui ne savait même pas le nom d'une seule d'entre nous. On la saluait en tremblant, elle faisait une courte inclination de la tête et passait comme un spectre. Nous prétendions qu'elle était morte depuis deux cents ans, et qu'elle trottait toujours dans les cloîtres par habitude.

Madame Marie-Xavier était la plus belle personne du couvent, grande, bien faite, d'une figure régulière et délicate ; elle était toujours pâle comme sa guimpe, triste comme un tombeau. Elle se disait fort malade et aspirait à la mort avec impatience. C'est la seule religieuse que j'aie vue au désespoir d'avoir prononcé des vœux. Elle ne s'en cachait guère et passait sa vie dans les soupirs et les larmes. Ces vœux éternels, que la loi civile ne ratifiait pas, elle n'osait pourtant aspirer à les rompre. Elle avait juré sur le saint sacrement ; elle n'était pas assez philosophe pour se dédire, pas assez pieuse pour se résigner. C'était une âme défaillante, tourmentée, misérable, plus passionnée que tendre, car elle ne s'épanchait que dans des accès de colère, et comme exaspérée par l'ennui. On faisait beaucoup de commentaires là-dessus. Les unes pensaient qu'elle avait pris le voile par désespoir d'amour et qu'elle aimait encore ; les autres, qu'elle haïssait et qu'elle vivait de rage et de ressentiment ; d'autres enfin l'accusaient d'avoir un caractère amer et insociable, et de ne pouvoir subir l'autorité des doyennes.

Quoique tout cela fût aussi bien caché que possible, il nous était facile de voir qu'elle vivait à part, que les autres nonnes la blâmaient, et qu'elle passait sa vie à bouder ou à être boudée. Elle communiait cependant comme les autres, et elle a passé, je crois, une dizaine d'années sous le voile. Mais j'ai su que peu de temps après ma sortie du couvent elle avait rompu ses vœux et qu'elle était partie, sans qu'on sût ce qui s'était passé dans le sein de la communauté. Quelle a été la fin du douloureux roman de sa vie ? A-t-elle retrouvé libre et repentant l'objet de sa passion ? Avait-elle ou n'avait-elle point une passion ? Est-elle rentrée dans le monde ? A-t-elle surmonté les scrupules et les remords de la dévotion qui l'avait retenue si longtemps captive, en dépit de son manque de vocation ? Est-elle rentrée dans un autre couvent pour y finir ses jours dans le deuil et la pénitence ? Aucune de nous, je crois, ne l'a jamais su. Ou bien on me l'a dit et je l'ai oublié. Est-elle morte à la suite de cette longue maladie de l'âme qui la dévorait ? Nos religieuses donnaient pour prétexte l'arrêt des médecins, qui l'avaient condamnée à mourir ou à changer de climat et de régime. Mais il était facile de voir à leur sourire un peu amer que tout cela ne s'était point passé sans luttes et sans blâme.

Une autre novice, qui était fort belle aussi et que j'ai vue entrer postulante sous le nom de miss Croft, a fait, depuis mon départ, comme madame Maria Xavieria ; elle a quitté le couvent et renoncé à sa vocation avant d'avoir pris le voile noir.

Miss Hurst, novice à qui j'ai vu prendre ce voile de deuil éternel et qui l'a fait très délibérément et sans repentir, était la nièce de madame Monique. Elle était ma maîtresse d'anglais. Tous les jours je passais une heure dans sa cellule. Elle démontrait avec clarté et patience. Je l'aimais beaucoup, elle était parfaite pour moi, même quand j'étais diable. Elle s'est nommée en religion Maria Winifred. Je n'ai jamais lu Shakespeare ou Byron dans le texte sans penser à elle et sans la remercier dans mon cœur.

Il y avait, quand j'entrai au couvent, deux autres novices qui touchaient à la fin de leur noviciat et qui prirent le voile avant miss Hurst et miss Fairbairns. J'ai oublié leurs noms de famille, je ne me rappelle que leurs noms de religion. C'était la sœur Mary-Agnès et la sœur Anne-Joseph. Toutes deux petites et menues, elles avaient l'air de deux enfants. Marie-Agnès surtout était un petit être fort singulier. Ses goûts et ses habitudes étaient en parfaite harmonie avec l'exiguïté mignarde de sa personne. Elle aimait les petits livres, les petites fleurs, les petits oiseaux, les petites filles, les petites chaises ; tous les objets de son choix et à son usage étaient mignons et proprets comme elle. Elle portait dans son genre de prédilection une certaine grâce enfantine et plus de poésie que de manie.

L'autre petite nonne, moins petite pourtant et moins intelligente aussi, était la plus douce et la plus affectueuse créature du monde. Celle-là n'avait pas une parcelle de la morgue anglaise et de la méfiance catholique. Elle ne nous rencontrait jamais sans nous embrasser, en nous adressant, d'un ton à la fois larmoyant et enjoué, les épithètes les plus tendres.

Les enfants sont portés à abuser de l'expansion qu'on a avec eux, aussi les pensionnaires avaient-elles peu de respect pour cette bonne petite nonne. Les Anglaises surtout regardaient comme un travers le laisser-aller affectueux de ses manières. Il n'y a pas à dire, au couvent comme ailleurs, j'ai toujours trouvé cette race hautaine et guindée à la surface. Le caractère des Anglaises est plus bouillant que le nôtre. Leurs instincts ont plus d'animalité dans tous les genres. Elles sont moins maîtresses que nous de leurs sentiments et de leurs passions. Mais elles sont plus maîtresses de leurs mouvements, et dès l'enfance il semble qu'elles s'étudient à les cacher et à se composer une habitude de maintien impassible. On dirait qu'elles viennent au monde dans la toile goudronnée dont on faisait ces fameux *collets montés* devenus synonymes d'orgueil et de pruderie.

Pour en revenir à la sœur *Anne-Joseph*, je l'aimais comme elle était, et quand elle venait à moi les bras ouverts et l'œil humide (elle avait toujours l'air d'un enfant qui vient d'être grondé et qui demande protection ou consolation au premier venu), je ne songeais point à épiloguer sur la banalité de ses caresses ; je les lui rendais avec la sincérité d'une sympathie toute d'instinct ; car, d'affection raisonnée, il n'y avait pas moyen d'y songer avec elle. Elle ne savait pas dire deux mots de suite, parce qu'elle ne pouvait pas assembler deux idées. Était-ce bêtise, timidité, légèreté d'esprit ? Je croirais plutôt que c'était maladresse intellectuelle, gaucherie du cerveau, si l'on peut parler ainsi. Elle jasait sans rien dire ; mais c'est qu'elle eût voulu beaucoup dire et qu'elle ne le pouvait pas, même dans sa propre langue. Il n'y avait pas absence, mais confusion d'idées. Préoccupée de ce à quoi elle voulait penser, elle disait des mots pour d'autres mots qu'elle croyait dire, ou elle laissait sa phrase au beau milieu, et il fallait deviner le reste tandis qu'elle en commençait une autre. Elle agissait comme elle parlait. Elle faisait cent choses à la fois et n'en faisait bien aucune ; son dévouement, sa douceur, son besoin d'aimer et de caresser semblaient la rendre tout à fait propre aux fonctions d'infirmière dont on l'avait revêtue. Malheureusement, comme elle embrouillait sa main droite avec sa main gauche, elle embrouillait malades, remèdes et maladies ; elle vous faisait avaler votre lavement, elle mettait la potion dans la seringue. Et puis elle courait pour chercher quelque drogue à la pharmacie, et croyant monter l'escalier, elle le descendait, et réciproquement. Elle passait sa vie à se perdre et à se retrouver. On la rencontrait toujours affairée, toute dolente pour un bobo survenu à une de ses *dearest sisters* * ou à un de ses *dearest children* **. Bonne comme un ange, bête comme une oie, disait-on. Et les autres religieuses la grondaient beaucoup, ou la raillaient un peu vivement pour ses étourderies. Elle se plaignait d'avoir des rats dans sa cellule. On lui répondait que s'il y en avait, ils étaient sortis de sa cervelle. Désespérée quand elle avait fait une sottise, elle pleurait, perdait la tête, et devenait complètement incapable de la retrouver.

Quel nom donner à ces organisations affectueuses, inoffensives, pleines de bon vouloir, mais par le fait inhabiles et impuissantes ? Il y en a beaucoup de ces natures-là, qui ne savent et ne peuvent rien faire, et qui, livrées à elles-mêmes, ne trouveraient pas dans la société une fonction applicable à leur individualité. On

* Très chères sœurs (NdA).
** Très chers enfants (NdA).

les appelle brutalement idiotes et imbéciles. Moi, j'aimerais mieux ce préjugé de certains peuples qui réputent sacrées les personnes ainsi faites. Dieu agit en elles mystérieusement, et il faut respecter Dieu dans l'être qu'il semble vouloir écraser de trop de pensées, ou embarrasser en lui ôtant le fil conducteur du labyrinthe intellectuel.

N'aurons-nous pas un jour une société assez riche et assez chrétienne pour qu'on ne dise plus aux inhabiles : « Tant pis pour toi, deviens ce que tu pourras ! » L'humanité ne comprendra-t-elle jamais que ceux qui ne sont capables que d'aimer sont bons à quelque chose, et que l'amour d'une bête est encore un trésor ?

Pauvre petite sœur Anne-Joseph, tu fis bien de te tourner vers Dieu, qui seul ne rebute pas les élans d'un cœur simple, et, quant à moi, je le remercie de ce qu'il m'a fait aimer en toi cette *sainte simplicité* qui ne pouvait rien donner que de la tendresse et du dévouement. Faites les difficiles, vous autres qui en avez trop rencontré dans ce monde !

J'ai gardé pour la dernière celle des nonnes que j'ai le plus aimée. C'était, à coup sûr, la perle du couvent. Madame *Mary-Alicia Spiring* était la meilleure, la plus intelligente et la plus aimable des cent et quelques femmes, tant vieilles que jeunes, qui habitaient, soit pour un temps, soit pour toujours, le couvent des Anglaises. Elle n'avait pas trente ans lorsque je la connus. Elle était encore très belle, bien qu'elle eût trop de nez et trop peu de bouche. Mais ses grands yeux bleus bordés de cils noirs étaient les plus beaux, les plus francs, les plus doux yeux que j'aie vus de ma vie. Toute son âme généreuse, maternelle et sincère, toute son existence dévouée, chaste et digne, étaient dans ces yeux-là. On eût pu les appeler, en style catholique, des miroirs de pureté. J'ai eu longtemps l'habitude, et je ne l'ai pas tout à fait perdue, de penser à ces yeux-là quand je me sentais, la nuit, oppressée par ces visions effrayantes qui vous poursuivent encore après le réveil.

Je m'imaginais rencontrer le regard de madame Alicia, et ce pur rayon mettait les fantômes en fuite.

Il y avait dans cette personne charmante quelque chose d'idéal ; je n'exagère pas, et quiconque l'a vue un instant à la grille du parloir, quiconque l'a connue quelques jours au couvent, a ressenti pour elle une de ces subites sympathies mêlées d'un profond respect, qu'inspirent les âmes d'élite. La religion avait pu la rendre humble, mais la nature l'avait faite modeste. Elle était née avec le don de toutes les vertus, de tous les charmes, de toutes les puissances que l'idée chrétienne bien comprise par une noble intelligence ne pouvait que développer et conserver. On sentait qu'il n'y avait point de combat en elle et qu'elle vivait dans le beau et dans le bon comme dans son élément nécessaire. Tout était en harmonie chez elle. Sa taille était magnifique et pleine de grâces sous le sac et la guimpe. Ses mains effilées et rondelettes étaient charmantes, malgré une ankylose des petits doigts qui ne se voyait pas habituellement. Sa voix était agréable, sa prononciation d'une distinction exquise dans les deux langues, qu'elle parlait également bien. Née en France d'une mère française, élevée en France, elle était plus Française qu'Anglaise, et le mélange de ce qu'il y a de meilleur dans ces deux races en faisait un être parfait. Elle avait la dignité britannique sans en avoir la roideur, l'austérité religieuse sans la dureté. Elle grondait parfois, mais en peu de mots, et c'étaient des mots si justes, un blâme si bien motivé, des reproches si directs, si nets, et pourtant accompagnés d'un espoir si encourageant, qu'on se sentait courbée, réduite, convaincue, devant elle, sans être ni blessée, ni humiliée, ni dépitée. On l'estimait d'autant plus qu'elle avait été plus sincère, on l'aimait d'autant plus qu'on se sentait moins digne de l'amitié qu'elle vous conservait, mais on gardait l'espoir de la mériter, et on y arrivait certainement, tant cette affection était désirable et salutaire.

Plusieurs religieuses avaient une *fille*, ou plusieurs *filles*, parmi les pensionnaires ; c'est-à-dire que sur la recommandation des parents, ou sur la demande d'un enfant et avec la permission de la supérieure, il y avait une sorte d'adoption maternelle spéciale. Cette maternité consistait en petits soins particuliers, en réprimandes tendres ou sévères à l'occasion. La fille avait la permission d'entrer dans la cellule de sa mère, de lui demander conseil ou protection, d'aller quelquefois prendre le thé avec elle dans l'ouvroir des religieuses, de lui offrir un petit ouvrage à sa fête, enfin de l'aimer et de le lui dire. Tout le monde voulait être la fille de Poulette ou de la mère Alippe. Madame Marie-Xavier avait des filles. On désirait vivement être celle de madame Alicia, mais elle était avare de cette faveur. Secrétaire de la communauté, chargée de tout le travail de bureau de la supérieure, elle avait peu de loisir et beaucoup de fatigue. Elle avait eu une fille bien-aimée, Louise de Courteilles (qui a été depuis madame d'Aure). Cette Louise était sortie du couvent, et personne n'osait espérer de la remplacer.

Cette ambition me vint comme aux gens naïfs qui ne doutent de rien. On se prenait de passion filiale autour de moi pour madame Alicia, mais on n'osait pas le lui dire. J'allai le lui dire tout net et sans m'embarrasser l'esprit du sermon qui m'attendait. « Vous ? me dit-elle, vous, le plus grand diable du couvent ? Mais vous voulez donc me faire faire pénitence ? Que vous ai-je donc fait pour que vous m'imposiez le gouvernement d'une aussi mauvaise tête que la vôtre ? Vous voulez me remplacer, vous, enfant terrible, ma bonne Louise, ma douce et sage enfant ? Je crois que vous êtes folle ou que vous m'en voulez. – Bah, lui répondis-je sans me déconcerter, essayez toujours. Qui sait ? je me corrigerai peut-être, je deviendrai peut-être charmante pour vous faire plaisir ! – À la bonne heure, dit-elle ; si c'est dans l'espoir de vous amender que je vous entreprends, je m'y résignerai peut-être ; mais vous me fournissez là un rude moyen de faire mon salut, et j'en aurais préféré un autre. – Un ange comme Louise de Courteilles ne compte pas pour votre salut, repris-je. Vous n'avez eu aucun mérite avec elle ; vous en auriez beaucoup avec moi. – Mais si, après m'être donné beaucoup de peine, je ne réussis pas à vous rendre sage et pieuse ? Pouvez-vous me promettre de m'aider, au moins ? – Pas trop, répondis-je. Je ne sais pas encore ce que je suis et ce que je peux être. Je sens que je vous aime beaucoup, et je me figure que, de quelque façon que je tourne, vous serez forcée de m'aimer aussi. – Je vois que vous ne manquez pas d'amour-propre. – Oh ! vous verrez que ce n'est pas cela : mais j'ai besoin d'une mère. J'en ai deux en réalité qui m'aiment trop, que j'aime trop, et nous ne nous faisons que du mal les unes aux autres. Je ne peux guère vous expliquer cela, et pourtant vous le comprendriez, vous qui avez votre mère dans le couvent ; mais soyez pour moi une mère à votre manière. Je crois que je m'en trouverai bien. C'est dans mon intérêt que je vous le demande, et je ne m'en fais point accroire. Allons, chère mère, dites oui, car je vous avertis que j'en ai déjà parlé à ma bonne maman et à madame la supérieure, et qu'elles vont vous le demander aussi. »

Madame Alicia se résigna, et mes compagnes, tout étonnées de cette adoption, me disaient : « Tu n'es pas malheureuse, toi ! Tu es un diable incarné, tu ne fais que des sottises et des malices. Pourtant voilà madame Eugénie qui te protège et madame Alicia qui t'aime, tu es née coiffée. – Peut-être ! » disais-je avec la fatuité d'un mauvais sujet.

Mon affection pour cette admirable personne était pourtant plus sérieuse qu'on ne pensait et qu'elle ne le croyait certainement elle-même. Je n'avais jamais senti qu'une passion dans mon petit être, l'amour filial ; cette passion se continuait en moi ; ma véritable mère y répondait tantôt trop, tantôt pas assez, et depuis que j'étais au couvent elle semblait avoir fait vœu de repousser mes élans et de me restituer à moi-même pour ainsi dire. Ma grand-mère me boudait parce que j'avais accepté l'épreuve qu'elle m'avait imposée. Ni l'une ni l'autre n'avait plus de raison que moi. J'avais besoin d'une mère sage, et je commençais à comprendre que l'amour maternel, pour être un refuge, ne doit pas être une passion jalouse. Malgré la dissipation où mon être moral semblait s'être absorbé et comme évaporé, j'avais toujours mes heures de rêverie douloureuse et de sombres réflexions, dont je ne faisais part à personne. J'étais parfois si triste en faisant mes folies, que j'étais forcée de m'avouer malade pour ne pas m'épancher. Mes compagnes anglaises se moquaient de moi et me disaient : *You are low-spirited today ? – What is the matter with you ?** Isabelle avait coutume de répéter quand j'étais jaune et abattue : *She is in her low spirits, in her spiritual absences.* Elle faisait ma charge, je riais et je gardais mon secret.

J'étais diable moins par goût que par laisser-aller. J'aurais tourné à la sagesse si mes diables l'eussent voulu. Je les aimais, ils me faisaient rire, ils m'arrachaient à moi-même ; mais cinq minutes de sévérité de madame Alicia me faisaient plus de bien, parce que, dans cette sévérité, soit amitié particulière, soit charité chrétienne, je sentais un intérêt plus sérieux et plus durable qu'il n'y en avait dans cet échange de gaieté entre mes compagnes et moi. Si j'avais pu vivre à l'ouvroir ou dans la cellule de ma chère mère, au bout de trois jours je n'aurais plus compris qu'on s'amusât sur les toits ou dans les caves.

J'avais besoin de chérir quelqu'un et de le placer dans ma pensée habituelle au-dessus de tous les autres êtres, de rêver en lui la perfection, le calme, la force, la justice ; de vénérer enfin un objet supérieur à moi, et de rendre dans mon cœur un culte assidu à quelque chose comme Dieu ou comme *Corambé.* Ce quelque chose prenait les traits graves et sereins de Marie-Alicia. C'était mon idéal, mon saint amour, c'était la mère de mon choix.

Quand j'avais fait le diable tout le jour, je me glissais le soir dans sa cellule après la prière. C'était une des prérogatives de mon adoption. La prière finissait à huit

* Cette phrase et la suivante ne sont pas littéralement traduisibles : *Vos esprits sont bas* (abattus) *aujourd'hui. Qu'est-ce que vous avez ? – Elle est bas espritée, elle est dans ses absences spirituelles* (NdA).

heures et demie. Nous montions l'escalier de notre dortoir et nous trouvions dans les longs corridors (qu'on appelait dortoirs aussi, parce que toutes les portes des cellules y donnaient) les nonnes alignées sur deux rangs, et rentrant chez elles en psalmodiant à haute voix des prières en latin. Elles s'arrêtaient devant une madone qui était sur le dernier palier, et là elles se séparaient après plusieurs versets et répons. Chacune entrait dans sa cellule sans rien dire, car, entre la prière et le sommeil, le silence leur était imposé.

Mais celles qui avaient une fonction à remplir auprès des malades ou auprès de leurs filles étaient dispensées de s'astreindre à ce règlement. J'avais donc le droit d'entrer chez ma mère entre neuf heures moins un quart et neuf heures. Lorsque neuf heures sonnaient à la grande horloge, il fallait que sa lumière fût éteinte et que je fusse rentrée au dortoir. C'était donc quelquefois cinq ou six minutes seulement qu'elle pouvait m'accorder, encore avec préoccupation et l'oreille attentive aux *quarts*, *demi-quarts* et *avant-quarts* que sonnait la vieille horloge, car madame Alicia était scrupuleusement fidèle à l'observance des moindres règles, et elle n'y eût pas voulu manquer d'une seconde.

« Allons, me disait-elle en m'ouvrant sa porte, que je grattais d'une certaine façon pour me faire admettre, *voilà encore mon tourment* ! » C'était sa formule habituelle, et le ton dont elle la disait était si bon, si accueillant, son sourire était si tendre et son regard si doux, que je me trouvais parfaitement encouragée à entrer. « Voyons, disait-elle, que venez-vous me dire de nouveau ? Auriez-vous été sage, par hasard, aujourd'hui ? – Non. – Mais vous n'êtes pas en bonnet de nuit cependant ? (On sait que c'était la marque de pénitence qui était devenue à peu près adhérente à mon chef.) – Je ne l'ai eu que deux heures, ce soir, disais-je. – Ah ! fort bien ! Et ce matin ? – Ce matin, je l'avais à l'église. Je me suis glissée derrière les autres pour que vous ne le vissiez point. – Ah ! ne craignez rien ! je vous regarde le moins possible, pour ne pas voir ce vilain bonnet. Eh bien, vous l'aurez donc encore demain ? – Oh ! probablement ! – Vous ne voulez donc pas changer ? – Je ne peux pas encore. – Alors qu'est-ce que vous venez faire chez moi ? – Vous voir et me faire gronder. – Ah ! cela vous amuse ? – Cela me fait du bien. – Je ne m'en aperçois pas du tout, et cela me fait du mal, à moi, méchante enfant ! – Ah ! tant mieux ! lui disais-je, cela prouve que vous m'aimez. – Et que vous ne m'aimez pas ! » reprenait-elle.

Alors elle me grondait, et j'avais un grand plaisir à être grondée par elle. « Au moins, me disais-je, voilà une mère qui m'aime pour moi et qui a raison avec moi. » Je l'écoutais avec le recueillement d'une personne bien décidée à se convertir, et pourtant je n'y songeais nullement. « Allons, me disait-elle, vous changerez, je l'espère ; vos sottises vous ennuieront, et Dieu parlera à votre âme. – Le priez-vous beaucoup pour moi ? – Oui, beaucoup. – Tous les jours ? – Tous les jours. – Vous voyez bien que si j'étais sage vous m'aimeriez moins et ne penseriez pas si souvent à moi. »

Elle ne pouvait s'empêcher de rire, car elle avait ce fonds de gaieté qui est le cachet des bons esprits et des bonnes consciences. Elle me prenait par les épaules et me secouait comme pour faire sortir le diable dont j'étais possédée. Puis l'heure sonnait, et elle me jetait à la porte en riant. Et je remontais au dortoir, emportant, comme par influence magnétique, quelque chose de la sérénité et de la candeur de cette belle âme.

Je n'ai dit ces détails que pour compléter le portrait de ma chère Marie-Alicia ; car j'aurai beaucoup à revenir sur mes relations avec elle. J'achève maintenant ma nomenclature en disant que nous avions quatre sœurs converses, dont je ne me rappelle bien que deux, la sœur Thérèse et la sœur Hélène.

*Sister Teresa* était une grande vieille d'un beau type. Elle était gaie, brusque, moqueuse, adorablement bonne. C'est encore un de mes chers souvenirs. C'est elle qui m'avait baptisée *Madcap.* Elle ne savait pas un mot de français et ne pouvait dans aucune langue dire correctement trois paroles. C'était une Écossaise, maigre, forte, très active, vous repoussant toujours de manière à vous attirer, se plaisant aux niches qu'on lui faisait, et capable de vous châtier à coups de balai, tout en riant plus haut que vous. Elle aussi aimait les diables et ne les craignait point.

Elle avait l'emploi de distiller l'eau de menthe, ce qui était une industrie très perfectionnée dans notre couvent. On cultivait la plante dans de grands carrés réservés, au jardin des religieuses. Trois ou quatre fois par an on la fauchait comme une luzerne, et on l'apportait dans une vaste cave qui servait de laboratoire à la sœur Thérèse. Cette cave était située juste audessous de la grande classe, et on y descendait par un large escalier. C'était donc naturellement une de nos premières étapes quand nous partions pour nos escapades. Mais quand la distilleuse était absente, tout était fermé avec le plus grand soin, et quand elle était présente, il ne fallait pas songer à folâtrer au milieu de ses alambics et de ses cornues. On s'arrêtait devant la porte ouverte et on la taquinait en paroles, ce qu'elle acceptait fort bien. Cependant, moi qui savais faire tranquillement mes impertinences, j'arrivai bientôt à pénétrer dans le sanctuaire. Je me tins d'abord pendant quelque temps en observation ; j'aimais à la regarder. Seule dans cette grande cave éclairée par un jour blanc qui du soupirail tombait sur sa robe violette, sur son voile d'un noir grisâtre et sur sa figure accentuée de lignes, terne de couleur comme une terre cuite, elle avait l'air d'une sorcière de Macbeth faisant ses évocations autour des fourneaux. Parfois elle était immobile comme une statue, assise auprès de l'alambic où le précieux breuvage coulait goutte à goutte ; elle lisait la Bible en silence, ou murmurait ses offices d'une voix rauque et monotone. Elle était belle dans sa rude vieillesse comme un portrait de Rembrandt.

Un jour qu'elle était absorbée ou assoupie, j'arrivai jusqu'à elle sur la pointe des pieds, et quand elle me vit au milieu de ses flacons et de tout l'attirail fragile qu'un combat folâtre eût compromis, force lui fut de capituler et de souffrir ma curiosité. Elle était si bonne qu'elle me prit en affection, Dieu sait pourquoi, et que je pus dès lors me glisser souvent à ses côtés. Quand elle vit que je n'étais pas maladroite et que je ne brisais rien, elle se laissa distraire et désennuyer par mes flâneries, et tout en me reprochant de n'être pas à la classe, elle ne me poussa jamais dehors, comme elle faisait des autres. L'odeur de la menthe lui causait des maux d'yeux et des migraines. Je l'aidais à étaler et à remuer son fourrage embaumé, et dans les jours d'été, quand on étouffait dans la classe, je trouvais un bien-être extrême à me réfugier dans cette cave dont le parfum me charmait.

L'autre sœur converse, sœur Hélène, était la maîtresse servante du couvent. Elle faisait les lits au dortoir, balayait l'église, etc. Comme, après madame Alicia, c'est la religieuse qui m'a été la plus chère, je parlerai beaucoup d'elle en temps et lieu ; mais, à la phase de mon récit où je me trouve, je n'ai rien à en dire. Je fus longtemps sans faire la moindre attention à elle.

Les deux autres converses faisaient la cuisine. Ainsi, au couvent comme ailleurs, il y avait une aristocratie et une démocratie. Les *dames de chœur* vivaient en patriciennes. Elles avaient des robes blanches et du linge fin. Les converses travaillaient comme des prolétaires, et leur vêtement sombre était plus grossier. C'étaient de vraies femmes du peuple, sans aucune éducation, et beaucoup moins absorbées par l'église et les offices que par les travaux de ce grand ménage. Elles n'étaient pas en nombre pour y suffire, et il y avait en outre deux servantes séculières, Marie-Anne et Marie-Josèphe, sa nièce, deux créatures excellentes qui me dédommageaient bien de Rose et de Julie.

En général, on était bon comme Dieu dans cette grande famille féminine. Je n'y ai pas rencontré une seule méchante compagne, et parmi les religieuses et les maîtresses, sauf mademoiselle D***, je n'ai trouvé que tendresse ou tolérance. Comment ne chérirais-je pas le souvenir de ces années, les plus tranquilles, les plus heureuses de ma vie ? J'y ai souffert de moi-même au physique et au moral, mais, en aucun temps et en aucun lieu, je n'ai moins souffert de la part des autres.

## XIII

*Départ d'Isabelle pour la Suisse. – Amitié protectrice de Sophie pour moi. – Fannelly. – La liste des affections. – Anna. – Isabelle quitte le couvent. – Fannelly me console. – Retour sur le passé. – Précautions mal entendues des religieuses. – Je fais des vers. – J'écris mon premier roman. – Ma grand-mère revient à Paris. – M. Abraham. – Études sérieuses pour la présentation à la cour. – Je retombe dans mes chagrins de famille. – On me met en présence d'épouseurs. – Visites chez les vieilles comtesses. – On me donne une cellule. – Description de ma cellule. – Je commence à m'ennuyer de la* diablerie. *– La vie des saints. – Saint Siméon le Stylite, saint Augustin, saint Paul. – Le Christ au jardin des Oliviers. – L'Évangile. – J'entre un soir dans l'église.*

Mon premier chagrin à la grande classe fut le départ d'Isabelle. Ses parents l'emmenaient en Suisse avec sa sœur aînée, qui n'était pas au couvent. Isabelle partit, joyeuse de faire un si beau voyage, ne regrettant que Sophie, et faisant fort peu d'attention à mes larmes. J'en fus blessée. J'aimais Sophie et j'en étais doublement jalouse : jalouse, parce qu'elle me préférait Isabelle, jalouse, parce qu'Isabelle me la préférait. J'eus quelques jours de grand chagrin. Mais la jalousie en amitié n'est point mon mal, je la méprise et m'en défends assez bien. Quand je vis Sophie pleurer son amie et dédaigner mes consolations, je ne fis pas la superbe. Je la priai de m'associer à ses regrets, d'être triste avec moi sans se gêner et de me parler d'Isabelle sans jamais craindre de lasser ma patience et mon affection. « Au fait, me dit Sophie en se jetant dans mes bras, je ne sais pas pourquoi nous t'avions traitée comme un enfant, Isabelle et moi. Tu as plus de cœur qu'on ne pense, et je te jure amitié sérieuse. Tu me permettras d'aimer Isabelle avant tout. Elle y a droit par ancienneté ; mais après Isabelle, je sens que c'est toi que j'aime plus que tout le monde ici. »

J'acceptai joyeusement la part qui m'était faite, et je devins l'inséparable de Sophie. Elle fut toujours aimable et charmante ; mais je dois dire que, pour l'élan du cœur et le dévouement complet, je fis toujours les frais de cette amitié ; Sophie était exclusive malgré elle. Son âme ne pouvait se partager. Je l'accusai quelquefois d'ingratitude, puis je sentis que j'avais tort, et, sans la quitter d'une semelle, j'ouvris mon cœur à d'autres amitiés.

Mary partit pour un voyage en Angleterre. Elle devait revenir bientôt, et je ne m'en affectai pas beaucoup, parce que mon entrée à la grande classe nous avait beaucoup séparées, et qu'à son retour elle devait m'y rejoindre. Mais son absence se prolongea. Elle ne revint qu'au bout d'un an et pour rentrer à la petite classe. L'affection qui s'empara de moi me dédommagea de toutes ces pertes, et je trouvai dans Fannelly de Brisac la plus aimante de toutes mes amies.

C'était une petite blonde, fraîche comme une rose et d'une physionomie si vive, si franche, si bonne, qu'on avait du plaisir à la regarder. Elle avait de magnifiques cheveux cendrés qui tombaient en longues boucles sur ses yeux bleus et sur ses joues rondelettes. Comme elle remuait toujours, qu'elle ne savait pas marcher sans courir ni courir sans bondir comme une balle, ce perpétuel flottement de cheveux était la chose la plus gaie du monde. Ses lèvres vermeilles ne savaient que sourire, et comme elle était de Nérac, elle avait un petit accent gascon qui réjouissait l'oreille. Ses sourcils se rejoignaient au-dessus de son petit nez, ses yeux pétillaient comme des étincelles. Elle agissait et entreprenait toujours, elle ne connaissait pas la rêverie. Elle babillait sans désemparer. Elle était tout feu, tout cœur, tout soleil, un vrai type méridional, la plus aimable, la plus vivante, la plus prévenante compagne que j'aie jamais eue.

Elle m'aima la première et me le dit sans savoir comment j'y répondrais. J'y répondis tout de suite et de tout mon cœur, sans savoir où cela me mènerait. Mais ma bonne étoile avait présidé à ce pacte d'inspiration. Je trouvai en elle un trésor de bonté, la douceur d'un ange dans la pétulance d'un démon, un esprit rayonnant de santé morale, une abondance de cœur inépuisable, une complaisance empressée, ingénieuse, active, une droiture et une générosité d'instincts à toute épreuve, un caractère comme on n'en rencontre pas trois dans la vie pour l'unité, l'égalité, la sûreté. Cette personne-là a toujours vécu loin de moi depuis, nous ne nous sommes presque pas écrit. Elle n'était pas *écriveuse*, comme nous disions au couvent ; nous ne nous sommes pas revues. Elle s'est mariée avec un homme très estimable, M. Le Franc de Pompignan, mais dont la religion politique et sociale doit être tout l'opposé de la mienne. Elle doit donc vivre dans un milieu où je suis considérée très probablement comme un suppôt de l'Antéchrist *. Mais, en dépit de tout cela, il y a une chose dont je suis aussi assurée que de ma propre existence, c'est que Fannelly m'aime toujours tendrement et ardemment, c'est qu'aucun nuage n'a passé sur cette irrésistible et complète sympathie que nous avons éprouvée l'une pour l'autre il y a trente ans, c'est qu'elle ne pense jamais à moi sans se dire qu'elle m'aime et sans être certaine que je l'aime aussi. Qui ne l'eût aimée ? Elle n'avait pas un seul défaut, pas un seul travers. À la voir si rieuse, si échevelée, si *en l'air*, on

* Ce n'est pas une raison pour omettre de rappeler la belle action qui s'est passée depuis que ces lignes sont écrites. Sous-préfet à Nérac, M. de Pompignan est descendu dans un puits méphitique où personne n'osait se risquer, pour en retirer de pauvres ouvriers asphyxiés. Parvenu au but de ses efforts, M. de Pompignan, qui par deux fois déjà s'était évanoui, replongeant toujours avec un nouveau courage, faillit payer de sa vie l'admirable dévouement de son cœur (NdA).

eût pu croire qu'elle ne pensait à rien, et cependant elle pensait toujours à vous être agréable ; elle vivait pour ainsi dire de l'affection qu'elle vous portait et du plaisir qu'elle voulait vous donner. Je la vois toujours entrant dans la classe dix fois par jour (car elle savait sortir de classe comme personne), et remuant sa jolie tête blonde à droite et à gauche pour me chercher. Elle était myope, malgré ses beaux yeux. « *Ma tante*, disait-elle, où est donc ma tante ? qu'a-t-on fait de ma tante ? Mesdemoiselles, mesdemoiselles, qui a vu ma tante ? – Eh ! je suis là, lui disais-je. Viens donc auprès de moi.

– Ah ! c'est bien, ma tante ! Tu m'as gardé ma place à côté de toi. C'est bien, c'est bien, nous allons rire. Mais qu'est-ce que tu as, ma tante ? Tu as l'air soucieux ; voyons, dis-moi ce que tu as !

– Mais rien.

– En ce cas, ris donc ; est-ce que tu t'ennuies ? Eh, oui, je parie. Il y a au moins une heure que tu es tranquille. Viens, décampons ; j'ai découvert quelque chose de charmant. »

Et elle m'emmenait battre les buissons dans le jardin, ou les pavés dans le cloître, et elle avait toujours préparé quelque folle surprise pour me divertir. Il n'y avait pas moyen d'être triste ou seulement rêveuse avec elle, et ce qu'il y avait de remarquable dans ce charmant naturel, c'est que son tourbillonnement ne fatiguait jamais. Elle vous arrachait à vous-même et ne vous faisait jamais regretter de vous être laissée aller. Elle était pour moi la santé, la vie de l'âme et du corps. C'était le ciel qui me l'envoyait, à moi qui avais, qui ai toujours eu besoin précisément de l'initiative des autres pour exister.

Je trouvais fort doux d'être aimée ainsi, et je dois ajouter que cette enfant est dans la vie le seul être dont je me sois sentie aimée à toute heure avec la même intensité et la même placidité [86].

Comment fit-elle durant deux années d'intimité pour ne pas se lasser de moi un seul instant ? C'est qu'elle avait une libéralité de cœur tout exceptionnelle. C'est aussi qu'elle avait un esprit peu ordinaire. Elle avait trouvé le secret de me transformer, de me rendre amusante, de m'arracher si bien à mes langueurs et à mes abattements, qu'elle en était venue à me croire vivante comme elle. Elle ne se doutait pas que c'était elle qui me donnait la vie.

On avait au couvent l'enfantine et plaisante habitude d'établir et de respecter le classement de ses amitiés. L'on exigeait cela les unes des autres, ce qui prouve que la femme est née jalouse, et tient à ses droits dans l'affection, à défaut d'autres droits à faire valoir dans la société. Ainsi on dressait la liste de ses relations plus ou moins intimes ; on les classait par ordre, et les initiales des quatre ou cinq noms préférés étaient comme une devise qu'on lisait sur les cahiers, sur les murs, sur les couvercles de pupitre, comme autrefois l'on mettait certains chiffres et certaines couleurs sur ses armes et sur son palefroi. Quand on avait donné la première place, on n'avait pas le droit de la reprendre pour la donner à une autre. L'ancienneté faisait loi. Ainsi ma liste de la grande classe portait invariablement Isabella Clifford en tête, et puis Sophie Cary [87]. Quand vint Fannelly, elle ne put avoir que la troisième place, et bien que Fannelly n'eût pas de meilleures amies que moi, bien qu'elle n'en eût jamais d'autres que les miennes, elle accepta sans jalousie et sans chagrin cette troisième place. Après elle vint Anna Vié, qui eut la quatrième ; et pendant près d'une année je ne formai pas d'autres relations. Le nom de madame Alicia couronnait toujours la liste, elle brillait seule, au-dessus, comme mon soleil. Les initiales de mes quatre compagnes formaient le mot *Isfa*, que je traçais sur tous les objets à mon usage dans la classe, comme une formule cabalistique. Quelquefois je l'entourais d'une auréole de petits *a* pour signifier qu'Alicia remplissait tout le reste de mon cœur. Combien de fois madame Eugénie, qui avec sa vue débile voyait cependant tout, et mettait son petit nez curieux dans toutes nos paperasses, s'est-elle creusé l'esprit pour découvrir ce que signifiait ce mot mystérieux ! Chacune de nous, ayant quelque logogriphe du même genre, lui laissait présumer que nous avions une langue de convention, et qu'à l'aide de ce langage nous conspirions contre son autorité. Mais elle interrogeait vainement. On lui disait que c'étaient des lettres jetées au hasard pour essayer les plumes. Le mystère est une si belle chose quand il ne cache aucun secret !

Anna Vié, ma *quatrième*, était une personne très intelligente, gaie, railleuse, malicieuse, la plus spirituelle du couvent en paroles. Il était impossible de ne pas se plaire avec elle. Elle était laide et pauvre, et ces deux disgrâces dont elle riait sans cesse faisaient son plus grand charme ; orpheline, elle avait pour tout appui un vieil oncle grec, M. de Césarini, qu'elle connaissait peu et craignait beaucoup. Diable au premier chef, rageuse surtout, redoutée pour son ironie, elle avait pourtant un noble et généreux cœur. Sa gaieté brillante cachait un grand fonds d'amertume. Son avenir, qui se présentait toujours à elle sous des couleurs sombres ; son esprit, qui la faisait craindre plus qu'aimer ; ses pauvres petites robes noires, fanées ; sa petite taille, qui ne se développait point, son teint jaune et bilieux, ses petits yeux étranges, tout lui était un sujet de plaisanterie apparente et de douleur secrète. À cause de cela, on la croyait envieuse des avantages des autres. Cela n'était point. Elle avait une grande droiture de jugement, une grande élévation d'idées, et quand elle vous aimait assez pour ne plus rire avec vous, elle pleurait avec noblesse et s'emparait de votre sympathie. Longtemps nous caressâmes ensemble le rêve qu'elle viendrait habiter Nohant quand j'y retournerais. Ma grand-mère souriait à ce projet, mais l'oncle d'Anna, à qui celle-ci en parla d'abord, ne s'y montra pas favorable.

Je l'ai revue une ou deux fois depuis notre séparation. Elle avait épousé un M. Desparbès de Lussan, de la famille de madame de Lussan qui avait été l'amie intime de ma grand-mère. Anna, mariée, n'était plus la même personne. Elle avait grandi, son teint s'était éclairci ; sans être jolie, elle était devenue agréable. Elle habitait la campagne à Ivry. Son mari n'était ni jeune, ni riche, ni *avenant*, mais elle s'en louait beaucoup, et, soit pour lui complaire, soit pour se réconcilier avec son sort qui ne paraissait pas enivrant, elle était devenue dévote, de sceptique très obstinée que je l'avais connue.

Un autre changement qui m'étonna davantage et qui m'affligea fut la contrainte et la froideur de ses manières avec moi. Je n'étais pourtant pas George Sand alors, et je ne songeais guère à le devenir. J'étais encore catholique, et si inconnue en ce monde que personne ne songeait à dire du mal de moi. La réserve de mon ancienne amie ne m'eût peut-être pas empêchée de la revoir, car je croyais deviner qu'elle n'était pas plus heureuse dans le monde qu'au couvent, et qu'elle aurait besoin de s'épancher avec moi quand nous serions seules ; mais je n'habitais point Paris, et les douze ou treize ans que j'ai passés à Nohant après mon mariage ont forcément rompu la plupart de mes relations de couvent. J'ai su qu'Anna avait perdu son mari après quelques années de mariage, et je ne sais pas ce qu'elle est devenue. Puisse-t-elle être heureuse ! Elle avait toujours désespéré de pouvoir l'être, et pourtant elle le méritait beaucoup.

Pendant près d'un an, Sophie, Fannelly, Anna et moi, nous fûmes inséparables. Je fus le lien entre elles ; car avant que Sophie m'eût acceptée pour sa *seconde*, et que les deux autres m'eussent adoptée pour leur *première*, elles n'avaient pas marché ensemble. Notre intimité fut sans nuages. Je souffrais bien un peu des fréquentes *indifférences* de Sophie, qui se croyait obligée d'aimer Isabelle absente plus que moi, tandis que je me croyais obligée d'aimer Isabelle absente et Sophie indifférente plus que Fannelly et Anna, qui m'adoraient généreusement. Mais c'était la règle, la loi. On aurait cru mériter l'odieuse qualification d'inconstante si on eût dérangé l'ordre de la liste. Pourtant je dois dire à ma justification qu'en dépit de la liste, en dépit de l'ancienneté, en dépit des promesses échangées, je ne pouvais m'empêcher de sentir que j'aimais Fannelly plus que toutes les autres, et je lui faisais souvent cet étrange raisonnement : « Par ma volonté tu n'es que ma troisième, mais contre ma volonté tu es ma première et peut-être ma seule. » Elle riait. « Qu'est-ce que cela me fait, me disait-elle, que tu me comptes la troisième, si tu m'aimes comme je t'aime ? va, *ma tante*, je ne t'en demande pas davantage. Je ne suis pas fière, et j'aime celles que tu aimes. » Isabelle revint de Suisse au bout de quelques mois, mais elle vint nous voir pour nous dire adieu : elle quittait définitivement le couvent. Elle partait pour l'Angleterre. J'eus un désespoir complet, d'autant plus que, tout absorbée par Sophie, elle s'apercevait à peine de ma présence et se retourna pour dire : *Qu'a donc cette petite à pleurer comme cela ?* Je trouvai le mot bien dur ; mais comme Sophie lui dit que j'avais été sa consolatrice et qu'elle m'avait prise pour amie, Isabelle s'efforça de me consoler et voulut que je fusse en tiers dans leur promenade. Elle revint nous voir une autre fois, et partit peu de temps après. Elle a fait un riche mariage. Je ne l'ai jamais revue.

Sophie ne se consola pas de cette séparation. Pour moi, dont l'amitié avait été plus courte et moins heureuse, je m'en laissai consoler par ma chère Fannelly, et je fis bien ; car Isabelle n'avait jamais vu en moi qu'un enfant, et d'ailleurs, elle était peut-être plus sentimentale que tendre.

Mon année, presque mes dix-huit mois de *diablerie* s'écoulèrent comme un jour et sans que j'en eusse pour ainsi dire conscience. Sophie et Anna prétendaient s'ennuyer mortellement au couvent, et que ce fût un *genre* ou une réalité, toutes mes compagnes disaient la même chose. Il n'y avait que les dévotes qui se fussent interdit la plainte, et elles n'en paraissaient pas plus gaies. Tous ces enfants avaient été apparemment bien heureux dans leurs familles. Celles qui, comme Anna, n'avaient pas de famille, et dont les jours de sortie n'étaient rien moins que gais, rêvaient un monde de plaisirs, de bals, de délices, de voyages, que sais-je ! tout ce qui était la liberté et l'absence d'occupations réglées. La claustration et la règle sont apparemment ce qu'il y a de plus antipathique à l'adolescence.

Pour moi, si je souffris physiquement de la claustration, je ne m'en aperçus pas au moral ; mon imagination ne devançait pas les années, et l'avenir me faisait plus de peur que d'envie. Je n'ai jamais aimé à regarder devant moi. L'inconnu m'effraye, j'aime mieux le passé qui m'attriste. Le présent est toujours une sorte de compromis entre ce que l'on a désiré et ce que l'on a obtenu. Tel qu'il est, on l'accepte ou on le subit, on sait qu'on a déjà subi ou accepté beaucoup de choses, mais que sait-on de ce qu'on pourra subir ou accepter le lendemain ? Je n'ai jamais voulu me laisser dire ma bonne aventure : je ne crois certes pas à la divination, mais l'avenir matériel me paraît toujours quelque chose de si grave que je n'aime pas qu'on m'en parle, même en rébus et en jongleries. Pour mon compte, je n'ai jamais fait à Dieu qu'une demande dans mes prières ; c'est d'avoir la force de supporter ce qui m'arriverait.

Avec cette disposition d'esprit, qui n'a jamais changé, je me trouvai donc heureuse au couvent plus qu'ailleurs ; car là, personne ne connaissant à fond le passé des autres, personne ne pouvait parler aux autres de ce qui devait leur arriver. Les parents parlent toujours de l'avenir à leurs enfants. Cet avenir de leur progéniture, c'est leur continuel souci, leur tendre et inquiète préoccupation. Ils voudraient l'arranger, l'assurer ; ils y consument toute leur vie, et pourtant la destinée dément et déjoue toutes leurs prévisions. Les enfants ne profitent jamais des recommandations qu'on leur a faites. Certain instinct d'indépendance ou de curiosité les pousse même le plus souvent en sens contraire. Les nonnes n'ont pas le même genre de sollicitude pour les enfants qu'elles élèvent. Pour elles, il n'y a pas d'avenir sur la terre. Elles ne voient que le ciel ou l'enfer, et l'avenir, dans leur langage, s'appelle le salut. Avant même d'être dévote, ce genre d'avenir ne m'effrayait pas comme l'autre. Puisque, selon les catholiques, on est libre de choisir entre le salut et la damnation, puisque la grâce n'est jamais en défaut et que la moindre bonne volonté vous jette dans une voie où les anges mêmes daignent marcher devant vous, je me disais avec une confiance superbe que je ne courais aucun danger, que j'y penserais quand je voudrais, et je ne me pressais pas d'y penser. Je n'étais pas sensible aux considérations d'intérêt personnel. Elles n'ont jamais agi sur moi, même en matière de religion. Je voulais aimer Dieu pour la seule douceur de l'aimer, je ne voulais pas avoir peur de lui ; voilà ce que je disais quand on s'efforçait de m'épouvanter.

Sans réflexion et sans souci de cette vie et de l'autre, je ne songeais qu'à m'amuser, ou, pour mieux dire, je ne songeais même pas à cela ; je ne songeais à rien. J'ai passé les trois quarts de ma vie ainsi, et pour ainsi dire à l'état latent. Je crois bien que je mourrai sans avoir réellement songé à vivre, et pourtant j'aurai vécu à ma manière, car rêver et contempler est une action insensible qui remplit parfaitement les heures et occupe les forces intellectuelles sans les trop user.

Je vivais donc là sans savoir comment et toujours prête à m'amuser comme l'entendraient mes amies. Anna aimait à causer, je l'écoutais. Sophie était rêveuse et triste, je m'attachais à ses pas en silence, ne la troublant pas dans ses méditations, ne la boudant pas quand elle revenait à moi. Fannelly aimait à courir, à rire, à fureter, à organiser toujours quelque diablerie, je devenais tout feu, tout joie, tout mouvement avec elle. Heureusement pour moi, elle s'emparait de moi ; Anna nous suivait par amitié et Sophie par désœuvrement ; alors commençaient des escapades et des vagabondages qui duraient des journées entières. On se donnait rendez-vous dans un coin quelconque, Fannelly, dont la petite bourse était toujours la mieux garnie et qui avait l'art de faire acheter en cachette par le portier tout ce qu'elle voulait, nous préparait sans cesse des surprises de gourmandise. C'était un melon magnifique, des gâteaux, des paniers de cerises ou de raisin, des beignets, des pâtés, que sais-je ! Elle s'ingéniait à nous régaler toujours de quelque chose d'inattendu et de prodigieux. Pendant tout un été, nous ne fûmes nourries que par contrebande, et quelle folle nourriture ! Il fallait avoir quinze ans pour n'en pas tomber malade. De mon côté, j'apportais les friandises que me donnaient madame Alicia et la sœur Thérèse, qui confectionnait elle-même des *dumpleens* et des *puddings* délicieux, et qui m'appelait dans son laboratoire pour en bourrer mes poches.

Mettre en commun nos friandises et les manger en cachette aux heures où l'on ne devait pas manger, c'était une fête, une partie fine et des rires inextinguibles, et des saletés de l'autre monde, comme de lancer au plafond la croûte d'une tarte aux confitures et de la voir s'y coller avec grâce, de cacher des os de poulet au fond d'un piano, de semer des pelures de fruits dans les escaliers sombres pour faire tomber les personnes graves. Tout cela paraissait énormément spirituel, et l'on se grisait à force de rire ; car en fait de boisson nous n'avions que de l'eau ou de la limonade.

La recherche de la *victime* était poursuivie avec ardeur, et j'aurais à raconter bien des déceptions qu'elle nous causa. Mais j'ai déjà raconté trop d'enfantillages, et, je le crains, avec trop de complaisance.

Je ne voudrais pourtant pas avoir oublié que mon but, en retraçant mes souvenirs, est d'intéresser mon lecteur au souvenir de sa propre vie. Déchirerai-je les pages qui précèdent comme puériles et sans utilité ? Non ! la gaieté, l'espièglerie même de l'adolescence, toujours mêlées d'une certaine poésie ou d'une grande activité d'imagination, sont une phase de notre existence que nous ne retraçons jamais sans nous sentir redevenir meilleurs, quand l'âge a passé sur nos têtes. L'adolescence est un âge de candeur, de courage et de dévouement souvent déraisonnable, toujours sincère et spontané ; ce que l'âge nous fait acquérir d'expérience et de jugement est au détriment de cette ingénuité première, qui ferait de nous des êtres parfaits si nous la conservions tout en acquérant la maturité. Faute de raison, ces trésors de la première jeunesse sont perdus ou stériles ; mais en nous reportant à ce temps de prodigalité morale, nous reprenons possession de notre véritable richesse, et nul de nous ne serait capable d'une mauvaise action s'il avait toujours devant les yeux le spectacle de sa première innocence. Voilà pourquoi ces souvenirs sont bons pour tout le monde comme pour moi.

Pourtant j'abrège, car si je voulais rapporter tout ce que je me rappelle avec plaisir et avec une exactitude de mémoire, à certains égards, qui me surprend moi-même, je remplirais tout un volume. Il suffira de dire que je passai longtemps dans cet état de diablerie, ne faisant quoi que ce soit, si ce n'est d'apprendre un peu d'italien, un peu de musique, un peu de dessin, le moins possible, en vérité. Je m'appliquais seulement à l'anglais, que j'avais hâte de savoir parce que la moitié de la vie était manquée au couvent quand on n'entendait pas cette langue. Je commençais aussi à vouloir écrire. Nous en avions toutes la rage, et celles qui manquaient d'imagination passaient leur temps à s'écrire des lettres les unes aux autres : lettres parfois charmantes de tendresse et de naïveté, que l'on nous interdisait sévèrement comme si c'eussent été des billets doux, mais que la prohibition rendait plus actives et plus ardentes.

Disons en passant que la grande erreur de l'éducation monastique est de vouloir exagérer la chasteté. On nous défendait de nous promener deux à deux, il fallait être au moins trois ; on nous défendait de nous embrasser ; on s'inquiétait de nos correspondances innocentes, et tout cela nous eût donné à penser si nous eussions eu en nous-mêmes seulement le germe des mauvais instincts qu'on nous supposait apparemment. Je sais que j'en eusse été fort blessée, pour ma part, si j'eusse compris le motif de ces prescriptions bizarres. Mais la plupart d'entre nous, élevées simplement et chastement dans leurs familles, n'attribuaient ce système de réserve excessive qu'à l'esprit de dévotion, qui restreint l'élan des affections humaines en vue d'un amour exclusif pour le Créateur.

Je commençais donc à écrire, et mon premier essai, comme celui de tous les jeunes cerveaux, prit la forme de l'alexandrin. Je connaissais les règles de la versification et j'y avais toujours fait, contre Deschartres, une opposition obstinée : j'avais parfaitement tort ; il n'y a pas de milieu entre la prose libre et le vers régulier. Je prétendais trouver un terme moyen, rimer de la prose et conserver une sorte de rythme, sans me soucier de la rime et de la césure. Enfin je prenais mes aises, prétendant que la règle était trop rigoureuse et gênait l'élan de la pensée. Je fis ainsi beaucoup de prétendus vers qui eurent grand succès au couvent, où l'on n'était pas difficile, il faut l'avouer. Ensuite il me prit fantaisie d'écrire un roman, et bien que je ne fusse pas du tout dévote alors, ce fut un roman chrétien et dévot.

Ce prétendu roman était plutôt une nouvelle, car il n'avait qu'une centaine de pages. Le héros et l'héroïne se rencontraient, un soir, dans la campagne, aux pieds d'une madone où ils faisaient leurs prières. Ils s'admiraient et s'édifiaient l'un l'autre ; mais, quoiqu'il fût de règle qu'ils devinssent amoureux l'un de l'autre, ils ne le devinrent pas. J'avais résolu, par les conseils de Sophie, de les amener à s'aimer ; mais quand j'en fus là, quand je les eus décrits beaux et parfaits tous les deux, dans un site enchanteur, au coucher du soleil, à l'entrée d'une chapelle gothique ombragée de grands chênes, jamais je ne pus dépeindre les premières émotions de l'amour. Cela n'était point en moi, il ne me vint pas un mot. J'y renonçai. Je les fis ardemment pieux, quoique la piété ne fût pas plus en moi que l'amour ; mais je la comprenais, parce que j'en avais le spectacle sous les yeux, et peut-être d'ailleurs le germe de cet amour-là commençait-il à éclore en moi à mon insu. Tant il y a que mes deux jeunes gens, après plusieurs chapitres de voyages et d'aventures que je ne me rappelle pas du tout, se consacrèrent à Dieu chacun de son côté : la demoiselle prit le voile, et le héros se fit prêtre.

Sophie et Anna trouvèrent mon roman *bien écrit*, et les détails leur plurent. Mais elles déclaraient que *Fitz Gérald* (c'était le nom du héros) était un personnage fort ennuyeux, et que l'héroïne n'était guère plus divertissante. Il y avait une mère qui leur plut davantage ;

mais, en somme, ma prose eut moins de succès que mes vers, et ne me charma point moi-même. Je fis un autre roman, un roman pastoral, que je jugeai plus mauvais que le premier et dont j'allumai le poêle un jour d'hiver. Puis je cessai d'écrire, jugeant que cela ne pourrait jamais m'amuser, et trouvant qu'en comparaison de l'infinie jouissance morale que j'avais goûtée à composer sans écrire, tout serait à jamais stérile et glacé pour moi.

Je continuais toujours, sans l'avoir jamais confié à personne, mon éternel poème de *Corambé*. Mais c'était à bâtons rompus, car au couvent, comme je l'ai dit, le roman était en action, et le sujet, c'était la victime du souterrain, sujet bien plus émouvant que toutes les fictions possibles, puisque nous prenions cette fiction au sérieux.

Ma grand-mère vint au milieu du second hiver que je passai au couvent. Elle repartit deux mois après, et je sortis, en tout, cinq ou six fois. Ma tenue de pensionnaire ne lui plut pas mieux que ma tenue de campagnarde. Je ne m'étais nullement formée aux belles manières. J'étais plus distraite que jamais. Les leçons de danse de M. Abraham, ex-professeur de grâces de Marie-Antoinette, ne m'avaient donné aucune espèce de grâce. Cependant M. Abraham faisait son possible pour nous donner une tenue de cour. Il arrivait en habit carré, jabot de mousseline, cravate blanche à longs bouts, culotte courte et bas de soie noirs, souliers à boucles, perruque à bourse et à frimas, le diamant au doigt, la pochette en main. Il avait environ quatre-vingts ans, toujours mince, gracieux, élégant, une jolie tête ridée, veinée de rouge et de bleu sur un fond jaune, comme une vieille feuille nuancée par l'automne, mais fine et distinguée. C'était le meilleur homme du monde, le plus poli, le plus solennel, le plus convenable. Il donnait leçon par première et seconde division de quinze ou vingt élèves chacune, dans le grand parloir de la supérieure, dont nous franchissions la grille à cette occasion. Là M. Abraham nous démontrait la grâce par raison géométrique, et après les pas d'usage il s'installait dans un fauteuil et nous disait : « Mesdemoiselles, je suis le roi, ou la reine, et comme vous êtes toutes appelées, sans doute, à être présentées à la cour, nous allons étudier les entrées, les révérences et les sorties de la présentation. »

D'autres fois on étudiait des solennités plus habituelles, on représentait un salon de graves personnages. Le professeur faisait asseoir les unes, entrer et sortir les autres, montrait la manière de saluer la maîtresse de la maison, puis la princesse, la duchesse, la marquise, la comtesse, la vicomtesse, la baronne et la présidente, chacune dans la mesure de respect ou d'empressement réservée à sa qualité. On figurait aussi le prince, le duc, le marquis, le comte, le vicomte, le baron, le chevalier, le président, le vidame et l'abbé. M. Abraham faisait tous ces rôles et venait saluer chacune de nous, afin de nous apprendre comment il fallait répondre à toutes ces révérences, reprendre le gant ou l'éventail offert, sourire, traverser l'appartement, s'asseoir, changer de place, que sais-je ! Tout était prévu, même la manière d'éternuer, dans ce code de la politesse française. Nous pouffions de rire, et nous faisions exprès mille balourdises pour le désespérer. Puis, vers la fin de la leçon, pour le renvoyer content, le brave homme (car il y avait barbarie à contrarier tant de douceur et de patience), nous affections toutes les grâces et toutes les mines qu'il nous demandait. C'était pour nous une comédie que nous avions bien de la peine à jouer sans lui rire au nez, mais qui nous apprenait à jouer la comédie tant bien que mal. Il faut croire que la grâce du temps du père Abraham était bien différente de celle d'aujourd'hui ; car, plus nous nous rendions à dessein ridicules et affectées, plus il était satisfait, plus il nous remerciait de notre bonne volonté.

Malgré tant de soins et de théorie, je me tenais toujours voûtée, j'avais toujours des mouvements brusques, des allures naturelles, l'horreur des gants et des profondes révérences. Ma bonne maman me grondait vraiment trop pour ces vices-là. Elle grondait à sa manière, l'excellente femme, d'une voix douce et avec des paroles caressantes. Mais il me fallait un grand effort sur moi-même pour cacher l'ennui et l'impatience que me causaient ces perpétuels petits mécontentements. J'eusse tant voulu lui agréer ! Je n'en venais point à bout. Elle me chérissait, elle ne vivait que pour moi, et il semblait qu'il y eût dans ma simplicité et dans ma malheureuse absence de coquetterie quelque chose qu'elle ne pût accepter, quelque chose d'antipathique qu'elle ne pouvait vaincre, peut-être une sorte de vice originel qui sentait le peuple en dépit de tous ses soins. Pourtant je n'étais pas *butorde* ; ma nature calme et portée à la confiance ne me poussait point à des manières importunes ou grossières. J'étais préoccupée la plupart du temps, Dieu sait de quoi, de rien peut-être le plus souvent. Je n'avais pas de causerie avec ma grand-mère. De quoi parler ? De nos folies, de nos souterrains, de nos paresses, de nos amitiés de couvent ? C'était toujours la même chose, et je ne portais pas mes regards sur le monde et sur l'avenir dont elle eût voulu me voir préoccupée. On me présentait déjà des jeunes gens à marier, et je ne m'en apercevais pas. Quand ils étaient sortis, on me demandait comment je les avais trouvés, et il se trouvait que je ne les avais pas regardés. On me grondait d'avoir pensé à autre chose pendant qu'ils étaient là, à une partie de barres ou à un achat de balles élastiques qui me trottait par la cervelle. Je n'étais pas une nature précoce ; j'avais parlé tard dans ma première enfance, tout le reste fut à l'avenant : ma force physique s'était développée rapidement ; j'avais l'air d'une demoiselle, mais mon cerveau, tout engourdi, tout replié sur lui-même, faisait de moi un enfant, et loin de m'aider à m'endormir dans cette grâce d'état, on cherchait à faire de moi une personne.

Cette grande sollicitude de ma bonne maman venait d'un grand fonds de tendresse. Elle se sentait vieillir et mourir peu à peu. Elle voulait me marier, m'attacher au monde, s'assurer que je ne tomberais pas sous la tutelle de ma mère ; et, dans la crainte de n'en avoir pas le temps, elle s'efforçait de m'inspirer la religion du monde, la méfiance pour ma famille maternelle, l'éloignement pour le milieu plébéien où elle tremblait de me laisser retomber en me quittant. Mon caractère, mes sentiments et mes idées se refusaient à la seconder. Le respect et l'amour enchaînaient ma langue. Elle me prenait tantôt pour une sotte, tantôt pour une rusée. Je n'étais ni l'une ni l'autre. Je l'aimais, et je souffrais en silence.

Ma mère semblait avoir renoncé à m'aider dans cette lutte muette et douloureuse. Elle raillait toujours le grand monde, me caressait beaucoup, m'admirait comme un prodige, et se préoccupait peu de mon avenir. Il semblait qu'elle eût accepté pour elle-même un avenir dont je ne faisais plus partie essentielle. Je me sentais navrée de cette sorte d'abandon, après la passion dont elle m'avait fait vivre dans mon enfance. Elle ne m'emmenait plus chez elle. Je vis ma sœur une ou deux fois en deux ou trois ans. Mes jours de sortie étaient remplis de visites que ma grand-mère me faisait faire avec elle à *ses vieilles comtesses*. Elle voulait apparemment les intéresser à ma jeunesse, me créer des relations, des appuis, parmi celles qui lui survivraient. Ces *dames* continuaient à m'être antipathiques, la seule madame de Pardaillan exceptée. Le soir, nous dînions ou chez les cousins Villeneuve ou chez l'oncle Beaumont. Il fallait rentrer à l'heure où je commençais à me mettre à l'aise avec ma famille. Mes jours de sortie étaient donc lugubres. Le matin, joyeuse et empressée, j'arrivais *chez nous* le cœur plein d'élan et d'impatience. Au bout de trois heures, je devenais triste. Je l'étais davantage en faisant mes adieux ; au couvent seulement je retrouvais du calme et de la gaieté.

L'événement intérieur qui me donna le plus de contentement fut d'obtenir enfin une cellule. Toutes les demoiselles de la grande classe en avaient ; moi seule je restai longtemps au dortoir, parce qu'on craignait mon tapage nocturne. On souffrait mortellement, dans ce dortoir placé sous les toits, du froid en hiver, de la chaleur en été. On y dormait mal, parce qu'il y avait toujours quelque petite qui criait de peur ou de colique au milieu de la nuit. Et puis, n'être pas *chez soi*, ne pas se sentir seul une heure dans la journée ou dans la nuit, c'est quelque chose d'antipathique pour ceux qui aiment à rêver et à contempler. La vie en commun est l'idéal du bonheur entre gens qui s'aiment. Je l'ai senti au couvent, je ne l'ai jamais oublié ; mais il faut à tout être pensant ses heures de solitude et de recueillement. C'est à ce prix seulement qu'il goûte la douceur de l'association.

La cellule qu'on me donna enfin fut la plus mauvaise du couvent. C'était une mansarde située au bout du corps de bâtiment qui touchait à l'église. Elle était contiguë à une toute semblable occupée par Coralie Le Marrois, personne austère, pieuse, craintive et simple dont le voisinage devait, pensait-on, me tenir en respect. Je fis bon ménage avec elle, malgré la différence de nos goûts ; j'eus soin de ne pas troubler sa prière ou son sommeil, et de décamper sans bruit pour aller sur le palier trouver Fannelly et d'autres babilleuses, avec qui l'on errait une partie de la nuit dans le grenier *aux oignons* et dans les tribunes de l'orgue. Il nous fallait passer devant la chambre de Marie-Josèphe, la bonne du couvent ; mais elle avait un excellent sommeil.

Ma cellule avait environ dix pieds de long sur six de large. De mon lit, je touchais avec ma tête le plafond en soupente. La porte, en ouvrant, rasait la commode placée vis-à-vis, auprès de la fenêtre, et pour fermer la porte il fallait entrer dans l'embrasure de cette fenêtre, composée de quatre petits carreaux, et donnant sur une gouttière en auvent qui me cachait la vue de la cour. Mais j'avais un horizon magnifique. Je dominais une partie de Paris par-dessus la cime des grands marronniers du jardin. De vastes espaces de pépinières et de jardins potagers s'étendaient autour de notre enclos. Sauf la ligne bleue de monuments et de maisons qui fermait l'horizon, je pouvais me croire, non pas à la campagne, mais dans un immense village. Le campanile du couvent et les constructions basses du cloître servaient de repoussoir au premier plan. La nuit, au clair de la lune, c'était un tableau admirable. J'entendais sonner de près l'horloge, et j'eus quelque peine à m'y habituer pour dormir, mais peu à peu ce fut un plaisir pour moi d'être doucement réveillée par ce timbre mélancolique, et d'entendre au loin les rossignols reprendre bientôt après leur chant interrompu.

Mon mobilier se composait d'un lit en bois peint, d'une vieille commode, d'une chaise de paille, d'un méchant tapis de pied, et d'une petite harpe Louis XV, extrêmement jolie, qui avait brillé jadis entre les beaux bras de ma grand-mère, et dont je jouais un peu en chantant. J'avais la permission d'étudier cette harpe dans ma cellule ; c'était un prétexte pour y passer tous les jours une heure en liberté, et, quoique je n'étudiasse pas du tout, cette heure de solitude et de rêverie me devint précieuse. Les moineaux, attirés par mon pain, entraient sans frayeur chez moi et venaient manger jusque sur mon lit. Quoique cette pauvre cellule fût un four en été, et littéralement une glacière en hiver (l'humidité des toits se gelant en stalactites à mon plafond disjoint), je l'ai aimée avec passion, et je me souviens d'en avoir ingénument baisé les murs en la quittant, tellement je m'y étais attachée. Je ne saurais dire quel monde de rêveries semblait lié pour moi à cette petite niche poudreuse et misérable. C'est là seulement que je me retrouvais et que je m'appartenais. Le jour, je n'y pensais à rien ; je regardais les nuages, les branches des arbres, le vol des hirondelles. La nuit, j'écoutais les rumeurs lointaines et confuses de la grande cité qui venaient comme un râle expirant se mêler aux bruits rustiques du faubourg. Dès que le jour paraissait, les bruits du couvent s'éveillaient et couvraient fièrement ces mourantes clameurs. Nos coqs se mettaient à chanter, nos cloches sonnaient matines ; les merles du jardin répétaient à satiété leur phrase matinale ; puis les voix monotones des religieuses psalmodiaient l'office et montaient jusqu'à moi à travers les couloirs et les mille fissures de la masure sonore. Les pourvoyeurs de la maison élevaient dans la cour, située en précipice au-dessous de moi, des voix rauques et rudes qui contrastaient avec celles des nonnes ; et enfin l'appel strident de l'éveilleuse Marie-Josèphe courant de chambre en chambre, et faisant grincer les verrous des dortoirs, mettait fin à ma contemplation auditive.

Je dormais peu. Je n'ai jamais su dormir à point. Je n'en avais envie que quand il fallait songer à s'éveiller. Je rêvais à Nohant ; c'était devenu dans ma pensée un paradis, et cependant je n'avais point de hâte d'y retourner, et quand ma grand-mère prononça que je n'aurais pas de vacances, parce que, ne devant pas rester de nombreuses années au couvent, il les fallait faire aussi complètes que possible pour mes études, je me soumis sans chagrin, tant je craignais de retrouver à Nohant les chagrins qui me l'avaient fait quitter sans regret.

Ces études, auxquelles ma bonne maman sacrifiait le plaisir de me voir, étaient à peu près nulles. Elle ne tenait qu'aux leçons d'agrément, et depuis que j'étais diable, je n'aimais plus à m'occuper. Cela m'ennuyait bien quelquefois, cette oisiveté errante, mais le moyen de s'en déshabituer quand on s'y est laissé longtemps endormir !

Enfin vint le temps où une grande révolution devait s'opérer en moi. Je devins dévote : cela se fit tout d'un coup, comme une passion qui s'allume dans une âme ignorante de ses propres forces. J'avais épuisé pour ainsi dire la paresse et la complaisance envers mes diables, le mouvement, la rébellion muette et systématique contre la discipline. Le seul amour violent dont j'eusse vécu, l'amour filial, m'avait comme lassée et brisée. J'avais une sorte de culte pour madame Alicia, mais c'était un amour tranquille ; il me fallait une passion ardente. J'avais quinze ans. Tous mes besoins étaient dans mon cœur, et mon cœur s'ennuyait, si l'on peut ainsi parler. Le sentiment de la personnalité ne s'éveillait pas en moi. Je n'avais pas cette sollicitude immodérée pour ma personne, que j'ai vue se développer à l'âge que j'avais alors chez presque toutes les jeunes filles que j'ai connues. Il me fallait aimer hors de moi, et je ne connaissais rien sur la terre que je pusse aimer de toutes mes forces.

Cependant je ne cherchai point Dieu. L'idéal religieux, et ce que les chrétiens appellent la grâce, vint me trouver et s'emparer de moi comme par surprise. Les sermons des nonnes et des maîtresses n'agirent aucunement sur moi. Madame Alicia elle-même ne m'influença point d'une manière sensible. Voici comment la chose arriva ; je la raconterai sans l'expliquer, car il y a dans ces soudaines transformations de notre esprit un mystère qu'il ne nous appartient pas toujours de pénétrer nous-mêmes.

Nous entendions tous les matins la messe, à sept heures ; nous retournions à l'église à quatre heures et nous y passions une demi-heure, consacrée pour les pieuses à la méditation, à la prière ou à quelque sainte lecture. Les autres bâillaient, sommeillaient ou chuchotaient quand la maîtresse n'avait pas les yeux sur elles. Par désœuvrement, je pris un livre qu'on m'avait donné et que je n'avais pas encore daigné ouvrir. Les feuillets étaient collés encore par l'enluminage de la tranche ; c'était un abrégé de la Vie des saints. J'ouvris au hasard. Je tombai sur la légende excentrique de saint Siméon le Stylite, dont Voltaire s'est beaucoup moqué, et qui ressemble à l'histoire d'un fakir indien plus qu'à celle d'un philosophe chrétien. Cette légende me fit sourire d'abord, puis son étrangeté me surprit, m'intéressa ; je la relus plus attentivement, et j'y trouvai plus de poésie que d'absurdité. Le lendemain je lus une autre histoire, et le surlendemain j'en dévorai plusieurs avec un vif intérêt. Les miracles me laissaient incrédule, mais la foi, le courage, le stoïcisme des confesseurs et des martyrs m'apparaissaient comme de grandes choses et répondaient à quelque fibre secrète qui commençait à vibrer en moi.

Il y avait au fond du chœur un superbe tableau du Titien que je n'ai jamais pu bien voir. Placé trop loin des regards et dans un coin privé de lumière, comme il était très noir par lui-même, on ne distinguait que des masses d'une couleur chaude sur un fond obscur. Il représentait Jésus au jardin des Oliviers, au moment où il tombe défaillant dans les bras de l'ange. Le Sauveur était affaissé sur ses genoux, un de ses bras étendu sur ceux de l'ange qui soutenait sur sa poitrine cette belle tête éperdue et mourante. Ce tableau était placé vis-à-vis de moi, et à force de le regarder je l'avais deviné plutôt que compris. Il y avait un seul moment dans la journée où j'en saisissais à peu près les détails, c'était, en hiver, lorsque le soleil sur son déclin jetait un rayon sur la draperie rouge de l'ange et sur le bras nu et blanc du Christ. Le miroitement du vitrage rendait éblouissant ce moment fugitif, et à ce moment-là j'éprouvais toujours une émotion indéfinissable, même au temps où je n'étais pas dévote et où je ne pensais pas devoir jamais le devenir.

Tout en feuilletant la Vie des saints, mes regards se reportèrent plus souvent sur le tableau ; c'était en été, le soleil couchant ne l'illuminait plus à l'heure de notre prière, mais l'objet contemplé n'était plus aussi nécessaire à ma vue qu'à ma pensée. En interrogeant machinalement ces masses grandioses et confuses, je cherchais le sens de cette agonie du Christ, le secret de cette douleur volontaire si cuisante, et je commençais à y pressentir quelque chose de plus grand et de plus profond que ce qui m'avait été expliqué ; je devenais profondément triste moi-même, et comme navrée d'une pitié, d'une souffrance inconnues. Quelques larmes venaient au bord de ma paupière, je les essuyais furtivement, ayant honte d'être émue sans savoir pourquoi. Je n'aurais pas pu dire que c'était la beauté de la peinture, puisqu'on la voyait tout juste assez pour pouvoir dire que cela avait l'air de quelque chose de beau.

Un autre tableau, plus visible et moins digne d'être vu, représentait saint Augustin sous le figuier, avec le rayon miraculeux sur lequel était écrit le fameux *Tolle, lege*, ces mystérieuses paroles que le fils de Monique crut entendre sortir du feuillage, et qui le décidèrent à ouvrir le livre divin des Évangiles[88]. Je cherchai la Vie de saint Augustin, qui m'avait été vaguement racontée au couvent, où ce saint, patron de l'ordre, était en particulière vénération. Je me plus extraordinairement à cette histoire, qui porte avec elle un grand caractère de sincérité et d'enthousiasme. De là, je passai à celle de saint Paul, et le *cur me persequeris ?*[89] me fit une impression terrible. Le peu de latin que Deschartres m'avait appris me servait à comprendre une partie des offices, et je me mis à les écouter et à trouver dans les psaumes récités par les religieuses une poésie et une simplicité admirables. Enfin il se passa tout à coup huit jours où la religion catholique m'apparut comme une étude intéressante.

Le *Tolle, lege*, me décida enfin à ouvrir l'Évangile et à le relire attentivement. La première impression ne fut pas vive. Le livre divin n'avait point l'attrait de la nouveauté. Déjà j'en avais goûté le côté simple et admirable ; mais ma grand-mère avait si bien conspiré pour me faire trouver les miracles ridicules, et elle m'avait tant répété les facéties de Voltaire sur l'esprit malin, transporté du corps d'un possédé à celui d'un troupeau de cochons[90], enfin elle m'avait si bien mise en garde contre l'entraînement, que je me défendis par habitude et restai froide en relisant l'agonie et la mort de Jésus.

Le soir de ce même jour, je battais tristement le pavé des cloîtres, à la nuit tombante. On était au jardin, j'étais hors de la vue des surveillantes, en fraude comme toujours ; mais je ne songeais pas à faire d'espiègleries, et ne souhaitais point me trouver avec mes camarades. Je m'ennuyais. Il n'y avait plus rien à inventer en fait de diablerie. Je vis passer quelques religieuses et quelques pensionnaires qui allaient prier et méditer dans l'église isolément, comme c'était la coutume des plus ferventes aux heures de récréation. Je songeai bien à verser de l'encre dans le bénitier ; mais cela avait été fait : à pendre Whisky par la patte à la corde de la sonnette des cloîtres : c'était usé. Je m'avouai que mon existence désordonnée touchait à sa fin, qu'il me fallait entrer dans une nouvelle phase : mais laquelle ? Devenir *sage* ou *bête* ? Les sages étaient trop froides, les bêtes trop lâches. Mais les dévotes, les ferventes, étaient-elles heureuses ? Non, elles avaient la dévotion sombre et comme malade. Les *diables* leur créaient mille contrariétés, mille indignations, mille colères mal rentrées. Leur vie était un supplice, une lutte entre le ridicule et le relâchement. D'ailleurs il en est de la foi comme de l'amour. Quand on la cherche, on ne la trouve pas, on la trouve au moment où l'on s'y attend le moins. Je ne savais pas cela, mais ce qui m'éloignait de la dévotion, c'était la crainte d'y arriver par un esprit de calcul, par un sentiment d'intérêt personnel.

« D'ailleurs n'a pas la foi qui veut, me disais-je. Je ne l'ai pas, je ne l'aurai jamais. J'ai fait aujourd'hui le dernier effort : j'ai lu le livre même, la vie et la doctrine du Rédempteur ! je suis restée calme. Mon cœur restera vide. »

En devisant ainsi avec moi-même, je regardais passer dans l'obscurité, comme des spectres, des ferventes qui s'en allaient furtivement répandre leurs âmes aux pieds de ce Dieu d'amour et de contrition. La curiosité me vint de savoir dans quelle attitude et avec quel recueillement elles priaient ainsi dans la solitude ; par exemple, une vieille locataire bossue qui s'en allait, toute petite et difforme, dans les ténèbres, plus semblable à une sorcière courant au sabbat qu'à une vierge sage ! « Voyons, me dis-je, comment ce petit monstre va se tordre sur son banc ! Cela fera rire les diables quand je leur en ferai la description. »

Je la suivis, je traversai avec elle la salle du chapitre, j'entrai dans l'église. On n'y allait point à ces heures-là sans permission, et c'est ce qui me décida à y aller. Je ne dérogeais point à ma dignité de diable en entrant là par contrebande. Il est assez curieux que la première fois que j'entrai de mon propre mouvement dans une église, ce fut pour faire acte d'indiscipline et de moquerie.

# XIV

Tolle, lege. – *La lampe du sanctuaire.* – *Invasion étrange du sentiment religieux.*

À peine eus-je mis le pied dans l'église, que j'oubliai ma vieille bossue. Elle trotta et disparut comme un rat dans je ne sais quelle fente de la boiserie. Mes regards ne la suivirent pas. L'aspect de l'église pendant la nuit m'avait saisie et charmée. Cette église, ou plutôt cette chapelle, n'avait rien de remarquable qu'une propreté exquise. C'était un grand carré long, sans architecture, tout blanchi à neuf, et plus semblable, pour la simplicité, à un temple anglican qu'à une église catholique. Il y avait, comme je l'ai dit, quelques tableaux au fond du chœur ; l'autel, fort modeste, était orné de beaux flambeaux, de fleurs toujours fraîches et de jolies étoffes. La nef était divisée en trois parties : le chœur, où n'entraient que les prêtres et quelques personnes du dehors par permission spéciale, aux jours de fête *; l'avant-chœur, où se tenaient les pensionnaires, les servantes et les locataires ; l'arrière-chœur ou le chœur des dames, où se tenaient les religieuses. Ce dernier sanctuaire était parqueté, ciré tous les matins, de même que les stalles des nonnes, qui suivaient en hémicycle la

* Quelquefois les mêmes prêtres qui officiaient, tantôt dans notre chapelle, tantôt dans celle des Écossais, amenaient chez nous, pour servir la messe, quelque pieux élève, fier de remplir l'office d'enfant de chœur. Je me souviens d'avoir vu là plusieurs fois, sous la robe de pourpre et le blanc surplis, le frère d'une de nos plus belles compagnes, qui était aussi un des plus beaux garçons du collège voisin. C'était celui qu'on a appelé depuis dans le monde le *beau Dorsay*, et que je n'ai connu que peu de temps avant sa mort, alors que, plein de généreuse sollicitude pour les victimes politiques, jusque sur son lit d'agonie, il était le noble et courageux Dorsay. Sa sœur, la belle et bonne Ida Dorsay, était sortie du couvent lorsque j'y entrai, mais elle y venait souvent voir ses anciennes amies. Elle a épousé le comte de Guiche ; elle est aujourd'hui duchesse de Gramont (NdA).

muraille du fond, et qui étaient en beau noyer brillant comme une glace. Une grille de fer à petites croisures, avec une porte semblable, qu'on ne fermait pourtant jamais, entre les religieuses et nous, séparaient ces deux nefs. De chaque côté de cette porte, de lourds piliers de bois cannelés d'un style rococo soutenaient l'orgue et la tribune découverte, qui formait comme un jubé élevé entre les deux parties de l'église. Ainsi, contre l'usage, l'orgue se trouvait isolé et presque au centre du vaisseau, ce qui doublait la sonorité et l'effet des voix quand nous chantions des chœurs ou des motets aux grandes fêtes. Notre avant-chœur était pavé de sépultures, et sur les grandes dalles on lisait l'épitaphe des antiques doyennes du couvent, mortes avant la Révolution ; plusieurs personnages ecclésiastiques et mêmes laïques du temps de Jacques Stuart, certains *Throckmorton*, entre autres, gisaient là sous nos pieds, et l'on disait que quand on allait dans l'église à minuit, tous ces morts soulevaient leurs dalles avec leurs têtes décharnées, et vous regardaient avec des yeux ardents pour vous demander des prières.

Pourtant, malgré l'obscurité qui régnait dans l'église, l'impression que j'y ressentis n'eut rien de lugubre. Elle n'était éclairée que par la petite lampe d'argent du sanctuaire, dont la flamme blanche se répétait dans les marbres polis du pavé, comme une étoile dans une eau immobile. Son reflet détachait quelques pâles étincelles sur les angles des cadres dorés, sur les flambeaux ciselés de l'autel et sur les lames d'or du tabernacle. La porte placée au fond de l'arrière-chœur était ouverte à cause de la chaleur, ainsi qu'une des grandes croisées qui donnaient sur le cimetière. Les parfums du chèvrefeuille et du jasmin couraient sur les ailes d'une fraîche brise. Une étoile perdue dans l'immensité était comme encadrée par le vitrage et semblait me regarder attentivement. Les oiseaux chantaient ; c'était un calme, un charme, un recueillement, un mystère, dont je n'avais jamais eu l'idée.

Je restai en contemplation sans songer à rien. Peu à peu les rares personnes éparses dans l'église se retirèrent doucement. Une religieuse agenouillée au fond de l'arrière-chœur resta la dernière, puis ayant assez médité, et voulant lire, elle traversa l'avant-chœur et vint allumer une petite bougie à la lampe du sanctuaire. Lorsque les religieuses entraient là, elles ne se bornaient pas à saluer en pliant le genou jusqu'à terre, elles se prosternaient littéralement devant l'autel, et restaient un instant comme écrasées, comme anéanties devant le Saint des saints. Celle qui vint en ce moment était grande et solennelle. Ce devait être madame Eugénie, madame Xavier ou madame Monique. Nous ne pouvions guère reconnaître ces dames à l'église, parce qu'elles n'y entraient que le voile baissé et la taille entièrement cachée sous un grand manteau d'étamine noire qui traînait derrière elles.

Ce costume grave, cette démarche lente et silencieuse, cette action simple mais gracieuse d'attirer à elle la lampe d'argent en élevant le bras pour en saisir l'anneau, le reflet que la lumière projeta sur sa grande silhouette noire lorsqu'elle fit remonter la lampe, sa longue et profonde prosternation sur le pavé avant de reprendre, dans le même silence et avec la même lenteur, le chemin de sa stalle, tout, jusqu'à l'incognito de cette religieuse qui ressemblait à un fantôme prêt à percer les dalles funéraires pour rentrer dans sa couche de marbre, me causa une émotion mêlée de terreur et de ravissement. La poésie du saint lieu s'empara de mon imagination, et je restai encore après que la nonne eut fait sa lecture et se fut retirée.

L'heure s'avançait, la prière était sonnée, on allait fermer l'église. J'avais tout oublié. Je ne sais ce qui se passait en moi. Je respirais une atmosphère d'une suavité indicible, et je la respirais par l'âme plus encore que par les sens. Tout à coup je ne sais quel ébranlement se produisit dans tout mon être, un vertige passe devant mes yeux comme une lueur blanche dont je me sens enveloppée. Je crois entendre une voix murmurer à mon oreille : *Tolle, lege*. Je me retourne, croyant que c'est Marie-Alicia qui me parle. J'étais seule.

Je ne me fis pas d'orgueilleuse illusion, je ne crus point à un miracle. Je me rendis fort bien compte de l'espèce d'hallucination où j'étais tombée. Je n'en fus ni enivrée ni effrayée. Je ne cherchai ni à l'augmenter ni à m'y soustraire. Seulement, je sentis que la foi s'emparait de moi, comme je l'avais souhaité, par le cœur. J'en fus si reconnaissante, si ravie, qu'un torrent de larmes inonda mon visage. Je sentis encore que j'aimais Dieu, que ma pensée embrassait et acceptait pleinement cet idéal de justice, de tendresse et de sainteté que je n'avais jamais révoqué en doute, mais avec lequel je ne m'étais jamais trouvée en communication directe ; je sentis enfin cette communication s'établir soudainement, comme si un obstacle invincible se fût abîmé entre le foyer d'ardeur infinie et le feu assoupi dans mon âme. Je voyais un chemin vaste, immense, sans bornes, s'ouvrir devant moi ; je brûlais de m'y élancer. Je n'étais plus retenue par aucun doute, par aucune froideur. La crainte d'avoir à me reprendre, à railler en moi-même au lendemain la fougue de cet entraînement ne me vint pas seulement à la pensée. J'étais de ceux qui vont sans regarder derrière eux, qui hésitent longtemps devant un certain Rubicon à passer, mais qui, en touchant la rive, ne voient déjà plus celle qu'ils viennent de quitter.

« Oui, oui, le voile est déchiré, me disais-je, je vois rayonner le ciel, j'irai ! Mais avant tout, rendons grâce !

« À qui ? comment ? Quel est ton nom ? disais-je encore au dieu inconnu qui m'appelait à lui. Comment te prierai-je ? Quel langage digne de toi et capable de te manifester mon amour mon âme pourra-t-elle te parler ? Je l'ignore ; mais n'importe, tu lis en moi ; tu vois bien que je t'aime. » Et mes larmes coulaient comme une pluie d'orage, mes sanglots brisaient ma poitrine, j'étais tombée derrière mon banc. J'arrosais littéralement le pavé de mes pleurs.

La sœur qui venait fermer l'église entendit gémir et pleurer ; elle chercha, non sans frayeur, et vint à moi sans me reconnaître, sans que je la reconnusse moi-même sous son voile et dans les ténèbres. Je me levai vite, et sortis sans songer à la regarder ni à lui parler. Je remontai à tâtons dans ma cellule ; c'était un voyage. La maison était si bien agencée en corridors et en escaliers, que pour aller de l'église à cette cellule, qui touchait à l'église même, il me fallait faire des détours et des circuits qui prenaient au moins cinq minutes en grimpant vite. Le dernier escalier tournant, quoique assez large et peu rapide, était si déjeté qu'il était impossible de le franchir sans précaution et sans bien se tenir à la corde qui servait de rampe ; à la descente, il vous précipitait en avant malgré qu'on en eût.

On avait fait la prière sans moi à la classe ; mais j'avais mieux prié que personne ce soir-là. Je m'endormis brisée de fatigue, mais dans un état de béatitude indicible. Le lendemain, *la comtesse*, qui, par hasard, avait remarqué mon absence de la prière, me demanda où j'avais passé la soirée. Je n'étais pas menteuse, et lui répondis sans hésiter : *À l'église*. Elle me regarda d'un air de doute, vit que je disais vrai et garda le silence. Je ne fus point punie ; je ne sais quelles réflexions cette bizarrerie de ma part lui suggéra.

Je ne cherchai pas madame Alicia pour lui ouvrir mon cœur. Je ne fis aucune déclaration à mes amies les diables. Je ne me sentais pas pressée de divulguer le secret de mon bonheur. Je n'en avais pas la moindre honte. Je n'eus aucune espèce de combat à livrer contre ce que les dévots appellent le *respect humain* : mais j'étais comme avare de ma joie intérieure. J'attendais avec impatience l'heure de la méditation à l'église. J'avais encore dans l'oreille le *Tolle, lege !* de ma veillée d'extase. Il me tardait de relire le livre divin ; et cependant je ne l'ouvris point. J'y rêvais, je le savais presque par cœur, je le contemplais pour ainsi dire en moi-même. Le côté miraculeux qui m'avait choquée ne m'occupa plus. Non seulement je n'avais plus besoin d'examiner, mais je sentais comme du mépris pour l'examen ; après l'émotion puissante que j'avais goûtée dans sa plénitude, je me disais qu'il eût fallu être folle, ou sottement ennemie de soi-même, pour chercher à analyser, à commenter, à discuter la source de pareilles délices.

À partir de ce jour, toute lutte cessa, ma dévotion eut tout le caractère d'une passion. Le cœur une fois pris, la raison fut mise à la porte avec résolution, avec une sorte de joie fanatique. J'acceptai tout, je crus à tout, sans combats, sans souffrance, sans regret, sans fausse honte. Rougir de ce qu'on adore, allons donc ! Avoir besoin de l'assentiment d'autrui pour se donner sans réserve à ce qu'on sent parfait et chérissable de tous points ! Je n'avais rien de plus excellent qu'une autre dans le caractère ; mais je n'étais point lâche, je n'aurais pas pu l'être, l'eussé-je essayé [91].

# Notes

## Notes de la première partie

1. Dans les pages qui suivent, Sand va construire son propos en répondant à ces biographies erronées. Selon G. Lubin, il s'agit surtout de différents articles parus en Angleterre et en Allemagne. Dans le passage que nous avons cité en introduction (voir p. 29-30) de l'importante lettre du 23 décembre 1843 à son ami Charles Poncy, Sand avait précisé ses griefs (à teneur politique) contre de tels textes.

2. Rappelons ici que Sand parle d'expérience : elle est l'auteur de plus de quatre-vingts romans, dont près de la moitié sont déjà parus quand, en 1847, elle écrit ces lignes. La différenciation entre personnages de fiction et personnes réelles est un sujet privilégié de sa réflexion sur l'art romanesque. On en retrouvera la formulation dans la suite d'*Histoire de ma vie* (II, 15) : n'étant pas de fiction, ce récit impose en effet une difficulté neuve à la romancière, celle de composer avec des personnalités qui ne sont pas, par principe, « logiques », « complètes », « idéales ». Voir plus loin note 74, p. 620.

3. De ces « modèles hors de portée » qui hantent habituellement l'imaginaire romantique comme autant de figures de l'homme fatal, Manfred est sans doute celui dont le nom est devenu le moins familier à la culture commune. Héros du drame éponyme de lord Byron (*Manfred*, 1817), Manfred a tué celle qu'il aimait (« My embrace was fatal ») ; il erre solitaire dans les Alpes, comme un maudit, échouant à se tuer et ne trouvant pas l'oubli. Avant de mourir, il défiera les démons venus pour l'emporter.

4. G. Lubin suggère de manière convaincante de voir ici une allusion à Chateaubriand. Il rapproche en effet ce passage d'un extrait de la correspondance où Sand écrit, le 18 décembre 1848 : « Je lis les *Mémoires d'outre-tombe* et je m'impatiente de tant de grandes poses et de draperies. » Chateaubriand est mort le 4 juillet 1848 ; ses *Mémoires d'outre-tombe* paraissent en feuilleton dans *La Presse* (comme six ans plus tard *Histoire de ma vie*) du 21 octobre 1848 au 3 juillet 1850.

5. L'édition en feuilletons dans *La Presse* donne une variante intéressante modifiant la fin de la phrase : « mais encore de s'entretenir longtemps avec soi-même ». Toutes les éditions en volumes cependant (dès 1854) ainsi que le manuscrit indiquent « de s'en entretenir ».

6. Écrites entre 1834 et 1836, publiées au fur et à mesure dans la *Revue des deux mondes*, les *Lettres d'un voyageur* furent réunies dans un recueil en 1837. Les douze textes qui le composent ont certes forme de lettres, privées ou publiques, adressées à des amis. Mais ces lettres apparaissent surtout comme autant d'essais (esthétiques, moraux, politiques…), comme des lieux où s'éprouve une écriture libre en quête de dire le monde et soi. Seulement quatre des douze lettres sont, au sens propre, d'un « voyageur » (en Italie et en Suisse) ; sinon le voyage est plutôt métaphorique, accompli par l'auteur en soi et autour de soi et reliant entre elles les préoccupations les plus diverses. Les *Lettres d'un voyageur* « rassemblent en gerbe, alors que le romantisme n'en est qu'à son printemps, tout ce que celui-ci a été : sentimental, politique, poétique, mystique, musical, etc. », écrit Henri Bonnet en introduction à l'édition GF-Flammarion qu'il en a donnée en 1971). C'est pourquoi elles peuvent être lues comme « un véritable traité de poétique sandienne et romantique » (Nicole Mozet, *George Sand, écrivain de romans*, Christian Pirot éditeur, 1997). Sand reviendra plus précisément sur le projet d'écriture de ces lettres par la suite (V, 7).

7. Sand passe ici en revue différents modèles disponibles pour l'écriture de soi. Elle vient d'évoquer celui des Mémoires historiques, qui bénéficie d'une longue tradition aristocratique : dans la première moitié du XIXe siècle, cette tradition demeure très vivace (on pense bien sûr à Chateaubriand, mais nombre de ses contemporains ont rédigé des Mémoires pour laisser un témoignage de leur expérience de la Révolution et de l'Empire). Sand va évoquer ensuite un second modèle, dont elle se sent plus proche, celui des « confessions » (de l'« autobiographie », si l'on emploie le terme aujourd'hui propre mais qui, tout au long du XIXe siècle, n'est jamais vraiment parvenu à se faire admettre). L'évocation de ce modèle amènera Sand, quelques pages plus loin, à préciser dans quelle filiation elle inscrit *Histoire de ma vie* : en faisant une allusion rapide et convenue aux *Confessions* de saint Augustin (rédigées de 397 à 401) et en menant, surtout, une réflexion précise et argumentée sur les *Confessions* de Jean-Jacques Rousseau (dont la première édition, posthume, est en deux parties, 1782 et 1789).

8. Cette anecdote est fortement mise en valeur dans les *Confessions* puisqu'elle est narrée dès le livre I, dans des pages où Rousseau évoque son rapport tourmenté à l'argent. Pour illustrer ce propos, il raconte comment, une fois, il se laissa inviter à l'Opéra par « M. de Francueil », avant de s'échapper *in extremis* de la salle de spectacle et de partir en empochant les « sept livres dix sous » (plus que les « trois livres dix sous » dont parle Sand) que lui vaut le remboursement d'un billet qu'il n'a pas payé. Indépendamment de la

problématique morale, le rappel de cet incident au début d'*Histoire de ma vie* doit s'apprécier pour sa valeur symbolique : quelle qu'en soit la raison, le grand-père d'Aurore-George est le seul personnage étranger à la famille de Jean-Jacques à trouver droit de cité dans le livre I des *Confessions*, tout entier consacré à l'évocation de l'enfance. Dans un passage où Sand inscrit, avec nuances, *Histoire de ma vie* dans la filiation des *Confessions*, ce rappel implicite n'est pas malvenu.

9. L'auteur des *Confessions* a, de fait, « confessé » Mme de Warens, dans la mesure où il dit avoir été son amant : la respectable dame, de douze ans son aînée, l'avait recueilli alors qu'il était adolescent fugueur et s'était faite sa protectrice, chargée de l'instruire dans la foi catholique, avec la bénédiction de l'évêque d'Annecy.

10. Il n'est pas exagéré de dire que, en matière d'écriture de soi, il a fallu tout le XIXe siècle (élargi jusqu'à Gide) pour « digérer » l'exemple donné par les *Confessions* rousseauistes, celui de la sincérité, dût-il en coûter aux bienséances. Ici, Sand donne à lire une des plus belles pages montrant cet effort de compréhension et d'assimilation (effort commencé dès 1788 avec les *Lettres sur les ouvrages et le caractère de Jean-Jacques Rousseau* de Germaine de Staël).

11. Rousseau n'est pas seul à occuper la mémoire littéraire de George Sand pour ce qui est de l'écriture de soi. On devine ici le souvenir de Montaigne, référence avouée à l'occasion de plusieurs citations dans la suite d'*Histoire de ma vie*. Sur la question de la composition, il existe en particulier un passage que Sand a rédigé pour le chapitre 11 de la IIe partie, avant de le sacrifier finalement, et que G. Lubin donne dans les notes de son édition : « J'empiète toujours sur l'ordre de mon récit et il m'est difficile de faire autrement parce que chaque point que je touche se complète aussitôt dans mon esprit de tout le développement que ce point a dû prendre dans le cadre de ma vie. C'est pourquoi la forme des essais de Montaigne serait la meilleure pour quiconque aurait pour but principal de se faire bien connaître. »

12. Quand elle écrit *Histoire de ma vie*, George Sand est légalement séparée de son mari depuis 1836 (il y a eu procès en séparation), mais non pas divorcée (le divorce n'existant pas alors). Dans la suite de l'ouvrage, on rencontrera plus coutumièrement François Dudevant désigné du prénom de Casimir. Il portait, contrairement à ce que le texte laisse entendre ici, le titre de baron (titre obtenu par son père sous l'Empire, en 1811), ce qui autorise parfois certains auteurs, dans la volonté affectée de rattacher George Sand à une élite sociale traditionnelle, à la désigner comme « baronne Dudevant ».

13. Il ne s'agit pas de n'importe quel roman, mais d'*Indiana* (1832), le premier roman de son auteur et celui qui commença à attirer l'attention en sa faveur.

14. N'oublions pas l'extension du terme de race au XIXe siècle (que l'histoire du XXe siècle lui a fait perdre). Ici, Sand emploie le mot dans une acception vieillie et qualifiée de « littéraire » par le *Grand Larousse universel* de 1995 : « Lignée familiale considérée dans sa

continuité ; ensemble des ascendants ou des descendants d'un personnage ou d'un groupe humain (en parlant de familles célèbres ou notoires). »

15. Frédéric-Auguste, prince électeur de Saxe, est devenu roi de Pologne sous le nom d'Auguste II en 1697. Il a légitimé un de ses bâtards, Maurice, né en 1696, en le faisant comte de Saxe. Ce dernier reste connu, pour la postérité, comme le maréchal de Saxe, l'un des plus brillants chefs militaires du XVIIIe siècle, au service de la France ; couvert d'honneurs par Louis XV pour ses nombreuses victoires (dont la plus célèbre est celle de Fontenoy, en 1745). Il est le père naturel de Marie-Aurore (de Saxe) : filiation établie officiellement. Marie-Aurore est née en 1748 d'une courtisane de renom (Marie Rinteau dite « mademoiselle Verrières ») ; épouse de M. Dupin de Francueil, mère de Maurice Dupin (né en 1778), elle est la grand-mère d'Aurore Dupin (George Sand). Le crédit du maréchal de Saxe auprès de Louis XV avait été brillamment confirmé par le mariage de sa nièce, Marie-Josèphe de Saxe (fille du fils légitime d'Auguste II, Auguste III, roi de Pologne de 1733 à 1763), avec le Dauphin : de cette union naquirent les futurs Louis XVI, Louis XVIII et Charles X ; la grand-mère de George Sand pouvait donc nommer ces derniers « mes cousins », étant cousine germaine de leur mère (voir t. I, p. 384). Ce lien pouvait être d'autant plus senti par Marie-Aurore de Saxe que sa cousine, la Dauphine Marie-Josèphe, veilla sur elle par une « espèce d'adoption » : « cette princesse la plaça à Saint-Cyr et se chargea de son éducation et de son mariage, lui intimant défense de voir et fréquenter sa mère » (*Histoire de ma vie*, I, 2). De la répétition du schéma des relations aux différentes générations d'une même famille... : se détourner d'une mère réputée indigne afin d'être intégrée dans un ordre social supérieur, c'est exactement ce que l'ancienne élève de Saint-Cyr redemandera à sa petite-fille, occasionnant un déchirement dont la plaie est certainement une des plus douloureuses que la rédaction d'*Histoire de ma vie* a charge de panser.

16. Le paulmier (ou paumier) est normalement celui qui vend (et éventuellement fabrique) les accessoires nécessaires pour la pratique du jeu de paume. Ici, le contexte précise différemment le terme : le grand-père fut « paulmier » en tant qu'il tint une salle de café où l'on jouait au billard.

17. À la filiation royale, l'écrivaine en préfère une autre, dépositaire d'un autre prestige : celle des oiseaux... Tel est le sens du long développement qui va suivre et aboutira, après deux pages, à la formulation de l'axiome : « l'homme-oiseau, c'est l'artiste ». Les oiseaux, c'est la « race » que se choisit l'artiste.

18. Henri Martin, James Carter et Isaac Van Amburg sont trois célèbres dompteurs qui se sont illustrés dans le monde du cirque au cours des années 1830 et 1840.

19. C'est ce qui lui est arrivé au moins une fois, si l'on se fie au témoignage d'*Un hiver à Majorque* (1839) : les pages phobiques

consacrées aux cochons (voir en particulier celles du 3e chapitre de la Ire partie) contribuent à construire l'impression, produite par cet ouvrage, du séjour sur l'île de Majorque comme un traumatisme. C'est pourquoi, « plaisanterie à part », on peut trouver douteuse, sous la plume de l'apôtre de la solidarité qui signe ces pages, cette mention de la « passion des cochons » qui fait le caractère d'une servante (de même qu'on peut lire avec réserves, dans *Un hiver à Majorque*, les pages qui font mine de transformer la dépendance économique d'une population très pauvre à l'égard de l'élevage des cochons en la manifestation d'un compagnonnage moral des Majorquins avec ces animaux...).

20. Buffon (1707-1788), célèbre naturaliste et écrivain, auteur d'une *Histoire naturelle* (en trente-six volumes, 1749-1804) et des *Époques de la nature* (1778). Préoccupé par la question de la vulgarisation scientifique, il montre, dans son *Discours sur le style* (1753), son grand souci de la mise en forme écrite des idées (« le style, c'est l'homme même »), souci qu'illustrent ses écrits d'histoire naturelle et qui lui vaut, ici, la qualification de « poète de la nature ». La grand-mère de George Sand l'a bien connu, comme la suite d'*Histoire de ma vie* (I, 2) le signalera d'une phrase rapide : « Parmi les hommes célèbres qui fréquentaient la maison de sa mère, elle connut particulièrement Buffon et trouva dans son entretien un charme qui resta toujours frais dans sa mémoire. »

21. On peut remarquer, comme une constante, le ton désinvolte que Sand adopte lorsqu'il s'agit de parler de sa création de romancière... La qualité d'artiste, en revanche, qui est un être avant d'être un faire, est revendiquée et idéalisée sans réserve : ici, on peut apprécier la présentation de la « femme-oiseau » à sa table de travail comme une scénographie mythifiante.

22. Roman publié en feuilleton dans *La Presse* (comme plus tard *Histoire de ma vie*) en 1845, puis chez Desessart (en deux volumes, 1846) ; aujourd'hui disponible dans le recueil de romans sandiens intitulé *Vies d'artistes*, Presses de la Cité, « Omnibus », 1992.

23. Philosophe néopythagoricien du Ier siècle de l'ère chrétienne. Il quitta sa ville de Tyane, en Cappadoce, afin d'aller prêcher les dogmes pythagoriciens et la réforme des mœurs. Éblouissant ses auditoires en faisant montre de pouvoirs magiques, il a été l'objet d'un culte : certains ont essayé d'opposer sa figure à celle du Christ.

24. *Piccinino* est publié en 1847, d'abord en feuilleton dans *La Presse*, puis chez Desessart en cinq volumes (aujourd'hui disponible : éd. établie par R. Bourgeois, 2 vol., Grenoble, Glénat, « Collection de l'Aurore », 1994). Dans ce « divertissement sicilien » qui mêle « le pittoresque et les considérations politico-sociales » (R. Bourgeois), les trois chapitres que Sand met en valeur ici sont certainement les chapitres 35, 36 et 37 (« Le blason », « Les portraits de famille » et « Bianca »), où l'on suit trois membres d'une famille modeste et roturière invités dans un magnifique palais patricien : bientôt l'un d'eux met en cause « la vanité des titres et la valeur suspecte des généalogies » devant des domestiques décontenancés parce qu'ils ont

assimilé les valeurs de leurs maîtres (début du chapitre 36). « Tous les hommes sont nobles ! » voudra bien admettre le marquis, maître du lieu ; mais il continuera à plaindre le sort de ceux qui, à la différence de lui, ne connaissent pas nommément tous leurs aïeux (début du chapitre 37).

25. Traduction littérale : « Chacun est le fils de ses œuvres. »

26. Allusion au récit de Charles Nodier, *Histoire du roi de Bohême et de ses sept châteaux* (1830) qui, dans la filiation de Sterne (*Tristram Shandy*) et de Diderot (*Jacques le Fataliste*), propose un romanesque ludique : digressions et enchâssements multiples, typographie et mise en page chahuteuses... de telle sorte que le récit ne parvient jamais à aborder le sujet qu'annonce son titre. L'allusion n'est pas mal venue : on sait qu'aux yeux de certains *Histoire de ma vie* remplissait le programme d'une... « Histoire de ma vie avant ma naissance ».

27. Les « carabins » : désignation familière des étudiants en médecine.

28. Il est peut-être utile de rappeler le sens premier de l'adjectif « débile », qui n'est plus dominant aujourd'hui mais toujours pertinent en contexte littéraire : physiquement faible, manquant de force. À la fin du chapitre, Maurice sera encore dit « mince et débile ».

29. L'expression répertoriée (par exemple par Littré, qui la dit familière) est « en appeler » et s'applique à quelqu'un qui a échappé à une maladie dangereuse.

30. Citation biblique : « Car le zèle de ta maison me dévore » (Psaumes, LXIX, 10).

31. Les hussites sont les disciples de Jan Hus (1371-1415), réformateur religieux tchèque qui s'en prit, dans ses sermons, aux corruptions de l'Église romaine et aussi à certains aspects du dogme catholique : ce qui lui valut d'être excommunié et finalement brûlé vif. Après sa mort, les hussites se soulevèrent contre l'autorité de l'empereur germanique Sigismond, qui mit vingt ans à venir à bout de cette insurrection et à se faire reconnaître comme roi de Bohême (en 1436). George Sand connaissait très bien l'histoire des hussites, à la mémoire de laquelle elle a accordé une large place dans *Consuelo* (1842).

32. Isabelle II, reine d'Espagne de 1833 à 1868 ; née en 1830, elle n'accéda à un pouvoir personnel qu'en 1854, en acceptant une Constitution libérale qui sauvait son trône (mais qu'elle mit à mal assez vite ensuite). L'allusion la concernant renvoie donc à un contexte politique très contemporain, ce qui permet de dater le texte : si la Ire partie d'*Histoire de ma vie* est rédigée à l'automne 1847, des ajouts ont pu y être faits en 1854, au moment de la publication dans *La Presse*. Quant à Victoria d'Angleterre, née en 1819, elle fut reine de 1837 à 1901.

33. Louis XVI quitta Versailles pour Paris, contraint, en octobre 1789. Depuis juillet précédent, La Fayette était commandant général de la garde nationale (milice civile) et Jean Sylvain Bailly (1736-1793), maire de Paris.

34. La princesse de Lamballe (1749-1792), qui fut la favorite de Marie-Antoinette, reste surtout connue pour les circonstances de sa mort : le corps mis en pièce par la foule lors des « massacres de septembre » (1792), la tête bientôt promenée au bout d'une pique dans les rues de Paris (et en particulier sous les fenêtres de la prison du Temple où était Marie-Antoinette). Ce supplice, qui pour la première fois tue dans l'entourage royal direct, a immortalisé sa victime comme martyre. Dans l'imagerie populaire où s'est figée la mémoire de la Révolution, au XIXe siècle, l'image de la tête de la princesse agitée au bout d'une pique par une foule sanglante a toujours sa place obligée : George Sand, en saluant le souvenir de la princesse, rend surtout hommage à cette mémoire populaire qu'elle revendique comme une moitié de son ascendance.

35. « Comparse » est à peu près synonyme de « figurant » dans le langage des théâtres. Recrutées pour leur physique avantageux, les filles de théâtre traînaient une réputation de filles faciles – d'où les précautions du texte dans la suite du paragraphe.

36. Louise Contat (1760-1813) fut une célèbre actrice de la Comédie-Française, créatrice du rôle de Suzanne dans *Le Mariage de Figaro* (1784).

37. L'adjectif « universitaire » renvoie ici au sens qu'avait « Université » au XIXe siècle, depuis qu'une loi de 1806 avait organisé sous ce nom l'ensemble des établissements d'enseignement laïc (primaires, secondaires et supérieurs). L'« Université » désignait ainsi le vaste ensemble qui prit nom, par la suite, d'Instruction publique puis d'Éducation nationale. Jusqu'à 1850, l'« Université » conserva un monopole sur l'enseignement secondaire, collèges et lycées : ce sont ces derniers, lieux d'accueil de l'adolescence, que vise Sand. Son discours critique à leur égard, développé ici à propos de Maurice, son père, se retrouvera à propos de Maurice, son fils, quand celui-ci se trouvera en âge d'aller au collège (V, 1).

38. Rappelons que le calendrier républicain, communément dit calendrier révolutionnaire, fut adopté par la Convention en octobre 1793 et qu'il établissait le commencement de la nouvelle ère républicaine au 22 septembre 1792, jour de la proclamation de la République. Le « commencement de l'an III », dont il est question ici, correspond donc à fin septembre-début octobre 1794. Le calendrier fut en vigueur jusqu'au 1er janvier 1806 (11 nivôse de l'an XIV). Par souci d'exactitude mais aussi par goût manifeste de tout ce qui rend sensible la couleur historique, George Sand désigne volontiers les dates selon ce calendrier pour la période d'une douzaine d'années où il fut en vigueur.

39. Comme la suite du texte va le montrer, Nérina et Tristan sont les animaux familiers (chienne et chien) de la grand-mère.

40. Ils piquèrent leurs montures de leurs éperons, c'est-à-dire qu'ils prirent la fuite.

41. C'est-à-dire, sous la monarchie de Juillet, partisans de la dynastie des Orléans, celle de Louis-Philippe : en d'autres termes, ils ne sont pas – plus ! – républicains.

42. Dans la langue du Berry, les « ménageots » sont des ouvriers agricoles qui possèdent une petite maison et un lopin de terre.

43. En la disant d'« exception », Sand fait valoir la singularité de sa parole sur les paysans dans la littérature de son époque. Ce discours de valorisation, produit par ses romans dits « champêtres » qui paraissent dans les années 1840, tranche avec celui que fait entendre, par exemple, le roman de Balzac *Les Paysans* (inachevé, 1844-1855).

44. Remarquons que ce que Sand analyse en termes uniquement psychologiques (les conduites différenciées de Deschartres et de la grand-mère à l'égard des paysans) a aussi, peut-être, son explication sociologique : au mauvais rôle du régisseur, toujours à contrôler des quantités et des comptes, s'oppose la bienveillance plus distraite que peut seule s'autoriser la propriétaire…

45. Ce portrait chevaleresque et amoureux du père (l'homme du « tout ») annonce la mythification de ce personnage que permettra l'ample insertion des lettres où on le suit dans les péripéties de ses amours et de l'histoire : revisitant sa mémoire, *Histoire de ma vie* exalte ce personnage en une figure épique qui concentre les qualités d'une époque « héroïque » de l'histoire nationale. Ajoutons que cette dernière n'est pas le seul cadre où nous lecteurs pouvons situer ce personnage : il y a aussi la littérature. Quelque cent cinquante ans après la publication d'*Histoire de ma vie*, notre mémoire littéraire connaît forcément d'autres références que celles que maîtrisait Sand : on trouvera ainsi que la figure de Maurice Dupin, telle qu'elle est transmise par sa fille, convoque un écho stendhalien… « Personnifier admirablement la phase chevaleresque des premières années de l'Empire », c'est ce vers quoi a toujours tendu l'imaginaire romanesque de l'auteur des *Mémoires de Napoléon*, qui y qualifiait en termes proches les années de la campagne d'Italie : elles furent « la partie poétique et parfaitement noble de la vie de Napoléon », « le plus beau moment d'une belle jeunesse ». Le Maurice Dupin d'*Histoire de ma vie*, ce « jeune homme doué d'un sentiment héroïque, dont toute la vie se renferme dans une période héroïque de l'histoire » (I, 4) en est un emblème. Si, sans doute, Stendhal n'est guère une référence sandienne (voir ce qu'elle en dit dans la suite, au début du 3e chapitre de la Ve partie), on sait que la geste des pères qui, à l'orée du siècle, a fait se confondre histoire nationale et « roman de guerre et d'amour » (I, 4) est un motif constitutif de l'imaginaire de la génération romantique : on se souvient de certains vers de Hugo (« Mon père, ce héros au sourire si doux », dans « Après la bataille », *La Légende des siècles* ; ou encore ceux qui évoquent un père martial et tendre dans « Souvenir d'enfance », *Les Feuilles d'automne*) et surtout des fameuses premières pages de la *Confession d'un enfant du siècle* de Musset (1836 ; roman marqué par le souvenir sandien) sur la « génération ardente, pâle, nerveuse » qui fut conçue « entre deux batailles ».

46. Maréchal de France, le comte de Lowendahl (1700-1755), ami et compagnon d'armes du maréchal de Saxe, eut, comme celui-

ci, une destinée d'aventurier mercenaire promis à la plus grande gloire militaire : l'un et l'autre ont été considérés comme les deux plus grands chefs de guerre de leur siècle.

47. Le parfilage est réputé avoir été de mode dans les salons dans la deuxième moitié du XVIIIe siècle : on conversait tout en défaisant fil à fil des étoffes dont on isolait les fils d'or qu'on pouvait revendre ensuite, à son profit ou pour de bonnes œuvres. La mode fut éphémère : selon le *Grand Dictionnaire universel du XIXe siècle* de Pierre Larousse (1866-1879), bien informé sur les mœurs du siècle précédent, le parfilage faisait fureur durant l'hiver 1772-1773 ; le maréchal de Saxe était mort depuis longtemps et sa fille avait alors vingt-cinq ans…

48. Le contenu de cet « Avertissement » permet de le dater approximativement : rédigé non pas en même temps que les chapitres au milieu desquels il s'insère (c'est-à-dire à l'époque où régnait encore Louis-Philippe, comme le dira le début du 8e chapitre de la IIe partie), mais au moment de leur publication dans *La Presse* en 1854. Le contenu essentiellement politique du chapitre qui commence explique certainement la décision de placer l'« Avertissement » à cet endroit : il s'agit de faire savoir que la réflexion sur la (grande) Révolution qu'il développe a été rédigée avant cette autre expérience révolutionnaire (directe pour Sand) qu'a été 1848. Avec ce seul « Avertissement », Sand indique implicitement qu'elle refuse de revoir la copie de son texte en conséquence de l'événement et qu'elle maintient ses analyses antérieures.

49. Valmy et Jemmapes restent les noms fameux de deux triomphes de l'armée française de la Révolution sur des armées étrangères qui incarnaient le principe monarchique : victoire sur les Prussiens à Valmy (20 septembre 1792) et sur les Autrichiens à Jemmapes (6 novembre 1792). Fontenoy et l'« ancien Fleurus », quant à elles, sont des victoires militaires de l'Ancien Régime, restées dans les annales. La première a déjà été mentionnée : le maréchal de Saxe y vainquit les Anglais et les Hollandais (1745). Quant à Fleurus, cette commune de Belgique fut le théâtre, à une centaine d'années d'écart, de deux batailles victorieuses pour la France : en 1690, victoire contre les différentes armées européennes coalisées dans la « ligue d'Augsbourg », et en 1794 victoire contre les Autrichiens.

## NOTES DE LA DEUXIÈME PARTIE

1. L'aventure avec la « charmante chanoinesse » de Cologne a distrait Maurice au début de 1799 ; ses lettres qui l'évoquent sont au chapitre 9 de la Ire partie.

2. On admirera que tout, dans la légende familiale que fonde et entretient *Histoire de ma vie*, concourt à faire « emblème », à illustrer l'« esprit du temps » : après tout, rien ne dit que la personne de la mère fut plutôt prénommée Antoinette dans son enfance… Mais cela fait sens, et donc il en fut « probablement » ainsi… Sophie-Vic-

toire-Antoinette prend rang, de la sorte, comme personnage qui signifie et comme mère de la maîtresse des signes, la narratrice.

3. Nous avions laissé Sophie-Victoire « comparse dans un petit théâtre » (I, 4) et la retrouvons à peu près six ou sept ans plus tard en Italie ; entre-temps, il semble qu'elle ait menée une vie « désordonnée »… comme on disait autrefois : plusieurs enfants en seraient nés (dont, en 1799, Caroline qui a déjà été mentionnée). En Italie, en 1800, Maurice Dupin la rencontre alors qu'elle est la maîtresse du général Claude-Antoine Collin. Dans la lettre à un ami du 23 décembre 1843 dont nous avons cité un passage en introduction, Sand a écrit de sa mère, de manière plus explicite : « Elle était de la race vagabonde et avilie des Bohémiens de ce monde. Elle était danseuse, moins que danseuse, comparse sur le dernier des théâtres du boulevard de Paris, lorsque l'amour du riche vint la tirer de cette abjection pour lui en faire subir de plus grandes encore. Mon père la connut lorsqu'elle avait déjà 30 ans, et au milieu de quels égarements ! Il avait un grand cœur, lui ; il comprit que cette belle créature pouvait encore aimer, et il l'épousa » (*Correspondance*, t. VI, *op. cit.*, p. 327).

4. L'impression peut trouver à se renforcer, en outre, par le fait que le père et le fils portent le même prénom, hérité du maréchal de Saxe.

5. Héros de la *Jérusalem délivrée* du Tasse, lecture dont Sand dira par la suite (III, 8) combien elle a compté pour elle.

6. Au chapitre 4 de la IIe partie d'*Histoire de ma vie*, quand Sand évoque le moment où la relation entre Maurice Dupin et Sophie Delaborde, qui se connaissent depuis la fin 1800, devient plus étroite : « Dès ce moment [juin 1802] ils ne se quittèrent presque plus et se regardèrent comme liés l'un à l'autre. Ce lien irrécusable fut la naissance de plusieurs enfants, dont un seul survécut quelques années et mourut, je crois, deux ans après ma naissance. / Ma bonne grand-mère ignorait tout cela, comme elle ignora même le mariage après qu'il fut conclu […]. »

7. Étoffe de coton assez simple.

8. Brève lettre que Sand a citée immédiatement avant le présent passage, dans laquelle Maurice Dupin explique à sa mère qu'il est retenu à Paris pour une raison de service (faire valoir son droit au grade de capitaine, après quatre ans de lieutenance).

9. Fille de Sophie Delaborde, Caroline est née en 1799, de père inconnu.

10. La naissance d'Hippolyte Chatiron, fils de Maurice Dupin et de Catherine Chatiron, eut lieu en 1799 (Maurice ayant vingt et un ans) ; elle a été évoquée au chapitre 10 de la Ire partie d'*Histoire de ma vie* : « Une jeune femme, attachée au service de la maison, venait de donner le jour à un beau garçon, qui a été plus tard le compagnon de mon enfance et l'ami de ma jeunesse. Cette jolie personne n'avait pas été victime de la séduction. Elle avait cédé, comme mon père, à l'entraînement de son âge. Ma grand-mère l'éloigna sans reproche, pourvut à son existence, garda l'enfant et l'éleva. Il fut mis en nour-

rice, sous ses yeux, chez une paysanne fort propre, qui demeure presque porte à porte avec nous. » De l'habitation de celle-ci vient le surnom de l'enfant : « ils [mon père et sa mère] le désignent entre eux, à mots couverts, sous le nom de la *Petite Maison* ». Cet enfant reçoit « autant de soin qu'un fils légitime. L'entraînement d'un jour sera réparé par une sollicitude de toute la vie. Ma grand-mère avait lu et chéri Jean-Jacques : elle avait profité de ses vérités et de ses erreurs ; car c'est faire tourner le mal au profit du bien que de se servir d'un mauvais exemple pour en donner un bon ». On se rappelle que Jean-Jacques Rousseau avait abandonné ses différents enfants à leur naissance et que la révélation de ce « scandale » par ses ennemis a grandement contribué à lui faire entreprendre les *Confessions*, où il « dira tout ».

11. Lucie Delaborde est la tante maternelle de l'auteur. Elle épousa Armand Maréchal en juillet 1804 ; de leur union naquit Clotilde, comme il sera dit plus loin.

12. La date est erronée à quelques jours près : Aurore Dupin est née le 1er juillet. Elle rectifiera d'ailleurs plus loin (dans la deuxième moitié du chapitre 8, que nous retranchons) : « je vins au monde le 12 messidor » (et non pas le 16 messidor, qui correspond au 5 juillet).

13. Louis-Philippe Ier est le « roi des Français » de la monarchie de Juillet (juillet 1830-février 1848). Rappelons que Sand s'était mise à l'écriture d'*Histoire de ma vie* à l'automne 1847 : activité suspendue quand, fin février 1848, comme appelée par l'événement révolutionnaire, elle quitte Nohant et arrive à Paris.

14. Le 1er juin 1848, c'est trois semaines avant les terribles « Journées de Juin » qui verront l'enthousiasme pour une république sociale, très fort au début du printemps, tourner à la catastrophe d'une guerre civile et sanglante ; mais c'est après, déjà, que l'espoir socialiste immédiat a vécu : en avril, les premières élections françaises au suffrage universel (masculin) ont amené une majorité conservatrice ; la tentative d'insurrection du 15 mai a entraîné l'arrestation des principaux porte-parole du mouvement populaire (et en particulier de Barbès, en qui Sand espérait beaucoup). Sand, « muse de la révolution » est déjà, alors, dans le désenchantement politique. Dans ce reflux, elle cesse sa collaboration dans les journaux militants et revient à l'écriture de soi.

15. On notera que, pour son récit de naissance, Sand a le bonheur de pouvoir prendre le contre-pied de Rousseau (« je coûtai la vie à ma mère, et ma naissance fut le premier de mes malheurs. [...] J'étais né presque mourant »). Elle déjoue ainsi ce qui se constituait déjà, à la suite des *Confessions*, comme un *topos* hautement dramatisé (et masculin), celui de la naissance difficile, dont Chateaubriand a donné l'exemple le plus spectaculaire (« j'étais presque mort quand je vins au monde [...] ma mère m'infligea la vie »).

16. Quatre pieds dix pouces, cela fait 1,56 m (1 pied vaut 0,324 m et se divise en 12 pouces).

17. Le projet que Sand évoque dans sa note n'aboutira pas. Institué en 1792, le divorce avait été aboli en 1816 ; il ne sera rétabli qu'en 1884.

18. Cette remarque fait écho au passage qui, dans le chapitre 3 de la Ire partie, montrait Aurore Dupin donner naissance à Maurice, en 1778 : « Elle voulut le nourrir elle-même, bien entendu ; c'était encore un peu excentrique, mais elle était de celles qui avaient lu l'*Émile* avec religion et qui voulaient donner le bon exemple. » On se rappelle que, dès le livre I de *Émile ou De l'éducation* (1762), Rousseau enjoint les mères d'accomplir « leur premier devoir » : celui d'allaiter elles-mêmes leurs enfants, de ne plus les confier à des « femmes mercenaires ». On notera que l'opposition conflictuelle entre la grand-mère et la mère de la narratrice, très souvent thématisée de manière explicite comme un des enjeux majeurs et structurants d'*Histoire de ma vie*, s'exprime aussi parfois par des effets de contrepoint plus discrets.

19. Les deux derniers paragraphes du chapitre évoqueront les circonstances de cette reprise de la guerre à l'été 1805 (la France n'était plus en guerre depuis mars 1802).

20. Ventôse est le mois du calendrier républicain allant de la dernière semaine de février à la troisième de mars. Ce voyage de la grand-mère à Paris se situe donc huit mois après la naissance d'Aurore.

21. Juriste de renom, il avait été le défenseur de Louis XVI lors de son procès.

22. Maurice Dupin et Sophie Delaborde se sont mariés le 5 juin 1804, à quelques semaines de la naissance de leur fille Aurore (le 1er juillet). Or, c'est le 21 mars de la même année qu'avait été adopté le « Code civil des Français » (dit « Code Napoléon » à partir de 1807). Ce Code est fameux par son souci de valoriser la famille en l'organisant selon l'« ordre naturel », c'est-à-dire selon un modèle patriarcal extrême. Il encadre particulièrement les conditions qui rendent le mariage possible ; à moins de vingt-cinq ans, les mariés doivent avoir l'autorisation de leurs parents ; au-delà de cet âge, il leur faut prendre leur conseil au moyen d'un « acte respectueux » : deux publications de bans doivent être faites à huit jours d'intervalle pour permettre aux « parents des parties d'user du droit d'oppostion que la loi leur confère ». Pour pouvoir se marier à l'insu de sa mère, Maurice Dupin, alors âgé de vingt-six ans, a dû fournir des renseignements erronés concernant ses parents : ainsi, l'acte de mariage était attaquable.

23. Maurice Dupin devint aide de camp de Murat le 4 avril 1807, comme la suite du texte le dira (au chapitre suivant, que notre édition ne donne pas). Fils d'aubergistes et brillant soldat, Joachim Murat (1767-1815) gravit tous les échelons de la gloire. Napoléon le fit « prince » en 1805 et « grand-duc de Berg et de Clèves » en 1806 : à ce titre, il avait en effet une « cour ».

24. Maurice Dupin servait alors dans la division du général Dupont. À Montreuil-sur-Mer et surtout à Boulogne, des troupes

étaient rassemblées en énorme quantité, Napoléon projetant une invasion de l'Angleterre (printemps et été 1805).

25. Rappelons qu'en 1808 – comme encore quarante ans plus tard, quand Sand écrit ces lignes – Chaillot était une commune indépendante. Elle ne fut rattachée à Paris qu'en 1859.

26. Le sacre de Napoléon comme « roi d'Italie » a lieu à Milan le 26 mai 1805 ; la guerre européenne reprend à la fin de l'été, aboutissant à la victoire française d'Austerlitz (2 décembre 1805).

27. La condamnation par Rousseau de l'apprentissage des *Fables* de La Fontaine par les enfants est assez connue, se poursuivant sur plusieurs pages du livre II de l'*Émile* : « Émile n'apprendra jamais rien par cœur, pas même des fables, pas même celles de La Fontaine »… On verra dans la suite combien la référence à Rousseau hante les pages sandiennes sur l'enfance : tour à tour, *Histoire de ma vie* mime le récit d'enfance rousseauiste (celui des *Confessions*) et polémique avec le discours sur l'enfance du même auteur (celui de l'*Émile*). On remarquera aussi que, comme l'auteur des *Confessions* – mais plus explicitement que lui –, George Sand greffe sur le récit de son enfance particulière une réflexion anthropologique plus large sur l'enfance en général. Là où Rousseau donnait deux livres, Sand demande à un seul de remplir une double exigence : le récit d'enfance se double d'un discours sur l'enfance.

28. Cette apostrophe au lecteur est l'un des accomplissements les plus spectaculaires, dans *Histoire de ma vie*, du modèle d'énonciation solidaire qui a été posé et promis dans le chapitre 1 et dont l'intention est redite assez souvent dans le texte (par exemple, au début du chapitre suivant). Savoir si l'ensemble d'*Histoire de ma vie* tient cette promesse peut faire objet de débat ; quoi qu'il en soit, les actualisations ponctuelles de ce principe atteignent rarement la netteté de celle qu'on vient de lire.

29. Rappelons que, dès les premières pages des *Confessions*, Rousseau avait évoqué le souvenir des airs entendus dans l'enfance, et chantés par sa tante Suson, en en citant un, arraché à l'oubli de manière lacunaire. En parcourant le même lieu de la mémoire, Sand lui rend un hommage implicite, mais très fort. Par cette reprise, elle constitue ce motif (le souvenir de berceuse, la citation fragmentaire et le commentaire de celle-ci) comme un emblème pour le récit autobiographique : elle confirme qu'il faut y voir la source mythique d'une identité d'écrivain. Mais aussi, elle infléchit fortement le discours de son prédécesseur. Dans les *Confessions*, en effet, la citation des petits airs de la tante Suson valait comme l'inscription d'un des lieux de la singularité la plus intime, irréductible, de la personnalité de Jean-Jacques. Or, dans *Histoire de ma vie*, c'est ce lieu de la singularité la plus grande qui est donné en partage au lecteur, invité à lui trouver sa place en lui-même (« Ami lecteur, t'en souviens-tu ? »). Idéalement, le geste autobiographique de George Sand se montre prométhéen : il transforme ce qui était affirmation d'une singularité inaliénable en expérience de la solidarité fusionnelle.

30. Quoique formulé avec un point d'interrogation, on entend ici l'axiome qui est au principe de l'énonciation solidaire qui fonde le projet d'écriture d'*Histoire de ma vie.*

31. Cette idée reprend celle qui, au XVIIIe siècle, avait nom de « perfectibilité ». La convoquer dans le cadre d'un récit d'enfance est encore un souvenir rousseauiste : elle est une donnée implicite des *Confessions.* Philippe Lejeune a montré (dans *Le Pacte autobiographique*, Le Seuil, 1975) comment la trajectoire morale du jeune protagoniste des *Confessions* pouvait être lue comme un condensé de l'histoire morale de l'humanité (dans la version qu'en donne le *Discours sur l'origine et les fondements de l'inégalité parmi les hommes*).

32. Il s'agit de Caroline, fille de Sophie Delaborde, née en 1799.

33. Il existait une importante « pompe à feu » (pompe à incendie) à l'ouest de Paris, tirant de l'eau de la Seine afin de la placer dans des réservoirs sur la colline de Chaillot.

34. La dynastie familiale des Séraphin tint pendant très longtemps un spectacle d'ombres chinoises dans les galeries du Palais-Royal.

35. Notons une variation par rapport à Rousseau : chez Jean-Jacques enfant, « l'amour du roman » se manifeste aussi fort tôt, mais comme liseur ; ici, c'est d'emblée comme créatrice que Sand s'en empare.

36. Voyage qui sera relaté dans les chapitres suivants.

37. Coiffure militaire, de forme tronçonique et avec visière, devenue sous l'Empire la coiffure des troupes à pied. Le shako resta en usage tout le XIXe siècle ; la garde républicaine le porte encore.

38. Adoubée par ce regard de l'Empereur, fille d'un officier des armées héroïques, Aurore est pleinement une « enfant du siècle », au sens développé par Musset dans les premières pages de la *Confession d'un enfant du siècle.* On peut se souvenir aussi d'un autre contemporain de référence, Victor Hugo, qui, dès 1831, avait dit l'émotion de la même situation : « Dans une grande fête, un jour, au Panthéon / J'avais sept ans, je vis passer Napoléon » (« Souvenir d'enfance », *Les Feuilles d'automne*).

39. Fils de Napoléon et de sa seconde épouse, l'impératrice Marie-Louise, le « roi de Rome » est né le 20 mars 1811.

40. Sorte de flûte à bec, généralement percé de six trous. Le flageolet aura encore les honneurs du texte en tant qu'« instrument favori » de Deschartres (III, 4, début).

41. La *Monaco* et les *Folies d'Espagne* étaient des thèmes musicaux à grand succès depuis le XVIIIe siècle, et qui servaient à accompagner des danses.

42. La « campagne d'Espagne » (c'est-à-dire l'entrée des troupes françaises dans ce pays, jusque-là allié de la France) débuta vraiment au printemps 1808 (des troupes françaises avaient déjà pénétré en Espagne à l'automne 1807, mais en vue d'atteindre le Portugal, pays satellite de l'Angleterre). Maurice Dupin, aide de camp de Murat, en est naturellement : Murat y conduit les armées françaises comme « lieutenant général de l'Empereur en Espagne » (février 1808).

43. Le terme est ici employé comme adjectif, conformément à un usage de la langue classique.

44. Mammon est le dieu syrien qui présidait aux richesses. Dans les Évangiles, son nom désigne les richesses injustement acquises.

45. Pièce de vaisselle décorative qu'on place sur une table.

46. « Gracieuse et Percinet » est un conte de la prolifique Mme d'Aulnoy (1650-1705). La princesse Gracieuse, perpétuellement menacée par les agissements de la nouvelle épouse de son père, la duchesse Grognon, trouve secours – et amour – auprès du prince Percinet. Celui-ci a, de naissance, le « don de féerie » : son « palais féerie », par exemple, surgit là où il le veut… L'allusion à ce conte est beaucoup plus développée dans *Teverino* (à la fin du chapitre 3), où les deux protagonistes discutent en détail de ces péripéties.

47. Reprise ici, fugace et interrogative, de l'idée « platonicienne » qui a été développée dans une page du chapitre précédent (« D'où vient l'enfant ? », p. 146) à propos des premières idées des enfants et du merveilleux à préserver comme une part de leur imaginaire.

48. L'évacuation de l'idée de composition est superbe, l'autobiographe la motivant comme principe nécessaire d'une poétique du récit d'enfance : le texte est articulé pragmatiquement et comme sans médiation sur la mémoire.

49. Dans tout ce passage et pour quelques pages, George Sand multiplie les allusions qui montrent qu'elle tient pour connus les enjeux d'une grande complexité qui ont conditionné l'intervention napoléonienne en Espagne. Ces événements, près de deux cents ans plus tard, ne nous sont plus vraiment familiers. Il faut donc rappeler que depuis mars 1808, une bonne partie de l'Espagne était occupée par les Français et que, dans ces circonstances dramatiques, le prince héritier Ferdinand (« prince des Asturies »), depuis longtemps opposé à son père Charles IV, poussa ce dernier à abdiquer et devint Ferdinand VII (conjuration d'Aranjuez, dans la nuit du 17 au 18 mars). Charles IV eut l'imprudence de faire appel à l'arbitrage de Napoléon. Celui-ci rassembla à Bayonne les différents protagonistes pour une rencontre qui s'avéra un guet-apens : il contraignit le fils à rendre la couronne à son père, lequel dut la céder à… Napoléon, qui l'attribua à son frère Joseph. C'est dans ce contexte que, le 2 mai 1808, la population madrilène se souleva contre l'occupant français (l'incident déclencheur étant le spectacle de membres de la famille royale quittant la ville pour Bayonne). Cette insurrection, violente, fut réprimée très brutalement par Murat, avec de nombreuses exécutions. Cet événement marqua le commencement de la guerre d'usure menée pendant cinq ans par la population espagnole contre l'occupant. Un célèbre tableau de Goya, *Dos de Mayo*, immortalise cette journée.

50. La reine d'Étrurie était Marie-Louise, infante d'Espagne (1782-1824), fille du roi Charles IV. Son mari, duc de Parme, avait été fait roi d'Étrurie (Toscane) par Napoléon en 1801. Veuve en 1803, elle se trouvait rentrée en Espagne au printemps 1808. Sa situation sera expliquée par Sand au début du chapitre suivant.

51. Manuel Godoy (1767-1851), favori du roi Charles IV, amant de la reine Marie-Louise – l'épouse de celui-ci –, fut le ministre omnipotent de l'Espagne de 1792 à 1808. Sa négociation du traité de Bâle avec la France, en 1795, lui valut le titre de « prince de la Paix » (Sand le désignera ainsi au chapitre suivant). Honni de la population espagnole, il eut un rôle déterminant dans la dissension entre Charles IV et Ferdinand VII, et donc dans l'intervention de Napoléon dans les affaires espagnoles. Pour la majorité des Espagnols, qui soutenaient Ferdinand, il avait « vendu » le pays aux Français.

52. Après la rencontre de Bayonne, les hôtes royaux furent retenus prisonniers en France : Charles IV, la reine Marie-Louise et Godoy à Compiègne ; Ferdinand VII au château de Valençay, dans l'Indre.

53. Allusion au soulèvement resté fameux des Siciliens contre leurs occupants français (dont le chef était Charles d'Anjou, frère de Louis IX), qui commença le lundi de Pâques 1282, au son des cloches appelant les fidèles pour les vêpres.

54. L'édition de G. Lubin décode l'allusion à ce « prince », pas si fameux : il s'agit du personnage d'un conte de Mme d'Aulnoy, « La princesse Printanière ». Ambassadeur du roi Merlin, il est chargé d'aller demander la main de la princesse Printanière, mission qu'il remplit avec la magnificence d'un prince (« le soleil brillait moins que lui »).

55. Les mameluks formaient un escadron de la garde impériale napoléonienne. Le terme est d'importation égyptienne : en Égypte, les mameluks formaient une milice d'élite, toute-puissante pendant plusieurs siècles, attachée à la garde du sultan. Certains mameluks avaient pris le parti de Bonaparte pendant la campagne d'Égypte (1798-1799) et le suivirent à son retour en France : c'est ainsi qu'il y avait une centaine de véritables « mameluks » dans l'armée française. Leur costume exotique et leur réputation de soldats farouches ont beaucoup frappé les imaginations, au point de constituer, à l'époque napoléonienne, un thème privilégié pour les peintres et les écrivains.

56. La victoire du maréchal Bessières sur les Espagnols à Medina del Rio-Seco, le 14 juillet 1808, ouvrit la voie libre pour Joseph Bonaparte se rendant à Madrid.

57. Le soufre est employé comme remède contre la gale.

58. On peut observer que le surprenant protocole d'ouverture d'*Histoire de ma vie* (les cinq cents pages de la vie d'Aurore « avant sa naissance ») perturbe le modèle narratif autobiographique : certains personnages (par exemple Pierret) naissent textuellement sur un mode « normal », par le premier souvenir qu'a d'eux la narratrice. Mais d'autres ont puissamment préexisté à sa mémoire : un personnage de l'importance de Deschartres est déjà constitué, pour le lecteur, Sand l'ayant convoqué par un autre biais que celui de la mémoire personnelle (I, 3). Ainsi, dans le texte d'*Histoire de ma vie*, l'affirmation subjective de l'autobiographe est mesurée : celle-ci ne donne pas existence complète au monde par la recension progressive de sa mémoire ; elle entre dans un monde déjà constitué. L'altérité est déjà là. Dans le texte où elle va prendre la première place, elle n'est pas l'individu premier, d'autres identités très marquées occupent le monde dans lequel elle arrive.

59. Inexactitude : ce vendredi était un 16 septembre (1808).

60. Allusion à un développement qui a eu lieu au chapitre 7 de la Ire partie.

61. Cet oncle de Beaumont est le demi-frère de la grand-mère de Sand : ils avaient la même mère, mademoiselle de Verrières qui, délaissée par le maréchal de Saxe, avait trouvé un nouveau protecteur en la personne du duc de Bouillon dont ce fils était né. L'oncle de Beaumont était ecclésiastique. On le verra davantage au chapitre suivant. Il a été introduit dans *Histoire de ma vie* en II, 3 : « il fut toujours l'ami fidèle de ma grand-mère, et pour mon père il fut quelque chose comme un père et un camarade » ; « le bel abbé avait la moralité des gens aimables de son temps [...]. Mon grand-oncle était un composé de sécheresse et d'effusion, de dureté et de bonté sans égale. »

62. Capricieux, irritable.

63. Enfance, peuples primitifs, âge d'or : on entend, dans le rapprochement de ces notions, un écho des conceptions rousseauistes qui imprègnent aussi bien le *Discours sur l'origine de l'inégalité* que les *Confessions*.

64. Sand use volontiers de cette forme du présent du verbe aller. On la retrouvera à plusieurs reprises dans la suite d'*Histoire de ma vie*, également placée dans la bouche de locuteurs au profil social et culturel varié : ici Ursule, ailleurs le curé de Saint-Chartier (IV, 5), la mère de la narratrice (II, 16 et IV, 8), sa grand-mère (IV, 3), une amie de couvent (IV, 6 deux fois) et la narratrice-personnage (IV, 10 et IV, 15). Cette forme, finalement tombée dans l'usage, était tenue pour correcte par les grammairiens. On peut se rappeler, à ce propos, les fameuses dernières paroles que la légende attribue à Vaugelas sur son lit de mort : « Je m'en vais ou je m'en vas, les deux se disent... ou se dient » !

65. C'est par sa mère qu'Aurore-George appartient à la lignée, à la « race » des oiseaux, comme il a été dit dès le chapitre 1 d'*Histoire de ma vie* (« je tiens ce *don* de ma mère »).

66. Littré précise, en remarque à la notice qu'il consacre à « éruption » : « il ne faut pas confondre *irruption* avec *éruption*, ce qu'a fait Mme de Sévigné ». Et George Sand...

67. Jeux d'eau : cette aventure héroï-comique peut rappeler la péripétie de l'« aqueduc », au livre I des *Confessions*.

68. Un émétique est un vomitif.

69. À remarquer, ici, pour sa particulière netteté, l'application du projet d'autobiographie solidaire : il y a extension du particulier vers le général, l'énonciation glissant du « je » à « tous les enfants », collectif bientôt précisé par « la génération à laquelle j'appartiens ».

70. Emploi ancien de cet adjectif pour dire, de manière un peu atténuée, « égoïste ».

71. C'est-à-dire qu'il était encore coiffé comme au siècle précédent : les ailes de pigeon désignent les cheveux disposés en aile de chaque côté de la tête ; quant à la queue à la prussienne, elle est nouée dans le dos (celle de Frédéric II, dit-on, descendait jusqu'à la croupe de son cheval lorsqu'il le montait).

72. Ce chanoine tient une place assez importante dans *Consuelo* (1842) où il apparaît à partir du chapitre 75 (son portrait étant réservé au chapitre 77). Bon vivant, sensible et doux, il est cependant enclin à faire toujours passer ses aises et sa tranquillité avant le reste… L'auteur d'*Histoire de ma vie* expose la mythologie familiale qui a nourri l'imaginaire de l'auteur de *Consuelo* : à reprendre le roman dans cette perspective, on remarque en effet, par exemple, que le chanoine « disait à tout le monde en confidence qu'il avait du sang royal dans les veines, étant un des quatre cents bâtards d'Auguste II, électeur de Saxe et roi de Pologne »… Tel n'était pas le cas de l'oncle de Beaumont, demi-frère par sa mère d'Aurore de Saxe (voir note 61, p. 619).

73. Cette note à l'énonciation conjoncturelle (« en ce moment », « 1854 ») rend hommage aux efforts de Jules Champfleury (1821-1889) pour jeter les bases, dans les années 1850, d'une esthétique réaliste pour le roman, soucieuse de rendre compte de manière objective d'une matière méprisée par la littérature antérieure : la vie simple et quotidienne, sans éclat mais digne, des gens modestes. Théoricien (*Le Réalisme*, 1857), critique d'art tôt engagé dans la défense de Courbet, il est aussi l'auteur d'une vingtaine de romans (*Les Aventures de Mlle Mariette*, 1853). Sand a consacré aux idées de Champfleury un article important, « Le réalisme », paru dans *Le Courrier de Paris* en 1857, repris par la suite dans le recueil posthume *Questions d'art et de littérature* (aujourd'hui disponible aux Éditions des femmes, 1991).

74. On se souvient d'avoir croisé cette question dès la deuxième page d'*Histoire de ma vie* (voir plus haut note 2, p. 603) : l'autobiographie, en imposant de composer avec des figures réelles – et, partant, « invraisemblables » –, déjoue les habitudes de l'auteur de fiction que Sand est en premier lieu. L'écrivaine n'a cependant pas attendu d'être autobiographe pour évoquer la question : elle s'y intéresse déjà, par exemple, en tant que romancière quand, dans *Teverino* (1846), elle fait converser deux personnages sur l'art du portrait. Les protagonistes se sont plu à dresser des portraits l'un de l'autre et bientôt en sont venus, comme malgré eux, à se dire des choses cruelles : « nous sommes artistes tous les deux, et nous ne pouvons pas traiter un sujet avec animation sans que la logique, la plastique, si vous voulez, nous entraîne, de conséquence en conséquence, jusqu'à une synthèse admirable. Mais cette synthèse est une fiction, j'en suis certain pour vous et pour moi. Nous avons les défauts que nous nous sommes reprochés ; mais ce sont là les accidents de notre caractère et les hasards de notre vie. En les étudiant avec feu, nous avons été *inspirés* jusqu'à les transformer en vices essentiels de notre nature, en habitudes effrontées de notre conduite. Il n'en est rien pourtant […]. Nous avons fait de l'art » (G. Sand, *Vies d'artistes* [recueil de romans], Paris, Presses de la Cité, « Omnibus », 1992, p. 605). La poésie plus vraisemblable que l'histoire… : c'est la leçon d'Aristote, inusable, que Sand retrouve toujours, aussi bien comme autobiographe que comme romancière.

75. Johann Kaspar Lavater (1741-1801), poète et théologien protestant, ami de Goethe, reste connu dans l'histoire des idées comme l'auteur d'un des plus importants traités de physiognomonie (*Fragments physiognomoniques*, 1775-1778), théorie selon laquelle le caractère moral d'un individu est « lisible » pour qui sait déchiffrer correctement les traits de son visage comme autant de signes nécessaires. D'origine occultiste, la pensée physiognomoniste acquit avec Lavater un prestige d'allure scientifique : cela ne dura guère au-delà de la première moitié du XIX^e^ siècle, mais compta beaucoup dans la pensée morale et anthropologique de l'époque, comme on le voit en particulier avec certains écrivains (Balzac, Sand). Sand a consacré la septième des *Lettres d'un voyageur* à Lavater : la suite d'*Histoire de ma vie* (V, 9) la montrera au moment de la rédaction de cet essai.

76. Idée que, probablement, Sand doit à Chopin : elle expliquera en effet, dans la suite d'*Histoire de ma vie* (V, 12), comment le compositeur refuse qu'on puisse accoller cette étiquette à sa musique : « il se fâcha même de ce que je traduisais par le mot d'harmonie imitative. Il protestait de toutes ses forces, et il avait raison, contre la puérilité de ces imitations pour l'oreille ».

77. Le chanoine trop doux de *Consuelo* est en butte au despotisme de sa servante « dame Brigide » (et non pas « Brigitte »), qu'il réprimande sans cesse mais sans la moindre autorité : c'est une dépendance qu'il ne sait pas rompre. Quinze ans avant *Consuelo*, Alessandro Manzoni avait créé le type le plus fameux de ces relations entre un ecclésiastique et sa bonne, faites de constantes contrariétés : dans *Les Fiancés* (1827) toutefois, Perpetua, au service de don Abbondio, n'est pas une furie comme Brigide. À en croire la suite d'*Histoire de ma vie*, Sand n'a cependant pas connu cette sorte de couple qu'en fiction : tel sera l'assemblage de vexations complices unissant le curé de Saint-Chartier et sa servante Manette (III, 3).

78. Sorte de clavecin, plus petit.

79. S'il y a mérite, pour une personne de la génération de la grand-mère de l'auteur, à maintenir un goût impartial entre Gluck (1714-1787) et Piccini (1728-1800), c'est qu'autour de ces deux compositeurs s'est déchaînée, dans la fin des années 1770, la fameuse « querelle des bouffons », opposant les partisans du nouvel opéra à la française, plus dramatique (les « gluckistes »), à ceux de l'opéra italien traditionnel privilégiant la prouesse vocale (les « piccinistes »).

80. Leo (1694-1744), Hasse (1699-1783) et Durante (1684-1755) sont parmi les compositeurs d'opéras et de musique sacrée les plus remarquables de leur temps. *Consuelo* a montré la connaissance étendue et le goût très fort de Sand pour cette musique. *Histoire de ma vie* nous en dit, ici, l'origine.

81. C'est le XIX^e^ siècle qui inventa le terme de rococo pour désigner (avec dédain) un modèle esthétique qui triompha au siècle précédent (Régence et Louis XV) et employait souvent la « rocaille » (mélange de minerais et de coquillages). Le rococo peut être tenu comme une exaspération maniériste du baroque, et en même temps un épuisement de celui-ci. Il s'imposa particulièrement dans le domaine des arts

décoratifs (goût des ornements contournés, recherche de formes tourmentées, séduction de grâces un peu mièvres). Au XIX^e^ siècle, ce style est à ce point démodé, rejeté comme comble du mauvais goût, que le mot « rococo » se rencontre parfois dans le sens de « vieillot », « ridicule ».

82. « La faute aux maîtres »… : il faut bien que Sand, la « femme-oiseau », explique pourquoi elle n'est pas musicienne ; son chant existe au figuré, c'est l'écriture.

83. Écrivain (1747-1791), spécialisé dans la littérature pour enfants.

84. Mme de Genlis (1746-1830) s'est maintenue comme un personnage très en vue dans les milieux littéraire, mondain et même politique pendant plus de cinquante ans, de la fin du règne de Louis XV jusqu'au début de celui de Louis-Philippe, qui fut son élève. Elle a d'abord construit sa notoriété comme pédagogue, en tant qu'éducatrice des princes de la maison d'Orléans (première femme à obtenir le titre de « gouverneur des enfants de France » en 1777). Son œuvre littéraire très abondante (théâtre et roman en particulier) se fait généralement valoir par une finalité de pédagogie moralisante, avec le souci de défendre et d'illustrer les valeurs chrétiennes (au point de s'attirer le surnom de « Mère de l'Église » !). Sa longévité très grande se constate au vu des dates des ouvrages évoqués par George Sand : celle-ci va parler des *Battuécas* de 1816 et, quelques pages plus loin, des *Veillées du château* de 1784. Une vingtaine d'années après sa mort, quand Sand écrit ces lignes, Mme de Genlis était certes bien oubliée – ou du moins son nom, pour ceux qui se le rappelaient, était synonyme d'une époque morale et littéraire on ne peut plus désuète. En s'appuyant sur les *Mémoires* de Mme de Genlis (1825), G. Lubin a l'idée, en note à son édition d'*Histoire de ma vie*, d'un intéressant rapprochement entre les deux femmes auteurs : « sa jeunesse avide d'apprendre préfigure un peu celle de George Sand : jeune mariée, et vivant à la campagne, elle étudie la harpe, joue la comédie, lit, écrit, apprend l'ostéologie, soigne les paysans, et monte à cheval. C'est presque l'emploi du temps de la jeune Aurore Dupin en 1821 ».

85. Le roman est de 1816 et n'a été réédité qu'une seule fois, l'année suivante. L'éloge de Mme de Genlis par George Sand avait certainement de quoi surprendre les lecteurs de 1855 comme quelque chose d'incongru. Que dire, alors, de la qualité de « socialiste » qui lui est ici reconnue ! Après la Révolution, Mme de Genlis a mené croisade contre l'esprit des Lumières réputé antichrétien, méditant par exemple, sous la Restauration, de rassembler les énergies pour produire une sorte de contre-Encyclopédie d'inspiration catholique. Alors, « socialiste » ?… Le paradoxe sera complaisamment souligné par Sand à la page suivante comme une « chose bizarre » : telle est la vertu de la littérature et du roman « philosophique » des *Battuécas*.

86. Ce passage ramène le texte narratif à l'une de ses lignes discursives de démonstration : l'épiphanie démocratique, dont Sand, narratrice-personnage, se constitue comme l'emblème. *Histoire de ma vie* est un livre politique : c'est une de ses identités majeures.

87. Balzac et Sand ont été très amis, comme la suite d'*Histoire de ma vie* le donnera à lire.

88. Grand pannier d'osier.

89. Terme littéraire pour désigner l'âne, sur un mode héroï-comique (le terme désignant originellement le cheval que l'on monte pour la guerre ou la chasse). C'est La Fontaine qui est responsable de ce sémantisme ironique (« roussin d'Arcadie »).

90. L'évocation du « redoutable manoir » et de sa gardienne à « l'apparence fantastique » semble l'occasion, pour l'autobiographe, d'inscrire dans la précocité d'un imaginaire personnel l'origine de la veine « gothique » qu'elle a plusieurs fois illustrée comme romancière, conformément à un goût de son temps : par exemple avec l'évocation du château de La Roche-Mauprat dans *Mauprat* (1837) ou encore avec celle du château des Géants dans *Consuelo* (1842).

## NOTES DE LA TROISIÈME PARTIE

1. Une lieue ancienne valant à peu près quatre kilomètres, il est ici question de cent kilomètres par jour.

2. Eugène Sue (1804-1857) s'était retiré à proximité de la Sologne en 1846, après les triomphes de ses romans *Les Mystères de Paris* et *Le Juif errant*. C'est de son engagement socialiste « quarante-huitard » que sont sorties deux brochures qui mettent en valeur ce terroir et ses habitants : *Le Berger de Kravan* et *Le Républicain des campagnes* (1848-1849).

3. L'édition de 1876, de même que celle établie par George Lubin pour la « Bibliothèque de la Pléiade », donnent : « je pense souvent à elle quand j'en écris ». Le singulier du pronom personnel, limité ainsi à la désignation de Julie, paraît trop réducteur. Il semble préférable d'en revenir au pluriel générique (« elles » pour « les femmes de chambre ») qui figurait dans l'édition originale (dans *La Presse* et dans la première publication en volume). Julie était femme de chambre *et* « esprit supérieur » : le propos de Sand, ainsi, remotive en le déjouant ce qui était devenu un lieu commun de sarcasme dans le milieu littéraire de son temps. Il y était de bon ton, en effet, de moquer certain public de roman, celui pour qui étaient faits les « romans pour femmes de chambre ». La formule est généralement attribuée à Stendhal pour l'emploi qu'il en fait en 1832 dans une « esquisse d'article sur *Le Rouge et le Noir* », mais lui-même indique qu'elle était déjà courante, parlant de « la distinction qui s'est établie entre les romans *pour les femmes de chambre* (je demande pardon de la crudité de ce mot inventé, je crois, par les libraires) et le roman des *salons* ».

4. Bien oublié aujourd'hui, Béranger (1780-1857) eut une gloire considérable de son vivant comme poète et chansonnier, inventeur, selon Sainte-Beuve, de la « chanson libérale et patriotique ». Il a laissé différents recueils de *Chansons*.

5. « Constitutionnel », sous la monarchie de Juillet, désigne l'esprit du régime en place du point de vue de ses partisans. Quant au « goût constitutionnel »… en matière de mobilier, entendons que c'est une manière ironique de parler du style Louis-Philippe.

6. Rappelons que ladite « nature de chanoine » qu'illustre l'oncle de Beaumont a trouvé à s'accomplir sous les traits d'un chanoine effectif dans *Consuelo*, le roman dix-huitiémiste de George Sand (voir II, 15 et plus haut note 72, p. 620).

7. D'après le vers de Molière dans *Le Tartuffe* (I, 5), où Orgon croit s'exprimer à l'avantage de Tartuffe (« Et comme du fumier regarde tout le monde »).

8. Figure caricaturale de sous-officier brutal et borné : celui qui inflige la « schlague » (punition qui était en usage dans les écoles militaires prussiennes et qui consistait en coups de baguette appliqués sur le dos).

9. Sand, dans le passage précédent, a esquissé une sorte d'archéologie de son art de romancière : la faculté imaginative, créatrice de « chimères », a d'emblée été complétée par l'acuité du regard sur les êtres et les choses. Tournant en ridicule cette petite société pour amuser sa mère, elle se montre faisant un premier essai pour constituer ses observations du monde en scènes narratives.

10. Ce qui précise l'amusement, c'est l'allusion à un opéra-comique de Boieldieu, *Ma tante Aurore* (1803).

11. C'est au chapitre 15 de la II^e^ partie que Sand a abordé cette question, à propos du chanoine de *Consuelo*, écho fictionnel de l'oncle de Beaumont.

12. L'ensemble de ce chapitre (III, 2) a montré une George Sand issue du XVIII^e^ siècle lettré et aristocratique, en ce qu'elle en a non seulement la culture, mais aussi l'expérience (transmise sous forme de valeurs et de codes par la grand-mère, par l'oncle de Beaumont et les « *vieilles comtesses* » et par les Villeneuve, qui déclinent autant d'incarnations de ce milieu) ; or c'est la même qui va prendre à bras le corps le XIX^e^ siècle à travers la foi socialiste (voir la V^e^ partie). Le récit d'*Histoire de ma vie* prend ainsi une valeur mythographique en ce que la geste de son héroïne accomplit la promesse révolutionnaire. La teneur politique du chapitre se concentre dans la conclusion où elle devient très manifeste. Encore l'est-elle moins que dans la conclusion plus longue que Sand avait d'abord écrite, avant de la sacrifier (G. Lubin la propose en note à son édition, t. I, p. 1392-1393) : Sand y développait son apostrophe aux écrivains de son temps pour les enjoindre de délaisser toute thématique de nostalgie aristocratique (« vous êtes des talents du 19^e^ siècle, les enfants des révolutions [...]. Littérateurs que vous êtes, prenez en donc votre parti. [...] vous êtes les artistes de la bourgeoisie »).

13. « Patache » est un terme berrichon pour désigner une sorte de véhicule rustique, conduit par un « patachon ». Sans attendre *Histoire de ma vie*, Sand avait donné un prestige littéraire dans *Le Meunier d'Angibault* (1845) à cette sorte de « carrosse champêtre » : « la patache classique, ce respectable témoignage de la simplicité de nos pères, qui devient chaque jour plus rare, même dans les chemins de la Vallée-Noire ». Inconfortable sans doute, mais source d'imprévus propices à l'imaginaire romanesque : dans le passage qui suit ou dans les chapitres 2 et 3 du *Meunier d'Angibault*.

14. Manière ironique et pompeuse de désigner le cocher (Automédon étant le nom du cocher d'Achille dans l'*Iliade*).

15. Désireux d'avoir un enfant, Napoléon divorça de Joséphine et épousa, quelques mois plus tard (le 10 mars 1810), Marie-Louise, fille de l'empereur d'Autriche.

16. C'est-à-dire qu'il portait un plastron, au sens propre : un morceau de cuir ou de toile rembourrée, fixé sur le torse, de manière à amortir les coups (en d'autres termes, une sorte d'ancêtre du gilet pare-balles).

17. On reconnaît ici la pleine efficacité poétique et rhétorique du thème de l'hérédité contrastée qui était certainement au principe de la représentation de soi de l'auteur et qui se retrouve au principe de l'écriture de soi d'*Histoire de ma vie.* C'est ainsi que, dans le récit de l'enfance surtout, poétique autobiographique et rhétorique politique fusionnent : cette phrase en est un peu un emblème. Lui fera écho, un peu plus loin dans le chapitre, cette autre, comme une reprise et variation : « j'avais besoin de poésie comme le peuple, comme ma mère ».

18. Voulue par le gouvernement réactionnaire de Villèle, la loi contre les sacrilèges, adoptée en 1825, prévoyait des peines très sévères (allant jusqu'à la mort) pour réprimer les profanations commises dans les églises contre les vases sacrés ; elle ne fut jamais appliquée.

19. Durillons produits par le frottement.

20. Deux chimistes et agronomes alors en vue.

21. Livres de sorcellerie et de magie, très répandus dans les campagnes, que la tradition attribue – indûment, dit-on – au philosophe du XIIIe siècle Albert le Grand (maître de Thomas d'Aquin).

22. Petit violon de poche que les maîtres de danse pouvaient aisément transporter pour aller donner leurs leçons.

23. Zéphire, la divinité grecque qui incarne les vents doux et tièdes du printemps, est traditionnellement représenté sous l'aspect d'un jeune homme au visage serein, portant des ailes diaprées de papillon et se déplaçant avec une grâce tout aérienne. Un entrechat est un saut pendant lequel les pieds battent en l'air l'un contre l'autre.

24. L'histoire éditoriale de ce patronyme est assez plaisante. Ce personnage du maître d'écriture, de son vrai nom Loubens, était encore vivant, vieillard très âgé, lors de la première parution d'*Histoire de ma vie* dans *La Presse* (il mourut aussitôt après, en août 1855). Évidemment peu flatté du portrait qui est fait de lui dans ce récit, il fit écrire à l'écrivaine par son fils une lettre de protestation. Sand refusa de revenir sur le jugement qu'elle portait sur son ancien maître de musique, mais accepta de modifier son nom : Loubens devint Lubin dans les éditions postérieures. Cette péripétie est détaillée dans une note à son édition par Georges… Lubin qui, lui, s'est défait de l'homonymie en rétablissant le nom de Loubens !

25. L'exactitude topographique donnée ici est un peu perdue pour les lecteurs du début du XXIe siècle – cette remarque est valable pour la plupart des adresses parisiennes données dans *Histoire de ma vie.* Près de deux cents ans après les événements évoqués dans cette

page et de cent cinquante ans après la publication de l'ouvrage, le cours de l'histoire (haussmannisation en tête, dès après la publication du livre) a profondément brouillé les repères de l'espace urbain (tracé et appellation des rues). Il en va ainsi de la défunte rue Thiroux, dont on dira seulement qu'elle se situait sur la rive droite de la Seine, dans un quartier probablement compris dans l'actuel IXe arrondissement de la capitale.

26. Ce nom, comme on le voit, n'avait pas besoin de présentation au XIXe siècle. Casimir Perier a été le ministre dominant des premiers gouvernements de la monarchie de Juillet, avant de mourir emporté par l'épidémie de choléra de 1832.

27. C'est-à-dire qu'elle tenait buvette, les « ramées » étant des abris, couverts de branches feuillues, où on servait à boire.

28. C'est-à-dire la « Godignonne » (sœur d'Ursule Godignon).

29. Rostopchin était gouverneur militaire de Moscou quand, le 14 septembre 1812, les troupes françaises y entrèrent et qu'un gigantesque incendie ravagea la ville. Il est généralement tenu pour l'instigateur de cet incendie (politique de la « terre brûlée »), ce dont il s'est défendu (*La Vérité sur l'incendie de Moscou*, Paris, 1823).

30. On peut trouver ce jugement un peu sévère. Ni Germaine de Staël ni Benjamin Constant, « pères » du libéralisme, n'ont attendu ce « moment » pour protester contre le régime napoléonien en le dénonçant comme une tyrannie.

31. Vingt ans plus tard, George Sand adulte persistera à se montrer sans indulgence pour la carrière palinodique de Talleyrand (1754-1838), le ministre de tous les régimes depuis le Directoire jusqu'à la Restauration (et encore récupéré comme ambassadeur par la monarchie de Juillet) : elle lui consacrera, en 1834, un article polémique intitulé « Le Prince » dans la *Revue des Deux Mondes*, bientôt repris en volume comme la huitième des *Lettres d'un voyageur*. Il en sera question dans la suite d'*Histoire de ma vie* (V, 3).

32. *La Mort d'Abel*, opéra de Rodolphe Kreutzer (1766-1831), date de 1823 ; pour être exact, c'est la version remaniée de l'opéra *Abel* qu'il avait donné en 1810. Le livret est de E.T.A. Hoffmann (1776-1822), le fameux auteur des *Contes fantastiques*.

33. Pour ce qui est de ce cousinage, voir plus haut note 15, p. 606.

34. Achate est l'ami fidèle d'Énée, toujours dans son sillage (Virgile, *Énéide*).

35. La question de la domesticité a beaucoup retenu l'attention de George Sand qui l'abordera encore, en 1876, dans son dernier roman laissé inachevé, *Albine Fiori* (à travers un personnage de valet de chambre attaché aux « vieux usages »). Si elle mérite une « longue digression » dans *Histoire de ma vie*, c'est que cette question touche aux préoccupations fondamentales de l'ouvrage en entremêlant de manière complexe des rapports sociaux *et* moraux (de même que publics et privés). À ce titre, c'est une question éminemment politique : il faut repenser, à l'âge démocratique (1848), les relations entre maîtres et serviteurs qui ont été codifiées dans des âges antérieurs ; c'est un enjeu vital pour la démocratie même. Le pro-

blème est connu : les domestiques, qui ont assimilé le système de la servitude, prorogent eux-mêmes les valeurs qui les aliènent : ce sont des gens du peuple qui ne sont pas assez « peuple »… Notons, au demeurant, à quel point la question est délicate : le souci d'énonciation solidaire de Sand ne s'y laisse-t-il pas un peu piéger ? De qui, en effet, la narratrice d'*Histoire de ma vie* a-t-elle été la plus solidaire dans les pages qui précèdent ? des gens du peuple potentiels domestiques ? ou bien de celles et ceux qui les emploient et qui, en ces temps toujours plus démocratiques, ne savent plus trop comment se comporter avec eux ?

36. Nicole est la servante au franc-parler du *Bourgeois gentilhomme* de Molière.

37. Un « horion » est un coup violent.

38. Pour la seconde fois « restauré » en juin 1815, le pouvoir monarchique se montra implacable envers les serviteurs napoléoniens des Cent-Jours (« Terreur blanche ») : La Bédoyère et Ney, jugés et exécutés, en furent les « martyrs » les plus insignes. Davout, prince d'Eckmühl (1770-1823), ministre de la Guerre pendant les Cent-Jours, semble avoir joué un rôle complexe dans les intrigues qui amenèrent le second retour des Bourbons. Louis XVIII lui confia, en juillet 1815, le commandement en chef de l'« armée de la Loire » qui rassemblait les restes des armées françaises ; mais il en fut bientôt démis et remplacé par le maréchal Macdonald parce qu'il refusa d'y procéder à une épuration. Louis XVIII le fit nommer, en 1819, à la Chambre des pairs.

39. Achille de Vaulabelle, *Histoire des deux restaurations*, Paris, Perrotin, 1844-1854, 7 vol., t. III, p. 364-365.

40. Cette note a bizarrement disparu de l'édition de 1876 d'*Histoire de ma vie*. Elle était apparue dans la première édition en volumes de l'ouvrage, faisant suite à la publication dans *La Presse* où le baron Pétiet avait pu remarquer les erreurs le concernant.

41. Le « cotillon » étant d'abord un vêtement féminin (jupe de dessous), on parle d'« aimer le cotillon » par métonymie pour celles qui le portent. Attribut spécifiquement féminin, le « cotillon » a fini par désigner, dans la langue populaire ancienne, un homme… cancanier, bavard, indiscret. Un « roi *cotillon* » (Louis XVIII en l'occurrence) sera donc un roi réunissant ces « qualités », ou encore un roi sous l'influence des femmes.

42. Nohant comme réplique à Combourg ? La phrase semble annoncer, pour les chapitres suivants, cet écho littéraire : même si, comme on l'a vu, Sand n'a pas lu sans réticences les *Mémoires d'outre-tombe* (voir plus haut note 4, p. 603), elle a certainement été marquée par la manière dont Chateaubriand a édifié, à travers son livre, un monument à la mémoire de son adolescence solitaire et rêveuse au château de Combourg.

43. Pierre Leroux (1797-1871) est le théoricien socialiste qui eut la plus grande influence sur Sand (avec laquelle il fonda la *Revue indépendante* qui parut de 1841 à 1848). Comme le texte d'*Histoire de ma vie* le dit ici, il a proposé une philosophie du progrès et for-

mulé une sorte de religion de l'humanité promettant la venue de l'égalité pour résoudre la question sociale. Beaucoup plus oublié aujourd'hui, Jean Reynaud (1806-1863) est encore compté, dans le *Grand Dictionnaire universel du XIXe siècle* de Larousse, parmi les « grands penseurs du XIXe siècle ». Avec Pierre Leroux, il fonda en 1835 l'*Encyclopédie nouvelle*, qui se présentait comme un vaste recueil politique et philosophique, mais qui est restée inachevée. Les noms de Leroux et de Reynaud reviendront dans la suite d'*Histoire de ma vie*, en particulier dans le moment solennel de la « Conclusion ».

44. Littéralement : « Regarde Pierrot pendu parce que fa dièse n'a pas rendu. »

45. Allusion au vers célèbre et devenu proverbial par lequel Alceste, dans *Le Misanthrope* (I, 2), fait connaître à Oronte ce qu'il pense de son sonnet : « Franchement, il est bon à mettre au cabinet. »

46. On reconnaît ici un *credo* formulant ce que l'histoire littéraire retient comme trait fondamental du romantisme : le primat du lyrisme. Le mot « romantisme » sera d'ailleurs lâché au paragraphe suivant, comme identification de l'« art moderne ». L'ensemble du passage peut être lu comme une définition du romantisme. Et même, comme une synthèse philosophique sur le romantisme, celui-ci apparaissant comme une sorte de cartésianisme artiste, où le « désir inextinguible du beau idéal » vaut comme « preuve irréfutable de l'existence de Dieu ». Métaphysique et esthétique font alors un seul et même enjeu humain.

47. Sand a légèrement modifié le texte de Montaigne pour le citer. Il provient du chapitre 24 du livre I des *Essais*, « De l'institution des enfants » (GF-Flammarion, 1969, 3 vol., t. I, p. 209).

48. Cette idée avait déjà été exprimée aux dernières lignes du chapitre 6 de la IIIe partie.

49. Les « ouailles » sont les brebis. « Faire de la feuille », c'est faire provision des feuilles de certains arbres, comestibles pour les moutons.

50. Rappelons que Sand a déjà évoqué une fois cette « horreur des cochons » : voir plus haut note 19, p. 606-607.

51. Pour avoir tué les Cyclopes, ouvriers de Zeus, Apollon fut condamné à vivre un an comme esclave chez Admète, roi de Thessalie. Il y fut traité en ami.

52. Allusion au « chercheur de tendresse » évoqué en III, 4.

53. Un « chapeau galonné » est orné de galons, rubans épais qui, en contexte militaire, sont les signes distinctifs d'un grade. Par ailleurs, dans la vie civile, il existait des galons spécifiques pour les domestiques (usage tombé en désuétude au cours du XIXe siècle).

54. Baguette de houx (et, par extension, toute baguette flexible).

55. Les « miloches » sont de petites meules de foin dressées dans les prés.

56. Ce rappel est biblique et provient du livre de Ruth : Booz s'éprend de Ruth, la belle glaneuse, et recommande à ses moissonneurs de laisser, comme par mégarde, quelques poignées d'épis sur

leur passage, afin que Ruth soit attirée sur ses champs pour y glaner ; peu après, ils se marient.

57. La nielle des blés et la gesse sauvage sont des sortes d'herbes sauvages assez hautes et produisant des fleurs de couleur vive.

58. « Bœuf Apis » est la désignation courante d'une divinité égyptienne qui était en fait un taureau sacré, Apis ou Hapi. L'animal, tenu pour une incarnation d'Osiris, se reconnaissait à un ensemble de signes physiques : une fois identifié par les prêtres, il était l'objet d'un véritable culte.

59. « Je tondis de ce pré la largeur de ma langue » : on se rappelle que c'est le « méfait » que confesse l'âne dans « Les Animaux malades de la peste » (La Fontaine, *Fables*, VII, 1).

60. C'est-à-dire sans souci des grammairiens et de leurs manuels. Charles Lhomond (1727-1794) avait laissé des ouvrages fameux de pédagogie en grammaire latine et française.

61. La formule fait écho, selon G. Lubin, à la fable « Le Chartier embourbé » de La Fontaine (*Fables*, VI, 18) : les termes n'y sont pas exactement, mais l'idée y est.

62. Ces quatre articles, intitulés « Les visions de la nuit dans les campagnes », ont paru entre 1851 et 1852. Ils sont généralement recueillis à la suite de *Promenades autour d'un village* (aujourd'hui disponible chez Christian Pirot éditeur, 1987).

63. Sand entoure la veillée du plus grand prestige : ce moment et ce lieu où la socialité s'accomplit généreusement sont un modèle de matrice narrative et imaginaire. Le roman *François le Champi*, par exemple, est tout entier donné pour un conte de veillée (la narration passant, en cours de récit, de la « servante du curé » à un « chanvreur »).

64. On peut rappeler que cette mère a déjà été (rapidement) mentionnée dans le texte : voir plus haut note 10, p. 612.

65. Ce titre et ceux qui suivent renvoient à des opéras que leur succès initial, dans les vingt premières années du XIXe siècle, n'a pas empêché de disparaître du répertoire peu après. Les deux premiers nommés sont de Henri-Montan Berton (1767-1844) ; le troisième de Jean-Pierre Solié (1755-1812) ; les deux suivants de Nicolas Dalayrac (1753-1809) ; *Ma tante Aurore* de Boieldieu (1775-1834), qui reste le plus connu de ces compositeurs, a déjà été évoqué ; le dernier nommé est de Nicolo Isouard (1775-1818).

66. Le cas de cette demoiselle sera l'occasion d'une remarque sur les petits tracas de l'établissement du texte. Prénommée Constance, elle est déjà apparue dans *Histoire de ma vie* parmi les enfants de « madame Debrosse » (III, 4). Le même nom est ainsi écrit de deux manières différentes (Debrosse / Debrosses) : cet exemple, parmi d'autres, pour souligner l'instabilité graphique que Sand s'autorise avec assez peu de scrupule. Dans son édition, G. Lubin corrige systématiquement la graphie des noms pour lesquels il a trouvé des documents « hors texte » (ce en quoi nous ne le suivons pas). Dans le cas présent, il a réglé la question en proposant une troisième graphie, conforme à l'état civil de cette famille : « de Brosses ». Mais, curieu-

sement, il n'a opéré cette rectification que pour la première occurrence du nom.

67. Le couvent des Anglaises se situait dans le quartier de la montagne Sainte-Geneviève.

68. Les sœurs converses, associées à la vie religieuse de la communauté, se consacrent aux tâches manuelles de l'entretien.

69. On aura remarqué, depuis la fin du chapitre précédent, combien est solennel le protocole qui, dans la narration, introduit le récit des années de couvent. Sand se montre consciente de tenir là une matière narrative précieuse qui est un privilège féminin de sa plume : elle conduit ses lecteurs là où ses confrères masculins sont empêchés ou, en tout cas, moins crédibles.

70. Dans son édition, G. Lubin a rétabli le nom de « Gillibrand » donné par le manuscrit de Sand.

71. Cette situation a trouvé écho dans l'imaginaire sandien avec *Gabriel*, pièce (ou « roman dialogué ») de 1839. L'argument de la confusion des sexes y est mis en scène dans une configuration proche de celle qui est évoquée ici, mais inversée. L'héroïne a été élevée dans l'illusion qu'elle était un garçon par des parents qui avaient intérêt à ce qu'il en fût ainsi : la pièce saisit le moment de crise où, adolescente, elle découvre qu'être garçon c'est ne pas être ce qu'elle est.

72. Rappelons peut-être la mythologie : Argus est le géant aux cent yeux (dont cinquante toujours ouverts), chargé par Junon de garder la vache Io. De là le sens très fort que le terme a pris, au figuré, pour désigner un surveillant toujours vigilant et difficile à tromper.

73. Le nom de la romancière anglaise Ann Radcliffe (1764-1823) reste attaché au genre qu'elle a illustré avec force, le roman gothique (roman aux héroïnes martyres de la peur, dans l'effroi des lieux sombres et des revenants possibles). Les romans d'Ann Radcliffe ont eu un succès européen (*Les Mystères d'Udolpho* en 1794, par exemple) : le prestige de l'auteur a fait qu'on lui a prêté plutôt plus que moins. Ainsi *Le Château des Pyrénées*, publié anonymement en 1809, lui a été attribué, alors qu'il n'était que d'un faiseur attaché au modèle « radcliffien » (G. Lubin le dit d'un certain Cantiran de Boirie [1783-1837], qui eut une petite notoriété comme auteur de mélodrames sous l'Empire).

74. « Ais » est un terme ancien pour désigner des planches de bois.

75. D'origine écossaise, Étienne Macdonald (1765-1840) fut même maréchal et aussi duc de Tarente par la grâce de Napoléon.

76. Virgile, *Énéide*, X, 284. La citation exacte serait : « *Audentis fortuna juvat* » (« La fortune seconde l'audace »).

77. On aurait pu attendre la « madone de Vanloo » (version donnée dans les premières éditions en volumes). « Madone Vanloo » (comme on lit aussi bien dans *La Presse* que dans l'édition de 1876) signifie probablement « à la manière de Vanloo ». Il était peut-être d'usage de désigner ainsi le tableau au couvent. Les Vanloo sont une lignée de peintres français (de père en fils) des XVII^e^ et XVIII^e^ siècles.

78. Marie-Louise, marquise de La Rochejaquelein (1772-1857), a laissé des *Mémoires* assez célèbres (en grande partie rédigés, à partir de ses récits, par son ami l'historien Prosper de Barante) : publiés en 1815, ils ont été régulièrement réédités au cours du XIXe siècle. Ils sont essentiellement consacrés au soulèvement vendéen de 1793-1795 que leur auteur a vécu au plus près, comme soutien actif de son époux Louis-Marie, marquis de Lescure (1766-1793), principal chef de l'insurrection. À sa mort, après la bataille de Cholet, les Vendéens prirent pour chef Henri, comte de La Rochejaquelein (1772-1794). La mémorialiste qu'a rencontrée Aurore-George s'était remariée en 1802 avec le frère de ce dernier, Louis, marquis de La Rochejaquelein (1777-1815). Au printemps 1815, il organisa une nouvelle insurrection royaliste en Vendée contre le pouvoir napoléonien des Cent-Jours et y laissa la vie. Enfin, Sand ne se trompe pas en estimant que le marquis de La Rochejaquelein qui lui est contemporain, Henri (1805-1867), homme politique au parcours plein de revirements, est le fils de ce dernier (et donc le frère de Louise).

79. Nous suivons ici la leçon de G. Lubin qui propose de rétablir « ces » [Mémoires] et non pas « ses », conformément au texte paru dans *La Presse* : l'adjectif possessif, apparu lorsque *Histoire de ma vie* est passé en volumes, est manifestement une coquille.

80. L'épisode est développé au chapitre 22 des *Mémoires de Madame la marquise de La Rochejaquelein.*

81. Le patronyme de Cary est ici rétabli pour celle qui, au sommaire du chapitre précédent, n'était que « Sophy C*** ».

82. Dans son édition, G. Lubin a rétabli le nom de « Narbonne » donné par le manuscrit de Sand.

83. « Tête folle » et « espiègle ».

84. Nous avons déjà rencontré cette allusion à l'opéra-comique de Boieldieu, *Ma tante Aurore* (1803).

85. Tisiphone est une des Érinyes (ou Furies) de la mythologie, figures d'exécutrices implacables d'une justice décidée par les dieux.

86. En choisissant de mettre ici le point final au paragraphe, Sand a sacrifié un développement qu'elle avait d'abord rédigé sur manuscrit et que G. Lubin restitue, comme variante, dans son édition. Débordant le cas de son amie de couvent, l'auteur y analyse de manière approfondie un trait fondamental de sa vie affective :

> Que ce soit ma faute ou celle d'autrui, ma triste vie s'est écoulée à constater et à supputer un éternel déficit dans le placement de mes affections. Et pourtant je suis convaincue d'avoir été sincèrement et vivement aimée par plus d'une âme généreuse. Mais probablement je porte en moi-même une grande misère, qui fait que j'aime toujours trop quelqu'un et que j'ambitionne trop d'en être aimée moi-même. L'âge m'a appris à ne pas être exigeante de fait, à ne pas faire des reproches inutiles, à cacher mon intime souffrance, et à ne m'en prendre qu'à moi seule de l'espèce d'isolement moral où me laissent souvent les meilleures affections.

Je me suis même habituée à regarder le malheur comme sans remède, et à croire que je dois plus aux autres, même à mon chien, que les autres, et mon chien aussi, ne me doivent. Ce n'est pas juste devant Dieu, je le sais, mais Il l'a voulu ainsi et j'accepte.

Si je consulte tous mes souvenirs, je me vois toujours au moins un pas en avant des autres sur toutes les routes, sur tous les sentiers de mes attachements. Je signale toujours que le premier moment d'ennui dans l'intimité, de défaillance dans le dévouement, d'injustice dans les exigences n'est pas venu de moi. Il ne faudrait pas en conclure que je vaux mieux que les autres, car, modestie à part, il n'est pas du tout probable que Dieu ait fait de moi un être unique, un foyer isolé. Modestie à part encore, il est beaucoup plus vraisemblable qu'il y a en moi quelque chose qui blesse ou ennuie les autres. Je cherche ce quelque chose dans mon cœur et dans ma conscience, et je l'y cherche en vain. Mais si je le cherche dans mon caractère, dans ma manière d'être, je ne sais laquelle de mes disgrâces choisir pour me condamner. Je dois être ennuyeuse par mille côtés à la fois. Je suis une espèce d'être mort à la surface, et j'ai toujours été ainsi. Aimant la gaieté, je suis triste si on ne me secoue pas. Sensible au fond de l'âme, je suis froide dans l'apparence. Ce que je sens le mieux est toujours ce que je puis le moins exprimer, et tout se concentre en moi comme dans une eau immobile où tout va au fond. Comme avec tout cela je ne m'ennuie jamais, j'ai de la peine à apercevoir que les autres s'ennuient de moi. Mais quand c'est fait, après le temps donné au chagrin secret qui en est la suite, je me guéris, en commençant à m'ennuyer d'eux, et c'est ce qui me préserve d'exercer l'importunité et les persécutions d'un cœur blessé. Le mien se rebute vite, c'est une grâce d'état. Sans elle, avec toutes les déceptions que j'ai subies, je n'aurais pas pu vivre.

C'est beaucoup trop parler de moi, mais je ne pouvais pas n'en pas parler un peu à propos de Fannelly.

87. Nous avons déjà vu que l'anonymat de Sophie Cary, posé au sommaire du chapitre 11, a été levé par la suite : nous constatons qu'il en va de même avec celle qui n'était qu'« Isabelle C*** » précédemment.

88. Le « *Tolle, lege* » est une des plus fameuses scènes de conversion (avec celle de saint Paul sur le chemin de Damas, à laquelle Sand fera allusion aussitôt après). Augustin, fils de Monique, raconte dans ses *Confessions* (livre VIII, chapitre 12) comment, retiré dans un jardin, en proie au tourment moral des « dernières résistances de la chair », il entendit une voix lui disant : « *Tolle, lege* » (prends, lis). Il obéit, ouvre au hasard le livre de l'Évangile qui est à sa portée et y lit les quelques lignes qui feront sa conversion définitive ; il demande le baptême. Cette scène a été magnifiée par une iconographie abondante.

89. « Pourquoi me persécutes-tu ? » : voix du Seigneur qui frappa les oreilles de Paul, au point de le faire choir de son cheval, sur le chemin de Damas où il se rendait pour persécuter les chrétiens comme il l'avait déjà fait à Jérusalem ; il se convertit et mit désormais toute son énergie au service de sa foi nouvelle (Actes des apôtres, IX).

90. Les Évangiles rapportent comment Jésus guérit deux « démoniaques » en faisant passer les esprits malins qui les habitaient dans

un « troupeau de pourceaux » qui, aussitôt après, se précipita d'une falaise pour se noyer dans la mer (évangile selon saint Matthieu, VIII ; selon saint Marc, V). Voltaire fit des gorges chaudes de cette aventure.

91. Le choix de placer ici la découpe entre deux parties d'*Histoire de ma vie* est assez spectaculaire (au terme d'un chapitre court qui ménage un effet de chute abrupt et solennel) et surtout très signifiant : plutôt que l'unité diégétique (celle du récit des années de couvent, scindé sur deux parties), c'est une dramaturgie symbolique qui est privilégiée, mettant en valeur le parcours d'une initiation. La narratrice de 1854-1855 (pour s'en tenir à la date de publication), n'est peut-être plus « dévote », elle n'en conserve pas moins leur préséance à certaines valeurs : le spirituel prime… Ici, comme dans les vies de mystiques, c'est le récit de conversion qui est mis en position centrale de charnière ; l'hommage aux *Confessions* de saint Augustin est appuyé (« *Tolle, lege* »).

# Table

GF Flammarion

04/04/106672-IV-2004 – Impr. MAURY Eurolivres, 45300 Manchecourt.
N° d'édition FG113903. – octobre 2001. – Printed in France.